○宋代部分·诗歌部（下）○

巫山诗文

程地宇　编注

重庆出版集团 重庆出版社

图书在版编目（CIP）数据

巫山诗文·宋代部分·诗歌部（下）/程地宇编注. —重庆：
重庆出版社,2013.12
ISBN 978-7-229-07231-5

Ⅰ.①巫… Ⅱ.①程… Ⅲ.①宋诗—诗集 ②宋词—
选集 Ⅳ.①I211

中国版本图书馆 CIP 数据核字（2013）第 284630 号

巫山诗文·宋代部分·诗歌部（下）
WUSHAN SHIWEN·SONGDAI BUFEN·SHIGEBU（XIA）
程地宇 编注

出 版 人：罗小卫
责任编辑：钟丽娟
责任校对：夏 宇
装帧设计：重庆出版集团艺术设计有限公司·陈 永 卢晓鸣

重庆出版集团
重庆出版社 出版

重庆长江二路 205 号 邮政编码：400016 http://www.cqph.com
重庆出版集团艺术设计有限公司制版
重庆华林天美印务有限公司印刷
重庆出版集团图书发行有限公司发行
E-MAIL:fxchu@cqph.com 邮购电话:023-68809452
全国新华书店经销

开本:787mm×1 092mm 1/16 印张:45.25 字数:837 千
2013 年 12 月第 1 版 2013 年 12 月第 1 次印刷
ISBN 978-7-229-07231-5
定价:128.00 元

如有印装质量问题,请向本集团图书发行有限公司调换:023-68706683

编辑委员会

主　　任：何　平

副 主 任：李春奎　谭观银　刘大勇　师明萌　王大昆
　　　　　王国琼　曹诚仲

委　　员：宋传勇　袁宏勋　卢家平　程地宇　滕新才
　　　　　陈卫星　张　潜

主　　编：程地宇

副 主 编：滕新才　陈卫星

编　　务：杨　曦

目 录

巫山诗文·宋代部分·诗歌部(下)

巫山诗文·宋代部分·诗歌部(下)

王千秋

【作者简介】

王千秋,字锡老,号审斋,东平(今属山东)人,寓居金陵(今江苏南京)。梁安世知衡山县时与有唱酬。有《审斋词》一卷。事见明毛晋《审斋词跋》。

生查子[1]

花飞锦绣香,茗碾枪旗嫩[2]。是处绿连云,又摘斑斑杏[3]。　　愁来苦酒肠,老去闲花阵。燕子不知人,尚说行云信[4]。

(原载校汲古阁本《审斋词》;录自唐圭璋编《全宋词》,中华书局1965年6月第1版,第3册,第1470页)

【注　释】

[1]生查子:词牌名。参见本卷《诗歌部》中册周紫芝《生查子》注[1]。王千秋此词双调,四十字。前后段各四句,两仄韵。

[2]茗碾:犹碾茶。按:古人饮茶有将茶叶碾成粉末的习惯。参见本卷《诗歌部》上册黄庭坚《惜余欢》注[9]。

枪旗:成品绿茶之一,由带顶芽的小叶制成。芽尖细如枪,叶开展如旗,故名。〔唐〕释齐己《闻道林诸友尝茶因有寄》:"枪旗冉冉绿丛园,谷雨初晴叫杜鹃。"(《白莲集》卷九)

[3]斑斑杏:犹言很多的杏子。斑斑,形容为数众多。〔宋〕王庭珪《春日山行》:"进林新笋斑斑出,隔水幽禽欵欵飞。"(《卢溪文集》卷十一)

[4]行云信:行云的消息。行云,语本〔战国·楚〕宋玉《高唐赋·序》:"……去而辞曰:'妾在巫山之阳,高丘之阻,旦为朝云,暮为行雨。朝朝暮暮,阳台之

下。'"（《文选》卷十九）

浣溪沙[1]

殢玉偎香倚翠屏[2]。当年常唤在凝春[3]。岂知云雨散逡巡[4]。
不止恨伊唯准拟，也先伤我太因循[5]。而今头过总休论[6]。

（原载校汲古阁本《审斋词》；录自唐圭璋编《全宋词》，
中华书局 1965 年 6 月第 1 版，第 3 册，第 1471—1472 页）

【注　释】

[1]浣溪沙：词牌名。参见本卷《诗歌部》上册张先《浣溪沙》注[1]。王千秋此词双调，四十二字。前段三句，三平韵；后段三句，两平韵。

[2]殢(tì)玉偎香：殢，迷恋，沉湎。偎，紧靠着，紧贴着。玉、香，喻女子的身体和气息。

倚翠屏：靠着绿色的屏风。〔宋〕赵彦端《鹧鸪天》："忆醉君家倚翠屏。年年相喜鬓毛青。"（《介庵词》）

[3]凝春：犹凝聚春意。〔唐〕许浑《观章中丞夜按歌舞》："彩槛烛烟光吐日，画屏香雾暖凝春。"（《丁卯诗集》卷上）

[4]云雨：典出〔战国·楚〕宋玉《高唐赋·序》。参见本卷《诗歌部》上册张泌《经旧游》注[3]。云雨散，喻男女情爱消散。

逡(qūn)巡：顷刻，极短时间。〔唐〕张祜《偶作》："遍识青霄路上人，相逢只是语逡巡。"（《全唐诗》卷五百十一）

[5]恨伊：犹恨她。伊，专用以代称女性，她。〔宋〕辛弃疾《恋绣衾》："如今只恨因缘浅，也不会、抵死恨伊。"（《稼轩词》卷四）

准拟：准定，一定。此句当与下句连读共释，犹言不限于恨她，一定也是由于她先伤心我太轻率随便。

因循：轻率，随随便便。〔宋〕徐度《却扫编》（卷中）："人情乐因循，一放过，则不复省矣。"

[6]头过：犹言事情过去了。头，末了，尽头。〔唐〕释齐己《与杨秀才话别》："到头重策塞，归去旧烟萝。"（《白莲集》卷四）

总休论：犹言都不要谈论了。总，都，皆。〔唐〕杜牧《赠别二首》之一："春风十里扬州路，卷上珠帘总不如。"（《全唐诗》卷五百二十三）

赵长卿

【作者简介】
　　赵长卿，自号仙源居士，南丰宗室。有《仙源居士惜乐府》九卷。长卿
疑名师有，俟考。

南歌子[1]

早春

　　春色烘衣暖，宫梅破鼻香[2]。尽驱和气入兰堂[3]。又是轻云微雨、下
巫阳[4]。　　酒带欢情重，醺醺气味长[5]。晚来拂拭略梳妆。笑指一钩新
月、上回廊。

　　（原载陆敕先校汲古阁本《惜香乐府》卷一；录自唐圭璋编
《全宋词》，中华书局1965年6月第1版，第3册，第1770页）

【注　释】
　　[1]南歌子：词牌名。参见本卷《诗歌部》上册张先《南歌子》注[1]。赵长卿
此词双调，五十二字，平韵。
　　[2]宫梅：皇宫中栽植的梅花。〔宋〕欧阳修《皇后阁五首》其一：“御水冰销
绿，宫梅雪压香。”（《文忠集》卷八十二）
　　[3]和气：祥瑞之气。〔汉〕王充《论衡·讲瑞》（卷十六）：“瑞物皆起和气而
生。”
　　兰堂：芳洁的厅堂；厅堂的美称。〔汉〕张衡《南都赋》：“揖让而升，宴于兰
堂。”〔唐〕吕延济注：“兰者，取其芬芳也。”（《六臣注文选》卷四）
　　[4]巫阳：巫山之阳，亦指代巫山。〔宋〕解昉《阳台梦》：“偶因鹤驭过巫阳。

邂逅他、楚襄王。"（《历代诗余》卷三十五）

[5]醺醺：酣醉貌。〔唐〕白居易《戏赠李十三判官》："垂鞭相送醉醺醺，遥见庐山指似君。"（《白氏长庆集》卷十六）

蝶恋花[1]
暮春

芍药开残春已尽。红浅香干，蝶子迷花阵。阵是清和人正困[2]。行云散后空留恨[3]。　　小字金书频与问[4]。意曲心诚，未必他能信。千结柔肠愁寸寸。钿钗几日重相近[5]。

（原载陆敕先校汲古阁本《惜香乐府》卷一；录自唐圭璋编《全宋词》，中华书局 1965 年 6 月第 1 版，第 3 册，第 1772 页）

【注　释】

[1]蝶恋花：词牌名。参见本卷《诗歌部》上册欧阳修《蝶恋花》（宝琢珊瑚山样瘦）注[1]。赵长卿此词双调，六十字，前后段各五句，四仄韵。

[2]清和：天气清明和暖。〔前蜀〕韦庄《和同年韦学士华下途中见寄》："正是清和好时节，不堪离恨剑门西。"（《全唐诗》卷七百）

[3]行云：用巫山神女之典。语本〔战国·楚〕宋玉《高唐赋·序》："旦为朝云，暮为行雨。"（《文选》卷十九）

[4]金书：指用金简刻写或金泥书写的文字。

[5]钿钗(tiánchāi)：金花、金钗等妇女首饰，借指女子。

江神子[1]
忆梅花

小溪清浅照孤芳[2]。蕊珠娘[3]。暗传香。春染粉容，清丽傅宫妆[4]。金缕翠蝉曾记得，花密密、过彤墙[5]。　　而今冷落水云乡[6]。念平康[7]。转情伤，梦断巫云，空恨楚襄王[8]。冰雪肌肤消瘦损，愁满地、对斜阳。

（原载陆敕先校汲古阁本《惜香乐府》卷一；录自唐圭璋编《全宋词》，中华书局 1965 年 6 月第 1 版，第 3 册，第 1772 页）

【注　释】

[1]江神子:词牌名。参见本卷《诗歌部》上册谢薖《江神子》注[1]。赵长卿此词双调,七十字。前段八句,五平韵;后段七句,四平韵。

[2]孤芳:独秀的香花。〔宋〕宋庠《马上见梅花初发》:"莫吹羌坞笛,容易损孤芳。"(《元宪集》卷三)

[3]蕊珠娘:犹蕊珠宫女。蕊宫,道教经典中所说的仙宫。〔宋〕邵雍《二色桃》:"疑是蕊宫双姊妹,一时俱肯嫁春风。"(《击壤集》卷二)〔宋〕徽宗赵佶《燕山亭》:"新样靓妆,艳溢香融,羞杀蕊珠宫女。"(《花草粹编》卷十九)按:这里是以蕊珠娘喻梅花。

[4]清丽:清秀美丽。〔宋〕贺铸《凤求凰》:"华池缭绕飞廊。坐按吴娃清丽,楚调圆长。"(《历代诗余》卷六十三)

傅宫妆:涂抹宫妆。傅,涂,搽。宫妆,宫中女子的妆束。〔宋〕薛季宣《石榴花》:"国色宜炎夏,宫妆染绛纱。"(《浪语集》卷四)

[5]金缕:指金缕衣。以金丝编织的衣服。〔南朝·梁〕刘孝威《拟古应教一首》:"青铺绿琐琉璃扉,琼筵玉笥金缕衣。"(《汉魏六朝百三家集》卷九十八)

翠蝉:指蝉鬓,古代妇女的一种发式,两鬓薄如蝉翼,故称。〔晋〕崔豹《古今注·杂注》(卷下):"魏文帝宫人绝所宠者,有莫琼树、薛夜来、田尚衣、段巧笑,日夕在侧,琼树乃制蝉鬓。缥眇如蝉翼,故曰蝉鬓。"亦借指妇女。

彤墙:饰以浮雕、彩绘的墙壁,亦指华美的墙壁。《尚书·五子之歌》:"甘酒嗜音,峻宇彤墙。"(《尚书注疏》卷六)

[6]水云乡:水云弥漫,风景清幽的地方。〔宋〕苏轼《南歌子》:"一时分散水云乡。惟有落花芳草、断人肠。"(《东坡词》)

[7]平康:唐长安丹凤街有平康坊,为妓女聚居之地,亦称平康里。〔唐〕孙棨《北里志·海论三曲中事》:"平康入北门,东回三曲,即诸妓所居之聚也。妓中有铮铮者,多在南曲、中曲。其循墙一曲,卑屑妓所居,颇为二曲轻斥之。其南曲、中曲,门前通十字街,初登馆阁者,多于此窃游焉。二曲中居者,皆堂宇宽静,各有三数厅事,前后植花卉,或有怪石盆池,左右对设,小堂垂帘,茵榻帷幌之类称是。诸妓皆私有所指占,厅事皆彩版以记诸帝后忌日。妓之母多假母也(俗呼为'爆炭',不知其因,应以难姑息之故也——原注),亦妓之衰退者为之。诸女自幼丐育,或佣其下里贫家。常有不调之徒,潜为渔猎,亦有良家子,为其家聘之,以转求厚略。误陷其中,则无以自脱。初教之歌令,而责之其赋甚急,微涉退怠,则鞭朴备至。皆冒假母姓,呼以女弟、女兄为之行第,率不在三旬之内。诸母亦无夫,其未甚衰者,悉为诸邸将辈主之。或私蓄侍寝者,亦不以夫礼待(多有游惰者,于三

曲中而为诸倡所豢养，必号为庙客，不知何谓——原注）。比见东洛诸妓，体裁与诸州饮妓固不侔矣。然其羞比筋之态，勤参请之仪，或未能去也。北里之妓，则公卿与举子，其自在也，朝士金章者，始有参礼，大京兆但能制其舁夫，或可驻其去耳。诸妓以出里艰难，每南街保唐寺有讲席，多以月之八日，相牵率听焉。皆纳其假母一缗，然后能出于里。其于他处，必因人而游，或约人与同行，则为下婢，而纳资于假母。故保唐寺每三八日士子极多，盖有期于诸妓也。有一姬，号汴州人也，盛有财货，亦育数妓，多蓄衣服器用，俶赁于三曲中。亦有乐工聚居其侧，或呼召之立至。每饮率以三镮，继烛即倍之。"（〔元〕陶宗仪《说郛》卷七十八上载）

[8]巫云：巫山云。〔唐〕李群玉《送友人之峡》："东吴有赋客，愿识阳台仙。彩毫飞白云，不减郢中篇。楚水五月浪，轻舟入暮烟。巫云多感梦，桂楫早回旋。"（《全唐诗》卷五百六十八）

楚襄王：一作楚顷襄王，名芈(mǐ)横，战国时楚国君主，楚怀王芈槐之子，公元前298—公元前262年在位。在宋玉《高唐赋》、《神女赋》中楚襄王均扮演了重要角色，后人遂将楚襄王作为高唐故事的男主人公，这其实是一种误读。参见本卷《诗歌部》上册徐铉《离歌辞五首》（其五）注[4]。

小重山[1]
残春

清晚窗前杜宇啼[2]。游仙惊梦醉，断魂迷[3]。起来窗下看盆池。伤春去，消瘦不胜衣[4]。　　柳陌记年时[5]。行云音信杳、与心违[6]。空教攒恨入双眉[7]。人已远，红叶莫题诗[8]。

（原载陆敕先校汲古阁本《惜香乐府》卷一；录自唐圭璋编《全宋词》，中华书局1965年6月第1版，第3册，第1775页）

【注　释】

[1]小重山：参见本卷《诗歌部》上册贺铸《小重山》注[1]。赵长卿此词据《全宋词》为双调，五十八字。前段六句，四平韵。后段五句，四平韵。与《词谱》此调五十八字二体句读有别。

[2]杜宇：即杜鹃鸟，传说为蜀王杜宇之魂所化。参见本卷《诗歌部》上册柳永《西平乐》注[12]。

[3]游仙：漫游仙界。〔南朝·梁〕萧统《七契》："若夫洗精服食，慕道游仙，寻

玉尘于万里,守金灶于千年。"(《昭明太子集》卷二)

惊梦:惊醒睡梦。〔南朝·梁〕刘勰《文心雕龙·神思》(卷六):"相如含笔而腐毫,扬雄辍翰而惊梦。"

断魂:离开躯体的灵魂。〔唐〕温庭筠《箫策歌》:"景阳宫女正愁绝,莫使此声催断魂。"(《温飞卿诗集笺注》卷一)

[4]不胜衣:形容身体极瘦弱,连衣服都承担不起。语出《荀子·非相》(卷三):"叶公子高微小短瘠,行若将不胜其衣。"〔南唐〕李璟《浣溪沙》:"风压轻云贴水飞,乍晴池馆燕争泥。沈郎多病不胜衣。"(《全唐诗》卷八百八十九)

[5]柳陌:植柳之路。旧亦指妓院。〔宋〕周密《玲珑四犯》:"还约刘郎归后,凭问柳陌情人,比似垂杨谁瘦。"(《词综》卷二十)

记年时:犹记得当年。年时,往年时节。〔宋〕袁说友《题石上玉簪花》:"如今不作维摩病,犹记年时赋玉簪。"(《东塘集》卷六)

[6]行云:用巫山神女之典。语本〔战国·楚〕宋玉《高唐赋·序》:"旦为朝云,暮为行雨。"(《文选》卷十九)

[7]空教:犹白让。空,徒然,白白地。教,使,令,让。〔宋〕苏轼《次韵王定国倅扬州》:"未许相如还蜀道,空教何逊在扬州。"(《东坡全集》卷十六)

攒(cuán)恨:聚集恼恨。〔宋〕杨冠卿《回纹四时》之三:"纹篸揾香余汗粉,绿眉攒恨旧愁新。"(《客亭类稿》卷十三)

[8]红叶莫题诗:唐代红叶题诗、结成良缘的故事较多,情节略同而人事各异:僖宗时,宫女韩氏以红叶题诗,自御沟流出,为于祐所得。祐亦题一叶,投沟上流,亦为韩氏所得。不久,宫中放宫女三千人,祐适娶韩氏。成礼日,各取红叶相示,方知红叶是良媒。参见本卷《诗歌部》上册周邦彦《六丑》注[13]。

临江仙[1]

赏兴

柳上斜阳红万缕,烘人满院荷香[2]。晚凉初浴略梳妆。冠儿轻替枕,衫子染莺黄[3]。　　蓄意新词轻缓唱,殷勤满捧瑶觞[4]。醉乡日月得能长[5]。仙源正闲散,伴我老高唐[6]。

(原载陆敕先校汲古阁本《惜香乐府》卷四;录自唐圭璋编《全宋词》,中华书局1965年6月第1版,第3册,第1789页)

赵长卿

7

【注　释】

[1]临江仙:词牌名。参见本卷《诗歌部》上册晏几道《临江仙》注[1]。赵长卿此词双调,六十字。前后段各五句,三平韵。

[2]烘人:指热气烤人。〔宋〕韩淲《十月初十日》:"南窗午逾暖,日气烘人衣。"(《涧泉集》卷一)

荷香:荷花的香气。〔唐〕骆宾王《晚泊江镇》:"荷香销晚夏,菊气入新秋。"(《骆丞集》卷二)

[3]莺黄:浅黄色。〔宋〕张先《定风波令》:"碧玉篦扶坠髻云。莺黄衫子退红裙。"(《历代诗余》卷四十一)

[4]瑶觥:玉杯,酒杯的美称。〔宋〕张耒《泊楚州锁外六首》之五:"水榭疏帘秋夜凉,清歌一曲醽瑶觥。"(《柯山集》卷二十五)

[5]醉乡:指醉酒后神志不清的境界。〔唐〕王绩《醉乡记》:"阮嗣宗、陶渊明等十数人,并游于醉乡。"(《东皋子集》卷下)

[6]仙源:道教称神仙所居之处。《云笈七签》(卷二十七):"福地第四曰东仙源,福地第五曰西仙源,均在台州黄岩县属地。"

高唐:战国时楚国台观名。在巫山。传说楚先王游高唐,梦见巫山神女,幸之而去。典出〔战国·楚〕宋玉《高唐赋·序》。参见本卷《诗歌部》上册张泌《经旧游》注[1]。

临江仙

笙妓梦云,对居士忽有翦发齐眉修道之语。[1]

蕊嫩花房无限好,东风一样春工[2]。百年欢笑酒樽同[3]。笙吹雏凤语[4],裙染石榴红。　　且向五云深处住,锦衾绣幌从容[5]。如何即是出樊笼[6]。蓬莱人少到,云雨事难穷[7]。

（原载陆敕先校汲古阁本《惜香乐府》卷七;录自唐圭璋编《全宋词》,中华书局1965年6月第1版,第3册,第1810页）

【注　释】

[1]临江仙:词牌名。参见本卷《诗歌部》上册晏几道《临江仙》注[1]。赵长卿此词双调,六十字。前后段各五句,三平韵。

笙妓梦云:吹笙的妓女名叫梦云。

居士:梵语意译,原指古印度吠舍种姓工商业中的富人,因信佛教者颇多,故佛教用以称呼在家佛教徒之受过"三归"、"五戒"者。

翦发齐眉修道:谓剪发修行。

[2]花房:即花冠,花瓣的总称。〔唐〕白居易《画木莲花图寄元郎中》:"花房腻似红莲朵,艳色鲜如紫牡丹。"(《白氏长庆集》卷十八)

春工:春季造化万物之工。〔宋〕柳永《剔银灯》:"何事春工用意,绣画出,万红千翠。"(《乐章集》)

[3]酒樽:古代盛酒器,亦泛指酒杯。〔唐〕李白《春归终南山松龙旧隐》:"且复命酒樽,独酌陶永夕。"(《李太白文集》卷二十)

[4]雏凤:幼凤。〔唐〕李商隐《韩冬郎即席为诗相送一座尽惊他日余方追吟连宵侍坐徘徊久之句有老成之风因成二绝寄酬兼呈畏之员外》之一:"桐花万里丹山路,雏凤清于老凤声。"(《李义山诗集》卷中)

[5]五云:谓青、白、赤、黑、黄五种云色,为吉祥的征兆。〔宋〕张耒《鹿仙山》:"五云深处驾飞龙,应笑人间换朝暮。"(《柯山集》卷十二)

锦衾:锦缎的被子。〔唐〕王勃《铜雀妓二首》之二:"锦衾不复襞,罗衣谁再缝。"(《王子安集》卷三)

绣幌:绣花的帘幔。〔宋〕徐铉《月真歌》:"绿窗绣幌天将晓,残烛依依香袅袅。"(《骑省集》卷二)

[6]樊笼:关鸟兽的笼子。比喻受束缚不自由的境地。〔晋〕陶潜《归园田居》之一:"久在樊笼里,复得返自然。"(《陶渊明集》卷二)

[7]蓬莱:传说中海上神山名。《史记·秦始皇本纪》(卷五):"齐人徐市等上书,言海中有三神山,名曰蓬莱、方丈、瀛洲。"

云雨事:指男女情事。语本〔战国·楚〕宋玉《高唐赋·序》。参见本卷《诗歌部》上册张泌《经旧游》注[3]。

临江仙[1]

予买一妾,稍慧[2],教之写东坡字。半年,又工唱东坡词。命名文卿。元约三年[3]。文卿不忍舍主,厥母不容与议,坚索之去[4]。今失于一农夫,常常寄声[5],或片纸数字问讯。仙源有感[6],遂和其韵。

破靥盈盈巧笑,举杯滟滟迎逢[7]。慧心端有谢娘风[8]。烛花香雾,娇困面微红。　　别恨彩笺虽寄,清歌浅酌难同[9]。梦回楚馆雨云空[10]。

赵长卿

9

相思春暮,愁满绿芜中[11]。

（原载陆敕先校汲古阁本《惜香乐府》卷七;录自唐圭璋编
《全宋词》,中华书局1965年6月第1版,第3册,第1811页）

【注　释】

[1]临江仙:词牌名。参见本卷《诗歌部》上册晏几道《临江仙》注[1]。赵长卿此词双调,五十六字。前后段各五句,三平韵。

[2]稍慧:稍有一点聪明。

[3]元约三年:本来约期为三年。〔宋〕彭汝砺《归期》:"归期元约是花时,曲指花时定可归。"(《鄱阳集》卷八)

[4]厥母:其母。厥,代词,其,表示领属关系。指鸨母。

坚索之:坚决索取她。

[5]寄声:托人传话。〔晋〕陶潜《丙辰岁八月中于下潠田舍获》:"司田眷有秋,寄声与我谐。"(《陶渊明集》卷三)按:这里指梦云作词寄作者,乃有"遂和其韵"之语。

[6]仙源:道教称神仙所居之处。《云笈七签》(卷二十七):"福地第四曰东仙源,福地第五曰西仙源,均在台州黄岩县属地。"

[7]破靥(yè):犹言破颜而笑,露出酒窝。靥,面颊上的微窝。俗称酒窝。

盈盈:仪态美好貌。〔宋〕周邦彦《瑞龙吟》:"障风映袖,盈盈笑语。"(《片玉词》卷上)

巧笑:美好的笑。《诗经·卫风·硕人》:"巧笑倩兮,美目盼兮。"(《毛诗注疏》卷五)

滟滟:酒盈溢貌。〔唐〕李群玉《长沙陪裴大夫夜宴》:"泠泠玉漏初三滴,滟滟金觥已半酡。"(《全唐诗》卷五百六十九)

[8]慧心:聪慧的心思。〔三国·魏〕嵇康《声无哀乐论》:"器不假妙瞽而良,钥不因慧心而调。"(《嵇中散集》卷五)

端有:的确有。端,副词,的确,实在。〔宋〕刘挚《石生煎茶》:"珍重石子者,端有古人情。"(《忠肃集》卷十五)

谢娘风:犹谢娘的风韵。晋王凝之妻谢道韫有文才,后人因称才女为"谢娘"。

[9]别恨彩笺:犹书写离别幽恨的彩色诗笺。彩笺,小幅彩色纸张。常供题咏或书信之用。〔后蜀〕欧阳炯《三字令》:"彩笺书,红粉泪,两心知。"(《全唐诗》卷八百九十六)

清歌浅酌难同:犹言难以一起在歌声中浅浅地饮酒。清歌,不用乐器伴奏的歌唱,或清亮的歌声。浅酌,浅斟,浅饮。〔唐〕白居易《泛太湖书事寄微之》:"玉杯浅酌巡初匝,金管徐吹曲未终。"(《白香山诗集》卷二十七)

[10]梦回:从梦中醒来。〔唐〕李绅《姑苏台杂句》:"云水梦回多感叹,不惟惆怅至长洲。"(《追昔游集》卷下)

楚馆:楚地馆舍,旧时指歌舞场所。按:"楚馆"由"朝云之馆"演变而来。参见本卷《诗歌部》上册宋庠《梅》注[5]。

雨云空:犹言男女情事已空。雨云,犹云雨,语本〔战国·楚〕宋玉《高唐赋·序》。参见本卷《诗歌部》上册张佖《经旧游》注[3]。

[11]绿芜:丛生的绿草。〔唐〕韩偓《船头》:"两岸绿芜齐似剪,掩映云山相向晚。"(《韩内翰别集》)

念奴娇[1]
席上即事

精神俊雅,更那堪、天与风流标格[2]。罗绮丛中偏艳冶,偷处教人怜惜[3]。目剪秋波,指纤春笋,新样冠儿直[4]。高唐云雨,甚人有分消得[5]。

忔戏笑里含羞,回眸低盼[6],此意谁能识。密约幽欢空怅望,何日能谐端的[7]。玳席歌徐,兰堂香散,此际愁如织[8]。人归空对,晚阴庭树横碧[9]。

(原载陆敕先校汲古阁本《惜香乐府》卷七;录自唐圭璋编《全宋词》,中华书局1965年6月第1版,第3册,第1806页)

【注 释】

[1]念奴娇:词牌名。参见本卷《诗歌部》上册沈唐《念奴娇》注[1]。赵长卿此词双调,一百字。前段九句,四仄韵;后段十句,四仄韵。按:据《全宋词》此词与《词谱》所列一百字仄韵各体均有别。

[2]那堪:犹言何况。〔宋〕柳永《雨霖铃》:"多情自古伤离别。更那堪、冷落清秋节。"

风流标格:风流,谓风韵美好动人。标格,风范,风度。〔宋〕苏轼《荷华媚》:"霞苞电荷碧。天然地、别是风流标格。重重青盖下,千娇照水,好红红白白。"(《东坡词》)

[3]罗绮：罗和绮。罗，稀疏而轻软的丝织品。绮，有花纹的丝织品。借指衣着华贵的女子。罗绮丛中，犹美女群中。〔宋〕苏轼《答陈述古二首》之一："小桃破萼未胜春，罗绮丛中第一人。"（《东坡诗集注》卷十二）

艳冶：艳丽妖冶，多形容女子容态。〔南朝·梁〕庾肩吾《长安有狭斜行》："少妇多艳冶，花钿系石榴。"（《汉魏六朝百三家集》卷九十九）

偷处：谓私下相处。

[4]目剪秋波：形容眸子明亮如秋风剪水。语本〔唐〕李贺《唐儿歌》："骨重神寒天庙器，一双瞳人剪秋水。"（《昌谷集》卷一）而李贺"剪秋水"的意象则出自〔唐〕杜甫《戏题画山水图歌》："焉得并州快剪刀，剪取吴松半江水。"（《九家集注杜诗》卷七）

指纤春笋：形容纤纤手指如春笋般白嫩。〔宋〕王禹偁《拍板谣》："吴宫女儿手如笋，执向玳筵为乐准。"（《小畜集》卷十三）

新样冠儿：新鲜样式的帽子。

[5]高唐云雨：典出〔战国·楚〕宋玉《高唐赋·序》："昔者先王尝游高唐，怠而昼寝，梦见一妇人曰：'妾巫山之女也，为高唐之客。闻君游高唐，愿荐枕席。'王因幸之。去而辞曰：'妾在巫山之阳，高丘之阻，旦为朝云，暮为行雨。朝朝暮暮，阳台之下。'"（《文选》卷十九）

消得：享受，享用。〔宋〕邵雍《代书寄华山云台观武道士》："求如华山是难得，使人消得一生闲。"（《击壤集》卷七）

[6]忔（qì）戏：可爱。〔宋〕赵长卿《醉蓬莱》："金凤钗头，应时戴了，千般忔戏。"（《惜香乐府》卷四）

回眸：转过眼睛，回顾。〔唐〕刘禹锡《吏隐亭》："几度欲归去，回眸情更深。"（《刘宾客外集》卷八）低盼，犹低头看。

[7]密约：秘密约会。〔唐〕韩偓《幽窗》："密约临行怯，私书欲报难。"（《全唐诗》卷六百八十三）

幽欢：幽会的欢乐。〔宋〕杨无咎《瑞云浓》："依旧当时似花面。幽欢小会，记永夜、杯行无算。"（《逃禅词》）

端的：到底，究竟。何日能谐端的，犹言究竟何日能称其好事。谐，谐好，指男女结合成其好事。

[8]玳席：玳瑁筵。〔唐〕高宗李治《太子纳妃太平公主出降》："环阶凤乐陈，玳席珍羞荐。"（《全唐诗》卷二）

兰堂：芳洁的厅堂。厅堂的美称。〔唐〕许浑《晨装》："谁家游侠子，沉醉卧兰堂。"（《丁卯诗集》卷下）

愁如织：忧愁纷繁交错，如同编织。〔宋〕张元幹《柳梢青》："海山浮碧。细风

丝雨,新愁如织。"(《芦川归来集》卷六)

[9]晚阴:傍晚时的阴霾。〔唐〕宋之问《嵩山天门歌》:"晚阴兮足风,夕阳兮艳红。"(《全唐诗》卷五十一)

一丛花

和张子野[1]

当歌临酒恨难穷[2]。酒不似愁浓。风帆正起归与兴[3],岸东西、芳草茸茸[4]。楚梦乍回,吴音初听,谁念我孤踪[5]。　　藏春小院暖融融。眼色与心通。乌云有意重梳掠,便安排、金屋房栊[6]。云雨厚因,鸳鸯宿债[7],作个好家风。

（原载陆敕先校汲古阁本《惜香乐府》卷七;录自唐圭璋编《全宋词》,中华书局1965年6月第1版,第3册,第1808页）

【注　释】

[1]一丛花:词牌名。参见本卷《诗歌部》中册陆游《一丛花》注[1]。赵长卿此词双调,七十八字。前后段各七句,四平韵。

张子野:即张先,字子野。参见本卷《诗歌部》上册张先作品【作者简介】。赵长卿所和张先词为《一丛花》:"伤高怀远几时穷。无物似情浓。离愁正引千丝乱,更东陌、飞絮濛濛。嘶骑渐遥,征尘不断,何处认郎踪。/双鸳池沼水溶溶。南北小桡通。梯横画阁黄昏后,又还是、斜月帘栊。沈恨细思,不如桃杏,犹解嫁东风。"(《安陆集》)

[2]当歌临酒:犹对酒当歌。语本〔三国·魏〕武帝曹操《短歌行》:"对酒当歌,人生几何? 譬如朝露,去日苦多。慨当以慷,忧思难忘。何以解忧,唯有杜康。"(《文选》卷二十七)

[3]归与:犹言归去呀。与,语气词,表感叹。《论语·公冶长》:"子在陈曰:'归与! 归!'"〔宋〕邢昺疏:"与,语辞。再言'归与'者,思归之深也。"(《论语注疏》卷五)

兴:《全宋词》注:"兴字陆校所增。自注:'臆增。'"按:"陆校",指陆敕先校汲古阁本。

[4]茸茸:柔细浓密貌。〔宋〕王安石《春江》:"春江渺渺抱墙流,烟草茸茸一片愁。"(《临川文集》卷三十)

13

[5]楚梦：本指楚王游阳台梦遇巫山神女事，后借指短暂的美梦，多指男女欢会。〔宋〕贺铸《小重山》："楚梦冷沈踪。一双金缕枕，半床空。"（《历代诗余》卷三十五）

乍回：犹突然醒来。〔宋〕楼钥《早起戏作》："枕稳衾温梦乍回，闲居不怕漏声催。"（《攻媿集》卷九）

吴音：吴地的语音，吴语。〔唐〕顾况《南归》："乡关殊可望，渐渐入吴音。"（《华阳集》卷中）

孤踪：孤独的踪迹。〔宋〕强至《贾麟自睦来杭复将如苏戏赠短句》："大手千篇随电扫，孤踪四海学云浮。"（《祠部集》卷六）

[6]金屋：华美之屋。典出《汉武故事》，参见本卷《诗歌部》上册周邦彦《少年游》注[4]。

房栊：窗棂。亦泛指房屋。〔晋〕张协《杂诗十首》之一："房栊无行迹，庭草萋以绿。"〔唐〕李周翰注："栊亦房之通称。"（《六臣注文选》卷二十九）

[7]云雨厚因：谓深厚的情爱因缘。云雨，喻男女情爱，典出〔战国·楚〕宋玉《高唐赋·序》。参见本卷《诗歌部》上册张祕《经旧游》注[3]。

鸳鸯宿债：犹男女旧债。鸳鸯，喻情侣。宿债，佛教指前世所欠的债。

天仙子[1]

寓意

眼色媚人娇欲度[2]。行尽巫阳云又雨[3]。花时还复见芳姿，情几许[4]。愁何许[5]。莫向耳边传好语。　　往事悠悠曾记否。忍听黄鹂啼锦树。啼声惊碎百花心，分付与。谁为主。落蕊飞红知甚处[6]。

（原载陆敕先校汲古阁本《惜香乐府》卷七；录自唐圭璋编
《全宋词》，中华书局1965年6月第1版，第3册，第1808页）

【注　释】

[1]天仙子：词牌名。《词谱》（卷二）："《天仙子》，唐教坊曲名，按段安节。
《乐府杂录》：《天仙子》，本名《万斯年》，李德裕进，属龟兹部舞曲，因皇甫松词有
'懊恼天仙应有以'句，取以为名。此词有单调、双调两体。单调始于唐人，或押
五仄韵，或押四仄韵，或押两仄韵、三平韵，或押五平韵。双调始于宋人，两段俱押
五仄韵。"〔清〕毛先舒《填词名解》（卷一）："《天仙子》，唐韦庄词'刘郎此日别天

仙'，遂采以名。"（载北京市中国书店据木石居校本影印〔清〕查培继《词学全书》，1984年1月第1版）赵长卿此词双调，六十八字。前后段各六句，五仄韵。

〔2〕媚人：诱人。〔宋〕王灼《碧鸡漫志》："《天宝遗事》云：念奴有色，善歌，宫妓中第一。帝尝曰：'此女眼色媚人。'"

度：泛指过，用于空间或时间。犹言带着娇媚的迷人眼波将要传递过来。

〔3〕巫阳云雨：即巫山云雨。巫阳，巫山之阳（南面）。典出〔战国·楚〕宋玉《高唐赋·序》。参见本卷《诗歌部》上册张佖《经旧游》注〔3〕。

〔4〕几许：多少。〔宋〕苏轼《渔家傲》："一曲阳关情几许。知君欲向秦川去。"（《东坡词》）

〔5〕何许：如何，怎样。〔宋〕周紫芝《次韵赵鹏翔秋夜叹》："问言愁何许，万里怀归心。"（《太仓稊米集》卷九）

〔6〕飞红：犹落花。〔宋〕秦观《千秋岁》："春去也，飞红万点愁如海。"（《淮海长短句》卷中）

甚处：犹何处。〔宋〕文同《郡斋水阁闲书·采莲》："桂楫兰桡甚处？莲花荷叶无穷。"（《丹渊集》卷十六）

行香子[1]
马上有感

骄马花骢[2]。柳陌经从[3]。小春天、十里和风。箇人家住，曲巷墙东[4]。好轩窗[5]，好体面，好仪容。　　烛地歌慵[6]。斜月朦胧。夜新寒、斗帐香浓[7]。梦回画角，云雨匆匆[8]。恨相逢，恨分散，恨情钟[9]。

（原载陆敕先校汲古阁本《惜香乐府》卷七；录自唐圭璋编
《全宋词》，中华书局1965年6月第1版，第3册，第1809页）

【注　释】

〔1〕行香子：词牌名。《词谱》（卷十四）："《行香子》，《中原音韵》、《太平乐府》俱注：'双调。'《蒋氏九宫谱目》入'中吕引子'。"《词谱》以赵长卿此词为此调别体之一谱式：双调，六十四字。前后段各八句，五平韵。

〔2〕骄马：壮健的马。〔宋〕梅尧臣《上马和公仪》："烟火千门晓欲开，五花骄马肯徘徊。"（《宛陵集》卷五十二）

花骢（cōng）：即五花马。唐人喜将骏马鬃毛修剪成瓣以为饰，分成五瓣者，

称"五花马"。〔宋〕周邦彦《夜飞鹊》:"花骢会意,纵扬鞭,亦自行迟。"(《片玉词》卷上)

[3]柳陌(mò):植柳之路。〔唐〕刘禹锡《踏歌词四首》之二:"桃蹊柳陌好经过,灯下妆成月下歌。"(《刘宾客文集》卷二十六)

经从:犹经过。从,经由,经过。〔宋〕曾丰《渡海后自北流县过鬼门关》:"每每经从处,皇皇险阻间。"(《缘督集》卷六)

[4]箇人:那人。〔宋〕杨无咎《琐窗寒》:"忆前回、庭树未春,箇人预约同携手。"(《逃禅词》)

曲巷:偏僻的小巷。〔南朝·梁〕萧统《相逢狭路间》:"京华有曲巷,巷曲不通舆。"(《昭明太子集》卷一)

[5]轩窗:窗户。〔唐〕孟浩然《同王九题就师山房》:"轩窗避炎暑,翰墨动新文。"(《孟浩然集》卷二)

[6]烛炧(xiè):烛的余烬。犹言蜡烛燃尽。〔南唐〕冯延巳《酒泉子》:"廊下风帘惊宿燕,香印灰,兰烛炧,觉来时。"(《全唐诗》卷八百九十八)

歌慵:歌声慵怠。慵,懒散。〔宋〕何籀《宴清都》:"又早是、歌慵笑懒。凭画楼,那更天远,山远,水远,人远。"(《乐府雅词拾遗》卷上)

[7]斗帐:小帐,形如覆斗,故称。〔汉〕刘熙《释名·释床帐》(卷六):"小帐曰斗帐,形如覆斗也。"《玉台新咏·古诗为焦仲卿妻作》(卷一):"红罗复斗帐,四角垂香囊。"

[8]梦回画角:犹言在画角声里从梦中醒来。梦回,梦醒。画角,古管乐器,传自西羌。形如竹筒,本细末大,以竹木或皮革等制成,发声哀厉高亢,因表面有彩绘,故称。

云雨:典出〔战国·楚〕宋玉《高唐赋·序》:"昔者先王尝游高唐,怠而昼寝,梦见一妇人曰:'妾巫山之女也,为高唐之客。闻君游高唐,愿荐枕席。'王因幸之。去而辞曰:'妾在巫山之阳,高丘之阻,旦为朝云,暮为行雨。朝朝暮暮,阳台之下。'"(《文选》卷十九)

匆匆:仓卒,急急忙忙。〔唐〕杜甫《雨不绝》:"眼边江舸匆匆促,未得安流逆浪归。"(《九家集注杜诗》卷二十七)

[9]情钟:情之所聚。语本〔南朝·宋〕刘义庆《世说新语·伤逝》(卷下之上):"王戎丧儿万子,山简往省之。王悲不自胜。简曰:'孩抱中物,何至于此!'王曰:'圣人忘情,最下不及情;情之所钟,正在我辈。'"〔宋〕王安石《题永庆壁有雾遗墨数行》:"残骸岂久人间世,故有情钟未可忘。"(《临川文集》卷二十九)

眼儿媚

东院适人乞词,醉中书于裙带三首(选一)[1]

人随社节去匆匆[2]。此恨几时穷。阳台寂寞,巫山凄惨,云雨成空[3]。芭蕉密处窗儿下,冷落旧香中。黄昏静也,蛩声满院[4],明月清风。

(原载陆敕先校汲古阁本《惜香乐府》卷七;录自唐圭璋编《全宋词》,中华书局 1965 年 6 月第 1 版,第 3 册,第 1810 页)

【注　释】

[1]眼儿媚:词牌名。《词谱》(卷七):"《眼儿媚》,左誉词有'斜月小阑干'句,名《小阑干》;韩淲词有'东风拂槛露犹寒'句,名《东风寒》;陆游词名《秋波媚》。"赵长卿此词双调,四十八字。前段五句,三平韵;后段五句,两平韵。

适人:指出嫁的女子。《仪礼·丧服》:"(小功)大夫之妾为庶子适人者。"〔汉〕郑玄注:"君之庶子,女子子也。庶女子子在室大功,其嫁于大夫亦大功。"〔晋〕潘岳《寡妇赋》:"少丧父母,适人而所天又殒。"〔唐〕李善注:"《家语》曰:'女年十五,有适人之道。'适,谓往嫁也。"(《文选》卷十六)

[2]社节:即社日,古时祭祀土神的日子,一般在立春、立秋后第五个戊日。间或有四时致祭者。周代本用甲日,汉至唐各代不同。〔宋〕韦骧《复假前韵为即事二诗且言别于卒章》之一:"燕知社节来何早,莺怯春寒语未成。"(《钱塘集》卷四)

[3]"阳台"等三句:均典出〔战国·楚〕宋玉《高唐赋·序》。参见本卷《诗歌部》上册张佖《经旧游》注[3]。

[4]蛩(qióng)声:蟋蟀的鸣声。〔唐〕白居易《禁中闻蛩》:"西窗独闇坐,满耳新蛩声。"(《白氏长庆集》卷十四)

水龙吟[1]

云词

先来天与精神,更因丽景添殊态[2]。拖轻苒苒,才凝一段,还分五彩[3]。毕竟非烟,有时为雨,惹情无奈。道无心、怎被歌声遏断[4],迟迟向、青天外。　　宜伴先生醉卧,得饶到、和山须买[5]。也曾恼杀襄王,谁道依前不会[6]。我欲乘风归去，翻怅恨、帝乡何在[7]。念佳期未展，天长莫合[8]，尽空相对。

（原载陆敕先校汲古阁本《惜香乐府》卷八；录自唐圭璋编《全宋词》，中华书局1965年6月第1版，第3册，第1812页）

【注　释】

[1]水龙吟：参见本卷《诗歌部》上册孔夷《水龙吟》注[1]。《词谱》（卷三十）注云："此调句读最为参差，今分立二谱，起句七字，第二句六字者，以苏轼词为正格。起句六字，第二句七字者，以秦观词为正格。其余添字、减字、句读、押韵不同者，各以类列。此调之源流正、变，尽于此矣。"《词谱》以赵长卿此词为别体之一谱式：双调，一百二字。前段十句，四仄韵；后段九句，四仄韵。按：据《全宋词》，此词前段第九句"道无心"为"句"，《词谱》此处为"读"，据《词谱》改。

[2]天与精神：犹言上天赋予生气。精神，形容事物富有生气。〔宋〕范成大《再题瓶中梅花》："风袂挽香虽淡薄，月窗横影已精神。"（《石湖诗集》卷二十八）

丽景：美景。〔唐〕张说《先天应令》："三阳丽景早芳辰，四序嘉园物候新。"（《张燕公集》卷一）

殊态：特殊的状态。〔宋〕郭祥正《殊亭》："差池想遗风，云山有殊态。"（《青山续集》卷一）

[3]苒苒（rǎn）：柔和貌。〔宋〕李纲《自池口登舟》："多风烟浪鳞鳞起，欲雪江云苒苒浮。"（《梁溪集》卷十四）

五彩：指青、黄、赤、白、黑五种颜色。〔宋〕释赞宁《宋高僧传·唐五台山竹林寺法照传》（卷二十一）："忽睹五彩祥云，云内现山寺。"

[4]被歌声遏断：犹"响遏行云"。遏，阻断。语本《列子·汤问》（卷五）："薛谭学讴于秦青，未穷青之技，自谓尽之，遂辞归。秦青弗止。饯于郊衢，抚节悲歌，声振林木，响遏行云。薛谭乃谢求反，终身不敢言归。"

[5]得饶：岂让。和山：传说中的山名。《山海经·中山经》（卷五）："（宜苏山）又东二十里，曰和山，其上无草木，而多瑶碧，实惟河之九都。"

[6]恼杀襄王：恼极了楚襄王。恼，烦恼。杀，通"煞"，助词，用在动词后，表示程度深。楚襄王，一作楚顷襄王，名芈（mǐ）横，战国时楚国君主，楚怀王芈槐之子，公元前298—公元前262年在位。在宋玉《高唐赋》《神女赋》中楚襄王均扮演了重要角色，后人遂将楚襄王作为高唐故事的男主人公。参见本卷《诗歌部》上册徐铉《离歌辞五首》（其五）注[4]。

依前不会：犹言仍旧不相会，指不能与神女相会。

[7]翻怅恨:反倒惆怅怨恨。翻,副词,反而。〔北周〕庾信《卧疾穷愁》:"有菊翻无酒,无弦则有琴。"(《庾开府集笺注》卷四)

帝乡:天宫,仙乡。〔晋〕陶潜《归去来兮辞》:"富贵非吾愿,帝乡不可期。"(《陶渊明集》卷五)

[8]莫合:犹暮合。莫,"暮"的古字。〔宋〕秦观《千秋岁》:"人不见,碧云暮合空相对。"(《淮海长短句》卷中)

簇　水[1]

长忆当初,是他见我心先有。一钩才下,便引得鱼儿开口。好是重门深院,寂寞黄昏后。厮觑著、一面儿酒[2]。　　试挼就[3]。便把我、得人意处,闵子里[4]、施纤手。云情雨意,似十二巫山旧[5]。更向枕前言约,许我长相守。忺人也[6],犹自眉头皱。

(原载陆敕先校汲古阁本《惜香乐府》卷八;录自唐圭璋编《全宋词》,中华书局1965年6月第1版,第3册,第1813页)

【注　释】

[1]簇(cù)水:词牌名。《词谱》(卷二十一):"《簇水》,调见《惜香乐府》。"按:《惜香乐府》为赵长卿词集。《词谱》以赵长卿此词为此调正体:双调,八十五字。前段七句,四仄韵;后段八句,五仄韵。并注:"此亦谑词,因其调僻,采入以备一体。"

[2]厮觑(qù):相互看着。〔宋〕赵师使《洞仙歌》:"待归去、犹自意迟疑,但无语空将,眼儿厮觑。"(《坦庵词》)此句犹言一面相互偷看,一面斟酒。

[3]挼(ruó)就:迁就,将就。〔宋〕秦观《满园花》:"我当初不合、苦挼就。惯纵得软顽,见底心先有。"(《淮海词》)

[4]闵子里:犹暗地里。〔清〕万树《词律》(卷十三)赵长卿《簇水》词后注:"闵子里,即《西厢》、《琵琶》所云'酩子里',乃暗地里之谓也。"

[5]云情雨意:语本〔战国·楚〕宋玉《高唐赋·序》:"去而辞曰:'妾在巫山之阳,高丘之阻,旦为朝云,暮为行雨。朝朝暮暮,阳台之下。'"(《文选》卷十九)喻男女情爱。

十二巫山:即巫山十二峰,圣泉峰、登龙峰、朝云峰、神女峰(又称望霞峰)、松峦峰、集仙峰、翠屏峰、聚鹤峰、飞凤峰、净坛峰、起云峰、上升峰。参见本卷《诗歌部》上册张俶《经旧游》注[4]。

　　[6]忺(xiān)：欢快，高兴。按：〔清〕万树《词律》（卷十三）赵长卿《簇水》词后注："'欢人'，恐是'劝人'。"

摊破丑奴儿[1]

　　最苦是离愁。行坐里、只在心头。待要作个巫山梦，孤衾展转，无眠到晓，和梦都休[2]。　　梦里也无由[3]。谁敢望、真个绸缪[4]。暂时不见浑闲事，只愁柳絮杨花[5]，自来摆荡难留。

　　　（原载陆敕先校汲古阁本《惜香乐府》卷八；录自唐圭璋编《全宋词》，中华书局1965年6月第1版，第3册，第1813页）

【注　释】

　　[1]摊破丑奴儿：词牌名。王兆鹏、刘尊明主编《宋词大辞典》"摊破丑奴儿"条云："赵长卿'又是两分携'一首，'最苦是离愁'一首，名为《摊破丑奴儿》，实乃《摊破南乡子》。"（凤凰出版社2003年9月版，第352页）"摊破南乡子"条则云："赵长卿'又是两分携'一首，与程（程垓）词同体，'最苦是离愁'一首，亦与程词同体，唯下片结三句改为六字两句；……调名俱误作《摊破丑奴儿》"（同上）。赵长卿此词双调，六十二字。前段六句，三平韵；后段五句，三平韵。摊破，唐宋填词用语。指因乐曲节拍的变动引起句法、协韵的变化，突破原来词调谱式，故称摊破。

　　[2]巫山梦：犹楚先王梦幸巫山神女之梦，典出〔战国·楚〕宋玉《高唐赋·序》（《文选》卷十九）。

　　孤衾：一床被子，常喻独宿。〔宋〕张耒《冬至三首》之三："孤衾不成寐，起坐听鸡号。"（《柯山集》卷十四）

　　和梦都休：犹言和梦一起罢休。

　　[3]无由：没有门径，没有办法。〔唐〕刘长卿《酬李侍御登岳阳见寄》："想见孤舟去，无由此路寻。"（《刘随州集》卷二）

　　[4]绸缪(móu)：形容缠绵不解的男女恋情。〔唐〕元稹《莺莺传》："绸缪缱绻，暂若寻常，幽会未终，惊魂已断。"（《元氏长庆集补遗》卷六）

　　[5]浑闲事：犹言寻常事。〔宋〕陆游《买油》："冬裘不赎浑闲事，且为吾儿续短檠。"（《剑南诗稿》卷二十八）

　　柳絮：柳树的种子。有白色绒毛，随风飞散如飘絮，因以为称。按：杨花即柳絮。

浪淘沙[1]

帘卷露花容。几度相逢。他知我意欲相通。偏奈天教多阻间[2]，积恨何穷。　　云雨杳无踪[3]。愁怕东风。时闻语笑恣欢浓[4]。惟有俺咱真分浅[5]，往事成空。

（原载陆敕先校汲古阁本《惜香乐府》卷八；录自唐圭璋编《全宋词》，中华书局1965年6月第1版，第3册，第1815页）

【注　释】

[1]浪淘沙：词牌名。原为唐教坊曲名，后用为词牌。创自唐刘禹锡、白居易。原为小曲，南唐李煜始作《浪淘沙令》，参见本卷《诗歌部》上册杜安世《浪淘沙》注[1]。赵长卿此词为《浪淘沙令》。双调，五十四字。前后段各五句，四平韵。

[2]阻间：阻隔。〔宋〕扬无咎《洞仙歌》："纵金风玉露，胜却人间，争奈向、雪月花时阻间。"（《逃禅词》）

[3]云雨：喻男女情爱，典出〔战国·楚〕宋玉《高唐赋·序》。参见本卷《诗歌部》上册张泌《经旧游》注[3]。

[4]欢浓：犹欢情浓密。〔宋〕王铚《次韵国香诗并序》："欢浓酒晕上玉颊，香暖红酥疑欲销。"（《雪溪集》卷一）恣欢浓，犹恣意欢乐。

[5]俺咱：方言，我。〔宋〕周密《癸辛杂识别集·物外平章》（卷下）引无名氏《散经名物外平章》："姓名标在青史，却干俺咱甚事？"

分浅：犹缘分浅。

浪淘沙

窈窕绣帏深[1]。窈窕娉婷[2]。梅花初试晚妆新[3]。那更娇痴年纪小，冰雪精神[4]。　　举措忒轻盈[5]。歌彻新声[6]。柔肠魂断不堪听[7]。但恐巫山留不住，飞作行云[8]。

（原载陆敕先校汲古阁本《惜香乐府》卷八；录自唐圭璋编《全宋词》，中华书局1965年6月第1版，第3册，第1816—1817页）

【注　释】

[1]窈窕(yǎotiǎo)：亦作"窈霭"，幽深貌。〔唐〕卢照邻《双槿树赋同崔少监作》："纷广庭之霏靡，隐重廊之窈霭。"（《卢升之集》卷一）

绣帏：绣花的帷帐。〔宋〕徐积《少年行》："绣帏初睡起，红日上帘衣。"（《节孝集》卷二十）

[2]窈窕：《全宋词》注："陆校：重'窈窕'，有误。"

娉婷(pīngtíng)：姿态美好貌。〔唐〕柳宗元《韦道安》："货财足非恡，二女皆娉婷。"（《柳河东集注》卷四十三）

[3]"梅花"句：犹梅花妆。即描梅花状于额上为饰。事见《太平御览》(卷九百七十引《宋书》："武帝女寿阳公主人日卧于含章檐下，梅花落公主额上，成五出之华，拂之不去，皇后留之。自后有梅花妆，后人多効之。"

[4]娇痴：天真可爱而不解事。〔唐〕宋之问《放白鹇篇》："著书晚下麒麟阁，幼稚娇痴侯门乐。"（《全唐诗》卷五十一）

冰雪精神：形容心地纯净，神情清爽，富有生气。〔宋〕楼钥《谢袁起岩侍郎送盆栀奉老母》："翠绡飞盖拥生香，冰雪精神试晚妆。"（《攻媿集》卷九）

[5]举措：举动，行为。《东观汉记·梁商》(卷十二)："举措动作，直推雅性。"

忒(tè)：副词，太，过于。

[6]歌彻新声：犹唱尽新歌。彻，尽，完。新声，新歌。〔晋〕陶潜《诸人共游周家墓柏下》："清歌散新声，绿酒开芳颜。"（《陶渊明集》卷二）

[7]不堪听：不忍心听。〔唐〕杜甫《独坐二首》之一："胡笳在楼上，哀怨不堪听。"（《九家集注杜诗》卷三十二）

[8]巫山、行云：用巫山神女之典。语本〔战国·楚〕宋玉《高唐赋·序》："旦为朝云，暮为行雨。"（《文选》卷十九)喻男女情爱。

浣溪沙[1]

金兽喷香瑞霭氛[2]。夜凉如水酒醺醺。照人娇眼媚生春[3]。　　我自愁多魂已断，不禁楚雨带巫云[4]。人情又是一番新。

（原载陆敕先校汲古阁本《惜香乐府》卷八；录自唐圭璋编《全宋词》，中华书局1965年6月第1版，第3册，第1816页）

【注　释】

[1]浣溪沙:词牌名。参见本卷《诗歌部》上册张先《浣溪沙》注[1]。赵鼎此词双调,四十二字。前段三句,三平韵;后段三句,两平韵。

[2]金兽:指兽形的香炉。〔宋〕张耒《秋蕊香》:"帘幕疏疏风透,一线香飘金兽。"(《历代诗余》卷十七)

瑞霭:吉祥之云气,亦以美称烟雾。〔唐〕杨巨源《春日奉献圣寿无疆词十首》之四:"瑞霭方呈赏,暄风本配仁。"(《全唐诗》卷三百三十三)氛,泛指雾气,云气。

[3]媚生春:犹言娇媚而生春情。

[4]楚雨、巫云:用巫山神女之典。语本〔战国·楚〕宋玉《高唐赋·序》:"旦为朝云,暮为行雨。"(《文选》卷十九)喻男女情爱。

南乡子[1]

　　楚楚窄衣裳[2]。腰身占却,多少风光[3]。共说春来春去事,凄凉。懒对菱花晕晓妆[4]。　　闲立近红芳[5]。游蜂戏蝶,误采真香[6]。何事不归巫峡去[7],思量。故来尘世断人肠[8]。

（原载陆敕先校汲古阁本《惜香乐府》卷九;录自唐圭璋编《全宋词》,中华书局1965年6月第1版,第3册,第1817页）

【注　释】

[1]南乡子:词牌名。参见本卷《诗歌部》中册苏轼《南乡子》注[1]。贺铸此词双调,五十八字。前后段各六句,四平韵。

[2]楚楚:姣美动人貌。〔宋〕陈襄《咸阳宫赋》:"钟鼓喤喤,有二四之列,衣裳楚楚,有三千之丽。"(《古灵集》卷二十一)

[3]占却:犹占了。却,助词,用在动词后面,表动作的完成。

风光:光景,时光景物。〔宋〕曾觌《阮郎归》:"柳阴庭馆占风光。呢喃清昼长。"(《历代诗余》卷十六)

[4]菱花:指菱花镜,亦泛指镜。古代铜镜多为六角形或背面刻有菱花图案。〔宋〕韦骧《孙太守席赋催妆》:"鹊桥深夜飞霜冷,早对菱花整鬓花。"(《钱塘集》卷四)

晕晓妆:谓涂抹晨妆。晕,谓涂抹(粉黛)。〔宋〕周密《谒金门》:"试把翠蛾轻晕。愁满宝台鸾镜。"(《历代诗余》卷十一)

[5]红芳:指红花。〔唐〕陈子昂《感遇诗》之三十一:"但恨红芳歇,凋伤感所思。"(《陈拾遗集》卷一)

[6]游蜂戏蝶:飞来飞去的蜜蜂,嬉戏的蝴蝶。〔唐〕卢照邻《长安古意》:"游蜂戏蝶千门侧,碧树银台万种色。"(《卢升之集》卷二)

误采真香:犹言误把女子当作花而采之。真香,指词中女子。

[7]巫峡:长江三峡之一,西起重庆市巫山县大宁河口,东至湖北省巴东县官渡口,全长44.5公里。此句系用巫山神女典故。参见本卷《诗歌部》上册幸夤逊《云》注[7]。

[8]尘世:犹言人间,俗世。〔唐〕释齐已《寄谷山长老》:"游遍名山祖遍寻,却来尘世浑光阴。"(《白莲集》卷七)

断人肠:形容极度思念或悲痛。〔晋〕陶潜《杂诗》之三:"眷眷往昔时,忆此断人肠。"(《陶渊明集》卷四)

如梦令[1]

别恨眉尖无数[2]。后夜王孙何处[3]。歌馆与妆楼,目断行云凝伫[4]。凝伫。凝伫。忆泪千行红雨[5]。

（原载陆敕先校汲古阁本《惜香乐府》卷九;录自唐圭璋编《全宋词》,中华书局1965年6月第1版,第3册,第1818页）

【注　释】

[1]如梦令:参见本卷《诗歌部》中册向子谉《如梦令》注[1]。赵长卿此词同之,单调,三十三字。七句,四仄韵,二迭韵。

[2]别恨:离别之愁。〔宋〕柳永《凉州令》:"因思人事苦萦牵,离愁别恨,无限何时了。"(《乐章集》)

[3]王孙:王的子孙,后泛指贵族子弟。〔宋〕柳永《少年游》:"王孙动是经年去,贪迷恋、有何长。万种千般。把伊情分,颠倒尽猜量。"(《乐章集》)

[4]歌馆:表演歌舞的楼馆。〔唐〕张继《金谷园》:"彩楼歌馆正融融,一骑星飞锦帐空。"(《全唐诗》卷二百四十二)

妆楼:指妇女的居室。〔宋〕柳永《少年游》:"日高花榭懒梳头。无语倚妆楼。"(《乐章集》)

行云:语本〔战国·楚〕宋玉《高唐赋·序》:"旦为朝云,暮为行雨。"(《文选》

卷十九)

　　凝伫:凝望伫立。〔宋〕赵彦端《蕊珠闲》:"绿烟迷昼,浅寒欺暮。不胜小楼凝
伫。"(《介庵词》)

　　[5]红雨:犹红泪,即美人泪。参见本卷《诗歌部》上册柳永《集贤宾》注
[10]。〔宋〕范成大《题传记二首》之一:"莫将彩笔寄朝云,红泪罗巾隔路尘。"
(《石湖诗集》卷四)

鹧鸪天[1]

　　落魄东吴二十春[2]。风流诗句得清新[3]。今年却恨花星照,再见温
卿与远真[4]。　　分楚佩,染巫云[5]。赤绳结得短花茵[6]。若非京口初
相识,安得毗陵作故人[7]。

　　(原载陆敕先校汲古阁本《惜香乐府》卷九;录自唐圭璋编
《全宋词》,中华书局1965年6月第1版,第3册,第1822页)

【注　释】

　　[1]鹧鸪天:词牌名。参见本卷《诗歌部》上册晏几道《鹧鸪天》注[1]。赵长
卿此词双调,五十五字。前段四句,三平韵;后段五句,三平韵。

　　[2]落魄:穷困失意。〔唐〕李白《驾去温泉宫后赠杨山人》:"少年落魄楚汉
间,风尘萧瑟多苦颜。"(《李太白集注》卷九)

　　东吴:泛指古吴地,大约相当于现在江苏、浙江两省东部地区。〔唐〕杜甫《绝
句四首》之三:"窗含西岭千秋雪,门泊东吴万里船。"(《九家集注》杜诗卷二十
六)

　　[3]风流:形容文学作品超逸佳妙。〔唐〕司空图《二十四诗品·含蓄》:"不著
一字,尽得风流。"(《全唐诗》卷六百三十四)

　　清新:清美新颖。〔唐〕贾岛《赠友人》:"五字诗成卷,清新韵具偕。"(《长江
集》卷六)

　　[4]花星:司男女风情之事的星宿,为旧时江湖术士推算星命的术语。

　　温卿与远真:作者自注:"京口妓魁赵柔、陈玉。"

　　[5]楚佩:犹楚人的佩饰。〔唐〕李商隐《碧城三首》之二:"紫凤放娇含楚佩,
赤鳞狂舞拨湘弦。"〔清〕朱鹤龄注:"楚词《离骚》:'纫秋兰以为佩。'又云:'折琼
枝以继佩。'"(《李义山诗集注》卷一下)

巫云：犹巫山云。语本〔战国·楚〕宋玉《高唐赋·序》："去而辞曰：'妾在巫山之阳，高丘之阻，旦为朝云，暮为行雨。朝朝暮暮，阳台之下。'"（《文选》卷十九）

[6]赤绳：相传月下老人主司人间婚姻，其囊中有赤绳，于冥冥之中系住男女之足，双方即注定为夫妇。〔唐〕李复言《续玄怪录·定婚店》："韦固少未娶，旅次宋城，遇老人倚囊而坐，向月检书。因问之。答曰：'此幽冥之书。'固曰：'然则君何主？'曰：'主天下之婚姻耳。'因问囊中赤绳子，曰：'此以系夫妇之足，虽仇家异域，此绳一系之，终不可易。'"（〔明〕彭大翼《山堂肆考》卷一百五十三引）

花茵：绣花车垫。按：此词中男主人公与赵柔、陈玉大抵相识于车中，故有此言。

[7]京口：古城名。在今江苏镇江市。公元209年，孙权把首府自吴（苏州）迁此，称为京城。公元211年迁治建业后，改称京口镇。东晋、南朝时称京口城。为古代长江下游的军事重镇。

毗（pí）陵：古地名。本春秋时吴季札封地延陵邑。西汉置县，治所在今江苏省常州市。三国吴时，为毗陵典农校尉治所。晋太康二年（281）始置郡，治所移丹徒。历代废置无常，后世多称今江苏常州一带为毗陵。

张 震

【作者简介】

张震,字东父,自号无隐居士,龙湖人。庆元三年(1197),守湖州。五年(1199),福建提刑。开禧元年(1205),江西提刑。与祠。嘉定元年(1208),右司郎中。(同时代之张震不止一人,其仕履仍俟考。)

蓦山溪[1]

初春

春光如许[2]。春到江南路。柳眼弄晴晖,笑梅老、落英无数[3]。峭寒庭院,罗幕护窗纱,金鸭暖,锦屏深,曾记看承处[4]。　　云边尺素[5]。何计传心缕[6]。无处说相思,空惆怅、朝云暮雨[7]。曲阑干外,小立近黄昏[8],心下事,眼边愁,借问春知否。

（原载《四部丛刊》影印明本〔宋〕黄升辑《中兴以来绝妙词选》卷三;录自唐圭璋编《全宋词》,中华书局 1965 年 6 月第 1 版,第 3 册,第 1851 页）

【注　释】

[1]蓦山溪:参见本卷《诗歌部》上册黄庭坚《蓦山溪》注[1]。《词谱》(卷十九)以张震此词为此调别体谱式:双调,八十二字。前后段各九句,四仄韵。并注云:"此调前后段起句皆押韵,按黄庭坚'山围江暮'词、王千秋'清明池馆'词,皆与此同。"

[2]如许:像这样。〔宋〕杨万里《清明果酒饮二首》之一:"春光如许天何负,

雨点殊疏燕不妨。"(《诚斋集》卷九)

[3]柳眼：早春初生的柳叶如人睡眼初展，因以为称。〔唐〕元稹《生春二十首》之九："何处生春早，春生柳眼中。"(《元氏长庆集》卷十五)

晴晖：晴天的阳光。〔宋〕邹浩《曾氏北园》之二："藕花莲叶弄晴晖，长记君来作好诗。"(《道乡集》卷八)

梅老：谓老梅。〔宋〕蔡戡《荆溪即事》："顾渚茶甘风袂爽，石亭梅老月轮孤。"(《定斋集》卷十九)按：1987年上海古籍出版社影印文渊阁《四库全书》本《花庵词选续集》(卷三)《历代诗余》(卷五十一)所收张震此词均作"梅花"。

落英：落花。〔晋〕陶潜《桃花源记》："夹岸数百步，中无杂树。芳草鲜美，落英缤纷。"(《陶渊明集》卷五)

[4]峭(qiào)寒：料峭的寒意。形容微寒。〔宋〕徐积《杨柳枝》："清明前后峭寒时，好把香绵闲抖擞。"(《节孝集》卷十二)

罗幕：丝罗帐幕。〔晋〕陆机《君子有所思行》："邃宇列绮窗，兰室接罗幕。"〔唐〕张铣注："罗幕即罗帐。"(《六臣注文选》卷二十八)

金鸭：一种镀金的鸭形铜香炉。〔唐〕戴叔伦《春怨》："金鸭香消欲断魂，梨花春雨掩重门。"(《全唐诗》卷二百七十四)

锦屏：锦绣的屏风。〔唐〕李益《长干行》："鸳鸯绿浦上，翡翠锦屏中。"(《全唐诗》卷二百八十三)

看承处：护持、照顾的地方。〔宋〕魏了翁《洞庭春色》："节序驱人人不解，道岁岁年年都一般。看承处，有烛龙照夜，铁凤连天。"(《鹤山集》卷九十五)

[5]云边尺素：指鸿雁传书，谓苏武使匈奴不屈，徙居北海牧羊。后汉与匈奴和，称天子射雁，雁足系帛书，言苏武在某泽中，乃得归汉。后遂以征鸿为传书使者。参见本卷《诗歌部》上册柳永《雪梅香》注[10]。尺素，小幅的绢帛，古人多用以写信或文章。

[6]心缕：犹心中的详情。缕，详细，详尽。〔汉〕枚乘《七发》："虽有心略辞给，固未能缕形其所由然也。"〔唐〕李善注："缕，辞缕也。"(《文选》卷三十四)

[7]朝云暮雨：语出〔战国·楚〕宋玉《高唐赋·序》："妾在巫山之阳，高丘之阻，旦为朝云，暮为行雨。朝朝暮暮，阳台之下。"(《文选》卷十九)

[8]曲阑干：曲折的栏杆。〔唐〕李商隐《碧城三首》之一："碧城十二曲阑干，犀辟尘埃玉辟寒。"(《李义山诗集注》卷一下)

小立：暂时立住。〔宋〕杨万里《雪后晚晴四山皆青惟东山全白赋最爱东山晴后雪二绝句》之一："只知逐胜忽忘寒，小立春风夕照间。"(《诚斋集》卷二)

程 垓

【作者简介】

程垓,字正伯,眉山人,有《书舟词》。

最高楼[1]

旧时心事,说著两眉羞。长记得、凭肩游[2]。缃裙罗袜桃花岸[3],薄衫轻扇杏花楼。几番行,几番醉,几番留。　　也谁料、春风吹已断。又谁料、朝云飞亦散[4]。天易老、恨难酬[5]。蜂儿不解知人苦,燕儿不解说人愁。旧情怀,消不尽,几时休。

(原载校汲古阁本《书舟词》;录自唐圭璋编《全宋词》,中华书局1965年6月第1版,第3册,第1990页)

【注　释】

[1]最高楼:词牌名。参见本卷《诗歌部》上册毛滂《最高楼》注[1]。《词谱》(卷十九)以程垓此词为此调别体之一谱式:双调,八十三字。前段八句,四平韵;后段八句,两仄韵,三平韵。并注云:"此调前段起句四字,第三句六字者,以此词为正体。若柳词之句读参差,无名氏词之不押仄韵,皆变体也。"

[2]凭肩:肩倚肩,或把手臂放在别人肩上。〔宋〕李之仪《千秋岁》:"凝脂肤理腻,削玉腰围瘦。闲舞袖。回身昵语凭肩久。"(《姑溪居士前集》卷四十五)

[3]缃裙:浅黄色的裙子。古辞《陌上桑》:"缃绮为下裙,紫绮为上襦。"《乐府诗集》集卷二十八)

罗袜:丝罗制的袜。〔三国·魏〕曹植《洛神赋》:"陵波微步,罗韈生尘。"(《文选》卷十九)

[4]朝云：语出〔战国·楚〕宋玉《高唐赋·序》："……去而辞曰：'妾在巫山之阳，高丘之阻，旦为朝云，暮为行雨。朝朝暮暮，阳台之下。'"（《文选》卷十九）喻情爱。

[5]天易老：将天拟人化。谓天因感伤而容易衰老。

恨难酬：犹言恨难以补偿。酬，偿，抵偿。《后汉书·西羌传论》（卷一百十七）："故得不酬失，功不半劳。"

意难忘[1]

花拥鸳房[2]。记驼肩髻小，约鬟眉长[3]。轻身翻燕舞，低语转莺簧[4]。相见处，便难忘。肯亲度瑶觞[5]。向夜阑，歌翻郢曲，带换韩香[6]。　　别来音信难将[7]。似云收楚峡，雨散巫阳[8]。相逢情有在，不语意难量。些箇事，断人肠[9]。怎禁得恓惶[10]。待与伊、移根换叶[11]，试又何妨。

（原载校汲古阁本《书舟词》；录自唐圭璋编《全宋词》，中华书局1965年6月第1版，第3册，第1995页）

【注　释】

[1]意难忘：词牌名。《词谱》（卷二十二）："《意难忘》，元高拭词注：'南吕调'。"《词谱》以苏轼《意难忘》（花拥鸳房）为此调正体：双调，九十二字。前后段各九句，六平韵。且注云："此调只有此体，宋元词俱如此填。"《全宋词》按："《续选草堂诗余》卷下此首误作苏轼词。"而《词谱》所载苏轼词，即程垓此词。

[2]鸳房：即鸳鸯房，指男女幽会的房屋。

[3]驼（tuó）肩：驼，用同"拖"，下垂。驼肩，犹垂肩。《词谱》（卷二十二）作"嚲肩"。嚲（duǒ），垂。嚲肩，亦垂肩。按：垂肩即削肩，指双肩朝下坍斜，古代为美女体形特征之一。语本〔三国·魏〕曹植《洛神赋》："肩若削成，腰如束素。"（《文选》卷十九）

髻小：发髻小。发髻，一种发式，将头发挽成髻，盘在脑后或顶部两侧。

约鬟：犹环束鬟发。约，缠束，环束。〔宋〕洪适《跋元微之集》："取潘子《悼亡》为题，晕眉约鬟，匹配色泽，剧妇人之怪艳者为艳诗。"（《盘洲文集》卷六十三）

[4]莺簧：黄莺的鸣声。以其声如笙簧奏乐，因称。〔唐〕温庭筠《舞衣曲》："蝉衫麟带压愁香，偷得莺簧锁金缕。"（《全唐诗》卷五百七十五）

[5]亲度瑶觞：亲手奉与酒杯。度，授与，给与。瑶觞，玉杯，酒杯的美称。

〔唐〕王勃《越州秋日宴山亭序》："银烛摛花，瑶觞抒兴。"(《王子安集》卷五)

[6]夜阑：夜残，夜将尽时。〔宋〕黄庭坚《虞美人》："天涯也有江南信。梅破知春近。夜阑风细得香迟。不道晓来开遍、向南枝。"(《词综》卷六)

郢曲：犹乐曲。〔战国·楚〕宋玉《对楚王问》："客有歌于郢中者，其始曰《下里巴人》，国中属而和者数千人；其为《阳阿》、《薤露》，国中属而和者数百人；其为《阳春白雪》，国中属而和者不过数十人；引商刻羽，杂以流徵，而和者数人而已。"后以"郢曲"泛指乐曲。〔唐〕元稹《赋得春雪映早梅》："郢曲琴空奏，羌音笛自哀。"(《元氏长庆集》卷十四)

韩香：犹异香。晋贾充女午与韩寿私通，并把皇帝赐其父之外域异香赠寿。见〔南朝·宋〕刘义庆《世说新语·惑溺》(卷下之下)又见于《晋书·贾充传》(卷四十)。后因以"韩寿香"指异香或男女定情之物，亦省作"韩香"。参见本卷《诗歌部》上册欧阳修《梁州令》注[6]；〔宋〕周邦彦《风流子》："问甚时说与，佳音密耗，寄将秦镜，偷换韩香。"(《片玉词》卷上)

[7]难将：难以获取。

[8]楚峡：指巫峡。云收楚峡，用〔战国·楚〕宋玉《高唐赋》典，见《文选》卷十九)。

巫阳：巫山的南面，指巫峡。雨散巫阳，典出〔战国·楚〕宋玉《高唐赋·序》(《文选》卷十九)。

[9]些箇：犹言多少，几许，若干。〔宋〕周邦彦《意难忘·美咏》："些箇事，恼人肠，试说与何妨。"(《片玉词》卷上)

断人肠：形容极度思念或悲痛。〔唐〕孟浩然《送杜十四》："日暮征帆泊何处？天涯一望断人肠！"(《孟浩然集》卷四)

[10]怎禁得：犹言怎么禁得住，谓承受不住。

恓惶：恓，"悽"。恓惶，悲伤貌。〔唐〕韦应物《简卢陟》："恓惶戎旅下，蹉跎淮海滨。"(《韦苏州集》卷三)

[11]待与伊：欲与她。伊，特指女性第三人称。

移根换叶：犹言重新开始。〔宋〕周邦彦《解连环》："想移根换叶。尽是旧时，手种红药。"(《片玉词》卷上)

青玉案

用贺方回韵[1]

宝林岩畔凌云路[2]。记藉草[3]、寻梅去。咏绿书红知几度[4]。行云归后[5]，碧云遮断，寂寞人何处。　　一声长笛江天暮。别后谁吟倚楼句。

匀面照溪心已许[6]。欲凭锦字[7]，写人愁去，生怕梨花雨。

（原载校汲古阁本《书舟词》；录自唐圭璋编《全宋词》，中华书局 1965 年 6 月第 1 版，第 3 册，第 2001 页）

【注　释】

[1]青玉案：词牌名。参见本卷《诗歌部》中册蔡伸《青玉案》注[1]。程垓此词双调，六十七字。前后段各六句，四仄韵。

贺方回：即贺铸，字方回。参见本卷《诗歌部》上册贺铸作品【作者简介】。按：贺方回原词为："凌波不过横塘路。但目送、芳尘去。锦瑟年华谁与度。月楼花院，绮窗朱户。惟有春知处。/碧云冉冉蘅皋暮。彩笔空题断肠句。试问闲愁知几许。一川烟草，满城风絮。梅子黄时雨。"（《乐府雅词》卷中；《词谱》卷十五）按：程垓本词（据《全宋词》断句）前段第五句"碧云遮断"处为"句"，贺词（据《词谱》卷十五）前段第五句"绮窗朱户"处则为"韵"；程词后段第五句"写人愁去"处为"句"，贺词后段第五句"满城风絮"处则为"韵"。由是，程垓本词前后段为六句四仄韵；而贺词则为前后段各六句五仄韵。

[2]凌云路：直上云霄的路，形容其高。

[3]藉（jí）草：犹坐在草地上。〔唐〕李白《江夏送张丞》："藉草依流水，攀花赠远人。"（《李太白文集》卷十五）此句言寻梅去处，坐于梅下草地上。

[4]咏绿书红：犹言吟咏书写花草。指咏物作诗。

知几度：犹知道有几次。〔宋〕黄庭坚《题大年小景》："海角逢春知几度，卧游到处总伤神。"（《山谷别集》卷一）

[5]行云：用巫山神女之典。语本〔战国·楚〕宋玉《高唐赋·序》："旦为朝云，暮为行雨。"（《文选》卷十九）喻男女情事。

[6]匀面：谓化妆时用手搓脸使脂粉匀净。〔南唐〕冯延巳《江城子》："睡觉起来匀面了，无个事，没心情。"（《花草粹编》卷十四）

[7]锦字：指锦字书，即前秦苏蕙寄给丈夫的织锦回文诗。《晋书·列女传·窦滔妻苏氏》："窦滔妻苏氏，始平人也，名蕙，字若兰。善属文。滔，苻坚时为秦州刺史，被徙流沙，苏氏思之，织锦为回文旋图诗对赠滔。宛转循环以读之，词甚凄惋。"参见本卷《诗歌部》上册徐铉《梦游三首》其三注[9]。

陈三聘

【作者简介】

陈三聘,字梦弼,吴郡(今江苏苏州)人。尝和范成大词。

鹧鸪天[1]

指剥春葱去采苹[2]。衣丝秋藕不沾尘[3]。眼波明处偏宜笑,眉黛愁来也解颦[4]。　　巫峡路,忆行云[5]。几番曾梦曲江春[6]。相逢细把银釭照[7],犹恐今宵梦似真。

（原载武进陶氏景印汲古阁本抄本《和石湖词》;录自唐圭璋编《全宋词》,中华书局1965年6月第1版,第3册,第2028—2029页）

【注　释】

[1]鹧鸪天:词牌名。参见本卷《诗歌部》上册晏几道《鹧鸪天》注[1]。陈三聘此词双调,五十五字。前段四句,三平韵;后段五句,三平韵。

[2]指剥春葱:犹言手指像剥开的春葱,形容其白嫩。语出〔唐〕白居易《筝》:"双眸剪秋水,十指剥春葱。"(《白氏长庆集》卷三十一)

采苹:苹,植物名。也称四叶菜、田字草。多年生草本。生浅水中,叶有长柄,柄端四片小叶成田字形。夏秋开小白花。《诗经·召南·采苹》:"于以采苹?南涧之滨。"〔汉〕毛亨传:"苹,大萍也。"(《毛诗注疏》卷二)

[3]"衣丝"句:犹言衣丝像秋天的藕丝一样不沾染尘埃。

[4]眼波:形容流动如水波的目光,多用于女子。〔宋〕穆修《登女郎台》:"台前流水眼波明,台上闲云鬓叶轻。莫把姑苏远相比,不曾亡国只倾城。"(《穆参军

集》卷上）

　　偏宜笑：偏，副词，表程度，犹最、很、特别。宜笑，适宜于笑，指笑时很美。〔战国·楚〕屈原《九歌·山鬼》："既含睇兮又宜笑，子慕予兮善窈窕。"（《楚辞章句》卷二）

　　眉黛：古代女子用黛画眉，因称眉为眉黛。〔唐〕白居易《喜小楼西新柳抽条》："须教碧玉羞眉黛，莫与红桃作麹尘。"（《白氏长庆集》卷三十三）

　　解颦（pín）：犹解开愁眉，谓解愁。颦，皱眉，喻忧愁。〔宋〕张耒《采石阻雨寄宣城故人二首》之一："宛溪东岸垂杨树，想见烟眉亦解颦。"（《柯山集》卷二十五）

　　[5]巫峡、行云：均用〔战国·楚〕宋玉《高唐赋·序》典，见《文选》（卷十九）。

　　[6]曲江：在今陕西省西安市东南。秦为宜春苑，汉为乐游原，有河水水流曲折，故称。隋文帝以曲名不正，更名芙蓉园。唐复名曲江。开元中更加疏凿，为都人中和、上巳等盛节游赏胜地。〔唐〕刘禹锡《曲江春望》："凤城烟雨歇，万象含佳气。酒后人倒狂，花时天似醉。三春车马客，一代繁华地。何事独伤怀，少年曾得意。"（《刘宾客外集》卷一）

　　[7]银釭（gāng）：银白色的灯盏、烛台。按：此二句化用〔宋〕晏殊《鹧鸪天》此句："今宵剩把银釭照，犹恐相逢是梦中。"（《元献遗文》）

石孝友

【作者简介】

石孝友,字次仲,南昌(今属江西)人。孝宗乾道二年(1166)进士。有《金谷遗音》一卷,已佚。事见清道光《南昌县志》卷二十二。

踏莎行[1]

沈水销红,屏山掩素[2]。锁窗醉枕惊眠处[3]。芰荷香里散秋风[4],芭蕉叶上鸣秋雨。　　飞阁愁登,倚阑凝伫[5]。孤鸿影没江天暮。行云懒寄好音来,断云暗逐斜阳去[6]。

(原载校本《金谷遗音》;录自唐圭璋编《全宋词》,中华书局 1965 年 6 月第 1 版,第 3 册,第 2037 页)

【注　释】

[1]踏莎行:词牌名。参见本卷《诗歌部》上册李之仪《踏莎行》注[1]。石孝友此词双调,五十八字。前后段各五句,三仄韵。

[2]沈水:指沉香。〔明〕李时珍《本草纲目·木之一·沉香》(卷三十四):"〔释名〕沉水香(《纲目》)、蜜香。时珍曰:木之心节置水则沉,故名沉水,亦曰水沉。半沉者为栈香,不沉者为黄熟香。《南越志》言:交州人称为蜜香,谓其气如蜜脾也。梵书名阿迦香。〔集解〕恭曰:沉香、青桂、鸡骨、马蹄、煎香,同是一树,出天竺诸国。木似榉柳,树皮青色。叶似橘叶,经冬不凋。夏生花,白而圆。秋结实似槟榔,大如桑椹,紫而味辛。藏器曰:沉香,枝、叶并似椿。云似橘者,恐未是也。其枝节不朽,沉水者为沉香;其肌理有黑脉,浮者为煎香。鸡骨、马蹄皆是煎香,并无别功,止可熏衣去臭。颂曰:沉香、青桂等香,出海南诸国及交、广、崖州。

沈怀远《南越志》云：交趾蜜香树，彼人取之，先断其积年老木根，经年其外皮干俱朽烂，木心与枝节不坏，坚黑沉水者，即沉香也。半浮半沉与水面平者，为鸡骨香。细枝紧实未烂者，为青桂香。其干为栈香。其根为黄熟香。其根节轻而大者，为马蹄香。此六物同出一树，有精粗之异尔，并采无时。"〔唐〕罗隐《咏香》："沈水良材食柏珍，博山烟暖玉楼春。"（《罗昭谏集》卷四）沈水销红，犹言沈香已经熄灭。销红，消失了香料的红色炭火。

屏山：指屏风。〔宋〕欧阳修《蝶恋花》："枕畔屏山围碧浪。翠被华灯，夜夜空相向。"（《六一词》）掩素，掩盖了天光。素，白色，这里指晨光。

[3]锁窗：又作"琐窗"，雕刻或绘有连环形花饰的窗子。〔唐〕杜牧《村舍燕》："汉宫一百四十五，多少珠帘闭锁窗。"（《全唐诗》卷五百二十二）

醉枕：借指醉梦。〔宋〕刘挚《赠汪汾同年》："风竹夜声清醉枕，雨峰秋色滴吟斋。"（《忠肃集》卷十八）

[4]芰（jì）荷：指菱叶与荷叶。〔唐〕罗隐《宿荆州江陵馆》："风动芰荷香四散，月明楼阁影相侵。"（《罗昭谏集》卷三）

[5]飞阁：高阁。〔三国·魏〕曹植《赠丁仪》："凝霜依玉除，清风飘飞阁。"（《曹子建集》卷五）

倚阑：凭靠在栏干上。〔宋〕欧阳修《摸鱼儿》："倚阑不足。看燕拂风檐，蝶翻露草，两两长相逐。"（《六一词》）

凝伫：凝望伫立。〔宋〕李纲《永遇乐》："凭栏凝伫，片时万情千意。"（《历代诗余》卷八十二）

[6]行云：语本〔战国·楚〕宋玉《高唐赋·序》："旦为朝云，暮为行雨。"（《文选》卷十九）

断云：片云。〔唐〕权德舆《舟行夜泊》："今夜不知何处泊，断云晴月引孤舟。"（《权文公集》卷六）

望海潮[1]

离情冰泮，归心云扰，黯然凝伫江皋[2]。柳色摇金，梅香弄粉，依稀满眼春娇[3]。常记极游遨[4]。更与持玉斝，因解金貂[5]。郎去瞿塘，姜家巫峡水迢迢[6]。　　别来暗减风标[7]。奈碧云暗断，翠被香消[8]。春草生池，芳尘凝榭，凄凉月夕花朝[9]。千里梦魂劳[10]。但乌啼渡口，猿响山椒[11]。拟把无穷幽恨，万叠写霜绡[12]。

（原载校本《金谷遗音》；录自唐圭璋编《全宋词》，中华书局 1965 年 6 月第 1 版，第 3 册，第 2037—2038 页）

【注　释】

[1]望海潮：词牌名。《词谱》（卷三十四）：“《望海潮》，柳永《乐章集》注：‘仙吕词。’”石孝友此词双调，一百七字。前段十一句，五平韵；后段十一句，六平韵。

[2]离情：别离的情绪。〔宋〕谢逸《柳梢青》：“无限离情，无穷江水，无边山色。”（《溪堂集》卷六）

冰泮(pàn)：冰冻融解。〔唐〕韩愈《远游联句》：“离思春冰泮，澜浸不可收。”（《五百家注昌黎文集》卷八）按：此言离情如冰冻融解，流淌奔涌。意近韩愈诗句。

黯(àn)然：感伤沮丧貌。〔唐〕柳宗元《别舍弟宗一》：“零落残魂倍黯然，双垂别泪越江边。”（《柳河东集注》卷四十二）

凝伫江皋：凝望伫立在江边。将皋，江岸，江边地。〔战国·楚〕屈原《九歌·湘夫人》：“朝驰余马兮江皋，夕济兮西澨。”（《楚辞章句》卷二）

[3]柳色摇金：因柳芽初生为嫩黄色，故称“金”，摇金，犹言摇曳金色。〔宋〕史浩《满庭芳》：“柳摇金缕，梅绽五腮寒。”（《鄮峰真隐漫录》卷四十七）

梅香弄粉：犹言梅花吐露清香舞弄花粉。〔宋〕欧阳修《桃源忆故人》：“梅梢弄粉香犹嫩。欲寄江南春信。”（《文忠集》卷一百三十三）

依稀满眼春娇：犹言隐约满眼春天的娇媚。〔宋〕蔡伸《满庭芳》：“横波浸、满眼春娇。”（《友古词》）

[4]游邀：嬉游，游逛。〔唐〕虚中《赠秀才》：“筠阳多胜致，夫子纵游邀。”（《全唐诗》卷八百四十八）

[5]玉斝(jiǎ)：玉制的酒器。〔南朝·梁〕刘孝标《广绝交论》：“分雁鹜之稻粱，沾玉斝之余沥。”〔唐〕李善注引《说文》：“斝，玉爵也。”（《文选》卷五十五）

金貂：皇帝左右侍臣的冠饰。汉始，侍中、中常侍之冠，于武冠上加黄金珰，附蝉为文，貂尾为饰，谓之赵惠文冠。解金貂，谓解下金貂冠作抵押以赊酒。〔宋〕王禹偁《除夜》：“更解金貂冠，多贳商山酒。”（《小畜集》卷三）

[6]瞿塘：亦作“瞿唐”，即瞿塘峡，为长江三峡之首。西起重庆市奉节县白帝城，东至巫山县大溪，全长 7.5 公里。参见本卷《诗歌部》上册王周《志峡船具诗并序》注[24]。

巫峡：长江三峡之一，西起重庆市巫山县大宁河口，东至湖北省巴东县官渡口，全长 44.5 公里。参见本卷《诗歌部》上册幸夤逊《云》注[7]。

迢迢：水流绵长貌。〔唐〕许浑《题灵山寺行坚师院》：“应笑东归又南去，越山

无路水迢迢。"（《丁卯诗集》卷上）

[7]风标：风度，品格。〔唐〕杨炯《和刘长史答十九兄》："风标自落落，文质且彬彬。"（《盈川集》卷二）

[8]碧云：碧空中的云。〔唐〕钱起《山园秋晚寄杜黄裳少府》："终朝碧云外，唯见暮禽还。"（《钱仲文集》卷六）

翠被：织（或绣）有翡翠纹饰的被子。〔宋〕杨亿《无题》："巫阳归梦隔千峰，辟恶香销翠被空。"（《西昆酬唱集》卷下）

[9]春草生池：语本〔南朝·宋〕谢灵运《登池上楼》："池塘生春草，园柳变鸣禽。"（《文选》卷二十二）

芳尘凝榭：语出〔南朝·宋〕谢庄《月赋》："绿苔生阁，芳尘凝榭。"（《文选》卷十三）芳尘，指落花。榭，建在高台上的木屋，多为游观之所。《尚书·泰誓上》："惟宫室台榭。"〔汉〕孔安国传："土高曰台，有木曰榭。"（《尚书注疏》卷十）

[10]梦魂劳：犹言梦魂愁苦。《诗经·邶风·燕燕》："瞻望弗及，实劳我心。"高亨注："劳，愁苦。"（《诗经今注》上海古籍出版社 1980 年 10 月第 1 版，第 39 页）

[11]山椒：山顶。〔南朝·宋〕谢庄《月赋》："洞庭始波，木叶微脱；菊散芳于山椒，雁流哀于江濑。"〔唐〕李善注："山椒，山顶也。"（《文选》卷十三）

[12]拟把：犹打算把，准备把。〔宋〕柳永《凤栖梧》："拟把疏狂图一醉。对酒当歌，强乐还无味。衣带渐宽终不悔。为伊消得人憔悴。"（《花草粹编》卷十三）

幽恨：深藏于心中的怨恨。〔唐〕元稹《楚歌》之十："各自埋幽恨，江流终宛然。"（《元氏长庆集》卷四）

霜绡：白绫。亦指画在白色绫子上的图画。〔宋〕柳永《西施》："恐伊不信芳容改，将憔悴、写霜绡。"（《花草粹编》卷十五）

虞美人[1]

月娥弄影当窗照[2]。疑是巫山晓[3]。芙蓉帐里睡魂惊[4]。浅拂轻匀犹恐[5]、已天明。　　高楼未放梅花弄[6]。却就鸳衾拥[7]。舞腰纤瘦不禁春[8]。恣意任郎撩乱、一梳云[9]。

（原载校本《金谷遗音》；录自唐圭璋编《全宋词》，中华书局 1965 年 6 月第 1 版，第 3 册，第 2038 页）

【注　释】

[1]虞美人:参见本卷《诗歌部》中册王安中《虞美人》注[1]。石孝友此词双调,五十六字。前后段各四句,两仄韵,两平韵。

[2]月娥:月里嫦娥,传说的月中仙子。〔宋〕释道潜《同苏文饶主簿西湖夜泛》:"风味山头暮霭空,月娥飞出广寒宫。"(《参寥子诗集》卷六)

[3]巫山:山名,在今重庆市巫山县境内。旧传山形似巫字得名。或传巫咸死葬于此,称巫咸山,简称巫山。参见本卷《诗歌部》上册欧阳修《长相思》注[4]。

[4]芙蓉帐:用芙蓉花染缯制成的帐子。泛指华丽的帐子。〔唐〕李白《对酒》:"玳瑁筵中怀里醉,芙蓉帐里奈君何。"(《李太白集注》卷二十五)

[5]浅拂轻匀:浅浅地拂拭,轻轻地抚摩。醒来后揉脸的动作。〔宋〕欧阳修《渔家傲》:"深浅拂。天生红粉真无匹。"(《文忠集》卷一百三十二)〔宋〕苏轼《四时词》:"起来呵手画双鸦,醉脸轻匀衬眼霞。"(《东坡诗集注》卷三十二)

[6]梅花弄:《梅花三弄》的省称。《梅花三弄》,古曲名。据传,此曲系由晋桓伊所作的笛曲改编而成。内容写傲霜斗雪的梅花,全曲主调出现三次,故称。〔宋〕秦观《桃源忆故人》:"窗外月华霜重。听彻《梅花弄》。"(《淮海长短句》卷中)

[7]鸳衾:绣有鸳鸯的被子,亦指男女共寝的被子。〔唐〕司空图《白菊杂书四首》之一:"却笑谁家扃绣户,正薰龙麝暖鸳衾。"(《全唐诗》卷六百三十三)

[8]不禁春:犹经受不住春寒。〔宋〕谢逸《和饶正叔梅花》:"疏影横斜月色新,肌肤清瘦不禁春。"(《溪堂集》卷五)

[9]一梳云:犹言一头秀发。梳,梳妆。云,指发髻之形。〔宋〕杨万里《和姜邦杰春坊续丽人行》:"春光懒困扶不起,吹残玉髻也慵理。是谁瞥见一梳云,微月影中扫秾李。"(《诚斋集》卷二十三)

点绛唇[1]

杨柳腰肢,春来尚怯铢衣重[2]。眼波偷送。笑把花枝弄。　　雨帐云屏,一枕高唐梦[3]。春情动。殢人娇纵[4]。困亸钗横凤[5]。

（原载校本《金谷遗音》;录自唐圭璋编《全宋词》,
中华书局 1965 年 6 月第 1 版,第 3 册,第 2039 页）

石孝友

39

【注　释】

[1]点绛唇:词牌名。参见本卷《诗歌部》上册晏殊《点绛唇》注[1]。石孝友此词双调,四十一字。前段四句,三仄韵;后段五句,四仄韵。

[2]铢衣:传说神仙穿的衣服。重量只有数铢甚至半铢。因用以形容极轻的分量,如舞衫之类。铢,古代衡制中的重量单位。为一两的二十四分之一。按:此句出自〔唐〕贾至《赠薛瑶英》:"舞怯铢衣重,笑疑桃脸开。"(《全唐诗》卷二百三十五)

[3]高唐梦:典出〔战国·楚〕宋玉《高唐赋·序》:"玉曰:'昔者先王尝游高唐,怠而昼寝,梦见一妇人曰:"妾巫山之女也,为高唐之客。闻君游高唐,愿荐枕席。"王因幸之。去而辞曰:"妾在巫山之阳,高丘之阻,旦为朝云,暮为行雨。朝朝暮暮,阳台之下。"旦朝视之,如言。故为立庙,号曰朝云。'"(《文选》卷十九)

[4]殢(tì)人:指情人。殢,迷恋,沉湎。〔宋〕张元幹《南歌子》:"指印纤纤粉,钗横隐隐金。更阑云雨凤帏深。长是枕前不见、殢人寻。"(《芦川归来集》卷六)

[5]困亸(duǒ)钗横凤:犹言因睡觉使得发髻下垂,钗凤横陈。亸,下垂。〔宋〕周邦彦《浣溪纱慢》:"灯尽酒醒时,晓窗明,钗横鬓亸。"(《片玉词》卷卜)凤,指凤钗,钗的一种。妇女的首饰,钗头作凤形,故名。〔五代〕马缟《中华古今注·钗子》(卷中):"始皇又金银作凤头,以玳瑁为脚,号曰凤钗。"

玉楼春[1]

扁舟破浪鸣双橹[2]。岁晚客心分万绪[3]。香红漠漠落梅村,愁碧萋萋芳草渡[4]。　　汉皋佩失诚相误[5]。楚峡云归无觅处[6]。一天明月缺还圆,千里伴人来又去。

（原载校本《金谷遗音》;录自唐圭璋编《全宋词》,中华书局 1965 年 6 月第 1 版,第 3 册,第 2040 页）

【注　释】

[1]玉楼春:词牌名。参见本卷《诗歌部》上册柳永《玉楼春》注[1]。石孝友此词双调,五十六字。前后段各四句,三仄韵。

[2]橹(lǔ):比桨长大的划船工具,安在船尾或船旁。〔宋〕曾巩《送宣州杜都官》:"画船不待双橹挟,归客喜成千里行。"(《元丰类稿》卷四)

[3]万绪:万般纷纭的思绪。绪,本指丝头,形容连绵不断的情思、意绪。〔南朝·陈〕徐陵《在北齐与杨仆射书》:"朝千悲而掩泣,夜万绪而回肠,不自知其为生,不自知其为死也。"(《徐孝穆集笺注》卷二)

[4]香红漠漠:香红,指落梅。漠漠,密布貌,指落梅密集缤纷。落梅村,落梅中的村庄。〔宋〕苏轼《新年五首》之一:"水生挑菜渚,烟湿落梅村。"(《东坡诗集注》卷二十二)

愁碧萋萋:愁碧,触动人愁绪的青绿色。萋萋,草木茂盛貌。芳草渡,长满芳草的渡口。〔宋〕寇准《湖上作》:"雁沈芳草渡,烧断夕阳陂。"(《忠愍集》卷中)

[5]汉皋佩失:传说周郑交甫于汉皋台下遇二女,二女解佩相赠。数十步外,佩即不见。事见〔汉〕刘向《列仙传·江妃二女》(卷上)。参见本卷《诗歌部》上册欧阳修《玉楼春》注[5]。

[6]楚峡:指巫峡。楚峡云归,典出〔战国·楚〕宋玉《高唐赋·序》。参见本卷《诗歌部》上册张泌《经旧游》注[1]、注[3]。

江城子[1]

相逢执手也踟蹰[2]。立斯须[3]。话区区[4]。借问来时,曾见那人无[5]。忍泪啼痕香不减,虽少别,忍轻辜[6]。　　霜风摇落岁将徂[7]。景凋疏[8]。恨萦纡[9]。过尽行云[10],我在与谁居。一掬归心飞不去,层浪叠,片蟾孤[11]。

(原载校本《金谷遗音》;录自唐圭璋编《全宋词》,中华书局 1965 年 6 月第 1 版,第 3 册,第 2043 页)

【注　释】

[1]江城子:词牌名。参见本卷《诗歌部》上册苏轼《江城子》注[1]。石孝友此词双调,七十字。前后段各八句,五平韵。

[2]踟蹰(chíchú):徘徊不前貌。〔汉〕李陵《与苏武诗三首》之一:"屏营衢路侧,执手意踟蹰。"(《古诗纪》卷十二)

[3]斯须:须臾,片刻。〔唐〕杜甫《哀王孙》:"不敢长语临交衢,且为王孙立斯须。"(《九家集注杜诗》卷二)

[4]区区:犹方寸,形容人心。〔汉〕李陵《答苏武书》:"区区之心,切慕此耳。"(《西汉文纪》卷十一)话区区,犹言说心里话。〔宋〕郑刚中《寄徐彦偲》:"一

石孝友

41

笑何时成破涕,为君握手话区区。"(《北山集》卷十八)

[5]曾见那人无:犹言曾见那人没有?

[6]少别:暂时分别。〔南朝·梁〕江淹《别赋》:"暂游万里,少别千年。"(《江文通集》卷一)

轻辜:轻易地辜负。〔宋〕柳永《锦堂春》:"认得这疏狂意下,向人诮譬如闲。把芳容整顿,怎地轻辜,争忍心安。"(《花草粹编》卷十九)忍轻辜,反诘句,犹言忍心轻易辜负?

[7]岁将徂(cú):一年将尽。徂,消逝。〔宋〕释道潜《送刘不已推官罢奉符尉入都注拟》:"草枯蓬断岁将徂,结束行装抵京县。"(《参寥子诗集》卷九)

[8]凋疏:零落稀疏。〔宋〕陆游《戏答野人》之二:"木叶凋疏天欲霜,老怀多感易凄凉。"(《剑南诗稿》卷四十八)

[9]萦纡(yíngyū):盘旋环绕。〔宋〕柳永《木兰花慢》:"见新雁过,奈佳人自别阻音书。空遣悲秋念远,寸肠万恨萦纡。"(《乐章集》)

[10]行云:语本〔战国·楚〕宋玉《高唐赋·序》:"旦为朝云,暮为行雨。"(《文选》卷十九)

[11]一掬(jū):两手所捧(的东西)。〔唐〕《秋浦歌十七首》之一:"遥传一掬泪,为我达扬州。"(《李太白集注》卷八)

归心:回归的心愿。〔唐〕李白《忆襄阳旧游赠济阴马少府巨》:"归心结远梦,落日悬春愁。"(《李太白集注》卷十)

片蟾(chán)孤:犹言一片月影孤寂。蟾,传说月中有蟾蜍,因借指月亮、月光。

减字木兰花[1]

角声催晓[2]。斗帐美人初梦觉[3]。黛浅妆残[4]。清瘦花枝不奈寒[5]。　　匆匆睡起[6]。冷落馀香栖翠被[7]。何处阳台。雨散云收犹未来[8]。

(原载校本《金谷遗音》;录自唐圭璋编《全宋词》,中华书局1965年6月第1版,第3册,第2049页)

【注　释】

[1]减字木兰花:词牌名。参见本卷《诗歌部》上册欧阳修《减字木兰花》注

[1]。石孝友此词双调,四十四字。前后段各四句,两仄韵,两平韵。

　[2]角声:画角之声。〔唐〕贾岛《寄毗陵彻公》:"井通潮浪远,钟与角声寒。"(《长江集》卷七)

　[3]斗帐:小帐。形如覆斗,故称。〔汉〕刘熙《释名·释床帐》(卷六):"小帐曰斗帐,形如覆斗也。"

　[4]黛浅妆残:犹言眉黛色浅,妆饰已残。黛,青黑色的颜料,古时女子用以画眉。〔唐〕罗隐《江南行》:"江烟湿雨鲛绡软,漠漠小山眉黛浅。"(《罗昭谏集》卷一)

　[5]"清瘦"句:犹言身姿清瘦如花枝,受不住寒冷。

　[6]匆匆:仓卒,急急忙忙。〔唐〕杜甫《酬孟云卿》:"相逢难衮衮,告别莫匆匆。"(《九家集注杜诗》卷十九)

　[7]翠被:织(或绣)有翡翠纹饰的被子。〔宋〕晏几道《庆春时》:"浓熏翠被,深停画烛,人约月西时。"(《小山词》)

　[8]"阳台"等二句:典出〔战国·楚〕宋玉《高唐赋·序》,见《文选》(卷十九)。

蓦山溪[1]

　醉魂初醒[2]。强起寻芳径[3]。一似楚云归,消没箇、鳞书羽信[4]。疏狂踪迹,虚度可怜春[5],阴还闷。晴还困。赢得无端病[6]。　　菱花宝镜[7]。拆破双鸾影[8]。别袖忍频看,生怕见、啼红醉粉[9]。而今憔悴,瘦立对东风,红成阵,绿成阴,况是春将尽[10]。

　　　　　　(原载校本《金谷遗音》;录自唐圭璋编《全宋词》,
　　　　　　中华书局1965年6月第1版,第3册,第2053页)

【注　释】

　[1]蓦山溪:词牌名。参见本卷《诗歌部》上册黄庭坚《蓦山溪》注[1]。石孝友此词双调,八十二字。前后各九句,四仄韵。

　[2]醉魂:犹醉梦。〔宋〕张耒《观梅》:"不如痛饮卧其下,醉魂为蝶栖其房。"(《柯山集》卷十一)

　[3]芳径:花径。〔宋〕王禹偁《春郊独步》:"绿杨系马寻芳径,春草随人上古城。"(《小畜集》卷九)

[4]楚云：楚地之云。由〔战国·楚〕宋玉《高唐赋·序》衍生出的意象，喻指朝云。〔宋〕周紫芝《水龙吟》："楚山千叠浮空，楚云只在巫山住。"（《竹坡词》卷一）

诮(qiào)：副词，简直，完全。〔宋〕曾觌《醉落魄》："情深恨切，忆伊诮没些休歇。"（《海野词》）

鳞书羽信：指书信。鳞书，典出〔汉〕蔡邕《饮马长城窟行》："客从远方来，遗我双鲤鱼，呼儿烹鲤鱼，中有尺素书。"（《蔡中郎集》卷四）羽信，典出《汉书·苏武传》（卷五十四）："教使者谓单于，言天子射上林中，得雁，足有系帛书。"

[5]疏狂：豪放，不受拘束。〔宋〕柳永《凤归云》："恋帝里、金谷园林，平康巷陌，触处繁华，连日疏狂，未尝轻负、寸心双眼。"（《乐章集》）

可怜春：犹可怜爱的春色。〔宋〕范成大《沈家店道傍棠棣花》："绿地缕金罗结带，为谁开放可怜春。"（《石湖诗集》卷十三）

[6]无端病：犹无缘无故的病。〔宋〕陆游《今岁游花泾差晚戏作》："春风又作匆匆别，老病无端滚滚来。"（《剑南诗稿》卷四十二）

[7]菱花宝镜：古代铜镜名，镜多为六角形或背面刻有菱花者名菱花镜。〔唐〕杨凌《明妃怨》："匣中纵有菱花镜，羞对单于照旧颜。"（《全唐诗》卷二百九十一）

[8]双鸾影：成对的鸾鸟的身影。鸾，传说中凤凰一类的鸟。〔宋〕程珌《倾杯乐》："问天上、西风几度，金盘光满，露浓银井。碧云飞下双鸾影。"（《洺水集》卷三十）

[9]别袖忍频看：谓道别时的衣袖怎忍经常看。忍，岂忍，反诘句。

啼红醉粉：指衣袖上残留的泪痕和脂粉。啼红，啼出的血泪；或指眼泪混合着胭脂留下的痕迹。参见本卷《诗歌部》上册柳永《集贤宾》注[10]。醉粉，醉酒时留下的脂粉。〔唐〕李贺《感讽六首》之一："眼逐春暝醉，粉随泪色黄。"（《昌谷外集》）

[10]憔悴：黄瘦，瘦损。《国语·吴语》（卷十九）："使吾甲兵钝弊，民日离落而日以憔悴，然后安受吾烬。"〔三国·吴〕韦昭注："憔悴，瘦病也。"

红成阵：犹落红成阵。〔宋〕韩元吉《寄梁士衡》："乱花洗雨红成阵，迭嶂连天翠作堆。"（《南涧甲乙稿》卷四）

绿成阴：犹绿树成荫。〔宋〕黄庶《次韵居正暮春感事》："物报春光去已深，残红满地绿成阴。"（《伐檀集》卷上）

况是：何况是，况且是。〔唐〕常建《听琴秋夜赠寇尊师》："琴当秋夜听，况是洞中人。"（《常建诗》卷三）

李嘉谋

【作者简介】

李嘉谋,双流(今属四川)人。第进士。曾官宗正丞(清光绪《双流县志》卷下)。孝宗淳熙七年(1180),为枢密院编修官(《宋会要辑稿》蕃夷五之五十三)。十六年(1189 年),知黎州(同上书兵二十九之四十四)。光宗绍熙五年(1194)知襄阳府(《止斋文集》卷十八《李嘉谋知襄阳府》)。

次袁尚书巫山十二峰二十五韵[1]

道人爱山出天姿[2],自谓计黠人嫌痴[3]。

独游名山看不足,每得胜处行为迟[4]。

谁人能知物外赏[5],世上自有灵中奇[6]。

一行作吏困汩没[7],便与好境相参差[8]。

脱兔投林今适愿[9],穷猿得木吾何之[10]。

芒鞋竹杖恣如往[11],烟蓑雨笠长相随[12]。

青山愈好足力尽,此意未止驽骀疲[13]。

路逢行人说大尹[14],正见谕蜀扬艅旗[15]。

好贤招邀每虚席[16],问俗疾苦时褰帷[17]。

才华落落清庙器[18],诗笔粲粲珊瑚枝[19]。

胸吞楚泽八九尽[20],气压巫峡群山低[21]。

大峰联娟争媚妩[22],苍壁徙倚供游嬉[23]。

巴东巴峡古所重[24],作云作雨今胡为[25]。

有情飞鸢送迎客[26],无数棹歌来去时[27]。

昔日画图曾见者,何意忽此今逢兹[28]。

迩来丰碑在人口[29],已与流水争东驰。

政用中和得大体[30],智出毫末非全施[31]。

不与英声流上国[32],已有诗卷传江湄[33]。

狼烽长闲士鼓腹[34],耕陇不见愁生眉[35]。

都门髦髯记分袂[36],蜀道修阻常支颐[37]。

持谒见公敢论旧[38],抚髀顾我清无缁[39]。

樽俎频开闲共话[40],歌讴聊与民同嬉[41]。

忽然晨旦往东壁[42],但见山月来峨嵋[43]。

行吟何独壮三峡[44],在处山林来乞诗[45]。

（原载〔明〕周复俊《全蜀艺文志》卷九;录自北京大学古文献研究所编《全宋诗》,北京大学出版社1991年7月第1版,第47册,第29112—29113页）

【注　释】

[1]次:犹次韵,依次用所和诗中的韵作诗,也称步韵。参见本卷《诗歌部》上册王安石《次韵张子野秋中久雨晚晴》注[1]。

袁尚书:即袁说友,参见本卷《诗歌部》下册袁说友《巫山十二峰二十五韵》【作者简介】。

[2]道人:有极高道德的人。〔晋〕葛洪《抱朴子·行品》:"禀高亮之纯粹,抗峻标以邈俗,虚灵机以如愚,不贰过而诮黩者,贤人也。居寂寞之无为,蹈修直而执平者,道人也。"(《抱朴子外篇》卷二)

天姿:犹天然风姿。〔唐〕李白《感时留别从兄徐王延年从弟延陵》:"令弟字延陵,凤毛出天姿。清英神仙骨,芬馥苣兰蓀。"(《李太白集注》卷十五)

[3]计黠(xiá):犹言计虑谋略聪慧。

人嫌痴:犹言世人嫌痴迷。

[4]胜处:美好的地方。〔北魏〕郦道元《水经注·清水》(卷九):"南峰北岭,多结禅栖之士,东岩西谷,又是刹灵之图;竹柏之怀与神心妙远,仁智之性共山水效深,更为胜处也。"

[5]物外:世外,谓超脱于尘世之外。〔汉〕张衡《归田赋》:"苟纵心于物外,安知荣辱之所如!"(《文选》卷十五)物外赏,犹超然尘世的玩赏。〔宋〕黄庭坚《次韵曾子开舍人游耤田载荷花归》:"能从物外赏,真是区中贤。"(《山谷集》卷二)

〔6〕灵中奇:犹言灵异中的奇妙,这里既指自然景观,也指人的质素灵性。

〔7〕一行作吏:一经为官。〔三国·魏〕嵇康《与山巨源绝交书一首》:"游山泽,观鱼鸟,心甚乐之。一行作吏,此事便废。"(《嵇中散集》卷二)

汩(gǔ)没:沉沦,沦落。〔唐〕李咸用《秋夕书怀寄所知》:"三岛路遥身汩没,九天风急羽差池。"(《全唐诗》卷六百四十六)

〔8〕参差(cēncī):错过。〔唐〕范摅《云溪友议》(卷八):"再试,退解头宋言为第六十五人,如闻来唁,宋曰:'来春之事,甘已参差。'李播舍人发榜,以言为第四人及第。言感恩深,实为望外也。"

〔9〕脱兔:脱逃之兔。《孙子·九地》:"是故始如处女,敌人开户;后如脱兔,敌不及拒。"

投林:谓鸟兽入林。〔唐〕杜甫《独坐》:"仰羡黄昏鸟,投林羽翮轻。"(《九集集注杜诗》卷三十四)

适愿:犹言符合心愿。〔南唐〕刘崇远《金华子杂编》(卷上):"内子性仁和,闻之无难色,遂辇而迎之,其喜于适愿也如是。"

〔10〕穷猿得木:走投无路的猿猴得到了树木。〔汉〕刘向《说苑·说丛》(卷十六):"龙乘云而举,猿得木而挺,鱼得水而鸷,处地宜也。"穷,犹尽,完,谓处于困境中。

吾何之:犹言我要到哪里去。〔唐〕李白《鞠歌行》:"悲日月逝矣,吾何之?"(《李太白集注》卷三十)之,动词,往,至。《诗经·墉风·载驰》:"百尔所思,不如我所之。"(《毛诗注疏》卷四)

〔11〕芒鞋:用芒茎外皮编织成的鞋。亦泛指草鞋。芒,多年生草本植物,状如茅,俗称"芭茅"。秆高壮直,叶片线状披针形,边缘有细齿。秋季开花。嫩叶可作牛饲料,茎籜可编草履。〔宋〕苏轼《自兴国往筠宿石田驿南二十五里野人舍》:"芒鞋竹杖自轻软,蒲荐松床亦香滑。"(《东坡诗集注》卷一)

恣如往:任凭前往。

〔12〕烟蓑:犹烟雨中披戴的蓑衣。蓑,用草或棕制成的、披在身上的防雨用具。〔唐〕郑谷《郊园》:"烟蓑春钓静,雪屋夜棋深。"(《云台编》卷上)

雨笠:遮雨的笠帽,用竹篾、箬叶或棕皮等编成。〔宋〕杨杰《钓矶怀古十章·刘遗民》:"雨笠烟蓑细草巾,持竿谁识白莲人。"(《无为集》卷七)

〔13〕驽骀(tái):指劣马。〔战国·楚〕宋玉《九辩》:"却骐骥而不乘兮,策驽骀而取路。"(《楚辞章句》卷八)

〔14〕大尹:春秋、战国时宋官名,新莽时称郡太守为大尹。后为对府县行政长官的称呼。这里指袁说友。

〔15〕谕蜀:犹言执掌蜀地。谕,教导,教诲,引申为统领、管辖。按:庆元三年

（1197），袁说友为四川制置使兼知成都府，故云。

舲（líng）旗：船上的旌旗。舲，有窗户的小船，亦泛指船。

[16]虚席：空着座位等候，多表示礼贤下士。〔唐〕骆宾王《上司刑太常伯启》："加以分庭让士，虚席礼贤。"（《骆丞集》卷三）《旧唐书·韦陟传》（卷九十二）："如道义相知，靡隔贵贱，而布衣韦带之士，恒虚席倒屣以迎之，时人以此称重。"

[17]褰（qiān）帷：撩起帷幔。典出《后汉书·贾琮传》："琮为冀州刺史。旧典，传车骖驾，垂赤帷裳，迎于州界。及琮之部，升车言曰：'刺史当远视广听，纠察美恶，何有反垂帷裳以自掩塞乎？'乃命御者褰之。"后因以"褰帷"为官吏接近百姓，实施廉政之典。

[18]落落：犹磊落，常用以形容人的气质、襟怀。《三国志·蜀志·彭羕传》（卷十）："若明府能招致此人，必有忠谠落落之誉。"〔唐〕杨炯《和刘长史答十九兄》："风标自落落，文质且彬彬。"（《盈川集》卷二）

清庙器：太庙之祭器。太庙，古代帝王的宗庙。喻指可以担当国家重任的人。《新唐书·李珏传》（卷一百八十二）："宰相韦处厚曰：'清庙之器，岂击搏才乎？'"〔宋〕苏轼《闻正辅表兄将至以诗迎之》："我兄清庙器，持节瘴海头。"（《东坡诗集注》卷十）

[19]粲粲：鲜明貌。〔唐〕杨炯《盂兰盆赋》："若荣光休气，发彩于重云。奋奋粲粲，焕焕烂烂，三光壮观，若合璧连珠，耿耀于长汉。"（《盈川集》卷一）

珊瑚枝：形容诗笔五彩斑斓，如同珊瑚枝。珊瑚，由珊瑚虫分泌的石灰质骨骼聚结而成的东西，状如树枝，多为红色，也有白色或黑色的。鲜艳美观。

[20]楚泽：古楚地有云梦等七泽。后以"楚泽"泛指楚地或楚地的湖泽。吞，涵容，容纳。按：此句语出〔汉〕司马相如《子虚赋》："吞若云梦者八九，于其胸中，曾不蒂芥！"（《文选》卷七）

[21]气压巫峡：犹言诗的气势压倒巫山。

[22]联娟：微曲貌。〔战国·楚〕宋玉《神女赋》："眉联娟以蛾扬兮，朱唇的其若丹。"〔唐〕李善注："联娟，微曲貌。"（《文选》卷十九）

争媚妩：比赛妩媚。媚妩，犹妩媚。姿容美好而可爱。〔宋〕陈造《寄程安抚》："栎林森疏陂渌净，江梅水仙争媚妩。"（《江湖长翁集》卷八）

[23]苍壁：犹苍翠的岩壁。〔宋〕苏舜钦《游山》："踰岭到天平，上观石屋危。苍壁泻白泉，对之已忘疲。"（《苏学士集》卷四）

徙（xǐ）倚：犹徘徊、逡巡。〔战国·楚〕屈原《远游》："步徙倚而遥思兮，怊惝恍而乖怀。"（《楚辞章句》卷五）〔三国·魏〕曹植《洛神赋》："于是洛灵感焉，徙倚傍徨，神光离合，乍阴乍阳。"（《文选》卷十九）

游嬉:游玩嬉戏。〔三国·魏〕阮籍《咏怀八十二首》之四十九:"高鸟摩天飞,凌云共游嬉。"(《汉魏六朝百三家集》卷三十四)

按:作者所和之诗即袁说友《巫山十二峰二十五韵》"帷"、"枝"、"低"、"嬉"等韵前后八句,是分别描述巫山十二峰的,但和诗者未必对十二峰景观有所了解,仅仅根据原作之韵,另铸新词,故与十二峰景观似是而非,不尽妥帖,这是所有和诗(共八首,均见本卷)都不同程度存在的弊病。注者在对和诗作注时,则只能根据各诗文本立训,而不能生硬地联系十二峰景观解释。

[24]巴东:指古巴东郡。汉末刘璋分巴郡置巴东郡,治所在鱼复(今奉节县)白帝城,本诗中泛指三峡地带。〔唐〕李白《峨眉山月歌送蜀僧晏入中京》:"我在巴东三峡时,西看明月忆峨眉。"(《李太白文集》卷六)

巴峡:犹巴东三峡,泛指长江三峡。〔唐〕李白《为宋中丞请都金陵表》:"飞章问安,往复巴峡,朝发白帝,暮宿江陵。"(《李太白文集》卷二十五)

[25]作云作雨:语出〔战国·楚〕宋玉《高唐赋·序》:"去而辞曰:'妾在巫山之阳,高丘之阻,旦为朝云,暮为行雨。朝朝暮暮,阳台之下。'"(《文选》卷十九)

[26]飞鸢(yuān):飞翔的鸷鸟,属猛禽类,俗称鹞鹰、老鹰。送迎客,犹言在江上迎送客人。〔三国·魏〕曹植《名都篇》:"余巧未及展,仰手接飞鸢。"(《曹子建集》卷六)

[27]棹(zhào)歌:行船时所唱之歌。棹,船桨,借指船。〔汉〕武帝刘彻《秋风辞》:"箫鼓鸣兮发棹歌,欢乐极兮哀情多。"(《文选》卷四十五)

[28]何意:岂料,不意。此句是说,想不到如今忽然在这里看见了。兹,代词,此,这。指前句所云"昔日画图曾见者"。

[29]迩(ěr)来:犹近来。〔唐〕韩愈《寒食日出游夜归张十一院长见示病中忆花九篇因此投赠》:"迩来又见桃与梨,交开红白如争竞。"(《五百家注昌黎文集》卷三)

丰碑:纪功颂德的高大石碑。丰碑在人口,即"口碑"。〔宋〕释普济《五灯会元·宝峰文禅师法嗣·永州太平安禅师》(卷十七):"劝君不用镌顽石,路上行人口似碑。"刻碑为纪功颂德,故后以"口碑"喻指众人口头的颂扬。

[30]政用:犹政治管理。用,治理,管理。《荀子·富国》(卷六):"仁人之用国,将修志意,正身行。"〔唐〕杨倞注:"用,为也。"

中和:中庸之道的主要内涵。儒家认为能"致中和",则天地万物均能各得其所,达于和谐境界。《礼记·中庸》:"喜怒哀乐之未发谓之中,发而皆中节谓之和;中也者,天下之大本也,和也者,天下之达道也。致中和,天地位焉,万物育焉。"(《礼记注疏》卷五十二)

大体:大要,纲领。《三国志·魏志·陈矫传》(卷二十二):"操纲领,举大体。"

[31]毫末:犹毫毛的末端,比喻极其细微。《老子·河上公章句·守微》:"合抱之木,生于毫末;九层之台,起于累土。"(《老子道德经》卷下)

[32]不与:犹不以。不因,不为。《礼记·表记》:"故君子不以小言受大禄,不以大言受小禄。"(《礼记注疏》卷五十四)

英声:美好的名声。〔汉〕司马相如《封禅文》:"俾万世得激清流,扬微波,蜚英声,腾茂实。"(《文选》卷四十八)

上国:指京师。〔南朝·梁〕江淹《四时赋》:"忆上国之绮树,想金陵之蕙枝。"(《江文通集》卷一)

[33]江湄(méi):江岸。《诗经·秦风·蒹葭》:"所谓伊人,在水之湄。"〔唐〕孔颖达疏:"谓水草交际之处,水之岸也。"(《毛诗注疏》卷十一)

[34]狼烽:即"狼烟",古时边防燃狼粪以报警的烽火。〔宋〕苏辙《落叶满长安分题》:"衣信催烦杵,狼烽报极边。"(《栾城第三集》卷二)《资治通鉴·后汉高祖天福十二年》(卷二百八十六):"契丹焚其市邑,一日狼烟百余举。"〔宋〕胡三省注:"陆佃《埤雅》曰:古之烽火用狼粪,取其烟直而聚,虽风吹之不斜。"

士:成年男子的通称。《诗经·周颂·载芟》:"侯其在京,有依其士。"〔宋〕朱熹集传:"士,夫也。言饷妇与耕夫相慰劳也。"(《诗经集传》卷八)

鼓腹:鼓起肚子,谓饱食。《庄子·马蹄》:"夫赫胥氏之时,民居不知所为,行不知所之,含哺而熙,鼓腹而游。"(《庄子翼》卷三)

[35]耕陇(lǒng):陇,通"垄",田垄。〔宋〕苏轼《送周正孺知东川》:"如君尚出麾,顾我宜耕垄。"(《东坡诗集注》卷十六)

[36]都门:京都城门。《汉书·王莽传下》(卷九十九下):"兵从宣平城门入,民间所谓都门也。"〔唐〕颜师古注:"长安城东出北头第一门。"〔宋〕柳永《雨霖铃》:"都门帐饮无绪,留恋处,兰舟催发。"(《乐章集》)

分袂(mèi):犹离别。袂,衣袖。〔唐〕李山甫《别杨秀才》:"如何又分袂,难话别离情。"(《全唐诗》卷六百四十三)

[37]修阻:路途遥远而阻隔。〔唐〕钱起《淮上别范大》:"游宦且未达,前途各修阻。"(《钱仲文集》卷二)

支颐:以手托下巴,谓冥思。〔唐〕陆龟蒙《春思二首》之一:"此时忆著千里人,独坐支颐看花落。"(《甫里集》卷十二)

[38]持谒(yè):犹拿着名刺。谒,名刺,类似今名片。《史记·高祖本纪》(卷八):"高祖为亭长,素易诸吏,乃绐为谒曰:'贺钱万',实不持一钱。"〔唐〕司马贞索隐:"谒,谓以札书姓名,若今之通刺,而兼载钱谷也。"

论旧:犹话旧。〔唐〕韦应物《逢杨开府》:"忽逢杨开府,论旧涕俱垂。"(《韦苏州集》卷五)敢,谦词,犹冒昧。

[39]抚髀(bì):以手拍股,表示振奋或感叹。〔唐〕皇甫枚《三水小牍·王知古》:"直方起而抚髀曰:'山魈木魅,亦知人间有张直方耶?'"(《太平广记》卷四百五十五载录)

顾我:犹顾惜我。〔唐〕李白《赠裴司马》:"向君发皓齿,顾我莫相违。"(《李太白文集》卷八)

清无缁:清白而无污迹。缁,黑色。《论语·阳货》:"不曰白乎?涅而不缁。"《周礼·考工记·钟氏》:"三入为𫄸,五入为緅,七入为缁。"〔汉〕郑玄注:"染𫄸者,三入而成……又复再染以黑,乃成缁矣。"(《周礼注疏》卷四十)

[40]樽俎:古代盛酒食的器皿,樽以盛酒,俎以盛肉。借指宴席。〔汉〕刘向《新序·杂事一》(卷一):"仲尼闻之曰:'夫不出于樽俎之间,而知千里之外,其晏子之谓也,可谓折冲矣。'"

[41]歌讴:歌唱。〔宋〕刘攽《王天下说》:"昔者尧授舜,舜授禹,天下之歌讴,朝觐者迁而从之。"(《彭城集》卷三十三)

聊与民同嘻:犹言姑且与民同乐。嘻,笑,喜笑。

[42]晨旦:天亮。〔唐〕皮日休《正乐府十篇·贱贡士》:"南越贡珠玑,西蜀进罗绮,到京未晨旦,一一见天子。"(《全唐诗》卷六百八)

往东壁:到东边去。壁,犹面,边。按:袁说友为四川制置使兼知成都府之后,不久即召为吏部尚书兼侍读,出知绍兴府兼浙东路安抚使。此句大抵指此事。

[43]山月来峨嵋:犹言三月从峨眉来。峨嵋,山名。也写作峨眉、䓤眉。在四川峨眉县西南,因山势逶迤,有山峰相对如蛾眉,故名。佛教称为光明山,道教称为"虚灵洞天"、"灵陵太妙天"。其脉自岷山绵延而来,突起为大峨、中峨、小峨三峰。顶部为玄武岩覆盖,有峨眉宝光、舍身崖、洗象池、龙门洞等胜景,与浙江普陀山、安徽九华山、山西五台山并称为我国佛教四大名山。

[44]行吟:边走边吟咏。〔战国·楚〕屈原《渔父》:"屈原既放,游于江潭,行吟泽畔。"(《楚辞章句》卷七)

[45]在处:到处,处处。〔唐〕张籍《赠别王侍御赴任陕州司马》:"京城在处闲人少,惟共君行并马蹄。"(《张司业集》卷五)

黄人杰

【作者简介】

　　黄人杰，字叔万，南城（今属江西）人。孝宗乾道二年（1166）进士（清雍正《江西通志》卷五十）。有《可轩曲林》一卷（《直斋书录解题》卷二十一），已佚。

次袁尚书巫山十二峰二十五韵[1]

　　文昌老仙绝俗姿[2]，爱山成癖非儿痴。

　　胸中况自有丘壑[3]，槛结瑰异常恐迟[4]。

　　坤维谋略出分阃[5]，江山致助争出奇[6]。

　　寻幽选胜上巫峡[7]，断崖怪石悬参差[8]。

　　十二峰前弭征楫[9]，枝藤直上穷所之[10]。

　　云烟变态千万状，过眼神动惊天随[11]。

　　人疑跻攀欲力尽[12]，公自乐此良不疲[13]。

　　瑶华真妃似凤驾[14]，风马昼下扬旛旗[15]。

　　层峦好处起苍壁[16]，丹霞望门开赤帷[17]。

　　登坛定可拾瑶翠[18]，却老未应无玉枝[19]。

　　仰天一笑睨寥廓[20]，俯视培塿丘陵低[21]。

　　颇疑游龙出飞跃[22]，恍若栖凤犹娱嬉[23]。

　　乔松跨鹤远近集[24]，云雨济人朝暮为[25]。

　　坛罗野翠有余润[26]，泉拖修帛无穷时[27]。

　　一经盼睐便改观[28]，阳台价重当由兹[29]。

惜哉牙纛不久驻[30]，鹢首未转樯乌驰[31]。

轻缣素练欲摹写[32]，画师难著五色施[33]。

笔端机杼始潜运[34]，悠然寄兴沧洲湄[35]。

章成密简绣衣使[36]，绣衣翰墨今白眉[37]。

珠酬玉唱两相尚[38]，三叹尽解骚人颐[39]。

好刊苍珉示千古[40]，磨而不磷涅不缁[41]。

纷纷我辈小巫耳[42]，健读数过徒噫嘻[43]。

待从两公奠西极，安南巀，收关河百二之险[44]，

劗岷峨万仞之嵋[45]。大书有宋中兴颂[46]，

东还更和巫山诗[47]。

（原载〔明〕周复俊《全蜀艺文志》卷九；录自北京大
学古文献研究所编《全宋诗》，北京大学出版社
1991 年 7 月第 1 版，第 47 册，第 29123—29124 页）

【注　释】

[1]次：犹次韵，依次用所和诗中的韵作诗，也称步韵。参见本卷《诗歌部》上
册王安石《次韵张子野秋中久雨晚晴》注[1]。

袁尚书：指袁说友。参见本卷《诗歌部》下册袁说友《巫山十二峰二十五韵》
【作者简介】。

[2]文昌老仙：即文昌帝君，亦称"文昌帝"，亦称"文昌君"。即梓潼帝君。
《明史·礼志四》（卷五十）："梓潼帝君者，记云：'神姓张名亚子，居蜀七曲山，仕
晋战没，人为立庙。唐宋屡封至英显王。道家谓帝命梓潼掌文昌府事及人间禄
籍，故元加号为帝君，而天下学校亦有祠祀者。'"

绝俗姿：摒弃、杜绝世俗的姿态。〔宋〕李纲《次韵仲弟独游惠山古风》："仲弟
绝俗姿，好勇先我骋。"（《梁溪集》卷十六）

[3]况自：况且自己。〔唐〕韦应物《发广陵留上家兄兼寄上长沙》："感秋意已
违，况自结中肠。"（《韦苏州集》卷二）

丘壑：山陵和溪谷，喻深远的意境。语出〔宋〕黄庭坚《题子瞻枯木》："胸中元
自有丘壑，故作老木蟠风霜。"（《山谷集》卷五）

[4]槛（jiàn）结瑰异：犹言栏中结出珍奇的花果。槛，指防护花木的栅栏。瑰
异，特异，珍奇。

[5]坤维：指西南方。因《周易·坤》有"西南得朋"之语，故以坤指西南。参

见本卷《诗歌部》中册王十朋《巴东之西近江有夫子洞亦曰圣洞巫山县有孔子泉说者谓旱而祈则应泉旁之民虽童子皆能书夫子胡为洞于此且有泉耶诗以辨之》注[4]。

分阃(kǔn)：指出任将帅或封疆大吏。〔南朝·梁〕刘勰《文心雕龙·檄移》（卷四）："故分阃推毂，奉辞伐罪，非唯致果为毅，亦且厉辞为武。"这里指袁说友，时为四川制置使兼知成都府。

[6]江山致助：谓江山给以推助。指诗文的风采得益于江山的启迪、帮助。语本〔南朝·梁〕刘勰《文心雕龙·物色》（卷十）："若乃山林皋壤，实文思之奥府，略语则阙，详说则繁。然屈平所以能洞监风骚之情者，抑亦江山之助乎！"

[7]寻幽选胜：犹言寻访幽雅名胜之地。〔宋〕朱熹《答尤延之》："熹杜门窃食，不敢与闻外间一事，尚不能无虎食其外之忧，衰病疲薾，虽在山林，亦不能有寻幽选胜之乐。"（《晦庵集》卷三十七）

巫峡：长江三峡之一，西起重庆市巫山县大宁河口，东至湖北省巴东县官渡口，全长44.5公里。参见本卷《诗歌部》上册幸寅逊《云》注[7]。

[8]"断崖"句：犹言断裂的山崖，形状怪异的石头悬在半空高低不齐。参差(cēncī)，不齐貌。

[9]十二峰：指巫山十二峰，即圣泉峰、登龙峰、朝云峰、神女峰（又称望霞峰）、松峦峰、集仙峰、翠屏峰、聚鹤峰、飞凤峰、净坛峰、起云峰、上升峰。参见本卷《诗歌部》上册张佖《经旧游》注[4]。

弭：止息。《左传》襄公二十五年："自今以往，兵其少弭矣。"〔晋〕杜预注："弭，止也。"（《春秋左传注疏》卷三十六）

征楫：正在行进的船桨。楫，船桨。短曰楫，长曰櫂。此句是说在巫山十二峰前停止划桨，犹停船。

[10]枝藤直上：犹言攀援着树枝藤萝垂直而上。

穷所之：穷尽所能到的地方。之，往，至。〔宋〕员兴宗《阮籍》："驾言穷所之，途穷涕亦浪。"（《九华集》卷一）

[11]"过眼"句：犹言经过眼前的景物引起惊天的精神震动随即而来。神动，指精神上的震动。惊天，形容这种震动的程度。随，犹言跟随眼见的景象而来。

[12]跻(jī)攀：向上攀登。〔唐〕李白《与南陵常赞府游五松山》："我来五松下，置酒穷跻攀。"（《李太白集注》卷二十）

[13]良不疲：长久不疲倦。良，长，久。〔唐〕杜甫《盐井》："我何良叹嗟，物理固自然。"（《九家集注杜诗》卷六）

[14]瑶华：犹瑶花圃，传说中神仙居住的地方。〔唐〕元稹《会真诗》："言自瑶华圃，将朝碧帝宫。"（《元氏长庆集补遗》卷六）

真妃:犹女神。真,仙人。《说文·匕部》(卷八上):"真,仙人变形登天也。"〔明〕胡应麟《少室山房笔丛·玉壶遐览二·太真科》(卷二十七):"三清之间,各有正位,圣登玉清,真登上清,仙登太清。"妃,女神之尊称。中,将巫山神女加以仙话化,改造成所谓"云华夫人"。《太平广记·云华夫人》(卷五十六)载〔前蜀〕杜光庭《墉城集仙录》:"云华夫人,王母第二十三女,太真王夫人之妹也,名瑶姬。"此处"真妃"当指"云华夫人",即巫山神女。

凤驾:犹早晨乘车。〔唐〕储光羲《贻刘高士别》:"凤驾出东城,城傍早霞散。"(《唐储光羲诗集》卷四)

[15]风马:指风。〔宋〕薛季先《吴江放船至枫桥湾》:"风马座中生,天幕波中出。"(《浪语集》卷四)

旛(fān)旗:长幅下垂的旗,亦泛指旌旗,后作"幡"。〔三国·魏〕曹植《东征赋》:"登城隅之飞观兮,望六师之所营。幡旗转而心异兮,舟楫动而伤情。"(《曹子建集》卷一)

[16]好处:有美处。好,美也。〔唐〕刘禹锡《洛中逢韩七中丞之吴兴口号五首》之四:"水碧山青知好处,开颜一笑向何人。"(《刘宾客文集》卷二十八)

苍壁:犹苍翠的岩壁。〔宋〕陈舜俞《三峡桥》:"谁将巨斧凿大石,突兀长桥跨苍壁。行车走马安如山,下视龙门任淙激。"(《都官集》卷十二)

[17]丹霞望门:犹红霞到门边。望,用作介词,至,到,表示趋向。《列子·杨朱》(卷七):"朝之室也,聚酒千钟,积曲成封,望门百步,糟浆之气逆于人鼻。"赤帷,红色的帷幕。

[18]拾瑶翠:犹拾取美玉翡翠。指仙女遗留之物。

[19]却老:谓避免衰老。〔唐〕段成式《酉阳杂俎续集·支诺皋下》(卷三):"封十八姨乃风神也。后数夜,杨氏辈复至魄谢,各裹桃李花数斗,劝崔生服之,可延年却老。"〔唐〕包佶《近获风痹之疾题寄所怀》:"无医能却老,有变是游魂。"(《全唐诗》卷二百五)

未应:犹不曾。〔唐〕李白《关山月》:"戍客望边色,思归多苦颜,高楼当此夜,叹息未应闲。"

玉枝:一种可延缓衰老的药物。〔宋〕乐史《太平寰宇记·河东道·潞州》(卷四十五):"抱犊山道书《福地记》:抱犊山在上党东南一里,高七十丈,有石城,高十丈,方一里,南角有草,名玉枝,冬生花,高五六尺,味颇甘,取其叶末服之,方寸二三日不饥。"

[20]睨(nì)寥廓:仰视辽阔的天空。

[21]培塿(pǒulǒu):小土丘。参见本卷《诗歌部》上册张耒《读太白感兴拟作二首》之一注[5]。

[22]游龙：游动的蛟龙。〔三国·魏〕曹植《七启》："观游龙于神渊，聆鸣凤于高冈。"（《曹子建集》卷九）

[23]栖凤：犹栖息的凤。〔唐〕钱起《诏许昌崔明府拜补阙》："何树可栖凤，高梧枝拂天。"（《钱仲文集》卷三）

按：作者所和之诗即袁说友《巫山十二峰二十五韵》"帷"、"枝"、"低"、"嬉"等韵前后八句，是分别描述巫山十二峰的，但和诗者未必对十二峰景观有所了解，仅仅根据原作之韵，另铸新词，故与十二峰景观似是而非，不尽妥帖，这是所有和诗（共八首，均见本卷）都不同程度存在的弊病。注者在对和诗作注时，则只能根据各诗文本立训，而不能生硬地联系十二峰景观解释。

[24]乔松：高大的松树。《诗经·郑风·山有扶苏》："山有乔松，隰有游龙。"（《毛诗注疏》卷七）

跨鹤：乘鹤，骑鹤。道教认为得道后能骑鹤飞升。〔宋〕韦骧《杨内翰读书堂》："跨鹤凌风去几年，独有文章光翕翕。"（《钱塘集》卷一）

[25]云雨济人：犹言云雨救助于人。

朝暮为：犹早晚施行。为，施行。《吕氏春秋·长利》（卷二十）："若也利虽倍于今，而不便于后，弗为也；安虽长久，而以私其子孙，弗行也。"〔汉〕高诱注："为，施也。"

[26]坛罗野翠：高台上布满山野的苍翠。坛，高台。疑似指净坛峰。罗，分布。〔唐〕韩愈《南山诗》："或罗若星离，或翕若云逗。"（《五百家注昌黎文集》卷一）野翠，山野的苍翠，指葱茏的草木。〔唐〕李白《凌歊台》："闲云入窗牖，野翠生松竹。"（《李太白文集》卷十九）〔唐〕曹邺《杏园席上同年》："晴阳照花影，落絮浮野翠。"（《曹祠部集》卷一）

余润：无穷的润泽。〔唐〕元稹《表夏十首》之四："玉委有余润，飙驰无去踪。"（《元氏长庆集》卷七）

[27]泉拖修帛（bó）：泉水像拖着长长的丝帛。拖，曳引，拉着。修，长。《诗经·小雅·六月》："四牡修广，其大有颙。"〔汉〕毛亨传："修，长。"（《毛诗注疏》卷十七）帛，古代丝织物的通称。〔唐〕杜甫《自京赴奉先县咏怀五百字》："彤庭所分帛，本自寒女出。"（《九家集注杜诗》卷二）

无穷时：犹没有穷尽的时候。

[28]盼睐（lài）：眷顾，垂青。〔唐〕陆龟蒙《村夜·又》："吹嘘川可倒，盼睐花争妊。"（《甫里集》卷三）

改观：改变原来的样子，出现新的面目。〔南朝·宋〕谢灵运《悲哉行》："幽树虽改观，终始在初生。"（《乐府诗集》卷六十二）

[29]阳台：神女与楚先王约定的幽会场所。〔清〕连山、白曾熙修，李友梁等

纂;清光绪十九年(1893)刊本《巫山县志·古迹志》(卷三十):"《吴船录》:'阳台高唐,今在巫山来鹤峰上。'"〔清〕周宪斌《阳台高唐解》:"夫高邱山上有阳台,山半又有高唐,由来旧矣。"(〔清〕连山、白曾熙修,李友梁等纂;清光绪十九年(1893)刊本《巫山县志·艺文志》卷三十二)

由兹:由此。〔唐〕白居易《赠友五首》之一:"由兹六气顺,以遂万物性。"(《白氏长庆集》卷二)

[30]牙纛(dào):犹牙旗,旗竿上饰有象牙的大旗,多为主将主帅所建,亦用作仪仗。纛,大旗。〔宋〕李新《谢席徽猷荐考察启》:"光被丝纶,徙平凉之重镇;戒严牙纛,趣蜀道之轻装。"(《跨鳌集》卷二十六)

[31]鹢(yì)首:船头,古代画鹢鸟于船头,故称。鹢,水鸟名,形如鹭而大,羽色苍白,善高飞。〔唐〕王维《送秘书晁监还日本国》:"鲸鱼喷浪,则万里倒回;鹢首乘云,则八风却走。"〔清〕赵殿成笺注:"鹢首,《淮南子》:'龙舟鹢首,浮吹以娱。'高诱注:鹢,大鸟也。画其像著船头,故曰鹢首也。"(《王右丞集笺注》卷十二)

樯(qiáng)乌:桅杆上的乌形风向仪。〔唐〕杜甫《登舟将适汉阳》:"塞雁与时集,樯乌终岁飞。"(《九家集注杜诗》卷三十六)

[32]轻缣(jiān):轻柔的黄绢。缣,双丝织的浅黄色细绢。〔宋〕李廌《代阳翟令右宣义郎孙愭作进其父资政尚书康简公永文集上宰相执政书》:"何人之文但如孤峰绝岸?何人之文但如浓云震雷?何人之文如轻缣素练而窘边幅?"(《济南集》卷八)

素练:白色绢帛。〔唐〕杜甫《画鹰》:"素练风霜起,苍鹰画作殊。"(《九家集注杜诗》卷十八)轻缣素练可谓绘画材料。

摹写:依样描画。《后汉书·蔡邕传》(卷九十下):"及碑始立,其观视及摹写者,车乘日千余两,填塞街陌。"

[33]五色:青、赤、白、黑、黄五种颜色,古代以此五者为正色。《周礼·画缋》:"画缋之事,杂五色,东方谓之青,南方谓之赤,西方谓之白,北方谓之黑,天谓之玄,地谓之黄。"(《周礼注疏》卷四十)亦泛指各种颜色。

[34]机杼:本指织机。杼,织梭。比喻诗文创作中的新巧构思和布局。《魏书·祖莹传》(卷八十二):"文章须自出机杼,成一家风骨,何能共人同生活也。"

潜运:深谋。〔汉〕马融《忠经·冢臣》:"沈谋潜运,正国安人。"(《汉魏六朝百三家集》卷十六)

[35]寄兴:寄寓情趣。〔唐〕刘禹锡《令狐相公见示赠竹二十韵仍命继和》:"高人必爱竹,寄兴良有以。峻节可临戎,虚心宜得士。"(《刘宾客外集》卷三)

沧洲:滨水的地方,古时常用以称隐士的居处。〔唐〕李白《江上吟》:"兴酣落笔摇五岳,诗成啸傲凌沧洲。"(《李太白文集》卷五)湄(méi),岸边,水和草相接的地方。

[36]密简:犹密封书简。

绣衣使:犹绣衣使者。官名,汉武帝天汉年间,民间起事者众,地方官员督捕不力,因派直指使者衣绣衣,持斧仗节,兴兵镇压,刺史郡守以下督捕不力者亦皆伏诛。后因称此等特派官员为"绣衣直指"。绣衣,表示地位尊贵;直指,谓处事无私。后亦称"绣衣使者"。绣衣直指本由侍御史充任,故亦称"绣衣御史"。

[37]翰墨:笔墨。借指文章书画。〔三国·魏〕曹丕《典论·论文》:"是以古之作者,寄身于翰墨,见意于篇籍。"(《文选》卷五十二)

白眉:典出《三国志·蜀志·马良传》:"马良,字季常,襄阳宜城人也。兄弟五人,并有才名,乡里为之谚曰:'马氏五常,白眉最良。'良眉中有白毛,故以称之。"后因以喻兄弟或侪辈中的杰出者。

[38]珠酬玉唱:犹酬唱之作如珠似玉。酬唱,以诗词相互赠答。〔唐〕郑谷《右省补阙张茂枢同在谏垣邻居光德迭和篇什未尝闲时忽见贻谓谷将来履历必在文昌当与何水部宋考功为俦谷虽赋于风雅实用兢惶因抒酬寄》:"积雪巷深酬唱夜,落花墙隔笑言时。"(《全唐诗》卷六百七十六)

相尚:相互推崇。〔宋〕韩琦《故观文殿学士太子少师致仕赠太子太师欧阳公墓志铭》:"景祐初,公与尹师鲁专以古文相尚,而公得之自然,非学所至,超然独骛,众莫能及。"(《安阳集》卷五十)

[39]骚人:屈原作《离骚》,因称屈原或《楚辞》作者为骚人。后泛称诗人,文人。南朝梁萧统《〈文选〉序》:"骚人之文,自兹而作。"

解颐:谓开颜欢笑。语出《汉书·匡衡传》(卷八十一):"无说《诗》,匡鼎来;匡说《诗》,解人颐。"〔唐〕杜甫《奉赠李八丈曛判官》:"讨论实解颐,操割纷应手。"(《杜诗详注》卷二十三)

[40]刊苍珉:刊刻在青色的似玉的美石上。〔宋〕陈舜俞《挽侍讲先生王夫人诗二首》之二:"一曲薤歌难写恨,哀荣千古付苍珉。"(《都官集》卷十三)

[41]"磨而"句:出自《论语·阳货》:"不曰坚乎?磨而不磷。不曰白乎?涅而不缁。"〔宋〕朱熹《集注》:"磷,薄也。涅,染皂物。言人之不善,不能浼己。"(《四书章句集注·论语集注》卷九)此言极坚之物,磨也磨不薄;极白之物,染也染不黑。比喻不受环境影响,经得起考验。〔汉〕陆贾《新语·道基》(卷上):"洁清明朗,润泽而濡;磨而不磷,涅而不缁。"

[42]小巫:谓巫师中法术低下者。《太平御览》(卷七百三十五)引《庄子》:"小巫见大巫,拔茅而弃,此其所以终身弗如。"

[43]健读数过:犹朗读数遍。健,用力。过,遍,次。《黄帝内经素问·王版

论要》(卷四):"八风四时之胜,终而复始,逆行一过,不复可数。"〔唐〕王冰注:"过,谓遍也。"

徒噫嘻:犹空赞叹。徒,空,白白地。噫嘻,叹词,表示赞叹。《诗经·周颂·噫嘻》:"噫嘻成王,既昭假尔。"〔汉〕郑玄笺:"噫嘻,有所多大之声也。"(《毛诗注疏》卷二十七)

[44]奠西极:犹奠定西极。奠,定。《尚书·禹贡》:"禹敷土,随山刊木,奠高山大川。"〔汉〕孔安国传:"奠,定也。高山、五岳、大川、四渎,定其差秩,祀礼所视。"(《尚书注疏》卷五)西极,西边的尽头,谓西方极远之处。《楚辞·离骚》:"朝发轫于天津兮,夕余至于西极。"这里指袁说友任四川制置使兼知成都府的政绩。

南嶷:指南方九嶷。九嶷,山名,在湖南宁远县南。《山海经·海内经》(卷十八):"南方苍梧之丘,苍梧之渊,其中有九嶷山,舜之所葬,在长沙零陵界中。"〔晋〕郭璞注:"其山九溪皆相似,故云'九疑'。"

关河:指函谷等关与黄河。亦泛指关山河川。《后汉书·荀彧传》(卷一百):"此实天下之要地,而将军之关河也。"

百二:以二敌百。一说百的一倍。后以喻山河险固之地。《史记·高祖本纪》(卷八):"秦,形胜之国,带河山之险,县隔千里,持戟百万,秦得百二焉。"〔南朝·宋〕裴骃集解引苏林曰:"得百中之二焉。秦地险固,二万人足当诸侯百万人也。"司马贞索隐引虞喜曰:"言诸侯持戟百万,秦地险固,一倍于天下,故云得百二焉,言倍之也,盖言秦兵当二百万也。"

[45]劖(chán):凿,削。〔唐〕韩愈《酬四门卢四大夫院长望秋作》:"若使乘酣骋雄怪,造化何以当镌劖?"(《五百家注昌黎文集》卷五)

岷峨:岷山和峨眉山的并称。〔唐〕王勃《入蜀纪行诗序》:"总章二年五月癸卯,余自常安观景物于蜀,遂出褒斜之隘道,抵岷峨之绝径,超玄溪,历翠阜,迨弥月而臻焉。"(《王子安集》卷四)

万仞:形容极高。仞,古代长度单位,七尺为一仞。一说,八尺为一仞。嵋,山巅。

[46]有宋中兴颂:为宋代帝王歌功颂德的诗文。有宋,即宋代,有,词头。按:在重庆市奉节县瞿塘峡原凤凰泉旁的崖壁上,有一块巨大的摩崖石刻《皇宋中兴圣德颂》。原刻高4.1米、宽7.2米,面积29.52平方米,总计948字,字径20厘米。孝宗乾道七年(1171),时任夔州路转运判官兼提举学事的宋宗室成员赵不撰写了《皇宋中兴圣德颂》,对高宗、孝宗父子中兴赵宋王朝之功德加以歌颂,由时任潼川府路转运判官兼提举学事的赵公硕书写,并镌刻于瞿塘峡石壁之上,希冀"与天为期,万世仰之"。此刻原物今藏重庆中国长江三峡博物馆。袁说友庆元

三年(1197)，为四川制置使兼知成都府，已在《皇宋中兴圣德颂》镌刻于瞿塘峡后26年，此诗中所云《有宋中兴颂》但指此摩崖石刻。

　　[47]东还：犹东归，即返回东部。

　　更和巫山诗：再和巫山诗。巫山诗，指袁说友《巫山十二峰二十五韵》。

满江红[1]

寿太守

　　小驻碧油，公两载、重临初度[2]。满全楚，袭人和气，拍天歌舞[3]。波涌荆江流不断，地连巫峡山无数[4]。指此山、此水诵公恩，难忘处。　　民有恨，来何暮[5]。民有愿，归无遽[6]。各相携卧断，衮衣归路[7]。只恐九重劳梦寐，不容十国私霖雨[8]。看便飞、丹诏日边来，朝天去[9]。

　　　　（原载北京图书馆藏明抄本《诗渊》第25册；录自孔凡礼《全宋词补辑》，中华书局1981年8月第1版，第58页）

【注　释】

　　[1]满江红：词牌名。参见本卷《诗歌部》上册柳永《满江红》注[1]。黄人杰此词据《全宋词补辑》为双调，九十三字。前段九句，四仄韵；后段十句，五仄韵。按：黄词前段第三句"满全楚"处《全宋词补辑》为"句"，《词谱》（卷二十二）此调九十三字仄韵谱式为"读"。

　　[2]小驻：暂留，暂停。〔宋〕刘过《谒金陵武帅》之二："借马饱游云梦泽，归舟小驻石头城。"（《龙洲集》卷四）

　　碧油：青绿色的油布车帷。南齐时公主所用，唐以后御史及其他大臣多用之。〔唐〕方干《上越州杨岩中丞》："试把十年辛苦志，问津同拜碧油幢。"（《全唐诗》卷六百五十二）〔宋〕陆游《六月二十六日夜梦赴季长招饮》："安得此欢真入眼，碧油幢拥主人翁。"（《剑南诗稿》卷三十）

　　重临初度：再次到达时逢生日。初度，谓始生之年时。〔战国·楚〕屈原《离骚》："皇览揆余初度兮，肇锡余以嘉名。"（《楚辞章句》卷一）后因称生日为"初度"。

　　[3]满全楚：犹楚地全境。满，全，遍。楚，指古楚国所辖之地。

　　袭人和气：蒙受人和之气。人和，人事和协，民心和乐。《白孔六帖·三月三》（卷四）："宴龙门，命赋诗。人和气稔，禊于洛滨。"

拍天:本形容波涛汹涌澎湃。〔前蜀〕韦庄《南昌晚眺》:"南昌城郭枕江烟,章水悠悠浪拍天。"(《浣花集》卷七)拍天歌舞,形容歌舞气势浩大,犹如波浪拍天。

[4]荆江:即今湖北荆州市以下的长江河段。参见本卷《诗歌部》上册欧阳修《代赠田文初》注[12]。

巫峡:长江三峡之一,西起重庆市巫山县大宁河口,东至湖北省巴东县官渡口,全长44.5公里。参见本卷《诗歌部》上册幸寅逊《云》注[7]。

[5]来何暮:犹言来何迟。典出《后汉书·廉范传》(卷六十一):"廉范字叔度,京兆杜陵人,赵将廉颇之后也。……建初中,迁蜀郡太守,其俗尚文辩,好相持短长,范每厉以淳厚,不受偷薄之说。成都民物丰盛,邑宇逼侧,旧制禁民夜作,以防火灾,而更相隐蔽,烧者日属。范乃毁削先令,但严使储水而已。百姓为便,乃歌之曰:'廉叔度,来何暮?不禁火,民安作,平生无襦今五绔。'"

归无遽(jù):犹言归去不要这么急迫。遽,急。〔战国·楚〕宋玉《神女赋》:"礼不遑迄,辞不及究。愿假须臾,神女称遽。"〔唐〕李善注:"遽,急也。"(《文选》卷十九)

[6]相携卧断:这是古代百姓挽留清官的方式,相互搀扶握断其归路。

[7]衮(gǔn)衣:古代帝王及上公穿的绘有卷龙的礼服。《诗经·豳风·九罭》:"我觏之子,衮衣绣裳。"〔汉〕毛亨传:"衮衣,卷龙也。"〔唐〕陆德明释文:"天子画升龙于衣上,公但画降龙。"(《毛诗注疏》卷十五)

[8]九重:指朝廷。〔宋〕余靖《丁以律令式内数事不便奏乞改行大理以不先申省断徒诉称诣阙上表不伏》:"若道远邦畿,议当资于八座,况躬趋辇毂,言必达于九重。"(《武溪集》卷十三)

劳梦寐:犹言睡梦中也在操劳。〔宋〕李彭《王子张以诗见报次其韵》:"天上汉庭劳梦寐,峤南殷鉴恐羁縻。"(《日涉园集》卷八)

十国:指五代时的吴、南唐、吴越、前蜀、后蜀、南汉、北汉、闽、楚、荆南(即南平)十个割据政权。〔宋〕司马光《乞官刘恕一子札子》:"至于十国五代之际,群雄竞逐,九土分裂。"(《传家集》卷五十三)亦泛指各局部地区或地方势力。

霖雨:甘雨,时雨。〔唐〕李白《赠从弟冽》:"傅说降霖雨,公输造云梯。"(《李太白集注》卷十二)亦喻朝廷的恩泽。私霖雨,犹言私自享受甘雨。

[9]丹诏:帝王的诏书。以朱笔书写,故称。〔宋〕仲并《好事近》:"一杯先为祝东风,丹诏来朝夕。何处称公挥翰,定北扉西掖。"(《浮山集》卷三)

朝天:朝见天子。〔唐〕温庭筠《台城晓朝曲》:"朱网龛鬌丞相车,晓随迭鼓朝天去。"(《温飞卿诗集笺注》卷二)

黄人杰

61

楼 钥

【作者简介】

　　楼钥(yuè)(1137—1213),字大防,旧字启伯,自号攻媿主人,明州鄞县(今浙江宁波)人。孝宗隆兴元年(1163)进士,调温州教授。乾道五年(1069),以书状官随舅汪大猷使金。累官知温州。光宗朝,召为考功郎,改国子司业,累迁中书舍人兼直学士院,给事中。宁宗受禅,迁吏部尚书,因忤韩侂胄,提举江州太平兴国宫。寻知婺州,移宁国府,仍夺职致仕。侂胄诛,起为翰林学士,累迁签书枢密院事、参知政事。嘉定六年(1213)卒,年七十七。赠少师,谥宣献。有《攻媿集》一百二十卷、《范文正公年谱》等。事见《絜斋集》卷十一《资政殿大学士赠少师楼公行状》,《宋史》卷三百九十五有传。

谢潘端叔惠红梅(之五)[1]

殿后鞓红色漫秾[2],绛桃空自笑春风[3]。
何人击碎珊瑚树[4],恼得瑶姬面发红[5]。

(原载北京大学图书馆藏南宋四明楼氏家刻本《攻媿先生文集》卷八;录自北京大学古文献研究所编《全宋诗》,北京大学出版社1991年7月第1版,第47册,第29448页)

【注　释】

　　[1]原诗序:"潘端叔惠红梅一本,全体皆江梅也,香亦如之,但色红尔。来自湖湘,非他种比,自此当称为红江梅,以别之。王文公、苏文忠、石曼卿诸公有《红

梅》诗,意其皆未见此种也。感叹不足,为赋二十绝。"

[2]殿后:犹屋后。殿,高大房屋的通称。〔唐〕徐坚《初学记》(卷二十四)引《苍颉篇》:"殿,大堂也。"《汉书·霍光传》(卷六十八):"鸮数鸣殿前树上。"〔唐〕颜师古注:"古者屋室高大,则通呼为殿耳,非止天子宫中。"

鞓(tīng)红:牡丹的一种。〔宋〕欧阳修《洛阳牡丹记·花释名》:"鞓红者,单叶深红花,出青州,亦曰青州红。故张仆射(齐贤)有第西京贤相坊,自青州以驼驮驿其种,遂传洛中。其色类腰带鞓,故谓之鞓红。"鞓,皮革腰带的带身。

色漫秾(nóng):犹言颜色徒然浓艳。漫,副词,空,徒然。〔唐〕杜审言《春日京中有怀》:"上林苑里花徒发,细柳营前叶漫新。"(《全唐诗》卷六十二)秾,花木茂盛浓密。《诗经·召南·何彼秾矣》:"何彼秾矣,唐棣之华。"〔宋〕朱熹集传:"秾,盛也。"

[3]绛(jiàng)桃:红色的桃花。〔宋〕李彭《雪夜戏玉侯》:"银屏拥绛桃,绣帐戏兰牙。"(《日涉园集》卷二)

空自:徒然,白白地。〔南朝·宋〕鲍照《拟阮公夜中不能寐》:"伫立为谁久,寂寞空自愁。"(《鲍明远集》卷四)

[4]珊瑚树:即珊瑚。因其形似树,故称。珊瑚,由珊瑚虫分泌的石灰质骨骼聚结而成的东西,状如树枝,多为红色。鲜艳美观,可做装饰品。〔唐〕张谓《杜侍御送贡物戏赠》:"越人自贡珊瑚树,汉使何劳獬豸冠。"(《全唐诗》卷一百九十七)

[5]瑶姬:巫山神女名瑶姬。参见本卷《诗歌部》上册王周《大石岭驿梅花》注[2]。按:这里是以瑶姬面比喻红梅。

戏题十四弦

十四朱弦欲动时[1],泛商流羽看瑶姬[2]。

弦疏不隔如花面[3],声急还同堕马儿[4]。

谿蟹霜余萦密网[5],檐蛛雨后理轻丝[6]。

曲终劝客杯无算[7],一吐空喉醉不知[8]。

(原载北京大学图书馆藏南宋四明楼氏家刻本《攻媿先生文集》卷十;录自北京大学古文献研究所编《全宋诗》,北京大学出版社1991年7月第1版,第47册,第29472—29473页)

【注　释】

[1]十四朱弦：古乐器名。因有十四根弦而得名。《续文献通考·乐·乐器·丝之属·十四弦》（卷一百十）引〔宋〕孟珙《蒙鞑备录》曰："国王出师，亦以女乐随行，多以十四弦等弹大官乐等，四拍手为节。"朱弦，用熟丝制的琴弦。《礼记·乐记》："《清庙》之瑟，朱弦而疏越。"〔汉〕郑玄注："朱弦，练朱弦。练则声浊。"〔唐〕孔颖达疏："案《虞书》传云：古者帝王升歌《清庙》之乐，大瑟练弦。此云朱弦者，明练之可知也。云练则声浊者，不练则体劲而声清，练则丝熟而弦浊。"（《礼记注疏》卷三十七）

[2]泛商流羽：商、羽，我国古代五声音阶中的两个音级。五声，即宫、商、角、徵、羽。唐以后又名合、四、乙、尺、工。相当于简谱中的1、2、3、4、5、6。泛商流羽，泛指演奏乐曲。〔宋〕苏轼《水龙吟》："嚼徵含宫，泛商流羽，一声云杪。为使君洗尽，蛮风瘴雨，作霜天晓。"（《东坡词》）

瑶姬：巫山神女名瑶姬。参见本卷《诗歌部》上册王周《大石岭驿梅花》注[2]。

[3]"弦疏"句：犹言琴弦疏朗不阻隔弹琴人如花的面容。

[4]堕马儿：从马上甩下来的人。形容节奏急促，像是奔马疾驰，人有堕马之虞。

[5]"谿蟹"句：犹言溪中的螃蟹霜后在密网中回旋。形容弹琴的动作缠绕回环。

[6]"檐蛛"句：犹言雨后屋檐上的蜘蛛在整理轻丝。形容弹琴的动作细腻轻微。

[7]无算：不计其数。极言其多。〔宋〕黄庭坚《希仲招饮李都尉北园》："主人情厚杯无算，别馆春深日正长。"（《山谷外集》卷十四）

[8]空喉：形容酒醉呕吐后喉间的轻快感。〔五代〕王定保《唐摭言·海叙不遇》（卷十）："岩杰遽饮酒一器，凭栏呕哕；须臾，即席还肇令曰：'凭栏一吐，已觉空喉。'"

王侍御寿诗[1]

史君威名闻四方[2]，南床凛凛凝秋霜[3]。

史君和气到瓯越[4]，幕府初开夜飞雪[5]。

颇闻此雪仍岁无[6]，定知来随御史车[7]。

黄堂洗印未多日[8]，庆朝况此当悬弧[9]。

明年丰登日可数[10]，父老儿童争起舞。

迟明贺版拥谯门[11]，试拾欢谣作诗语[12]。

史君风度神仙人，相门出相宁非真[13]。

妙龄两科谈笑得[14]，晚趋严召依风云[15]。

台端敢言奸听耸[16]，至今谠论时传诵[17]。

踏遍巫山十二峰[18]，却寻春草池塘梦[19]。

人传史君威棱棱[20]，我知威爱元兼行[21]。

苍髯如戟面如铁[22]，惠养自有循良称[23]。

高牙人境纷进谒[24]，宾属庭趋公磬折[25]。

民生共喜爱日温，吏行独畏春冰裂[26]。

向来夔州妙筹边[27]，夷蛮落胆皇灵宣[28]。

还朝奏课居第一[29]，夜半帝席为之前[30]。

东嘉今为股肱郡[31]，小试望之三辅近[32]。

会循故事人三公[33]，致君要使登尧舜[34]。

东风未动春先回，梅花照眼歌筵开[35]。

吏民合词颂难老[36]，一笑千里传银杯。

佳儿恂恂授衣钵[37]，玉树芝兰俱秀发[38]。

江南世胄比长淮[39]，更看云来萃簪笏[40]。

平生知己今上天[41]，敢复坐叹寒无毡[42]。

巴言未足赞公寿[43]，载诵峻极崧高篇[44]。

（原载北京大学图书馆藏南宋四明楼氏家刻本《攻媿先生文集》卷一；录自北京大学古文献研究所编《全宋诗》，北京大学出版社 1991 年 7 月第 1 版，第 47 册，第 29328—29329 页）

【注　释】

[1]王侍御：即王伯庠。参见本卷《诗歌部》中册陆游《蓦山溪》注［1］。作者有《周莲峰、朱瀔山、王侍御伯庠》文（《攻媿集》卷七十四）；又有《祭王侍御（伯庠）》文（《攻媿集》卷八十三）；《侍御史左朝请大夫直秘阁致仕王公行状》（《攻媿集》卷九十）等。侍御，唐代称殿中侍御史、监察御史为侍御。后世因沿袭此称。〔唐〕李白《赠韦侍御黄裳二首》诗，〔清〕王琦注引《因话录》："御史台三院，一曰台院，其僚曰侍御史，众呼为端公；二曰殿院，其僚曰殿中侍御史，众呼为侍御；三

曰察院,其僚曰监察御忠,众呼亦曰侍御。"(《李太白集注》卷九)鉴于王伯庠是一位在宋代与三峡地区有密切关系的人物,故将本诗作者楼钥《侍御史左朝请大夫直秘阁致仕王公行状》附录于后,以供读者参考;本诗所述诸事,亦可与此文参读。

寿诗:祝寿的诗。〔宋〕曾丰《寿广东潘帅》:"年年赋寿诗,岁岁为贺客。"(《缘督集》卷二)

[2]史君:即使君,对州郡长官的尊称。史,通"使"。〔宋〕范仲淹《绛州园池》:"绛台史君府,亭阁参园圃。"(《范文正集》卷二)

[3]南床:唐侍御史食坐之南所设的床榻。〔唐〕杜佑《通典·职官六》(卷二十四):"(侍御史)食坐之南设横榻,谓之南床。殿中监察不得坐也,唯侍御坐焉。凡侍御史之例,不出累月而迁南省者,故号为南床。"后因以代指侍御史。〔宋〕张先《定风波令》:"西阁名臣奉诏行。南床吏部锦衣荣。"(《安陆集》)

凛凛:威严而使人敬畏的样子。〔唐〕王勃《慈竹赋》:"气凛凛而犹在,色苍苍而未离。"(《王子安集》卷二)

[4]和气:指能导致吉利的祥瑞之气。〔汉〕王充《论衡·讲瑞》(卷十六):"瑞物皆起和气而生。"

瓯越:百越的一支。分布在今浙江瓯江流域一带。主要由早已居住在瓯江流域并创造了印纹陶遗存的土著民发展形成。后亦以指古瓯越所居之地。王伯庠乾道五年八月复直秘阁,知夔州兼本路安抚;七年,移知温州,故有此语。

[5]幕府:本指将帅在外的营帐,后亦泛指军政大吏的府署。〔宋〕王安石《和蔡副枢贺平戎庆捷》:"幕府上功联旧伐,朝廷称庆具新仪。"(《临川文集》卷十八)

[6]仍岁:连年,多年。〔唐〕白居易《策林·二十平百货之价·陈敛散之法请禁销钱为器》:"方今关辅之间,仍岁大稔,此诚国家散钱敛谷,防险备凶之时也。"(《白氏长庆集》卷六十三)

[7]御史车:御史乘坐的车。王伯庠曾任侍御史,故有此语。按:宋代监察机关沿袭唐制,中心设御史台,下设三院,《宋史·职官志四》(卷一百六十四):"御史台掌纠察官邪,肃正纲纪。大事则廷办,小事则奏弹。其属有三院:一曰台院,侍御史隶焉;二曰殿院,殿中侍御史隶焉;三曰察院,监察御史隶焉。"

[8]黄堂:古代太守衙中的正堂。《后汉书·郭丹传》(卷五十七):"敕以丹事编署黄堂,以为后法。"〔唐〕李贤注:"黄堂,太守之厅事。"

洗印:清洗官印,又称视篆、涤篆。篆,古代官印多为篆文,故以为官印的代称。洗印为新官上任的仪式之一。《新唐书·百官志》(卷四十九下):"三日洗印,视其刓缺。"视其刓(wán)缺,犹言看看是否有磨损残缺。洗印未多日,为上任不久。

[9]庆朝:犹庆祝朝贺。〔唐〕权德舆《冬至宿斋时郡君南内朝谒因寄》:"清斋独向丘园拜,盛服想君兴庆朝。"(《全唐诗》卷三百二十九)

况此:况且此时。〔唐〕韦应物《途中寄杨邈裴绪示褒子》:"当暌一酌恨,况此两旬期。"(《韦苏州集》卷三)

悬弧:古代风俗尚武,家中生男,则于门左挂弓一张,后因称生男为悬弧。语本《礼记·内则》:"子生,男子设弧于门左,女子设帨于门右。"(《礼记注疏》卷二十八)此二句是说上任不久就有生男之喜。

[10]丰登:犹丰收。〔汉〕焦赣《焦氏易林·离之恒》(卷二):"东风解冻,和气兆升,年岁丰登。"

[11]迟明:黎明,天快亮的时候。〔唐〕曹唐《望九华寄池阳杜员外》:"戴月早辞三秀馆,迟明初识九华峰。"(《全唐诗》卷六百四十)

贺版:即贺表。〔宋〕许纶《再次韵呈徐漕》:"计台心与留台似,贺版趣遣琼瑰辞。"(《涉斋集》卷三)

谯(qiáo)门:建有瞭望楼的城门。《汉书·陈胜传》(卷三十一):"攻陈,陈守令皆不在,独守丞与战谯门中。"〔唐〕颜师古注:"谯门,谓门上为高楼以望者耳。"

[12]欢谣:犹欢乐的民间歌谣。〔唐〕刘禹锡《贺赦表》:"德音所至,和气随之。欢谣上彻于九天,福祚永延于亿载。"(《刘宾客文集》卷十四)

诗语:诗的语言。《汉书·礼乐志》(卷二十二):"其威仪足以充目,音声足以动耳,诗语足以感心,故闻其音而德和,省其诗而志正,论其数而法立。"

[13]宁非真:犹言难道不是真的?〔宋〕周文璞《石林》:"存者宁非真,散者亦已假。"(《方泉诗集》卷三)

[14]妙龄:青春年少。王伯庠登进士时,年24岁,故称。

两科:〔宋〕楼钥《侍御史左朝请大夫直秘阁致仕王公行状》:"公登绍兴二年进士科,授左迪功郎吉州左司理参军,试教官为第一。改充明州州学教授。"谈笑得,犹言谈笑之间得到,谓轻松获得。

[15]晚趋严召:犹言晚年奔赴君命征召。〔宋〕陈师道《除官》:"扶老趋严召,徐行及圣时。"(《后山集》卷五)

依风云:依仗风云,喻凭借时势。〔宋〕苏籀《请天宁华老疏》:"振纲领以当仁帆,亦渡海而依风云。"(《双溪集》卷十一)

[16]台端:即台杂。唐宋时御史台台院知杂事侍御史,主持台中事务,其地位在一般侍御史之上。《通典·职官六》:"侍御史之职有四,谓推、弹、公廨、杂事……台内之事悉主之,号为台端,他人尊之曰端公。"《新唐书·百官志三》:"侍御史六人……久次者一人知杂事,谓之杂端,殿中监察职掌、进名、迁改及令史考第,台内事颛决,亦号台端。"

奸听耸：犹言奸人听见而感到恐惧。耸，通"悚"，恐惧，惊动。〔汉〕扬雄《方言》（卷十三）："耸，悚也。"〔晋〕郭璞注："案：《周语》：'身耸除洁。'韦昭注云：耸，惧也。"

[17]谠（dǎng）论：正直之言，直言。〔宋〕欧阳修《为君难论上》："忠言谠论，皆沮屈而去。"（《文忠集》卷十七）

[18]巫山十二峰：即圣泉峰、登龙峰、朝云峰、神女峰（又称望霞峰）、松峦峰、集仙峰、翠屏峰、聚鹤峰、飞凤峰、净坛峰、起云峰、上升峰。参见本卷《诗歌部》上册张佖《经旧游》注[4]。王伯庠乾道五年知夔州，兼本路安抚。故有此言。

[19]春草池塘：语出〔南朝·宋〕谢灵运《登池上楼》："池塘生春草，园柳变鸣禽。"（《文选》卷二十二）历来传为名句。此谓王伯庠内心深处追寻着春草池塘般的清雅之梦。

[20]棱棱（léng）：威严方正貌。〔唐〕李白《僧伽歌》："戒得长天秋月明，心如世上青莲色。意清净，貌棱棱。亦不减，亦不增。"（《李太白文集》卷六）

[21]威爱：威严与慈爱。〔宋〕郭印《送郑宣抚三首》之一："忠嘉但有三千牍，威爱犹传十万兵。"（《云溪集》卷十）

元兼行：向来同时施行。

[22]苍髯（rán）：灰白的颊毛。髯，脸颊上的须毛，亦泛指胡须。如戟，像戟一样，形容其粗硬。戟，古代兵器名。合戈、矛为一体，略似戈，兼有戈之横击、矛之直刺两种作用，杀伤力比戈、矛为强。〔宋〕辛弃疾《满江红》："湖海平生，算不负、苍髯如戟。"（《稼轩词》卷二）

[23]惠养：加恩抚养。《新唐书·刘赞传》（卷一百七十八）："念百姓之怨痛，在择良吏以任之，使明惠养之术。"

循良：谓官吏奉公守法。《北史·孙搴等传论》（卷五十五）："房谟忠勤之操，始终若一。恭懿循良之风，可谓世有人矣。"

[24]高牙：大纛；牙旗。〔晋〕潘岳《关中诗》："桓桓梁征，高牙乃建。"〔唐〕李善注："牙，牙旗也。兵书曰：牙旗，将军之旗。"〔唐〕李周翰注："牙，大旗也。"（《六臣注文选》卷二十）

人境：1987年上海古籍出版社影印文渊阁《四库全书》本《攻媿集》（卷一）作"入境"。

进谒（yè）：犹进见，拜见。《北史·齐文宣帝纪》（卷七）："旦，高隆之进谒曰：'用此何为？'"

[25]宾属：僚属。〔唐〕韩愈《南海神庙碑》："公乃盛服执笏以入即事，文武宾属，俯首听位，各执其职。"（《唐宋八大家文钞》卷十一）

庭趋：趋庭参拜。趋，代的一种礼节，以碎步疾行表示敬意。〔宋〕欧阳修《与

尹师鲁第一书》:"昨日因参转运作庭趋,始觉身是县令矣。"(《文忠集》卷六十七)

磬(qìng)折:弯腰,表示谦恭。《礼记·曲礼下》:"立则磬折垂佩。"(《礼记注疏》卷四)

[26]"吏行"句:犹言官吏的行为小心翼翼,好似担心春天的冰层破裂。即"如履薄冰"之意。

[27]夔州:唐武德二年(619)以避皇外祖孤独信讳改信州置,治所在人复县,贞观时改奉节县,在今重庆奉节县东十里白帝城。参见本卷《诗歌部》上册李复《夔州旱》注[1]。

筹边:筹划边境的事务。〔宋〕喻良能《安抚开府史丞相诞辰》:"筹边利国知谁似,直节长才堪重寄。"(《香山集》卷三)妙,指王伯庠筹边的妙策。王氏乾道五年(1169)知夔州,兼本路安抚。

[28]夷蛮:古代对东方和南方各族的泛称。〔唐〕韩愈《江汉一首答孟郊》:"苟能行忠信,可以居夷蛮。"(《别本韩文考异》卷一)

落胆:犹丧胆,形容恐惧之甚。〔宋〕范成大《滟滪堆》:"舟师欹倾落胆过,石蘖水祸吁难全。"(《石湖诗集》卷十六)

皇灵宣:谓皇帝的威德得以宣扬、彰明。皇灵,指皇帝。〔南朝·宋〕谢灵运《拟魏太子〈邺中集〉诗·王粲》:"上宰奉皇灵,侯伯咸宗长。"〔唐〕刘良注:"皇灵,谓献帝。"(《六臣注文选》卷三十)

[29]还朝:返回朝廷。〔宋〕余靖《闻銮驾部度岭因寄》:"久接贤规见准绳,还朝犹听颂声腾。"(《武溪集》卷二)

奏课:把对官吏的考绩上报朝廷。〔唐〕韩愈《韶州留别张使君》:"已知奏课当征拜,那复淹留咏白苹。"(《五百家注昌黎文集》卷十)

[30]"夜半"句:谓夜半时分,皇帝欲更接近王伯庠听其言而移坐向前。

[31]东嘉:浙江省温州的别称。〔宋〕陈叔方《颍川语小》(卷上):"盖郡有同名,以方别之。温为永嘉郡,俚俗因西有嘉州,或称永嘉为东嘉。"乾道七年(1171),王伯庠知温州。

股肱(gōng):大腿和胳膊。比喻拱卫京城的重地。〔唐〕李德裕《上柱国扶风马公神道碑铭并序》:"旋以股肱近地,河关要津,爰辍信臣,再监戎旅。"(《李卫公别集》卷六)按:南宋行都在临安(今杭州),故谓温州为股肱郡。

[32]小试:小加试验。《史记·孙子吴起列传》(卷六十五):"子之十三篇,吾尽观之矣,可以小试勒兵乎?"

三辅:本为西汉治理京畿地区的三个职官的合称,亦指其所辖地区。汉初京畿官称内史,景帝二年(前155)分置左、右内史,与主爵中尉(后改都尉)合称三辅。武帝太初元年（前104）更名主爵都尉为右扶风，右内史为京兆尹，左内史为左冯翊，治所皆在长安城中。《汉书·景帝纪》（卷五）："三辅举不如法令者，皆上丞相御史请之。"〔唐〕颜师古注："此三辅者，谓主爵中尉及左右内史也。"《太平御览》（卷一百六十四）引《三辅黄图》："武帝太初元年改内史为京兆尹，以渭城以西属右扶风，长安以东属京兆尹，长陵以北属左冯翊，以辅京师，谓之三辅。"亦泛称京城附近地区为三辅，本诗中即泛指。

[33]故事：先例，旧日的典章制度。《汉书·刘向传》（卷三十六）："宣帝循武帝故事，招名儒俊材置左右。"会，副词，应当，总会。会循故事，犹言定会遵循先例。

人三公：1987年上海古籍出版社影印文渊阁《四库全书》本《攻媿集》（卷一）作"入三公"。三公，古代中央三种最高官衔的合称。唐宋沿东汉之制，以太尉、司徒、司空为三公。

[34]致君：谓辅佐国君，使其成为圣明之主。〔唐〕杜甫《奉赠韦左丞丈二十二韵》："致君尧舜上，再使风俗淳。"

登尧舜：超过尧舜。登，超越，超过。《史记·司马相如列传》（卷一百十七）："上咸五，下登三。"〔南朝·宋〕裴骃《集解》引韦昭曰："咸同于五帝，登三王之上。"尧舜，唐尧和虞舜的并称，远古部落联盟的首领，古史传说中的圣明君主。《周易·繫辞下》："黄帝尧舜，垂衣裳而天下治。"（《周易注疏》卷十二）〔宋〕石介《明隐》："吾君轶高宗而登尧舜矣。"（《徂徕集》卷九）

[35]照眼：犹耀眼。〔宋〕喻良能《清心堂》："雨余池水淡泠泠，霜后梅花照眼明。"（《香山集》卷十四）

歌筵：有歌者唱歌劝酒的宴席。〔南朝·梁〕何逊《拟〈青青河畔草〉转韵体为人作其人识节工歌》："歌筵掩团扇，何时一相见？"（《何水部集》）

[36]难老：犹长寿。多用作祝寿之辞。《诗经·鲁颂·泮水》："既饮旨酒，永锡难老。"〔汉〕郑玄笺："已饮美酒，而长赐其难使老；难使老者，最寿考也。"（《毛诗注疏》卷二十九）〔宋〕苏轼《赐正议大夫守门下侍郎孙固生日诏》："难老之祥，神人攸相。"（《东坡全集》卷一百十）

[37]佳儿：好儿子，称心的儿子。〔唐〕司空曙《送王使君小子孝廉登科归省》："张冯本名士，蔡廓是佳儿。"（《全唐诗》卷二百九十二）

恂恂（xún）：温顺恭谨貌。《论语·乡党》："孔子于乡党，恂恂如也，似不能言者。"〔唐〕陆德明释文："恂恂，温恭之貌。"（《论语注疏》卷十）

授衣钵：佛家以衣钵为师徒传授之法器，因引申指师传的思想、学问、技能等。〔宋〕苏轼《用前韵再和许朝奉》："传家有衣钵，断狱尽《春秋》。"（《东坡诗集注》卷十四）授，通"受"，接受。《周礼·天官·司仪》："登，再拜授币，宾拜送币。"

〔汉〕郑玄注:"授,当为'受'。主人拜至,且受玉也。"(《周礼注疏》卷三十八)

[38]玉树芝兰:典出〔南朝·宋〕刘义庆《世说新语·言语》(卷上之上):"谢太傅问诸子侄:'子弟亦何预人事,而正欲使其佳?'诸人莫有言者。车骑答曰:'譬如芝兰玉树,欲使其生于阶庭耳。'"后以"芝兰玉树"称美佳子弟。

秀发:本指植物生长繁茂,花朵盛开;喻指人神采焕发,才华出众。〔宋〕程俱《张敏叔得请谢事钦俯高躅因成口号》:"且憙芝兰俱秀发,不嫌松桂愈清寒。"(《北山集》卷九)

[39]江南:指长江以南的地区。各时代的含义有所不同:汉以前一般指今湖北省长江以南部分和湖南省、江西省一带;后来多指今江苏、安徽两省的南部和浙江省一带。按:绍兴初,王伯庠父次翁居于四明西湖之阳,遂为鄞(今浙江省鄞县)人。参见本篇【附录】〔宋〕楼钥《侍御史左朝请大夫直秘阁致仕王公行状》。

世胄:世家子弟,贵族后裔。〔晋〕左思《咏史诗八首》之二:"世胄蹑高位,英俊沈下僚。"(《文选》卷二十一)

长淮:指淮河。〔唐〕王维《送方城韦明府》:"高鸟长淮水,平芜故郢城。"(《王右丞集笺注》卷八)比,犹连,比长淮,犹言连绵在淮河一带。

[40]萃簪笏(hù):萃,聚集,汇集。簪笏,冠簪和手版,古代仕宦所用,比喻官员或官职。谓官员聚集。〔宋〕苏轼《紫宸殿正旦教坊词·教坊致语》:"萃簪笏于九门,来车书于万里。"(《东坡全集》卷一百十五)

[41]上天:升天,登天。

[42]寒无毡(zhān):犹言天寒无毛毡。典出〔唐〕杜甫《戏简郑广文虔兼呈苏司业源明》:"广文到官舍,系马堂阶下。醉即骑马归,颇遭官长骂。才名三十年,坐客寒无毡。"〔宋〕赵彦材注:"《唐史》称:郑虔在官,贫约澹如也,乃引杜甫尝赠以诗曰:'才名三十年,坐客寒无毡。'则知公之作真诗史矣。"(《补注杜诗》卷二)

[43]巴言:犹言下里巴人的话语。自谦之词。

[44]载诵:犹吟诵。载,助词。用在句首或句中,起加强语气的作用。《诗经·墉风·载驰》:"载驰载驱,归唁卫侯。"〔汉〕毛亨传:"载,辞也。"(《毛诗注疏》卷四)高亨注:"载,犹乃也,发语词。"(《诗经今注》上海古籍出版社1980年10月第1版,第77页)

峻极崧高篇:指《诗经·大雅·崧高》篇:"崧高维岳,骏极于天。维岳降神,生甫及申。"(《毛诗注疏》卷二十五)峻极,极高大。

杨冠卿

【作者简介】

杨冠卿(1138—?),字梦锡,江陵(今属湖北)人。尝举进士,官位不显,以诗文游各地幕府。与范成大、陆游多有唱和。撰有《客亭类稿》、《草堂集》等。清四库馆臣据旧刊《客亭类稿》巾箱小字本,并补缀《永乐大典》所收诗文,厘为《客亭类稿》十四卷,其中诗三卷。

柳梢青

为丁明仲纪梦[1]

归梦迢迢[2]。分明曾见,舞遍云韶[3]。解道相思,愁宽金钏,瘦损宫腰[4]。　　觉来情绪无聊。正戍角、声翻丽谯[5]。楚塞山长,巫阳人远,斗帐香消[6]。

（原载 1987 年上海古籍出版社影印文渊阁《四库全书》本《客亭类稿》卷十四;录自唐圭璋编《全宋词》,中华书局 1965 年 6 月第 1 版,第 3 册,第 1863 页）

【注　释】

[1]柳梢青:词牌名。《词谱》(卷七):"《柳梢青》,此调两体:或押平韵,或押仄韵,字句悉同。押平韵者,宋韩淲词有'云淡秋空'句,名《云淡秋空》;有'雨洗元宵'句,名《雨洗元宵》;有'玉水明沙'句,名《玉水明沙》。元张雨词名《早春怨》。押仄韵者,《古今词话》无名氏词有'陇头残月'句,名《陇头月》。"杨冠卿此词双调,四十九字。前段六句,三平韵;后段五句,三平韵。

丁明仲:在作者《客亭类稿》中,除本诗外未见其他诗文涉及此人。而〔宋〕张纲则有《祭丁明仲文》(《华阳集》卷三十一),《丁明仲挽词二首》(《华阳集》卷三十八);〔宋〕陈傅良《书黄岩丁明仲墓志碑阴》(《止斋集》卷二)可参。

[2]迢迢:遥远貌。〔宋〕蔡襄《离钱塘》:"惆怅今宵归去梦,迢迢直至海门东。"(《端明集》卷五)

[3]云韶:黄帝《云门》乐和虞舜《大韶》乐的并称,后泛指宫廷音乐。〔宋〕范成大《真定舞》:"紫袖当棚雪鬓凋,曾随《广乐》奏《云》《韶》。"(《石湖诗集》卷十二)

[4]解道:讲述,诉说。〔唐〕李商隐《赠歌妓二首》之二:"只知解道春来瘦,不道春来独自多。"(《李义山诗集》卷上)

金钏(chuàn):金钏,金质的臂镯。愁宽金钏,犹言忧愁使人消瘦,金钏为之宽松。〔宋〕蔡伸《感皇恩》:"酒晕衬横波,玉肌香透。轻褪腰肢妒垂柳。臂宽金钏,且是不干春瘦。"(《历代诗余》卷四十五)

宫腰:犹细腰。出自《韩非子·二柄》(卷二):"楚灵王好细腰,而国中多饿人。"又《后汉书·马廖传》(卷五十四):"楚王好细腰,宫中多饿死。"后因以"宫腰"泛指女子的细腰。瘦损,犹消瘦。

[5]戍角:边防驻军的号角声。〔前蜀〕毛文锡《甘州遍》:"萧萧飒飒,边声四起,愁闻戍角与征鼙。"(《全唐诗》卷八百九十三)

丽谯:华丽的高楼。《庄子·徐无鬼》(卷八):"君亦必无盛鹤列于丽谯之间。"〔晋〕郭象注:"丽谯,高楼也。"〔唐〕成玄英疏:"言其华丽嶕峣也。"(《南华真经注疏》,中华书局1998年7月第1版,第472页)〔清〕张尚瑗《左传折诸·成公·楚子登巢车以望晋军》(卷十三):"徐度《却扫编》:《汉书·陈胜传》:'胜攻陈,与守丞战谯门中。'师古曰:'谯门,门上为高楼以望,楼,一名谯,故谓楼为丽谯。'"声翻丽谯,犹言戍角的声音翻越高楼。

[6]楚塞:楚地边境,指巫山地区,曾为楚国与巴国接壤的边境。〔唐〕杜甫《大历三年春白帝城放船出瞿唐峡久居夔府将适江陵漂泊有诗凡四十韵》:"老向巴人里,今辞楚塞隅。"(《九家集注杜诗》卷三十三)

巫阳人:指巫山神女。巫阳,巫山的南面,指巫峡。〔宋〕梅尧臣《送阎仲孚郎中南游山水》:"巫阳神女暮为雨,飞入楚台王梦游。"(《宛陵集》卷五十六)

斗帐:小帐,形如覆斗,故称。〔汉〕刘熙《释名·释床帐》(卷六):"小帐曰斗帐,形如覆斗也。"《玉台新咏·古诗为焦仲卿妻作》(卷一):"红罗复斗帐,四角垂香囊。"

东坡引[1]

岁癸丑季秋二十六日，夜梦至一亭子，榜曰朝云[2]。见二少年公子云："久诵公乐章，愿得从容笑语。"[3]因举似离筵旧作[4]，称赞久之。余谢不能。公子怫然不乐[5]，命小吏呼姝丽十数辈至，围一方台而立，相与群唱，声甚凄楚。俄顷，歌者取金花青笺所书词展于台上[6]。熟视字画，乃余作也。读未竟，一歌者从旁攫取词置袖中，举酒相劳苦云："钗分金半股之句，朝夕诵之，胡为念不及此耶。"公子云："左验如此、美事多逊。"[7]抵掌一笑而寤[8]，恍然不晓所谓。戏用其语，缀东坡引歌之[9]。

绿波芳草路。别离记南浦[10]。香云翦赠青丝缕[11]。钗分金半股[12]。钗分金半股。　　阳关一曲声凄楚[13]。惹起离筵愁绪。梦魂拟逐征鸿去[14]。行云无定据[15]。行云无定据。

（原载 1987 年上海古籍出版社影印文渊阁《四库全书》本《客亭类稿》卷十四；录自唐圭璋编《全宋词》，中华书局 1965 年 6 月第 1 版，第 3 册，第 1863—1864 页）

【注　释】

[1]东坡引：词牌名。《词谱》（卷七）："《东坡引》，此调前后段两结，宋人类用迭句，惟曹冠、袁去华词二首独无。"杨冠卿此词据《全宋词》为双调，五十七字。前段各五句，四仄韵，一迭韵。与《词谱》所列各体有别。

[2]癸丑季秋二十六日：即宋光宗绍熙四年九月二十六日（1193 年 10 月 22 日）。

榜曰朝云：犹匾额上书"朝云"二字。榜，匾额。〔唐〕柳宗元《明皇梦游广寒宫》："顷见一大宫府，榜曰：'广寒清虚之府'。"（《柳先生龙城录》卷上）朝云，巫山神女庙之名。〔战国·楚〕宋玉《高唐赋·序》："王因幸之。去而辞曰：'妾在巫山之阳，高丘之阻，旦为朝云，暮为行雨。朝朝暮暮，阳台之下。'旦朝视之，如言。故为立庙，号曰朝云。"（《文选》卷十九）

[3]从容：悠闲舒缓。《尚书·君陈》："宽而有制，从容以和。"（《尚书注疏》卷十七）

[4]离筵：饯别的宴席。〔唐〕杜甫《奉送苏州李二十五长史文之任》："客间头

最白,惆怅此离筵。"(《九家集注杜诗》卷三十三)

[5]怫(fú)然:不悦貌。怫,通"悖"。〔宋〕苏轼《黄甘陆吉传》:"群臣皆与甘坐上坐,吉怫然,谓之曰:'请与子论事。'甘曰:'唯唯。'"(《东坡全集》卷三十九)

[6]俄顷:片刻,一会儿。〔晋〕郭璞《江赋》:"倏忽数百,千里俄顷。"(《文选》卷十二)

金花青笺:洒有泥金的青色笺纸。〔宋〕秦观《呈李公择》:"青笺擘处银钩断,红袂分时玉箸悬。"(《淮海后集》卷四)

[7]左验:证人,证据。《汉书·杨恽传》(卷六十六):"事下廷尉。廷尉定国考问,左验明白。"〔唐〕颜师古注:"左,证左也。言当时在其左右见此事者也。"

奚事多逊:犹言何事这么多的谦逊。

[8]抵掌:击掌。指人在谈话中的高兴神情。亦因指快谈。《战国策·秦策一》:"(苏秦)见说赵王于华屋之下,抵掌而谈。"(《战国策校注》卷三)

寤(wù):苏醒。《诗经·邶风·柏舟》:"静言思之,寤辟有摽。"(《毛诗注疏》卷三)

[9]缀《东坡引》:作《东坡引》词。缀,犹著作。谓组织文字以成篇章。〔晋〕葛洪《抱朴子·黄白》(内篇卷三):"所以勤勤缀之于翰墨者,欲令将来好奇赏真之士,见余书而具论道之意耳。"

[10]南浦:南面的水边。后常用称送别之地。〔南朝·梁〕江淹《别赋》:"春草碧色,春水渌波,送君南浦,伤如之何。"(《文选》卷十六)

[11]香云:比喻青年妇女的头发。〔宋〕柳永《尾犯》:"记得当初,翦香云为约。"(《乐章集》)

青丝缕:指头发丝。翦赠青丝缕,谓剪下头发赠对方,以表心意。

[12]钗分金半股:钗,由两股簪子交叉组合成的一种首饰。用来绾住头发。也有用它把帽子别在头发上。钗分金半股,犹言将金钗分一股给对方作为留念。因钗有两股,分一股即分一半。

[13]阳关:古曲《阳关三叠》的省称。亦泛指离别时唱的歌曲。〔宋〕苏轼《渔家傲》:"一曲《阳关》情几许。知君欲向秦川去。"(《东坡词》)

[14]征鸿:即征雁,多指秋天南飞的雁。〔唐〕杜荀鹤《寄顾云》:"秋来忆君梦,夜夜逐征鸿。"(《唐风集》卷一)

[15]行云:语出〔战国·楚〕宋玉《高唐赋·序》:"去而辞曰:'妾在巫山之阳,高丘之阻,旦为朝云,暮为行雨。朝朝暮暮,阳台之下。'"(《文选》卷十九)

无定据:无定所。〔宋〕黄庭坚《昼夜乐》:"其奈冤家无定据。约云朝、又还雨暮。"(《山谷词》)

袁说友

【作者简介】

　　袁说友（1140—1204），字起岩，号东塘居士，建安（今福建建瓯）人。侨居湖州。孝宗兴隆元年（1163）进士，调溧阳簿。历主管刑工部架阁文字、国子正、太常寺主簿、枢密院编修官、秘书丞。淳熙间，知池州（《宋会要辑稿》瑞异二之二十五）。改知衢州。光宗绍熙元年（1190），由提点浙西刑狱改提举浙西常平茶盐（《金石补正》卷一百一十六）。二年（1191），知平江府（《宋会要辑稿》食货七十之八十三）。三年（1192）知临安府（同上书刑法四之九十）。宁宗庆元元年（1195），迁户部（《宋史》卷一百七十五），权户部尚书。三年（1197），为四川制置使兼知成都府（《宋会要辑稿》职官七十四之一）。召为吏部尚书兼侍读，出知绍兴府兼浙东路安抚使。嘉泰二年（1202），司知枢密院事。三年（1203），迁参知政事（《宋史》卷三十八、二百一十三）。寻加大学士致仕。四年（1204）卒，年六十五。有《东塘集》，已佚。清四库馆臣据《永乐大典》辑为二十卷。

巫山十二峰二十五韵[1]

巫山磊块山林姿[2]，一邱一壑贪成痴[3]。
寸峰拳石瞥眼过[4]，张皇攫觅惟忧迟[5]。
东南佳山多秀丽[6]，就中所欠雄与奇。
饱闻巫山冠巴峡[7]，奇峰十二相参差[8]。
昔年图画常一见，欲见此山无路之[9]。
扁舟西泝上三峡[10]，千岩万壑争追随，
终朝应接已不暇[11]，心目洞骇具忘疲[12]。

蓦然钟鼓高唐上[13]，峰峦二六排旌旗[14]。

一峰霞彩迥在望，一峰展翠开屏帷[15]。

无心出岫云吐色，偃盖平峦松并帷枝[16]。

仙踪鹤驾羽衣近，坛石瑶台阊阖低[17]。

白云一起凤皇下，清泉四合蛟龙嬉[18]。

群峰角立变态异[19]，一一大巧乾坤为[20]。

外堪击柎试声律[21]，中含造化分四时[22]。

天下名山亦多矣，未有列岫奇如兹[23]。

九华一景固天巧，惜与江流相背驰[24]。

南北两峰喧众口[25]，妆抹却恨同西施[26]。

何如此峰无限好，行行列列临江湄[27]。

烟云漠漠出寸碧[28]，风雨时时横黛眉[29]。

舟人渔子漫回首，骚士墨客劳支颐[30]。

我来穿水入天去，貂裘章甫生尘缁[31]。

昂头见此大奇特，跻攀不上空嗟嘻[32]。

吾将欲访三岛登九嶷[33]，上蓬莱道山之壁[34]，

绝泰华终南之嵋[35]。

飞凫去舄啸沧海[36]，却来巫峡温前诗[37]。

（原载 1987 年上海古籍出版社影印文渊阁《四库全书》本《东塘集》卷二；录自北京大学古文献研究所编《全宋诗》，北京大学出版社 1991 年 7 月第 1 版，第 48 册，第 29909—29910 页）

【注　释】

[1]巫山十二峰：即圣泉峰、登龙峰、朝云峰、神女峰（又称望霞峰）、松峦峰、集仙峰、翠屏峰、聚鹤峰、飞凤峰、净坛峰、起云峰、上升峰。参见本卷《诗歌部》上册张佖《经旧游》注[4]。

[2]磊块：石块，亦泛指块状物。〔宋〕程俱《借叶内翰画令小江模写》："崔嵬磊块冻相倚，恍然雪塞蓝田关。"（《北山集》卷七）

山林姿：犹寄情山林的情怀姿态。〔宋〕苏辙《次韵孔平仲著作见寄四首》之二："可怜山林姿，自缚斗升禄。"（《栾城集》卷十一）〔宋〕吴则礼《元老见过因诵

袁说友
77

新诗》:"平生山林姿,绝意宫锦裳。"(《北湖集》卷一)

[3]一邱一壑:犹言每一座小山,每一条沟壑。〔唐〕王勃《上明员外启》:"一丘一壑,同阮籍于西山;一啸一歌,列嵇康于北面。"(《王子安集》卷八)

贪成痴:贪,贪图,贪恋。痴,迷恋,入迷。这里指迷恋山林。

[4]寸峰:高寸许的山峰。形容其小,或距离远。亦指园林中的假山。

拳石:拳头大的石头,也指园林中的假山。〔唐〕白居易《过骆山人野居小池》:"拳石苍苔翠,尺波烟杳眇。"(《白氏长庆集》卷八)

瞥眼:犹转眼,极言时间之短。〔唐〕杜甫《解忧》:"呀坑瞥眼过,飞橹本无蒂。"(《九家集注杜诗》卷十六)

[5]张皇:慌张。〔宋〕王明清《挥麈后录》(卷三):"倘失措急索,则不可复得,徒张皇耳!"

攫觅:攫取,寻觅。按:此二句极言其对山石之热爱痴迷。

[6]东南佳山:指东南沿海地区的山。佳山,好山。〔宋〕刘宰《松风轩晚望》:"东南佳山水,此地宅其要。"(《漫塘集》卷三)

[7]饱闻:犹多闻。〔唐〕杜甫《暮春题瀼西新赁草屋五首》之一:"万里巴渝曲,三年实饱闻。"(《九家集注杜诗》卷二十八)

巴峡:犹巴东三峡,泛指长江三峡。〔唐〕李白《为宋中丞请都金陵表》:"飞章问安,往复巴峡。朝发白帝,暮宿江陵。"(《李太白文集》卷二十五)

[8]参(cēn)差:不齐貌。〔汉〕张衡《西京赋》:"华岳崨崨,冈峦参差。"(《文选》卷二)

[9]无路之:犹无路到达。之,往,至。《诗经·墉风·载驰》:"百尔所思,不如我所之。"(《毛诗注疏》卷四)

[10]泝(sù):逆水而上。《左传》文公十年:"(楚子西)沿汉泝江,将入郢。"〔晋〕杜预注:"沿,顺流;泝,逆流。"(《春秋左传注疏》卷十八)

[11]终朝:整天。〔晋〕陆机《答张士然一首》:"终朝理文案,薄暮不遑眠。"(《文选》卷二十四)

应接已不暇:谓美景众多,来不及欣赏。〔南朝·宋〕刘义庆《世说新语·言语》(卷上之上):"从山阴道上行,山川自相映发,使人应接不暇。"

[12]心目洞骇:"洞心骇目"的词序变化,形容使人惊异。洞,通"恫"。〔宋〕楼钥《雪窦山锦镜记》:"峭石削立,险不可测。崩空落崖,飞雪千丈。洞心骇目,胜绝一方。"(《攻媿集》卷五十七)

具忘疲:完全忘记了疲倦。具,尽,完全。

[13]高唐:战国时楚国台观名,在巫山。传说楚先王游高唐,梦见巫山神女,幸之而去。典出〔战国·楚〕宋玉《高唐赋·序》。参见本卷《诗歌部》上册张佖

《经旧游》注[1]、注[3]。

[14]峰峦二六:指巫山十二峰。二六,犹十二。

排旌旗:像旌旗一样排开。

[15]"一峰"等二句:作者自注:"望霞峰,翠屏峰。"按:犹前句"一峰霞彩迥在望"指望霞峰。望霞峰即神女峰。参见本卷《诗歌部》上册吴世延《望霞峰》注[1]。后句"一峰展翠开屏帷"指翠屏峰。参见本卷《诗歌部》上册吴世延《翠屏峰》注[1]。

[16]"无心"等二句:作者自注:"朝云峰,松峦峰。"按:犹前句"无心出岫云吐色"指朝云峰。参见本卷《诗歌部》上册吴世延《朝云峰》注[1]。后句"偃盖平峦松并枝"指松峦峰。参见本卷《诗歌部》上册吴世延《松峦峰》注[1]。

[17]"仙踪"等二句:作者自注:"集仙峰,聚鹤峰;净坛峰,上升峰。"按:犹前句"仙踪鹤驾羽衣近"指集仙峰、聚鹤峰。参见本卷《诗歌部》上册吴世延《集仙峰》注[1],《聚鹤峰》注[1]。后句"坛石瑶台阊阖低"指净坛峰、上升峰。参见本卷《诗歌部》上册吴世延《净坛峰》注[1],《上升峰》注[1]。

[18]"白云"等二句:作者自注:"起云峰,圣泉峰;栖凤峰,登龙峰。"按:此条作者自注顺序有误,当为"起云峰,栖凤峰;圣泉峰,登龙峰"。犹前句"白云一起凤皇下"指起云峰、栖凤峰。参见本卷《诗歌部》上册吴世延《起云峰》注[1],《栖凤峰》注[1]。后句"清泉四合蛟龙嬉"指圣泉峰、登龙峰。参见本卷《诗歌部》上册吴世延《圣泉峰》注[1],《登龙峰》注[1]。

[19]角立:卓然特立。《后汉书·徐稺传》(卷八十三):"至于稺者,爰自江南卑薄之域,而角立杰出,宜当为先。"〔唐〕李贤注:"如角之特立也。"〔宋〕陆游《晨起坐南堂书触目》:"奇峰角立千螺晓,远水平铺匹练秋。"(《剑南诗稿》卷二十五)

[20]大巧:犹言宏大的巧妙构思和创造。《老子道德经下篇》(四十五章):"大直若屈,大巧若拙,大辩若讷。"〔三国·魏〕王弼注:"大巧因自然以成器,不造为异端,故若拙也。"

乾坤:《周易》的乾卦和坤卦,称天地。《周易·说卦》:"乾为天……坤为地。"(《周易注疏》卷十三)

[21]击拊:犹击石拊石。出自《尚书·益稷》:"予击石拊石,百兽率舞。"〔汉〕孔安国传:"石,磬也。磬音之清者。拊,亦击也,举清者和,则其余皆从矣。乐感百兽,使相率而舞,则神人和可知。"(《尚书注疏》卷二)

试声律:犹测试声律。声律,五声(指宫、商、角、徵、羽五音)六律(指黄钟、大蔟、姑洗、蕤宾、夷则、无射),亦泛指音乐。

[22]造化:创造化育。〔周〕庾信《荣启期三乐》:"性灵造化,风云自然。"

(《庾开府集笺注》卷七)

　　四时:四季。《礼记·孔子闲居》:"天有四时,春秋冬夏。"(《礼记注疏》卷五十一)

　　[23]列岫(xiù):成排的峰峦。〔唐〕郑谷《书村叟壁》:"列岫檐前见,清泉碓下流。"(《云台编》卷下)

　　奇如兹:犹奇异如此。兹,代词,此,这。

　　[24]"九华"二句:此言九华山一景固然天然奇巧,可惜的是与江流背道而驰。按:九华山,在今安徽省青阳县。旧称九子山,因有九峰如莲花,故改为今名。九华山不临江之畔,故有"惜与江流像背驰"之憾。

　　[25]南北两峰:指五云山之南北两峰,在杭州。〔明〕田汝成《西湖游览志》(卷二十四):"五云山去城南二十里,高数百丈,周十五里,五峰森列,驾轶云霞,盘曲而上,凡七十二湾。俯视南北两峰,若双锥朋立,长江带绕,西湖鉴开,帆樯扰扰,烟雾间若鸥凫出没。"

　　喧众口:犹言众口喧腾。喧,嘈杂吵闹。这里指其名气很大,众口争说。

　　[26]"妆抹"句:出自〔宋〕苏轼《饮湖上初晴后雨二首》之一,而反其意用之。诗云:"水光潋滟晴方好,山色空蒙雨亦奇。欲把西湖比西子,淡妆浓抹总相宜。"(《东坡诗集注》卷十七)妆抹,梳妆打扮涂脂抹粉。同西施,犹言同西施一样秀美。却恨,犹言嫌其过分娇媚而缺乏雄壮的气势。〔宋〕陆游《入蜀记》(卷二):"二十三日,过阳山矶,始见九华山。九华本名九子,李太白为易名。太白与刘梦得皆有诗,而刘至以为可兼太华、女儿之奇秀。南唐宋子嵩辞政柄归隐此山,号九华先生,封青阳公,由是九华之名益盛。惟王文公诗云:'盘根虽巨壮,其末乃修纤。'最极形容之妙。大抵此山之奇在修纤耳,然无含蓄敦大气象,与庐山、天台异矣。"

　　[27]江湄(méi):江岸。〔唐〕张九龄《夏日奉使南海在道中作》:"朝发高山阿,夕济长江湄。"(《曲江集》卷四)

　　[28]烟云:烟霭云雾。〔唐〕张九龄《秋晚登楼望南江入始兴郡路》:"思来江山外,望尽烟云生。"(《曲江集》卷三)

　　漠漠:迷蒙貌。〔前蜀〕韦庄《自孟津舟西上雨中作》:"秋烟漠漠雨蒙蒙,不卷征帆任晚风。"(《浣花集》卷四)

　　寸碧:指远方景物。山水树林等绿色景物,远视之形体甚小,故称。〔宋〕饶节《次韵吕居仁共二首·望山》:"四海有家归未得,眼看寸碧便怡颜。"(《倚松诗集》卷二)

　　[29]黛眉:黛画之眉。黛,青黑色的颜料,古时女子用以画眉。横黛眉,形容远山如黛眉横卧。〔宋〕李纲《戏成绝句三首》之一:"山色黛眉远,溪声玉佩珊。"

（《梁溪集》卷五）

[30]骚士墨客：犹"骚人墨客"，指风雅的文人。骚人，屈原作《离骚》，因称屈原或《楚辞》作者为骚人。〔唐〕李白《古风五十九首》之一："正声何微茫，哀怨起骚人。"（《李太白集注》卷二）后泛指诗人，文人。墨客，对文人的通称。〔汉〕扬雄《长杨赋》："言未卒，墨客降席，再拜稽首。"按：《长杨赋·序》谓："聊因笔墨之成文章，故籍翰林以为主人，子墨为客卿以风。"（《文选》卷九）赋中称客为"墨客"，后遂为文人之别称。

支颐：以手托下巴，作思考状。〔唐〕白居易《除夜》："薄晚支颐坐，中宵枕臂眠。"（《白氏长庆集》卷十六）劳支颐，犹劳心费思量。

[31]貂裘：貂皮制成的衣裘。《淮南子·说山训》："貂裘而杂，不若狐裘而粹。"（《淮南鸿烈解》卷十六）

章甫：商代的一种冠。《礼记·儒行》："丘少居鲁，衣逢掖之衣；长居宋，冠章甫之冠。"（《礼记注疏》卷五十九）

尘缁（zī）：语本〔晋〕陆机《为顾彦先赠妇二首》之一："京洛多风尘，素衣化为缁。"（《文选》卷二十四）后因以"尘缁"谓尘污，污垢。〔南朝·宋〕鲍照《绍古辞七首》之二："何言年月驶，寒衣已捣治；绦绣多废乱，篇帛久尘缁。"（《鲍明远集》卷四）

[32]跻（jī）攀：犹攀登，跻，升登。〔唐〕李白《与南陵常赞府游五松山》："我来五松下，置酒穷跻攀。征古绝遗老，因名五松山。"（《李太白集注》卷二十）

嗟嚱：嗟叹，欷歔。〔汉〕赵煜《吴越春秋·勾践阴谋外传》（卷五）："行路之人，道死巷哭，不绝嗟嚱之声。"

[33]三岛：指传说中的蓬莱、方丈、瀛洲三座海上仙山，亦泛指仙境。〔唐〕郑畋《谒升仙太子庙》："六宫攀不住，三岛互相招。"（《唐百家诗选》卷十八）

九嶷：山名，在湖南宁远县南。《山海经·海内经》（卷十八）："南方苍梧之丘，苍梧之渊，其中有九嶷山，舜之所葬，在长沙零陵界中。"〔晋〕郭璞注："其山九溪皆相似，故云'九疑'。"

[34]道山：传说中的仙山，这里指蓬莱。〔宋〕欧阳修《谢校勘启》："蓬莱道山，非人间之所见。"（《文忠集》卷九十五）

[35]泰华：泰山与华山的并称。《史记·孙子吴起列传》（卷六十五）："夏桀之居，左河济，右泰华，伊阙在其南，羊肠在其北，修政不仁，汤放之。"泰山，在山东省中部，古称东岳，为五岳之一。也称岱宗、岱山、岱岳、岱宗。主峰玉皇顶在泰安市北。古代帝王常在泰山举行封禅大典。华山，在陕西省华阴市南，北临渭河平原，属秦岭东段。又称太华山，古称"西岳"。有莲花（西峰）、落雁（南峰）、朝阳（东峰）、玉女（中峰）、五云（北峰）等峰，为游览胜地。

终南:山名,秦岭主峰之一。在陕西省西安市南。一称南山,即狭义的秦岭。古名太一山、地肺山、中南山、周南山。

嵋:犹山巅。此句谓登上泰、华、终南上的绝顶。

[36]飞凫去舄(xì):凫,野鸭。舄,古代一种以木为复底的鞋。飞凫去舄,典出《后汉书·王乔传》(卷一百十二上):"王乔者,河东人也。显宗世,为叶令。乔有神术,每月朔望,常自县诣台朝。帝怪其来数,而不见车骑,密令太史伺望之。言其临至,辄有双凫从东南飞来。于是候凫至,举罗张之,但得一只舄焉。"

啸沧海:犹在沧海长啸。啸,撮口吹出声音。《诗经·召南·江有汜》:"不我过,其啸也歌。"〔汉〕郑玄笺:"啸,蹙口而出声。"(《毛诗注疏》卷二)沧海,大海。按:我国古代对东海别称"沧海"。《初学记》(卷六)引〔晋〕张华《博物志》:"东海之别有渤澥,故东海共称渤海,又通谓之沧海。"

[37]却来:犹再来啸。〔唐〕李白《东鲁见狄博通》:"谓言挂席度沧海,却来应是无长风。"(《李太白集注》卷九)

温前诗:犹重温前诗。前诗,指本诗。

辛弃疾

【作者简介】

辛弃疾(1140—1207),字坦夫,改字幼安,号稼轩,齐州历城(今山东济南)人。钦宗靖康末中原沦陷,辛弃疾于青年时即率众抗金。高宗绍兴三十一年(1161),投忠义军耿京部,为掌书记。三十二年(1162)奉表归宋,高宗劳师建康,授天平军节度掌书记,并以节度使印告召京。时京部将张安国杀京降金,弃疾还海州,约忠义军人径趋金营,缚张安国以归,改差签判江阴军。孝宗乾道四年(1168)通判建康府。历知滁州,提点江西刑狱,京西转运判官,知江陵府兼湖北安抚,知兴隆府兼江西安抚,知潭州兼湖南安抚。后于再知隆兴府任上因擅拨粮舟救荒,为言者论罢。光宗绍熙二年(1191),起提点福建刑狱,迁知福州兼福建安抚,未几又为言者论罢。宁宗嘉泰三年(1203),起知绍兴府兼浙东安抚。四年(1204)迁知镇江府,旋左谬举落职。开禧三年(1207)召赴行在奏事,未受命卒。辛弃疾以词著称,是豪放派词风的代表,与苏轼并称苏辛。有《稼轩词》传世。《宋史》卷四百一有传,近人陈思有《辛稼轩年谱》。

满江红

赣州席上呈陈季陵太守[1]

落日苍茫[2],风才定、片帆无力。还记得、眉来眼去,水光山色。倦客不知身近远,佳人已卜归消息[3]。便归来、只是赋行云,襄王客[4]。 些箇事[5],如何得。知有恨,休重忆。但楚天特地,暮云凝碧[6]。过眼不如人意事,十常八九今头白[7]。笑江州、司马太多情,青衫湿[8]。

（原载商务印书馆影印汲古阁抄本《稼轩词》甲集；录自唐圭璋编《全宋词》，中华书局1965年6月第1版，第3册，第1870页）

【注　释】

[1]满江红：词牌名。参见本卷《诗歌部》上册柳永《满江红》注[1]。辛弃疾此词双调，九十三字。前段八句，四仄韵；后段十句，五仄韵。

赣州：南宋绍兴二十三年（1153）以虔州改名，治所在赣县（今江西赣州市）。辖境相当今江西赣州市、石城、兴国以南地区。元至元十四年（1277）升为赣州路。

陈季陵：《赣州府志·名宦》（卷四十二）："陈天麟，字季陵，宣城人，绍兴进士。自广德簿知襄阳事，所至有惠政。寻知赣州。时茶商寇赣、吉间，天麟预为守备，民恃以安。江西宪臣辛弃疾讨贼，天麟给饷补军，事平，弃疾奏：'今成功，实天麟之方略也。'"〔元〕汪泽民、张师愚《宛陵群英集》（卷一）："陈天麟：案，天麟字季陵，绍兴中进士，累官集贤殿修撰，尝编《易三传》及《西汉》、《南北史》、《左氏征节》等书，所著曰《樱宁居士集》。"

[2]苍茫：广阔无边的样子。〔宋〕朱松《赠范直夫》："乡关落日苍茫外，樽酒寒花寂历中。"（《韦斋集》卷四）

[3]倦客：客游他乡而对旅居生活感到厌倦的人。〔宋〕陆游《双头莲》："悲欢梦里。奈倦客，又是关河千里。"（《放翁词》）

已卜归消息：犹言已经占卜的归来的消息。卜，古人用火灼龟甲，根据裂纹来预测吉凶，叫卜。后泛称用各种形式（如用铜钱、牙牌等）预测吉凶。《尚书·洛诰》："予惟乙卯，朝至于洛师。我卜河朔黎水。"〔汉〕孔安国传："卜，必先墨画龟，然后灼之，兆顺食墨。"（《尚书注疏》卷十四）《史记·龟策列传》（卷一百二十八）："蛮夷氐羌，虽无君臣之序，亦有决疑之卜。或以金石，或以草木，国不同俗。"

[4]赋行云：用巫山神女典，〔战国·楚〕宋玉《高唐赋·序》："……去而辞曰：'妾在巫山之阳，高丘之阻，旦为朝云，暮为行雨。朝朝暮暮，阳台之下。'"（《文选》卷十九）

襄王客：古典诗词中常以楚襄王为高唐故事的男主角。就与神女的性爱关系而言，这是一种误读；就与神女的情感纠葛而论，楚襄王名副其实。参见本卷《诗歌部》上册徐铉《离歌辞五首》（其五）注[4]。按：此言"便归来、只是赋行云，襄王客"，并非指归来人真的赋行云诗，而是喻指与"佳人"团聚欢合，而作"襄王客"。用时下的话而言，这更多的是一种"行为艺术"。

[5]些箇：犹言多少，几许。〔宋〕周邦彦《意难忘·美咏》："些箇事，恼人肠。试说与何妨。"（《片玉词》卷上）

[6]楚天:南方楚地的天空。〔唐〕杜甫《暮春》:"楚天不断四时雨,巫峡常吹万里风。"(《杜诗详注》卷十八)

特地:亦作"特底",特别,格外。〔唐〕王维《慕容承携素馔见过》:"空劳酒食馔,特底解人颐。"(《王右丞集笺注》卷七)

凝碧:浓绿。〔唐〕刘禹锡《为郎分司寄上都同舍》:"省闼昼无尘,宫树远凝碧。"(《刘宾客文集》卷二十五)

[7]十常八九:语出〔宋〕黄庭坚《用明发不寐有怀二人为韵寄李秉彝德叟》之二:"人生不如意,十事恒八九。"〔宋〕史容注:"《晋·羊祜传》:祜上疏乞伐吴,而议者不同祜。曰:'天下事不如意,恒十居七八。'"(《山谷外集诗注》卷二)

[8]"笑江州"二句:出自〔唐〕白居易《琵琶引》:"感我此言良久立,却坐促弦弦转急。凄凄不似向前声,满座重闻皆掩泣。座中泣下谁最多?江州司马青衫湿。"(《白氏长庆集》卷十二)

新荷叶[1]

春色如愁,行云带雨才归[2]。春意长闲,游丝尽日低飞[3]。闲愁几许,更晚风、特地吹衣[4]。小窗人静,棋声似解重围。　　光景难携[5]。任他鶗鴂芳菲[6]。细数从前,不应诗酒皆非。知音弦断,笑渊明、空抚余徽[7]。停杯对影,待邀明月相依。

（原载商务印书馆影印汲古阁抄本《稼轩词》甲集;录自唐圭璋编《全宋词》,中华书局 1965 年 6 月第 1 版,第 3 册,第 1875 页）

【注　释】

[1]新荷叶:词牌名。《词谱》(卷十九):"《新荷叶》,蒋氏《九宫谱》作《正宫引子》;赵扑词名《折新荷引》,又因词中有'画桡稳泛兰舟'句,或名《泛兰舟》,然与仄韵《泛兰舟》调迥别。"《词谱》以赵彦端《新荷叶》(欲暑还凉)为此调别体,并注云:"此与黄(黄裳)同,惟换头句押韵异。按:辛弃疾词四首、赵(赵彦端)词二首,皆如此填。"辛弃疾此词同之,双调,八十二字。前段八句,四平韵;后段八句,五平韵。

[2]行云带雨:用巫山神女典。〔战国·楚〕宋玉《高唐赋·序》:"去而辞曰:'妾在巫山之阳,高丘之阻,且为朝云,暮为行雨。朝朝暮暮,阳台之下。'"(《文选》卷十九)

[3]游丝:指蜘蛛等布吐的飘荡在空中的丝。〔南朝·陈〕徐陵《长相思二首》之二:"柳絮飞还聚,游丝断复结。"(《徐孝穆集笺注》卷一)

[4]特地:特别,格外。〔唐〕方干《监官王长官新创瑞隐窝》:"孤云恋石寻常住,落絮萦风特地飞。"(《玄英集》卷六)

[5]光景:风光,景象。〔唐〕韩愈《酬裴十六功曹巡府西驿途中见寄》:"是时山水秋,光景何鲜新。"(《五百家注昌黎文集》卷四)按:从下句"任他鹈鴃芳菲"来看,此"光景"应释为风光,景象无疑。而从后"细数从前"云云而言,这此"光景"亦有往日时光的意涵。

[6]鹈鴃(tíjué):即杜鹃鸟。〔汉〕张衡《思玄赋》:"恃己知而华予兮,鹈鴃鸣而不芳。"〔唐〕李善注:"《临海异物志》曰:'鹈鴃,一名杜鹃,至三月鸣,昼夜不止,夏末乃止。'"(《文选》卷十五)

芳菲:花草盛美。〔南朝·陈〕顾野王《阳春歌》:"春草正芳菲,重楼启曙扉。"(《乐府诗集》卷五十一)

[7]空抚余徽:陶潜不懂音乐,但备无弦琴一张,每有酒会,抚琴自娱,无弦无声,但寄其意。事见《宋书·陶潜传》(卷九十三):"潜不解音声而畜素琴一张,无弦,每有酒适,辄抚弄以寄其意。"又,《晋书·陶潜传》(卷九十四):"(潜)不解音,而畜素琴一张,弦徽不具,每朋酒之会,则抚而和之,曰:'但识琴中趣,何劳弦上声。'"徽,指七弦琴琴面十三个指示音节的标识。嵇康《琴赋》:"弦以园客之丝,徽以钟山之玉。"〔唐〕李周翰注:"取此丝为弦,以玉为徽。"(《六臣注文选》卷十八)馀徽,因无弦而余下的琴徽。按:此据《宋书》,仅言"无弦",未言"无徽"。

江神子[1]

和人韵

梅梅柳柳斗纤秾[2]。乱山中。为谁容[3]。试著春衫,依旧怯东风[4]。何处踏青人未去,呼女伴,认骄骢[5]。　　儿家门户几重重[6]。记相逢。画桥东[7]。明日重来,风雨暗残红[8]。可惜行云春不管[9],裙带褪,鬓云松。

（原载商务印书馆影印汲古阁抄本《稼轩词》甲集;录自唐圭璋编《全宋词》,中华书局1965年6月第1版,第3册,第1877页）

【注　释】

[1]江神子:词牌名。亦名《江城子》。参见本卷《诗歌部》上册谢薖《江神

子》注[1]。辛弃疾此词据《全宋词》为双调,七十字。前后段各八句,五平韵。与《词谱》所列此调谱式有别。

[2]梅梅柳柳:犹众多的梅和柳。〔宋〕陈造《次韵严文炳兼简张守二首》之二:"梅梅柳柳护深行,倦客重游眼更明。"(《江湖长翁集》卷十四)双调,七十字。前后段各七句,五平韵。

纤秾(nóng):盛美貌。〔宋〕王安石《灵山寺》:"瞰崖聊寄目,万物极纤秾。"(《王荆公诗注》卷二十一)斗,比赛,争胜。

[3]为谁容:犹为谁打扮。容,容饰,打扮。《诗经·卫风·伯兮》:"自伯之东,首如飞蓬。岂无膏沐,谁适为容?"〔汉〕毛亨传:"妇人夫不在无容饰。"(《毛诗注疏》卷五)

[4]春衫:春天的衣衫。衫,古代指无袖头的开衩上衣。多为单衣,亦有夹衣。其形制及称呼相传始于秦。《释名·释衣服》(卷五):"衫,芟也,芟末无袖端也。"〔唐〕白居易《寿安歇马重吟》:"春衫细薄马蹄轻,一日迟迟进一程。"(《白香山诗集》卷三十九)

怯东风:犹畏惧东风。〔宋〕王炎《田间闲步》:"尚怯东风寒料峭,已闻好鸟语丁宁。"(《双溪类稿》卷二)

[5]踏青:清明节前后郊野游览的习俗。旧时并以清明节为踏青节。〔唐〕孟浩然《大堤行寄万七》:"岁岁春草生,踏青二三月。"(《孟浩然集》卷一)

骄骢(cōng):壮健的骢马,骢马,青白色相杂的马。亦泛指骏马。〔宋〕徐铉《奉和御制寒食十韵》:"旋试骄骢步,新调宝瑟弦。"(《骑省集》卷二十一)

[6]儿家:古代年轻女子对其家的自称。犹言我家。按:此用〔唐〕薛维翰《春女怨》诗意:"白玉堂前一树梅,今朝忽见数枝开。儿家门户重重闭,春色因何得入来。"(《古今事文类聚后集》卷二十八)

[7]画桥:雕饰华丽的桥梁。〔南朝·陈〕阴铿《渡岸桥》:"画桥长且曲,傍险复凭流。"(《古诗纪》卷一百九)

[8]残红:凋残的花,落花。〔唐〕白居易《微之宅残牡丹》:"残红零落无人赏,雨打风吹花不全。"(《白氏长庆集》卷十四)

[9]行云:用巫山神女之典。语本〔战国·楚〕宋玉《高唐赋·序》:"旦为朝云,暮为行雨。"(《文选》卷十九)喻男女情事。

水龙吟[1]

爱李延年歌[2]、淳于髡语[3],合为词,庶几高唐、神女、洛神赋之意云[4]。

昔时曾有佳人,翩然绝世而独立[5]。未论一顾倾城,再顾又倾人国[6]。宁不知其，倾城倾国，佳人难得[7]。看行云行雨，朝朝暮暮，阳台下、襄王侧[8]。　　堂上更阑烛灭[9]。记主人、留髡送客[10]。合尊促坐，罗襦襟解，微闻芳泽[11]。当此之时，止乎礼义，不淫其色[12]。但□□□□[13]，啜其泣矣，又何嗟及[14]。

（原载商务印书馆影印汲古阁抄本《稼轩词》丙集；录自唐圭璋编《全宋词》，中华书局 1965 年 6 月第 1 版，第 3 册，第 1914 页）

【注　释】

[1]水龙吟：词牌名。参见本卷《诗歌部》上册孔夷《水龙吟》注[1]。辛弃疾此词双调，一百二字。前段十句，四仄韵，起句六字，第二句七字；后段十一句，五仄韵。

[2]李延年（？—前 87）：西汉音乐家，中山（今河北定县）人。家人皆善歌舞，初因犯法受腐刑。后其妹得幸于武帝，号李夫人，生昌邑王，他亦因之贵幸，官至协律都尉。其弟与中人乱，出入骄恣，及李夫人死，武帝令诛其兄弟宗族，他亦被杀。平生能歌善舞，好创新声，曾为《汉郊祀歌》配乐。《汉书·外戚列传·孝武李夫人》（卷九十七上）："孝武李夫人，本以倡进。初，夫人兄延年性知音，善歌舞，武帝爱之。每为新声变曲，闻者莫不感动。延年侍上起舞，歌曰：'北方有佳人，绝世而独立。一顾倾人城，再顾倾人国，宁不知倾城与倾国，佳人难再得。'上叹息曰：'善。世岂有此人乎？'平阳主因言'延年有女弟'，上乃召见之，实妙丽善舞，由是得幸。生一男，是为昌邑哀王。李夫人少而蚤卒，上怜悯焉，图画其形于甘泉宫。"

[3]淳于髡（kūn）：战国时齐国大臣。齐威王时任大夫，曾用隐语讽威王亲理政事，振作图强，戒长夜之饮。又与邹忌论政，支持其法治改革。在治学上慕管仲、晏婴，兼隆礼法，为稷下前辈。威王曾命他联赵却楚，取得成功。后至魏游说，惠王使为卿相，他不就而去。所撰《王度记》，早佚。《史记·滑稽列传·淳于髡》（卷一百二十六）："淳于髡者，齐之赘婿也。长不满七尺，滑稽多辩，数使诸侯，未尝屈辱。齐威王之时喜隐，好为淫乐长夜之饮，沈湎不治，委政卿大夫。百官荒乱，诸侯并侵，国且危亡，在于旦暮，左右莫敢谏。淳于髡说之以隐曰：'国中有大鸟，止王之庭，三年不蜚又不鸣，王知此鸟何也？'王曰：'此鸟不飞则已，一飞冲天；不鸣则已，一鸣惊人。'于是乃朝诸县令长七十二人，赏一人，诛一人，奋兵而出。诸侯振惊，皆还齐侵地。威行三十六年。……（威王）置酒后宫，召髡赐之酒。问曰：'先生能饮几何而醉？'对曰：'臣饮一斗亦醉，一石亦醉。'威王曰：'先

生饮一斗而醉,恶能饮一石哉!其说可得闻乎?'髡曰:'赐酒大王之前,执法在傍,御史在后,髡恐惧俯伏而饮,不过一斗径醉矣。若亲有严客,髡帣鞲鞠,侍酒于前,时赐余沥,奉觞上寿,数起,饮不过二斗径醉矣。若朋友交游,久不相见,卒然相睹,欢然道故,私情相语饮,可五六斗径醉矣。若乃州闾之会,男女杂坐,行酒稽留,六博投壶,相引为曹,握手无罚,目眙不禁,前有堕珥,后有遗簪,髡窃乐此,饮可八斗而醉二参。日暮酒阑,合尊促坐,男女同席,履舄交错,杯盘狼藉,堂上烛灭,主人留髡而送客,罗襦襟解,微闻芗泽,当此之时,髡心最欢,能饮一石。故曰酒极则乱,乐极则悲;万事尽然,言不可极,极之而衰。'以讽谏焉。齐王曰:'善。'乃罢长夜之饮,以髡为诸侯主客。宗室置酒,髡尝在侧。"

〔4〕庶几:差不多,近似。《周易·系辞下》:"颜氏之子,其殆庶几乎?"高亨注:"庶几,近也,古成语,犹今语所谓'差不多',赞扬之辞。"(《周易大传今注》,齐鲁书社1979年6月第1版,第576页)

高唐、神女、洛神赋:犹宋玉《高唐赋》、《神女赋》、曹植《洛神赋》。此句意为,把李延年的歌词、淳于髡的言语合为词,和《高唐赋》、《神女赋》、《洛神赋》的意境差不多。

云:如此。《左传》僖公二十九年:"介葛卢闻牛鸣,曰:'是生三牺,皆用之矣。其音云。'问之而信。"杨伯峻注:"云,如此也。"(《春秋左传注》修订本,中华书局1990年5月第2版,第1册,第477页)

〔5〕佳人:美女。〔战国·楚〕宋玉《登徒子好色赋》:"天下之佳人,莫若楚国;楚国之丽者,莫若臣里;臣里之美者,莫若臣东家之子。"(《文选》卷十九)

翩然:轻盈貌。〔宋〕王炎《朝中措》:"初疑邂逅,湘妃洛女,似是还非。只恐乘云轻举。翩然飞度瑶池。"(《历代诗余》卷十七)

绝世而独立:冠绝当世而超凡拔俗,与众不同。按:此句出自李延年歌:"北方有佳人,绝世而独立。"参见本诗注〔1〕。

〔6〕一顾:一看。〔汉〕东方朔《七谏·怨思》:"过故乡而一顾兮,泣戏欷而沾衿。"(《楚辞章句》卷十三)

倾城:犹倾覆城国。形容女子极其美丽。参见本卷《诗歌部》上册柳永《洞仙歌》注〔5〕。

倾人国:倾覆人之邦国。《晏子春秋·谏上十》(卷一):"此离树别党,倾国之道也,婴不敢受命。"后以"倾国"形容女子极其美丽。〔唐〕玄宗李隆基《好时光》:"莫倚倾国貌,嫁取个、有情郎。"(《尊前集》卷上)

按:此二句出自李延年歌:"一顾倾人城,再顾倾人国。"参见本诗注〔1〕。

〔7〕"宁不"等三句:出自李延年歌:"宁不知倾城与倾国,佳人难再得。"参见本诗注〔1〕。

宁不：犹言岂不，难道不。〔唐〕萧颖士《赠韦司业书》："宁不知立身有百行，立名非一途，岂必系心翰墨？为将来不朽之事也。"（《萧茂挺文集》）

[8]"看行云"等三句：出自〔战国·楚〕宋玉《高唐赋·序》："……去而辞曰：'妾在巫山之阳，高丘之阻，旦为朝云，暮为行雨。朝朝暮暮，阳台之下。'"（《文选》卷十九）

行云行雨：行云行雨本是作为山神的巫山神女神职，但由于〔战国·楚〕宋玉《高唐赋·序》中有关于楚先王与神女的性爱之事之描写，"云雨"遂逐渐成为一个具有特定含义的性文化符号。

朝朝暮暮：犹言每一个早晨和每一个黄昏。〔唐〕孟浩然《送王七尉松滋得阳台云》："空中飞去复飞来，朝朝暮暮下阳台。"（《孟浩然集》卷二）

阳台：〔战国·楚〕宋玉《高唐赋·序》中神女与楚先王约定的幽会场所："去而辞曰：'妾在巫山之阳，高丘之阻，旦为朝云，暮为行雨。朝朝暮暮，阳台之下。'"（《文选》卷十九）参见本卷《诗歌部》上册解昉《阳台梦》注[9]。

襄王：名芈（mǐ）横，战国时楚国君主，楚怀王芈槐之子，公元前298—公元前262年在位。在《高唐赋》、《神女赋》中均以宋玉与楚襄王的问答方式敷陈为序，而在古诗词中常常误将楚襄王作为与巫山神女情事的主角，这种"误读"有其深刻的历史文化原因。参见本卷《诗歌部》上册徐铉《离歌辞五首》（其五）注[4]。

[9]堂上：殿堂上，正厅上。《仪礼·聘礼》："堂上八豆，设于户西西陈。"（《仪礼注疏》卷八）

更阑：更深夜残。更，一夜分为五更，每更约两小时。阑，将尽，将完。〔宋〕柳永《宣清》："至更阑、疏狂转甚。更相将、凤帏鸳寝。"（《花草粹编》卷二十四）

[10]"记主人"句：出自淳于髡之言："主人留髡而送客。"参见本诗注[2]。

[11]"合尊"等三句：出自淳于髡之言："合尊促坐，男女同席，履舄交错，杯盘狼藉……罗襦襟解，微闻芗泽。"参见本诗注[2]。

合尊：亦作"合樽"，共同饮酒。尊，酒器。〔晋〕左思《蜀都赋》："合樽促席，引满相罚，乐饮今夕，一醉累月。"〔唐〕李善注："东方朔六言诗曰：'合樽促席相娱。'"（《文选》卷四）

促坐：靠近坐。〔晋〕孙楚《登楼赋》："百僚云集，促坐华台。"（《汉魏六朝百三家集》卷四十一）

罗襦：绸制短衣。〔唐〕温庭筠《菩萨蛮》："新贴绣罗襦。双双金鹧鸪。"（《花间集》卷一）

襟解：犹言解开衣襟。襟，古代指交领或衣下掩裳际处，后亦指上衣的前幅。此谓行为放肆无忌。〔宋〕吕本中《李念七久不见过二绝》之二："罗襦襟解烛灭后，喝雉喝卢人散时。"（《东莱诗集》卷五）

芳泽:香泽,香气。芳,通"香"。〔宋〕张元幹《好事近》:"斗帐炷炉熏,花露裛成芳泽。"(《芦川词》)

[12]止乎礼义:犹止于礼义。礼义,礼法道义。礼,谓人所履;义,谓事之宜。《礼记·冠义》:"凡人之所以为人者,礼义也。礼义之始,在于正容体,齐颜色,顺辞令。容体正,颜色齐,辞令顺,而后礼义备。"(《礼记注疏》卷六十一)

不淫其色:语本《诗大序》:"忧在进贤,不淫其色。"(《毛诗注疏》卷一)谓不惑于其美色。

[13]此处原阙。《全宋词》注:"吴讷本作'啜其泣矣'。"

[14]啜(chuò)其泣矣:犹言哭泣。啜,哭泣抽噎貌。其,语中助词。泣,无声流泪或低声而哭。矣,语气助词。表已然之事,与"了"相当。

又何嗟及:犹言又为何感叹及于此事。嗟,感叹。及,涉及。

昭君怨[1]

人面不如花面。花到开时重见。独倚小阑干[2]。许多山。　　落叶西风时候。人共青山都瘦[3]。说道梦阳台[4]。几曾来[5]。

(原载商务印书馆影印汲古阁抄本《稼轩词》丙集;录自唐圭璋编《全宋词》,中华书局1965年6月第1版,第3册,第1926—1927页)

【注　释】

[1]昭君怨:词牌名。参见本卷《诗歌部》上册周紫芝《昭君怨》注[1]。辛弃疾此词双调,四十字。前后段各四句,两仄韵,两平韵。

[2]阑干:犹栏杆,用竹、木、砖石或金属等构制而成,设于亭台楼阁或路边、水边等处作遮拦用。〔宋〕周紫芝《次韵元寿见赠》:"画檐横著小阑干,看尽西来最好山。"(《太仓稀米集》卷三十九)

[3]"人共"句:犹言人和青山都瘦。青山因"落叶西风时候",树叶落尽,故云"瘦"。〔宋〕黄庭坚《送何君庸上赣石》:"江寒山瘦思亲友,归守平生二顷田。"(《山谷外集》卷十一)

[4]梦阳台:用巫山神女典。〔战国·楚〕宋玉《高唐赋·序》:"玉曰:'昔者先王尝游高唐,怠而昼寝,梦见一妇人曰:"妾巫山之女也,为高唐之客。闻君游高唐,愿荐枕席。"王因幸之。去而辞曰:"妾在巫山之阳,高丘之阻,旦为朝云,暮为行雨。朝朝暮暮,阳台之下。"'"(《文选》卷十九)

[5]几曾来：犹何曾来，哪曾来。〔宋〕杨万里《芍药花》："风日几曾来，蜂蝶独得至。"（《诚斋集》卷三十五）

念奴娇[1]

洞庭春晚，旧传恐是，人间尤物[2]。收拾瑶池倾国艳，来向朱栏一壁[3]。透户龙香，隔帘莺语，料得肌如雪[4]。月妖真态，是谁教避人杰[5]。

酒罢归对寒窗，相留昨夜，应是梅花发[6]。赋了高唐犹想象[7]，不管孤灯明灭。半面难期，多情易感，愁点星星发[8]。绕梁声在，为伊忘味三月[9]。

（原载中华书局影印〔元〕大德信州刊本《稼轩长短句》卷二；录自唐圭璋编《全宋词》，中华书局1965年6月第1版，第3册，第1948—1949页）

【注　释】

[1]念奴娇：词牌名。参见本卷《诗歌部》上册沈唐《念奴娇》注[1]。辛弃疾此词双调，九十九字。前后段各十句，四仄韵。

[2]洞庭：即洞庭湖，在湖南省北部、长江南岸。面积2820平方公里，为我国第二大淡水湖，素有"八百里洞庭"之称。湘、资、沅、澧四水汇流于此，在岳阳县城陵矶入长江。湖中小山甚多，以君山最为著名。沿湖有岳阳楼等名胜古迹。

尤物：指绝色美女。《左传》昭公二十八年："夫有尤物，足以移人；苟非德义，则必有祸。"杨伯峻注："尤物，指特美之女。"（《春秋左传注》修订本，中华书局1990年5月第2版，第4册，第1493页）

[3]收拾：犹领略。〔宋〕文天祥《〈孙容庵甲稿〉序》："求其领略江山，收拾风月。"（《文山集》卷十三）

瑶池：古代传说中昆仑山上的池名，西王母所居。《史记·大宛列传论》（卷一百二十三）："昆仑其高二千五百余里，日月所相避隐为光明也。其上有醴泉、瑶池。"《穆天子传》（卷三）："乙丑，天子觞西王母于瑶池之上。"

倾国艳：有倾覆人邦国之美艳。参见本卷《诗歌部》下册辛弃疾《水龙吟》注[6]。

朱栏：朱红色的围栏。〔唐〕李嘉祐《同皇甫冉登重玄阁》："高阁朱栏不厌游，蒹葭白水遶长洲。"（《全唐诗》卷二百七）

一壁:犹一边,一旁。〔宋〕戴复古《黄州栖霞楼即景呈谢深道国正》:"樊山诸峰立一壁,非烟非雾笼秋色。"(《石屏诗集》卷一)

[4]龙香:即龙涎香,是极名贵的香料。参见本卷《诗歌部》中册曹勋《西江月》注[2]。透户龙香,犹言穿透门户的龙涎香气。户,单扇门。《论语·雍也》:"谁能出不由户?"〔清〕刘宝楠正义引《一切经音义》:"一扇曰户,两扇曰门。"(《论语正义》上册,中华书局1990年3月第1版,第232页)亦泛指门户。

莺语:莺的啼鸣声,亦形容悦耳的语音或歌声。从下文"料得肌如雪",此处应指人语声。

料得:预测到,估计到。〔唐〕高适《渔父歌》:"料得孤舟无定止,日暮持竿何处归。"(《高常侍集》卷二)肌如雪,犹肌肤如雪。

[5]月妖真态:典出〔唐〕袁郊《甘泽谣·素娥》:"素娥者,武三思之姬人也。三思初得乔氏青衣窃娘,能歌舞。三思晓知音律,以窃娘歌舞天下至艺也。未几,沉于洛水,遂族乔氏之家。左右有举素娥者曰:'相州风阳门宋媪女,善弹五弦,世之殊色。'三思乃以帛三百段往聘焉。素娥既至,三思大悦,遂盛宴以出素娥。公卿大夫毕集,唯纳言狄仁杰称疾不来。三思怒,于座中有言。宴罢,有告仁杰者。明日,谢谒三思,曰:'某昨日宿疾暴作,不果应召。然不睹丽人,亦分也。他后或有良宴,敢不先期到门。'素娥闻之,谓三思曰:'梁公强毅之士,非款狎之人,何必固抑其性。若再宴,可无请召梁公也。'三思曰:'倘阻我宴,必族其家。'后数日,复宴。客未来,梁公果先至。三思特延梁公坐于内寝,徐徐饮酒,待诸宾客。请先出素娥,略观其艺,遂停杯设榻召之。有顷,苍头出曰:'素娥藏匿,不知所在。'三思自入召之,皆不见。忽于堂奥隙中闻兰麝芬馥,乃附耳而听,即素娥语音也,细于属丝,才能认辨,曰:'请公不召梁公,今固召之,某不复生也。'三思问其由,曰:'某非他怪,乃花月之妖。上帝遣来,亦以多言荡公之心,将兴李氏。今梁公乃时之正人,某固不敢见。某尝为仆妾,宁敢无情?愿公勉事梁公,勿萌他志。不然,武氏无遗种矣。'言讫,更问亦不应也。三思出见仁杰,称素娥暴疾,未可出。敬事之礼,仁杰莫知其由。明日,三思密奏其事,则天叹曰:'天之所授,不可废也。'"

避人杰:犹回避狄仁杰。见上引文。邓广铭校:"'人杰'疑为'仁杰'之误。"(《稼轩词编年笺注》(增订本)上海古籍出版社1993年10月第1版,第274页)

[6]"相留"二句:语出〔唐〕卢仝《有所思》:"相思一夜梅花发,忽到窗前疑是君。"(《全唐诗》卷三百八十八)

[7]赋了高唐:邓广铭笺注:"苏轼《满庭芳》佳人词:'报道金钗坠也,十指露春笋纤长。亲曾见,全胜宋玉,想象赋《高唐》。'辛词句意,谓不见伊人,虽已赋词,意犹未尽。"(《稼轩词编年笺注》(增订本)上海古籍出版社1993年10月第1版,第275页)

[8]半面：犹言见一面。《后汉书·应奉传》（卷七十八）"奉少聪明。"〔唐〕李贤注引〔三国·吴〕谢承《后汉书》："奉年二十时，尝诣彭城相袁贺，贺时出行闭门，造车匠于内开扇出半面视奉，奉即委去。后数十年于路见车匠，识而呼之。"后因用以称瞥见一面。《北齐书·杨愔传》（卷三十四）："其聪记强识，半面不忘。"〔唐〕钱起《赠李十六》："半面喜投分，数年钦盛名。"（《全唐诗》卷二百三十八）

星星发：花白的头发。〔晋〕左思《白发赋》："星星白发，生于鬓垂。"（《历代赋汇外集》卷十九）

[9]绕梁：典出《列子·汤问》（卷五）："昔韩娥东之齐，匮粮，过雍门，鬻歌假食。既去，而余音绕梁欐，三日不绝。"后遂以"绕梁"形容歌声高亢回旋，久久不息。

为伊：为了她。伊，专用以代称女性，她。〔宋〕柳永《蝶恋花》："衣带渐宽终不悔。为伊消得人憔悴。"（《乐章集》）

忘味三月：语本《论语·述而》："子在齐闻《韶》，三月不知肉味。"（《论语注疏》卷七）

赵善括

【作者简介】

赵善括,字无咎,号应斋居士,寓隆兴(今江西南昌)(《应斋杂著》卷二《迓黄枢密知隆兴府启》)。太宗七世孙(《宋史·宗室世系表》十七)。第进士。孝宗乾道四年(1168)知常熟。七年(1171),通判平江府(宋《重修琴川志》卷三)。淳熙间历知鄂州、连州、常州(《宋会要辑稿》职官七十二之二十五、三十八、五十五)。后入荆湖北路转运使幕。有《应斋杂著》,已佚。清四库馆臣据《永乐大典》辑为六卷。事见《诚斋集》卷八十四《应斋杂著序》。

柳梢青
用万元亨送冠之韵[1]

愁别欣逢。人间离合,自古难同。写就茶经,注成花谱,何事西东[2]。一尊良夜匆匆[3]。怎忍见、轻帆短篷[4]。汉水无情,楚云有意,目断飞鸿[5]。

(原载近人朱祖谋编 1922 年第三次校补本《彊村丛书》本《应斋词》;录自唐圭璋编《全宋词》,中华书局 1965 年 6 月第 1 版,第 3 册,第 1980 页)

【注　释】

[1]柳梢青:词牌名。参见本卷《诗歌部》下册杨冠卿《柳梢青》注[1]。赵善括此词双调,四十九字。前段六句,三平韵;后段五句,三平韵。

万元亨：作者友人。除作者此词外，〔宋〕虞俦有《和万元亨舍人送芡实》、《偶食鸡头有怀万元亨沈德远林子长横塘三主人》（《尊白堂集》卷一）；〔宋〕袁说友有《万元亨名所居为景马堂于其家求书记额》（《东塘集》卷六）；〔宋〕范成大有《送同年万元亨知阶州》（《石湖诗集》卷二十）；〔宋〕杨万里有《寄题万元亨舍人园亭七景》（《诚斋集》卷三十八）可参。

冠之：即章甫，字冠之，自号转庵、易足居士、饶州鄱阳（今江西波阳）人。早年曾应科举，后以诗游士大夫间，与韩元吉、陆游、张孝祥等多有唱和。陆游《入蜀记》乾道二年（1166）八月二十八日有"同章冠之秀才甫登石镜亭，访黄鹤楼"、"复与冠之出汉阳门游仙洞"记事，略可知其时代游踪。有《易足居士自鸣集》十五卷（《直斋书录解题》卷二十。《贵耳集》作十卷）已佚。清四库馆臣据《永乐大典》辑为六卷。赵善括集中有《奉和章冠之长芦壁间韵》（《应斋杂著》卷五）。

[2]茶经：记载茶叶生产及制作工艺、饮茶方法等事象的书。唐人陆羽著有《茶经》，《四库提要》云："其书分十类，曰：一之源，二之具，三之造，四之器，五之煮，六之饮，七之事，八之出，九之略，十之图。其曰具者，皆采制之用；其曰器者，皆煎饮之用，故二者异部。其曰图者，乃谓统上九类，写以绢素张之，非别有图。其类十，其文实九也。言茶者，莫精于羽，其文亦朴雅有古意。七之事所引多古书，如司马相如，凡将篇，一条三十八字，为他书所无，亦旁资考辨之一端矣。"

花谱：记载四季花卉的书。〔宋〕范成大《寄题潭帅王枢使佚老堂》："蒙阳花谱胜洛下，竹西药阑来海濒。"（《石湖诗集》卷十五）

何事西东：犹言何故心在西东？谓心思不定一时西，一时东。

[3]一尊：犹一杯。尊，亦作"樽"，古盛酒器，亦泛指酒器、酒杯。〔唐〕温庭筠《杏花》："情为世累诗千首，醉是吾乡酒一尊。"（《温飞卿诗集笺注》卷九）

良夜匆匆：犹言美好的夜晚匆匆忙忙地过去。

[4]短篷：指小船。〔宋〕强至《依韵和伯宪九日感怀》："九日泪兼疏叶落，几时身逐短篷归。"（《祠部集》卷九）

[5]汉水：也称汉江，为长江最长的支流。发源于今陕西省宁强县，流经湖北省，在武汉市入长江。《尚书·禹贡》："嶓冢导漾，东流为汉。"〔汉〕孔安国传："泉始出山为漾水，东南流为沔水，至汉中东流为汉水。"（《尚书注疏》卷五）

楚云：楚地之云。由〔战国·楚〕宋玉《高唐赋·序》衍生出的意象，喻指朝云。〔宋〕寇准《春晚书事》："春尽江天景寂寥，思乡还共楚云遥。"（《忠愍集》卷中）

目断飞鸿：犹望断飞行的鸿雁。目断，一直望到看不见。〔宋〕李弥逊《南楼晚望》："君恩未报惊华发，目断飞鸿水四涯。"（《筠溪集》卷十六）

醉落魄[1]

江　阁

　　梯横画阁[2]。碧栏干外江风恶[3]。笑声欢意浮杯酌[4]。秋水春山，相对称行乐。　　谁家青鸟穿帘幕[5]。暗传空有阳台约[6]。天公著意称停著[7]。寒色人情，都恁两清薄[8]。

　　（原载近人朱祖谋编 1922 年第三次校补本《彊村丛书》本《应斋词》；录自唐圭璋编《全宋词》，中华书局 1965 年 6 月第 1 版，第 3 册，第 1985 页）

【注　释】

　　[1]醉落魄：词牌名，即《一斛珠》。《词谱》（卷十二）：“《一斛珠》，《宋史·乐志》名《一斛夜明珠》，属‘中吕调’。《尊前集》注：‘商调。’《金词》注：‘仙吕调。’《蒋氏九宫谱目》入‘仙吕引子’。晏几道词名《醉落魄》；张先词名《怨春风》；黄庭坚词名《醉落拓》。”〔清〕毛先舒《填词名解》（卷一）：“《一斛珠》，唐玄宗在花萼楼会彝使至，命封珍珠一斛密赐江妃，妃不受，赋诗云：‘柳叶双眉久不描，残妆和泪污红绡。长门尽日无梳洗，何必珍珠慰寂寥。’付使者曰：‘为我进御。’上览诗不乐，令乐府以新声度之，号《一斛珠》，曲名，始此也。又名《醉落魄》（‘魄’，音‘托’）。”（载北京市中国书店据木石居校本影印〔清〕查培继《词学全书》，1984 年 1 月第 1 版）赵善括此词双调，五十七字。前后段各五句，四仄韵。

　　[2]画阁：彩绘华丽的楼阁。〔唐〕王维《洛阳女儿行》：“画阁珠楼尽相望，红桃绿柳垂檐向。”（《王右丞集笺注》卷六）

　　[3]碧栏干：绿色的栏杆。〔唐〕韩偓《已凉》：“碧栏干外绣帘垂，猩色屏风画柘枝。”（《唐诗镜》卷五十四）

　　[4]杯酌：酒杯。〔唐〕白居易《对火玩雪》：“稍宜杯酌动，渐引笙歌发。”（《白氏长庆集》卷二十二）

　　[5]青鸟：神话传说中为西王母取食传信的神鸟，后以之为信使的代称。参见本卷《诗歌部》上册梅尧臣《花娘歌》注[18]。

　　帘幕：用于门窗处的帘子与帷幕。〔宋〕晏几道《临江仙》：“梦后楼台高锁，酒醒帘幕低垂。”（《小山词》）

　　[6]阳台约：犹幽会之约。阳台，巫山神女与楚先王约定的幽会场所。〔战

国·楚]宋玉《高唐赋·序》:"去而辞曰:'妾在巫山之阳,高丘之阻,旦为朝云,暮为行雨。朝朝暮暮,阳台之下。'"(《文选》卷十九)参见本卷《诗歌部》上册解昉《阳台梦》注[9]。

[7]"天公"句:犹言老天有意叫停。天公,即天,以天拟人,故称。

[8]恁(rèn)清薄:如此淡薄。恁,代词,这么,如此。

水调歌头[1]

席上作

碧云初返岫,潦水正鸣滩[2]。兰舟容与,歌舞偏称笑中看[3]。烛影烘寒成暖,花色照人如昼,一坐有馀欢[4]。酒滟浮金琖,香缕霭雕盘[5]。碧簪横,银漏永,玉樽干[6]。喧春鼓吹,翠袖起舞佩珊珊[7]。记得山明水秀,何处朝云暮雨[8],常在梦魂间。多少难言事,都付两眉弯。

(原载近人朱祖谋编 1922 年第三次校补本《彊村丛书》本《应斋词》;录自唐圭璋编《全宋词》,中华书局 1965 年 6 月第 1 版,第 3 册,第 1987 页)

【注　释】

[1]水调歌头:参见本卷《诗歌部》中册蔡伸《水调歌头》注[1]。赵善括此词双调,九十五字。前段九句,四平韵;后段十句,四平韵。

[2]碧云:青云;碧空中的云。〔南朝·梁〕江淹《杂体诗·效惠休〈别怨〉》:"日暮碧云合,佳人殊未来。"〔唐〕张铣注:"碧云,青云也。"(《六臣注文选》卷三十一)

初返岫(xiù):刚返回山中。岫,有洞穴的山。《尔雅·释山》:"山有穴为岫。"〔晋〕郭璞注:"谓岩穴。"〔晋〕张协《七命》:"临重岫而揽辔,顾石室而回轮。"〔唐〕李善注引仲长统《昌言》:"闻上古之隐士,或伏重岫之内,窟穷皋之底。"(《文选》卷三十五)〔宋〕韩拙《论山》:"洪谷子云:尖者曰峰,平者曰陵,圆者曰峦,相连者曰岭,有穴曰岫,峻壁曰岩。"(《山水纯全集》)

潦水:雨后的积水。〔宋〕刘攽《南征二首》之一:"潦水江湖大,云山故国遥。"(《彭城集》卷十六)

鸣滩:急流发出响声的河滩。〔宋〕韩淲《过永丰题》:"落日洲渚明,水石鸣滩声。"(《涧泉集》卷二)

[3]兰舟:木兰舟,亦用为小舟的美称。参见本卷《诗歌部》上册晏几道《清平乐》注[2]。〔唐〕韩偓《登楼有题》:"才见兰舟动,仍闻桂楫敲。"(《韩内翰别集》)

容与:随水波起伏动荡貌。〔战国·楚〕屈原《九章·涉江》:"船容与而不进兮,淹回水而凝滞。"(《楚辞章句》卷四)

偏称:最适宜,最合适。〔唐〕刘禹锡《抛球乐词》之一:"最宜红烛下,偏称落花前。"(《刘宾客文集》卷二十七)

[4]馀欢:充分的欢欣。〔唐〕姚合《送韦瑶校书赴越》:"晨省高堂后,余欢杯酒间。"(《姚少监诗集》卷二)

[5]酒滟:酒浮动貌。〔宋〕范祖禹《和王都尉押高丽人燕射北园》:"酒滟尧觞宾已醉,春回汉苑漏初长。"(《范太史集》卷三)

金琖(zhǎn):犹金杯。琖,小杯子,特指酒杯。〔宋〕梅尧臣《吴正仲遗二物咏之·金琖子》:"黄金琖何小,白玉盌无瑕。"(《宛陵集》卷四十四)

香缕:袅袅升腾的香烟。〔宋〕陆游《遣兴》:"汤嫩雪涛翻茗椀,火温香缕上衣篝。"(《剑南诗稿》卷四十)

霭(ǎi)雕盘:笼罩雕花的盘子。霭,笼罩貌。雕盘,刻绘花纹的盘子,精美的盘子。

[6]碧簪:碧玉的簪子。〔宋〕周密《水龙吟》:"应是飞琼仙会。倚凉飙、碧簪斜坠。"(《历代诗余》卷七十五)

银漏:银饰的漏壶。漏壶,古代利用滴水多寡来计量时间的一种仪器。也称"漏刻"。漏壶中插入一根标竿,称为箭。箭下用一只箭舟托着,浮在水面上。水流出或流入壶中时,箭下沉或上升,借以指示时刻。前者叫沉箭漏,后者叫浮箭漏。统称箭漏。中国历史上用得最多、流传最广的是浮箭漏。永,泛指时间和空间长。

玉樽:犹玉杯。樽,酒器,泛指酒杯。〔三国·魏〕曹植《仙人篇》:"玉樽盈桂酒,河伯献神鱼。"(《曹子建集》卷六)

[7]喧春:犹闹春的鼓吹乐。鼓吹,即鼓吹乐,古代的一种器乐合奏曲,亦即《乐府诗集》中的鼓吹曲。用鼓、钲、箫、笳等乐器合奏。源于我国古代民族北狄。汉初边军用之,以壮声威,后渐用于朝廷。〔晋〕崔豹《古今注·音乐》(卷中):"短箫铙歌,军乐也。黄帝使岐伯所作也。所以建武扬德,风劝战士也。《周礼》所谓王大捷,则令凯乐,军大献,则令凯歌者也。汉乐有《黄门鼓吹》,天子所以宴乐群臣。短箫铙歌,鼓吹一章耳,亦以赐有功诸侯。"〔南朝·梁〕沈约《梁鼓吹曲十二首·序》:"鼓吹,宋齐并用汉曲,又充庭用十六曲,梁祖乃去四曲,合日时也。更制新歌以述功德。"(《汉魏六朝百三家集》卷八十八)

翠袖:青绿色衣袖,指代女子。〔宋〕赵彦端《浣溪沙》:"翠袖舞衫何日了,白头归去几时成。老来犹有惜花情。"(《介庵词》)

佩珊珊:犹玉佩声珊珊。佩,古代系于衣带的装饰品,常指珠玉、容刀、帨巾、觿之类。珊珊,玉佩声。〔唐〕白居易《霓裳羽衣歌》:"虹裳霞帔步摇冠,钿璎累累佩珊珊。"(《白氏长庆集》卷二十一)

[8]山明水秀:形容山水秀丽,风景优美。〔宋〕黄庭坚《蓦山溪》:"山明水秀,尽属诗人道。"(《山谷词》)

朝云暮雨:语出〔战国·楚〕宋玉《高唐赋·序》:"妾在巫山之阳,高丘之阻,旦为朝云,暮为行雨。朝朝暮暮,阳台之下。"(《文选》卷十九)

水调歌头
奉饯冠之之行[1]

佳客志淮海,贱子设樽罍[2]。楚江昨夜清涨,短棹已安排[3]。休问南楼风月,且念阳台云雨[4],几日却重来。银烛正凝泪,画鼓且休催[5]。彩云飞,黄鹤举[6],两徘徊。林泉归去高卧,回首笑尘埃。我唱更凭君和,君起谁同我舞,莫惜玉山颓[7]。他日扬州路,散策愿相陪[8]。

(原载近人朱祖谋编 1922 年第三次校补本《彊村丛书》本《应斋词》;录自唐圭璋编《全宋词》,中华书局 1965 年 6 月第 1 版,第 3 册,第 1989 页)

【注 释】

[1]奉饯:设酒食送行。奉,敬辞。〔唐〕李白诗题:《鸣皋歌奉饯从翁清归五崖山居》(《李太白文集》卷六)。〔唐〕刘长卿诗题:《奉饯郑中丞罢浙西节度还京》(《刘随州集》卷七)。

冠之:即章甫,字冠之。参见本卷《诗歌部》下册赵善括《柳梢青》注[1]。

[2]佳客:嘉宾,贵客。〔南朝·梁〕沈约《华阳先生登楼不复下赠呈》:"衔书必青鸟,佳客信龙镳。"(《汉魏六朝百三家集》卷八十八)这里当指章冠之。

志淮海:犹志在淮海。这里是指章冠之将赴淮海地区。淮海以今江苏扬州为中心的淮河以北,及海州(今连云港西南)一带。

贱子:谦称自己。〔唐〕杜甫《奉赠韦左丞丈二十二韵》:"丈人试静听,贱子请具陈。"(《杜诗详注》卷一)

设樽罍(léi)：谓设酒。樽，盛酒器。罍，亦胜酒器，外形或圆或方，小口，广肩，深腹，圈足，有盖和鼻，与壶相似。多用青铜铸造，亦有陶制的。〔唐〕皮日休《初冬偶作寄南阳润卿》："寓居无事入清冬，虽设樽罍酒半空。"（《全唐诗》卷六百十四）

[3]楚江：楚境内的江河。〔唐〕李白《望天门山》："天门中断楚江开，碧水东流至北回。"（《李太白集注》卷二十一）

短棹(zhào)：划船用的小桨，指代小船。〔唐〕戴叔伦《泛舟》："孤尊秋露滑，短棹晚烟迷。"（《全唐诗》卷二百七十三）

[4]阳台云雨：典出〔战国·楚〕宋玉《高唐赋·序》："昔者先王尝游高唐，怠而昼寝，梦见一妇人曰：'妾巫山之女也，为高唐之客。闻君游高唐，愿荐枕席。'王因幸之。去而辞曰：'妾在巫山之阳，高丘之阻，旦为朝云，暮为行雨。朝朝暮暮，阳台之下。'"（《文选》卷十九）参见本卷《诗歌部》上册张泌《经旧游》注[3]。

[5]银烛：指银质烛台上的烛光。〔唐〕罗隐《帘》："迭影重纹映画堂，玉钩银烛共荧煌。"（《罗昭谏集》卷四）

凝泪：指蜡泪凝结。〔宋〕苏轼《和人回文五首》之四："前堂画烛夜凝泪，半夜清香荔惹衾。"（《东坡全集》卷二十九）

画鼓：有彩绘的鼓。〔唐〕白居易《柘枝妓》："平铺一合锦筵开，连击三声画鼓催。"（《白氏长庆集》卷二十三）

[6]黄鹤举：黄鹤，即鹤；或指黄鹄。举，飞，飞起。〔唐〕李白《古风五十九首》之十五："方知黄鹤举，千里独徘徊。"（《李太白集注》卷二）

[7]玉山颓：犹玉山倒。〔南朝·宋〕刘义庆《世说新语·容止》（卷下之上）："嵇叔夜之为人也，岩岩若孤松之独立；其醉也，傀俄若玉山之将崩。"后因以"玉山倒"或"玉山颓"形容人酒醉欲倒之态。〔宋〕司马光《送酒与邵尧夫》："莫作林间独醒客，任从花笑玉山颓。"（《传家集》卷十）

[8]扬州：隋开皇九年(589)改吴州置，治所在江都县(今江苏扬州市)。参见本卷《诗歌部》上册苏轼《江城子》注[7]。〔宋〕晁补之《送欧诚发》："春风共载扬州路，屈指都疑梦夜阑。"（《鸡肋集》卷十七）

散策：拄杖散步。〔唐〕杜甫《郑典设自施州归》："北风吹瘴疠，羸老思散策。"（《九家集注杜诗》卷十三）

丁 逢

【作者简介】

丁逢,字端叔。晋陵(今江苏武进)人。孝宗乾道中进士,为激赏所幹官,除国子监书库官。历知安丰、盱眙、婺、庐等州军,潼川路转运使。宁宗庆元四年(1198)以行司农少卿兼知临安。曾一度闲居,晚年知郴州(《舆地纪胜》卷五十七引王希居《送丁端叔守郴州》"燕居九见岁华周,晚得湘湖斗大州")。官至宝谟阁待制。《咸淳临安志》卷四十八有传。

次袁尚书巫山十二峰二十五韵[1]

半雨半晴山弄姿,湿云吹风不成痴。

蘼芜渐遍楚宫碧[2],葡萄未涨巴江迟[3]。

西南大尹初涉境[4],山川效职加瑰奇[5]。

翠屏窥窗故娟妙[6],松峦映掩相参差。

浮云击汰睨青壁[7],灵君一去今安之[8]。

吟情浩荡隘宇宙[9],万景敢云骄莫随[10]。

当年楚境半天下[11],孱王醉梦方昏疲[12]。

珊瑚玉佩赤帝女[13],星髦羽盖蜿旌旗[14]。

锡符赐荣岂无意[15],侍臣托讽褰帱帷[16]。

尹今文采继骚雅[17],梦得诗魂羞竹枝[18]。

吾行一百八盘上[19],钻天但觉天云低。

荒荒野驿虎豹怒[20],阴阴岭树猿猱嬉[21]。

危登险陟倦三伏[22],口呋背浃嗟胡为[23]。

岂知舟行有奇观,山灵秘惜留归时[24]。

青帝白舫凤已具[25],芒鞋布袜将从兹[26]。

胸中邱壑未尘土[27],头上岁月从驱驰。

虽无胜具逐支许[28],尚有乐趣同周施[29]。

何当投劾便归去[30],发船打鼓清江湄[31]。

更催尺一唤公觐[32],同看二六浮修眉[33]。

常山蛇阵想鱼腹[34],建溪龙焙倾蕾颐[35]。

摊钱昼浪看三老[36],杖藜晚岸寻名缁[37]。

昔人汶岭寄书帖[38],更歌蜀道先吁嘻[39],

未若尹外岳牧中丞疑[40]。

惠爱春江之赴沧海[41],清明秋月之挂峨嵋[42]。

尽驱三峡波涛笔,第入思齐访落诗[43]。

（原载〔明〕周复俊《全蜀艺文志》卷九；录自北京
大学古文献研究所编《全宋诗》，北京大学出版
社 1991 年 7 月第 1 版，第 48 册，第 29875 页）

【注　释】

[1]次:犹次韵,依次用所和诗中的韵作诗,也称步韵。参见本卷《诗歌部》上
册王安石《次韵张子野秋中久雨晚晴》注[1]。

袁尚书:指袁说友,参见本卷《诗歌部》下册袁说友《巫山十二峰二十五韵》
【作者简介】。

巫山十二峰:即圣泉峰、登龙峰、朝云峰、神女峰（又称望霞峰）、松峦峰、集仙
峰、翠屏峰、聚鹤峰、飞凤峰、净坛峰、起云峰、上升峰。参见本卷《诗歌部》上册张
泌《经旧游》注[4]。

[2]蘼芜(míwú):草名,芎藭的苗,叶有香气。《山海经·西山经》(卷二):
"(浮山)有草焉,名曰熏草,麻叶而方茎,赤华而黑实,臭如蘼芜,佩之可以已疠。"
〔晋〕郭璞注:"蘼芜,香草。《易》曰:其臭如兰。"

渐遍:渐,淹没。〔战国·楚〕宋玉《招魂》:"皋兰被径兮斯路渐。"〔汉〕王逸
注:"渐,没也。言泽中香草茂盛,覆被径路,人无采取者,水来增溢,渐没其道,将
至弃捐也。"(《楚辞章句》卷九)渐遍,犹言覆盖、淹没遍了。

楚宫:古楚国的宫殿,传说中楚王在巫山的行宫,古代诗词中亦为《高唐赋》

丁
逢
103

系列典故中的语汇之一。参见本卷《诗歌部》上册梅尧臣《送刘子思殿丞宰巫山》注[7]。

[3]葡萄未涨：犹言春水未涨。葡萄，指葡萄酒，比喻春水，因其碧绿如葡萄。〔唐〕李白《襄阳歌》："遥看汉水鸭头绿，恰似葡萄初酦醅。此江若变作春酒，垒曲便筑糟丘台。"（《李太白集注》卷七）〔宋〕叶梦得《贺新郎》："江南梦断横江渚。浪黏天、葡萄涨绿，半空烟雨。"（《石林词》）

巴江：巴地之江，指峡江。〔唐〕孟郊《巫山曲》："巴江上峡重复重，阳台碧峭十二峰。"（《孟东野诗集》卷一）迟，指春水未涨，时令为迟。

[4]大尹：对府县行政长官的称呼。西南大尹，指袁说友。庆元三年（1197），袁为四川制置使兼知成都府，故有此称。

[5]效职：尽职。〔唐〕韩愈《贺雨表》："龙神效职，雷雨应期。"（《东雅堂昌黎集注》卷四十）

加瑰奇：犹言更加美好特出，珍奇。按：此句是说，山川因四川制置使到来而竭尽职守，更加美好瑰丽奇异。

[6]翠屏窥窗：翠屏，指翠屏峰。窥窗，在窗口偷看。〔唐〕韩愈《题百叶桃花》："百叶双桃晚更红，窥窗映竹见玲珑。"（《东雅堂昌黎集注》卷九）

娟妙：秀美。〔唐〕杜甫《大历三年春白帝城放船出瞿唐峡久居夔府将适江陵漂泊有诗凡四十韵》："神女峰娟妙，昭君宅有无。"（《九家集注杜诗》卷三十三）

[7]浮云：飘动的云。〔战国·楚〕宋玉《九辩》："块独守此无泽兮，仰浮云而永叹。"（《楚辞章句》卷八）

击汰：拍击波浪。汰，水波。〔战国·楚〕屈原《九章·涉江》："乘舲船余上沅兮，齐吴榜以击汰。"〔汉〕王逸注："汰，水波也。言己始去，乘窗舲之船，西上沅湘之水，士卒齐举大棹而击水波。"（《楚辞章句》卷四）

睨（nì）：斜视。《礼记·中庸》："执柯以伐柯，睨而视之，犹以为远。"（《礼记注疏》卷五十二）

青壁：青色的山壁。《晋书·隐逸传·宋纤》（卷九十四）："（马岌）铭诗于石壁曰：'丹崖百丈，青壁万寻。'"〔唐〕柳宗元《永州万石亭记》："其上青壁斗绝，沈于渊源，莫究其极。"（《柳河东集注》卷二十七）

[8]灵君：指神灵。〔宋〕叶适《和答徐斯远兼简赵昌甫韩仲正》："江东文士称数人，宝冠霞佩朝灵君。"（《水心集》卷六）

今安之：犹言如今到哪里去了？安，代词，表示疑问，相当于"什么地方"。之，动词，往，至。《诗经·墉风·载驰》："百尔所思，不如我所之。"（《毛诗注疏》卷四）

[9]吟情：诗情，诗兴。〔唐〕郑谷《送进士韦序赴举》："秋山晚水吟情远，雪竹

风松醉格高。"(《云台编》卷下)

浩荡:广大旷远。〔战国·楚〕屈原《九歌·河伯》:"登昆仑兮四望,心飞扬兮浩荡。"(《楚辞章句》卷二)〔唐〕杜甫《赠虞十五司马》:"凄凉怜笔势,浩荡问词源。"〔清〕仇兆鳌注:"浩荡,旷远也。"(《杜诗详注》卷十)

隘宇宙:犹充盈宇宙。隘,通"溢",充盈。〔唐〕杜甫《草堂》:"城郭喜我来,宾客隘村墟。"隘,一本作"溢"。宇宙,天地。《淮南子·原道训》:"横四维而含阴阳,纮宇宙而章三光。"〔汉〕高诱注:"四方上下曰宇,古往来曰宙,以喻天地。"(《淮南鸿烈解》卷一)

[10]万景:犹万种景象。〔唐〕刘禹锡《八月十五日夜玩月》:"暑退九霄净,秋澄万景清。"(《刘宾客文集》卷二十二)

敢云:犹言岂敢说。敢,不敢,岂敢,表示反诘。《左传》昭公二年:"寡君命下臣来继旧好,好合使成,臣之禄也。敢辱大馆?"〔晋〕杜预注:"敢,不敢。"(《春秋左传注疏》卷四十二)

骄莫随:犹言骄狂不予追随。此二句是说诗情充溢宇宙万景岂敢说骄狂不追随?

[11]"当年"句:楚,古国名,芈姓,始祖鬻熊。西周时立国于荆山一带,都丹阳(旧说今湖北秭归东南,近年来考古界认为丹阳故城在今湖北沮漳河流域)。周人称为荆蛮。后建都于郢(今湖北江陵西北纪王城)。春秋战国时国势强盛,疆域由湖北、湖南扩展到今河南、安徽、江苏、浙江、江西和重庆。为五霸七雄之一,故有"楚境半天下"之称。战国末,渐弱,屡败于秦,迁都陈(今河南淮阳),又迁寿春(今安徽寿县)。公元前223年为秦所灭。

[12]孱(chán)王:懦弱的君王。《史记·张耳陈馀列传》(卷八十九):"赵相贯高、赵午等年六十余,故张耳客也。生平为气,乃怒曰:'吾王孱王也!'"〔南朝·宋〕裴骃集解引孟康曰:"音如'潺湲'之'潺'。冀州人谓懦弱为孱。"〔唐〕司马贞索隐:"弱小貌也。"这里指楚襄王。楚国的衰败从他开始。

方昏疲:正困倦。方,副词,表示某种状态正在持续或某种动作正在进行,犹正。《左传》定公四年:"国家方危,诸侯方贰,将以袭敌,不亦难乎?"(《春秋左传注疏》卷五十四)昏疲,困倦。〔宋〕苏轼《答李邦直》:"径饮不觉醉,欲和先昏疲。"(《东坡诗集注》卷十二)

[13]珊瑚:由珊瑚虫分泌的石灰质骨骼聚结而成的东西,状如树枝,多为红色,也有白色或黑色的。鲜艳美观,可做装饰品。〔三国·魏〕曹植《美女篇》:"明珠交玉体,珊瑚间木难。"(《文选》卷二十七)

玉佩:古人佩挂的玉制装饰品。〔三国·魏〕曹植《洛神赋》:"愿诚素之先达兮。解玉佩以要之。"(《文选》卷十九)

赤帝女：指巫山神女。〔战国·楚〕宋玉《高唐赋》李善注："《襄阳耆旧传》曰：'赤帝女曰瑶姬，未行而卒，葬于巫山之阳，故曰巫山之女。楚怀王游于高唐，昼寝，梦见与神遇，自称是巫山之女，王因幸之。'"（《文选》卷十九）

[14]星旄(shāo)：旌旗上所垂的羽毛，如彗星曳尾，故称"星旄"。《汉书·司马相如传下》（卷五十七下）："垂旬始以为幓兮，曳彗星而为旄。"

羽盖：古时以鸟羽为饰的车盖。《周礼·春官·巾车》："连车，组挽。有翣，羽盖。"〔汉〕郑玄注："连车不言饰，后居宫中从容所乘，但漆之而已。为辇轮，人挽之以行。有翣，所以御风尘。以羽作小盖，为翳日也。"（《周礼注疏》卷二十七）

蜺(ní)旌旗：彩饰之旗。蜺，副虹。又称雌虹、雌蜺。雨后或日出、日没之际天空中所现的七色光弧分为内外二环，内环称虹，也称正虹、雄虹；外环称蜺，也称副虹、雌虹或雌蜺。蜺旌旗，犹言旌旗像蜺一样鲜艳。通常称"蜺旌"，〔汉〕司马相如《上林赋》："拖蜺旌，靡云旗。"〔唐〕李善注引张揖曰："析羽毛，染以五采，缀以缕为旌，有似虹蜺之气也。"（《文选》卷八）这里因字数的需要，写作"蜺旌旗"。

[15]锡符：赐给符信。锡，赐予。《诗经·大雅·崧高》："既成藐藐，王锡申伯。四牡蹻蹻，钩膺濯濯。"〔汉〕郑玄笺："召公营位，筑之已成，以形貌告于王，王乃赐申伯。"（《毛诗注疏》卷二十五）《战国策·秦策三》："穰侯使者，操王之重，决裂诸侯，剖符于天下，征敌伐国，莫敢不听。"〔宋〕鲍彪注："符，信也，谓军符。汉制，以竹，长六寸，分而相合。"〔元〕吴师道补正："《汉文纪》云：'郡国守相为铜虎符、竹使符。'《索隐》云：'《汉旧仪》，铜虎符发兵，竹使符出入征发。'"（《战国策校注》卷三）

赐荣：犹赐予荣耀。

[16]侍臣：侍奉帝王的廷臣。〔宋〕曾巩《上欧阳舍人书》："朝夕出入在左右，侍臣之任也。"（《元丰类稿》卷十五）这里指宋玉。

托讽：托物讽喻。即寄意于相关事物，用委婉的言语进行劝说。在关于宋玉作《高唐赋》、《神女赋》的用意的研究中，历来有"讽喻"之说，参见本卷《诗歌部》中册范成大《巫山高并序》注[16]。

褰(qiān)裯(chóu)帷：犹撩开床上的帷帐。语出〔战国·楚〕宋玉《神女赋》："褰余裯而请御兮，愿尽心之惓惓。"（《文选》卷十九）褰，撩起，用手提起。《礼记·曲礼上》："冠毋免，劳毋袒，暑毋褰裳。"〔汉〕郑玄注："褰，揭也。"（《礼记注疏》卷二）裯帷，床帐。裯，〔战国·楚〕宋玉《神女赋》〔唐〕李善注："郑玄《毛诗》笺曰：'裯，床帐也。'"（《文选》卷十九）帷，以布帛制作的环绕四周的遮蔽物。《周礼·天官·幕人》："掌帷、幕、幄、帟、绶之事。"〔汉〕郑玄注："在旁曰帷，在上曰幕；幕或在地，展陈于上。帷、幕皆以布为之。四合象宫室曰幄，王所居之帷也。"（《周礼注疏》卷六）

[17]尹:古代官名,多为主管之官。这里指袁说友。

文采:词藻雅丽,文章华美。《梁书·文学传序》(卷四十九):"其在位者,则沈约、江淹、任昉,并以文采,妙绝当时。"

骚雅:《离骚》与《诗经》中《大雅》、《小雅》的并称。借指由《诗经》和《离骚》所奠定的古诗优秀风格和传统。〔唐〕杜甫《陈拾遗故宅》:"有才继骚雅,哲匠不比肩。"(《九家集注杜诗》卷九)

[18]梦得:唐代诗人刘禹锡字梦得。刘禹锡(772—842),字梦得,洛阳(今属河南洛阳市)人。一作彭城人。贞元九年(793)擢进士第,登博学宏词科,授监察御史。因参加王叔文集团,反对宦官和藩镇割据势力,王叔文失败,他牵连坐罪,被贬为朗州司马,后又迁任连州、夔州、和州等州刺史。后得裴度力荐,任太子宾客,加检校礼部尚书,世称刘宾客。刘禹锡和柳宗元交谊很深,人称"刘柳",后与白居易唱和甚多,也并称"刘白"。

诗魂:诗人的精神。〔宋〕韩琦《秋晚赴先茔马上》:"林疏山骨清弥瘦,天阔诗魂病亦豪。"(《安阳集》卷十八)

羞竹枝:犹言令《竹枝》感到羞愧。按:此言意为使原生的未曾加工整理的民间竹枝词为之羞愧,而非指《竹枝词》这种诗歌形式。相反,刘禹锡是汲取民间《竹枝词》的营养,开文人《竹枝词》的先河的前驱。穆宗长庆二年春至四年夏(822—824)刘禹锡任夔州刺史,在居官夔州期间,诗人受到民风乡俗的熏陶,流行在三峡地区民间的竹枝词在"诗豪"的手里剪裁滋润,在文坛上吐露出芳华。刘禹锡有名的《竹枝词引》记载了他写竹枝的缘由和初衷:"四方之歌,异音而同乐。岁正月,余来建平,里中儿联歌竹枝,吹短笛击鼓以赴节。歌者扬袂睢舞,以曲多为贤。聆其音,中黄钟之羽。卒章激讦如吴声,虽伧伫不可分,而含思宛转,有淇濮之艳。昔屈原沅湘间,其民迎神,词多鄙陋。乃为作《九歌》。到于今,荆楚鼓舞也。故余亦作《竹枝》九篇,俾善歌者扬之。附于末。后之聆巴歈,知变风之自焉。"(《刘宾客文集》卷二十七)虽然,在刘禹锡以前有许多文人唱过、写过竹枝词,但能让竹枝词步入诗坛,开拓出一片新天地的,还是功推刘禹锡。他写了两组竹枝词,总共11首。几乎首首珠圆玉润,脍炙人口,特别引人注目。黄庭坚曾评价说:"刘梦得《竹枝》九章,词意高妙,元和间诚可以独步!道风俗而不俚,追古昔而不愧。比之杜子美《夔州歌》所谓同工而异曲也。昔子瞻尝闻咏第一篇,叹曰:此奔轶绝尘,不可追也。"(〔宋〕魏庆之《诗人玉屑》卷十五)

[19]一百八盘:在今巫山县南陵山,是通往施州、黔州的大道,至今仍存。道随山势,盘旋而上,有一百零八道弯,故称。黄庭坚绍圣二年(1095)由此赴黔州贬所。参见本卷《诗歌部》上册黄庭坚《竹枝词二首并跋》注[6]。

[20]荒荒:萧条,冷落。〔宋〕郭祥正《藏舟浦》:"金城北荒荒,野水连云白。"

（《青山集》卷十六）

野驿:郊野的驿站。〔唐〕王建《秋日送杜虔州》:"野驿烟火湿,路人消息狂。"（《王司马集》卷四）

[21]阴阴(yìn):荫蔽覆盖貌。〔唐〕杜甫《水宿遣兴奉呈群公》:"嶷嶷瑚琏器,阴阴桃李蹊。"（《九集集注杜诗》卷三十四）

猿猱(náo):猿和猱。猿,灵长类动物。哺乳纲。似猴而大,没有颊囊和尾巴。生活在森林中。种类很多,有猩猩、长臂猿等。〔战国·楚〕屈原《九歌·山鬼》:"雷填填兮雨冥冥,猨(猿)啾啾兮又夜鸣。"（《楚辞章句》卷二）猱,猿类。身体便捷,善攀援。《诗经·小雅·角弓》:"毋教猱升木。"〔汉〕毛亨传:"猱,猨属。"〔汉〕郑玄笺:"猱之性善登木。"（《毛诗注疏》卷二十二）猿猱,亦泛指猿猴之类。

[22]危登险陟(zhì):犹言攀登危险的地方。登,攀登。陟,由低处向高处走,与"降"相对。《诗经·周南·卷耳》:"陟彼崔嵬,我马虺隤。"（《毛诗注疏》卷一）

三伏:即初伏、中伏、末伏。农历夏至后第三庚日起为初伏,第四庚日起为中伏,立秋后第一庚日起为末伏。是一年中最热的时候。《初学记》（卷四）引《阴阳书》:"从夏至后第三庚为初伏,第四庚为中伏,立秋后初庚为后伏,谓之三伏。"

[23]口呿(qù):犹口张,呿,张口貌。《庄子·秋水》:"公孙龙口呿而不合,舌举而不下。"陆德明释文引司马彪云:"呿,开也。"（〔唐〕陆德明《经典释文·庄子音义中》,中华书局1983年9月第1版,第383页）

背浃:犹背汗湿。浃,浸透。〔宋〕邹浩《仲孺督烹小团既而非真物也怅然次韵以谢不敏》:"仰止一喟然,背浃欲流泄。"（《道乡集》卷三）

嗟(jiē)胡为:感叹这是为了什么。

[24]山灵:犹山神。〔北周〕庾信《谢周明帝赐丝布等启》:"所谓舟檝无岸,海若为之反风;荞麦将枯,山灵为之出雨。"（《庾开府集笺注》卷六）

秘惜留归时:其意是说,私下珍惜未露,而留待归时展现。

[25]青帘白舫:挂酒旗的白木船。青帘,旧时酒店门口挂的幌子。多用青布制成。白舫,白木的船。〔唐〕杜甫《送李八秘书赴杜相公幕》:"青帘白舫益州来,巫峡秋涛天地回。"（《九家集注杜诗》卷二十九）

夙(sù)已具:平时就已经备下。

[26]芒鞋布袜:用芒茎外皮编织成的鞋,即草鞋和用布做的袜子。

将从兹:犹言将从此启程。

[27]邱壑:山陵和溪谷。邱,同"丘"。胸中丘壑,谓胸中的谋略、构思、情怀等等。〔宋〕李弥逊《次韵李丞相送行二首》之一:"笔下风云作时雨,胸中丘壑作阳春。"（《筠溪集》卷十六）

[28]胜具:优越美好的才具、才能。〔宋〕宋祁《咏石》:"胜具论终古,寻幽属政成。待时藏磊落,得地斗峥嵘。"(《景文集》卷二十一)

　　支许:晋高僧支遁和高士许询的并称。两人友善,皆善谈佛经与玄理。〔南朝·宋〕刘义庆《世说新语·文学》(卷上之下):"支道林、许掾诸人共在会稽王斋头,支为法师,许为都讲,支通一义,四坐莫不厌心;许送一难,众人莫不抃舞,但共嗟咏二家之美,不辩其理之所在。"后以喻僧人和文士的交谊。〔唐〕杜甫《西枝村寻置草堂地夜宿赞公土室》之二:"从来支许游,兴趣江湖迥。"杨伦注:"谓支遁、许询。"(《九家集注杜诗》卷五)逐支许,犹追逐支许,即效法之意。

　　[29]周施:周济施舍。《后汉书·独行传·刘翊》(卷一百十一):"(翊)家世丰产,常能周施而不有其惠。"

　　[30]何当:犹何日,何时。〔唐〕李商隐《夜雨寄北》:"何当共剪西窗烛,却话巴山夜雨时。"(《李义山诗集注》卷一上)

　　投劾:呈递弹劾自己的状文。古代弃官的一种方式。《东观汉记·崔篆传》(卷十六):"'吾闻伐国不问仁人,战阵不访儒士,此举奚至哉?'遂投劾归。"

　　[31]江湄:江边。湄,岸边水和草相接的地方。〔唐〕张九龄《夏日奉使南海在道中作》:"朝发高山阿,夕济长江湄。"(《曲江集》卷四)

　　[32]尺一:亦称"尺一牍"、"尺一板"。古时诏板长一尺一寸,故称天子的诏书为"尺一"。〔宋〕苏轼《元祐六年六月自杭州召还汶公馆我于东堂阅旧诗卷次诸公韵三首》之三:"尺一东来唤我归,衰年已迫故山期。"(《东坡全集》卷十九)

　　唤公觐(jìn):召唤您入朝觐见。觐,朝见帝王。〔唐〕权德舆《唐赠兵部尚书宣公陆贽翰苑集序》:"觐见之日,天子为之兴,改容叙吊,优礼如此。"(《唐文粹》卷九十一)

　　[33]二六:犹十二。这里指巫山十二峰。

　　修眉:修长而美丽的眉毛。〔宋〕柳永《少年游》:"修眉敛黛,遥山横翠,相对结春愁。"(《乐章集》)这里是形容巫山十二峰像浮在江上的修眉。

　　[34]常山蛇阵:常山蛇,古代传说中一种能首尾互相救应的蛇。后因以喻首尾相顾的阵势。《孙子·九地》:"故善用兵者,譬如率然。率然者,常山之蛇也。击其首则尾至,击其尾则首至,击其中则首尾俱至。"《晋书·桓温传》(卷九十八):"初诸葛亮造八阵图于鱼复平沙之上,垒石为八行,行相去二丈,温见之谓'此常山蛇势也'。"

　　鱼腹:今重庆市奉节县古称鱼复,又作鱼腹。〔清〕郑玉选主修,焦懋熙等纂修;光绪十九年(1893)刊本《奉节县志·沿革》(卷二):"春秋时庸国之鱼邑,属楚。秦为鱼复县,属巴郡。汉为鱼复治,设都尉。汉末徙治白帝,为巴东郡治。蜀汉改永安县。晋仍为鱼复县。西魏改曰人复,属信州;又改曰阳口县。唐贞观中为奉节县。"

[35]建溪：闽江北沅。在今福建省北部，由南浦溪、崇阳溪、松溪合流而成。南流至南平市和富屯溪、沙溪会合为闽江。长296公里，亦名剑溪，又名延平津。其流域是著名的产茶区。〔宋〕杨万里《朝饭罢登净远亭》："传呼惠山水，来瀹建溪茶。"（《诚斋集》卷十一）

龙焙(bèi)：茶名。〔宋〕苏轼《西江月·茶词》："龙焙今年绝品，谷帘自古珍泉。"（《东坡词》）

蟇(má)颐：即蟆颐山，在今四川省眉山县。〔宋〕乐史《太平寰宇记·剑南西道·眉州》（卷七十四）："蟇颐山在州东七里，形如虾蟆颐。"《御定月令辑要·正月令》（卷五）："游蟇颐山：原苏辙《踏青诗序》：'眉之东门十数里，有山曰蟇颐山。上有亭榭，松竹，下临大江。每正月人日，士女相与游嬉，饮酒玉其上，谓之踏青。'《增名胜志》：'人日出东郊，渡玻瓈江，游蟇颐山，眉之故事也。'陆游诗：'玻瓈江上柳如丝，行乐家家要及时。只怪今朝空巷出，使君人日宴蟇颐。'"

[36]摊钱：犹赌钱。〔唐〕杜甫《夔州歌十绝句》之七："长年三老长歌里，白昼摊钱高浪中。"〔清〕仇兆鳌注："曾季狸《艇斋诗话》：'摊钱，即摊赌也。'"（《杜诗详注》卷十五）

三老：舵工。〔唐〕杜甫《拨闷》："长年三老遥怜汝，捩舵开头捷有神。"〔清〕仇兆鳌注："蔡注：'峡中以篙师为长年，舵工为三老。'邵注：'三老，捩船者，长年，开头者。'"（《杜诗详注》卷十四）〔宋〕陆游《入蜀记》（卷三）："问何谓长年三老，云梢工是也。"

[37]杖藜(lí)：谓拄着手杖行走。藜，野生植物，茎坚韧，可为杖。〔唐〕杜甫《暮归》："年过半百不称意，明日看云还杖藜。"（《九集集注杜诗》卷三十四）

名缁(zī)：指名僧。缁，黑色僧衣。〔唐〕柳宗元《法华寺石门精室三十韵》："愿言怀名缁，东峰旦夕仰。"（《柳河东集注》卷四十三）

[38]"汶(mín)岭"句：〔晋〕王羲之《十七帖》有"登汶岭、峨眉而旋，实不朽之盛事"等语。汶岭，即"岷岭"，汶，"岷"古字。

[39]"更歌"句：犹言再吟诵《蜀道难》先发出叹息。按：〔唐〕李白《蜀道难》云："噫吁嚱，危乎高哉！蜀道之难难于上青天！"（《李太白集注》卷三）

[40]未若：不如，比不上。〔三国·魏〕曹丕《典论·论文》："盖文章经国之大业，不朽之盛事，年寿有时而尽，荣乐止乎其身，二者必至之常期，未若文章之无穷。"（《汉魏六朝百三家集》卷二十四）

尹外岳牧：犹言在外任职的地方要员。岳牧，传说为尧舜时四岳十二牧的省称。语本《尚书·周官》："曰唐虞稽古，建官惟百，内有百揆四岳，外有州牧侯伯。"《史记·伯夷列传》："尧将逊位，让于虞舜，舜禹之间，岳牧咸荐，乃试之于位,典职数十年。"后用"岳牧"泛称封疆大吏。

中丞:汉代御史大夫下设两丞,一称御史丞,一称中丞。中丞居殿中,故以为名。东汉以后,以中丞为御史台长官。此二句是说蜀道再难也不如在外任官员被朝中大臣怀疑。

[41]惠爱:犹仁爱。《韩非子·奸劫弑臣》:"哀怜百姓不忍诛罚者,此世之所谓惠爱也。"

此句是说仁爱有如春江之赴沧海。

[42]清明:指政治有法度,有条理。《诗经·大雅·大明》:"肆伐大商,会朝清明。"〔汉〕毛亨传:"不崇朝而天下清明。"(《毛诗注疏》卷二十三)

峨嵋:山名。也写作峨眉、峩眉。在四川峨眉县西南,因山势逶迤,有山峰相对如蛾眉,故名。参见本卷《诗歌部》下册李嘉谋《次袁尚书巫山十二峰二十五韵》注[43]。此句是说清明犹如秋月之挂峨嵋。

[43]"第入"句:语出〔宋〕黄庭坚《以团茶洮州绿石研赠无咎文潜》:"请书元祐开皇极,第入《思齐》《访落》诗。"(《山谷集》卷三)第入,品第入于。思齐,《诗经》篇目。《诗经·大雅·思齐》:"思齐大任,文王之母。"〔汉〕毛亨传:"齐,庄也。"〔汉〕郑玄笺:"常思庄敬者,大任也,乃为文王之母。"(《毛诗注疏》卷二十三)后因以"思齐"赞美母教及内助之词。访落,《诗经》篇目。《诗经·周颂·访落序》:"《访落》,嗣王谋于庙也。"〔汉〕毛亨传:"访,谋。落,始。"〔汉〕郑玄笺:"成王始即政,自以承圣父之业,惧不能遵其道德。故于庙中与群臣谋我始即政之事。"(《毛诗注疏》卷二十八)后因以"访落"谓嗣君与群臣谋商国事。

韩 玉

【作者简介】

韩玉,字温甫。隆兴初,自金投宋。乾道二年(1166),添差通判隆兴府。勒停,送柳州羁管。五年(1169),添差袁州通判。六年(1170),右承务郎、军器少监,兼权兵部郎官。七年(1171),兼提点御前军器所。

番枪子[1]

莫把团扇双鸾隔[2]。要看玉溪头、春风客[3]。妙处风骨潇闲,翠罗金缕瘦宜窄[4]。转面两眉攒、青山色[5]。　　到此月想精神,花似秀质[6]。待与不清狂、如何得[7]。奈向难驻朝云[8],易成春梦恨又积。送上七香车、春草碧[9]。

(原载武进陶氏影汲古阁抄本《东浦词》;录自唐圭璋编《全宋词》,中华书局1965年6月第1版,第3册,第2056页)

【注　释】

[1]番枪子:词牌名。《词谱》(卷十七):"《番枪子》,调见金韩玉《东浦词》。李献能因此词后段结句有'春草碧'句,更名《春草碧》。"《词谱》以韩玉此词为此调正体:双调,七十五字。前段五句,四仄韵;后段六句,四仄韵。按:《词谱》将韩玉作为金人,《全宋词》则作为宋人,小传云:"隆兴初,自金投宋。"又,《词谱》后段"送上七香车"后为"读",《全宋词》无句读,今从《全宋词》。

[2]团扇:圆形有柄的扇子。古代宫内多用之,又称宫扇。〔南朝·梁〕何逊《拟青青河畔草转韵体为人作其人识节工歌》:"歌筵掩团扇,何时一相见。"(《何水部集》)

双鸾:鸾,传说中凤凰一类的鸟。双鸾,喻情侣。此句意为:莫用团扇隔断了情人。

〔3〕玉溪:溪流的美称。〔唐〕贾岛《莲峰歌》:"锦砾潺湲玉溪水,晓来微雨藤花紫。"(《全唐诗》卷五百七十四)头,犹边,畔。〔唐〕王绩《晚年叙志示翟处士》:"归来南亩上,更坐北溪头。"(《东皋子集》卷中)

春风客:春风中的人儿,客,对人的客气称呼。〔宋〕郭印《诸公咏竹以笼竹和烟滴露梢为韵得滴字》:"与君期岁寒,勿作春风客。"(《云溪集》卷五)

〔4〕翠罗:绿色的丝织物。〔唐〕许浑《韶州韶阳楼夜宴》:"待月西楼卷翠罗,玉杯瑶瑟近星河。"(《丁卯诗集》卷上)

金缕:指金缕衣。以金丝编织的衣服。〔唐〕李白《赠裴司马》:"翡翠黄金缕,绣成歌舞衣。若无云间月,谁可比光辉。"(《李太白文集》卷八)

〔5〕眉攒(cuán):犹眉皱。〔宋〕黄庭坚《老杜浣花溪图引》:"中原未得平安报,醉里眉攒万国愁。"(《山谷外集诗注》卷十六)青山色,形容眉毛。

〔6〕月想精神:犹言看见月亮就想起了她的风采神韵。

花似秀质:犹言花像她的美质。

〔7〕清狂:放逸不羁。〔唐〕李白《陪侍郎叔游洞庭醉后三首》之一:"今日竹林宴,我家贤侍郎。三杯容小阮,醉后发清狂。"(《李太白文集》卷十七)

〔8〕朝云:语出〔战国·楚〕宋玉《高唐赋·序》:"……去而辞曰:'妾在巫山之阳,高丘之阻,旦为朝云,暮为行雨。朝朝暮暮,阳台之下。'"(《文选》卷十九)喻情爱。

〔9〕七香车:用多种香料涂饰或用多种香木制作的车,亦泛指华美的车。〔唐〕白居易《石上苔》:"路傍凡草荣遭遇,曾得七香车辗来。"(《白氏长庆集》卷三十五)

何令修

【作者简介】

何令修,淳熙间仁寿人。

望江南[1]

登龙脊,抚剑一长歌。巫峡峰高腾凤鹤,夔门波阔失蛟鼍[2]。东望意如何[3]。

（原载《历代词人考略》引石刻拓本；录自唐圭璋编《全宋词》,中华书局 1965 年 6 月第 1 版,第 3 册,第 2066 页）

【注　释】

［1］望江南:词牌名。《词谱》(卷一)调名《忆江南》,其云:"《忆江南》,宋王灼《碧鸡漫志》:此曲自唐至今,皆'南吕宫',字字皆同,止是今曲两段,盖近世曲子无单遍者。按唐段安节《乐府杂录》:此词乃李德裕为谢秋娘作,故名《谢秋娘》,因白居易词更今名,又名《江南好》。又因刘禹锡词有'春去也,多谢洛城人'句,名《春去也》;温庭筠词有'梳洗罢,独倚望江楼'句,名《望江南》;皇甫松词有'闲梦江南梅熟日'句,名《梦江南》,又名《梦江口》;李煜词名《望江梅》。此皆唐词单调,至宋词始为双调。王安中词有'安阳好,曲水似山阴'句,名《安阳好》;张滋词有'飞梦去,闲到玉京游'句,名《梦仙游》;蔡真人词有'铿铁板,闲引步虚声'句,名《步虚声》。宋自逊词名《壶山好》;丘长春词名《望蓬莱》;《太平乐府》名《归塞北》,注:'大石调。'"〔清〕毛先舒《填词名解》(卷一):"《望江南》,双调曲。始名《谢秋娘》,盖李太尉为亡妓谢秋娘(《钗小志》作谢秋姬——括号里的文字原为双行夹注,下同)撰。(《乐府杂录》、《西溪丛话》皆云云。《墅谈》云:非也。)后

改今名,亦名《梦江南》。(今《教坊记》载《望江南》、《梦江南》,分作二曲。)亦名《归塞北》。白乐天作单调者,名《忆江南》,又名《江南好》,又名《梦江口》。宋王灼云:此曲自唐至今,皆'南宫'(《碧鸡漫志》云:今入'大石调')。字句亦同,但今曲两段,盖近世曲无单遍者耳。(案:隋炀帝湖上八阕,已是双调,而绍兴中韩夫人词乃单遍,灼语未必然也。)沈际飞云:又名《望江梅》,又名《梦游仙》。先舒案:古乐府有《江南弄》,中分《龙笛》、《采莲》、《赵瑟》、《秦筝》等曲。梁武帝、简文帝、陈后主、沈约、吴钧诸人,咸有其作。《乐录》云:《江南弄》三洲韵和云:'阳春路,娉婷出绮罗',正与填词起句同法。然则《望江南》词,盖昉于此。(案:诸小说称李太尉,不知其名。《情史》以为李靖。后考《杂录》云:珠崖李太尉镇浙日,为亡妓谢秋娘撰。则知是德裕,非靖也。盖德裕凡三镇浙西,会昌四年以宰相兼守太尉,后贬崖州司户,达珠崖而卒,故有珠崖李太尉之称,与景武公了无相涉。臆二李俱封卫国公,必他稗官纪此事有称李卫公者。《情史》据之,遂横以秋娘属靖,恐地下有知,不免文饶目瞋,红拂心妬耳。)"(载北京市中国书店据木石居校本影印〔清〕查培继《词学全书》,1984年1月第1版)何令修此词单调,二十七字,五句,三平韵。

[2]巫峡:长江三峡之一,西起重庆市巫山县大宁河口,东至湖北省巴东县官渡口,全长44.5公里。参见本卷《诗歌部》上册幸寅逊《云》注[7]。巫峡雨,典出〔战国·楚〕宋玉《高唐赋·序》。

夔门:瞿塘峡口两岸悬崖壁立,江流湍急,两山夹一水,俨然如门,故称夔门。为长江三峡之首。号称西蜀门户。夔门外旧有滟滪堆。〔宋〕李流谦《忆乐季和》:"三月春已深,稳下三峡船。夔门有巨舰,谈嬉障百川。"(《澹斋集》卷二)

蛟鼍(tuó):指水中凶猛的鳄类动物。〔唐〕杜甫《送顾八分文学适洪吉州》:"舟楫无根蒂,蛟鼍好为祟。"(《杜诗详注》卷二十二)

[3]作者自注:"丁酉岁不尽六日,武阳何令修奉宪檄东下,道出云安,独游龙脊石,荒江沍寒,水落石出,赋此刻之崖壁,并记岁月,子坝待行。"

何令修

曾 丰

【作者简介】

曾丰(1142—?)（生年据本集卷九《端午家集》"自我生壬戌"推定），字幼度，号樽斋，乐安（今属江西）人。孝宗乾道五年（1169）进士。淳熙九年（1182）知会昌县。十六年（1189），知义宁县。宁宗庆元改元（1195）时，知浦城县。历隆兴、广东、广西帅漕幕，通判广州，知德庆府。享年近八十。有《樽斋先生缘督集》四十卷，宋时曾版行，已佚，元元统间五世孙德安欲重刻，未果。明万历间选刻为十二卷。清四库馆臣据《永乐大典》，辑为《缘督集》二十卷。今存清抄本四十卷，似仍为楚本之旧。事见本集有关诗文及《道园学古录》卷三十四《曾樽斋缘督集序》。

题宜黄邹圣言宜雨亭[1]

佳人一代倾城色[2]，和气醲酣更涂泽[3]。
胭脂凝汁觉差浓[4]，颐颊盎光疑太赤[5]。
水沉浴罢余精神[6]，荡去人伪还天真[7]。
东风吹开巫峡雨[8]，西子化作阳台春[9]。

（原载南京图书馆藏清抄本《樽斋先生缘督集》卷五；录自北京大学古文献研究所编《全宋诗》，北京大学出版社1991年7月第1版，第48册，第30210—30211页）

【注　释】

[1]原题下注："谓海棠也。"

宜黄:县名。三国吴太平二年(257)分临汝县置,属临川郡。治所在今江西宜黄县东。地当宜黄水侧,故名。隋开皇九年(589)废。唐武德五年(622)复置,属抚州。八年(625)又废。北宋开宝三年(970)升宜黄场复置,属抚州。治所即今宜黄县。元属抚州路。明属抚州府。民国初属江西豫章道。1926年直属江西省。

[2]倾城色:犹倾覆城国的美色,本形容女子极其美丽,参见本卷《诗歌部》上册柳永《洞仙歌》注[5]。这里用以形容海棠花。

[3]和气:古人认为天地间阴气与阳气交合而成之气,万物由此“和气”而生。〔宋〕王安石《次韵和甫春日登台》:“万物已随和气动,一樽聊与故人来。”(《王荆公诗注》卷三十五)

醺(xūn)酣:酣醉貌。〔宋〕邵雍《善饮酒吟》:“饮和成醺酣,醺酣颜遂酡。”(《击壤集》卷十一)

涂泽:修饰容貌。犹化妆。《新唐书·后妃传上·则天武皇后》(卷七十六):“太后虽春秋高,善自涂泽,虽左右不悟其衰。”

[4]胭脂:一种用于化妆和国画的红色颜料。〔唐〕杜甫《曲江对雨》:“林花著雨胭脂湿,水荇牵风翠带长。”(《九家集注杜诗》卷十九)

[5]颐颊:腮,俗称下巴。颊,脸的两侧从眼到下颌部分。泛指脸面。

盎光:洋溢光彩。盎,洋溢。〔宋〕魏了翁《邛州新创南楼记》:“其英华之晬盎,光辉之畅发,又岂止名爵之荣也。”(《鹤山集》卷三十九)

[6]水沉:沉香散发的香气。水沉浴,焚沉香而沐浴。

精神:形容人或物有生气。〔宋〕释觉范《莹中南归至衡阳作六首寄之》之五:“礼拜起来无伎俩,拈花笑里有精神。”(《石门文字禅》卷十五)

[7]人伪:人为的虚假的东西。〔宋〕苏轼《陈守道》:“人伪相加有余怨,天真丧尽无纯诚。”(《东坡全集》卷三十)

天真:谓事物的天然性质或本来面目。〔南唐〕冯延巳《忆江南》:“玉人贪睡坠钗云。粉消妆薄见天真。”(《花草粹编》卷十三)

[8]巫峡雨:犹巫山云雨。〔宋〕黄庭坚《戏题巫山县用杜子美韵》:“丁宁巫峡雨,慎莫暗朝晖。”(《山谷集》卷十)

[9]西子:即西施,春秋越美女。或称先施,别名夷光,亦称西子。姓施,春秋末年越国苎罗(今浙江诸暨南)人。越王勾践败于会稽,范蠡取西施献吴王夫差,使其迷惑忘政。越遂亡吴。后西施归范蠡,同泛五湖。事见《吴越春秋·勾践阴谋外传》(卷五)。参见本卷《诗歌部》中册王铚《黄州栖霞楼苏翰林所赋小舟横截春江是也曾竑父罢郡画为图求诗》注[3]。

阳台：〔战国·楚〕宋玉《高唐赋·序》中神女与楚先王约定的幽会场所："去而辞曰：'妾在巫山之阳，高丘之阻，旦为朝云，暮为行雨。朝朝暮暮，阳台之下。'"（《文选》卷十九）参见本卷《诗歌部》上册解昉《阳台梦》注［9］。

马子严

【作者简介】

马子严，字庄父，建安人。自号洲居士。淳熙二年(1175)进士。尝为岳阳守。撰《岳阳志》二卷，不传。

鹧鸪天[1]

闺思

睡鸭徘徊烟缕长[2]。日高春困不成妆[3]。步欹草色金莲润，捻断花鬟玉笋香[4]。　　轻洛浦，笑巫阳[5]。锦纹亲织寄檀郎[6]。儿家闭户藏春色，戏蝶游蜂不敢狂[7]。

（原载《四部丛刊》影印明本〔宋〕黄升辑《中兴以来绝妙词选》卷六；录自唐圭璋编《全宋词》，中华书局1965年6月第1版，第3册，第2070页）

【注　释】

[1]鹧鸪天：词牌名。参见本卷《诗歌部》上册晏几道《鹧鸪天》注[1]。马子严此词双调，五十五字。前段四句，三平韵；后段五句，三平韵。

[2]睡鸭：古代一种香炉，铜制，状如卧着的鸭，故名。〔唐〕李商隐《促漏》："舞鸾镜匣收残黛，睡鸭香炉换夕熏。"（《李义山诗集注》卷一下）

[3]春困：谓春日精神倦怠。〔宋〕曾巩《钱塘上元夜祥符寺陪咨臣郎中文燕席》："金地夜寒消美酒，玉人春困倚东风。"（《元丰类稿》卷六）

[4]金莲：喻指女子纤足。事本《南史·齐纪下·废帝东昏侯》（卷五）："凿金为莲华以帖地，令潘妃行其上，曰：'此步步生莲华也。'"后因以称美人步态之美。

玉笋:喻女子手指。〔唐〕韩偓《咏手》:"腕白肤红玉笋芽,调琴抽线露尖斜。"(《全唐诗》卷六百八十三)

[5]洛浦:洛水之滨。洛水,即今河南省洛河。曹植《洛神赋》所描写的洛神,即洛水之女神:"黄初三年,余朝京师,还济洛川。古人有言,斯水之神,名曰宓妃。感宋玉对楚王神女之事,遂作斯赋。"(《文选》卷十九)参见本书《先秦至隋代卷》曹植《洛神赋》。

巫阳:巫山的南面,指巫峡。〔宋〕梅尧臣《送阎仲孚郎中南游山水》:"巫阳神女暮为雨,飞入楚台王梦旃。"(《宛陵集》卷五十六)

[6]锦纹:指前秦苏蕙寄给丈夫的织锦回文诗。《晋书·列女传·窦滔妻苏氏》(卷九十六):"窦滔妻苏氏,始平人也,名蕙,字若兰,善属文。滔,苻坚时为秦州刺史,被徙流沙,苏氏思之,织锦为回文旋图诗以赠滔。宛转循环以读之,词甚凄惋,凡八百四十字。"参见本卷《诗歌部》上册徐铉《梦游三首》其三注[9]。

檀郎:典出《晋书·潘岳传》、《世说新语·容止》载:晋潘岳美姿容,尝乘车出洛阳道,路上妇女慕其丰仪,手挽手围之,掷果盈车。岳小字檀奴,后因以"檀郎"为妇女对夫婿或所爱幕的男子的美称。〔唐〕温庭筠《苏小小歌》:"吴宫女儿腰似束,家在钱唐小江曲,一自檀郎逐便风,门前春水年年绿。"(《温飞卿诗集笺注》卷二)

[7]戏蝶游蜂:嬉戏的蝴蝶,游荡的蜜蜂。〔唐〕岑参《山房春事二首》之一:"风恬日暖荡春光,戏蝶游蜂乱入房。"(《全唐诗》卷二百一)喻指拈花惹草之徒。

陈　亮

【作者简介】

陈亮(1143—1194),字同甫,号龙川,婺州永康(今属浙江)人。早年尝考古人用兵成败之迹,著《酌古论》,知州周葵礼为上客。孝宗乾道中婺州以解头荐,补太学博士弟子员,因上《中兴五论》,奏入不报归。淳熙五年(1178),更名为同,六次诣阙上书,极论时事,为大臣交沮,不果。孝宗即位,复上书论恢复,不报。光宗绍兴四年(1193)进士,授金书建康府判官,未至官,逾年卒,年五十二。有《龙川集》,今传本已非完帙。事见《水心集》卷二十四《陈同甫墓志铭》,《宋史》卷四百三十六有传。

小重山[1]

碧幕霞绡一缕红[2]。槐枝啼宿鸟,冷烟浓[3]。小楼愁倚画阑东[4]。黄昏月,一笛碧云风。　　往事已成空。梦魂飞不到,楚王宫[5]。翠绡和泪暗偷封[6]。江南阔,无处觅征鸿[7]。

(原载四印斋所刻词本《龙川词补》;录自唐圭璋编《全宋词》,中华书局1965年6月第1版,第3册,第2104页)

【注　释】

[1]小重山:词牌名。参见本卷《诗歌部》上册贺铸《小重山》注[1]。陈亮此词据《全宋词》为双调,五十八字。前后段各六句,四平韵。与《词谱》所列此调谱式有别。

[2]碧幕:青绿色的帷幕,喻指绿水。〔唐〕鲍溶《宿水亭》:"雕楹彩槛压通波,

鱼鳞碧幕衔曲玉。"（《鲍溶诗集》卷六）

霞绡：美艳轻柔的丝织物，亦以形容景物。〔唐〕温庭筠《锦城曲》："江风吹巧剪霞绡，花上千枝杜鹃血。"（《温飞卿诗集笺注》卷一）

一缕红：指夕阳。

[3] 宿鸟：归巢栖息的鸟。〔宋〕苏轼《和回文五首》之四："烟锁竹枝寒宿鸟，水沉天色雾横参。"（《东坡诗集注》卷十四）

冷烟：犹寒雾。〔唐〕罗隐《金陵夜泊》："冷烟轻霭傍衰丛，此夕秦淮驻断蓬。"（《罗昭谏集》卷三）

[4] 画阑：有画饰的栏杆。〔宋〕周邦彦《玲珑四犯》："叹画阑玉砌都换。才始有缘重见。"（《片玉词》卷上）

[5] 楚王宫：传说中楚王在巫山的行宫，古代诗词中亦为《高唐赋》系列典故中的语汇之一。参见本卷《诗歌部》上册梅尧臣《送刘子思殿丞宰巫山》注[7]。〔唐〕杜甫《江雨有怀郑典设》："春雨闇闇塞峡中，早晚来自楚王宫。"〔宋〕赵彦材注云："楚王宫指言高唐也。《高唐赋》云：'楚襄王与宋玉游于云梦之台，望高唐之观。'今言塞满峡中之雨，且暮皆是楚王高唐宫来。或以塞为关塞之塞，谓白帝城连峡为塞峡，义不通。"（《九家集注杜诗》卷二十七）

[6] 翠绡和泪：绿色的薄绢混杂着眼泪。

暗偷封：犹暗中悄悄地封缄于书信中。

[7] 征鸿：即征雁，迁徙的雁，多指秋天南飞的雁。古代诗词中"征鸿"一词往往寄寓"鸿雁传书"之意，谓苏武使匈奴不屈，徙居北海牧羊。后汉与匈奴和，称天子射雁，雁足系帛书，言苏武在某泽中，乃得归汉。后遂以征鸿为传书使者。参见本卷《诗歌部》上册柳永《雪梅香》注[10]。本词前云"翠绡和泪暗偷封"，此云"无处觅征鸿"，犹言找不到征鸿传递书信。

转调踏莎行

上巳道中作[1]

洛浦尘生，巫山梦断[2]。旗亭烟草里[3]、春深浅。梨花落尽，酴醾又绽[4]。天气也似、寻常庭院。　　向晚情怀[5]，十分恼乱。水边佳丽地[6]、近前细看。娉婷笑语，流觞美满[7]。意思不到、夕阳孤馆[8]。

（原载四印斋所刻词本《龙川词补》；录自唐圭璋编《全宋词》，中华书局 1965 年 6 月第 1 版，第 3 册，第 2105 页）

【注　释】

[1]转调踏莎行:词牌名。此调为《踏莎行》之转调。转调,填词术语,即增损旧腔,转入新调。《词谱》(卷十三):"转调者,摊破句法,添入衬字,转换宫调,自成新声耳。"《词谱》(卷十三)以陈亮此词为《踏莎行》别体之一调式:双调,六十四字。前后段各六句,四仄韵。并注云:"此词见《龙川集》,亦名《转调踏莎行》,每段上四句与曾(觌)词同,惟前后段第五句各减一字异。宋人精于音律,凡遇旧腔,往往随意增损,自成新声。如元人度曲,或借宋人词调偷声、添字,名为过曲者,其源实出于此。"按:《全宋词》句读,此词前段"旗亭烟草里"、"天气也似",后段"水边佳丽地"、"意思不到"等处皆为"句",而《词谱》皆为"读",今据《词谱》改。

上巳:旧时节日名。汉以前以农历三月上旬巳日为"上巳";魏晋以后,定为三月三日,不必取巳日。《后汉书·礼仪志上》(卷十四):"是月上巳,官民皆絜于东流水上,曰洗濯祓除去宿垢疢为大絜。"

道中:路上,旅途中。

[2]洛浦:洛水之滨。洛水,即今河南省洛河。曹植《洛神赋》所描写的洛神,即洛水之女神:"黄初三年,余朝京师,还济洛川。古人有言,斯水之神,名曰宓妃。感宋玉对楚王神女之事,遂作斯赋。"(《文选》卷十九)参见本书《先秦至隋代卷》曹植《洛神赋》。

尘生:形容脚步轻盈。语出〔三国·魏〕曹植《洛神赋》:"陵波微步,罗袜生尘。"罗袜生尘,谓洛神足踏波浪过河时罗袜生尘埃。〔唐〕李善注:"陵波而袜生尘,言神人异也。《淮南子》曰:'圣足行於水,无迹也;众生行於霜,有迹也。'"(《文选》卷十九)

巫山梦:犹楚先王梦幸巫山神女之梦,典出〔战国·楚〕宋玉《高唐赋·序》(《文选》卷十九)

[3]旗亭:酒楼,悬旗为酒招,故称。〔唐〕刘禹锡《武陵观火诗》:"花县与琴焦,旗亭无酒濡。"(《刘宾客文集》卷二十三)

烟草:烟雾笼罩的草丛。亦泛指蔓草。〔唐〕黄滔《景阳井赋》:"台城破兮烟草春,旧井湛兮苔藓新。"(《黄御史集》卷一)

[4]酴醾(túmí):花名。本酒名,以花颜色似之,故取以为名。参见本卷《诗歌部》上册谢逸《鹧鸪天》注[6]。

[5]向晚:傍晚。〔唐〕杜甫《又呈宝使君》:"向晚波微绿,连空岸脚青。"(《九家集注杜诗》卷二十三)

[6]佳丽地:秀丽的地方。〔南朝·齐〕谢朓《入朝曲》:"江南佳丽地,金陵帝王州。"(《谢宣城集》卷二)

［7］娉婷(pìngtíng)：姿态美好貌，喻指美人，佳人。

流觞(shāng)：古代习俗，每逢夏历三月上旬的巳日（三国魏以后定为夏历三月初三日），人们于水边相聚宴饮，认为可被除不祥。后人仿行，于环曲的水流旁宴集，在水的上流放置酒杯，任其顺流而下，杯停在谁的面前，谁就取饮，称为"流觞曲水"。〔晋〕王羲之《兰亭集序》："又有清流激湍，映带左右，引以为流觞曲水。"（《汉魏六朝百三家集》卷五十九）

［8］孤馆：孤寂的客舍。〔唐〕许浑《瓜州留别李诩》："孤馆宿时风带雨，远帆归处水连云。"（《丁卯诗集》卷上）

洞仙歌[1]

雨

琐窗秋暮，梦高唐人困[2]，独立西风万千恨。又檐花落处，滴碎空阶，芙蓉院，无限秋容老尽[3]。　　枯荷摧欲折，多少离声，锁断天涯诉幽闷[4]。似蓬山去后，方士来时，挥粉泪、点点梨花香润[5]。断送得、人间夜霖铃[6]。更叶落梧桐，孤灯成晕[7]。

（原载 1987 年上海古籍出版社影印文渊阁《四库全书》本《龙川词补遗》；录自唐圭璋编《全宋词》，中华书局 1965 年 6 月第 1 版，第 3 册，第 2109 页）

【注　释】

［1］洞仙歌：参见本卷《诗歌部》上册柳永《洞仙歌》（佳景留心惯）注［1］。陈亮此词据《全宋词》句读双调，八十五字。前段七句，二仄韵；后段九句，四仄韵。与《词谱》（卷二十）所列八十五字各体均有别，或为变格。

［2］琐窗：镂刻有连琐图案的窗棂。〔南朝·宋〕鲍照《玩月城西门廨中》："蛾眉蔽珠栊，玉钩隔琐窗。"（《鲍明远集》卷七）

梦高唐：犹梦入高唐。典出〔战国·楚〕宋玉《高唐赋·序》："玉曰：'昔者先王尝游高唐，怠而昼寝，梦见一妇人曰："妾巫山之女也，为高唐之客。闻君游高唐，愿荐枕席。"王因幸之。去而辞曰："妾在巫山之阳，高丘之阻，旦为朝云，暮为行雨。朝朝暮暮，阳台之下。"旦朝视之，如言。故为立庙，号曰朝云。'"（《文选》卷十九）

［3］檐花：靠近屋檐下边开的花。〔唐〕李白《赠崔秋浦三首》之一："山鸟下听

事,檐花落酒中。"(《李太白集注》卷十)

芙蓉院:有芙蓉花的庭院。芙蓉,荷花的别名。〔宋〕秦观《木兰花》:"秋容老尽芙蓉院。草上霜花匀似翦。"(《淮海长短句》卷中)

秋容:犹秋色。〔唐〕李贺《追和何谢铜雀妓》:"佳人一壶酒,秋容满千里。"(《昌谷集》卷三)

[4]离声:别离的声音。〔南朝·宋〕鲍照《代东门行》:"伤禽恶弦惊,倦客恶离声。离声断客情,宾御皆涕零。"(《鲍明远集》卷三)

锁断天涯:犹言锁断了天涯音讯。天涯,犹天边。指极远的地方。语出《古诗一十九首·行行重行行》:"相去万余里,各在天一涯。"(《文选》卷二十九)

幽闷:抑郁烦闷。〔宋〕郭祥正《戏为难韵同官和之》:"此时愁寂寞,幽闷寄操觚。"(《青山续集》卷六)

[5]蓬山:即蓬莱山,相传为仙人所居。〔唐〕李商隐《无题》:"蓬山此去无多路,青鸟殷勤为探看。"(《李义山诗集注》卷一下)

方士:方术之士,古代自称能访仙炼丹以求长生不老的人。《史记·封禅书》(卷二十八):"驺衍以阴阳主运显于诸侯,而燕齐海上之方士传其术不能通。"

粉泪:旧称女子之泪。〔后蜀〕毛熙震《木兰花》:"匀粉泪,恨檀郎,一去不归花又落。"(《花间集》卷十)

点点梨花香润:形容点点泪珠。语本〔唐〕白居易《长恨歌》:"玉容寂寞泪阑干,梨花一枝春带雨。"(《白氏长庆集》卷十二)

[6]夜霖铃:犹夜雨霖铃。〔唐〕郑处海《明皇杂录补遗》:"明皇既幸蜀,西南行初入斜谷,属霖雨涉旬,于栈道雨中闻铃,音与山相应。上既悼念贵妃,采其声为《雨霖铃》曲,以寄恨焉。"

[7]晕:光影四周模糊的部分。〔唐〕韩愈《宿龙宫滩》:"梦觉灯生晕,残宵雨送凉。"(《五百家注昌黎文集》卷九)

陈
亮

赵 蕃

巫山诗文·宋代部分·诗歌部（下）

【作者简介】

赵蕃（1143—1229），字昌父，号章泉，原籍郑州，南渡后侨居信州玉山（今属江西）。早岁从刘清之学，以曾祖旸致仕恩补州文学，调浮梁尉、连江主簿，皆不赴。为太和主簿，调辰州司理参军，因与知州争狱罢。时清之知衡州，求为监安仁瞻军酒库以卒业，至衡而清之罢，遂从之归。后奉祠家居三十三年。年五十犹问学于朱熹。理宗绍定二年（1229），以直秘阁致仕，同年卒，年八十七，谥文节。蕃诗宗黄庭坚，与韩淲（涧泉）有二泉先生之称。著作已佚，清四库馆臣据《永乐大典》辑为《乾道稿》二卷、《淳熙稿》二十卷、《章泉稿》五卷。事见《漫塘文集》卷三十二，《章泉先生墓表》，《宋史》卷四百四十五有传。

三诗寄郭古夫（之一）

巫峡闻归旆[1]，潇湘说定居[2]。
若亲千里面，曾捧一缄书。
山桧风霜老[3]，江枫日夜疏。
穷秋已凉冷[4]，体候复何如[5]。

（原载 1987 年上海古籍出版社影印文渊阁《四库全书》本《淳熙稿》卷九；录自北京大学古文献研究所编《全宋诗》，北京大学出版社 1991 年 7 月第 1 版，第 49 册，第 30612 页）

[1]巫峡:长江三峡之一,西起重庆市巫山县大宁河口,东至湖北省巴东县官渡口,全长44.5公里。参见本卷《诗歌部》上册幸夤逊《云》注[7]。

归斾(pèi):回归船上悬挂的旌旗,借指归舟。〔宋〕彭汝砺《和子坚同游东湖游字韵》:"夕阳归斾晚,更向水边留。"(《鄱阳集》卷九)

[2]潇湘:湘江与潇水的并称。湘江,源出今广西省,流入今湖南省,为湖南省最大的河流。潇水,源出湖南省宁远县南九嶷山,至永州市西北入湘江。潇湘,多借指今湖南地区。〔唐〕杜甫《去蜀》:"如何关塞阻,转作潇湘游?"(《杜诗详注》卷十四)

[3]山桧(guì):木名。柏科,常绿乔木。茎直立,幼树的叶子像针,大树的叶子像鳞片,雌雄异株,春天开花。木材桃红色,有香味,细致坚实。寿命可长达数百年。〔宋〕陈造《次韵徐监岳四首》之二:"落落过眼谁知音,故山桧枝森碧林。"(《江湖长翁集》卷九)

[4]穷秋:晚秋,深秋,指农历九月。〔南朝·宋〕鲍照《代白纻曲二首》之一:"穷秋九月荷叶黄,北风驱雁天雨霜。"(《鲍明远集》卷三)

[5]体候:身体状况。〔宋〕司马光《景仁答第四书》:"人来得二月十六日手书,承体候已就平复,不胜喜慰。"(《传家集》卷六十二)

赵师侠

【作者简介】

赵师侠,字介之,号坦庵,新淦(今江西新干)人。燕王德昭七世孙。孝宗淳熙二年(1175)进士。十二年(1185),为江华丞。有《坦庵长短句》一卷。事见明隆庆《临江府志》卷十、《八琼室金石补正》卷一百零六。

酹江月

题赵文炳枕屏[1]

枕山平远[2]。记当年小阁,牙床曾展[3]。围幅高深春昼永,寂寂重帘不卷[4]。棹舣西湖,人归南陌[5],酒晕红生脸。困来无那,玉肌小倚娇软[6]。 堪恨身在天涯,曲屏环枕,此意何由见。想象高唐无梦到[7],独拥闲衾展转。物是人非,山长水阔,触处思量遍[8]。愁遮不断,夜阑依旧斜掩[9]。

(原载陆敕先校汲古阁本《坦庵词》;录自唐圭璋编《全宋词》,中华书局 1965 年 6 月第 1 版,第 3 册,第 2076 页)

【注　释】

[1]酹江月:词牌名。又名《念奴娇》,参见本卷《诗歌部》上册沈唐《念奴娇》注[1]。赵师侠此词双调,一百字。前后段各十句,四仄韵。

枕屏:枕前屏风。〔宋〕欧阳修《赠沈遵》:"有时醉倒枕溪石,青山白云为枕屏。"(《文忠集》卷六)

[2]枕山:谓垫得很高的枕头。〔宋〕韩琦《北塘避暑》:"酒阑何物醒魂梦,万

柄莲香一枕山。"(《安阳集》卷六)

〔3〕小阁(gé):旧指女子的住房。〔后蜀〕毛熙震《木兰花》:"对斜晖,临小阁,前事岂堪重想着。"(《花间集》卷十)

牙床:饰以象牙的床,亦泛指精美的床。〔南朝·梁〕萧子范《落花》:"飞来入斗帐,吹去上牙床。"(《古诗纪》卷九十五)

〔4〕围幅:指围屏的幅度。

春昼永:犹言春天的白昼漫长。永,长。〔宋〕苏轼《送鲁元翰少卿知卫州》:"闭门春昼永,惟有黄蜂喧。"(《东坡全集》卷八)

寂寂:寂静无声貌。〔南朝·梁〕何逊《铜雀妓》:"寂寂帘宇旷,飘飘帐幔轻。"(《何水部集》)

重帘:一层层帘幕。〔唐〕李商隐《楚宫二首》之二:"月姊曾逢下彩蟾,倾城消息隔重帘。"(《李义山诗集》卷中)

〔5〕棹舣(zhàoyǐ):谓船停靠。棹,船桨,借指船。舣,使船靠岸。〔唐〕骆宾王《送郭少府探得忧字》:"开筵枕德水,辍棹舣仙舟。"(《骆丞集》卷一)

南陌:南面的道路。〔南朝·梁〕沈约《临高台》:"所思竟何在,洛阳南陌头。"(《古诗纪》卷八十二)

〔6〕困来无那:疲乏思睡,无可奈何。

玉肌:白润的肌肤。〔唐〕李贺《正月》:"锦床晓卧玉肌冷,露脸未开对朝暝。"(《昌谷集》卷一)

小倚:暂时倚着。〔宋〕张孝祥《菩萨蛮》:"溶溶花月天如水。阑干小倚东风里。"(《于湖集》卷三十四)

〔7〕高唐:战国时楚国台观名。在巫山。传说楚先王游高唐,梦见巫山神女,幸之而去。典出〔战国·楚〕宋玉《高唐赋·序》。参见本卷《诗歌部》上册张俶《经旧游》注〔1〕。

〔8〕物是人非:景物依然,人事已非。〔三国·魏〕曹丕《与吴质书》:"节同时异,物是人非,我劳如何!"(《汉魏六朝百三家集》卷二十四)

触处:到处,随处,极言其多。《南史·循吏传序》(卷七十):"凡百户之乡,有市之邑,歌谣舞蹈,触处成群,盖宋世之极盛也。"

〔9〕夜阑:夜残,夜将尽时。〔宋〕周邦彦《烛影摇红》:"烛影摇红,夜阑饮散春宵短。"(《历代诗余》卷六十一)

赵师侠

张 缤

【作者简介】

张缤(yǐn)(?—1207),字季长,唐安(今四川崇州东南)人。孝宗隆兴元年(1163)进士。乾道九年(1173)除秘书省正字(《南宋馆阁录》卷八)。淳熙九年(1182),为夔州路转运判官(《宋会要辑稿》职官七十二之三十七)。十三年(1186),提点利州路刑狱。十五年(1188),知遂宁府(同上书选举二十一之四、职官之二十七)。光宗绍熙二年(1191),主管建宁府武夷山冲佑观(同上书职官七十三之六)。开禧三年(1207)卒(《渭南文集》卷三十一《跋刘戒之东归诗》)。

次袁说友巫山十二峰古风二十五韵[1]

化工神伟开物姿[2],劚石万仞不作痴[3]。
巍峰耸立威凤举[4],急挟怒流奔马迟[5]。
隐然万里形胜重[6],信矣四海游观奇[7]。
天开匹练势巇嶪[8],云拥列嶂青参差[9]。
舆图悚视天设险[10],舟楫竞与江东之[11]。
何年宇宙此盘据[12],远揽泰华宜肩随[13]。
胸吞云梦荡物表[14],眥决飞鸟忘神疲[15]。
元戎授任盛节制[16],列舰径度罗旌旗[17]。
天香来时满衣袖[18],讲殿几日辞书帷[19]。
词源浩荡春峡水[20],句律飘扬秋桂枝[21]。
天门有路穿水去[22],笔力到古群峰低[23]。
远参退之赋山囷[24],下陋樊川娱水嬉[25]。

有神相宅理应尔[26]，梦赋靡曼奚其为[27]。

流转不恨怜已久[28]，高咏取正今逢时[29]。

昔年飞挽忝将指[30]，异境名言犹念兹[31]。

大篇巨轴窥胜赏[32]，赤甲白盐神坐驰[33]。

有从绝唱发奇伟[34]，众作绚采同彰施[35]。

德风草偃阃以外[36]，观颂下转江之湄[37]。

宁须三年奏汉计[38]，行复八彩瞻尧眉[39]。

慈恩论契肯隔面[40]，草堂枉驾欣解颐[41]。

我方卧云书自伴[42]，公咏入相衣宜缁[43]。

少须凋瘵尽抚摩[44]，大赈廪粟歌噫嘻[45]。

会看丹诏来北阙[46]，更上岷岭登峨嵋[47]。

江山得助协嘉会[48]，赓载归写明良诗[49]。

（原载〔明〕周复俊《全蜀艺文志》卷九；录自北京大学古文献研究所编《全宋诗》，北京大学出版社1991年7月第1版，第50册，第31082—31083页）

【注　释】

[1]次：犹次韵，依次用所和诗中的韵作诗，也称步韵。参见本卷《诗歌部》上册王安石《次韵张子野秋中久雨晚晴》注[1]。

袁说友：参见本卷《诗歌部》下册袁说友《巫山十二峰二十五韵》【作者简介】。

古风：即古体诗，对近体诗而言。形式有四言、五言、七言、杂言等，不要求对仗，平仄与用韵比较自由。后世使用五言、七言者较多。

[2]化工：指自然的造化者。语本〔汉〕贾谊《鹏鸟赋》："且夫天地为炉兮，造化为工。"（《文选》卷十三）

神伟：神奇伟大。〔汉〕张衡《南都赋》："察兹邦之神伟，启天心而寤灵。"（《文选》卷四）

物姿：事物的姿态。〔宋〕周必大《跋杨廷秀石人峰长篇》："至于状物姿态，写人情意，则铺叙纤悉，曲尽其妙。"（《文忠集》卷四十九）

[3]劖（chán）石：犹凿石。劖，断，凿。〔唐〕韩愈《酬四门卢四大夫院长望秋作》："若使乘酣骋雄怪，造化何以当镌劖？"（《五百家注昌黎文集》卷五）

万仞：极言其高。古代七尺为一仞，一说八尺为一仞。〔南朝·梁〕萧统《示

云麾弟》：“山万仞兮多高峰，流九派兮饶江渚。”（《昭明太子集》卷一）

不作痴：犹言不容许愚笨，即聪慧灵巧。痴，不聪慧，愚笨。不作，不能，情理上不容许。

[4]巍峰：巍峨的山峰。〔宋〕文彦博《化成寺作》：“宝地侵苍藓，巍峰柱碧天。”（《潞公文集》卷六）

威凤：瑞鸟，旧说凤有威仪，故称。《汉书·宣帝纪》（卷八）：“九真献奇兽，南郡获白虎威凤为宝。”〔唐〕颜师古注引晋灼曰：“凤之有威仪者也，与《尚书》‘凤皇来仪’同意。”

[5]急挟怒流：犹言紧紧挟制着的迅猛的河流。急，紧，紧缩。挟，挟持，挟制。怒，气势强盛，猛烈。

奔马迟：犹言与激流相比，奔马的速度也嫌迟缓。

[6]隐然：威重貌。《后汉书·吴汉传》（卷四十八）：“吴公差强人意，隐若一敌国矣。”〔唐〕李贤注：“隐，威重之貌。”〔唐〕陆贽《嘉王横海军节度使制》：“沧海之隅，地饶俗阜；隐然北土，实曰雄藩。”（《翰苑集》卷九）

形胜：谓地理位置优越，地势险要。《荀子·强国》（卷十一）：“其固塞险，形势便，山林川谷美，天材之利多，是形胜也。”《史记·高祖本纪》（卷八）：“秦，形胜之国，带河山之险，县隔千里。”〔唐〕司马贞索隐引韦昭云：“地形险固，故能胜人也。”

[7]四海：古以中国四境有海环绕，各按方位为“东海”、“南海”、“西海”和“北海”，因以指称天下，全国各处。〔三国·魏〕曹植《赠白马王彪》：“丈夫志四海，万里犹比邻。”（《曹子建集》卷五）

游观：犹游览。〔三国·魏〕曹植《感节赋》：“携友生而游观，尽宾主之所求。登高墉以永望，冀消日以忘忧。”（《曹子建集》卷一）

[8]天开匹练：犹言在峡谷之间天开如一条白练。匹练，白绢。〔唐〕白居易《夜入瞿唐峡》：“瞿唐天下险，夜上信难哉。岸似双屏合，天如匹练开。”（《白香山诗集》卷十八）

巀嶭（jiéyè）：山高峻貌。巀，“巀”的古字。〔宋〕范成大《吴船录》（卷上）：“入寺侧，出石磴半余里，有三石峯，平正如高楼巍阙，巀嶭奇伟，不可名状。”

[9]列嶂：相连的山峰。〔唐〕李益《再赴渭北使府留别》：“列嶂高烽举，当峰太白低。”（《全唐诗》卷二百八十三）

参差（cēncī）：不齐貌。〔宋〕司马光《送张伯常同年移居郓州》：“楚江白逶迤，楚山碧参差。”（《传家集》卷四）

[10]舆图：疆土，土地。〔宋〕陆游《书事》：“闻道舆图次第还，黄河依旧抱潼关。”（《剑南诗稿》卷五十八）

悚(sǒng)视:犹惊看。

[11]舟楫:泛指船只。楫,船桨。短曰楫,长曰櫂。《诗经·卫风·竹竿》:"淇水浟浟,桧楫松舟。"〔汉〕毛亨传:"楫所以棹舟,舟楫相配,得水而行。"(《毛诗注疏》卷五)

竞与江东之:犹言舟楫争着与江水一起东去。竞,争竞,角逐,比赛。之,动词,往,至。《诗经·墉风·载驰》:"百尔所思,不如我所之。"(《毛诗注疏》卷四)

[12]宇宙:天地。《淮南子·原道训》:"横四维而含阴阳,纮宇宙而章三光。"〔汉〕高诱注:"四方上下曰宇,古往今来曰宙,以喻天地。"(《淮南鸿烈解》卷一)

[13]泰华:泰山与华山的并称。《史记·孙子吴起列传》(六十五):"夏桀之居,左河济,右泰华,伊阙在其南,羊肠在其北,修政不仁,汤放之。"

肩随:古时年幼者事年长者之礼,并行时斜出其左右而稍后。《礼记·曲礼上》:"年长以倍,则父事之;十年以长,则兄事之;五年以长,则肩随之。"〔汉〕郑玄注:"肩随者,与之并行差退。"(《礼记注疏》卷一)后遂用作忝在同列,得以追随于后之意。〔唐〕李白《感时留别从兄徐王延年从弟延陵》:"小子谢麟阁,雁行忝肩随。"(《李太白集注》卷十五)

[14]胸吞云梦:犹言胸中容得下云梦泽。吞,涵容,容纳。〔汉〕司马相如《子虚赋》:"吞若云梦者八九,于其胸中,曾不蒂芥!"(《文选》卷七)云梦,湖北省江汉平原上古湖泊群的总称。汉魏之前所指云梦范围并不很大,晋代以后的经学家才将云梦泽的范围越说越广,洞庭湖亦包括在内。根据《左传》、《国语》、司马相如《子虚赋》的记载,先秦时期楚国有一名为"云梦"的王室狩猎区,地域相当广阔,东部在今武汉以东的大别山麓、幕阜山麓至长江江岸一带,西部在今宜昌、宜都一线以东,包括江南的松滋、公安县一带,北面大致在随州、钟祥、京山一带,南面以大江为缘,其中有山林、川泽等各种地理形态,并有一名为"云梦泽"的湖泊,统称为云梦大泽。

荡:震荡,激荡。《礼记·乐记》:"地气上齐,天气下降,阴阳相摩,天地相荡。"〔汉〕郑玄注:"荡,犹动也。"(《礼记注疏》卷三十七)

物表:物外,世俗之外。〔南朝·齐〕孔稚珪:《北山移文》:"若其亭亭物表,皎皎霞外,芥千金而不盼,屣万乘其如脱。"〔唐〕张铣注:"表,外也。物表、霞外,言志高远也。"(《六臣注文选》卷四十三)

[15]眦决飞鸟:语出〔唐〕杜甫《望岳》:"荡胸生曾云,决眦入归鸟。"(《九家集注杜诗》卷一)眦,上下眼睑的接合处。近鼻处为内眦,近鬓处为外眦,通称眼角。决眦,裂开眼眶。表示正大眼睛,极目远视。

神疲:精神疲乏。〔南朝·梁〕刘勰《文心雕龙·养气》(卷九):"率志委和,则理融而情畅;钻砺过分,则神疲而气衰。"

[16]元戎:主将,统帅。〔南朝·陈〕徐陵《移齐王》:"我之元戎上将,协力同心,承禀朝谟,致行明罚。"(《徐孝穆集笺注》卷一)

授任:授官任命。〔晋〕陆机《辩亡论上》:"彼此之化殊,授任之才异也。"(《文选》卷五十三)

节制:指挥,管辖。〔宋〕朱熹《朱子语类》(卷八十七):"大将自击此鼓,为三军听他节制。"盛节制,犹言指挥、管辖强盛。

[17]列舰:排列的战舰。〔南朝·齐〕庾弘远、徐虎龙《为陈显达与朝贵书》:"飞旍咽于九派,列舰迷于三川。"(《南齐文纪》卷七)

径度:径直渡过。〔战国·楚〕屈原《远游》:"阳杲杲其未光兮,凌天地以径度。"〔宋〕洪兴祖补注:"径,直也。"(《楚词补注》卷五)〔汉〕严忌《哀时命》:"势不能凌波以径度兮,又无羽翼而高翔。"〔汉〕王逸注:"度,一作渡。"(《楚辞章句》卷十四)

罗旌旗:犹陈列旌旗。旌旗,旗帜的总称。《周礼·春官·司常》:"凡军事,建旌旗。"(《周礼注疏》卷二十七)

[18]天香:指宫廷中用的薰香,御香。〔唐〕皮日休《送令狐补阙归朝》:"朝衣正在天香里,谏草应焚禁漏中。"(《全唐诗》卷六百十三)〔唐〕黄滔《奉和翁文尧员外经过七林书堂见寄之什》:"驷马宝车行赐礼,金章紫绶带天香。"(《黄御史集》卷三)

[19]讲殿:经筵所在的宫殿。经筵,汉唐以来帝王为讲论经史而特设的御前讲席。宋代始称经筵,置讲官以翰林学士或其他官员充任或兼任。宋代以每年二月至端午节、八月至冬至节为讲期,逢单日入侍,轮流讲读。〔宋〕吴苾《有感十首》之一:"当年旧迹已尘埃,晓日犹疑讲殿开。涕泪不知黄屋处,伤心时有北人回。"(《湖山集》卷九)

书帷:书斋的帷帐。借指书斋。〔南朝·陈〕徐陵《〈玉台新咏〉序》:"开兹缥帙,散此绦绳。永对玩于书帷,长循环于纤手。"(《徐孝穆集笺注》卷四)

[20]词源:喻滔滔不绝的文词。〔南朝·梁〕沈约《为齐竟陵王发讲疏》:"而词源海广,理涂灵奥。"(《汉魏六朝百三家集》卷八十七)按:"词源浩荡春峡水"句,化用〔唐〕杜甫《醉歌行》:"词源倒流三峡水,笔阵独扫千人军。"(《九家集注杜诗》卷一)

[21]句律:句子的格式和规律。〔宋〕叶适《翁诚之墓志铭》:"诗尤得句律,读之者如在庙朝听《韶濩》之音,金石之声,非山泽之癯所能为也。"(《水心集》卷十五)亦泛指诗句的韵味。

[22]天门:天宫之门。〔战国·楚〕屈原《九歌·大司命》:"广开兮天门,纷吾乘兮玄云。"(《楚辞章句》卷二)或释为天机之门,指心。《庄子·天运》:"故曰,

正者,正也。其心以为不然者,天门弗开矣。"〔唐〕成玄英疏:"其心之不能如是者,天机之门拥而弗开。天门,心也。"(《庄子注》卷五)亦通。

[23]笔力:诗文在笔法上表现的气势和力量。《陈书·文学传·杜之伟》(卷三十四):"仆射徐勉尝见其文,重其有笔力。"

[24]远参:犹言远的参悟。参,领悟琢磨,考索验证。

退之:即韩愈,字退之。

赋山囷:作者自注:"吾闻京城南苑为南山囷,昌黎《南山》诗也。"

[25]下陋:犹言令其下的人或文显现出浅陋。〔宋〕程珌《建康鹿鸣宴》:"能赋为大夫,上薄楚骚之光熠;明经补高第,下陋汉儒之异同。"(《洺水集》卷十六)

樊川:唐诗人杜牧的别称,杜牧别业(别墅)樊川,有《樊川集》,故称。

水嬉:水上游戏。其形式很多,如歌舞、竞渡、杂技等。〔汉〕司马相如《大人赋》:"奄息总极泛滥水嬉兮,使灵娲鼓瑟而舞冯夷。"娱水嬉,指杜牧的诗多娱乐于水上游戏,言其品位不高。当然这仅仅是本诗作者的看法,甚至不过是写诗时的当下观点,并非严谨的评价。

[26]相宅:旧时迷信,以观察地形地物判定住屋吉凶的一种方术。〔宋〕周密《齐东野语·杨府水渠》(卷四):"一僧善相宅,云:'此龟形也,得水则吉,失水则凶。'"

理应尔:道理应该这样。尔,代词,如此,这样。

[27]梦赋靡曼:犹言梦中作华丽的文辞。靡曼,华美,华丽。《晏子春秋·问上十三》(卷三):"君无以靡曼辩辞定其行,无以毁誉非议定其身。"

奚其为:犹言为何这样? 奚其,疑问词,犹言为何,为什么。为,助词,用在句末,常与"何"、"奚"等相配合,表疑问或反诘。

[28]流转:流畅圆转。《南史·王筠传》(卷二十二):"好诗圆美流转如弹丸。"

怜已久:喜爱已久。怜,喜爱。〔宋〕梅尧臣《送白鹇与永叔依韵和公仪》:"玉兔精神怜已久,金銮人物世无双。"(《宛陵集》卷五十二)

[29]高咏:好诗篇,佳作。〔宋〕梅尧臣《晏成续太祝遗双井茶》诗:"神还气主读高咏,六十五篇金出沙。"(《宛陵集》卷三十六)

取正:用作典范。《后汉书·蔡邕传》(卷九十下):"(蔡邕等)奏求正定《六经》文字,灵帝许之。邕乃自书丹于碑,使工镌刻立于太学门外。于是后儒晚学,咸取正焉。"

今逢时:如今恰逢其时。〔宋〕梅尧臣《问答》:"差差粹羽今逢时,桐花正美乔雪乱。"(《宛陵集》卷十一)

[30]飞挽:即"飞刍挽粟",谓迅速运送粮草。《汉书·主父偃传》(卷六十四

上）："又使天下飞刍挽粟。"〔唐〕颜师古注："运载刍藁，令其疾至，故曰飞刍也。挽谓引车船也。"〔唐〕陆贽《论两河及淮西利害状》："罢关右赋车籍马之扰，减山东飞刍挽粟之劳。"（《翰苑集》卷十一）亦省作"飞刍"、"飞挽"。

忝（tiǎn）将（jiàng）指：谓忝列将指。忝，有愧于，常用作谦词。将指，足的大趾或手的中指。《左传·定公十四年》："灵姑浮以戈击阖庐，阖庐伤将指，取其一屦。"杜预注："其足大指见斩。"《左传》宣公四年："子公之食指动。"〔唐〕孔颖达疏："谓大指为将指者，将者，言其将领诸指也。足之用力，大指为多；手之取物，中指最长。故足以大指为将指，手以中指为将指。"（《春秋左传注疏》卷二十一）喻得力干将。

[31] 犹念兹：同样诵读此篇。兹，代词，这，此。

[32] 大篇巨轴：犹言大作巨著。轴，字画下端便于悬挂或卷起的圆杆，亦指装成卷轴形的书、画。〔宋〕刘挚《还郭祥正诗卷》："书来寄我三巨轴，华缄开破溪云封。"（《忠肃集》卷十六）

窥：泛指观看。〔唐〕韩愈《感二鸟赋》："过潼关而坐息，窥黄流之奔猛。"（《五百家注昌黎文集》卷一）

胜赏：美好高雅的鉴赏。〔宋〕徐铉《和翰长闻西枢副翰邻居夜宴》："京邑衣冠多胜赏，鲈鱼争敢道思乡。"（《骑省集》卷二十一）

[33] 赤甲白盐：瞿塘峡两岸之山。〔清〕郑玉选主修，焦懋熙等纂修；光绪十九年（1893）刊本《奉节县志·山川》（卷七）："赤甲山，治东十五里，不生草木，土石皆赤，如人袒背，故曰赤甲。一名火焰山。或云汉巴人赤甲屯兵于此，因名。白盐山，治东隔江十七里。崖壁高峻，色如白盐。张珹书'赤甲白盐'四字于上。与赤甲山夹江对峙，为蜀咽喉。杜甫诗云：'卓立群峰外，基盘积水边。他皆任厚地，尔独近高天。'"据此，赤甲山在瞿塘峡北岸，白盐山在南岸。〔唐〕杜甫《夔州歌十绝句》其四："赤甲白盐俱刺天，闾阎缭绕接山颠。"（《九家集注杜诗》卷三十二）但20世纪末以来，学界对历史时期赤甲、白盐二山的位置是否与今天人们所指认的一致提出质疑。有学者据《水经注》、《荆州记》、《太平寰宇记》等文献，以及宋《蜀川胜概图》指出，今天人们所指的赤甲山实际上是古人所指的白盐山，在唐宋元时期都是在北岸，即今赤甲山的位置，而宋元时期的赤甲山是在今白帝乡向阳附近的鸡公山，今天的白盐山和赤甲山位置是在明清以来搞混乱了的。（参见蓝勇《古代交通生态研究与实地考察》一书所收《三峡历史地理考证三则》、《宋〈蜀川胜概图〉考》两文，四川人民出版社1999年版。）持类似观点的还有台湾中山大学教授、本书第2、3卷（唐代杜甫卷）主编简锦松先生。他在《杜甫夔州诗"赤甲白盐"现地研究》一文中指出："杜甫本人所认知的赤甲山是指今称的子阳山，杜甫本人所认知的白盐山是指今称的赤甲山。"2005年夏，奉节县头溪沟大桥西头

公路里侧，下关城古城墙内约20米处因暴雨引发山体坍塌，偶然发现了一通唐代墓碑——《大唐田夫人墓记》。碑为青石。碑高120厘米，宽45厘米，厚15厘米。碑文如下："《大唐田夫人墓记》：夫人本姓朱，沛国人也。大门。偶因从仕，荏苒夔城，迄今三四代矣。外家李氏，即夔子之豪族。夫人四德早闻，三从有则。虽嫡田公，不离侍养。以中和二年壬寅，时五十八岁，十月廿五日寝疾，一夕俄然永归。用当年十二月四日壬寅，葬于赤甲山下。虑千秋地改，既奠扫有归也。 男韫：孙犀牛儿"此碑明确记载"葬于赤甲山下"，而此地正是今子阳山下。唐代奉节赤甲山即今子阳山的论断获得了实物证据。

神坐驰：谓精神向往。坐驰，向往，神往。〔唐〕刘禹锡《汝州上后谢宰相状》："印绶所拘，不获拜谢。瞻望德宇，精诚坐驰。"（《刘宾客文集》卷十七）

[34]绝唱：亦作"绝倡"，指诗文创作上的最高造诣。〔宋〕王十朋《〈蓬莱阁赋〉序》："昔元微之作《州宅》诗，世称绝倡。"（《历代赋汇》卷八十一）

奇伟：奇特壮美，奇异不凡。〔宋〕张守《方时敏倅浚归浙江待次送行》："放辞发奇伟，搜句穷镵镂。"（《毗陵集》卷十四）

[35]众作：众人的作品。〔唐〕杨炯《晦日药园诗序》："阳光稍晚，高兴未阑。请诸文会之游，共纪当年之事。凡厥众作，列之于后。"（《盈川集》卷三）

绚采：文采。〔南朝·梁〕刘勰《文心雕龙·才略》："王逸博识有功，而绚采无力。"（《文心雕龙辑注》卷十）

彰施：鲜明地展现出来。〔宋〕陈襄《璨藉赋》："绚组交陈，妙极彰施之度；缕綦错布，光含温润之姿。"（《古灵集》卷二十一）

[36]德风草偃（yǎn）：语出《论语·颜渊》："君子之德风，小人之德草。草上之风，必偃。"〔宋〕邢昺疏："在上君子，为政之德若风；在下小人，从化之德如草。"（《论语注疏》卷十二）后因称君子为政之德为德风。偃，倒伏。

阃（kǔn）以外：郭门之外。阃，郭门，外城的门。《史记·张释之冯唐列传》："臣闻上古王者之遣将也，跪而推毂，曰阃以内者，寡人制之；阃以外者，将军制之。"〔南朝·宋〕裴骃集解引韦昭曰："此郭门之阃也。"此言其德风远播辖境之外。

[37]观颂：犹言观察颂扬。〔汉〕韩婴《韩诗外传》（卷五）："如使王者听其言信其行，则唐虞之法可得而观，颂声可得而听。"

江之湄（méi）：大江之岸。湄，岸边。〔宋〕梅尧臣《送知和州杜驾部》："今朝竞矫翼，去向江之湄。"（《宛陵集》卷十四）

[38]宁须：岂须。宁须三年，犹言哪里须用三年，意即不用三年。

奏汉计：犹言使兴汉之计奏效。汉计，为汉室计议。〔宋〕陈师道《理究》："昭烈谓武侯曰：'子如不肖，君自取之。'其勤劳一世，盖不为汉计，岂为子孙计哉！

乃周公之用心也。"(《后山集》卷二十二)

[39]八彩:语出《孔丛子》(上):"昔尧身修十尺,眉乃八采。"(《春秋战国异辞》卷三十八引)后因以"八彩"指尧眉或形容帝王容颜。〔宋〕柳永《御街行·圣寿》:"九仪三事仰天颜,八彩旋生眉宇。"(《乐章集》)

尧眉:帝尧的眉毛。尧,传说中古帝陶唐氏之号。《史记·五帝本纪》(卷一):"帝喾崩,而挚代立。帝挚立不善,而弟放勋立,是为帝尧。"〔三国·魏〕曹植《相论》:"世固有人身瘁而志立,体小而名高者,于圣则否。是以尧眉八彩,舜目重瞳,禹耳参漏,文王四乳。然则世亦有四乳者,此则驽马一毛似骥耳。"(《曹子建集》卷十)

[40]慈恩:称上对下的恩惠。《三国志·蜀志·刘琰传》(卷十):"闲者迷醉,言有违错,慈恩含忍,不致之于理。"

论契:犹谈论契合。〔宋〕强至《晦之江楼小饮辱诗怀寄谨答来贶因以奉招》:"论契何如重,千钧不可扛。"(《祠部集》卷十一)

肯隔面:犹言能够在不当面时亦如此。隔面,犹背面,不面对面。〔唐〕白居易《省试性习相远近赋》:"故得之则至性大同,若水济水也;失之则众心不等,犹面隔面焉。"(《白氏长庆集》卷三十八)

[41]草堂:茅草盖的堂屋。旧时文人常以"草堂"名其所居,以标风操之高雅。〔南朝·齐〕孔稚珪《北山移文》:"钟山之英,草堂之灵,驰烟驿路,勒移山庭。"(《文选》卷四十三)

枉驾:屈驾,称人来访或走访的敬辞。《三国志·蜀志·诸葛亮传》(卷五):"此人可就见,不可屈致也,将军宜枉驾顾之。"

解颐:谓开颜欢笑。语出《汉书·匡衡传》(卷八十一):"无说《诗》,匡鼎来;匡说《诗》,解人颐。"

[42]方:副词,表示某种状态正在持续或某种动作正在进行。犹正,正在。〔南朝·宋〕鲍照《见卖玉器者》:"我方历上国,从洛入函辕。"(《鲍明远集》卷七)

卧云:喻指隐居。〔唐〕白居易《酬元郎中同制加朝散大夫书怀见赠》:"终身拟作卧云伴,逐月须收烧药钱。"(《白氏长庆集》卷十九)

[43]入相:入朝为宰相。〔唐〕崔颢《江畔老人愁》:"两朝出将复入相,五世迭鼓乘朱轮。"(《全唐诗》卷一百三十)

衣宜缁(zī):语出《诗经·郑风·缁衣》:"缁衣之宜兮,敝予又改为兮。"〔汉〕毛亨传:"缁,黑也,卿士听朝之正服也。"(《毛诗注疏》卷七)按:古代朝服用黑色帛做成,故云"入相衣宜缁"。

[44]少须:犹片刻,不多久。〔宋〕李心传《建炎杂记乙集·川秦茶马二司分合》(卷十六):"翌日,召辂至韩府,平原见之,立语少须。"

凋瘵(zhài)：衰败，困乏。〔宋〕李纲《与右相条具事宜札子》："适当早暵之余，财用匮乏，民力凋瘵，不取于民，则调度不足，取之过甚，则人心惊疑。"（《梁溪集》卷一百三）

抚摩：安抚。〔宋〕苏轼《策略五》："昔之有天下者，日夜淬厉其百官，抚摩其人民，为之朝聘会同燕享，以交诸侯之欢。"（《东坡全集》卷四十六）

[45]大赈(zhèn)：大规模筹赈灾。赈，救济。〔汉〕桓宽《盐铁论·力耕》（卷一）："往者财用不足，战士或不得禄，而山东被灾，齐赵大饥，赖均输之畜，仓廪之积，战士以奉，饥民以赈。"

廪(lǐn)粟：仓库中的粮食。廪，粮仓。粟，谷物名。北方通称"谷子"；亦为粮食的通称。〔宋〕张方平《河北两浙京东西或有流移令所在安存》："邻近郡县，若有流移人户在其境内，守令等务与安存，量发廪粟以赒救之。"（《乐全集》卷二十）

歌噫嘻：犹言唱赞歌。噫嘻，叹词，表示赞叹。《诗经·周颂·噫嘻》："噫嘻成王，既昭假尔。"（《毛诗注疏》卷二十七）

作者自注："潼、利告大歉，公方大举荒政。"《全宋诗》注："按：此下夺巇字韵一联。"

[46]会看：应当会看到。会。副词。应当；总会。〔唐〕李白《行路难三首》之一："长风破浪会有时，直挂云帆济沧海。"（《李太白集注》卷三）

丹诏：帝王的诏书。以朱笔书写，故称。〔唐〕韩翃《送王光辅归青州兼寄储侍御》："身着紫衣趋阙下，口衔丹诏出关东。"（《全唐诗》卷二百四十五）

北阙：古代宫殿北面的门楼，用为朝廷的别称。〔宋〕廖刚《贺廉访起复》："休声果达于赤墀，圣语亟颁于丹诏。恩来北阙，欢浃南州。"（《高峰文集》卷八）

[47]岷岭：即岷山，在四川省北部，绵延四川、甘肃两省边境。为长江、黄河分水岭，岷江、嘉陵江支流白龙江发源地。〔唐〕张说《再使蜀道》："青春客岷岭，白露摇江服。"（《张燕公集》卷八）

峨嵋：山名。也写作峨眉、峩眉。在四川峨眉县西南，因山势逶迤，有山峰相对如蛾眉，故名。参见本卷《诗歌部》下册李嘉谋《次袁尚书巫山十二峰二十五韵》注[43]。

[48]江山得助：犹得江山之助。语出〔南朝·梁〕刘勰《文心雕龙·物色》（卷十）："若乃山林皋壤，实文思之奥府，略语则阙，详说则繁。然屈平所以能洞监风骚之情者，抑亦江山之助乎？"

协：调整，调和。《尚书·舜典》："协时月正日，同律度量衡。"〔汉〕孔安国传："合四时之气节，月之大小，日之甲乙，使齐一也。"（《尚书注疏》卷二）

嘉会：谓众美相聚。《周易·乾》："亨者，嘉之会也……嘉会足以合礼。"〔唐〕孔颖达疏："言君子能使万物嘉美集会，足以配合于礼，谓法天之亨也。"（《周易注

疏》卷一)

[49]赓载:谓相续而成,多用指诗词唱和。〔宋〕刘克庄《念奴娇》:"火德中天,客星一夕,草草聊同宿。重来凝碧,依然赓载相属。"(《后村集》卷二十)

明良诗:歌颂贤君良臣的诗。明良,谓贤明的君主和忠良的臣子。语本《尚书·益稷》:"元首明哉,股肱良哉,庶事康哉!"(《尚书注疏》卷四)

阎丘泳

【作者简介】

　　阎丘泳,孝宗淳熙四年(1177),知高安县(清同治《高安县志》卷八)。光宗绍熙元年(1190),为国子监主簿(《宋会要辑稿》选举二十二之九)。五年(1194),除利州路提刑(《止斋集》卷十八《大理正阎丘泳除利州路提刑》)。宁宗庆元三年(1197),为成都府转运判官(《宋会要辑稿》职官七十三之六十八)。召为右司郎中,嘉定六年(1213),为尚书左司郎官(同上书礼四十九之九十六)。

次袁说友巫山十二峰二十五韵[1]

舟行观山无定姿[2],篷底兀坐真儿痴[3]。

层崖复岭正杂沓[4],平冈横阜俄逶迟[5]。

晴岚参天固竞秀[6],深崖挺石尤多奇。

遥岑浮眉绿点点[7]。飞瀑悬剑锋参差[8]。

饱闻巫山妙天下,今诵公诗如见之。

蓬仙来应人间世[9],妙龄便有声名随[10]。

日谈经术辅主圣[11],久领国计嗤弩疲[12]。

共推经邦济川楫[13],暂建分陕元戎旗[14]。

百城听命仰赐履[15],三边制胜如筹帷[16]。

长江高唐神女峡,万里昆仑分一枝[17]。

峰峦森立入霄汉[18],塔庙选胜居高低[19]。

响山猨啼声若啸[20],迎棹鸦舞来如嬉[21]。

金母分畀神灵职[22],孰云朝暮阳台为[23]。

琅函蕊笈发天秘[24]，赞禹治水唐虞时[25]。

英辞一洗千载陋[26]，写之琬琰宜在兹[27]。

人思传本快先睹[28]，蔡邕石经车马驰[29]。

北畅威名被沙漠[30]，西奠夷落连黔施[31]。

帝遣云軿镇南极[32]，祠宫姑寓江之湄[33]。

湘君时过鼓瑶瑟[34]，宓妃岂复扬蛾眉[35]。

金关已俾坐少广[36]，丹经孰授逾期颐[37]。

野人尘容粗知学[38]，素守亦复涅不缁[39]。

羯来乘轺职飞挽[40]，两见祈谷歌噫嘻[41]。

疲氓崎岖上转粟[42]，旧业荒落南窥巇[43]。

劳生屡已度剑栈[44]，清游颇念登峨嵋[45]。

从今嵩高雅颂手[46]，那数韩子南山诗[47]。

（原载〔明〕周复俊《全蜀艺文志》卷九；录自北京大学古文献研究所编《全宋诗》，北京大学出版社1991年7月第1版，第50册，第31085—31086页）

【注　释】

[1]次：犹次韵，依次用所和诗中的韵作诗，也称步韵。参见本卷《诗歌部》上册王安石《次韵张子野秋中久雨晚晴》注[1]。

袁说友：参见本卷《诗歌部》下册袁说友《巫山十二峰二十五韵》【作者简介】。

[2]无定姿：没有固定的姿势。

[3]兀坐：独自端坐。〔宋〕苏轼《客住假寐》："谒入不得去，兀坐如枯株。"（《东坡诗集注》卷七）

儿痴：像儿童一样痴迷。〔宋〕杨万里《负丞零陵更尽而代者未至家君携老幼先归追送出城正值泥雨万感骤集》："儿女喜归不解悲，我愁安得如儿痴。"（《宋诗钞》卷七十一）

[4]层崖：层层崖石。〔唐〕张九龄《南还以诗代书赠京都旧寮》："层崖夹洞浦，轻舸泛澄漪。"（《曲江集》卷四）

复岭：重叠的山岭。〔宋〕文同《奉送少讷还青神》："丛冈复岭谁敢度，旦暮寒鸡叫泥滑。"（《丹渊集》卷十）

杂沓：纷杂繁多貌。〔宋〕郭印《横翠堂成与诸公落之蒙觊佳篇不敢当也谩作

数语以纪其实》："华堂不日成,杂沓千山赴。"(《云溪集》卷三)

[5]平冈:山脊平坦的山岗。〔南朝·梁〕沈约《宿东园》："茅栋啸愁鸱,平冈走寒兔。"(《汉魏六朝百三家集》卷八十八)

横阜(fù):横向的大山。阜,大山。〔晋〕左思《蜀都赋》："经途所亘,五千余里,山阜相属,含溪怀谷。"〔晋〕刘逵注:"阜,大山也。"(《文选》卷四)

俄透迤:俄,短暂的时间,一会儿。《公羊传》桓公二年:"至乎地之与人,则不然,俄而可以为其有矣。"〔汉〕何休注:"俄者,谓须臾之间,制得之项也。"(《春秋公羊传注疏》卷四)透迤,遥远貌。〔唐〕王维《送高适弟耽归临淮作》:"都门谢亲故,行路日透迤。"〔清〕赵殿成注:"毛苌《诗传》:透迤,历远之貌。"(《王右丞集笺注》卷四)此句意为一会儿平坦的山冈横着的大山出现在远处。

[6]晴岚:晴日山中的雾气。〔唐〕白居易《代春赠》:"山吐晴岚水放光,辛夷花白柳梢黄。"(《白香山诗集》卷十六)

参天:高悬或高耸于天空。《汉书·谷永传》(卷八十五):"太白出西方六十日,法当参天,今已过期,尚在桑榆之间。"

竞秀:争比秀丽。〔南朝·宋〕刘义庆《世说新语·言语》(卷上之上):"千岩竞秀,万壑争流。"

[7]遥岑(cén):远处陡峭的小山崖。〔宋〕韩琦《次韵和春卿学士早春》:"雪霁春来极目心,远眉新黛破遥岑。"(《安阳集》卷四)

浮眉:犹言像浮着的修眉。语出〔唐〕韩愈《南山诗》:"横云时平凝,点点露数岫。天宇浮修眉,浓绿画新就。"(《五百家注昌黎文集》卷一)

绿点点:犹点点绿,状远岑。亦出自《南山诗》,见上引。

[8]参差:高低不齐貌。此言飞瀑像悬垂的宝剑,剑锋高低错落。

[9]蓬仙:犹蓬莱仙人。〔宋〕吕陶《送王昌州屯田》:"蓬仙终到海,轩凤必巢阿。"(《净德集》卷三十三)

[10]妙龄:青春年少。〔宋〕孟元老《东京梦华录·宰执亲王宗室百官入内上寿》(卷九):"女童皆选两军妙龄容艳过人者四百余人。"按:这里指代巫山神女。

[11]经术:犹经学。《史记·太史公自序》(卷一百三十):"仲尼悼礼废乐崩,追修经术,以达王道。"

主圣:犹主上圣明,〔唐〕陆贽《兴元论解姜公辅状》:"唐虞之际,主圣臣贤,庶绩咸熙,万邦已协。"(《翰苑集》卷十五)

[12]国计:治国的方针大计。〔宋〕王禹偁《先君后臣论》:"会痤病,卫君亲视之疾,且问国计。"(《小畜集》卷十五)

驽疲:驽钝衰老。驽,劣马。引申为平庸低下。疲,指疲老。〔宋〕崔敦礼《代平江守臣谢上表》:"臣敢不策励驽疲,勉思夙夜,赴功趋事,庶兴颓弊之风,足用爱民,谨布宽平之政。"(《宫教集》卷四)嗤,讥笑,嘲笑。

[13]经邦:犹经营邦国。邦,地区,政区。〔汉〕蔡邕《刘镇南碑》:"穷山幽谷,于是为邦。"(《蔡中郎集》卷六)〔宋〕吴曾《能改斋漫录·方物》(卷十五):"蜀之蓄蚕,与他邦异。"

济川楫:渡河的舟楫。济,渡河。川,河流。楫,船桨。短曰楫,长曰櫂。按:庆元三年(1197),袁说友为四川制置使兼知成都府,故此"川"又指四川,语意双关。

[14]分陕:分治陕西的部分土地。

元戎旗:主将、统帅的旗帜。

[15]赐履:语本《左传》僖公四年:"赐我先君履,东至于海,西至于河,南至于穆陵,北至于无棣。"〔晋〕杜预注:"履,所践履之界。"(《春秋左传注疏》卷十二)后因以"赐履"指君主所赐的封地。

[16]三边:指东、西、北边陲。《后汉书·杨震传》(卷八十四):"羌虏钞掠,三边震扰。"亦泛指边境,边疆。

制胜:制服对方以取胜。《孙子·虚实》:"人皆知我所以胜之形,而莫知吾所以制胜之形。"

筹帷:谋划军机于军帐中。〔唐〕陆龟蒙《京口》:"可怜宋帝筹帷处,苍翠无烟草自生。"(《甫里集》卷八)

[17]高唐神女峡:即巫峡。

昆仑:山名。在西藏、新疆和青海之间。海拔6000米左右,多雪峰、冰川。《淮南子·原道训》:"经纪山川,蹈腾昆仑,排阊阖,沦天门。"〔汉〕高诱注:"昆仑,山名也。在西北,其高万九千里。"(《淮南鸿烈解》卷一)

[18]森立:犹林立。〔唐〕刘禹锡《答东阳于令涵碧图诗并引》:"清溪翠岩,森立坌来。"(《刘宾客文集》卷二十五)

霄汉:本指天河,亦借指天空。〔唐〕李白《莹禅师房观山海图》:"列嶂图云山,攒峰入霄汉。"(《李太白文集》卷二十二)

[19]塔庙:即塔,亦泛指寺塔。《魏书·释老志》(卷一百一十四):"塔亦胡言,犹宗庙也,故世称塔庙。"

选胜:选择胜地。胜地,指形势有利的地方。〔唐〕张籍《和令狐尚书平泉东庄近居李仆射有寄》:"探幽皆一绝,选胜又双全。"(《张司业集》卷四)

[20]猨啼:猨,同"猿"。〔唐〕寒山《诗》:"猨啼溪雾冷,岳色草门连。"(《寒山诗集》)

啸:撮口吹出声音。《诗经·召南·江有汜》:"不我过,其啸也歌。"〔汉〕郑玄笺:"啸,蹙口而出声。"(《毛诗注疏》卷二)亦指鸟兽长声鸣叫。〔汉〕淮南小山

《招隐士》:"猨狖群啸兮虎豹嗥,攀援桂枝兮聊淹留。"(《楚辞章句》卷十二)

[21]迎棹鸦:即迎船鸦。棹,桨,指代船。旧时神女庙前有乌鸦迎送客船。〔宋〕范成大《吴船录》(卷下):"(神女)庙有驯鸦,客舟将来,则迓于数里之外,或直至县。下船过,亦送数里。人以饼饵掷空,鸦仰喙承取不失一。土人谓之神鸦,亦谓之迎船鸦。"

如嬉:如嬉戏。

[22]金母:古神话传说中的女神。俗称西王母。〔南朝·梁〕陶弘景《真诰·甄命授》:"昔汉初,有四五小儿路上画地戏。一儿歌曰:'着青裙,入天门,揖金母,拜木公。'时人莫知,惟张子房往拜之,此乃东王公之玉童也。所谓金母者,西王母也。木公者,东王公也。仙人拜王公,揖王母。"(《类说》卷三十三载录)

分畀(bì):犹分派。畀,委派。〔宋〕刘一止《曹璏除湖北路提刑宗樗除潼川府路提刑》:"或选自郎省,或擢从外官,分畀一道之权,以观底绩。"(《苕溪集》卷三十一)

神灵职:神灵的职务。按:此句是说巫山神女是由西王母分派的神职。此说出自〔前蜀〕杜光庭《墉城集仙录》:"云华夫人,王母第二十三女,太真王夫人之妹也,名瑶姬。受徊风混合万景炼神飞化之道。"(《太平广记》卷五十六载录)参见本卷《诗歌部》上册吴世延《望霞峰》注[2]。

[23]孰云:谁说。〔三国·魏〕嵇康《兄秀才公穆入军赠诗十九首》之八:"百年之期,孰云其寿。思欲登仙,以跻不朽。"(《嵇中散集》卷一)

朝暮阳台为:朝暮阳台,指〔战国·楚〕宋玉《高唐赋·序》中所云"朝朝暮暮,阳台之下"。(《文选》卷十九)为,助词,用在句末,表疑问或反诘。《左传》襄公十七年:"亲逐而君,尔父为厉。是之不忧,而何以田为?"按:此句意为:谁说巫山神女朝朝暮暮等待在阳台之下? 即对宋玉赋中的描写表示质疑。

[24]琅函:书匣的美称。〔前蜀〕韦庄《李氏小池亭十二韵》:"家藏何所宝,清韵满琅函。"(《浣花集》卷五)

蕊笈:即蕊书,指道教经籍。笈,盛器,多竹、藤编织,常用以放置书籍、衣巾、药物等。引申指书籍,经典。〔宋〕陆游《千秋观修造饭》:"琼楼玉宇,正须月斧之修;蕊笈琅函,未极云章之奉。"(《渭南文集》卷二十四)

发天秘:犹言开启上天的秘籍。按:此句指巫山神女瑶姬授书给大禹,助其治水之事。参见〔前蜀〕杜光庭《墉城集仙录》:"云华夫人,王母第二十三女,太真王夫人之妹也,名瑶姬。……尝东海游还,过江上,有巫山焉。峰岩挺拔,林壑幽丽,巨石如坛,留连久之。时大禹理水驻山下,大风卒至,崖振谷陨不可制。因与夫人相值,拜而求助。即敕侍女授禹策召鬼神之书;因命其神狂章、虞余、黄魔、大翳、庚辰、童律等,助禹斸石疏波,决塞导阨,以循其流。禹拜而谢焉。禹尝诣之崇巘之巅,顾盼之际,化而为石,或倏然飞腾,散为轻云,油然而止,聚为夕雨,或化游龙或为翔鹤,千态万状不可亲也……因命侍女陵容华出丹玉之笈,开《上清宝文》以授禹,拜受而去。又得庚辰、虞余之助,遂能导波决川以成其功,奠五岳,别九州,而天锡玄珪,以为紫庭真人。"(《太平广记》卷五十六载录)

[25]唐虞时:唐尧与虞舜的时代,古人以为太平盛世。唐尧,古帝名。帝喾之子,姓伊祁(亦作伊耆),名放勋。初封于陶,又封于唐,号陶唐氏。以子丹朱不肖,传位于舜。虞舜,古帝名。姓姚,名重华,因其先国于虞,故称虞舜。二者为古代传说中的圣君。《论语·泰伯》:"唐虞之际,于斯为盛。"(《论语注疏》卷八)

[26]英辞:美好的文辞。〔宋〕苏颂《东山长老语录序》:"幕府纪录,镵于丰碑;秀句英辞,播在人口。"(《苏魏公文集》卷六十七)

千载陋:犹千年之丑陋、猥琐。指宋玉《高唐赋》《神女赋》对神女的描写。

[27]写之琬琰(wǎnyǎn):语出〔唐〕玄宗李隆基《孝经序》:"写之琬琰,庶有补于将来。"(《孝经注疏》卷首)琬琰,碑石之美称。

[28]传本:流传于世间的版本。〔宋〕尹洙《书禹庙碑阴》:"周君以书名于世,故季展书大为人爱重,四方竞构之,传本既多,字寖缺落。"(《河南集》卷四)

快先睹:犹言先睹为快。

[29]蔡邕(133—192):东汉文学家、书法家。字伯喈,陈留圉(今河南杞县南)人。少时博学,师事太傅胡广。喜爱辞章、数术、天文,妙操音律。初为司徒桥玄属官,出补河平长,旋召任郎中,校书于东观,迁为议郎。熹平四年(175)以经籍去圣久远,文字多谬,遂与五官中郎将堂谿典。光禄大夫杨赐等奏求正定《六经》文字,灵帝许之。他手写经于碑,使工匠镌刻,立于太学门外,世称"熹平石经"。碑始立时,观瞻者、摹写者,每日车乘千余辆,堵塞街巷。后因上书论朝政阙失,遭诬陷,流放朔方。遇赦后。又因受宦官仇视,亡命江湖十余年。灵帝死,董卓专政,被迫任侍御史,拜左中郎将,从献帝迁都长安,封高阳乡侯。董卓被诛后,他亦被捕,死于狱中。其散文长于碑记。诗赋以《述行赋》较著名。原有《蔡中郎集》,已佚,后人有辑本。

石经:即"熹平石经"。

车马驰:指蔡邕"熹平石经"始立时,观瞻者、摹写者,每日车乘千余辆,堵塞街巷之事。

[30]北畅威名:犹言在北方盛传其威名。畅,畅达,彰显。〔宋〕楼钥《中奉大夫焕章阁待制知鄂州王信磨勘转官》:"易镇会稽,畅威名于近甸;分符鄂渚,增形势于上游。"(《攻媿集》卷三十九)

被沙漠:遍布沙漠。被,遍,满。〔宋〕刘挚《答外州前宰执启》:"某官德被华夷,功施庙社。"(《忠肃集》卷九)

[31]西奠:犹言西方奠定。

夷落:古称少数民族聚居之地,亦借指少数民族。〔晋〕左思《魏都赋》:"蛮陬夷落,译导而通,鸟兽之氓也。"〔晋〕刘逵注:"陬、落,蛮夷之居处名也。"(《文选》卷六)

连黔施:连接黔州和施州。黔州,北周建德四年(575)改奉州置,治所在今重庆市彭水苗族土家族自治县东北郁山镇。隋开皇十三年(593)置彭水为附郭县。大业三年(607)改为黔安郡。唐武德元年(618)复改为黔州,贞观四年(630)移治今彭水苗族土家族自治县。天宝元年(742)改为黔中郡。乾元元年(758)复为黔州。辖境相当今重庆市彭水、黔江等县,西阳及贵州沿河、务川等县部分地。南宋绍定元年(1228)升为绍庆府。施州,北周建德三年(574)置,治所在沙渠县(今湖北恩施市)。大业初改为清江郡。义宁二年(618)复置,治所在清江县(今恩施市)唐天宝元年(742)改为清化郡。乾元元年(758)复为施州。辖境相当今湖北西南部五峰、建始等县以西地。元属夔州路。明洪武初废。十四年(1381)复置,属夔州府。二十三年(1390)废入施州卫。

[32]帝遣:上帝派遣。〔唐〕李贺《浩歌》:"南风吹山作平地,帝遣天吴移海水。"(《昌谷集》卷一)

云轸(píng):神仙所乘之车。以云为之,故云。唐顾况《梁广画花歌》:"王母欲过刘彻家,飞琼夜入云轸车。"

镇南极:镇守南极。南极,南方极远之地。《吕氏春秋·本味》(卷十四):"南极之崖,有菜,其名曰嘉树,其色若碧。"

[33]祠宫:指祠堂,神庙。〔宋〕杨亿《次韵和李舍人立秋祠太一宫宿斋书事之什》:"太一祠宫肃,斋居荐至诚。"(《武夷新集》卷二)

姑寓江之湄:暂且住在江边。姑,姑且,暂且。寓,寄居。湄,岸边。

[34]湘君:尧二女,舜妃。参见本卷《诗歌部》上册田锡《风筝歌》注[11]。

鼓瑶瑟:犹弹奏琴瑟。鼓,弹奏(乐器)。《诗经·小雅·鹿鸣》:"我有嘉宾,鼓瑟鼓琴。"(《毛诗注疏》卷十六)瑶瑟,用玉装饰的琴瑟。〔唐〕陈子昂《春台引》:"挟宝书与瑶瑟,芳蕙华而兰靡。"(《陈拾遗集》卷七)

[35]宓(fú)妃:传说中的洛水女神。〔战国·楚〕屈原《离骚》:"吾令丰隆乘云兮,求宓妃之所在。"〔汉〕王逸注:"宓妃,神女。"(《楚辞章句》卷一)〔汉〕司马相如《上林赋》:"若夫青琴、宓妃之徒,绝殊离俗。"〔唐〕李善注引如淳曰:"宓妃,伏羲氏女,溺死洛,遂为洛水之神。"(《文选》卷八)〔三国·魏〕曹植《洛神赋》:"黄初三年,余朝京师,还济洛川。古人有言,斯水之神,名曰宓妃。感宋玉对楚王神女之事,遂作斯赋。"(《文选》卷十九)

岂复:岂又。〔汉〕孔融《与张纮书》:"道直途清,相见岂复难哉!"(《孔北海

集》)

蛾眉：蚕蛾触须细长而弯曲，因以比喻女子美丽的眉毛。〔宋〕吕本中《清都行》："见我而笑扬蛾眉，问我此去来何时。"(《东莱诗集》卷七)

[36]金关：即函谷关。〔宋〕王应麟《玉海·地理·汉函谷关》(卷二十四)："《通典》：魏正始元年，弘农太守孟康上言，移函谷关，更号大崤关，又为金关。"

已侔(móu)：犹已取。侔，谋取。《韩非子·五蠹》(卷十九)："蓄积待时而侔农夫之利。"

少(shào)广：神话传说中的岩穴名。一说山名。《庄子·大宗师》："西王母得之，坐乎少广，莫知其始，莫知其终。"〔晋〕郭象注："少广，山名。或西方空界之名。"(《庄子注》卷三)

[37]丹经：讲述炼丹术的专书。〔南朝·梁〕江淹《从冠军建平王登庐山香炉峰》："广成爱神鼎，淮南好丹经。"(《江文通集》卷四)敦授，谁授予。

逾期颐：过一百岁。逾，超过。期颐一百岁。语本《礼记·曲礼上》："百年曰期、颐。"〔汉〕郑玄注："期，犹要也；颐，养也。不知衣服食味，孝子要尽养道而已。"(《礼记注疏》卷一)

[38]野人：上古谓居国城之郊野的人，与"国人"相对。《仪礼·丧服》："禽兽知母而不知父，野人曰：'父母何算焉！'都邑之士则知尊祢矣。"〔唐〕贾公彦疏引《论语》郑玄注："野人粗略，与都邑之士相对。亦谓国外为野人。"(《仪礼注疏》卷十一)亦泛指村野之人，农夫。三国魏嵇康《与山巨源绝交书》："野人有快炙背而美芹子者，欲献之至尊，虽有区区之意，亦已疏矣。"按：此句中当为后义。

尘容：尘俗的容态。〔南朝·齐〕孔稚珪《北山移文》："焚芰制而裂荷衣，抗尘容而走俗状。"(《文选》卷四十三)

[39]素守：平素的操守。〔宋〕陆游《东郊饮村酒大醉后作》："丈夫无苟求，君子有素守。"(《剑南诗稿》卷八)

亦复：也，又。

涅不缁(zī)：用涅染也染不黑。比喻品格高尚，不受坏的环境的影响。语出《论语·阳货》："不曰白乎？涅而不缁。"(《论语注疏》卷十七)涅，黑矾石。又名黑石脂、石墨，可以染黑写字。《淮南子·俶真训》："今以涅染缁，则黑于涅。"〔汉〕高诱注："涅，矾石也。"(《淮南鸿烈解》卷二)缁，黑色。《周礼·考工记·钟氏》："三入为纁，五入为緅，七入为缁。"〔汉〕郑玄注："染纁者，三入而成。又再染以黑，则为緅。緅，今礼俗文作爵，言如爵头色也。又复再染以黑，乃成缁矣。"(《周礼注疏》卷四十)

[40]朅(qiè)来：犹言来。朅，助词，用于句首。

乘轺(yáo)：乘坐轺车。轺，使节所用之车。〔南朝·梁〕丘迟《与陈伯之书》：

"乘轺建节,奉疆场之任。"〔唐〕刘良注:"轺,使车也。"(《六臣注文选》卷四十三)

职飞挽:职务为运送粮草。飞挽,即"飞刍挽粟",谓迅速运送粮草。参见本卷《诗歌部》下册张缙《次袁说友巫山十二峰古风二十五韵》注[30]。

[41]祈谷:古代祈求谷物丰熟的祭礼。《礼记·月令》:"(孟春之月)天子乃以元日祈谷于上帝。"(《礼记注疏》卷十四)

歌噫嘻:犹言唱赞歌。噫嘻,叹词,表示赞叹。《诗经·周颂·噫嘻》:"噫嘻成王,既昭假尔。"(《毛诗注疏》卷二十七)

[42]疲甿:疲困之民。〔唐〕白居易《才识兼茂明于体用科策一道》:"农战非古,衣食罕储,念兹疲甿,远乖富庶。"(《白氏长庆集》卷四十七)

崎岖:犹言道路高低不平。〔宋〕郭印《十一月四日陪诸公游神泉南山院二十韵》:"角门通细路,崎岖上层丘。"(《云溪集》卷四)

转粟:运送谷物。〔唐〕杜甫《西山三首》之一:"筑城依白帝,转粟上青天。"(《九家集注杜诗》卷二十四)

[43]旧业:指昔所从事的学业、学术。〔宋〕王安石《思王逢原》之三:"中郎旧业无儿付,康子高才有妇同。"(《瀛奎律髓》卷四十九)

荒落:荒疏;衰退。《资治通鉴·唐僖宗光启二年》(卷二百五十六):"(朱玫)使萧遘为册文,遘辞以文思荒落。"

南窥巘:犹南观九巘。参见本卷《诗歌部》下册黄人杰《次袁尚书巫山十二峰二十五韵》注[44]。

[44]劳生:语本《庄子·大宗师》:"夫大块载我以形,劳我以生,佚我以老,息我以死。"(《庄子注》卷三)后以"劳生"指辛苦劳累的生活。

屡已:犹言已经多次。〔唐〕韩愈《苦寒》:"侵炉不觉暖,炽炭屡已添。"(《东雅堂昌黎集注》卷四)

度剑栈:经过剑阁栈道。度,过,用于空间或时间。剑栈,剑阁栈道。《宋史·地理志》(卷八十九):"川峡四路,盖《禹贡》梁、雍、荆三州之地,而梁州为多;天文与秦同分。南至荆峡,北控剑栈,西南接蛮夷。"〔宋〕梅尧臣《送马行之都官》:"昭亭山下送君时,不畏西行剑栈危。"(《宋诗钞》卷八)

[45]清游:清雅游赏。〔宋〕范成大《送汪仲嘉侍郎使金分韵得待字》:"清游不可迟,日日檥船待。"(《石湖诗集》卷十一)

峨嵋:山名。也写作峨眉、峩眉。在四川峨眉县西南,因山势逶迤,有山峰相对如蛾眉,故名。参见本卷《诗歌部》下册李嘉谋《次袁尚书巫山十二峰二十五韵》注[43]。此句是说清明犹如秋月之挂峨嵋。

[46]嵩高:即嵩山。《史记·封禅书》(卷二十八):"昔三代之君,皆在河洛之间,故嵩高为中岳。"

雅颂:《诗经》内容和乐曲分类的名称,雅乐为朝廷的乐曲,颂为宗庙祭祀的乐曲。雅颂手,犹言作雅颂乐曲的歌手,指诗人。

[47]韩子:指韩愈。参见本卷《诗歌部》中册李流谦《峡中赋百韵》注[148]。

南山诗:韩愈诗《南山》。〔宋〕樊霖注曰:"按:《长安志》:终南山在万年县南五十里,东自蓝田县界石鳖谷,以谷水与长安县为界,东西四十里。《禹贡》曰:终南惇物。孔注:终南,山名。诗曰:'终南何有?'毛注:周之名山。《左传》曰:荆山中南,九州之险也。杜注:终南,在始平武功县南。《汉书》:太一山又为终南山。《五经要义》曰:太一,一名终南山,在扶风武功县。则终南、太一不得为一山。盖终南,南山之总名,太一,其山之别号尔。《关中记》:终南山,一名中南山,言在天之中,居都之南也。又曰:终南、太一,左右三十里内名福地。东方朔曰:终南山,天下之大阻也。其山多玉石、金银、铜铁、豫章、檀柘、异物之类,不可胜原。此百工取给,万姓所仰,足也。志所纪终南尽矣。公所赋即此,凡百有二韵。元和初,自江陵法曹召为国子博士作。"洪注曰:"此诗似《上林》、《子虚》赋,才力小者不可到也。补注:《潜溪诗眼》云:孙莘老尝谓:老杜《北征》胜退之《南山诗》。王平甫以谓《南山》胜《北征》,终不能相服。时山谷尚少,乃曰:若论工巧,则《北征》不及《南山》;若书一代之事,以与《国风》、《雅》、《颂》相为表里,则《北征》不可无,而《南山》虽不作,未害也。二公之论遂定。"

刘 褒

【作者简介】

　　刘褒,字伯宠,号梅山老人,崇安(今福建武夷山市)人。孝宗淳熙五年(1178)进士(明嘉靖《建宁府志》卷十五)。光宗绍熙中为静江府教授(《北京图书馆藏中国历代石刻拓本汇编》宋代分册)。宁宗庆元六年(1200),知龙溪县(明嘉靖《龙溪县志》卷五)。嘉定六年(1213)由监尚书六部门奉祠(《宋会要辑稿》职官七十五之三十九),起知全州(清雍正《广西通志》卷五十一)有《梅山诗集》,已佚。事见《万姓统谱》卷五十九。

满庭芳[1]

留别

　　柳袅金丝,梨铺香雪,一年春事方中[2]。烛前一见,花艳觉羞红[3]。枕臂香痕未落,舟横岸、作计匆匆[4]。明朝去,暮天平水,双桨碧云东。
　　隔离歌一阕,琵琶声断,燕子楼空[5]。叹阳台梦杳,行雨无踪[6]。后会芙蕖未老,从今去、日望归鸿[7]。愁如织,断肠啼鸩,饶舌诉东风[8]。

(原载《四部丛刊》影印明本[宋]黄升辑《中兴以来绝妙词选》卷七;录自唐圭璋编《全宋词》,中华书局1965年6月第1版,第3册,第2124页)

【注　释】

　　[1]满庭芳:词牌名。参见本卷《诗歌部》上册晏几道《满庭芳》注[1]。刘褒此词双调,九十五字。前后段各十句四平韵。

　　[2]柳袅金丝:犹言柳树摇曳着金丝般的柳条。袅,摇曳,颤动。金丝,形容柳丝。因柳叶出绽时色黄似金,故称。〔宋〕杨万里《上元后犹寒》:"旧来池上金丝柳,新学江西鹰爪茶。"(《诚斋集》卷十二)

　　梨铺香雪:犹言梨花如铺开的香雪。梨花色白如雪,又有清香,故云香雪。〔宋〕田锡《代书呈苏易简学士希宠和见寄以便题之于郡斋也》:"残阳乍听吹角声,台榭梨花簇香雪。"(《咸平集》卷二十)

　　春事方中:犹言仲春时节。春事,春色。方中,始处正中。指春季的第二个月,即农历二月,处于春季之中。

　　[3]羞红:脸上因羞愧而泛出的红晕。〔宋〕范成大《酒边二绝》之一:"团扇香中袅袅风,断肠声里看羞红。"(《石湖诗集》卷十四)

　　[4]作计:谋划,考虑。《古诗无名人为焦仲卿妻作并序》:"阿兄得闻之,怅然心中烦。举言谓阿妹,作计何不量。"(《玉台新韵》卷一)匆匆,仓卒,急急忙忙。

　　[5]隔离歌一阕(què):隔离,犹隔断。歌一阕,犹唱一首。歌曲或词一首叫一阕。〔宋〕陈襄《楼上曲》:"罗衣掩泪愁向天,手把瑶华歌一阕。"(《古灵集》卷二十二)

　　燕子楼:楼名。在今江苏省徐州市。相传为唐贞元时尚书张建封之爱姬关盼盼居所。张死后,盼盼念旧不嫁,独居此楼十余年。见〔唐〕白居易《〈燕子楼三首〉序》:"徐州故尚书张有爱妓曰盼盼,善歌舞,雅多风态。予为校书郎时游徐泗间,张尚书宴予,酒酣出盼盼以佐欢,欢甚,予因赠诗云:'醉娇胜不得,风袅牡丹花。'尽欢而去。迩后绝不相闻,迨兹仅一纪矣。昨日司勋员外郎张仲素缋之访予,因吟新诗,有《燕子楼三首》,词甚婉丽,诘其由,为盼盼作也。缋之从事武宁军,累年颇知盼盼始末,云尚书既没归葬东洛,而彭城有张氏旧第,第中有小楼,名燕子。盼盼念旧爱而不嫁,居是楼十余年,幽独块然,于今尚在。予爱缋之新咏,感彭城旧游,因同其题作三绝句并序。"一说,盼盼系建封子张愔之妾。见〔宋〕陈振孙《白文公年谱》:"二十年甲申:……燕子楼事,世传为张建封。按:建封死在贞元十六年,且其官为司空,非尚书也。尚书乃其子愔,《丽情集》误以为建封尔。此虽细事,亦可以正千载传闻之谬。"(据《白香山诗集》载《年谱旧本》)。后以"燕子楼"泛指女子居所。按:"燕子楼空"出自〔宋〕苏轼《永遇乐》:"燕子楼空,佳人何在,空锁楼中燕。"(《东坡词》)

　　[6]阳台、行雨:犹巫山神女情事。语出〔战国·楚〕宋玉《高唐赋·序》:"去而辞曰:'妾在巫山之阳,高丘之阻,旦为朝云,暮为行雨。朝朝暮暮,阳台之下。'"(《文选》卷十九)

　　[7]芙蕖(qú):荷花的别名。《尔雅·释草》:"荷,芙渠。其茎茄,其叶蕸,其本蔤,其华菡萏,其实莲,其根藕,其中的,的中薏。"〔晋〕郭璞注:"(芙渠)别名芙

蓉,江东呼荷。"(《尔雅注疏》卷八)〔三国·魏〕曹植《洛神赋》:"远而望之,皎若太阳升朝霞;迫而察之,灼若芙蕖出渌波。"(《文选》卷十九)

归鸿:归雁。〔宋〕梅尧臣《和宋次道答弟中道寄怀》:"腊尽春来又相远,江南江北望归鸿。"(《宛陵集》卷五十五)

[8]愁如织:犹言忧愁如编织而成。织,编织。如织,比喻事物或情绪纷繁交错。〔宋〕张元幹《柳梢青》:"海山浮碧。细风丝雨,新愁如织。"(《芦川归来集》卷六)

啼鹈(jué):啼叫的伯劳。鹈,鸟名,即伯劳。额部和头部的两旁黑色,颈部蓝灰色,背部棕红色,有黑色波状横纹。吃昆虫和小鸟。善鸣。〔宋〕刘敞《杂诗二十二首》之七:"啼鹈鸣空林,良辰竟何许。"(《公是集》卷四)

饶舌:饶舌,谓唠叨,多嘴。〔唐〕白居易《酬严给事》:"不缘啼鸟春饶舌,青琐仙郎可得知?"(《白氏长庆集》卷二十五)

诉东风:犹言对东风诉说。〔宋〕杨万里《山庄李花》:"除却断肠千树雪,别无春恨诉东风。"(《诚斋集》卷三十九)

刘
褒

153

李廷忠

【作者简介】

李廷忠,字居厚,号橘山(《中兴以来绝妙词选》卷四),于潜(今浙江临安西南)人。孝宗淳熙八年(1181)进士(《咸淳临安志》卷六十一)。官于潜教授。著有《橘山四六集》二十卷(清嘉庆《于潜县志》卷十四),已佚。

满江红

上夔帅乐秘阁生日[1]

玉帐西来,道前是、绣衣使者[2]。游览处、秋风鼓吹,自天而下。湘水得霜清可鉴,巫峰过雨森如画[3]。有神仙、佳致在胸襟[4],真潇洒。　　荆州宝,元无价[5]。夔门政,长多暇[6]。听谈兵樽俎,百川倾泻[7]。此日寿觞容我劝,他年枢柄还公把[8]。趁桂花、时节去朝天,香随马[9]。

(原载《四部丛刊》影印明本〔宋〕黄升辑《中兴以来绝妙词选》卷四;录自唐圭璋编《全宋词》,中华书局1965年6月第1版,第4册,第2266页)

【注　释】

[1]满江红:词牌名。参见本卷《诗歌部》上册柳永《满江红》注[1]。李廷忠此词双调,双调,九十三字。前段八句,四仄韵;后段十句,五仄韵。

夔帅:夔州长官。帅,谓镇守和掌管一方的军事和民政。宋元时设安抚使任之。此职常由知州、知府兼任。

[2]玉帐:主帅所居的帐幕,取如玉之坚的意思。〔唐〕李商隐《重有感》:"玉

帐牙旗得上游,安危须共主君忧。"(《李义山诗集注》卷二上)

绣衣使者:即绣衣直指,官名。汉武帝天汉年间,民间起事者众,地方官员督捕不力,因派直指使者衣绣衣,持斧仗节,兴兵镇压,刺史郡守以下督捕不力者亦皆伏诛。后因称此等特派官员为"绣衣直指"。绣衣,表示地位尊贵;直指,谓处事无私。后亦称"绣衣使者"。绣衣直指本由侍御史充任,故亦称"绣衣御史"。王莽时改称"绣衣执法"。〔宋〕张孝祥《念奴娇》:"绣衣使者,度郢中绝唱,《阳春白雪》。"(《于湖集》卷三十一)

[3]湘水:即湘江,源出广西省,流入湖南省,为湖南省最大的河流。〔唐〕陈子昂《感遇》之三十:"箕山有高节,湘水有清源。"(《陈拾遗集》卷一)

得霜清可鉴:犹言得到霜的冷凝清澈得可以照影。得霜,犹深秋。〔唐〕白居易《酬梦得穷秋夜坐即事见寄》:"菊悴篱经雨,萍销水得霜。"(《白氏长庆集》卷三十三)可鉴,可以照物。鉴,镜子。〔宋〕赵抃《题衢州唐台山》:"寒泉一亩清可鉴,优游鳝鲔扬鳞鬐。"(《清献集》卷一)

巫峰:指巫山十二峰。〔宋〕柳永《离别难》:"望断处,杳杳巫峯十二,千古暮云深。"(《乐章集》)

过雨森如画:犹言经过雨的洗涤罗列如画。过雨,犹经雨。〔唐〕杜甫《寄李十四员外布十二韵》:"宿阴繁素奈,过雨乱红蕖。"(《九家集注杜诗》卷二十六)森,峙立,罗列。〔宋〕陆游《会稽县新建华严院记》:"冈峦抱负,嵩嶂森立。"(《渭南文集》卷十九)

[4]佳致:优美高雅的情趣。〔南朝·宋〕刘义庆《世说新语·文学》(卷上之下):"(殷浩)作数百语,既有佳致,兼辞条丰蔚,甚足以动心骇听。"

胸襟:犹胸境,指心情、志趣、抱负等。〔唐〕李白《赠崔侍御》:"长剑一杯酒,男儿方寸心。洛阳因剧孟,托宿话胸襟。"(《李太白文集》卷七)

[5]荆州宝:犹言荆州宝地。元无价,原本无价。元,本来,原来。〔宋〕周紫芝《谢吴司户寄诗卷》:"白璧元无价,青云未易知。"(《太仓稊米集》卷三十三)

[6]夔门政:指夔州的政事。夔门,瞿塘峡口两岸悬崖壁立,江流湍急,两山夹一水,俨然如门,故称夔门。为长江三峡之首。号称西蜀门户。夔门外旧有滟滪堆。〔宋〕李流谦《忆乐季和》:"三月春已深,稳下三峡船。夔门有巨舰,谈嬉障百川。"(《澹斋集》卷二)按:此句中以"夔门"指代"夔州"。

长多暇:长期多闲暇。〔唐〕杜甫《夏夜李尚书筵送宇文石首赴县联句一首》:"单父长多暇,河阳实少年。"(《九家集注杜诗》卷三十三)

[7]谈兵:议论军事;谈论用兵。〔宋〕梅尧臣《夜酌赵侯家》:"方与旧将饮,谈兵灯烛前。"(《宛陵集》卷二十六)

樽俎(zǔ):古代盛酒食的器皿。樽以盛酒,俎以盛肉。借指宴席。〔汉〕刘向

《新序·杂事一》(卷一):"仲尼闻之曰:'夫不出于樽俎之间,而知千里之外,其晏子之谓也,可谓折冲矣。'"

百川倾泻:指谈锋甚健,如百川倾泻。百川,江河湖泽的总称。《诗经·小雅·十月之交》:"百川沸腾,山冢崒崩。"(《毛诗注疏》卷十九)

[8]寿觞:祝寿的酒杯。〔唐〕司空图《杨柳枝寿杯词十八首》之十八:"年年织作升平字,高映南山献寿觞。"(《全唐诗》卷六百三十四)

枢柄:中枢的权柄。指军政大权。〔宋〕吕陶《送并帅陈公还阙序》:"恭惟图任元臣,总握枢柄,赖其深谋奥略。以御遏四海险暴之萌,而立成富强不拔之势。"(《净德集》卷十三)

[9]朝天:朝见天子。〔宋〕张孝祥《蝶恋花》:"待得政成民按堵。朝天衣袂翩翩举。"(《于湖词》卷三)

香随马:犹言香气随马飘扬。〔宋〕朱翌《点绛唇》:"归来也。西风平野。一点香随马。"(《灊山集》卷三)〔宋〕邓肃《西江月》:"腊雪犹埋石巘,春风已入梅梢。冷香随马上琼瑶。"(《栟榈集》卷十一)

吴礼之

【作者简介】

吴礼之,字子和,钱塘(今杭州)人。有《顺受老人词》五卷。

丑奴儿[1]

秋别

金风颤叶,那更饯别江楼[2]。听凄切、阳关声断,楚馆云收[3]。去也难留。万重烟水一扁舟。锦屏罗幌,多应换得,蓼岸苹洲[4]。　　凝想恁时欢笑,伤今萍梗悠悠[5]。谩回首、妖饶何处,眷恋无由[6]。先自悲秋[7]。眼前景物只供愁[8]。寂寥情绪,也恨分浅,也悔风流[9]。

(原载《四部丛刊》影印明本〔宋〕黄升辑《中兴以来绝妙词选》卷四;录自唐圭璋编《全宋词》,中华书局 1965 年 6 月第 1 版,第 4 册,第 2278 页)

【注　释】

[1]丑奴儿:词牌名。又名《采桑子慢》。《词谱》(卷二十二):"《采桑子慢》,一名《丑奴儿慢》。潘元质词有'愁春未醒'句,亦名《愁春未醒》。辛弃疾词名《丑奴儿近》。《花草粹编》无名氏词名《迭青钱》。"《词谱》以吴礼之此词为《采桑子慢》正体:双调,九十字。前后段各九句,五平韵。《词谱》注云:"此调宋词并用三声叶韵,此独全押平韵,其平仄无别首可校。"

[2]金风:秋风。〔晋〕张协《杂诗十首》之三:"金风扇素节,丹霞启阴期。"〔唐〕李善注:"西方为秋而主金,故秋风曰金风也。"(《文选》卷二十九)

颤叶:颤动树叶。〔宋〕张耒《舟行即事二首》之二:"迎风芦颤叶,眩日枣装

林。"（《柯山集》卷十五）

饯别：设酒送别。〔唐〕韦应物《送宣州周录事》："英豪若云集，饯别塞城闉。"（《韦苏州集》卷四）

[3]阳关：古曲《阳关三叠》的省称。亦泛指离别时唱的歌曲。〔唐〕白居易《醉题沈子明壁》："我有《阳关》君未闻，若闻亦应愁煞君。"（《白香山诗集》卷二十一）

楚馆：楚地馆舍，旧时指歌舞场所。按："楚馆"由"朝云之馆"演变而来。参见本卷《诗歌部》上册宋庠《梅》注[5]。

[4]锦屏：锦绣的屏风。〔唐〕李益《长干行二首》之二："鸳鸯绿浦上，翡翠锦屏中。"（《李太白集注》卷四）

罗幌：丝罗帷幔。〔南朝·宋〕鲍照《代陈思王〈京洛篇〉》："珠帘无隔露，罗幌不胜风。"（《汉魏六朝百三家集》卷六十九）

蓼(liǎo)岸：犹长满水蓼的河岸。蓼，植物名，为一年生或多年生草本。有水蓼、红蓼、刺蓼等。味辛，又名辛菜，可作调味用。〔唐〕释齐已《寄江居耿处士》："醉到芦花白，吟缘蓼岸红。"（《白莲集》卷一）

苹洲：犹布满苹的河洲。苹，植物名，也称四叶菜、田字草。多年生草本。生浅水中，叶有长柄，柄端四片小叶成田字形，夏秋开小白花。全草入药，也可作饲料。〔唐〕释皎然《五言新秋同卢侍御薛员外白苹洲月夜》："隔暑苹洲近，迎凉欲泛舟。"（《杼山集》卷三）

[5]恁(rèn)时：那时候。〔宋〕柳永《受恩深》："待宴赏重阳，恁时尽把芳心吐。"（《乐章集》）

萍梗：浮萍断梗。因漂泊流徙，故以喻人行止无定。〔宋〕杨杰《凌云行》："胜游最后时，萍梗念飘泊。回首顾人间，红尘满城郭。"（《无为集》卷三）

[6]谩回首：犹徒然回首。谩。通"漫"，徒然，白白地。回首，回想，回忆。〔宋〕晁补之《凤凰台上忆吹箫》："谩回首、平生醉语，一梦惊残。"（《晁无咎词》卷一）

妖饶：妩媚多姿，指代娇媚的女子。〔唐〕法宣《和赵王观妓》："桂山留上客，兰室命妖娆。"（《全唐诗》卷八百八）

无由：没有门径；没有办法。《仪礼·士相见礼》："某也愿见，无由达。"〔汉〕郑玄注："无由达，言久无因缘以自达也。"（《仪礼注疏》卷三）

[7]悲秋：对萧瑟秋景而伤感。语出〔战国·楚〕宋玉《九辩》："悲哉！秋之为气也。萧瑟兮，草木摇落而变衰。"（《楚辞章句》卷八）

[8]供愁：奉献忧愁。〔宋〕谢逸《春词》之四："荳蔻梢头春事休，风飘万点只供愁。"（《溪堂集》卷五）

[9]分(fèn)浅:犹缘分浅。分,缘分,福分。〔宋〕李之仪《张圣行解官入京僚友饯别分韵劝酒得醇字》:"欲识分浅深,荡荡风中云。问其美如何,表里无缁磷。"(《姑溪居士后集》卷七)

风流:潇洒放逸,偏重于男女情爱。〔宋〕晏殊《浣溪沙》:"月落漫成孤枕梦,酒阑空得两眉愁。此时情绪悔风流。"(《元献遗文》)

吴礼之

俞国宝

【作者简介】

俞国宝,临川(今属江西)人。孝宗淳熙时太学生。尝著《风入松》词于西湖酒肆素屏上。高宗为太上皇,见到后注目称赏,即日命解褐(谓脱去布衣,担任官职)。著有《醒庵遗珠集》,已佚。事见《武林旧事》卷三《西湖游幸》。

瑞鹤仙[1]

春衫和泪著[2]。又燕入江南,雁归衡岳[3]。东风晓来恶[4]。绕西园无绪[5],泪随花落。愁钟恨角[6]。梦无凭、难成易觉[7]。到春来易感,韩香顿减,沈腰如削[8]。　　离索[9]。挑灯占信,听鹊求音,不禁春弱[10]。云轻雨薄[11]。阳台远[12],信难托。念盟钗一股,鸾光两破,已负秦楼素约[13]。但莫教、嫩绿成阴,把人误却[14]。

(原载清吟阁刊本〔宋〕赵闻礼辑《阳春白雪》卷四;录自唐圭璋编《全宋词》,中华书局 1965 年 6 月第 1 版,第 4 册,第 2282 页)

【注　释】

[1]瑞鹤仙:词牌名。参见本卷《诗歌部》中册陆淞《瑞鹤仙》注[1]。俞国宝此词据《全宋词》句读为双调,一百二字。前段十一句,七仄韵;后段十二句,六仄韵。与《词谱》所列一百二字诸体均有别。

[2]春衫:春天的衣衫。衫,古代指无袖头的开衩上衣。多为单衣,亦有夹

衣。其形制及称呼相传始于秦。亦为衣服的通称。〔唐〕陆龟蒙《洞房怨》:"春衫将别泪,一夜两难裁。"(《甫里集》卷七)

和泪著:犹言和眼泪一起穿在身上。著,穿,戴。

[3]衡岳:南岳衡山。一名岣嵝山,又名霍山,古称南岳,为五岳之一。位于湖南中部,有七十二峰,以祝融、天柱、芙蓉、紫盖、石廪五峰为最著。祝融峰海拔1290米,可俯瞰群山,观赏日出。山上名胜古迹很多,为旅游休养胜地。相传舜南巡和禹治水都到过这里。历代帝王南岳祀典,除汉武帝迁祀安徽潜山外,均在此山。

[4]恶:威猛,猛烈。〔宋〕苏轼《次韵田国博部夫南京见寄二首》之一:"深红落尽东风恶,柳絮榆钱不当春。"(《东坡诗集注》卷十二)〔宋〕陆游《钗头凤》:"东风恶。欢情薄。"(《放翁词》)

[5]西园:园林名,汉上林苑的别名。〔汉〕张衡《东京赋》:"岁维仲冬,大阅西园,虞人掌焉,先期戒事。"〔三国·吴〕薛综注:"西园,上林苑也。"(《文选》卷三)

无绪:没有情绪。〔宋〕柳永《雨霖铃》:"都门帐饮无绪,留恋处、兰舟催发。"(《乐章集》)

[6]愁钟恨角:犹言充满忧愁的钟声,带着怨恨的角声。钟,古代乐器,青铜制,悬挂于架上,以槌叩击发音。角,古乐器名,出西北游牧民族,鸣角以示晨昏。

[7]易觉:犹易醒。〔唐〕白居易《和梦游春诗一百韵》:"心惊睡易觉,梦断魂难续。"(《白氏长庆集》卷十四)

[8]韩香:犹异香。晋贾充女午与韩寿私通,并把皇帝赐其父之外域异香赠寿。见〔南朝·宋〕刘义庆《世说新语·惑溺》(卷下之下)又见于《晋书·贾充传》(卷四十)。后因以"韩寿香"指异香或男女定情之物,亦省作"韩香"。参见本卷《诗歌部》上册欧阳修《梁州令》注[6]。

沈腰:典出《梁书·沈约传》(卷十三):沈约与徐勉素善,遂以书陈情于勉,言己老病,"百日数旬,革带常应移孔,以手握臂,率计月小半分。以此推算,岂能支久?"后因以"沈腰"作为腰围瘦减的代称。〔宋〕张纲《绿头鸭》:"奈潘鬓、霜蓬渐满,况沈腰、革带频宽。"(《华阳集》卷三十九)

如削(xiāo):犹如刀削。〔唐〕元稹《三月二十四日宿曾峰馆夜对桐花寄乐天》:"是夕远思君,思君瘦如削。"(《元氏长庆集》卷六)

[9]离索:离群索居。〔唐〕杜甫《夜听许十一诵诗爱而有作》:"离索晚相逢,包蒙欣有击。"〔清〕仇兆鳌注:"离索,离羣索居,见《礼记》子夏语。"〔宋〕陆游《钗头凤》:"一怀愁绪,几年离索。"(《放翁词》)

[10]挑灯占信:古俗以灯花为吉兆,故挑灯占信。占信,占卜信息。〔宋〕刘敞《和喜雨》:"蒸础遗占信,随轩旧史真。"(《公是集》卷二十六)

听鹊求音:民俗以喜鹊叫声为吉兆,听鹊求音。〔宋〕强至《官满将见舍弟》:"预验鹊音喜,行看雁影双。"(《祠部集》卷四)

不禁春弱:承受不了春天的衰弱,衰微。

[11]云轻雨薄:"朝云暮雨"意象的变异之一种。典出〔战国·楚〕宋玉《高唐赋·序》(《文选》卷十九)。

[12]阳台:〔战国·楚〕宋玉《高唐赋·序》中神女与楚先王约定的幽会场所:"去而辞曰:'妾在巫山之阳,高丘之阻,旦为朝云,暮为行雨。朝朝暮暮,阳台之下。'"(《文选》卷十九)参见本卷《诗歌部》上册解昉《阳台梦》注[9]。

[13]盟钗一股:钗由两股簪子交叉组合而成,古人用钗盟誓,将钗分一股给对方,自己留一股,称为盟钗。盟钗一股,即盟钗留一股。

鸾光两破:鸾光,犹鸾镜的光,两破,谓破成两半。鸾镜,〔唐〕欧阳询《艺文类聚·鸟部》(卷九十)引〔南朝·宋〕范泰《鸾鸟诗序》曰:"昔罽宾王结罝峻卵之山,获一鸾鸟,王甚爱之,欲其鸣而不致也。乃饰以金樊,飨以珍羞,对之愈戚。三年不鸣。其夫人曰:'尝闻物见其类而后鸣,何不悬镜以映之?'王从其意,鸾睹形,悲鸣哀响,中宵奋而绝。嗟乎!兹禽何情之深!昔钟子破琴于伯牙,匠石韬斤于郢人,盖悲妙赏之不存,慨神质于当年耳。矧乃一举而殒其身者哉,悲夫!乃为诗曰:'神鸾栖高梧,爱翔霄汉际。轩翼扬轻风,清响中天厉。外患难预谋,高罗掩逸势。明镜悬高堂,顾影悲同契。一激九霄音,响流形已毙。'"后即以"鸾镜"指妆镜。〔宋〕周密《霓裳中序第一》:"怅洛浦分绡,汉皋遗玦。舞鸾光半缺。"(《历代诗余》卷八十一)

秦楼:本指秦穆公为其女弄玉所建之楼。亦名凤楼。参见本卷《诗歌部》上册柳永《满朝欢》注[7]。宋词中亦泛指妓院或吃喝玩乐的场所。素约,旧约,早先的约定。

[14]误却:犹误了。却,助词。用在动词后面,表动作的完成。〔宋〕杨简《纪先训》:"自古暖热处,误却多少人。"(《慈湖遗书》卷十七)

陈 善

【作者简介】

陈善,字子兼,号秋塘,福州罗源人。孝宗淳熙间由太学第进士,未授官而卒。有《扪虱新话》传世。事见《扪虱新话》卷首宋陈益序。

《书贵家扇》句

春风一日归深院,巫峡千山锁暮云[1]。

（原载〔宋〕张端义《贵耳录》卷上;录自北京大学古文献研究所编《全宋诗》,北京大学出版社1991年7月第1版,第50册,第31451页）

【注　释】

[1]巫峡:长江三峡之一,西起重庆市巫山县大宁河口,东至湖北省巴东县官渡口,全长44.5公里。参见本卷《诗歌部》上册幸寅逊《云》注[7]。

张 镃

【作者简介】

张镃(zī)(1153—1211)，字功甫，号约斋，西秦(今陕西省)人，居临安。张俊诸孙。生于绍兴二十三年(1153)。隆兴二年(1164)，大理司直。淳熙五年(1178)，直秘阁通判婺州。庆元元年(1195)，司农寺主簿。三年(1197)，司农寺丞，与宫观。开禧三年(1207)，为司农少卿，坐事追两官送广德军居住。嘉定四年(1211)，坐扇摇国本，除名象州编管，卒。有《南湖集》、《玉照堂词》。

长相思[1]

晴时看。雨时看。红绿云中驾彩鸾[2]。阳台梦未阑[3]。　　咏伊难[4]。画伊难。服透东皇九转丹[5]。光生玉炼颜[6]。

（原载《知不足斋丛书》本《南湖集》卷十；录自唐圭璋编《全宋词》，中华书局 1965 年 6 月第 1 版，第 3 册，第 2127 页）

【注　释】

[1]长相思：词牌名。参见本卷《诗歌部》上册欧阳修《长相思》注[1]。张镃此词双调，三十六字。前后段各四句，三平韵，一迭韵。

[2]彩鸾：彩色羽毛的鸾鸟。鸾，传说中凤凰一类的鸟。〔唐〕李商隐《寓怀》："彩鸾餐颢气，威凤入卿云。"（《李义山诗集注》卷三下）

[3]阳台梦：指楚先王与巫山神女交欢的梦。典出〔战国·楚〕宋玉《高唐赋·序》："昔者先王尝游高唐，怠而昼寝，梦见一妇人曰：'妾巫山之女也，为高唐之客。闻君游高唐，愿荐枕席。'王因幸之。去而辞曰：'妾在巫山之阳，高丘之

阻,旦为朝云,暮为行雨。朝朝暮暮,阳台之下。'"(《文选》卷十九)

未阑:犹未尽。〔宋〕李流谦《偶成》:"早年种竹作渔竿,笠泽烟波梦未阑。"(《澹斋集》卷六)

[4]伊:专用以代称女性,她。〔宋〕程垓《临江仙》:"浓绿锁窗闲院静,照人明月团团。夜长幽梦见伊难。"(《书舟词》)

[5]东皇:指天神东皇太一。〔南朝·齐〕谢朓《赛敬亭山庙喜雨》:"秉玉朝群帝,樽桂迎东皇。"(《谢宣城集》卷三)

九转丹:道教谓经九次提炼、服之能成仙的丹药。〔宋〕赵抃《书道士虞安仁房壁》:"葛仙公井甘泉近,应炼长生九转丹。"(《清献集》卷五)

[6]玉炼颜:服丹后如玉石般生光的容颜。〔唐〕李白《桂殿秋》:"河汉女,玉炼颜。云軿往往在人间。"(《李太白集注》卷三十)〔宋〕陆游《赠道侣》:"崎岖世路久知难,准拟丹成玉炼颜。"(《剑南诗稿》卷十六)

张
镃

孙应时

【作者简介】

孙应时（1154—1206），字季和，自号烛湖居士，余姚（今属浙江）人。早年从陆九渊学。孝宗淳熙二年（1175）进士，调台州黄岩尉。历秦州海陵丞、知严州遂安县。光宗绍熙三年（1192），应辟如密幕。后知常熟县。宁宗开禧二年（1206）改通判邵武军，未赴而卒，年五十三。有文集十卷等，已佚。清四库馆臣据《永乐大典》辑为《烛湖集》二十卷。

巫山祠梳洗楼[1]

山川楚国六千里[2]，云雨阳台十二峰[3]。
神女可无哀郢意[4]，强教梳洗为谁容[5]。

（原载 1987 年上海古籍出版社影印文渊阁《四库全书》本《烛湖集》卷二十；录自北京大学古文献研究所编《全宋诗》，北京大学出版社 1991 年 7 月第 1 版，第 51 册，第 31802 页）

【注　释】

[1]巫山祠：即巫山神女庙。在巫山县东四十里巫峡中长江南岸飞凤峰之麓。参见本卷《诗歌部》上册吴简言《题巫山神女庙》注[1]。

[2]楚国：古国名。芈姓。始祖鬻熊。西周时立国于荆山一带，都丹阳（今湖北秭归东南）。周人称为荆蛮。后建都于郢（今湖北江陵西北纪王城）。春秋战国时国势强盛，疆域由湖北、湖南扩展到今河南、安徽、江苏、浙江、江西和四川。为五霸七雄之一。战国末，渐弱，屡败于秦，迁都陈（今河南淮阳），又迁寿春（今

安徽寿县）。公元前 223 年为秦所灭。参阅《史记·楚世家》。六千里,泛指楚地。《荀子·非十二子篇》(卷三):"故善用之,则百里之国足以独立矣。不善用之,则楚六千里而为雠人役。"

[3]云雨阳台:典出〔战国·楚〕宋玉《高唐赋·序》,参见本卷《诗歌部》上册张佖《经旧游》注[3]。

十二峰:指巫山十二峰,即圣泉峰、登龙峰、朝云峰、神女峰(又称望霞峰)、松峦峰、集仙峰、翠屏峰、聚鹤峰、飞凤峰、净坛峰、起云峰、上升峰。参见本卷《诗歌部》上册张佖《经旧游》注[4]。

[4]哀郢(yǐng):哀悼郢都。郢,古邑名,春秋战国时楚国都城。今湖北省江陵县纪南城。楚文王定都于此。公元前 278 年秦拔郢,地入秦。地在纪山之南,故称为纪郢。又因地居楚国南境,故又称为南郢。《史记·楚世家》(卷四十):"武王卒师中而兵罢,子文王熊赀立,始都郢。"《史记·楚世家》(卷四十):"(楚顷襄王)二十一年,秦将白起遂拔我郢,烧先王墓夷陵。"按:《哀郢》为〔战国·楚〕屈原《九章》中的一篇,"写于屈原被流放至陵阳的第九年","因本篇主题是写对故都的思念和痛惜,故以'哀郢'为题。"(汤炳正等《楚辞今注》上海古籍出版社 1996 年 12 月第 1 版,第 136 页)

[5]为谁容:为了谁而打扮。容,容饰,打扮。《诗经·卫风·伯兮》:"自伯之东,首如飞蓬。岂无膏沐,谁适为容?"〔汉〕毛亨传:"妇人夫不在无容饰。"(《毛诗注疏》卷五)

巫山歌

平生想巫山[1],奇绝冠三峡[2]。
及兹饱双眸[3],无乃天下甲[4]。
远看插天碧丛丛[5],近看玲珑金玉峰[5]。
垠崖光彩相映发[6],交络紫翠疏蒙茸[7]。
云华夫人瑶池女[8],何物才至得奇遇。
我来初日明轻霞[9],更胜朝云暮行雨[10]。
水转峰回无定姿,地灵天巧奇复奇。
少陵山谷不著语[11],浪作推敲君定痴[12]。

(原载 1987 年上海古籍出版社影印文渊阁《四库全书》本《烛湖集》卷十五;录自北京大学古文献研究所编《全宋诗》,

北京大学出版社 1991 年 7 月第 1 版,第 51 册,第 31723 页)

【注 释】

[1]巫山:山名,在今重庆市巫山县境内。旧传山形似巫字得名。或传巫咸死葬于此,称巫咸山,简称巫山。参见本卷《诗歌部》上册欧阳修《长相思》注[4]。

[2]冠三峡:为三峡之冠。冠,居首位。

[3]及兹:犹到此。及,至,到达。兹,代词,此,这。〔唐〕杜甫《鹿头山》:"及兹阻险尽,始喜原野阔。"(《九家集注杜诗》卷六)

饱双眸(móu):犹言满足双眼。饱,满足。眸,眼珠。

[4]无乃:相当于"莫非"、"恐怕是",表示委婉测度的语气。

天下甲:天下第一。甲,天干(甲、乙、丙、丁、戊、己、庚、辛、壬、癸)的首位,故以甲为第一。〔唐〕刘禹锡《连州刺史厅壁记》:"山秀而高,灵液渗漉,故石钟乳为天下甲。"(《刘宾客文集》卷九)

[5]玲珑:精巧貌。〔宋〕苏轼《〈壶中九华〉引》:"湖口人李正臣蓄异石,九峰玲珑,宛转若窗棂。"(《东坡全集》卷二十八)

[6]垠崖:犹悬崖。〔唐〕韩愈《调张籍》:"垠崖划崩豁,乾坤摆雷硠。"(《东雅堂昌黎集注》卷五)

映发:辉映。〔南朝·宋〕刘义庆《世说新语·言语》(卷上之上):"从山阴道上行,山川自相映发,使人应接不暇。"

[7]交络:犹交织。〔唐〕柳宗元《石涧记》:"交络之流,触激之音,皆在床下。"(《柳河东集注》卷二十九)

紫翠:紫色和翠色。指山色。〔宋〕强至《马上见华山》:"身寄秦川紫翠间,举头行坐对南山。"(《祠部集》卷八)〔宋〕王珪《口号》:"秋光紫翠动南山,天上传呼御燕颁。"(《华阳集》卷十七)

蒙茸:葱茏。指葱茏丛生的草木。〔宋〕苏轼《后赤壁赋》:"履巉岩,披蒙茸。"(《东坡全集》卷三十三)《全宋诗》注:茸,"原误作葺。"疏蒙茸,犹言分布着葱茏的草木。疏,分布,陈列。〔战国·楚〕屈原《九歌·湘夫人》:"白玉兮为镇,疏石兰兮为芳。"〔汉〕王逸注:"疏,布陈也。"(《楚辞章句》卷二)

[8]云华夫人:〔前蜀〕杜光庭在其《墉城集仙录》中,将巫山神女加以仙话化,改造成所谓"云华夫人"。《太平广记·云华夫人》(卷五十六)载《集仙录》:"云华夫人,王母第二十三女,太真王夫人之妹也,名瑶姬。参见本卷《诗歌部》上册吴世延《望霞峰》注[2]。

瑶池女:犹言西王母之女。瑶池,古代传说中昆仑山上的池名,西王母所居。借指西王母。

[9]初日:刚升起的太阳。〔南朝·梁〕何逊《晓发》:"早霞丽初日,清风消薄雾。"(《何水部集》)

明轻霞:犹照亮了淡霞。明,照亮,作动词。轻霞,犹淡霞。〔南朝·宋〕谢瞻《九日从宋公戏马台集送孔令诗一首》:"轻霞冠秋日,迅商薄清穹。"(《文选》卷二十)

[10]朝云暮行雨:语出〔战国·楚〕宋玉《高唐赋·序》:"去而辞曰:'妾在巫山之阳,高丘之阻,旦为朝云,暮为行雨。朝朝暮暮,阳台之下。'"(《文选》卷十九)

[11]少陵:指杜甫。杜甫常以"杜陵"表示其祖籍郡望,自号"少陵野老",世称杜少陵。参见本卷《诗歌部》中册王十朋《游卧龙山呈行可元章》注[4]。

山谷:指黄庭坚,号山谷道人,参见本卷《诗歌部》上册黄庭坚作品【作者简介】。

不著语:犹言不着一语。按:这是一种写诗的策略。其实杜甫、黄庭坚都有吟巫山之作。

[12]浪:犹言徒然地、白白地。〔宋〕苏轼《赠月长老》:"功名半幅纸,儿女浪苦辛。"(《东坡诗集注》卷十九)

推敲:典出〔后蜀〕何光远《鉴戒录·贾忤旨》:"(贾岛)忽一日于驴上吟得:'鸟宿池中树,僧敲月下门。'初欲著'推'字,或欲著'敲'字,炼之未定,遂于驴上作'推'字手势,又作'敲'字手势。不觉行半坊。观者讶之,岛似不见。时韩吏部愈权京尹,意气清严,威振紫陌。经第三对呵唱,岛但手势未已。俄为官者推下驴,拥至尹前,岛方觉悟。顾问欲责之。岛具对:'偶得一联,吟安一字未定,神游诗府,致冲大官,非敢取尤,希垂至鉴。'韩立马良久思之,谓岛曰:'作敲字佳矣。'"后因以"推敲"指斟酌字句。

峡中歌

峡中翠壁何峥嵘,排空百雉如层城[1]。
重楼复道明丹青[2],神剜鬼刻斧凿精[3]。
呀然裂入兀不崩[4],飞流罅出悬珠璎[5]。
旌旆夹道缤逢迎[6],霜锋雪锷立万兵[7]。
奇峰十二剑削成[8],真赝等好不可评[9]。

天柱拔立千仞擎[10]，团团石骨莹玉冰[11]。

傍有岩穴半开扃[12]，飞仙之宅凝神清[13]。

虾蟆下饮腹不盈[14]，背负阴壑深窈冥[15]。

金碧满洞层云生[16]，泓泉泠泠琴筑鸣[17]。

林端黄牛老不耕[18]，滩回白日随人行[19]。

石马只耳梦偶灵[20]，神祠箫鼓何铿铿[21]。

江流万古郁不平[22]，四时雷霆风雹声[23]。

天垂匹练相回萦[24]，日月避隐韬光明[25]，

朝云暮雨犬吠晴[26]。

山腹人家真画屏[27]，亦有竹阁连松亭。

褰裳可登呼可应[28]，但愁蛮语无由听[29]。

我来泝峡才几程[30]，所见如许心骨惊[31]。

阳台滟滪次第经[32]，磨砺笔锋吾敌勍[33]。

（原载1987年上海古籍出版社影印文渊阁《四库全书》本《烛湖集》卷十五；录自北京大学古文献研究所编《全宋诗》，北京大学出版社1991年7月第1版，第51册，第31723页）

【注　释】

[1]排空：凌空，耸向高空。〔南朝·梁〕何逊《赠韦记室黯别》："无因生羽翰，千里暂排空。"（《何水部集》）

百雉(zhì)：指城墙的长度达三百丈。是春秋时国君的特权。雉，古代计算城墙面积的单位。长三丈高一丈为一雉。《礼记·坊记》："都城不过百雉。"〔汉〕郑玄注："雉，度名也，高一丈，长三丈。"（《礼记注疏》卷五十一）《左传》隐公元年："都城过百雉，国之害也。"（《春秋左传注疏》卷一）亦借指城墙。

层城：古代神话中昆仑山上的高城。〔汉〕张衡《思玄赋》："登阆风之层城兮，构不死而为床。"〔唐〕李善注："《淮南子》曰：'昆仑虚有三山，阆风、桐版、玄圃，层城九重。'禹云：'昆仑有此城，高一万一千里。'"（《文选》卷十五）

[2]重楼：层楼。〔南朝·梁〕何逊《登禅冈寺望和虞记室》："北窗北凑道，重楼雾中出。"（《何水部集》）

复道：楼阁或悬崖间有上下两重通道，称复道。《史记·留侯世家》（卷五十五）："上在雒阳南宫，从复道望见诸将相与坐沙中语。"〔南朝·宋〕裴骃集解引如

淳曰："复,音复。上下有道,故谓之复道。"

明:明艳,鲜艳。〔唐〕李白《忆旧游寄谯郡元参军》："一溪初入千花明,万壑度尽松风声。"(《李太白集注》卷十三)

丹青:指图画。〔宋〕陆游《游锦屏山谒少陵祠堂》："涉江亲到锦屏上,却望城郭如丹青。"(《剑南诗稿》卷三)明丹青,犹言色彩鲜艳的图画。

[3]神剜(wān)鬼刻:犹言如鬼神镌刻的一样,形容其精巧。〔宋〕杨时《杨道真君洞记》:"呀然一室,如神剜鬼刻,其中窈然,莫能窥其远近也。"(《龟山集》卷二十四)

斧凿:斧子与凿子。泛指工具。斧凿精,谓工艺精湛。

[4]呀然:张口貌,张开貌。〔宋〕王禹偁《归云洞》:"碧洞何耽耽,呀然倚山根,朝云出如呕,暮云归如吞。"(《小畜集》卷五)

兀(wù)不崩:犹仍然不崩坍。兀,仍,还。〔唐〕杜甫《壮游》:"黑貂宁免弊,斑鬓兀称觞。"(《九家集注杜诗》卷十二)崩,倒塌。《诗经·小雅·十月之交》:"百川沸腾,山冢崒崩。"(《毛诗注疏》卷十九)

[5]罅(xià)出:从缝隙中涌出。罅,裂缝,缝隙。〔宋〕葛胜仲《钱氏通惠泉》:"先敕西神君,一派疏清泚。初惊石罅出,盈科来未已。"(《丹阳集》卷十七)

悬珠璎:形容飞泉像悬挂的珠璎。珠璎,珍珠璎珞,多用为项饰。〔宋〕程俱《张公洞》:"丹梯香雾湿,玉室珠璎悬。"(《北山集》卷二)

[6]旌斾(pèi):旌,古代用牦牛尾或兼五采羽毛饰竿头的旗子。斾,古代旗末状如燕尾的垂旒。旌斾,亦泛指旗帜。〔唐〕高适《燕歌行》:"摐金伐鼓下榆关,旌斾逶迤碣石间。"(《高常侍集》卷一)

缤:盛貌。〔战国·楚〕屈原《离骚》:"百神翳其备降兮,九疑缤其并迎。"〔汉〕王逸注:"缤,盛也。"(《楚辞章句》卷一)

逢迎:迎接,接待。〔唐〕王勃《滕王阁诗序》:"千里逢迎,高朋满座。"(《王子安集》卷五)按:此句是形容群山夹岸,犹如旌斾夹道的盛大欢迎队列。

[7]霜锋雪锷(è):白亮锐利如霜雪的锋刃。锋,刀、剑等有刃的兵器的尖端或锐利部分。锷,刀剑的刃。〔宋〕王应麟《玉海·兵制·太宗教诸军舞剑》(卷一百四十五):"会北戎遣使修贡,上宴其使于后殿,因出剑舞士数百人,祖褐鼓噪,挥刃而入,跳掷承接,霜锋雪锷,飞舞满空,戎使见之,恐形于色。"

立万兵:兵,兵器。《吕氏春秋·慎大》(卷十五):"衅鼓旗甲兵。"〔汉〕高诱注:"兵,戈、戟、箭、矢也。"立万兵,形容峡江南岸的山峰如同矗立的数以万计的兵器。

[8]奇峰十二:指巫山十二峰。即圣泉峰、登龙峰、朝云峰、神女峰(又称望霞峰)、松峦峰、集仙峰、翠屏峰、聚鹤峰、飞凤峰、净坛峰、起云峰、上升峰。参见本卷

《诗歌部》上册张佖《经旧游》注[4]。

[9]真赝(yàn):犹真伪。赝,假,伪造。〔晋〕陆机《羽扇赋》:"不能别其是非,人莫敢分其真赝。"(《汉魏六朝百三家集》卷四十八)

等好:犹言比好。等,比较,衡量。《孟子·公孙丑上》:"见其礼而知其政,闻其乐而知其德,由百世之后,等百世之王,莫之能违也。"(《孟子注疏》卷三上)

作者自注:"黄牛祠谓之假十二峰。"假十二峰,〔宋〕范成大《吴船录》(卷下):"江道转至黄牛山背,谓之假十二峰。过假十二峰之下,两岸悉是奇峰,不可数计,不可以图画摹写,亦不可以言语形容,超妙胜绝,殆有过巫峡处。欧阳公所以泝峡东游,正不为黄牛庙也。"按:此句意为:将真假十二峰相比谁个好,不可置评。

[10]天柱:古代神话中的支天之柱。〔汉〕东方朔《神异经·中荒经》:"昆仑之山有铜柱焉,其高入天,所谓天柱也,围三千里周圆如削。"(《说郛》卷六十六上载)〔唐〕王勃《滕王阁诗序》:"地势极而南溟深,天柱高而北辰远。"(《王子安集》卷五)按:本诗中指西陵峡中的天柱峰。〔宋〕陆游《入蜀记》(卷四):"碚(虾蟆碚)洞相对稍西,有一峰,孤起侵云,名天柱峰。自此山势稍平,然江岸皆大石堆积,弥望正如濬渠积土状。"

拔立:耸立,挺立。〔宋〕欧阳修《丛翠亭记》:"出其崭岩,耸秀拔立诸峰上而不可掩蔽。"(《文忠集》卷六十三)

千仞擎:犹言千仞高擎着天。千仞,极言其高。古代七尺为一仞,一说八尺为一仞。〔南朝·齐〕谢朓《游山》:"凌厓必千仞,寻溪将万转。"(《谢宣城集》卷三)

[11]石骨:坚硬的岩石。〔宋〕王炎《游砚山》:"涧水抱石根,石骨多绀碧。"(《双溪类稿》卷二)

莹玉冰:犹言像晶莹得像玉和冰。

[12]半开扃(jiōng):犹半开门。扃,门闩。指代门户。〔唐〕韩愈《县斋有怀》:"劚嵩开云扃,压颍抗风榭。"(《五百家注昌黎文集》卷二)

[13]飞仙之宅:会飞的仙人之住所。

凝神清:犹凝聚清朗的精神。〔宋〕史浩《正旦贺皇帝表》:"措世升平,凝神清穆,适临庆旦,翕受繁禧。"(《鄮峰真隐漫录》卷十二)

[14]虾蟆:指虾蟆碚。〔宋〕范成大《吴船录》(卷下):"黄牛峡尽,则扇子峡。虾蟆碚在南壁半山,有石挺出,如大蟆,呿吻向江。泉出蟆背山窦中,漫流背上散下。蟆吻垂颐领间如水帘以下于江。时水方涨,蟆去江面才丈余,闻水落时,下更有小矶承之。张又新《水品》亦录此泉。蜀士赴廷对,或挹取以为砚水。过此,则峡中滩尽矣。"〔宋〕陆游《入蜀记》(卷四):"九日。微雪,过扇子峡。重山相掩,政如屏风扇,疑以此得名。登虾蟆碚,《水品》所载第四泉是也。虾蟆在山麓,临

江,头鼻吻颔绝类,而背脊疱处尤逼真。造物之巧,有如此者。自背上深入,得一洞穴,石色绿润,泉泠泠有声,自洞出,垂虾蟆口鼻间,成水帘入江。是日极寒,岩岭有积雪,而洞中温然如春。"〔宋〕欧阳修有《虾蟆碚》诗:"石溜吐阴崖,泉声满空谷。能邀弄泉客,系舸留岩腹。阴精分月窟,水味标茶录。共约试春芽,枪旗几时绿。"(《文忠集》卷一)

[15]阴壑:幽深的山谷,背阳的山谷。〔唐〕宋之问《太平公主山池赋》:"阳崖夺景,阴壑生风。"(《历代赋汇》卷七十六)

窈(yǎo)冥:阴暗貌。《史记·项羽本纪》(卷七):"于是大风从西北而起,折木发屋,扬沙石,窈冥昼晦。"

[16]金碧:"金马碧鸡"之省。形状像马的金,形状像鸡的碧,皆为宝物。亦指神名。《汉书·王褒传》(卷六十四下):"后方士言益州有金马、碧鸡之宝,可祭祀致也。宣帝使褒往祀焉。"《汉书·郊祀志下》(卷二十五下):"或言益州有金马碧鸡之神,可醮祭而致。"〔唐〕颜师古注引如淳曰:"金形似马,碧形似鸡。"后以"金马碧鸡"作为祥瑞之物。

层云:积聚着的云气。〔宋〕范仲淹《南京书院题名记》:"或峻于层云,或深于重渊。"(《范文正集》卷七)

[17]泓泉:深潭中的泉水。〔宋〕苏轼《巫山》:"石窦有泓泉,甘滑如流髓。"(《苏诗补注》卷一)

泠泠(líng):形容声音清越、悠扬。〔唐〕孟郊《答李员外小榼味》:"一拳芙蓉水,倾玉何泠泠。"(《孟东野诗集》卷九)

琴筑鸣:犹言像琴筑一样鸣响。琴,指古琴,传为神农创制,琴身为狭长形,木质音箱,面板外侧有十三徽。底板穿"龙池"、"凤沼"二孔,供出音之用。上古作五弦,至周增为七弦。古人把琴当作雅乐。《诗经·小雅·鹿鸣》:"我有嘉宾,鼓瑟鼓琴。"(《毛诗注疏》卷十六)筑,古弦乐器名,有五弦、十三弦、二十一弦三种说法。其形似筝,颈细而肩圆,弦下设柱。演奏时,左手按弦的一端,右手执竹尺击弦发音。战国时已有流行。《战国策·齐策一》(卷八):"临淄甚富而实,其民无不吹竽、鼓瑟、击筑、弹琴、斗鸡、走犬、六博、蹋踘者。"《史记·刺客列传》(卷八十六):"高渐离击筑,荆轲和而歌于市中。"

[18]黄牛:指黄牛峡石壁上的黄牛图像。〔宋〕范成大《吴船录》(卷下):"八十里至黄牛峡,上有洺川庙,黄牛之神也,亦云助禹疏川者。庙背大峰,峻壁之上,有黄迹如牛,一黑迹如人牵之,云此其神也。"〔宋〕陆游《入蜀记》(卷四):"晚次黄牛庙,山复高峻。……传云,神佐夏禹治水有功,故食于此。……庙后丛木,似冬青而非,莫能名者。落叶有黑文,类符篆,叶叶不同,儿辈亦求得数叶。欧诗刻石庙中。又有张文忠一赞,其词曰:'壮哉黄牛,有大神力。辇聚巨石,百千万亿。

剑戟齿牙，磔礧江侧。壅激波涛，险不可测。威胁舟人，骇怖失色。刲羊酾酒，千载庙食。'张公之意，似谓神聚石壅流以胁人求祭缯。使神之用心果如此，岂能巍然庙食千载乎？"按：陆游所云"欧诗"，即〔宋〕欧阳修《黄牛峡祠》，诗云："大川虽有神，淫祀亦其俗。石马系祠门，山鸦噪丛木。潭潭村鼓隔溪闻，楚巫歌舞送迎神。画船百丈山前路，上滩下峡长来去。江水东流不暂停，黄牛千古长如故。峡山侵天起青嶂，崖崩路绝无由上。黄牛不下江头饮，行人惟向舟中望。朝朝暮暮见黄牛，徒使行人过此愁。山高更远望犹见，不是黄牛滞客舟。"（《文忠集》卷一）

[19]"滩回"句：犹言黄牛滩回旋曲折，望去白日跟随人行。〔宋〕范成大《吴船录》（卷下）："古语云：'朝发黄牛，暮宿黄牛，三朝三暮，黄牛如故。'言其山岩峣，终日犹望见之。欧阳公诗中亦引用此语。然余顺流而下，回首即望断，'如故'之语，亦好事者之言耳。"

[20]石马只耳：〔宋〕范成大《吴船录》（卷下）庙（黄牛庙）门两石马，一马缺一耳，东坡所书欧阳公梦记及诗甚详，至今人以此马为有灵，甚严惮之。"〔宋〕陆游《入蜀记》（卷四）："（黄牛庙）门左右各一石马，颇卑小，以小屋覆之。其右马无左耳，盖欧阳公所见也。"

梦偶灵：事见〔宋〕苏轼《书欧阳公黄牛庙诗后》："右欧阳文忠公为峡州夷陵令日所作《黄牛庙诗》也。轼尝闻之于公：'予昔以西京留守推官，为馆阁较勘，时同年丁宝臣元珍适来京师，梦与予同舟泝江，入一庙中，拜谒堂下。予班元珍下，元珍固辞，予不可。方拜时，神像为起，鞠躬堂下，且使人邀予上，耳语久之。元珍私念，神亦如世俗待馆阁，乃尔异礼耶？既出门，见一马只耳，觉而语予，固莫识也。不数日，元珍除峡州判官，已而，余亦贬夷陵令。日与元珍处，不复记前梦云。一日，与元珍泝峡谒黄牛庙，入门惘然，皆梦中所见。予为县令，固班元珍下，而门外镌石为马，缺一耳。相视大惊，乃留诗庙中，有"石马系祠门"之句，盖私识其事也。'元丰五年，轼谪居黄州，宜都令朱君嗣先见过，因语峡中山水，偶及之，朱君请书其事与诗：'当刻石于庙，使人知进退出处，皆非人力。如石马一耳，何与公事，而亦前定，况其大者。公既为神所礼，而犹谓之淫祀，以见其直气不阿如此。'感其言有味，故为录之。正月二日，眉山苏轼书。"（《东坡全集》卷九十三）

[21]神祠：祭神的祠堂，这里指黄牛祠。

箫鼓：箫与鼓。泛指乐奏。〔宋〕张孝祥《水调歌头》："家种黄柑丹荔，户拾明珠翠羽，箫鼓夜沉沉。"（《于湖词》卷二）

铿铿（kēng）：形容声音洪亮。《礼记·乐记》："钟声铿，铿以立号。"〔唐〕孔颖达疏："钟声铿者，言金钟之声铿铿然矣。"（《礼记注疏》卷三十九）

[22]郁不平：犹言气不平。郁，气，盛气。《尔雅·释言》："郁，气也。"〔晋〕郭璞注："郁然气出。"（《尔雅注疏》卷二）

〔23〕四时:四季。《礼记·孔子闲居》:"天有四时,春秋冬夏。"(《礼记注疏》卷五十一)

雷霆风雹:震雷霹雳,大风冰雹。

〔24〕匹练:白绢。常以形容瀑布、水面等。〔宋〕苏轼《同柳子玉游鹤林招隐醉归呈景纯》诗:"巅头匹练兼天净,泉底真珠溅客忙。"(《东坡诗集注》卷二)这里是形容峡江。

回萦(yíng):回旋萦绕。〔唐〕李白《忆旧游寄谯郡元参军》:"三十六曲水回萦,一溪初入千花明。"(《李太白文集》卷十一)

〔25〕避隐:遮蔽,隐蔽。《史记·大宛列传论》(卷一百二十三):"《禹本纪》言:河出昆仑。昆仑其高二千五百余里,日月所相避隐为光明也。"

韬光明:犹敛藏光明。韬,掩藏,敛藏。

〔26〕朝云暮雨:语出〔战国·楚〕宋玉《高唐赋·序》:"妾在巫山之阳,高丘之阻,旦为朝云,暮为行雨。朝朝暮暮,阳台之下。"(《文选》卷十九)

犬吠晴:语本〔唐〕柳宗元《答韦中立论师道书》:"仆往闻庸蜀之南,恒雨少日,日出则犬吠。"(《柳河东集注》卷三十四)

〔27〕山腹人家:山腰的人家。

真画屏:犹言真像在画屏中。

〔28〕褰(qiān)裳:撩起下裳。《诗经·郑风·褰裳》:"子惠思我,褰裳涉溱。"(《毛诗注疏》卷七)

〔29〕蛮语:南方少数民族的言语。〔宋〕梅尧臣《送刘子思殿丞宰巫山》:"千里向巴东,青山不可穷。峡猿初入听,蛮语未全通。"(《宛陵集》卷六)

无由听:没有办法听。〔唐〕韩愈《华山女》:"观中人满坐观外,后至无地无由听。"(《五百家注昌黎文集》卷六)

〔30〕泝(sù)峡:逆水入峡。泝,逆水而上。〔宋〕王令《蕲口道中三首》之三:"维舟泝江流,人力与水争。回视东下人,恍如御风行。"(《广陵集》卷八)

几程:指几个行程。程,指以驿站邮亭或其他停顿止宿地点为起讫的行程段落。〔唐〕白居易《从陕至东京》:"风光四百里,车马十三程。"(《白氏长庆集》卷二十五)〔宋〕欧阳修《与尹师鲁第一书》:"及来此,问荆人,云去郢止两程。"(《文忠集》卷六十七)

〔31〕如许:像这样。〔宋〕宋庠《宿退卧庐》:"君恩如许重,聊比戴山鳌。"(《元宪集》卷八)

心骨:犹心,内心。〔宋〕华镇《咏古十六首》之十四:"至今夸毗人,闻风心骨惊。"(《云溪居士集》卷三)

〔32〕阳台:〔战国·楚〕宋玉《高唐赋·序》中神女与楚先王约定的幽会场所:

"去而辞曰：'妾在巫山之阳，高丘之阻，且为朝云，暮为行雨。朝朝暮暮，阳台之下。'"（《文选》卷十九）参见本卷《诗歌部》上册解昉《阳台梦》注[9]。

滟滪：即滟滪堆，也称"淫预石"，是瞿塘峡口的一座礁石。参见本卷《诗歌部》上册文同《巫山高》注[7]。

次第：依次。〔唐〕刘禹锡《秋江晚泊》："暮霞千万状，宾鸿次第飞。"（《全唐诗》卷三百五十七）

[33]敌勍(qíng)：犹勍敌。有力的对手，多谓才艺相当的人。〔宋〕司马光《续诗话》："李长吉歌'天若有情天亦老'，人以为奇绝无对。曼卿对'月如无恨月长圆'，人以为勍敌。"

刘 过

【作者简介】

刘过（1154—1206），字改之，号龙洲道人，吉州太和（今江西泰和）人。多次应举不第，终生未仕。刘过是抗金志士，曾上书朝廷提出恢复中原方略，未被采纳。漂泊江淮间，与主张抗战的诗人陆游、陈亮、辛弃疾等多有唱和。晚年定居昆山，宁宗开禧二年（1206）卒，年五十三（明陈谔《题刘龙洲易莲峰二公墓》）。有《龙洲道人集》十五卷。事见元殷奎《复刘改之先生墓事状》、杨维桢《宋龙洲先生刘公墓表》、明万历《昆山志》卷三。

谒金门[1]

次京口赋

归不去。船泊早春梅渚[2]。试听玉人歌白苎[3]。行云无觅处[4]。

茕烛写诗无语[5]。漠漠寒生窗户[6]。明日短篷眠夜雨[7]。宝钗留半股[8]。

（原载蝉隐庐影刊〔明〕沈愚本《龙洲词》；录自唐圭璋编《全宋词》，中华书局1965年6月第1版，第3册，第2148页）

【注　释】

[1] 谒金门：词牌名。《词谱》（卷五）："《谒金门》，唐教坊曲名。元高拭词注'商调'。宋杨湜《古今词话》因韦庄词起句名《空相忆》。张辑词有'无风花自落'句，名《花自落》；又有'楼外垂杨如此碧'句，名《垂杨碧》。李清臣词有'杨花落'句，名《杨花落》。李石名《出塞》。韩淲词有'东风吹酒面'句，名《东风吹酒

面》；又有'不怕醉。记取吟边滋味'句，名《不怕醉》；又有'人已醉。溪北溪南春意'句，名《醉花春》；又有'春尚早。春入湖山渐好'句，名《春早湖山》。"〔清〕毛先舒《填词名解》（卷一）："《谒金门》，唐乐名有《儒士谒金门》，沿其名。一名《出塞》，一名《花自落》，一名《垂杨碧》。"（载北京市中国书店据木石居校本影印〔清〕查培继《词学全书》，1984年1月第1版）刘过此词双调四十五字。前后段各四句，四仄韵。

[2]梅渚：有梅花的小洲。渚，水中的小块陆地。《诗经·召南·江有汜》："江有渚。"〔汉〕毛亨传："渚，小洲也。"（《毛诗注疏》卷二）

[3]玉人：〔宋〕毛滂《最高楼》："玉人共倚阑干角，月华犹在小池东。"（《东堂词》）

白苎：乐府吴舞曲名。〔南朝·宋〕鲍照《代白纻曲二首》之一："古称《渌水》今《白纻》，催弦急管为君舞。"（《鲍明远集》卷三）《新唐书·礼乐志》（卷二十二）："白苎，吴舞也。"〔宋〕张先《天仙子》："亲舆乞得便藩归，瑶席主。杯休数。清夜为君歌《白苎》。"（《安陆集》）

[4]行云：用巫山神女之典。语本〔战国·楚〕宋玉《高唐赋·序》："旦为朝云，暮为行雨。"（《文选》卷十九）

[5]翦烛：蜡烛燃烧到一定程度，须剪去烛芯，才不影响光照。〔唐〕白居易《杨柳枝二十韵》："小妓携桃叶，新歌踏柳枝。妆成剪烛后，醉起拂衫时。"（《白氏长庆集》卷三十二）

[6]漠漠：寂静无声貌。〔宋〕谢逸《梨花已谢戏作二诗伤之》之二："剪剪轻风漠漠寒，玉肌萧瑟粉香残。"（《溪堂集》卷五）

[7]短篷：指小船。〔宋〕韦骧《次韵德夫推院有感》："勤乘闲隙酬清兴，便与分襟棹短篷。"（《钱塘集》卷四）

[8]宝钗留半股：钗，由两股簪子交叉组合成的一种首饰。用来绾住头发。宝钗留半股，犹言将宝钗分一股给对方，留一股给自己，作为信物。因钗有两股，留一股即留一半。

高似孙

【作者简介】

高似孙,字续古,号疏寮,鄞县(今浙江宁波)人(清康熙《鄞县志》卷十),一说余姚(今属浙江)人(清光绪《余姚县志》卷二十四)。孝宗淳熙十一年(1184)进士,调会稽县主簿。宁宗庆元六年(1200)通判徽州,嘉定十七年(1224)为著作佐郎。理宗宝庆元年(1225)知处州。晚家于越,为嵊令史安之作《剡录》。有《疏寮小集》、《剡录》、《子略》、《蟹略》、《骚略》、《纬略》等。事见《南宋馆阁续录》卷八、《宋史翼》卷二十九。

寄吴钤干

有伟千人杰[1],能为万里游。

挂帆春背雁[2],问驿夜惊鸥[3]。

道路空留滞,文章莫暗投。

九疑生雨遍[4],三峡带寒流[5]。

采药青神观[6],题诗白帝楼[7]。

乾坤供烂醉[8],星斗照闲愁[9]。

汉已归萧相[10],天难寿武侯[11]。

词人头欲雪,壮士泪如秋。

中下犹须策[12],西南夙倚筹[13]。

有钱书尽买,灭虏志终酬[14]。

猿破高唐梦[15],龙驯滟滪舟[16]。

行人定安稳,夏近可归不[17]。

（原载汲古阁影宋抄《南宋六十家小集·疏寮小集》；
录自北京大学古文献研究所编《全宋诗》，北京大学
出版社1991年7月第1版，第51册，第31985页）

【注　释】

[1]有伟：犹伟大、卓越。有，助词，无义，作形容词词头。

千人杰：千人中的豪杰。〔宋〕郑侠《送声父》："罗浮主人袁公发，伟才逸气千人杰。"（《西塘集》卷九）

[2]挂帆：张帆行船。〔唐〕李白《下途归石门旧居》："将欲辞君挂帆去，离魂不散烟郊树。"（《李太白文集》卷十九）

春背雁：犹言春天与大雁相反的方向。背，朝着相反方向。〔唐〕李益《洛阳河亭奉酬留守群公追送》诗："还似汀洲雁，相逢又背飞。"（《全唐诗》卷二百八十三）按：春天大雁北飞，背雁当是南行。

[3]问驿：询问驿站。驿，古时供传递文书、官员来往及运输等中途暂息、住宿的地方；旅店。〔宋〕李曾伯《过清湘洮阳驿和方孚若韵》："问驿寻梅路渐深，壁间谁帖迈来禽。"（《可斋杂稿》卷二十九）

[4]九疑：即九嶷山，在湖南宁远县南。《山海经·海内经》（卷十八）："南方苍梧之丘，苍梧之渊，其中有九嶷山，舜之所葬，在长沙零陵界中。"〔晋〕郭璞注："其山九谿皆相似，故云'九疑'。"

[5]三峡：西起重庆市奉节县白帝城东至湖北省宜昌市南津关，由瞿塘峡、巫峡、西陵峡三个峡谷，以及其间的大宁河宽谷、香溪宽谷、庙南宽谷三个宽谷所构成的全长191公里的自然地理地带。参见本卷《诗歌部》上册元勋《题白帝庙诗并序》注[8]。

[6]青神观：祭祀青神的道观。青神，道教以为木星中有九青帝，并受事于中央青皇。《云笈七签》（卷二十五）："木星有九门，门内有九青帝，其一帝辄备一门，以奉承于中央青皇上真大君也。"

[7]白帝楼：在夔州。《明一统志·夔州府·宫室》（卷七十）："白帝楼，在府治东。唐杜甫诗：'江度寒山阁，城高绝塞楼。翠屏宜晚对，白谷会深游。'又云：'漠漠虚无里，连连睥睨侵。楼光去日远。峡影入江深。'"

[8]乾坤：天地。〔宋〕张栻《喜雨呈安国》之三："向来恻怛哀矜意，便觉雨满乾坤间。"（《南轩集》卷五）

[9]闲愁：无端无谓的忧愁。〔宋〕潘阆《句》："清宵无好梦，白日有闲愁。"（《逍遥集》）

[10]萧相：指汉丞相萧何（？—前193），西汉初大臣。沛（今江苏沛县）人，

曾为沛王吏椽。秦二世元年(前209)佐刘邦起义。刘邦率起义军入咸阳,诸将皆忙于分取府库财物,他收取秦王朝之文献档案,掌握全国山川险要、郡县户口及当时社会状况。项羽背约,将刘邦封于偏远之巴、蜀、汉中,楚、汉矛盾激化。他说服刘邦暂作战略退却,以保存汉军实力。楚汉战争中,荐韩信为大将,自以丞相身份留守关中,输送士卒、粮饷。汉朝建立,封鄷侯,协助刘邦、吕后消灭韩信、陈豨、英布等叛乱,推行与民休息政策。又参照《秦律》制定《汉律》九章,已佚。萧何晚年被汉高帝怀疑收受商贾财物而下狱。《史记·萧相国世家》(卷五十三):"上大怒曰:'相国多受贾人财物,乃为请吾苑!'乃下相国廷尉,械系之。"萧何死后,"后嗣以罪失侯者四世,绝。"归萧相,犹言使萧何有了最后的结局。归,结局。按:萧何晚年被汉高帝怀疑收受商贾财物而下狱。《史记·萧相国世家》(卷五十三):"上大怒曰:'相国多受贾人财物,乃为请吾苑!'乃下相国廷尉,械系之。"

[11]武侯:三国蜀诸葛亮死后谥为忠武侯,后世称之为武侯。《三国志·蜀志·诸葛亮传》(卷三十五):"建兴元年(223年)封亮武乡侯,开府治事。"建兴十二年(234年)"八月,亮疾病卒于军,时年五十四"。后主刘禅诏策"赠君丞相武乡侯印绶,谥君为忠武侯"。天难寿武侯,犹言天难以令武侯长寿。《三国志·蜀志·诸葛亮传》(卷三十五):"(建兴十二年)其年八月,亮疾,病卒于军,时年五十四。"

[12]中下:指古代田地或赋税等级的第六等。《尚书·禹贡》:"(兖州)厥田惟中下。"〔汉〕孔安国传:"田第六。"《尚书·禹贡》:"(雍州)厥赋中下。"〔汉〕孔安国传:"赋第六。"借指社会的中下层。

犹须策:尤其需要勉励。策,策励,督促勉励。

[13]西南:指西南边地。

凤倚筹:犹言平素依仗筹边之策。凤,平素。筹,指筹划边境的事务。

[14]灭虏志:犹消灭胡虏的壮志。虏,古时对北方外族的蔑称。

终酬:终于实现。酬,实行,实现。〔唐〕刘长卿《送崔使君赴寿州》:"仲华遇主年犹少,公瑾论功位已酬。"(《刘随州集》卷九)

[15]高唐梦:典出〔战国·楚〕宋玉《高唐赋·序》:"昔者楚襄王与宋玉游于云梦之台,望高唐之观。其上独有云气,崒兮直上,忽兮改容,须臾之间,变化无穷。王问玉曰:'此何气也?'玉对曰:'所谓朝云者也。'王曰:'何谓朝云?'玉曰:'昔者先王尝游高唐,怠而昼寝,梦见一妇人曰:"妾巫山之女也,为高唐之客。闻君游高唐,愿荐枕席。"王因幸之。去而辞曰:"妾在巫山之阳,高丘之阻,旦为朝云,暮为行雨。朝朝暮暮,阳台之下。"旦朝视之,如言。故为立庙,号曰朝云。'"(《文选》卷十九)

[16]滟滪舟:经过滟滪堆的船。滟滪,即滟滪堆,也称"淫预石",是瞿塘峡口

的一座礁石。参见本卷《诗歌部》上册文同《巫山高》注[7]。龙驯滟滪舟,犹言龙使经过滟滪堆的舟船驯服。

[17]夏近:夏天临近。〔唐〕张九龄《尝与大理丞袁公太府丞田公偶诣一所林沼尤胜因并坐其次相得甚欢遂赋诗焉以咏其事》:"夏近林方密,春余水更深。"(《曲江集》卷三)

可归不(fǒu):犹言可以归去否? 不,同"否"。《说文·不部》:"否,不也。"〔清〕段玉裁注:"不者,事之不然也;否者,说事之不然也。故音义皆同。"(《说文解字注》浙江古籍出版社1998年2月第1版,第584页)

阎伯敏

【作者简介】

阎伯敏,字子功,晋原(今四川崇州)人。宁宗庆元初通判眉州(《宋诗纪事小传补正》卷二)。

十二峰

望　霞[1]

东皇君来流晓霞[2],莫看西北王母家[3]。
云华夫人王母女[4],肯为庙食留三巴[5]。

(原载〔明〕周复俊《全蜀艺文志》卷九;录自北京大学古文献研究所编《全宋诗》,北京大学出版社1991年7月第1版,第51册,第32080页)

【注　释】

[1]望霞:犹望霞峰,即神女峰。参见本卷《诗歌部》上册吴世延《望霞峰》注[1]。

[2]东皇君:古代传说中的天神名,即东皇太一。〔战国·楚〕屈原《九歌·东皇太一》:"吉日兮辰良,穆将愉兮上皇。"〔唐〕吕向注:"太一,星名,天之尊神,祠在楚东,以配东帝,故云东皇。"(《六臣注文选》卷三十二)

晓霞:犹朝霞。流,流动,浮动。用作动词。

[3]莫:"暮"的古字。按:本组诗中《朝云》"阳台莫色连云霄","朝来莫去变

云雨"中"莫"均训为"暮"。

西北王母：指西王母。中国古代神话中的女仙人，旧时以为长生不老的象征。

[4]云华夫人：〔前蜀〕杜光庭在其《墉城集仙录》中，将巫山神女加以仙话化，改造成所谓"云华夫人"。《太平广记·云华夫人》（卷五十六）载《集仙录》："云华夫人，王母第二十三女，太真王夫人之妹也，名瑶姬。参见本卷《诗歌部》上册吴世延《望霞峰》注[2]。

[5]庙食：谓死后立庙，受人奉祀，享受祭飨。《史记·滑稽列传》（卷一百二十六）："庙食太牢，奉以万户之邑。"〔宋〕苏轼《潮州韩文公庙碑》："能信于南海之民，庙食百世，而不能使其身一日安于朝廷之上。"（《东坡全集》卷八十六）

三巴：巴郡、巴东、巴西的合称。相当今重庆市嘉陵江和綦江流域以东的大部地区。这里指三峡地区。参见本卷《诗歌部》上册司马光《介甫作巫山高命光属和勉率成篇真不知量》注[7]。

翠　屏[1]

秋山黄落春山青，不识仙家云锦屏[2]。
六铢天衣下拂石[3]，香风馥郁朝真亭[4]。

（原载〔明〕周复俊《全蜀艺文志》卷九；录自北京大学古文献研究所编《全宋诗》，北京大学出版社1991年7月第1版，第51册，第32081页）

【注　释】

[1]翠屏：即翠屏峰。参见本卷《诗歌部》上册吴世延《翠屏峰》注[1]。

[2]云锦屏：以织有云纹图案的丝织品为饰的屏风。这里把"秋山黄落春山青"的翠屏峰形容为仙家的"云锦屏"。〔宋〕史弥宁《妙峰亭晚望》："峭峰顶上著危亭，四面山开云锦屏。"（《友林乙稿》）

[3]六铢天衣：佛经称"忉利天衣"重六铢，谓其轻而薄。铢，古代重量单位，为一两的二十四分之一。后称佛、仙之衣为"六铢衣"。《佩文韵府》（卷五之三）引《长阿含经》："忉利天衣重六铢，炎摩天衣重三铢，兜率天衣重二铢，半化乐天衣重一铢，他化自在天衣重半铢。"〔唐〕宋之问《奉和幸大荐福寺》："欲知皇劫远，初拂六铢衣。"（《全唐诗》卷五十三）

[4]朝真亭：未见文献记载，但此诗可证，在宋代庆元前后，巫山翠屏峰当有

"朝真亭"。朝真,道教谓朝见真人;又谓道家修炼养性之术,犹佛家之坐禅。

朝 云[1]

山头行云自朝朝[2],阳台莫色连云霄[3]。
朝来莫去变云雨[4],送老行客无回桡[5]。

（原载〔明〕周复俊《全蜀艺文志》卷九;录自北京
大学古文献研究所编《全宋诗》,北京大学出版
社 1991 年 7 月第 1 版,第 51 册,第 32081 页）

【注　释】

[1]朝云:即朝云峰。参见本卷《诗歌部》上册吴世延《朝云峰》注[1]。

[2]"山头"句:语本〔战国·楚〕宋玉《高唐赋·序》:"去而辞曰:'妾在巫山之阳,高丘之阻,旦为朝云,暮为行雨。朝朝暮暮,阳台之下。'"(《文选》卷十九)朝朝,天天,每天。

[3]阳台:神女与楚先王约定的幽会场所。〔清〕连山、白曾熙修,李友梁等纂;清光绪十九年(1893)刊本《巫山县志·古迹志》(卷三十):"《吴船录》:'阳台高唐,今在巫山来鹤峰上。'"〔清〕周宪斌《阳台高唐解》:"夫高邱山上有阳台,山半又有高唐,由来旧矣。"(〔清〕连山、白曾熙修,李友梁等纂;清光绪十九年(1893)刊本《巫山县志·艺文志》卷三十二)

莫色:犹暮色。莫,"暮"的古字。

[4]莫去:犹暮去。

[5]送老:养老,怡老。〔唐〕李商隐《杜工部蜀中离席》:"美酒成都堪送老,当垆仍是卓文君。"(《李义山诗集注》卷一上)

行客:过客。《淮南子·精神训》:"是故视珍宝珠玉犹砾石也,视至尊穷宠犹行客也。"〔汉〕高诱注:"行客,犹行路过客。"(《淮南鸿烈解》卷七)

无回桡:犹无回程。桡,船桨。

松 峦[1]

舟船摇摇大巫前[2],松前丝萝望缠绵[3]。
屏风角转恰匝背[4],心在山头人倚船。

阎
伯
敏

（原载〔明〕周复俊《全蜀艺文志》卷九；录自北京大学古文献研究所编《全宋诗》，北京大学出版社 1991 年 7 月第 1 版，第 51 册，第 32081 页）

【注　释】

[1]松峦：即松峦峰。参见本卷《诗歌部》上册吴世延《松峦峰》注[1]。

[2]大巫：犹大巫山。

[3]丝萝：菟丝与女萝。菟丝，俗称菟丝子，蔓生，茎细长，缠络于其他植物上，花淡红色，子可入药。女萝，即松萝，多附生在松树上，成丝状下垂。《诗经·小雅·颊弁》"茑与女萝。"〔汉〕毛亨传："女萝，菟丝，松萝也。"〔唐〕陆德明释文："在草曰菟丝，在木曰松萝。"〔唐〕温庭筠《古意》："莫莫复莫莫，丝萝缘涧壑。"

缠绵：犹情意绵绵。〔唐〕张籍《节妇吟》："感君缠绵意，系在红罗襦。"

[4]"屏风"句：形容山形如屏风转角，恰好绕着舟中人背。后句云"心在山头人倚船"，揣其意，此"背"当指人背，即诗中观景的主体。匝，围绕。

集　仙[1]

绿蓑鞋紧青行缠[2]，束薪蕴火开山田[3]。
云间仰听仙佩响[4]，蓬鬓拂掠烧畬烟[5]。

（原载〔明〕周复俊《全蜀艺文志》卷九；录自北京大学古文献研究所编《全宋诗》，北京大学出版社 1991 年 7 月第 1 版，第 51 册，第 32081 页）

【注　释】

[1]集仙：即集仙峰。参见本卷《诗歌部》上册吴世延《集仙峰》注[1]。

[2]绿蓑：绿色的蓑衣。即用绿蓑叶编织的避雨的用具。蓑，多年生草本植物，狭线形。初夏开花。茎叶可以做蓑衣、绳索、草鞋等，亦可织席、造纸。有的地方叫蓑草或蓑衣草。〔唐〕刘禹锡《插田歌》："农妇白纻裙，农夫绿蓑衣。"（《刘宾客文集》卷二十七）

青行缠：一种布袜裹腿。〔宋〕苏轼《寄吴德仁兼简陈季常》："我游兰溪访清泉，已办布袜青行缠。"（《东坡全集》卷十四）〔宋〕李彭《余与刘壮舆先大父屯田父秘丞为契家壮舆又与予厚不数年皆下世今过其故居》："忽逢持斧翁，葆鬓青行

186

缠。采薪收斜日，伐竹破疏烟。"（《日涉园集》卷四）

[3]"束薪"句：犹言捆扎柴禾积聚火力开垦山田。蕴，积聚。蕴火，集中火力。这是所谓"畬田"的原始粗放的耕作方式。参见本卷《诗歌部》中册范成大《劳畬耕并序》文及注。

[4]仙佩：神仙的佩环。指巫山神女。佩环，玉质佩饰物。〔宋〕韦骧《奉节道中望群山有雪》："天外画图终日展，云端仙佩许谁邀。"（《钱塘集》卷七）

[5]"蓬鬓"句：犹言巫山神女蓬松的鬓发拂掠着烧畬的青烟。烧畬，即畬田。

聚 鹤[1]

望夫石女春复秋[2]，巴歌楚舞随遨游[3]。
夜深九皋清唳响[4]，仙禽亦替离人愁[5]。

（原载〔明〕周复俊《全蜀艺文志》卷九；录自北京大学古文献研究所编《全宋诗》，北京大学出版社 1991 年 7 月第 1 版，第 51 册，第 32081 页）

【注 释】

[1]聚鹤：即聚鹤峰。参见本卷《诗歌部》上册吴世延《集仙峰》注[1]。

[2]望夫石：即女观山。〔清〕连山、白曾熙修，李友梁等纂；清光绪十九年（1893）刊本《巫山县志·山川志》（卷六）："女观山，县北四里。山半有石如人形。相传有妇人，其夫宦蜀，登山望夫，因化为石，故名望夫石。"

[3]巴歌楚舞：巴人的歌谣，楚人的舞蹈。按：巫山地区为巴楚文化交汇之地，故巴歌楚舞为当地民俗文化的特征。〔宋〕王十朋《上元山中百姓出游作三章谕之》："邻里相呼入郡城，巴歌楚舞沸欢声。"（《梅溪后集》卷十二）

遨游：游乐，嬉游。〔唐〕陈子昂《上元夜效小庾体》："三五月华新，遨游逐上春。"（《全唐诗》卷八十四）

[4]九皋：语本《诗经·小雅·鹤鸣》："鹤鸣于九皋，声闻于野。"〔汉〕毛亨传："皋，泽也。言身隐而名著也。"〔汉〕郑玄笺："皋，泽中水溢出所为坎，自外数至九，喻深远也。鹤在中鸣焉，而野闻其鸣声。"九皋，本为曲折深远的沼泽，后指代鹤。〔唐〕孟球《和主司王起》："谁料羽毛方出谷，许教齐和九皋鸣。"〔宋〕文彦博《依韵谢运使陈虞部生日惠双鹤灵寿杖》之二："青田双戏九皋鸣，屈降仙姿入户庭。"（《潞公文集》卷六）按：1987 年上海古籍出版社影印文渊阁《四库全书》本

《全蜀艺文志》(卷九)作"九皋"。《全宋诗》作"九皇"误。

清唳(lì):鹤鸣声,鹤鸣清响,故谓。〔南朝·梁〕吴均《主人池前鹤》:"摧藏多好貌,清唳有奇音。"

[5]仙禽:指鹤,相传仙人多骑鹤,故称。语本《艺文类聚》(卷九十)引《相鹤经》:"鹤,阳鸟也,而游于阴,盖羽族之宗长,仙人之骐骥也。"〔南朝·宋〕鲍照《舞鹤赋》:"散幽经以验物,伟胎化之仙禽。"(《鲍明远集》卷一)

净　坛[1]

山头枝枝竹扫坛[2],舟子竹枝歌上滩[3]。
炷香上庙掷杯珓[4],但乞如愿舟平安。

(原载〔明〕周复俊《全蜀艺文志》卷九;录自北京大学古文献研究所编《全宋诗》,北京大学出版社 1991 年 7 月第 1 版,第 51 册,第 32081 页)

【注　释】

[1]净坛:即净坛峰。参见本卷《诗歌部》上册吴世延《净坛峰》注[1]。

[2]竹扫坛:即神女坛。《太平广记·云华夫人》(卷五十六)载《集仙录》:"复有石天尊神女坛,侧有竹,垂之若箒,有槁叶飞物著坛上者,竹则因风扫之,终莹洁不为所污,楚人世祀焉。"

[3]舟子:船夫。《诗经·邶风·匏有苦叶》:"招招舟子,人涉卬否。"〔汉〕毛亨传:"舟子,舟人,主济渡者。"(《毛诗注疏》卷三)

竹枝:即竹枝词,又称竹枝歌。是产生于三峡地区的民间歌谣。参见本卷《诗歌部》上册黄庭坚《送曹黔南口号》注[5]。

歌上滩:犹唱着竹枝歌闯滩。上滩,即驾船逆水过滩。〔宋〕欧阳修《黄牛峡祠》:"画船百丈山前路,上滩下峡长来去。"(《文忠集》)卷一)〔宋〕沈辽《赠送卢总赴调》:"解衣操舟上滩碛,同行嘲笑何自苦。"(《云巢编》卷三)

[4]炷香:犹烧香。〔前蜀〕杜光庭《再处俦还北斗愿词》:"敢因某日之辰,虔备修焚之礼,炷香答愿,拜荷玄恩。"(《广成集》卷十二)

掷杯珓(jiào):占卜的一种形式,俗称"打卦"。杯珓,占卜之具,用蚌壳或形似蚌壳的竹木两片,投空掷于地,视其俯仰,以定吉凶。〔宋〕朱翌《岁乙丑余年四十有九矣因诵太白四十九年非一往不可复之句次其韵》:"今晨祖师前,一掷杯珓

卜。去以六月息,来期七日复。"(《灊山集》卷一)

上　升[1]

黄麾白马功告成[2],云华夫人朝玉京[3]。
虞后夏后引音节[4],高低峡船摇舻声[5]。

（原载〔明〕周复俊《全蜀艺文志》卷九;录自北京
大学古文献研究所编《全宋诗》,北京大学出版
社 1991 年 7 月第 1 版,第 51 册,第 32081 页）

【注　释】

[1]上升:即上升峰。参见本卷《诗歌部》上册吴世延《上升峰》注[1]。

[2]黄麾:古代天子或大臣所乘车舆的装饰品。《东观汉记·班超传》:"建初八年,称超为将兵长使,假鼓吹黄麾。"黄麾白马,指云华夫人瑶姬乘坐的马车。黄麾,1987 年上海古籍出版社影印文渊阁《四库全书》本《全蜀艺文志》（卷九）作"黄魔"。按:"黄魔"为云华夫人瑶姬派遣助禹治水的诸神之一。然"白马"无训。当从《全宋诗》作"黄麾白马"。

[3]云华夫人:〔前蜀〕杜光庭在其《墉城集仙录》中,将巫山神女加以仙话化,改造成所谓"云华夫人"。参见本卷《诗歌部》上册吴世延《望霞峰》注[2]。

玉京:道家称天帝所居之处。〔唐〕李白《庐山谣寄卢侍御虚舟》:"遥见仙人彩云里,手把芙蓉朝玉京。"(《李太白文集》卷十一)

[4]虞后:指舜。舜之先封于虞,故城在今山西省平陆县东北。按:1987 年上海古籍出版社影印文渊阁《四库全书》本《全蜀艺文志》（卷九）作"禹后"。

夏后:指禹受舜禅而建立的夏王朝。称夏后氏。

音节:乐声的节奏。《后汉书·文苑传下·祢衡》（卷一百十下）:"(曹操)闻衡善击鼓,乃召为鼓史,因大会宾客,阅试音节。"

[5]摇舻(lú)声:摇船的声音。舻,船头,代之船。1987 年上海古籍出版社影印文渊阁《四库全书》本《全蜀艺文志》（卷九）作"橹"。橹,比桨长大的划船工具,安在船尾或船旁。

起　云[1]

钗头嫋嫋山花枝[2],裙尾旧缬山麻衣[3]。
朝随云起采薪去[4],莫趁女伴穿云归[5]。

（原载〔明〕周复俊《全蜀艺文志》卷九；录自北京大学古文献研究所编《全宋诗》，北京大学出版社1991年7月第1版，第51册，第32081页）

【注　释】

[1]起云：即起云峰。参见本卷《诗歌部》上册吴世延《起云峰》注[1]。

[2]"钗（chāi）头"句：犹言在钗头插上了轻盈的山花枝。钗头，钗的首端，多指钗。钗，钗子，由两股簪子交叉组合成的一种首饰。用来绾住头发。这里当指插钗处。此山花当与钗子一起插在发上，这样会更牢固而不致坠落。〔唐〕杜甫《负薪行》："至老双环只垂颈，野花山叶银钗并。"（《九家集注杜诗》卷十三）袅袅（niǎo），轻盈纤美。

[3]旧缬（xié）：旧的有彩文的丝织品。

山麻衣：用山麻布做的衣衫。

[4]采薪：犹砍柴。〔唐〕元稹《赛神》："旋风天地转，急雨江河翻。采薪持斧者，弃斧纵横奔。"（《元氏长庆集》卷一）

[5]莫趁：莫，"暮"的古字。趁，追逐，追赶。此句是说黄昏时追赶女伴穿过暮云归来。

栖　凤[1]

山头凤鸣求其凰[2]，山前家家背凤筐[3]。

竹花结实未忍食[4]，刀耕火种五里香[5]。

（原载〔明〕周复俊《全蜀艺文志》卷九；录自北京大学古文献研究所编《全宋诗》，北京大学出版社1991年7月第1版，第51册，第32081页）

【注　释】

[1]栖凤：即栖凤峰。参见本卷《诗歌部》上册吴世延《栖凤峰》注[1]。

[2]凰：古代传说中的鸟名，雄的叫凤，雌的叫凰，统称凤凰。〔宋〕贺铸《声声慢》："南熏难消幽恨，金徽上、殷勤彩凤求凰。"（《历代诗余》卷六十三）

[3]凤筐：一种竹篾编织的背篼。三峡地区山高坡陡，运输多用背篼，便于爬山。

[4]竹花结实:竹子开花后所结的子实,形如小麦,也称竹米。《韩诗外传》(卷八):"凤乃止帝东园,集帝梧桐,食帝竹实,没身不去。"传说凤凰非竹实不食。《庄子·秋水》:"鹓鶵发于南海,而飞于北海。非梧桐不止,非练实不食,非醴泉不饮。"《南华副墨》云:"鹓鶵,凤雏也。练实,竹实也。"(《庄子翼》卷四)传说竹子开花结实后即死,故曰"未忍食"。

[5]刀耕火种:古代山地的耕种方法。亦泛指原始的耕种方法。〔宋〕王禹偁《畲田词·序》:"其民刀耕火种,大抵先斫山田,虽悬崖绝岭,树木尽仆,俟其干且燥,乃行火焉。火尚炽,即以种播之。"(《小畜集》卷八)以及畲田,参见本卷《诗歌部》中册范成大《劳畲耕并序》文及注。

五里香:指焚烧草木的香气。

登　龙[1]

散而成章合为龙,回风混合游鸿濛[2]。
舟人上下神女供[3],俗妆铅粉胭脂红[4]。

（原载〔明〕周复俊《全蜀艺文志》卷九;录自北京大学古文献研究所编《全宋诗》,北京大学出版社 1991 年 7 月第 1 版,第 51 册,第 32082 页）

【注　释】

[1]登龙:即登龙峰。参见本卷《诗歌部》上册吴世延《登龙峰》注[1]。

[2]回风混合:道家修炼之道。《太平广记·云华夫人》(卷五十六)载《集仙录》:"云华夫人,王母第二十三女,太真王夫人之妹也,名瑶姬。受徊风混合万景炼神飞化之道。"

鸿濛:迷漫广大貌。《汉书·扬雄传上》(卷八十七上):"外则正南极海,邪界虞渊,鸿蒙沆茫,碣以崇山。"〔唐〕颜师古注:"鸿蒙沆茫,广大貌。"〔宋〕范成大《寿栎东斋午坐》:"屋角静突兀,云气低鸿蒙。"(《石湖诗集》卷二十九)

[3]神女供:倒装句,犹供神女,即供奉神女的神像。

[4]"俗妆"句:犹言所供奉的神女像作世俗的妆饰,涂抹铅粉,浓施胭脂。

圣　泉[1]

云源一派瑶池分[2],洒落掉石随东奔[3]。
楚人但忧香溪水[4],溪边惟有昭君村[5]。

（原载〔明〕周复俊《全蜀艺文志》卷九；录自北京大学古文献研究所编《全宋诗》，北京大学出版社1991年7月第1版，第51册，第32082页）

【注　释】

[1]圣泉：即圣泉山。参见本卷《诗歌部》上册吴世延《圣泉峰》注[1]。

[2]云源：犹云河之源。云河，银河，天河。

一派：一条支流。〔唐〕李绅《却入泗口》："洪河一派清淮接，堤草芦花万里秋。"（《追昔游集》卷下）

瑶池：古代传说中昆仑山上的池名，西王母所居。参见本卷《诗歌部》上册吴世延《集仙峰》注[3]。

[3]掉石：即巫山县城前掉石滩。〔清〕连山、白曾熙修，李友梁等纂；清光绪十九年（1893）刊本《巫山县志·山川志》（卷六）："跳石滩，县东南十五里，相传旧江北有石跳落南岸，至今险阻。一作'掉石'。"

[4]忧：《全宋诗》注："原校：疑作'爱'。"按：忧，繁体作"憂"，与"爱"（爱）字形相近而讹。

香溪：水名，又名乡溪。在今湖北兴山、秭归二县东。香溪有二源：西源出神农架林区西南老君山，名九冲河，东南流入兴山县境，称苍坪河（或称南阳河、白沙河）；东源出神农架林区东南烟墩垭，西南流名龙口河，入兴山县境名深渡河，二源会于兴山县城西北，南流至秭归县东南香溪镇，注入长江。其入江处又名香溪口。〔宋〕陆游《入蜀记》（卷六）："泊舟兴山口，肩舆游玉虚洞，去江岸五里许，隔一溪，所谓香溪也。源出昭君村，水味美，录于《水品》，色碧如黛。"

[5]昭君村：王昭君出生的村子，在峡江地区，所传不止一处。或曰归州兴山县，或曰在巫山县十二峰之南神女庙下。但以归州兴山县昭君村被世人认同度更高。〔宋〕乐史《太平寰宇记·山南东道七·归州》（卷一百四十八）："香溪在邑界，即王昭君所游处。王昭君宅，汉王嫱即此邑之人，故曰昭君之县，村连巫峡是此地。"参见本卷《诗歌部》中册王十朋《昭君村》注[2]。

邓谏从

【作者简介】

邓谏从,字元卿,汉嘉(今四川雅安东北)人。尝通判黎州。与薛绂等同为二江九子之一。事见《宋元学案》卷七十二《通判邓先生谏从》。

题巫山瞻华亭[1]

崚嶒玉削三千丈[2],翠泼岚光冷相向[3]。

风含太古云气长[4],变化溟蒙纷万象[5]。

阴晴一日具四时,天籁窾深虚自响[6]。

神山娟妙擢群参[7],锦绣铺张献奇状[8]。

蟠根积铁汇百川[9],龙矫蛟翻饶跌宕[10]。

势连三楚此开国[11],故垒荒宫带溪瀼[12]。

楼台井邑老风烟[13],环佩清闻驻仙仗[14]。

竹林风味便读易[15],久与江山为辈行[16]。

鸣弦余暇豁心眼[17],戏著飞阑云雨上[18]。

爽明自可达壅蔽[19],野获又何劳草创[20]。

政和民气长似春,景迥心平过于掌[21]。

征鸿明灭志何杳[22],黄鹄追随意尤放[23]。

当年李杜经行处[24],太史银钩刻青嶂[25]。

宝刀珠瑟出耕垦[26],曲水纤腰迷草莽[27]。

牢盆古隶杂秦篆[28],飞动闲摹永平样[29]。

珊瑚交柯炯不蚀[30],仿佛将军勋业壮。

英雄繁盛随流水,时有竹枝赓牧唱[31]。

孔泉文物起骚经[32],国色明妃守孤尚[33]。

我家峨眉紫翠间[34],为爱奇峰甘蒟酱[35]。

秋风野水忆丝莼[36],击汰夷犹理烟榜[37]。

（原载〔明〕周复俊《全蜀艺文志》卷十三；录自北京大学古文献研究所编《全宋诗》,北京大学出版社 1991 年 7 月第 1 版,第 51 册,第 32019 页）

【注　释】

[1]瞻华亭:〔清〕连山、白曾熙修,李友梁等纂;清光绪十九年(1893)刊本《巫山县志·古迹志》(卷三十):"瞻华亭,今废。宋邓谏从有诗,见艺文。"

[2]崚嶒(língcéng):高耸突兀。〔南朝·梁〕沈约《钟山诗应西阳王教》:"郁律构丹巘,崚嶒起青嶂,势随九疑高,气与三山壮。"(《六臣注文选》卷二十二)

玉削:玉石削成。〔宋〕释觉范《题天池石间》:"上望掷笔峰,下瞰圣寺经岩,神刻玉削,不知几千仞。"(《石门文字禅》卷二十六)

[3]翠泼:翠色映照。翠,青绿色。泼,映,映照。〔宋〕韩淲《百法庵次载叔韵》之八:"翠泼春窗山数重,回坡复领更高丛。"(《涧泉集》卷十九)

岚光:山间雾气经日光照射而发出的光彩。〔唐〕李绅《若耶溪·西施采莲欧冶铸剑所》:"岚光花影绕山阴,山转花稀到碧浔。"(《追昔游集》卷中)

冷相向:犹言冷峻地相对而立。

[4]太古:远古,上古。〔唐〕李白《自广平乘醉走马六十里至邯郸登城楼览古书怀》:"太古共今时,由来互衰荣。伤哉何足道,感激仰空名。"(《李太白文集》卷十九)

[5]溟蒙:谓天地初形成时的混沌状态。

纷万象:犹纷纭万象。纷,盛多貌,众多貌。万象,宇宙间一切事物或景象。〔唐〕王维《谒璇上人》:"颓然居一室,覆载纷万象。"(《王右丞集笺注》卷三)

[6]天籁(lài):自然界的声响,如风声、鸟声、流水声等。《庄子·齐物论》:"女闻人籁而未闻地籁,女闻地籁而未闻天籁夫!"(《庄子注》卷一)

壑深虚自响:犹言山谷深邃,而虚空自动发出声响。

[7]神山:神仙居住的山。〔宋〕苏轼《石芝》:"神山一合五百年,风吹石髓坚如铁。"(《东坡诗集注》卷八)

娟妙:秀美。〔唐〕杜甫《大历三年春白帝城放船出瞿唐峡久居夔府将适江陵

漂泊有诗凡四十韵》："神女峰娟妙,昭君宅有无。"(《九家集注杜诗》卷三十三)

擢(zhuó)群参:犹言独出而群山参拜。擢,耸出。〔汉〕张衡《西京赋》："径百常而茎擢。"〔三国·吴〕薛综注:"擢,独出貌也。"(《文选》卷二)

[8]锦绣:花纹色彩精美鲜艳的丝织品,比喻巫山美丽的色彩。此句是说巫山犹如锦绣铺张开来,奉献出奇异的形状。

[9]蟠根:谓根脚盘曲深固。〔唐〕杜甫《白盐山》:"卓立群峰外,蟠根积水边。"(《九家集注杜诗》卷三十一)

积铁:犹积聚的铁,形容其坚固。〔唐〕杜甫《铁堂峡》:"硖形藏堂隍,壁色立积铁。径摩穹苍蟠,石与厚地裂。"(《九家集注杜诗》卷六)

[10]龙矫蛟翻:犹蛟龙飞腾,形容巫峡之激流。矫,飞。〔晋〕孙绰《游天台山赋》:"哂夏虫之疑冰,整轻翮而思矫。"〔唐〕李善注引《方言》:"矫,飞也。"(《文选》卷十一)

饶跌宕:饶,连词,相当于"任凭"。跌宕,上下起伏。

[11]势连三楚:地势连接三楚。三楚,战国楚地疆域广阔,秦汉时分为西楚、东楚、南楚,合称三楚。参见本卷《诗歌部》中册王铚《巫山高》注[3]。

此开国:犹言楚族在巫峡开创楚国。周成王封楚先祖熊绎"以子男之田,姓芈氏,居丹阳。"(《史记·楚世家》卷四十)旧说丹阳在今湖北秭归县。〔北魏〕郦道元《水经注·江水》(卷三十三):"江水又东为落牛滩,迳故陵北,江侧有六大坟,庾仲雍曰:楚都丹阳所葬,亦犹枳之巴陵矣。故以故陵为名也。"《水经注·江水》(卷三十四):"《宜都记》曰:秭归盖楚子熊绎之始国,而屈原之乡里也。原田宅于今具存。指谓此也。江水又东迳一城北,其城品岭作固,二百一十步,夹溪临谷,据山枕江,北对丹阳城,城据山跨阜,周八里二百八十步,东北两面,悉临绝涧,西带亭下溪,南枕大江,险峭壁立,信天固也。楚子熊绎始封丹阳之所都也。《地理志》以为吴之丹阳,论者云:寻吴、楚悠隔,缅缕荆山,无容远在吴境,是为非也。又楚之先王陵墓在其间,盖为征矣。"按:今考古界多认为在"沮漳河之西",但本诗作者据历来旧说,故云"势连三楚此开国"。

[12]故垒:古代的堡垒,旧堡垒。〔唐〕刘禹锡《西塞山怀古》:"今逢四海为家日,故垒萧萧芦荻秋。"(《刘宾客文集》卷二十四)

荒宫:废弃的宫殿。〔唐〕温庭筠《春江花月夜词》:"后主荒宫有晓莺,飞来只隔西江水。"(《温飞卿诗集笺注》卷二)按:这里指巫峡中荒废的楚宫。

溪瀼(ráng):流入江河的山溪水。按:三峡地区带"瀼"字的溪流不少,如东瀼、西瀼、瀼渡等等。〔宋〕陆游《入蜀记》(卷六):"土人谓山间之流通江者曰瀼云。"但今人亦有认为与古代三峡地区少数民族"獽"人活动有关者。

[13]井邑:城镇,乡村。语本《周礼·地官·小司徒》:"九夫为井,四井为

邑。"（《周礼注疏》卷十一）

风烟：景象，风光。老风烟，犹言古老的景象。〔唐〕皇甫冉《崔十四宅各赋一物得檐柳》："官渡老风烟，浔阳媚云日。"（《全唐诗》卷二百四十九）

[14]环佩：古人所系的佩玉，后多指女子所佩的玉饰。《礼记·经解》："行步则有环佩之声，升车则有鸾和之音。"〔汉〕郑玄注："环佩，佩环、佩玉也。"（《礼记注疏》卷五十）

仙仗：神仙的仪仗。《云笈七签》（卷六十四）："龙轩鹤骑，仙仗森列，驻于空界。"

[15]便读易：便于阅读《易经》。

[16]辈行：辈分，行辈。〔宋〕张耒《潘大临文集序》："老独与当世知名士游，往往屈辈行与之交。"（《柯山集》卷四十）"久与江山为辈行"者，当是神仙。

[17]鸣弦：指弹拨琴瑟等弦乐器。〔南朝·梁〕简文帝《戏赠丽人》："但歌聊一曲，鸣弦未息张。"（《玉台新咏》卷七）

余暇：犹空闲。《后汉书·应劭传》（卷七十八）："惟因万机之余暇，游意省览焉。"

豁心眼：舒展心与眼。

[18]"戏著"句：犹言开玩笑似地将阑干立在云雨之上。著，建立。飞阑：凌空架设的栏杆。〔宋〕韩元吉《云洞》："飞阑倚石磴，旷荡无纤埃。"（《南涧甲乙稿》卷一）

[19]爽明：黎明。《逸周书·尝麦》："爽明，仆告既驾，少祝导王，亚祝迎王，降阶。"庄述祖云："爽明，旦明也。"（《逸周书汇校集注》，上海古籍出版社1995年12月第版，第772页）

壅蔽：遮蔽，阻塞。《管子·任法》（卷十五）："夫私者，壅蔽失位之道也。"达，畅通。达壅蔽，使壅蔽畅通。

[20]野获：野之所获。野，指民间，与"朝"相对。

草创：兴办、创建。《汉书·律历志上》（卷二十一上）："汉兴，方纲纪大基，庶事草创，袭秦正朔。"

[21]景迥：景物僻远。迥，遥远，僻远。〔唐〕姚合《欲别》："惆怅与君烟景迥，不知何日到潇湘。"（《姚少监诗集》卷二）

心平过于掌：形容心境平坦超过手掌。

[22]征鸿：即征雁，多指秋天南飞的雁。明灭，指雁影忽隐忽现。

志何杳(yǎo)：言其志向何等杳茫。杳，消失，不见踪影。〔宋〕陆游《九月晦日作》之二："飞鸿杳杳江天阔，一片愁从万里来。"（《剑南诗稿》卷十四）

[23]黄鹄(hú)：鸟名，通称天鹅，似雁而大，颈长，飞翔甚高，羽毛黄者为黄

鹄。〔秦〕公孙鞅《商子·画策》(卷四):"黄鹄之飞,日行千里。"

意尤放:心意犹放纵。尤,犹,尚且。

[24]李杜经行处:犹言当年李白、杜甫行程中经过的地方。

[25]太史:指黄庭坚。太史,官名。西周、春秋时太史掌记载史事、编写史书、起草文书,兼管国家典籍和天文历法等。秦汉曰太史令,汉属太常,掌天时星历。魏晋以后,修史之职归著作郎,太史专掌历法。隋改称太史监,唐改为太史局,宋有太史局、司天监、天文院等名称。黄庭坚哲宗时曾召为校书郎,《神宗实录》检讨官。迁著作佐郎,加集贤校理。故称太史。

银钩:银质或银色的钩子,比喻遒媚刚劲的书法。《晋书·索靖传》(卷六十):"盖草书之为状也,婉若银钩,飘若惊鸾。"

刻青嶂:刻在青山上。青嶂,如屏障的青山。〔南朝·梁〕沈约《钟山诗应西阳王教》:"郁律构丹巘,峻嶒起青嶂。"吕向注:"山横曰嶂。"(《六臣注文选》卷二十二)按:黄庭坚曾题"巫山县"字。黄庭坚《与味道明府书二》:"某顿首。向承与舍弟书,意欲得'巫山县'字。老懒久之,不能下笔,今日偶晴快,遂书得。然物材皆不如人意,且谩往,不知堪用否?往尝授大字法于许觉之,用退光木板,面以胡粉,书不可意辄潎去。然既可改,则意态有余,往往下笔即可耳。然巫山榜以回禄堕败,今此字痴拙,有老人态,则是水土重迟之笔多,似可厌胜耳。"(《山谷别集》卷十四)又曾作《戏题巫山县用杜子美韵》:"巴俗深留客,吴侬但忆归。直知难共语,不是故相违。东县闻铜臭,江陵换袷衣。丁宁巫峡雨,慎莫暗朝晖。"〔宋〕任渊注:"按:巫山石刻:'巴俗深留客'作'殊亲我';'吴侬但忆归','但'作'暂'字。"(《山谷内集诗注》卷十四)注中称"巫山石刻",则此诗亦曾刻石。按:"巫山县"为县名,榜书,当刻于城门之上。此言"刻青嶂",或当是后者,因其"用杜子美韵",与前云"李杜经行处"相合。

[26]瑟瑟:指碧色宝珠,名瑟瑟。《周书·异域传下·波斯》(卷五十):"(波斯国)又出白象、师(狮)子、大鸟卵、珍珠、离珠、颇黎、珊瑚、琥珀、瑠璃、马瑙、水晶、瑟瑟。"〔明〕方以智《通雅·金石·瑟瑟碧珠也》(卷四十八):"《广雅》曰:瑟瑟,碧珠也。'瑟瑟'与'樲樲'通,故孙恬作'璱璱'以别之。高仙芝袭石国,得瑟瑟十余斛。玄宗幸华清宫,五家瑟瑟珠玑,狼藉于道。《唐会要》:吐蕃官章饰有五,一曰瑟瑟。明皇又于汤中垒瑟瑟。虢国夫人赏圬匠瑟瑟三斗。高似孙引唐懿宗赐公主瑟瑟幕。程泰之引《唐语林》鲁昂有瑟瑟枕,宪召估之,曰:至宝无价。《研北杂志》言:张梦卿有太康墓中紫金钿、铜天禄,其嵌珠瑟瑟等多脱。元仁宗皇庆元年,有启金州献瑟瑟洞,请采之,不从。或曰碧珠,如琅玕之类;或曰宝石。《纬略》确以为珠类,泰之则曰:今世所传瑟瑟,皆炼石为之。智按:瑟瑟有三种:宝石如珠,真者至宝;透碧番烧者,圆而明;中国之水料烧珠,亦借名瑟瑟。汤中之

垒,圬匠之赏,其殆水料乎?"

耕垦:犁地翻土,或开垦荒地。

[27]曲水:古代风俗,于农历三月上巳日(上旬的巳日,魏晋以后始固定为三月三日)就水滨宴饮,认为可被除不祥,后人因引水环曲成渠,流觞取饮,相与为乐,称为曲水。〔唐〕元稹《代曲江老人》:"曲水流觞日,倡优醉度旬。"(《元氏长庆集》卷十)

纤腰:纤细的腰肢。〔唐〕王建《寻橦歌》:"纤腰女儿不动容,戴行直舞一曲终。"(《王司马集》卷二)

迷草莽:犹言迷失在草丛中。〔宋〕田锡《登郡楼望严陵钓台》:"日暮白云迷草莽,岸平春水浸莓苔。"(《咸平集》卷十五)

[28]牢盆:即"巴官铁盆",是东汉永平七年(64)巴郡官铸的煮盐器,是三峡盐文化的历史见证。〔宋〕陆游《入蜀记》(卷四)称之为"故铁盆",对此盆作了生动的描述:"二十四日,早抵巫山县,在峡中亦壮县也。……县廨有故铁盆,底锐似半瓮,状极坚厚,铭在其中,盖汉永平中物也。缺处铁色光黑如佳漆,字画淳质可爱玩。有石刻,鲁直作《盆记》,大略言:建中靖国元年,予弟叔向自涪陵尉摄县事,予起戎州来寓县廨。此盆旧以种莲,余洗涤乃见字云。"〔清〕连山、白曾熙修,李友梁等纂;清光绪十九年(1893)刊本《巫山县志·古迹志·金石》(卷三十)记之为《铁牢盆》。

古隶杂秦篆:"巴官铁盆"上铸有铭文。其铭文是何种字体? 这个问题是从该盆发现之初就已提出的。宋人黄庭坚"谓之秦篆";而"人或指以为篆"。宋代文字学家洪适将此铭纳入《隶续》,认定其为汉隶;并明确指出黄氏之说及其释读"皆误也",同时还对产生此误的原因作了分析:"其文铸出铁上,故虽有发笔而势不可纵,人或指以为篆。"这就是说,其铭文"铸出铁上",是凸出于器物表面的阳文;所谓"发笔",系指隶书起收笔"蚕头燕尾"的笔法,即是说《巴官铁盆》铭文的笔画虽然也有"发笔",但由于为铁铸,不可能像在纸上书写那样发散放纵,故显得收敛,隶书的笔法特征不那么明显,因此被人指认为篆体。参见本书《学术卷》程地宇《〈巴官铁盆〉考》。

[29]飞动:指"巴官铁盆"铭文笔势飞动。

摹永平样:模仿东汉永平年间的字样。"巴官铁盆"铭文末署为"永平七年第廿七西",可知该铁盆铸于东汉永平七年(64)。

[30]珊瑚交柯:犹言珊瑚的枝桠交错。珊瑚,由珊瑚虫分泌的石灰质骨骼聚结而成的东西,状如树枝,多为红色,也有白色或黑色的。鲜艳美观,可做装饰品。交柯,交错的树枝。

炯不蚀:光亮不销蚀。

[31]竹枝:即竹枝词,又称竹枝歌。是产生于三峡地区的民间歌谣。参见本卷《诗歌部》上册黄庭坚《送曹黔南口号》注[5]。

赓(gēng)牧唱:与牧歌相应和。赓,犹赓和,谓以诗歌相赠答。

[32]孔泉:巫峡中有孔子泉,传说天旱祈雨则应,泉旁居民生子即能读书。参见本卷《诗歌部》上册苏轼《出峡》注[12]。

文物起骚经:文物,指孔子泉。骚经,指《离骚》。〔南朝·梁〕刘勰《文心雕龙·辨骚》(卷一):"故《骚经》、《九章》,朗丽以哀志。"其意为:孔泉这样的文物孕育了《离骚》。因为屈原为巫峡秭归人,故有此言。

[33]国色:旧指姿容极美的女子,赞其容貌冠绝一国,故云。《公羊传》僖公十年:"骊姬者,国色也。"〔汉〕何休注:"其颜色一国之选。"(《春秋公羊传注疏》卷十一)

明妃:汉元帝宫人王嫱,字昭君,晋代避司马昭(文帝)讳,改称明君,后人又称之为明妃。参见本卷《诗歌部》上册司马光《和王介甫明妃曲》注[1]。

守孤尚:犹言坚守孤高的志向。尚,志向。〔北朝·齐〕颜之推《颜氏家训·勉学》(卷上):"有志尚者,遂能磨砺,以就素业。"〔唐〕吕温《吐蕃别馆和周十一郎中杨七录事望白山作》:"凤闻蕴孤尚,终欲穷幽遐。"(《吕衡州集》卷一)

[34]我家峨眉:本诗作者为汉嘉(今四川雅安东北)人,地近峨眉,故云。峨眉,山名,在今四川峨眉市境内,因山势逶迤,有山峰相对如蛾眉,故名。

紫翠:形容山色。〔宋〕强至《马上见华山》:"身寄秦川紫翠间,举头行坐对南山。"(《祠部集》卷八)

[35]蒟(jǔ)酱:一种用蒟酿制的味道鲜美的酱。〔明〕何宇度《益部谈资》(卷上):"蒟酱见于相如、扬雄、左思诸赋中,注云:'缘树而生,其子如桑椹,盖僰道通越巂之地出蒟,僰人取以为酱,僰地即今叙州也。问之莫答,或云今之鸡鬠油,及滇中蒌叶皆相彷佛。'"可知蒟酱是今川南一带的少数民族僰人所创。蒟酱制作方法很快传到巴、蜀二族之中,其中尤以巴国制作最佳,所以《华阳国志·巴志》(卷一)在叙述巴地物产时,特别突出地写道"蔓有辛蒟"。蒟是一种药用兼食用的藤本植物,其子、叶可食。〔明〕李时珍《本草纲目》(卷十四)记蒟的功效为:"解瘴疠,去胸中邪恶气,温脾燥热。"巴人把蒟制作成酱,与其他食物一道食用,对防病治病,颇见功效。巴国制造的有辣味的蒟酱,深受赞扬。《史记·西南夷列传》(卷一百十六):"南越食蒙(唐蒙)蜀枸酱。蒙问所从来,曰'道西北牂柯,牂柯江广数里,出番禺城下。'蒙归至长安,问蜀贾人,贾人曰:'独蜀出枸酱,多持窃出市夜郎,夜郎者,临牂柯江,江广百余步,足以行船。南越以财物役属夜郎,西至同师,然亦不能臣使也。'"〔南朝·宋〕裴骃集解:"徐广曰:枸,一作蒟,音窭。骃案:《汉书音义》曰:'枸木似榖树,其叶似桑叶,用其叶作酱酢,美,蜀人以为珍味。'"

因此,蒟酱很得各阶层人士的欢迎,巴地生产的蒟酱早在汉代就已畅销今广东,古南越一带地方了。是商贾从巴地运至夜郎,再到南越番禺(今广州)。为爱奇峰甘蒟酱,犹言致使喜爱奇异的山峰,又以蒟酱为美。为,使,致使。甘,美味。

[36]野水:野外的水流。〔唐〕韩愈《宿神龟招李二十八冯十七》:"荒山野水照斜晖,啄雪寒鸦趁始飞。"(《五百家注昌黎文集》卷十)

丝莼(chún):即莼,多年生水草。叶片椭圆形,深绿色,浮在水面,茎上和叶背有黏液,花暗红色。嫩叶可以做汤菜。〔三国·吴〕陆玑《陆氏诗疏广要·言采其茆》(卷上之上):"今莼自三月至八月,茎细如钗股,黄赤色,短长随水深浅,名为丝莼。九月十月渐粗硬,十一月萌在泥中,粗短,名块莼,味苦涩,取以为羹犹胜杂菜。吴人嗜莼菜鲈鱼,盖鱼之美者,复因水菜以芼之,两物相宜,独为珍味。"按:忆丝莼,系用张翰"鲈莼"之典。晋时吴人张翰在洛阳思念家乡的莼羹、鲈脍,遂辞官还乡。参见本卷《诗歌部》中册陆游《寒夜移疾二首》(之一)注[9]。〔宋〕陆游《洞庭春色》:"人间定无可意,怎换得、玉鲙丝莼。"(《放翁词》)

[37]击汰:犹击水波。〔战国·楚〕屈原《九章·涉江》:"乘舲船余上沅兮,齐吴榜以击汰。"〔汉〕王逸注:"汰,水波也。言已始去,乘窗舲之船,西上沅湘之水,十卒齐举大棹而击水波。"(《楚辞章句》卷四)

夷犹:犹豫,迟疑不前。〔战国·楚〕屈原《九歌·湘君》:"君不行兮夷犹。"〔汉〕王逸注:"夷犹,犹豫也。"(《楚辞章句》卷二)

烟榜:犹云雾中的船。榜,船桨,亦代指船。〔战国·楚〕屈原《九章·涉江》:"乘舲船余上沅兮,齐吴榜以击汰。"〔汉〕王逸注:"吴榜,船棹也。"(《楚辞章句》卷四)〔宋〕陆游《读王摩诘诗爱其散发晚未簪道书行尚把之句因用为韵赋古风十亦皆物外事也首》之九:"剡溪挂风帆,渔浦理烟榜。"(《剑南诗稿》卷六十三)

钱 鍪

【作者简介】

钱鍪(móu)，宁宗庆元二年(1196)知衡州(《宋史》卷三百九十二)。

次袁尚书巫山十二峰二十五韵[1]

文昌仙伯天人姿[2]，爱山寻胜如书痴[3]。

忽摩台符历参井[4]，麾幢沂峡春迟迟[5]。

山林川后总效职[6]，万壑千岩俱献奇。

就中巫山绝雄胜[7]，插天紫翠相参差[8]。

神妃来下珮声远[9]，驻此名地相安之。

峰旋地转自前后，屹立万马如追随[10]。

两山有川幻天巧[11]，禹功到此神应疲[12]。

仰天照眼如匹练[13]，舟行电掣翻云旗[14]。

迅帆竞惜峰峦过[15]，馀艎望眼裳褰帷[16]。

悬岩下有欲落石，古木上有参天枝[17]。

龙登鹤聚仙既集[18]，云升雨暗天如低[19]。

从来三峡号至险[20]，高牙稳泛如游嬉[21]。

扬旌一览天下胜[22]，词源倒峡知优为[23]。

尝闻奇观天亦惜，遇贤辄与因其时[24]。

少陵遇此虽穷寂[25]，妙语惊人多在兹[26]。

雕镌万象发天闷[27]，衙官屈宋声争驰[28]。

公今曳履星辰上[29]，调元妙手行将施[30]。

天教来作东道主，欢声和气生江湄[31]。

公来顿觉雪山重，青城增气联峨眉[32]。

首驱巫阳入新句[33]，一洗前作堪争颐[34]。

英词从此徧蜀道[35]，迥出尘表无纤缁[36]。

尝忧此地难久驻，转首绝境成嗟嘻[37]。

直欲使拂素练图翠巇[38]，写松峦起云之状[39]，

模翠屏栖凤之嵋[40]。

终朝诵公有声画，却来看此无声诗。

（原载〔明〕周复俊《全蜀艺文志》卷九；录自北京大学古文献研究所编《全宋诗》，北京大学出版社1991 年 7 月第 1 版，第 51 册，第 32129—32130 页）

【注　释】

[1]次：犹次韵，依次用所和诗中的韵作诗，也称步韵。参见本卷《诗歌部》上册王安石《次韵张子野秋中久雨晚晴》注[1]。

袁尚书：即袁说友，参见本卷《诗歌部》下册袁说友《巫山十二峰二十五韵》【作者简介】。

[2]文昌：星座名。共六星，在斗魁之前，形成半月形状。《史记·天官书》（卷二十七）："斗魁戴匡六星曰文昌宫：一曰上将，二曰次将，三曰贵相，四曰司命，五曰司中，六曰司禄。"特指文昌宫六星的第四星，即大熊星座中的 f 星。指斗魁戴匡六星之一。旧时传说主文运，故俗又称文曲星或文星。

仙伯：仙人之长，亦泛称仙人。《太平广记》（卷七）载《神仙传》："（淮南王）安，未得上天，遇诸仙伯。安少习尊贵，稀为卑下之礼，坐起不恭，语声高亮，或误称寡人。于是，仙伯主者，奏安云不敬。"借称官职清贵、文章超逸的人物。

天人姿：仙人的容貌姿态。天人，仙人，神人。〔宋〕张端义《贵耳集》（卷上）："东坡，天人也。凡作一文，必有深旨。"〔宋〕史尧弼《静心堂》："我公天人姿，宿有补天术。"（《莲峯集》卷一）按：此句是赞扬袁说友的溢美之词。

[3]寻胜：游赏名胜。〔唐〕韩愈《送灵师》："寻胜不惮险，黔江屡洄沿。"（《别本韩文考异》卷二）

书痴：专注于书籍者，俗称书呆子。〔宋〕陆游《苦贫戏作》："箕踞浩歌君会否，书痴终觉胜钱痴。"（《剑南诗稿》卷四十七）

[4]台符：朝廷的诏书。〔宋〕吴曾《能改斋漫录·神仙鬼怪·灯焰高数尺》

（卷十八）："嘉祐八年,丰城李君仪为袁州军事推官。明年,被台符,权知萍乡县事。"

历参(shēn)井:经历参星和井星所在的方位,参、井位在西南方。庆元三年(1197),袁说友为四川制置使兼知成都府,四川位在西南,故云。

[5]麾幢(huīchuáng):官员出行时仪仗中的旗帜。〔唐〕权德舆《送袁中丞持节册南诏五韵》："烟雨夑道深,麾幢汉仪盛。"（《权文公集》卷四）

泝(sù)峡:逆水行进在峡中。〔宋〕苏轼《书欧阳公黄牛庙诗后》："一日,与元珍泝峡谒黄牛庙,入门惘然,皆梦中所见。"（《东坡全集》卷九十三）

迟迟:阳光温暖、光线充足的样子。《诗经·豳风·七月》："春日迟迟,采蘩祁祁。"〔宋〕朱熹集传："迟迟,日长而暄也。"（《诗经集传》卷三）

[6]效职:尽职。〔唐〕元稹《诲侄等书》："吾自为御史来,效职无避祸之心,临事有致命之志。"（《元氏长庆集》卷三十）

[7]巫山:山名,在今重庆市巫山县境内。旧传山形似巫字得名。或传巫咸死葬于此,称巫咸山,简称巫山。参见本卷《诗歌部》上册欧阳修《长相思》注[4]。

雄胜:雄奇险要。〔宋〕强至《代张龙图谢二府书》："江山雄胜,风土宽饶,班诏其间,叨荣为甚。"（《祠部集》卷二十七）绝,副词,极,最。

[8]紫翠:指山色,亦指代山峰。〔唐〕陈子昂《江上暂别萧四刘三旋欣接遇》："山水丹青杂,烟云紫翠浮。"（《陈拾遗集》卷二）

参差(cēncī):高低不齐貌。〔宋〕胡宿《寄题斋馆》："径山有五峰,参差标紫翠。"（《文恭集》卷一）

[9]神妃:犹神女,妃,女神之尊称。〔晋〕张华《游仙诗三首》之三："云娥荐琼石,神妃侍衣裳。"（《汉魏六朝百三家集》卷四十）按:本句中神妃之巫山神女。

珮声:环佩之声。珮,玉佩,古人佩带的饰物。〔唐〕王维《长乐宫》："拂曙朝前殿,玉墀多珮声。"（《王右丞集笺注》卷二）

[10]"屹立"句:犹言屹立的群山如万马相互追随。

[11]两山有川:犹言两山之间有河。川,河流。

天巧:不假雕饰,自然工巧。幻,变化。幻天巧,犹言变化自然工巧。

[12]禹功:指夏禹治水的功绩。《左传》昭公元年："美哉禹功,明德远矣。微禹,吾其鱼乎!"（《春秋左传注疏》卷四十一）这里指代大禹。

神应疲:犹言精神应感到穷乏,因山川绝天巧,禹功也应疲。

[13]照眼:犹耀眼。形容物体明亮或光度强。〔宋〕强至《依韵和李持正晚晴出谒王子高马上口占之作》："照眼暖光开野日,入怀晴气散江云。"（《祠部集》卷七）

如匹练:如一条白绢。〔唐〕白居易《夜入瞿唐峡》："岸似双屏合,天如匹练开。"（《白香山诗集》卷十八）按：此句是描写峡中所见之天。

[14]电掣（chè）：电光急闪而过，喻迅速。〔南朝·梁〕简文帝萧纲《金锌赋》："野旷尘昏，星流电掣。"（《汉魏六朝百三家集》卷八十二上）

云旗：画有熊虎图案的大旗。《史记·司马相如列传》："拖蜺旌，靡云旗。"〔唐〕张守节正义："张云：'画熊虎于旌，似云气也。'"〔汉〕张衡《东京赋》："龙辂充庭，云旗拂霓。"〔三国·吴〕薛综注："旗谓熊虎为旗，为高至云，故曰云旗也。"（《文选》卷三）按：这里是形容行船泛起的浪花如翻动云旗。

[15]迅帆：迅疾的船帆。

竞惜峰峦过：犹言尽都舍不得离开峰峦。惜，舍不得。这是一种拟人化和情绪化的描写手法。

[16]艅艎（yúhuáng）：本为吴王大舰名。后泛称大船、大型战舰。〔晋〕郭璞《江赋》："漂飞云，运艅艎。"〔唐〕李善注："《左氏传》曰：楚败吴师，获其乘舟艅艎。杜预曰：艅艎，舟名也。"（《文选》卷十二）

望眼：远眺的眼睛，盼望的眼睛。〔宋〕宋祁《回蝶》："残霞牵望眼，时到夕阳东。"（《景文集》卷十二）

裳褰帷：犹褰帷裳，即撩起帷幔。帷裳，车旁的帷幔。《诗经·卫风·氓》："淇水汤汤，渐车帷裳。"〔唐〕孔颖达疏："以帏障车之旁如裳，以为容饰，故或谓之帏裳，或谓之童容。"（《毛诗注疏》卷五）《后汉书·贾琮传》（卷六十一）："琮为冀州刺史。旧典，传车骖驾，垂赤帷裳，迎于州界。及琮之部，升车言曰：'刺史当远视广听，纠察美恶，何有反垂帷裳以自掩塞乎？'乃命御者褰之。"后因以"褰帷"为官吏接近百姓，实施廉政之典。按：此句前云"艅艎"，后言"裳褰帷"，则此处"帷裳"当指船舱的帷幔。

[17]参天：高耸于天空。〔宋〕欧阳修《吴学士石屏歌》："空林无人鸟声乐，古木参天枝屈蟠。"（《文忠集》卷六）

[18]龙登鹤聚：犹登龙、聚鹤，巫山十二峰中两峰之名。

仙既集：即集仙，巫山十二峰之一名。按：这里是用十二峰名稍作变化组成诗句。

[19]天如低：犹言如像天变得低矮了。

[20]至险：极险。〔宋〕梅尧臣《送天台李令庭芝》："幽深无穷窥，杳眇无穷望。至险可悸栗，至怪可骇丧。"（《宛陵集》卷四十二）

[21]高牙：大纛，牙旗。〔晋〕潘岳《关中诗》："桓桓梁征，高牙乃建。"〔唐〕李善注："牙，牙旗也。兵书曰：牙旗，将军之旗。"〔唐〕李周翰注："牙，大旗也。"（《六臣注文选》卷二十）

稳泛：稳稳地浮行。〔宋〕彭汝砺《万安道中》："扁舟稳泛沧浪远，珍重严陵一

钓竿。"(《鄱阳集》卷四)

[22]扬旌:高举军旗,指征战。〔晋〕陆机《赠顾交址公真》:"伐鼓五岭表,扬旌万里外。"(《汉魏六朝百三家集》卷四十九)

一览天下:举目纵观天下。胜,犹胜利。按:这里是竭力夸耀袁说友的武功。

[23]词源倒峡:语本〔唐〕杜甫《醉歌行》:"词源倒流三峡水,笔阵独扫千人军。"(《九家集注杜诗》卷一)

知优为:知其优秀之作。为,语助词,用于句末,无实义。

[24]"尝闻"二句:犹言曾听说奇异的景观天也珍惜,遇见贤者就根据不同时间的具体情况而赐予他。

[25]少陵:指杜甫。杜甫常以"杜陵"表示其祖籍郡望,自号"少陵野老",世称杜少陵。参见本卷《诗歌部》中册王十朋《游卧龙山呈行可元章》注[4]。

穷寂:穷困、孤寂。〔宋〕苏轼《与程正辅提刑二十四首》之八:"谪居穷寂,谁复顾者。兄不惜数舍之劳,以成十日之会,惟此恩意,如何可忘。"(《东坡全集》卷八十四)

[26]多在兹:犹多在此。兹,代词,此,这。《周易·晋》:"受兹介福,于其王母。"(《周易注疏》卷六)《论语·子罕》:"文王既没,文不在兹乎!"(《论语注疏》卷九)

[27]万象:万象,宇宙间一切事物或景象。雕镂万象,犹雕刻万象,即创造万象。

发天閟(bì):解开上天的秘密。閟,秘密,秘闭。〔宋〕汪藻《镇江府金山神霄宫碑为毛友作》:"则高真所庭,逸士所庐,天閟地藏,余千百年。一朝岿然为海内琳宫之冠者。"(《浮溪集》卷二十)

[28]衙官屈宋:以屈原宋玉作自己的衙官,矜夸文才出众之语。衙官,刺史的属官。亦泛指下属小官。典出《旧唐书·文苑传上·杜审言》(卷一百九十上):"(杜审言)又尝谓人曰:'吾之文章,合得屈宋作衙官;吾之书迹,合得王羲之北面。'其矜诞如此。"后亦用以称美别人的文才。

声争驰:声名争驰。驰,传扬,传播。《韩诗外传》(卷八):"然其名声驰于后世,岂非学问之所致乎?"

[29]曳履:拖着鞋子,形容闲暇、从容。〔唐〕刘禹锡《和令狐相公初归京国赋诗言怀》:"殿庭捧日飘缨入,阁道看山曳履回。"(《刘宾客外集》卷一)

[30]调元:谓调和阴阳,执掌大政。〔唐〕李益《述怀寄衡州令狐相公》:"调元方翼圣,轩盖忽言东。"(《全唐诗》卷二百八十三)

妙手:技艺高超的人。〔宋〕苏轼《孙莘老寄墨四首》之一:"珍材取乐浪,妙手惟潘翁。"(《东坡诗集注》卷十四)

钱鉴

[31]和气：和睦融洽。〔宋〕陈师道《南柯子》："万家和气贺初成。人在笙歌声里、暗生春。"（《后山集》卷二十四）

江湄：江边。湄，岸边水和草相接的地方。〔唐〕许浑《送王总下第归丹阳》："秦楼心断楚江湄，系马春风酒一卮。"（《丁卯诗集》卷上）

[32]青城：指青城山。在今四川省都江堰市城西南。山形如城，故名。北接岷山，连峰不绝，以青城为第一峰。山中有八大洞、七十二小洞，风景秀丽。相传东汉张道陵修道于此。道教称为"第五洞天"。《太平御览》（卷五十四）引《玄中记》："蜀郡有青城山，有洞穴潜行，分道为三，道各通一处，西北通昆仑。"

峨眉：山名，在四川峨眉市境内，因山势逶迤，有山峰相对如蛾眉，故名。参见本卷《诗歌部》下册王灼《题云月图（二首）》注[2]。

[33]巫阳：巫山的南面，指巫峡。〔前蜀〕牛峤《菩萨蛮》："画屏重迭巫阳翠。楚神尚有行云意。"（《历代诗余》卷九）

[34]争颐：争羡。颐，犹颐朵，谓向往，羡慕。

[35]英词：美好的文辞。〔汉〕仲长统《昌言》："英辞雨集，妙句云来。"（《意林》卷五引）

徧："遍"的古字。

[36]迥出尘表：高出、超越世俗之外。〔唐〕吴筠《逸人赋》："粤真隐先生者，体旷容寂，神清气冲，迥出尘表。"（《宗玄集》卷上）

纤缟(zǐ)：纤，细小，微细。《尚书·禹贡》："厥篚玄纤缟。"〔汉〕孔安国传："纤，细也。"（《尚书注疏》卷五）缟，黑色。《论语·阳货》："不曰白乎？涅而不缟。"（《论语注疏》卷十七）无纤缟，犹言没有微细的黑色。

[37]转首：转头，喻时间短促。〔宋〕李复《过黄牛峡》："转首黄牛百里西，便风不断满归旗。"（《潏水集》卷十四）

绝境：绝望艰困之处境。

嗟嘻：嗟叹，欷歔。〔汉〕赵晔《吴越春秋·勾践阴谋外传》（卷五）："行路之人，道死巷哭，不绝嗟嘻之声。"

[38]直：副词，真，简直。

欲使：想要使。

拂素练图翠嶷(nì)：展开白色绢帛，画青翠高峻的山峰。嶷，高，高峻。〔唐〕李白《崇明寺佛顶尊胜陀罗尼幢颂》："揭高幢兮表天宫，嶷独出兮凌星虹。"（《李太白集注》卷二十八）

[39]松峦、起云：巫山十二峰中两峰之名。

[40]翠屏、栖凤：巫山十二峰中两峰之名。

毋丘恪

【作者简介】

　　毋丘恪(kè)，生卒不详。曾为夔帅，组织夔路义军。《两朝纲目备要》（卷二）："绍熙三年秋七月，泸州军乱。……潼川、夔州两路监帅司赵巩、张澂、毋邱恪、王齐舆、刘光祖上连下接，密作关防。"又，〔宋〕李心传《建炎杂记甲集·兵马·夔路义兵》（卷十八）："夔路义军者，绍兴末边事也。……庆元中，毋丘恪厚乡为帅，请于朝，选其壮者，以二千人为额，人免家业二百缗，本户不敷，则许免及亲戚。"

次袁说友巫山十二峰二十五韵[1]

　　缣素巧貌溪山姿[2]，宝藏昔笑虎头痴[3]。
　　何人夜半胠箧去[4]，信为羽化无疑迟[5]。
　　魏明不惜万夫力[6]，凿山累土夸神奇。
　　景阳突起芳林苑[7]，谷城文石光参差[8]。
　　叶公好龙广射虎[9]，大方安能不笑之[10]。
　　至人于物特寓目[11]，远象过眼心弗随[12]。
　　我公看山正如此，肯趁无穷脚力疲[13]。
　　胸中五岳镇地轴[14]，眼底三辰昭旌旗[15]。
　　文星仙伯宠分钺[16]，来抚蜀土初褰帷[17]。
　　巫山一览窥妙处[18]，写入长歌赓竹枝[19]。
　　坐令十二峰增重，已觉气压嵩华低[20]。
　　太室少室敢辈行[21]，小孤大孤何儿嬉[22]。

岱宗日观峻徒尔[23]，昆仑天柱高安为[24]。

出云作雨均有是，泥金镂玉彼一时[25]。

所谓造化一尤物[26]，不在九华真在兹[27]。

中山前言恐遂废[28]，公之妙论已四驰[29]。

半语犹存在公正，蟠胸经济看设施[30]。

要令利济均四海[31]，无论山岩与水湄[32]。

只今苍生方属望[33]，休戚在公矄伸眉[34]。

愿公更为天下重，所养自养观诸颐[35]。

量陂谁复能澄挠[36]，德表居然无磷缁[37]。

岩石巍巍具瞻在[38]，孰不叹仰声噫嘻[39]。

又何必东望瀛南望巇[40]，北有天后之剑岭[41]，

西有云表之峨嵋[42]。

与公高名并不朽，配以今日巫山诗。

（原载〔明〕周复俊《全蜀艺文志》卷九；录自 1987 年上海古籍出版社影印文渊阁《四库全书》本《全蜀艺文志》卷九）

【注 释】

[1]次：犹次韵，依次用所和诗中的韵作诗，也称步韵。参见本卷《诗歌部》上册王安石《次韵张子野秋中久雨晚晴》注[1]。

袁尚书：即袁说友，参见本卷《诗歌部》下册袁说友《巫山十二峰二十五韵》【作者简介】。

[2]缣（jiān）素：细绢，可供书画。〔晋〕葛洪《抱朴子·遐览》："缣素所写者，积年之中，合集所见，当出二百许卷。"缣素巧貌，指用细绢画出的巫山精巧面貌。

溪山姿：溪流山林的风姿。〔宋〕赵蕃《久不作诗诗思甚涸春物日盛漫兴三章用常德枣心笔书本不工重复加弱似亦与诗相称云》之三："春回溪山姿，候趣农桑务。"（《淳熙稿》卷二）

[3]宝藏：亦作"宝臧"，储藏的珍宝或珍贵物品。《周礼·地官·乡大夫》"登于天府"〔汉〕郑玄注："天府，掌祖庙之宝臧者。"（《周礼注疏》卷十一）按：这里是指珍藏的顾恺之画。

虎头：晋代画家顾恺之字。〔唐〕杜甫《题玄武禅师屋壁》："何年顾虎头，满壁画瀛州。"（《九家集注杜诗》卷二十四）痴，迷恋，入迷。指对山水和绘画。

［4］胠箧（qūqiè）：原谓撬开箱子，后亦泛指盗窃。《庄子·胠箧》："将为胠箧、探囊、发匮之盗，而为守备，则必摄缄縢，固扃镭，此世俗之所谓知也。"〔晋〕郭象注："从旁开为胠，一云发也。"（《庄子注》卷四）〔唐〕成玄英疏："胠，开；箧，箱……此盖小贼，非巨盗者也。"《南华真经注疏》，中华书局1998年7月第1版，第199页）按：此句是说何人夜半将顾恺之的画窃去，其实是谓将顾恺之的画境、画意窃去。激赞巫山如画，也称颂袁说友之诗高明。

［5］羽化：指飞升成仙。《晋书·许迈传》（卷八十）："玄自后莫测所终，好道者皆谓之羽化矣。"

［6］魏明：指三国魏明帝曹叡（205—239），公元226—239年在位。字元仲，沛国谯（今安徽亳县）人。曹丕之子。年十五，封武德侯。黄初二年（221）为齐公，徙封平原王。七年后即位。在位时，大兴土木，留意玩饰，又征召文士，置于崇文阁，鼓励学术活动。能诗文，长于乐府，与曹操、曹丕并称魏之"三祖"。原有集，已散佚。清人辑有散文二卷。乐府诗十余首。谥明帝。

［7］景阳：即景阳山，魏明帝在芳林园中所造的假山。详下。

芳林苑：园名，亦名芳林园，三国魏避齐王芳讳，改名华林园，故址在今河南故洛阳城中。〔晋〕应贞《晋武帝华林园集诗一首》〔唐〕李善题下注：《洛阳图经》曰：华林园在城内东北隅，魏明帝起名芳林园，齐王芳改为华林。干宝《晋纪》曰：泰始四年二月，上幸芳林园，与群臣宴赋诗观志。孙盛《晋阳秋》曰：散骑常侍应贞诗最美。"〔北魏〕郦道元《水经注·谷水》（卷十六）："（谷水）又东历大夏门下，故夏门也。陆机《与弟书》云：门有三层，高百尺，魏明帝造。门内东侧，际城有魏明帝所造景阳山，余基尚存。孙盛《魏春秋》曰：景初元年，明帝愈崇宫殿，雕饰观阁，取白石英及紫石英及五色大石于太行谷城之山，起景阳山于芳林园，树松竹草木，捕禽兽以充其中。于时百役繁兴，帝躬自掘土，率群臣三公已下，莫不展力。"

［8］谷城：春秋周邑。在今洛阳市西北以临谷水，故名。文石，有纹理的石头。魏明帝曾采谷城之白石英、紫石英及五色大石造景阳山，参见前注。

光参差：光彩缤纷。〔宋〕袁燮《和李左藏离支》："闽中有美信姝丽，衣被五色光参差。"（《絜斋集》卷二十三）

［9］叶公好龙：典出〔汉〕刘向《新序·杂事五》（卷五）："叶公子高好龙，钩以写龙，凿以写龙，屋室雕文以写龙。于是天龙闻而下之，窥头于牖，施尾于堂。叶公见之，弃而还走，失其魂魄，五色无主。是叶公非好龙也，好夫似龙而非龙者也。"后因以"叶公好龙"比喻表面上爱好某事物，实际上并不真爱好。

广射虎：犹言李广射虎。典出《史记·李将军列传》（卷一百九）："广出猎，见草中石，以为虎而射之，中石没镞。视之，石也。因复更射之，终不能复入石矣。"

［10］大方：谓识见广博或有专长的人。语出《庄子·秋水》："今我睹子之难

穷也,吾非至于子之门则殆矣,吾长见笑于大方之家。"(《庄子注》卷六)

安能:犹怎能。〔唐〕李白《梦游天姥吟留别》:"安能摧眉折腰事权贵,使我不得开心颜!"(《李太白集注》卷十五)

[11]至人:旧指思想或道德修养最高超的人。《荀子·天论》(卷十一):"故明于天人之分,则可谓至人矣。"

寓目:犹过目,观看。《左传》僖公二十八年:"子玉使斗勃请战,曰:'请与君之士戏,君冯轼而观之,得臣与寓目焉。'"于物特寓目,犹言对于事物特别注目。

[12]远象:源出的景象。〔唐〕张仲素《管中窥天赋》第二:"究其长短,观其悠然,远象浩矣。"(《文苑英华》卷一)

[13]肯趁:副词,表示反问,犹岂。趁,面临。肯趁无穷脚力疲,犹言岂能等到有着无穷脚力疲乏的时候?

[14]五岳:我国五大名山的总称。古书中记述略有不同。通常指东岳泰山、南岳衡山、西岳华山、北岳恒山、中岳嵩山。《周礼·春官·大宗伯》:"以血祭祭社稷、五祀、五岳。"郑玄注:"五岳,东曰岱宗、南曰衡山、西曰华山、北曰恒山、中曰嵩高山。"(《周礼注疏》卷十八)

镇地轴:镇,安抚,安定。地轴,古代传说中大地的轴,泛指大地。〔唐〕李白《明堂赋》:"轧地轴以盘根,摩天倪而创规。"(《李太白文集》卷二十)

[15]三辰昭旌旗:三辰,指日、月、星。三辰昭旌旗,语本《左传》桓公二年:"三辰旂旗,昭其明也。"〔晋〕杜预注:"三辰,日、月、星也。画于旂旗,象天之明。"(《春秋左传注疏》卷四)

[16]文星:即文昌星,又名文曲星。相传文曲星主文才。参见本卷《诗歌部》下册钱鍪《次袁尚书巫山十二峰二十五韵》注[2]。

仙伯:仙人之长,亦泛称仙人。参见本卷《诗歌部》下册钱鍪《次袁尚书巫山十二峰二十五韵》注[2]。

宠分钺(yuè):受恩宠而分兵。钺,古兵器。圆刃,青铜制。形似斧而较大。盛行于殷周时。〔唐〕韩愈《唐故司徒兼侍中中书令赠太尉许国公神道碑铭》:"公子公武,与公一时俱授弓钺,处藩为将。"(《五百家注昌黎文集》卷三十二)分钺,犹分兵。〔宋〕王应麟《赐李庭芝》:"卿文武为宪,精神折冲,分钺十余年,威望具孚。"(《四明文献集》卷二)

[17]来抚蜀土:庆元三年(1197),袁说友为四川制置使兼知成都府。抚,治理。

初褰帷:犹言开始施政之时。《后汉书·贾琮传》:"琮为冀州刺史。旧典,传车骖驾,垂赤帷裳,迎于州界。及琮之部,升车言曰:'刺史当远视广听,纠察美恶,何有反垂帷裳以自掩塞乎?'乃命御者褰之。"后因以"褰帷"为官吏接近百姓,实施廉政之典。

[18]一览:举目纵观。〔宋〕苏轼《自清平镇游楼观》:"此台一览秦川小,不待传经意已空。"(《东坡诗集注》卷二十三)

窥妙处:观看神奇美妙的所在。窥,泛指观看。

[19]长歌:篇幅较长的诗歌。〔唐〕司空图《冯燕歌》:"为感词人沈下贤,长歌更与分明说。"(《全唐诗》卷六百三十四)

赓(gēng)竹枝:与竹枝词相应和。赓,犹赓和,谓以诗歌相赠答。竹枝,即竹枝词,又称竹枝歌。是产生于三峡地区的民间歌谣。参见本卷《诗歌部》上册黄庭坚《送曹黔南口号》注[5]。

[20]嵩(sōng)华:嵩山和华山的并称。嵩山,在今河南省登封县北,为五岳之中岳。古称外方、太室,又名崇高、嵩高。其峰有三:东为太室山,中为峻极山,西为少室山。华山,五岳之西岳。在今陕西省华阴市南,北临渭河平原,属秦岭东段。又称太华山。有莲花(西峰)、落雁(南峰)、朝阳(东峰)、玉女(中峰)、五云(北峰)等峰。〔北周〕庾信《哀江南赋》:"禀嵩华之玉石,润河洛之波澜。"(《庾子山集》卷二)

[21]太室少室:嵩山东峰为太室山,西峰为少室山。

辈行(háng):辈分,行辈。〔宋〕张耒《潘大临文集序》:"邠老独与当世知名士游,往往屈辈行与之交。"(《柯山集》卷四十)

[22]小孤大孤:即大孤山与小孤山。大孤山,在今江西省鄱阳湖出口处,又名鞋山。小孤山,在今江西彭泽县北长江中,与大孤山遥遥相对。〔唐〕顾况《小孤山》:"大孤山远小孤出,月照洞庭归客船。"(《全唐诗》卷二百六十七)

儿嬉:犹儿戏。〔宋〕苏轼《蜡梅一首赠赵景贶》:"天工变化谁得知,我亦儿嬉作小诗。"(《东坡全集》卷二十)

[23]岱宗日观:犹泰山日观峰。岱宗,泰山旧谓居五岳之首,为诸山所宗,故称。日观,泰山峰名,为著名的观日出之处。〔北魏〕郦道元《水经注·汶水》(卷二十四)引〔汉〕应劭《汉官仪》:"泰山东南山顶名曰日观。日观者,鸡一鸣时,见日始欲出,长三丈许,故以名焉。"

峻:高,陡峭。〔南朝梁〕刘勰《文心雕龙·夸饰》(卷八):"是以言峻则嵩高极天,论狭则河不容舠。"

徒尔:徒然,枉然。此句是说与巫山相比,泰山日观峰的高峻也徒然。

[24]昆仑天柱:昆仑,山名。在西藏、新疆和青海之间。海拔6000米左右,多雪峰、冰川。天柱,神话传说中的天柱在昆仑山。〔汉〕东方朔《神异经·中荒经》:"昆仑之山有铜柱焉,其高入天,所谓天柱也,围三千里周圆如削。"(《说郛》卷六十六上载录)

高安为：犹言高又能做什么。

[25]泥金镂玉：古代帝王行封禅礼时所用的玉牒有玉检、石检，检用金缕缠住，用水银和金屑泥封。后因以借指封禅。封禅，古代帝王祭天地的大典。在泰山上筑土为坛，报天之功，称封；在泰山下的梁父山上辟场祭地，报地之德，称禅。此句是说泥金镂玉的封禅大典那只是一时。

[26]尤物：珍奇之物。〔宋〕邵雍《年老逢春十三首》之五："大凡尤物难分付，造化从来不负人。"（《击壤集》卷十）

[27]九华：即九华山，在今安徽省青阳县，旧称九子山，因有九峰如莲花，唐代李白改为九华山。〔唐〕李白《改九子山为九华山联句》序："青阳县南有九子山，山高数十丈。上有九峰如莲花，按图征名无所依据，太史公南游略而不书。事绝古老之口，复阙名贤之纪，虽灵仙往复而赋咏罕闻。予乃削其旧号，加以九华之目。"（《李太白集注》卷二十五）〔宋〕陆游《入蜀记》（卷三）："九华本名九子，李太白为易名。"主峰天台峰，有化城寺、百岁宫、回香阁和古拜经台等古刹名胜，与峨眉、五台、普陀等山合称中国佛教四大名山。

真在兹：犹言真的在这里。按：此二句反〔唐〕刘禹锡《九华山并引》诗意而用之。其引云："九华山在池州青阳县西南，九峰竞秀，神采奇异。昔予仰太华，以为此外无奇；爱女几荆山，以为此外无秀。及今见九华，始悼前言之容易也。惜其地偏且远，不为世所称，故歌以大之。"其诗云："奇峰一见惊魂魄，意想洪炉始开辟。疑是九龙夭矫欲攀天，忽逢霹雳一声化为石。不然何至今悠悠，亿万年气势不死如腾企。云含幽兮月添冷，日凝辉兮江漾影。结根不得要路津，迥秀长在无人境。轩皇封禅登云亭，大禹会计临东溟。乘桴不来广乐绝，独与猿鸟愁青荧。君不见，敬亭之山黄索漠，兀如断岸无棱角。宣城谢守一首诗，遂使名声齐五岳。九华山，九华山，自是造化一尤物，焉能籍甚乎人间！"（《刘宾客文集》卷二十六）

[28]中山前言：犹刘禹锡前言，指刘禹锡《九华山并引》中"九华山，自是造化一尤物"之言。中山，刘禹锡为汉中山靖王刘胜后代，被封为中山人。〔唐〕刘禹锡《子刘子自传》："子刘子，名禹锡，字梦得。其先汉景帝贾夫人子胜，封中山王，谥曰靖，子孙因封为中山人也。"（《刘宾客外集》卷九）刘禹锡文常以"中山刘某"署名。如：《夔州刺史厅壁记》署为"长庆二年五月一日，刺史中山刘某记"（《刘宾客文集》卷九）；《连州刺史厅壁记》署为"元和十一年七月二十四日，刺史中山刘某记"（同上）；《传信方述》署为"元和十三年六月八日，中山刘禹锡述"（同上）；《彭阳唱和集引》署为"太和七年二月五日，中山刘禹锡述。（同上）。又，刘禹锡文集亦以"中山"名之。《〈刘宾客文集〉四库提要》："禹锡，字梦得，彭城人。贞元九年进士，登博学宏词科。历官检校礼部尚书兼太子宾客，其集亦名《中山集》。"

[29]妙论：精妙的理论、言论。宋赵彦卫《云麓漫钞》（卷十四）："妙论精微，

言不以多为贵。"

四驰:谓传播四方。〔唐〕韩愈《知名箴》:"内不足者,急于人知;霈焉有余,厥闻四驰。"(《五百家注昌黎文集》卷十二)

[30]蟠胸经济:犹满腹经济。蟠胸,满腹。经济,经世济民。《晋书·殷浩传》(卷七十七):"足下沈识淹长,思综通练,起而明之,足以经济。"

[31]利济:救济,施恩泽。〔五代〕释齐己《送谭三藏入京》:"阿阇梨与佛身同,灌顶难施利济功。"(《白莲集》卷七)

均四海:犹四海均匀。四海,古以中国四境有海环绕,各按方位为"东海"、"南海"、"西海"和"北海",因以指称天下,全国各处。〔宋〕邹浩《审思堂记》:"大用之而均四海,小用之而宰一同。"(《道乡集》卷二十五)

[32]水湄:水边。〔前蜀〕李珣《巫山一段云》之一:"有客经巫峡,停桡向水湄。"(《花间集》卷十)

[33]苍生:指百姓。〔汉〕史岑《出师颂》:"苍生更始,朔风变律。"〔唐〕刘良注:"苍生,百姓也。"(《六臣注文选》卷四十七)

属望:期望。《宋史·宗泽传》(卷三百六十):"今天下所属望者在于大王,大王行之得其道,则有以慰天下之心。"

[34]休戚:喜乐和忧虑,亦泛指有利的和不利的遭遇。〔汉〕蔡邕《陈政要七事》:"夫宰相大臣者,与朝廷同其休戚。"(《蔡中郎集》卷二)

矉(pín)伸眉:犹言皱眉、展眉。矉,皱眉。〔南唐〕张泌《浣溪沙》:"人不见时还暂语,今才抛后爱微矉。"(《花间集》卷四)

[35]所养自养:所养,养生之道;自养,自己的养生状况。均出自《周易·颐》(《周易注疏》卷五)。

观诸颐:犹观颐。诸,代词"之"和介词"于"的合音。观颐,谓观察研究养生之道。《周易·颐》:"象曰:颐,贞吉。养正则吉也。观颐,观其所养也。自求口实,观其自养也。天地养万物,圣人养贤以及万民,颐之时大矣哉!"〔唐〕孔颖达疏:"观颐者,颐,养也,观此圣人所养物也。"(《周易注疏》卷五)今人周振甫译为:"《象传》说:《颐》卦,'贞吉',养生得到正道就吉、'观颐',观察他的养生。'自求口实',观察他自己的养生。天地生养万物,圣人养活贤人和万民,'颐'的注意及时重要了啊!"(《周易译注》,中华书局1991年4月第1版,第96页)

[36]量陂(bēi):犹检测湖水。陂,湖泊。语本《后汉书·黄宪传》(卷八十三):"林宗曰:奉高之器,譬诸泛滥,虽清而易挹。叔度汪汪,若千顷陂,澄之不清,淆之不浊,不可量也。"

澄挠(náo):犹澄清与搅扰。挠,搅动,义同"淆"。语本《后汉书·黄宪传》:"澄之不清,淆之不浊,不可量也。"(同上)按:此句是说,检测湖水谁又能分辨其清浊。

[37]德表:道德的表率。〔唐〕李华《赠礼部尚书孝公崔沔集序》:"世为德表,门为上族,振发纯英,滋渐名训。"(《李遐叔文集》卷一)

无磷缁(lìnzī):犹言不因磨而薄;不因染而黑。语出《论语·阳货》:"不曰坚乎? 磨而不磷;不曰白乎? 涅而不缁。"(《论语注疏》卷十七)不磷,谓不因磨而薄;不缁,谓不因染而黑。后因以比喻不受外界条件的影响而起变化。

[38]巍巍:崇高伟大。《论语·泰伯》:"巍巍乎! 舜禹之有天下也而不与焉。"〔三国·魏〕何晏集解:"巍巍,高大之称。"(《论语注疏》卷八)

具瞻:谓为众人所瞻望。语出《诗经·小雅·节南山》:"赫赫师尹,民具尔瞻。"〔汉〕毛亨传:"具,俱;瞻,视。"〔汉〕郑玄笺:"此言尹氏汝居三公之位,天下之民俱视汝之所为。"(《毛诗注疏》卷十九)

[39]孰不叹仰:犹言谁不感叹仰慕。

噫嘻:叹词,表示赞叹。《诗经·周颂·噫嘻》:"噫嘻成王,既昭假尔。"〔汉〕毛亨传:"噫,叹也;嘻,和也。"〔汉〕郑玄笺:"噫嘻,有所多大之声也。"(《毛诗注疏》卷二十七)

[40]东望瀛:犹东望瀛洲。瀛,即瀛洲,传说中的仙山。《史记·秦始皇本纪》(卷六):"齐人徐市等上书,言海中有三神山,名蓬莱、方丈、瀛洲,仙人居之。"

南望嶷:犹南望九嶷山。嶷,即九嶷,山名,在湖南宁远县南。《山海经·海内经》(卷十八):"南方苍梧之丘,苍梧之渊,其中有九嶷山,舜之所葬,在长沙零陵界中。"〔晋〕郭璞注:"其山九溪皆相似,故云'九疑'。"

[41]剑岭:即剑山,在今四川剑阁县北剑门山。山峰形如利剑,重峦叠嶂,有七十二峰,,雄伟壮丽。〔宋〕乐史《太平寰宇记·剑南东道·剑州》(卷八十四):"剑门县东北六十里,旧九乡,今十一乡。本汉梓潼县地,诸葛武侯相蜀,于此立剑门,以大剑山至此,有益东之路,故曰剑门,即姜维拒钟会于此。唐圣历二年,分普安、临汉、阴平三县地,于方期故城置县。大剑山亦曰梁山,《山海经》:高梁之山,西接岷崿,东引荆衡。《王隐晋书》:张载随父收入蜀,作《剑阁铭》,益州刺史张敏见其父,乃表天子,刻石于剑阁焉。又有小剑山,在其西三十里。"〔宋〕唐庚《送扈大夫端叟》:"江水倒随人,剑岭横遮路。"(《眉山诗集》卷二)

[42]云表:云外。〔汉〕张衡《西京赋》:"立修茎之仙掌,承云表之清露。"(《文选》卷二)

峨嵋:山名,又作峨眉,在四川峨眉市境内,因山势逶迤,有山峰相对如蛾眉,故名。参见本卷《诗歌部》下册王灼《题云月图(二首)》注[2]。

陈文蔚

【作者简介】

　　陈文蔚(1154—1247)(生年据本集卷十五《癸未老人生日》"翁余九十儿七十"推定),字才卿,学者称克斋先生,上饶(今属江西)人。曾举进士不第,孝宗淳熙十一年(1184)始从朱熹学。后聚徒讲学,与徐昭然等创为豫章学派。理宗端平二年(1235),以上所著《尚书解注》,授迪功郎。卒年九十四(《宋人传记索引》作卒年八十六,未知何据)。有《克斋集》十七卷。事见本集明刻本附张时雨《陈克斋先生记述》,明嘉靖《广信府志》卷十六、《宋元学案》卷六十九有传。

中秋雨作中夜月明余方叔留寓斋
宿酒阑随水纵步方叔有诗用韵同赋[1]

　　　　琼楼玉宇不胜秋[2],把酒临风味转优。
　　　　云雨自为朝暮变[3],歌诗不尽古今愁。
　　　　谁知明月天心到,却有佳宾水际留。
　　　　无限醉眠呼不醒,步随清影只搔头。

　　(原载1987年上海古籍出版社影印文渊阁《四库全书》本《克斋集》卷十六;录自北京大学古文献研究所编《全宋诗》,北京大学出版社1991年7月第1版,第51册,第31952页)

【注　释】

　　[1]余方叔,作者友人。除本诗外,作者《克斋集》中尚有《与余方叔书》、《答

余方叔书》(卷三);《和余方叔题傅材甫筼谷韵》、《和余方叔病中见寄》(卷十四);《徐子融以诗送余方叔吴介甫二书见示和韵以谢》二首、《方叔再用前韵约同赋》、《同余方叔龚南才纳凉于筼谷竹问题五十六字》(卷十六)。〔宋〕朱熹亦有《答余方叔(大猷)》(《晦庵集》卷五十九)。

[2]琼楼玉宇:指神话中月宫里的亭台楼阁。〔宋〕苏轼《水调歌头·丙辰中秋作兼怀子由》词:"我欲乘风归去,又恐琼楼玉宇,高处不胜寒。"(《东坡词》)

不胜秋:承受不了秋凉。〔宋〕苏辙《次韵子瞻题郭熙平远二绝》之二:"断云斜日不胜秋,付与骚人满目愁。"(《栾城集》卷十五)

[3]"云雨"句:典出〔战国·楚〕宋玉《高唐赋·序》:"昔者先王尝游高唐,怠而昼寝,梦见一妇人曰:'妾巫山之女也,为高唐之客。闻君游高唐,愿荐枕席。'王因幸之。去而辞曰:'妾在巫山之阳,高丘之阻,旦为朝云,暮为行雨。朝朝暮暮,阳台之下。'"(《文选》卷十九)

卢 炳

【作者简介】

卢炳，字叔阳，自号丑斋。嘉定七年（1214）守融州。被论凶狠奸贪，放罢。有《烘堂词》一卷。

好事近[1]

庭院欲昏黄，秋思恼人情乱[2]。宝瑟试弹新曲[3]，更与谁同伴。
阳台魂梦杳无踪，奴住巫山畔[4]。不似楚襄云雨，俏输他一半[5]。

（原载校汲古阁本《烘堂词》；录自唐圭璋编《全宋词》，
中华书局 1965 年 6 月第 1 版，第 3 册，第 2161 页）

【注 释】

[1]好事近：词牌名。参见本卷《诗歌部》中册范成大《好事近》注[1]。卢炳此词双调，四十五字。前后段各四句，两仄韵。

[2]昏黄：犹黄昏。〔唐〕李颀《从军行》："白日登山望烽火，昏黄饮马傍交河。"（《乐府诗集》卷三十三）

秋思：秋日寂寞凄凉的思绪。〔唐〕沈佺期《古歌》："落叶流风向玉台，夜寒秋思洞房开。"（《全唐诗》卷九十五）

[3]宝瑟：瑟的美称。〔唐〕骆宾王《帝京篇》："翠幌竹帘不独映，清歌宝瑟自相依。"（《全唐诗》卷七十七）

[4]阳台、巫山：〔战国·楚〕宋玉《高唐赋·序》中神女与楚先王约定的幽会场所："去而辞曰：'妾在巫山之阳，高丘之阻，旦为朝云，暮为行雨。朝朝暮暮，阳台之下。'"（《文选》卷十九）

奴：妇女自称。〔南唐〕李煜《菩萨蛮》："奴为出来难。教郎恣意怜。"（《历代诗余》卷一百十三）《宋史·忠义传六·陆秀夫》（卷四百五十一）："杨太妃垂帘，与群臣语，犹自称奴。"

[5]楚襄云雨：用巫山神女事。楚襄，即楚襄王，一作楚顷襄王，名芈（mǐ）横，战国时楚国君主，楚怀王芈槐之子，公元前298—公元前262年在位。在宋玉《高唐赋》、《神女赋》中楚襄王均扮演了重要角色，后人遂将楚襄王作为高唐故事的男主人公，这其实是一种误读。参见本卷《诗歌部》上册徐铉《离歌辞五首》（其五）注[4]。

俏：容态美好轻盈。〔唐〕白行简《三梦记》："鬟梳嫽俏学宫妆，独立闲庭纳夜凉。"（《说郛》卷一百十四载录）

姜夔

【作者简介】

姜夔(1155？—1221？)，字尧章，鄱阳(今江西波阳)人。父噩，高宗绍兴进士，历新喻丞，知汉阳县，卒于官(《宋史翼》卷二十八)。夔孩幼随父宦，继居姊家，往来沔、鄂近二十年(本集《以长歌意无极好为老夫听为韵奉别沔鄂亲友》)。孝宗淳熙间客湖南，识闽清萧德藻。德藻以其兄子妻之，携之同寓湖州。居与白石为邻，因号白石道人，又号石帚。其卒年约为宁宗嘉定十四年(1221)。夔诗词均自成一派。诗格秀美，为杨万里、范成大等所重；词尤娴于音律，好度新腔，继承周邦彦的词风，在当时和后世词人中有较大影响。晚年自编诗集三卷，已佚。今存《白石道人诗集》、《白石道人歌曲》、《白石诗说》等。事见夏承焘《姜白石系年》,《宋史翼》卷二十八有传。

忆王孙

番阳彭氏小楼作[1]

冷红叶叶下塘秋[2]。长与行云共一舟[3]。零落江南不自由[4]。两绸缪[5]。料得吟鸾夜夜愁[6]。

(原载近人朱祖谋编 1922 年第三次校补本《彊村丛书》本《白石道人歌曲》卷三；录自唐圭璋编《全宋词》，中华书局 1965 年 6 月第 1 版，第 3 册，第 2172 页)

【注　释】

[1]忆王孙：词牌名。《词谱》（卷二）：“《忆王孙》，此词单调，三十一字者，创自秦观，宋元人照此填。《太平乐府》注：‘黄钟宫’；《太和正音谱》注：‘仙吕宫’。《梅苑》词名《独脚令》；谢客家词名《忆君王》；吕渭老词名《豆叶黄》。陆游词有‘画得蛾眉胜旧时’句，名《画蛾眉》；张辑词有‘几曲阑干万里心’句，名《阑干万里心》。双调五十四字者，见《复雅歌词》，或名《怨王孙》，与单调绝不同。坊刻又有仄韵单调《忆王孙》，查系《渔家傲》一段，故谱内不收。”〔清〕毛先舒《填词名解》（卷一）：“《忆王孙》，汉刘安《招隐士》辞‘王孙兮归来，山中不可以久留’。诗人多用此语。《北里志》天水光远题杨莱儿室诗曰：‘萋萋芳草忆王孙。’宋秦观《忆王孙》词，全用其句，调名或始此。徽宗北狩，谢克家作《忆君王》词，即其调也。又名《豆叶黄》，又名《阑干万里心》。《啸余谱》云：改用仄韵后加一叠，即《渔家傲》也。”（载北京市中国书店据木石居校本影印〔清〕查培继《词学全书》，1984年1月第1版）姜夔此词单调，三十一字。五句，五平韵。

番阳彭氏小楼：今人陈书良笺注：“番阳：即今江西鄱阳，宋时为饶州治所所在。彭氏小楼：指彭氏家族旧居。彭氏为宋时鄱阳世族，彭大雅嘉熙间曾奉命使北。”（《姜白石词笺注》，中华书局2009年7月第1版，第262页）

[2]冷红：指轻寒时节的红叶。

叶叶：片片。〔宋〕晏殊《清平乐》：“金风细细，叶叶梧桐坠。”（《珠玉词》）

[3]行云：语本〔战国·楚〕宋玉《高唐赋·序》：“旦为朝云，暮为行雨。”（《文选》卷十九）

[4]零落：凋谢。〔战国·楚〕屈原《离骚》：“惟草木之零落兮，恐美人之迟暮。”〔汉〕王逸注：“零、落，皆堕也。草曰零，木曰落。”（《楚辞章句》卷一）

[5]绸缪（móu）：本意为紧密缠缚貌，形容缠绵不解的男女恋情。〔唐〕元稹《莺莺传》：“绸缪缱绻，暂若寻常，幽会未终，惊魂已断。”（《元氏长庆集补遗》卷六）

[6]吟鸾：啼鸣之鸾。鸾，说中凤凰一类的鸟。〔唐〕王勃《九城宫东台山池赋》：“高松偃鹤，清筱吟鸾。”（《文苑英华》卷五十三）

侧　犯[1]

咏芍药

恨春易去。甚春却向扬州住[2]。微雨。正茧栗梢头弄诗句[3]。红桥二十四，总是行云处[4]。无语。渐半脱宫衣笑相顾[5]。　　金壶细叶[6]，千朵围歌舞。谁念我、鬓成丝，来此共尊俎[7]。后日西园[8]，绿阴无数。寂奠刘郎,自修花谱[9]。

（原载近人朱祖谋编 1922 年第三次校补本《彊村丛书》本《白石道人歌曲》卷四；录自唐圭璋编《全宋词》，中华书局 1965 年 6 月第 1 版，第 3 册，第 2179 页）

【注　释】

[1]侧犯：词牌名。《词谱》（卷十八）："《侧犯》，陈旸《乐书》云：唐自天后末年，剑气入浑脱，始为犯声。明皇时，乐人孙处秀善吹笛，好作犯声，时人以为新意而效之，因有犯调。姜夔词注云：唐人《乐书》以宫犯羽者为侧犯。此调创自周邦彦，调名或本于此。"〔清〕毛先舒《填词名解》（卷二）："《侧犯》，自宣、政间周、柳诸公自制乐章，有《侧犯》、《尾犯》、《花犯》、《玲珑四犯》等曲。（王曾《笔录》云：犯者，侵犯之义，已二帝遂北狩，天宝多曲遍繁声，而曰入破，盖破碎之义，而明皇幸蜀，此曲中之谶。先舒谓：此故抑词人之论耳，太宗宋初之英辟，亦御制曲四十四，此又何说邪？又案：沂蒙公卒于仁宗时，不见二帝北狩事，而今考《笔录》，亦无此段语，当必是引此书者误。"（载北京市中国书店据木石居校本影印〔清〕查培继《词学全书》，1984 年 1 月第 1 版）《词谱》以姜夔本词为此调别体谱式：双调，七十七字。前段八句，七仄韵；后段九句，五仄韵。并注云："此与周（周邦彦）词同，惟前段起句多押一韵异。案：前段结句八字，一气蝉联，杨泽民词'将绛烛高烧照双影。'正与此同。又案：古韵，鱼、虞、歌、麻属角音，皆可通押，故御、遇、驾、过亦可通押。此词后段第三句'我'字押韵，正用古韵也。"

[2]"甚春"句：犹言为何春天却偏爱在扬州居住。甚，何，为何。〔宋〕王沂孙《一萼红》："甚春色、江南太早，有人怪、和雪杏花飞。"（《历代诗余》卷八十五）向，爱，偏爱。〔唐〕刘禹锡《秋中暑退赠乐天》："人情皆向菊，风意欲摧兰。"（《刘宾客外集》卷四）

扬州：扬州，隋开皇九年（589）改吴州置，治所在江都县（今江苏扬州市）。扬州自古为江南繁华地，故有醉扬州的文人积习。参见本卷《诗歌部》上册苏轼《江城子》注[7]。

[3]茁栗：指植物的幼芽或蓓蕾。今人陈书良笺注："形容芍药花蕾小，如茁如栗。"（《姜白石词笺注》，中华书局 2009 年 7 月第 1 版，第 274 页）此说可参。

梢头：植物枝条或藤蔓的顶端。〔宋〕黄庭坚《扬州戏题》："春风十里珠帘卷，仿佛三生杜牧之。红药梢头初茁栗，扬州风物鬓成丝。"（《山谷外集》卷六）

弄诗句：犹玩赏诗句。按：此"诗句"或许即上引黄庭坚诗，因诗中"梢头"、"茁栗"、"鬓成丝"等语词皆与姜夔此词相符。

姜
夔

221

[4]红桥：桥名，在江苏省扬州市。〔清〕吴绮《扬州鼓吹词序》："红桥在城西北二里，……朱栏数丈，远通两岸，虽彩虹卧波，丹蛟截水，不足以喻。而荷香柳色，雕楹曲槛，鳞次栉环绕，绵亘十余里。春夏之交，繁管急弦，金勒画船，掩映出没于其间。诚一郡之丽观也。"〔清〕王士禛《红桥游记》："出镇淮门，循小秦淮折而北，陂岸起伏，竹木蓊郁，人家多因水为园亭，溪塘幽窈而明瑟，颇尽四时之美。挐小艇循河西北行，林下尽处所谓红桥也。"《扬州府志》："在北门外。朱阑跨岸，绿杨映堤，为胜游之地。"（以上三条均引自《渔洋精华录集释·〈红桥二首·题解〉》，上海古籍出版社1999年12月第版，第289—290页）又，今人陈书良笺注："清李斗《扬州画舫录》（卷十五）谓二十四桥即吴家砖桥，亦名红药桥。"（《姜白石词笺注》，中华书局2009年7月第1版，第274页）但从上面引文看来，似乎红桥并非二十四桥（详下）。

二十四：即二十四桥，故址在江苏省扬州市江都县西郊。〔唐〕杜牧《寄扬州韩绰判官》："二十四桥明月夜，玉人何处教吹箫？"《方舆胜览》（卷四十四）："二十四桥，隋置，并以城门坊市为名。后韩令坤筑州城，分布阡陌，别立桥梁，所谓二十四桥者，或存或废，不可得而考。"（中华书局2003年6月第1版，第798页）〔宋〕沈括《梦溪补笔谈》（卷下）："扬州在唐时最为富盛。旧城甫北十五里一百一十步，东西七里三十步，可纪者有二十四桥。最西浊河茶园桥，次东大明桥（今大明寺前），入西水门有九曲桥（今建隆寺前），次东正当帅牙南门，有下马桥，又东作坊桥，桥东河转向南，有洗马桥，次南桥（见在今州域北门外），又南阿师桥、周家桥（今此处为城北门）、小市桥（今存）、广济桥（今存）、新桥、开明桥（今存）、顾家桥、通泗桥（今存）、太平桥（今存）、利园桥，出南水门有万岁桥（今存）、青园桥，自驿桥北河流东出，有参佐桥（今开元寺前），次东水门（今有新桥，非古迹也），东出有山光桥（见在今山光寺前）。又自衙门下马桥直南有北三桥、中三桥、南三桥，号"九桥"，不通船，不在二十四桥之数，皆在今州城西门之外。"二十四桥系指扬州城外西自浊河桥、茶园桥起，东至山光桥止沿途所有的桥。而红桥不在其中。

行云：语本〔战国·楚〕宋玉《高唐赋·序》："旦为朝云，暮为行雨。"（《文选》卷十九）

[5]宫衣：指仿照宫样所制女子之衣。〔唐〕李贺《追赋画江潭苑四首》之一："吴苑晓苍苍，宫衣水溅黄。小鬟红粉薄，骑马佩珠长。"（《昌谷集》卷三）

相顾：相视，互看。〔宋〕欧阳修《生查子》："含羞整翠鬟，得意频相顾。"（《文忠集》卷一百三十一）

[6]金壶细叶：插在金壶中的细叶芍药。金壶，黄金酒壶。细叶，细密的花瓣。叶，指花瓣。〔宋〕夏竦《故保平军节度使同中书门下平章事驸马都尉赠中书

令魏公墓志铭》:"(先公)尝献瑞牡丹一丛,花皆千叶,色润殊绝,太祖曾命以一枝著金壶中,盛以玉盘,令待诏黄居寀图之以赐公主,至今存焉。"(《文庄集》卷二十九)〔宋〕苏洞《金陵杂兴二百首》之一百零六:"细叶如云绿渐敷,玉人晨起换金壶。就中一朵紫中贵,除却扬州天下无。"(《泠然斋诗集》卷六)按:牡丹、芍药花叶相似,诗词中常不分。此处以"金壶细叶"借指芍药名品,故有"千朵围歌舞"之句。

[7]尊俎:古代盛酒肉的器皿,常用为宴席的代称。〔宋〕周邦彦《琐窗寒》:"到归时、定有残英,待客携尊俎。"(《历代诗余》卷六十六)

[8]西园:园林名,汉上林苑的别名。〔汉〕张衡《东京赋》:"岁维仲冬,大阅西园,虞人掌焉,先期戒事。"〔三国·吴〕薛综注:"西园,上林苑也。"(《文选》卷三)此处泛指园林。

[9]刘郎:似指宋人刘攽。今人陈书良笺注:"《宋史·艺文志》著录刘攽(字贡父)《芍药谱》一卷,今不传。刘攽为刘敞之弟,曾协助司马光修纂《资治通鉴》。"(《姜白石词笺注》,中华书局 2009 年 7 月第 1 版,第 275 页)

刘仙伦

【作者简介】

刘仙伦,一名儗,字叔儗,号招山,庐陵(今江西吉安)人。诗名闻海内,先后与刘过并称。所著有《招山小集》一卷。

哀青楼曲[1]

东风吹衣楼百尺,青钱唤酒春壶碧[2]。
楼中女儿颜如花,栏干徙倚春无力[3]。
翻腾旧曲偷宫商[4],顾曲岂怕周家郎[5]。
态浓意远淡梳掠[6],依约风韵追韦娘[7]。
樽前时复度芳眄[8],长恐秋波落金盏[9]。
自言流落小民家,似恨相逢成太晚。
吁嗟绿绮琴[10],弦绝无知音。
行云忽何处[11]? 十二巫山深[12]。
巫山深兮君不来,春无色兮意徘徊。
夕阳下兮猿叫哀,可怜宋玉空多才!

(录自1987年上海古籍出版社影印文渊阁《四库全书》本《两宋名贤小集》卷二百八十三)

【注　释】

[1]青楼:指妓院。〔南朝·梁〕刘邈《万山见采桑人》:"倡妾不胜愁,结束下青楼。"(《玉台新咏》卷八)

〔2〕青钱:即青铜钱。〔唐〕杜甫《北邻》:"青钱买野竹,白帻岸江皋。"(《九家集注杜诗》卷二十一)春壶碧,美酒名。

〔3〕徙倚:犹徘徊,逡巡。〔三国·魏〕曹植《洛神赋》:"于是洛灵感焉,徙倚傍徨,神光离合,乍阴乍阳。"(《文选》卷十九)

〔4〕宫商:五音中的宫音与商音。泛指音乐、乐曲。《韩诗外传》(卷五):"人有六情,目欲视好色,耳欲听宫商。"偷,即偷声,唐宋词曲术语。唐代绝句多配乐歌唱。歌唱常用和声、散声、偷声等方法以调节声调的抑扬缓急。偷声,即在一句中偷去一字。此句言"翻腾旧曲偷宫商",意为改编旧曲。

〔5〕"顾曲"句:顾曲,谓欣赏音乐,典出《三国志·吴志·周瑜传》(卷九):"瑜少精意于音乐,虽三爵之后,其有阙误,瑜必知之,知之必顾,故时人谣曰:'曲有误,周郎顾。'"岂怕周家郎,谓难道会惧怕周瑜?

〔6〕梳掠:梳理,梳妆。〔宋〕曹勋《秋风歌》:"罗衣宽尽慵梳掠,翡翠无光香自消。"(《松隐集》卷二)

〔7〕依约风韵:情意缠绵的风度,韵致。追韦娘,犹言赶得上韦娘,可与韦娘相匹敌。韦娘,即杜韦娘。唐代著名歌妓。后用作一般歌妓的美称。

〔8〕樽前:犹酒盏前。樽,盛酒器,亦泛指酒盏。〔宋〕陆游《水龙吟》:"樽前花底寻春处,堪叹心情全减。一身萍寄,酒徒云散,佳人天远。"(《放翁词》)

时复度芳盻(miǎn):时复,犹时常。度,犹在时间和空间上经过。芳盻,谓佳人的斜视、顾盼。此句意为时常投来温馨的一瞥。

〔9〕秋波:秋天的水波,比喻美女的眼睛目光,形容其清澈明亮。〔南唐〕李煜《菩萨蛮》:"眼色暗相钩。秋波横欲流。"(《花草粹编》卷五)

金盏:酒杯的美称。〔唐〕杜甫《江畔独步寻花七绝句》之四:"谁能载酒开金盏,唤取佳人舞绣筵。"(《杜诗详注》卷十)长恐秋波落金盏,谓长久地担心佳人的目光落入酒杯(指不再看他)。

〔10〕吁嗟(xūjiē):叹词,表示有所感。

绿绮:古琴名。〔晋〕傅玄《琴赋序》:"齐桓公有鸣琴曰号钟,楚庄有鸣琴曰绕梁,中世司马相如有绿绮,蔡邕有焦尾,皆名器也。"(《汉魏六朝百三家集》卷三十九)亦泛指琴。宋贺铸《小梅花》:"愁无已,奏绿绮,历历高山与流水。"

〔11〕行云:用巫山神女之典。语本〔战国·楚〕宋玉《高唐赋·序》:"旦为朝云,暮为行雨。"(《文选》卷十九)喻男女情事。

〔12〕十二巫山:指巫山十二峰,即圣泉峰、登龙峰、朝云峰、神女峰(又称望霞峰)、松峦峰、集仙峰、翠屏峰、聚鹤峰、飞凤峰、净坛峰、起云峰、上升峰。参见本卷《诗歌部》上册张俶《经旧游》注〔4〕。

刘仙伦

贺新郎

赠建康郑玉脱籍[1]

　　郑玉非娼女[2]。叹尘缘未了，飘零被春留住[3]。肠断胭脂坡下路[4]。成甚心情意绪。生怕入、梨园歌舞[5]。寂寞阳台云雨散，算人间、谁是吹箫侣[6]。空买断，两眉聚[7]。　　新来镜里惊如许[8]。暗伤怀、莺老花残，几番春暮。事逐孤鸿都已往，月落千山杜宇[9]。念修竹、天寒何处[10]。不念琐窗并绣户，妾从前、命薄甘荆布[11]。谁为作，解绫主[12]。

　　（原载《四部丛刊》影印明本〔宋〕黄升辑《中兴以来绝妙词选》卷五；录自唐圭璋编《全宋词》，中华书局 1965 年 6 月第 1 版，第 4 册，第 2208—2209 页）

【注　释】

　　[1]贺新郎：词牌名。参见本卷《诗歌部》下册周端臣《贺新郎》注[1]。刘仙伦此词据《全宋词》句读为双调，一百十六字。前十句，七仄韵；后段十句，六仄韵。与《词谱》此调一百十六字各体句数有别。建康，今江苏南京市。

　　脱籍：旧时妓女列名乐籍。乐籍，乐户的名籍，古时官妓属乐部，故称。如从良嫁人或不再为妓，经官府批准，除去乐籍，称"脱籍"。

　　[2]非娼女：犹言不是妓女。娼女，指卖淫女。按：此词中的郑玉为从事歌舞的女艺人，而非出卖肉体的妓女。

　　[3]尘缘：佛教、道教谓与尘世的因缘。〔宋〕石孝友《满庭芳》："争知道，尘缘未了，无计与盘桓。"（《历代诗余》卷六十一）

　　飘零：飘泊流落。〔宋〕司马光《感春》："繁华非我物，随意任飘零。"（《传家集》卷九）

　　[4]胭脂坡：妓馆名。〔宋〕苏轼《百步洪二首》之二："不学长安闾里侠，貂裘夜走胭脂坡。"〔宋〕王十朋集注引李厚曰："胭脂坡，长安妓馆坊名。"

　　[5]梨园：唐玄宗时教练宫廷歌舞艺人的地方。《新唐书·礼乐志十二》（卷二十二）："玄宗既知音律，又酷爱法曲，选坐部伎子弟三百教于梨园，声有误音，帝必觉而正之，号'皇帝梨园弟子'。宫女数百，亦为梨园弟子，居宜春北院。"

　　[6]阳台云雨：典出〔战国·楚〕宋玉《高唐赋·序》："昔者先王尝游高唐，怠而昼寝，梦见一妇人曰：'妾巫山之女也，为高唐之客。闻君游高唐，愿荐枕席。'

王因幸之。去而辞曰：'妾在巫山之阳，高丘之阻，旦为朝云，暮为行雨。朝朝暮暮，阳台之下。'"（《文选》卷十九）参见本卷《诗歌部》上册张仙《经旧游》注[3]。

吹箫侣：相传秦穆公女弄玉好音乐，萧史善吹箫作凤鸣。秦穆公以弄玉妻之，为之作凤楼。二人吹箫，凤凰来集，后乘凤飞升而去。事见〔汉〕刘向《列仙传·萧史》（卷上）参见本卷《诗歌部》上册柳永《满朝欢》注[7]。

[7]两眉聚：谓忧心愁烦，双眉紧锁。〔宋〕赵长卿《青玉案》："梅黄又见纤纤雨。客里情怀两眉聚。"（《惜香乐府》卷三）

[8]新来：近来。〔宋〕李清照《凤凰台上忆吹箫》："新来瘦，非干病酒，不是悲秋。"（《漱玉词》）

[9]莺老花残：喻春天将尽。莺，黄鹂。〔宋〕廖行之《山枣道中》："可怜辜负春已晚，莺老花残空浊醪。"（《省斋集》卷一）

孤鸿：孤单的鸿雁。〔宋〕苏轼《卜算子》："时见幽人独往来？缥缈孤鸿影。"（《东坡词》）

杜宇：即杜鹃鸟，传说为蜀王杜宇之魂所化。参见本卷《诗歌部》上册柳永《西平乐》注[12]。

[10]修竹：长长的竹子。〔宋〕苏轼《满江红》："到如今、修竹满山阴，空陈迹。"（《东坡词》）

[11]琐窗并绣户：琐窗，镂刻有连琐图案的窗棂。绣户，雕绘华美的门户，多指妇女居室。并，犹和，与。

荆布："荆钗布裙"之省。以荆枝为钗，粗布为裙。妇女简陋寒素的服饰。《太平御览》（卷七百十八）引《列女传》："梁鸿妻孟光，荆钗布裙。"甘荆布，甘于荆钗布裙。

[12]解绦(tāo)：解开丝绳。〔唐〕崔铉《咏架上鹰》："万里碧霄终一去，不知谁是解绦人。"（《全唐诗》卷五百四十七）

永遇乐[1]
春暮有怀

青幄蔽林，白毡铺径，红雨迷楚[2]。画阁关愁，风帘卷恨，尽日萦情绪[3]。阳台云去，文园人病，寂寞翠尊雕俎[4]。惜韶容、匆匆易失，芳丛对眼如雾[5]。　巾欹润裛，衣宽凉渗，又觉渐回骄暑[6]。解箬吹香，遗丸荐脆，小芰浮鸳浦[7]。画栏如旧，依稀犹记，伫立一钩莲步[8]。黯销魂，那堪又听，杜鹃更苦[9]。

刘仙伦

227

（原载《四部丛刊》影印明本〔宋〕黄升辑《中兴以来绝妙词选》卷五；录自唐圭璋编《全宋词》，中华书局 1965 年 6 月第 1 版，第 4 册，第 2210—2211 页）

【注　释】

[1]永遇乐：词牌名。《词谱》（卷三十二）："《永遇乐》，周密《天基节乐》次乐奏'夹钟宫'第五盏，觱篥起《永遇乐慢》。此调有平韵、仄韵两体。仄韵者，始自北宋，《乐章集》注：'林钟商。'晁补之词名《消息》自注：'越调。'平韵者，始自南宋陈允平创为之。"〔清〕毛先舒《填词名解》（卷三）："《永遇乐》，'歇拍调'也。唐杜秘书工小词，邻家有小女，名酥香，凡才人歌曲悉能吟讽，尤喜杜词，遂成踰墙之好，后为仆所诉，杜竟流河朔，临行述《永遇乐》词诀别，女持纸三唱而死。地未知此调创自杜玉否。"（载北京市中国书店据木石居校本影印〔清〕查培继《词学全书》，1984 年 1 月第 1 版）《词谱》以苏轼《永遇乐》（明月如霜）为此调仄韵正体：双调，一百四字。前后段各十一句，四仄韵。注云："此调押仄韵者，以此词为正体，宋词俱如此填。若晁词之前段结句六字折腰，柳词两首，及张词、无名氏词之句读异同，皆变格也。"刘仙伦此词据《全宋词》句读为双调，一百四字。前段十句，四仄韵；后段四句十二句，四仄韵。或当为变格。

[2]青幄（wò）蔽林：青色的帷帐遮蔽了树林。幄，帷帐。〔宋〕曹勋《泛水曲》："画舫维青幄，平波羃素烟。"（《松隐集》卷四）

白毡（zhān）铺径：白色的毡子铺在路上。毡，毛制品。按：此句指柳絮铺地如白毡。〔唐〕杜甫《绝句漫兴九首》之七："糁径杨花铺白毡，点溪荷叶迭青钱。"（《杜诗详注》卷九）

红雨迷楚：犹言落花如雨迷蒙了楚地。红雨，指落花。〔唐〕刘禹锡《百舌吟》："花树满空迷处所，摇动繁英坠红雨。"（《刘宾客文集》卷二十一）迷，迷蒙，看不清。楚，指楚地，指古楚国所辖之地，泛指长江中上游地区。

[3]画阁：彩绘华丽的楼阁。〔宋〕杜安世《安公子》："连画阁，绣帘半卷。招新燕。残黛敛。独倚阑干遍。"（《历代诗余》卷八十四）

风帘：犹风中的帘子。〔唐〕元稹《夜间》："风帘半钩落，秋月满床明。"（《元氏长庆集》卷九）

萦情绪：犹言萦绕情感意绪。

[4]阳台云：语本〔战国·楚〕宋玉《高唐赋·序》："王因幸之。去而辞曰：'妾在巫山之阳，高丘之阻，旦为朝云，暮为行雨。朝朝暮暮，阳台之下。'旦朝视之，如言。故为立庙，号曰朝云。"（《文选》卷十九）

文园人病：汉司马相如曾任孝文园令，"常有消渴疾"。因此称病闲居。见

228

《史记·司马相如列传》。后遂以"文园病"指消渴病(糖尿病、尿崩症等症),或泛指文人之病。〔宋〕强至《卢申之以惠山泉二斗为赠因忆南仲周友》之二:"文园病渴酒难浇,望见南泉意已消。"(《祠部集》卷十二)

翠尊:亦作翠樽,饰以绿玉的酒器。〔三国·魏〕曹植《七启》:"于是盛以翠樽,酌以雕觞,浮蚁鼎沸,酷烈馨香。"〔唐〕吕延济注:"翠樽,以翠饰樽也。"(《六臣注文选》卷三十四)

雕俎:有雕饰的食具。俎,燕飨时陈置食物的器具。〔南朝·宋〕鲍照《数诗》:"八珍盈雕俎,绮肴纷错重。"(《鲍明远集》卷五)

[5]韶容:美丽的容貌。〔宋〕黄裳《览杜牧洛阳重见故事》之二:"桃脸韶容柳絮身,江南西洛岂由人。"(《演山集》卷十)匆匆,犹匆匆。〔唐〕杜甫《酬孟云卿》:"相逢难衮衮,告别莫匆匆。"(《九家集注杜诗》卷十九)

对眼:入眼,呈现在眼前。〔唐〕杜甫《立春》:"巫峡寒江那对眼,杜陵远客不胜悲。"〔清〕仇兆鳌注:"那对眼,谓那能对眼。"(《杜诗详注》卷十八)

[6]巾欹(qī)润裛(yì):犹言巾冠倾斜,裛着湿气。巾,古人以巾裹头,后即演变成冠的一种,称作巾。欹,倾斜。润,潮湿,当指汗气。裛,缠裹。骄暑,犹酷暑。

[7]解箨(tuò):谓竹笋脱壳。南朝宋鲍照《咏采桑》:"早蒲时结阴,晚篁初解箨。"吹香,犹风香。

小芰(jì)浮鸳浦:芰,即菱,俗称菱角。鸳浦,鸳鸯出没的水边。浦,水边,河岸。〔宋〕苏养直《鹧鸪天》:"灞桥杨柳年年恨,鸳浦芙蕖叶叶愁。"(《花庵词选》卷七)

[8]画栏:亦作"画阑",有画饰的栏杆。〔唐〕徐寅《蝴蝶》之二:"冉冉双双拂画栏,佳人偷眼再三看。"(《徐正字诗赋》卷二)

一钩莲步:形容女子娇小的脚步。一钩,比喻女子的小脚弯曲如钩。莲步,语本《南史·齐纪下·废帝东昏侯》(卷五):"又凿金为莲华以帖地,令潘妃行其上,曰:此步步生莲华也。"

[9]杜鹃:鸟名,又名杜宇、子规。相传为古蜀王杜宇之魂所化。春末夏初,常昼夜啼鸣,其声哀切。参见本卷《诗歌部》上册柳永《西平乐》注[12]。

菩萨蛮[1]

怨别

吹箫人去行云杳[2]。香篝翠被都闲了[3]。叠损缕金衣[4]。是他浑不知[5]。　　冷烟寒食夜[6]。淡月梨花下。犹自软心肠。为他烧夜香[7]。

（原载《四部丛刊》影印明本〔宋〕黄升辑《中兴以来绝妙词选》卷五；录自唐圭璋编《全宋词》，中华书局 1965 年 6 月第 1 版，第 4 册，第 2211 页）

【注　释】

[1]菩萨蛮：词牌名。参见本卷《诗歌部》上册舒亶《菩萨蛮》注[1]。刘仙伦此词双调，四十四字。前后段各四句，两仄韵，两平韵。

[2]吹箫人：指萧史与弄玉。春秋时秦有萧史善吹箫，穆公女弄玉慕之，穆公遂以女妻之。史教玉学箫作凤鸣声，后凤凰飞止其家，穆公为作凤台。一日，夫妇俱乘凤凰升天而去。参见本卷《诗歌部》上册柳永《满朝欢》注[7]。

行云：巫山神女之典。语本〔战国·楚〕宋玉《高唐赋·序》："旦为朝云，暮为行雨。"（《文选》卷十九）

[3]香篝：熏笼。〔宋〕周邦彦《花犯》："更可惜，雪中高树，香篝熏素被。"（《片玉词》卷上）

翠被：织（或绣）有翡翠纹饰的被子。〔宋〕晏几道《庆春时》："浓熏翠被，深停画烛，人约月西时。"（《小山词》）

[4]缕金衣：即金缕衣，以金丝编织的衣服。〔后蜀〕顾敻《荷叶杯》："菊冷露微微，看看湿透缕金衣。"（《花间集》卷七）

[5]浑不知：全不知。浑，副词，皆，都。〔宋〕陆游《春日》之四："雨来三日泥没踝，过尽梅花浑不知。"（《剑南诗稿》卷四十二）

[6]寒食：节日名。在清明前一日或二日。参见本卷《诗歌部》上册张先《木兰花》注[2]。

[7]夜香：夜间烧的香。〔宋〕苏轼《望海楼晚景五绝》之四："楼下谁家烧夜香，玉笙哀怨弄初凉。"（《东坡诗集注》卷二）

江神子[1]

东风吹梦落巫山[2]。整云鬟[3]。却霜纨[4]。雪貌冰肤，曾共控双鸾[5]。吹罢玉箫香雾湿，残月坠，乱峰寒。　　解珰回首忆前欢[6]。见无缘。恨无端。惟悴萧郎，赢得带围宽[7]。红叶不传天上信[8]，空流水，到人间。

（原载《绝妙好词》卷二；录自唐圭璋编《全宋词》，中华书局 1965 年 6 月第 1 版，第 4 册，第 2211 页）

【注　释】

[1]江神子:词牌名。参见本卷《诗歌部》上册谢邁《江神子》注[1]。刘仙伦此词双调,七十字。前后段各八句,五平韵。

[2]梦落巫山:典出〔战国·楚〕宋玉《高唐赋·序》(《文选》卷十九)。

[3]云鬟:指乌黑秀美的头发。〔宋〕侯寘《清平乐》:"缕金剪彩。茸缩同心带。整整云鬟宜簇戴。雪柳闹蛾难赛。"(《孏窟词》)

[4]霜纨:指洁白精致的细绢制品。此指纨扇。〔宋〕苏轼《江神子》:"翠蛾羞黛怯人看。掩霜纨。泪偷弹。"(《东坡词》)却霜纨,犹言放下纨扇。

[5]雪貌冰肤:像雪一样洁净的容貌,冰一样晶莹的肌肤。喻指词中作者所恋的女子。

共控双鸾:共同驾控一对鸾鸟。鸾,传说中凤凰一类的鸟。按:此句系性隐语。

[6]解珰(dāng):解下耳环。珰,古代妇女的耳饰。古诗《为焦仲卿妻作》:"腰若流纨素,耳著明月珰。"(《玉台新咏》卷一)

前欢:犹以前的欢愉。〔宋〕徐铉《十日和张少监》:"每因佳节知身老,却忆前欢似梦回。"(《骑省集》卷五)

[7]萧郎:典出〔唐〕范摅《云溪友议·襄阳杰》:唐崔郊之姑有一婢女,后卖给连帅,郊十分思慕她,因赠之以诗曰:"公子王孙逐后尘,绿珠垂泪滴罗巾。侯门一入深如海,从此萧郎是路人。"后因以"萧郎"指美好的男子或女子爱恋的男子。参见本卷《诗歌部》中册曹勋《行路难》注[6]。〔宋〕张孝祥《浣溪沙》:"冉冉幽香解钿囊。兰桡烟雨暗春江。十分清瘦为萧郎。"(《于湖集》卷三十三)

带围宽:带围,腰带绕身一周的长度。旧时以带围的宽紧观察身体的瘦损与壮健。〔宋〕陆淞《瑞鹤仙》:"怅无人,与说相思,近日带围宽尽。"(《历代诗余》卷七十九)

[8]"红叶"等三句:用红叶题诗之典。唐代红叶题诗、结成良缘的故事较多,情节略同而人事各异,流传较广的为:僖宗时,宫女韩氏以红叶题诗,自御沟流出,为于祐所得。祐亦题一叶,投沟上流,亦为韩氏所得。不久,宫中放宫女三千人,祐适娶韩氏。成礼日,各取红叶相示,方知红叶是良媒。参见本卷《诗歌部》上册周邦彦《六丑》注[13]。

刘仙伦

231

郭应祥

【作者简介】

郭应祥(1158—?),字承禧,号遁斋,临江军(今江西省清江)人。生于绍兴二十八年(1158)。淳熙八年(1181)进士。尝宫楚越间。有《笑笑词》一卷。

满江红[1]

次子云弟韵

五十头颅,早已觉、飞腾景暮[2]。愁眼看、蜂黄蝶粉,草烟花露[3]。莫做阳台云雨梦,休怀渭北春天树[4]。怅城阐、多少踏青人,红尘路[5]。怀古恨,凭书诉[6]。倾国貌,障羞妒[7]。记山阴陈迹,群贤星聚[8]。对景裁诗真漫与,看花不饮成虚负[9]。问落红、千点总随流[10],归何处。

(原载近人朱祖谋编 1922 年第三次校补本《彊村丛书》本《笑笑词》;录自唐圭璋编《全宋词》,中华书局 1965 年 6 月第 1 版,第 4 册,第 2227 页)

【注　释】

[1]满江红:词牌名。参见本卷《诗歌部》上册柳永《满江红》注[1]。郭应祥此词为仄韵体,双调,九十三字。前段八句,四仄韵;后段十句,五仄韵。

[2]五十头颅:犹言五十岁的脑袋。头颅,脑袋。〔宋〕陆游《自解》:"四十头颅已可知,残年至此复何为? 著书不直一杯水,看镜空添千缕丝。"(《剑南诗稿》卷二十六)

景暮:犹暮景,比喻垂老之年。

[3]草烟花露:草丛间的烟雾花上的露珠。

[4]阳台云雨梦:典出〔战国·楚〕宋玉《高唐赋·序》:"昔者先王尝游高唐,怠而昼寝,梦见一妇人曰:'妾巫山之女也,为高唐之客。闻君游高唐,愿荐枕席。'王因幸之。去而辞曰:'妾在巫山之阳,高丘之阻,且为朝云,暮为行雨。朝朝暮暮,阳台之下。'"(《文选》卷十九)参见本卷《诗歌部》上册张祜《经旧游》注[3]。

渭北春天树:语出〔唐〕杜甫《春日忆李白》:"清新庾开府,俊逸鲍参军。渭北春天树,江东日暮云。"〔宋〕赵彦材注:"渭北,指言咸阳。咸阳在终南山之南,渭水之北,故得名。"(《九家集注杜诗》卷十八)

[5]城闉(yīn):城内重门,亦泛指城郭。〔南朝·宋〕谢庄《宋孝武宣贵妃诔》:"崇徽章而出寰甸,照殊策而去城闉。"〔唐〕李善注:"闉,城曲重门也。"(《文选》卷五十七)

踏青人:清明节前后郊野游览的人,旧时以清明节为踏青节。〔宋〕陈舜俞《南阳春日十首》之一:"门巷旋开沽酒市,郊原便有踏青人。"(《都官集》卷十三)

红尘路:车马扬起飞尘的道路。〔宋〕沈辽《次韵伯成见赠》:"柴门不接红尘路,满座长将白日闲。"(《云巢编》卷五)

[6]怀古恨:犹思念古代的人和事而产生的幽恨。〔宋〕黄庭坚《太平寺慈民阁》:"谁与洗涤怀古恨,坐有佳客非孤斟。"(《山谷集》卷八)

凭书诉:凭借书写倾诉。书,指书写,谓作诗。

[7]倾国貌:绝色美女的容貌。倾国,典出《汉书·外戚列传·孝武李夫人》(卷九十七上):"孝武李夫人,本以倡进。初,夫人兄延年性知音,善歌舞,武帝爱之。每为新声变曲,闻者莫不感动。延年侍上起舞,歌曰:'北方有佳人,绝世而独立。一顾倾人城,再顾倾人国,宁不知倾城与倾国,佳人难再得。'"

障羞妒:犹遮蔽羞赧和嫉妒。

[8]山阴陈迹:指〔晋〕王羲之《兰亭集序》所描写的旧事:"永和九年,岁在癸丑,暮春之初,会于会稽山阴之兰亭,修禊事也。"(《汉魏六朝百三家集》卷五十九)山阴,县名。秦置,属会稽郡。治所即今浙江绍兴市。以在会稽山之北而得名。东汉永建四年(129)为会稽郡治。南朝陈与会稽县同为会稽郡治。隋开皇九年(589)废。唐武德七年(624)复置,次年废。垂拱二年(686)复置,大历二年(767)又废。七年(772)又置,元和七年(812)再省。十年(815)复置,与会稽县同为越州治。南宋为绍兴府治。元为绍兴路治。明、清为绍兴府治。1912年与会稽县合并为绍兴县。

群贤星聚:语本〔晋〕王羲之《兰亭集序》:"群贤毕至,少长咸集。"(《汉魏六

朝百三家集》卷五十九）

[9]裁诗:作诗。〔宋〕沈辽《西舍》:"少年裁诗喜言老,谁知老大都无心。"（《云巢编》卷一）

漫与:犹言随便对付。〔宋〕苏轼《次韵表兄程正辅江行见桃花》:"袖手焚笔砚,清篇真漫与。"（《东坡全集》卷二十三）

虚负:犹空担其名。〔唐〕姚合《忆山》:"别来愁欲老,虚负出山名。"（《姚少监诗集》卷六）

[10]落红:犹落花。〔宋〕辛弃疾《摸鱼儿》:"惜春长怕花开早,何况落红无数。"（《稼轩词》卷二）

踏莎行[1]

鹗离风尘[2],燕辞门户。翩然举翮轻飞去[3]。当初自恨探春迟,而今岂解留春住。　　花不重开,萍难再聚[4]。垂杨只管牵离绪[5]。直饶云雨梦阳台,梦回依旧无寻处[6]。

（原载近人朱祖谋编 1922 年第三次校补本《彊村丛书》本《笑笑词》;录自唐圭璋编《全宋词》,中华书局 1965 年 6 月第 1 版,第 4 册,第 2231 页）

【注　释】

[1]踏莎行:词牌名。参见本卷《诗歌部》上册李之仪《踏莎行》注[1]。郭应祥此词双调,五十八字。前后段各五句,三仄韵。

[2]鹗(è):鸟名。雕属。性凶猛,背褐色,头顶颈后及腹部白色,嘴短脚长,趾具锐爪,栖水边,捕鱼为食,俗称鱼鹰。离风尘,离开尘世,指纷扰的现实生活境界。

[3]翩然:飞貌。〔宋〕司马光《芙蕖轩》:"露重忽敧侧,翩然翠禽起。"（《传家集》卷二）

举翮(hé):展翅起飞。翮,鸟羽的茎,中空透明,俗称"羽管",指代鸟的翅膀。〔唐〕杜甫《醉歌行》:"骅骝作驹已汗血,鸷鸟举翮连青云。"（《九家集注杜诗》卷一）

[4]萍:浮萍。〔宋〕刘攽《池上》:"荷喧知过雨,萍聚见来风。"（《彭城集》卷十七）

[5]垂杨:垂柳。古诗文中杨柳常通用。参见本卷《诗歌部》上册柳永《满朝欢》注[6]。〔南朝·齐〕谢朓《颂藩德·入朝曲》:"飞甍夹驰道,垂杨荫御沟。"

（《谢宣城集》卷二）

离绪：离别的绵绵情思。〔宋〕夏竦《送李殿院知防州》："都门回首多离绪，宝瑟凄风别酒阑。"（《文庄集》卷三十四）

[6]云雨梦阳台：阳台云雨梦：典出〔战国·楚〕宋玉《高唐赋·序》："昔者先王尝游高唐，怠而昼寝，梦见一妇人曰：'妾巫山之女也，为高唐之客。闻君游高唐，愿荐枕席。'王因幸之。去而辞曰：'妾在巫山之阳，高丘之阻，旦为朝云，暮为行雨。朝朝暮暮，阳台之下。'"（《文选》卷十九）参见本卷《诗歌部》上册张佖《经旧游》注[3]。

韩 淲

【作者简介】

韩淲（biāo）（1159—1224）（生年据《瀛奎律髓》卷二十,卒年据《全宋词》）,字仲止,号简泉,祖籍开封,南渡后隶属、籍上饶（今属江西）。元吉子。早年以父荫入仕,为平江赋属官,后做到朝官,集中有制词一道,当官学士。宁宗庆元六年（1200）药局官满,嘉泰元年（1201）曾入吴应试。未几被斥,家居二十年（《石屏集》卷四《哭涧泉韩仲止》）。淲清廉狷介,与同时知名诗人多有交游,并与赵蕃（章泉）并称“二泉”。著作历代书目未见著录。清四库馆臣据《永乐大典》辑有《涧泉集》二十卷、《涧泉日记》三卷。事见本集卷二、十、十四、十五、二十有关诗文。

感皇恩

和吴推官[1]

急管度青枝[2],醉眠芳草。云断巫阳梦能到[3]。乍醒馀困,晴影暗移纱帽[4]。旧时闲意思,都忘了。　　今岁春迟,去年春早。点点繁红又多少[5]。惜春归去,酒病翻成花恼[6]。数声鸣鸟唤,人惊老。

（原载紫芝漫抄本《涧泉诗余》;录自唐圭璋编《全宋词》,中华书局 1965 年 6 月第 1 版,第 4 册,第 2249—2250 页）

【注　释】

[1]感皇恩:词牌名。参见本卷《诗歌部》上册赵企《感皇恩》注[1]。韩淲此词双调,六十七字。前后段各七句,四仄韵。

推官:唐节度使、观察使属僚,掌推勘刑狱诉讼。宋沿置,实为郡佐。

[2]急管:节奏急速的管乐。〔南朝·宋〕鲍照《代白纻曲》之一:"古称《渌水》今《白纻》,催弦急管为君舞。"(《鲍明远集》卷三)

度青枝:穿越青绿色的枝叶。度,泛指过。用于空间或时间。这里指急速的管乐穿过树枝。

[3]巫阳:巫山的南面,指巫峡。巫阳梦,即巫山梦,犹高唐梦。典出〔战国·楚〕宋玉《高唐赋·序》(《文选》卷十九)。

[4]乍醒:刚醒。〔南唐〕后主李煜《九月十日偶书》:"晚雨秋阴酒乍醒,感时心绪杳难平。"(《全唐诗》卷八)

晴影:指阳光。〔唐〕权德舆《行舟透远树赋》:"透远树之晴影,泛春江之碧流。"(《权文公集》卷一)

纱帽:纱制官帽。〔宋〕喻良能《九日青阳道中呈张主簿》:"西风有意吹纱帽,细雨无情湿锦障。"(《香山集》卷八)

[5]繁红:繁花。〔宋〕晏殊《采桑子》:"何人解系天边日,占取春风。免使繁红。一片西飞一片东。"(《珠玉词》)

[6]花恼:为花而烦恼。〔宋〕苏轼《和秦太虚梅花》:"东坡先生心已灰,为爱君诗被花恼。"(《东坡全集》卷十三)

祝英台近[1]
燕莺语

海棠开,春已半,桃李又如许[2]。一朵梨花,院落阑干雨[3]。不禁中酒情怀,爱闲懊恼[4],都忘却、旧题诗处。　　燕莺语[5]。溪岸点点飞绵,杨柳无重数[6]。带得愁来,莫恁空休去[7]。断肠芳草天涯,行云荏苒,和好梦、有谁分付[8]。

（原载紫芝漫抄本《涧泉诗余》;录自唐圭璋编《全宋词》,中华书局1965年6月第1版,第4册,第2256页）

【注　释】

[1]祝英台近:词牌名。参见本卷《诗歌部》上册苏轼《祝英台近》注[1]。韩淲此词双调,七十七字。前段八句,三仄韵;后段八句,四仄韵。

[2]如许:像这样。〔宋〕杨万里《和仲良春晚即事五首》之一:"一年又如许,

韩
淲

万事更须忙。"(《诚斋集》卷一)

[3]阑干:纵横散乱貌,交错杂乱貌。〔宋〕韩维《谒汉高帝庙》:"苍碑火剥裂,画壁雨阑干。"(《南阳集》卷七)

[4]中(zhòng)酒:醉酒。〔晋〕张华《博物志》(卷九):"人中酒不解,治之以汤,自渍即愈。"

[5]燕莺语:燕子和黄莺的鸣声如同说话,故谓之"语"。〔宋〕李弥逊《十样花》:"富艳压群芳,蜂蝶戏,燕莺语。东君都付与。"(《筠溪集·乐府》)

[6]飞绵:指飞舞的柳絮。〔宋〕文同《弄珠亭下柳》:"江柳早春前,蒙蒙弄紫烟。未容长作带,已见乱飞绵。"(《丹渊集》卷十六)

无重数:犹言无数重。〔宋〕韦骧《得董都官书因为寄四首》之三:"春山缭绕无重数,还在春山第几重。"(《钱塘集》卷二)

[7]莫恁(rèn)空休去:犹言不要这样白白地离去。恁,代词,这,如此。休,离开。

[8]行云:用巫山神女之典。语本〔战国·楚〕宋玉《高唐赋·序》:"旦为朝云,暮为行雨。"(《文选》卷十九)

荏苒(rěnrǎn):辗转迁徙。〔唐〕杜甫《宿府》:"风尘荏苒音书绝,关塞萧条行路难。"(《九家集注杜诗》卷二十六)

分付:表示,流露。〔宋〕周邦彦《感皇恩》:"浅颦轻笑,未肯等闲分付。为谁心子里,长长苦。"(《片玉词》卷上)

鹊桥仙[1]

红梅已谢

红梅已谢,杏花开也,一片海棠犹未[2]。春风吹我带湖烟,甚恰限[3]、新晴天气。　黄昏楼上,烛花影里,拼得那回滋味[4]。暗尘弦索拂纤纤,梦留取、巫山十二[5]。

（原载紫芝漫抄本《涧泉诗余》;录自唐圭璋编《全宋词》,中华书局 1965 年 6 月第 1 版,第 4 册,第 2261 页）

【注　释】

[1]鹊桥仙:参见本卷《诗歌部》中册李漳《鹊桥仙》注[1]。韩淲此词双调,五十六字。前后段各五句,两仄韵。

[2]犹未:还没有。〔宋〕张枢《瑞鹤仙》:"苔痕湔雨,竹影留云,待晴犹未。"(《历代诗余》卷八十)

[3]湖烟:笼罩于湖面的雾气。〔唐〕刘禹锡《吐绶鸟词》:"湖烟始开山日高,迎风吐绶盘花条。"(《刘宾客外集》卷七)

甚恰限:的确正遇上。

[4]拼得:方言。舍得,不吝惜。〔宋〕李廌《和钱之道游虎丘二首》之一:"拼得酒时教尽醉,可题诗处莫空归。"(《济南集》卷四)

[5]暗尘:积累的尘埃。〔前蜀〕薛昭蕴《小重山》:"思君切、罗幌暗尘生。"(《花间集》卷三)

弦索:乐器上的弦。〔宋〕苏轼《虢国夫人夜游图》:"宫中羯鼓催花柳,玉奴弦索花奴手。"(《东坡全集》卷十六)

纤纤:指女子柔美之手。〔唐〕张九龄《折杨柳》:"纤纤折杨柳,持此寄情人。"(《曲江集》卷五)

巫山十二:指巫山十二峰,即圣泉峰、登龙峰、朝云峰、神女峰(又称望霞峰)、松峦峰、集仙峰、翠屏峰、聚鹤峰、飞凤峰、净坛峰、起云峰、上升峰。参见本卷《诗歌部》上册张佖《经旧游》注[4]。

浣溪沙[1]

十四日

百花丛里试新妆。不许巫山枉断肠[2]。牡丹风飐曲声长。　　寒食清明闲节序,绮窗朱户少年场[3]。燕泥香润落空梁[4]。

(原载紫芝漫抄本《涧泉诗余》;录自唐圭璋编《全宋词》,中华书局1965年6月第1版,第4册,第2262页)

【注　释】

[1]浣溪沙:词牌名。参见本卷《诗歌部》上册张先《浣溪沙》注[1]。韩淲此词双调,四十二字。前段三句,三平韵;后段三句,两平韵。

[2]"不许"句:反用〔唐〕李白《清平调词三首》之二"一枝红艳露凝香,云雨巫山枉断肠"(《李太白集注》卷五)词句。李词"云雨巫山枉断肠"句原意为云雨巫山令人徒然地极度忧伤,而此此则反其意,为不许如此。

[3]寒食:节日名。在清明前一日或二日。参见本卷《诗歌部》上册张先《木

兰花》注[2]。

清明：节日名。公历四月四、五或六日。参见本卷《诗歌部》上册晏殊《木兰花》注[3]。我国有清明节踏青、扫墓的习俗。

节序：节令，节气；节令的顺序。闲，无关紧要。

绮窗朱户：雕刻或绘饰得很精美的窗子，红漆的门户。〔宋〕蔡伸《点绛唇》："宝瑟重调，静听鸾弦语。休轻负。绮窗朱户。好做风光主。"（《友古词》）

少年场：犹言少年人的场所。〔唐〕白居易《双石》："渐恐少年场，不容垂白叟。"（《白氏长庆集》卷二十一）

[4]燕泥：燕子筑巢所衔的泥。〔南朝·梁〕简文帝萧纲《和湘东王首夏》："燕泥衔复落，鹍吟敛更扬。"（《古诗纪》卷七十八）

浣溪沙

忆把兰桡系柳堤[1]。斜风细雨一蓑衣[2]。夕阳回照断霞飞。　　洛浦佩寒如隔日，高唐梦到又何时[3]。背人挑□独心知[4]。

（原载紫芝漫抄本《涧泉诗余》；录自唐圭璋编《全宋词》，中华书局1965年6月第1版，第4册，第2263页）

【注　释】

[1]兰桡（ráo）：小舟的美称。〔唐〕权德舆《杂言和常州李员外副使春日戏题十首》之二："兰桡画舸转花塘，水暎风摇路渐香。"（《权文公集》卷九）

[2]蓑（suō）衣：用草或棕制成的、披在身上的防雨用具。〔唐〕刘禹锡《插田歌》："农妇白纻裙，农夫绿蓑衣。"（《刘宾客文集》卷二十七）

[3]洛浦：洛水之滨。洛水，即今河南省洛河。曹植《洛神赋》所描写的洛神，即洛水之女神："黄初三年，余朝京师，还济洛川。古人有言，斯水之神，名曰宓妃。感宋玉对楚王神女之事，遂作斯赋。"（《文选》卷十九）参见本书《先秦至隋代卷》曹植《洛神赋》。

高唐梦：典出〔战国·楚〕宋玉《高唐赋·序》："昔者楚襄王与宋玉游于云梦之台，望高唐之观。其上独有云气，崒兮直上，忽兮改容，须臾之间，变化无穷。王问玉曰：'此何气也？'玉对曰：'所谓朝云者也。'王曰：'何谓朝云？'玉曰：'昔者先王尝游高唐，怠而昼寝，梦见一妇人曰："妾巫山之女也，为高唐之客。闻君游高唐，愿荐枕席。"王因幸之。去而辞曰："妾在巫山之阳，高丘之阻，旦为朝云，暮为

行雨。朝朝暮暮，阳台之下。"旦朝视之，如言。故为立庙，号曰朝云。'"（《文选》卷十九）

[4]挑□:□，原阙。

点绛唇[1]

王园

南陌柔桑[2]，粉墙低见谁家女。燕飞莺语[3]。依约提篮去[4]。老觉多情，梦也无分付[5]。君知否。楚襄何处[6]。一段阳台雨[7]。

（原载紫芝漫抄本《涧泉诗余》；录自唐圭璋编《全宋词》，中华书局1965年6月第1版，第4册，第2264页）

【注　释】

[1]点绛唇:词牌名。参见本卷《诗歌部》上册晏殊《点绛唇》注[1]。韩淲此词双调，四十一字。前段四句，三仄韵；后段五句，四仄韵。

[2]南陌:南面的道路。〔南朝·梁〕沈约《鼓吹曲二首同诸公赋·临高台》:"所思竟何在，洛阳南陌头。"（《汉魏六朝百三家集》卷八十八）

柔桑:指嫩桑叶。《诗经·豳风·七月》:"女执懿筐，遵彼微行，爰求柔桑。"〔汉〕郑玄笺:"柔桑，稚桑也。"（《毛诗注疏》卷十五）

[3]燕飞莺语:燕子飞舞，黄鹂鸣叫。〔南唐〕张泌《浣溪沙》:"微雨小庭春寂寞，燕飞莺语隔帘栊。"（《全唐诗》卷八百九十八）

[4]依约:形容情意缠绵。形容情意缠绵。〔宋〕赵抃《新荷叶》:"波光艳粉，红相间、脉脉娇羞。菱歌隐隐渐遥，依约凝眸。"（《历代诗余》卷五十）

[5]分付:付托，寄意。〔宋〕邵雍《问春》:"三月春归留不住，春归春意难分付。"（《击壤集》卷八）

[6]楚襄:即楚襄王。一作楚顷襄王，名芈(mǐ)横，战国时楚国君主，楚怀王芈槐之子，公元前298—公元前262年在位。在宋玉《高唐赋》、《神女赋》中楚襄王均扮演了重要角色，后人遂将楚襄王作为高唐故事的男主人公，这其实是一种误读。参见本卷《诗歌部》上册徐铉《离歌辞五首》（其五）注[4]

[7]阳台雨:语本〔战国·楚〕宋玉《高唐赋·序》:"去而辞曰:'妾在巫山之阳，高丘之阻，旦为朝云，暮为行雨。朝朝暮暮，阳台之下。'"（《文选》卷十九）喻男女情事。

李埴

【作者简介】

李埴(zhí)(1161—1238)(生年据《鹤山集》卷六十四《跋静春相思刘子澄帖》淳熙五年年十八推定),字季允(《南宋馆阁续录》卷八),一作季永(《齐东野语》卷八),号悦斋,盾州丹棱(今属四川)人。焘子。光宗绍兴元年(1190)进士,宁宗庆元三年(1197),除秘书省正字。嘉定四年(1211),除成都府路提刑(《宋史》卷三十九《宁宗本纪》三)。六年(1213),为国史院编修官、实录院检讨官,除秘书少监、起居舍人(《南宋馆阁续录》卷九、七)。理宗绍定四年(1231),为四川制置使兼知成都府(《宋史》卷四十一《理宗本纪》一)。嘉熙二年(1238),以同签书枢密院事督视江淮京湖军马,同年卒(《宋史》卷四十二《理宗本纪》二)。有《悦斋集》,已佚。《宋元学案》卷七十一、《宋史翼》卷二十五有传。

离巫山晚泊棹石滩下[1]

黄昏风雨阻江滨,翠绾群峰莫色匀[2]。
一夜子规啼到晓[3],孤舟愁杀未归人[4]。

(原载〔明〕周复俊《全蜀艺文志》卷九;录自北京大学古文献研究所编《全宋诗》,北京大学出版社1991年7月第1版,第53册,第32850页)

【注　释】

[1]棹石滩:当即跳石滩。〔清〕连山、白曾熙修,李友梁等纂;清光绪十九年

（1893）刊本《巫山县志·山川志》（卷六）："跳石滩，县东南十五里。相传旧江北山顶有石跳落南岸，至今险阻。一作掉石。"棹石，或当为"跳石"、"掉石"之讹。

[2]莫色：即暮色。莫，"暮"的古字。

[3]子规：即杜鹃鸟，传说为蜀帝杜宇所化，啼声凄惨，以至血出，有"杜鹃啼血"之说。参见本卷《诗歌部》上册柳永《西平乐》注[12]。

[4]愁杀：谓使人极为忧愁。杀，表示程度深。《古诗十九首·去者日以疏》："白杨多悲风，萧萧愁杀人。"（《文选》卷二十九）

周端臣

【作者简介】

　　周端臣，字彦良，号葵窗（《诗家鼎脔》卷上）。建业（今江苏南京）人。光宗绍兴三年（1192）寓临安（《仆以绍兴壬子中夏二十有五日始跻风篁……》）。后出仕，未十年而卒（释斯植《采芝集·挽周彦良》"白首功成未十年"）。有《葵窗稿》，已佚。《江湖后集》卷三辑有其诗一卷。

古断肠曲三十首（之六）

梦破巫山生色屏[1]，锦囊情薄歇馀馨[2]。
关河春晚无消息[3]，肠断楼前杨柳青[4]。

（原载 1987 年上海古籍出版社影印文渊阁《四库全书》本《江湖后集》卷三；录自北京大学古文献研究所编《全宋诗》，北京大学出版社 1991 年 7 月第 1 版，第 53 册，第 32967 页）

【注　释】

　　[1]巫山：在今重庆市巫山县境内。旧传山形似巫字得名。或传巫咸死葬于此，称巫咸山，简称巫山。〔战国·楚〕宋玉《高唐赋》描写了巫山的壮丽景色，其序中描写了楚先王梦幸巫山神女的故事，巫山遂成为一箇中华民族文化中关乎爱与美的特殊意象。参见本卷《诗歌部》上册欧阳修《长相思》注[4]。

　　色屏：有色的屏风。〔宋〕李复《秋夜曲》："玉刻麒麟烟缕直，生色屏风龟甲碧。"（《潏水集》卷十一）

[2]锦囊:用锦制成的袋子。古人多用以藏诗稿。诗词中常借指诗作。〔宋〕杨万里《云龙歌赠陆务观》:"金印斗大值几钱？锦囊山齐今几篇？"(《诚斋集》卷十九)

馀馨:残留的香味。〔南朝·齐〕高帝萧道成《塞客吟》:"歇园琴之孤弄,想庭藿之余馨。"(《古诗纪》卷六十六)

[3]关河:本指函谷等关与黄河,亦泛指关山河川。〔宋〕柳永《八声甘州》:"渐霜风凄惨,关河冷落,残照当楼。"(《乐章集》)

春晚:犹春暮。〔唐〕张彦胜《露赋》:"昔时春晚,拂杨柳于南津;今日秋深,落芙蓉于北渚。"(《历代赋汇》卷九)

[4]肠断:形容极度悲痛。参见本卷《诗歌部》上册郑仅《调笑转踏》注[9]。〔宋〕张元幹《渔父家风》:"八年不见荔枝红。肠断故园东。"(《芦川词》)

玉楼春[1]

华堂帘幕飘香雾[2]。一搦楚腰轻束素[3]。翩跹舞态燕还惊,绰约妆容花尽妒[4]。　樽前谩咏高唐赋[5]。巫峡云深留不住。重来花畔倚阑干[6],愁满阑干无倚处。

(原载《绝妙好词》卷五;录自唐圭璋编《全宋词》,中华书局1965年6月第1版,第4册,第2650页)

【注　释】

[1]玉楼春:词牌名。参见本卷《诗歌部》上册柳永《玉楼春》注[1]。周端臣此词双调,五十六字。前后段各四句,三仄韵。

[2]华堂:华丽的厅堂。〔唐〕韦应物《宴别幼遐与君贶兄弟》:"置酒慰兹夕,秉烛坐华堂。"(《韦苏州集》卷四)

帘幕:用于门窗处的帘子与帷幕。〔宋〕欧阳修《诉衷情》:"清晨帘幕卷轻霜。呵手试梅妆。"(《六一词》)

[3]一搦(nuò):一握,一把。形容纤细。〔唐〕李百药《少年行》:"千金笑里面,一搦掌中腰。"(《全唐诗》卷四十三)

楚腰:典出《韩非子·二柄》:"楚灵王好细腰,而国中多饿人。"后因以"楚腰"泛称女子的细腰。〔唐〕杨炎《赠元载歌妓》:"玉山翘翠步无尘,楚腰如柳不胜春。"(《全唐诗》卷一百二十一)

束素：一束绢帛，常用以形容女子腰肢细柔。〔战国·楚〕宋玉《登徒子好色赋》："腰如束素，齿如含贝。嫣然一笑，惑阳城，迷下蔡。"（《文选》卷十九）

[4] 翩跹(piānxiān)：飘逸飞舞貌，常用以形容轻盈的舞姿。〔宋〕赵师使《蝶恋花》："未有花须金缕缕。醉梦悠扬，似蝶翩跹舞。"（《坦庵词》）

绰约：柔婉美好貌。〔宋〕余靖《过大孤山》："绰约姑射姿，梦魂巫峡想。如何方面祠，终古承其妄。"（《武溪集》卷一）

妆容：梳妆打扮后的容貌。〔唐〕欧阳詹《铜雀妓》："妆容徒自丽，舞态阅谁目。"（《全唐诗》卷三百四十九）

[5] 樽前：犹酒盏前。樽，盛酒器，亦泛指酒盏。〔唐〕白居易《酬哥舒大见赠》："花下忘归因美景，樽前劝酒是春风。"（《白氏长庆集》卷十三）

谩咏：谩，通"漫"，徒然。谩咏，犹白白地吟咏。

高唐赋：战国时期楚国辞赋家宋玉所作。该赋序里所讲述的楚先王梦幸神女的故事，是巫山神女神话的定型文本。在赋中，还描写了巫山风光的雄奇壮丽，成为中国古典山水文学的典范之作。

[6] 阑干：栏杆。用竹、木、砖石或金属等构制而成，设于亭台楼阁或路边、水边等处作遮拦用。〔唐〕白居易《春词》："斜倚阑干背鹦鹉，思量何事不回头。"（《白香山诗集》卷二十八）

贺新郎[1]

代寄

怕听黄昏雨。到黄昏、陡顿潇潇[2]，雨声不住。香冷罗衾愁无寐，难奈凄凄楚楚[3]。暗试把、佳期重数[4]。楼外一行征雁过[5]，更偏来、撩理芳心苦。心自苦，向谁诉。　　菱花憔悴羞人觑[6]。叹红低翠黯，不似旧家眉妩[7]。目断阳台幽梦阻，孤负朝朝暮暮[8]。怕泪落、瑶筝慵拊[9]。手撚梅花春又近[10]，料人间、别有安排处。云碧袖[11]，为君舞。

（原载《永乐大典》卷一万四千三百八十一寄字韵引《葵窗词稿》；录自唐圭璋编《全宋词》，中华书局 1965 年 6 月第 1 版，第 4 册，第 2651 页）

【注　释】

[1]贺新郎：词牌名。《词谱》（卷三十六）：“《贺新郎》，叶梦得词有‘唱金缕’句，名《金缕歌》，又名《金缕曲》，又名《金缕词》；苏轼词有‘乳燕飞华屋’句，名《乳燕飞》，有‘晚凉新浴’句，名《贺新凉》，有‘风敲竹’句，名《风敲竹》；张辑词有‘把貂裘、换酒长安市’句，名《貂裘换酒》。”〔清〕毛先舒《填词名解》（卷三）：“《贺新郎》，宋苏轼作。轼守钱唐，有官妓秀兰，黠慧善应对。湖中宴会，群妓毕至，秀兰至独晚。轼问，云：‘发结沐浴便困睡，闻召理妆，故迟至耳。’府倅嗔恚不已。秀兰取榴花一枝，藉手请倅，倅愈怒。子瞻为作《贺新凉》以解之。词云：‘乳燕飞华屋。悄无人、桐阴转午，晚凉新浴。’故名《贺新凉》，后误为‘郎’。又名《乳燕飞》，又名《金缕曲》，又名《金缕歌》，又作《金缕衣》，又名《风敲竹》。张宗瑞又名《貂裘换酒》（苏本词云：‘又早是，风敲竹。’）”——括号中的文字原为双行夹注。”（载北京市中国书店据木石居校本影印〔清〕查培继《词学全书》，1984年1月第1版）周端臣此词双调，一百十六字。前后段各十句，六仄韵。

[2]潇潇：风雨急骤貌。《诗经·郑风·风雨》：“风雨潇潇，鸡鸣胶胶。”〔汉〕毛亨传：“潇潇，暴疾也。”（《毛诗注疏》卷七）

[3]罗衾：丝质的被子。〔宋〕苏轼《四时词》之四：“霜叶萧萧鸣屋角，黄昏斗觉罗衾薄。”（《东坡全集》卷十二）

无寐：不睡，不能入睡。《诗经·魏风·陟岵》：“母曰：‘嗟！予季行役，夙夜无寐。’”（《毛诗注疏》卷九）

难奈：难以承受。〔宋〕林逋《病中二首》之二：“长卿痟渴应难奈，玄晏清羸已不禁。”（《林和靖集》卷二）凄凄楚楚，犹凄凉悲哀。

[4]佳期：指男女约会的日期。〔南朝·梁〕武帝萧衍《七夕》：“妙会非绮节，佳期乃良年。”（《岁时杂咏》卷二十五）

[5]征雁：迁徙的雁，多指秋天南飞的雁。〔南朝·梁〕刘潜《从军行》：“木落雕弓燥，气秋征雁肥。”（《汉魏六朝百三家集》卷九十七）

[6]菱花：指菱花镜，亦泛指镜。〔唐〕骆宾王《王昭君》：“古镜菱花暗，愁眉柳叶颦。”（《骆丞集》卷一）

羞人觑（qù）：羞于被人看。觑，看。〔宋〕辛弃疾《祝英台近》：“鬓边觑，试把花卜归期，才簪又重数。”（《稼轩词》卷三）

[7]旧家：犹从前。宋人诗词中常用。〔宋〕杨万里《答章汉直》：“老里睡多吟里少，旧家句熟近来生。”（《宋诗钞》卷七十一）

眉妩：犹眉怃，谓眉样妩媚可爱。《汉书·张敞传》（卷七十六）：“又为妇画眉，长安中传张京兆眉怃。”〔唐〕颜师古注：“孟康曰：‘怃音诩，北方人谓媚好为诩畜。’苏林曰：‘怃音妩。’苏音是。”

[8]阳台幽梦:指楚先王梦幸巫山神女之事。喻性梦、情事。典出〔战国·楚〕宋玉《高唐赋·序》。参见本卷《诗歌部》上册范仲淹《和人游嵩山十二题》之五《玉女窗》注[4]。

孤负:谓徒然错过。

朝朝暮暮:语出〔战国·楚〕宋玉《高唐赋·序》:"朝朝暮暮,阳台之下。"(《文选》卷十九)谓每一个早晨和傍晚。

[9]瑶筝:玉饰的筝。亦用为筝的美称。筝,拨弦乐器。形似瑟。传为秦时蒙恬所作。其弦数历代由五弦增至十二弦、十三弦、十六弦,现经改革,增至十八弦、二十一弦、二十五弦等。〔宋〕李复《和人子夜四时歌》之四:"窈窕月华来,对月理瑶筝。将心托弦语,几弄未成声。"(《潏水集》卷九)

慵拊(yōngfǔ):犹言懒得弹奏。慵,懒惰,懒散。〔唐〕杜甫《王十七侍御抡许携酒至草堂奉寄此诗便请邀高三十五使君同到》:"老夫卧稳朝慵起,白屋寒多暖始开。"(《九家集注杜诗》卷二十二)拊,弹奏。〔三国·魏〕曹植《仙人篇》:"湘娥拊琴瑟,秦女吹笙竽。"(《曹子建集》卷六)

[10]撚(niǎn):揉搓,搓捻。〔宋〕王之道《寄梅花与曾子修》:"待船聊复驻征骖,手撚梅花望翠岚。"(《相山集》卷十三)

[11]云碧袖:白云青天色的袖子。〔宋〕苏轼《四时词》之二:"玉腕半揎云碧袖,楼前知有断肠人。"(《东坡全集》卷十二)

周文璞

【作者简介】

周文璞,字晋仙,号方泉,又号野斋、山楹。原籍阳谷(今属山东)。宁宗庆元间为溧阳丞(清嘉庆《溧阳县志》卷九)。与姜夔、葛天民、韩淲等多唱和。有《方泉诗集》传世。

江南曲四首(之四)

雨认巫山气[1],江通滟预情[2]。
相逢未多时,秋花开古城。

(原载汲古阁影宋抄《南宋六十家小集》本《方泉诗集》
卷一;录自北京大学古文献研究所编《全宋诗》,北京大
学出版社1991年7月第1版,第54册,第33721页)

【注　释】

[1]巫山:在今重庆市巫山县境内。旧传山形似巫字得名。或传巫咸死葬于此,称巫咸山,简称巫山。〔战国·楚〕宋玉《高唐赋》描写了巫山的壮丽景色,其序中描写了楚先王梦幸巫山神女的故事,巫山遂成为一箇中华民族文化中关乎爱与美的特殊意象。参见本卷《诗歌部》上册欧阳修《长相思》注[4]。

[2]滟预:即滟滪堆,瞿塘峡口的一座礁石,也称即滟滪石、滟预堆。〔北魏〕郦道元《水经注·江水》(卷三十三):"江中有孤石,为滟预石,冬出水二十余丈,夏则没,亦有裁出处矣。"〔清〕郑玉选主修,焦懋熙等纂修;光绪十九年(1893)刊本《奉节县志·山川》(卷七):"滟滪石滩,在江下游瞿唐峡口,离城十里。该滩大石在江心屹立,左右漕口二道,每年自四月起至十月止,江水泛涨,水淹大石,喷溅

汹涌，波浪曲折；船被水催，往往触石而碎。其深无底，为大水极险之滩。"1959 年冬长江重庆航道工程局 661 工程队将其炸毁。

高观国

【作者简介】

高观国,字宾王,山阴(今浙江省绍兴)人。有《竹屋痴语》一卷。

金人捧露盘[1]

梅花

念瑶姬,翻瑶佩,下瑶池[2]。冷香梦、吹上南枝[3]。罗浮梦杳,忆曾清晓见仙姿[4]。天寒翠袖,可怜是、倚竹依依[5]。　溪痕浅,云痕冻,月痕澹,粉痕微[6]。江楼怨、一笛休吹。芳音待寄,玉堂烟驿两凄迷[7]。新愁万斛[8],为春瘦、却怕春知。

(原载近人朱祖谋编 1922 年第三次校补本《彊村丛书》本《竹屋痴语》;录自唐圭璋编《全宋词》,中华书局 1965 年 6 月第 1 版,第 4 册,第 2349—2350 页)

【注　释】

[1]金人捧露盘:词牌名。《词谱》(卷十八):"《金人捧露盘》,一名《铜人捧露盘》。程垓词名《上平西》;张元幹词名《上西平》,又名《西平曲》;刘昂词名《上平南》。金词注:'越调。'"〔清〕毛先舒《填词名解》(卷二):"《金人捧露盘》,汉武帝柏梁翁仲故事,词取以名。一名《上西平》,一名《西平曲》。"(载北京市中国书店据木石居校本影印〔清〕查培继《词学全书》,1984 年 1 月第 1 版)《词谱》以高观国此词为此调正体:双调,七十九字。前段八句,五平韵;后段九句,四平韵。

[2]瑶姬:巫山神女之名。参见本卷《诗歌部》上册王周《大石岭驿梅花》注[2]。

瑶佩：美玉制成的佩饰。〔唐〕杜牧《汴河阻冻》："千里长河初冻时，玉珂瑶佩响参差。"（《全唐诗》卷五百二十三）

瑶池：古代传说中昆仑山上的池名，西王母所居。参见本卷《诗歌部》上册吴世延《集仙峰》注[3]。

[3]冷香：指梅花的清香。〔宋〕梅尧臣《依韵和正仲重台梅花》："冷香传去远，静艳密还增。"（《宛陵集》卷四十）冷香梦，犹梅花梦，即罗浮梦，参下注。

南枝：借指梅花。〔宋〕苏轼《次韵苏伯固游蜀冈送李孝博奉使岭表》："愿及南枝谢，早随北雁翩。"〔清〕王文诰辑注引赵次公曰："南枝，梅也。"（《苏轼诗集》，中华书局1982年2月第1版，第1895页）

[4]罗浮梦：典出旧题〔唐〕柳宗元《柳先生龙城录·赵师雄醉憩梅花下》（卷上）："隋开皇中，赵师雄迁罗浮，一日天寒日暮，在醉醒间，因憩仆车于松林间酒肆傍舍，见一女子，淡妆素服，出迓师雄。时已昏黑，残雪对月，色微明，师雄喜之，与之语，但觉芳香袭人，语言极清丽，因与之扣酒家门，得数杯相与饮。少顷，有一绿衣童来，笑歌戏舞，亦自可观，顷醉寝，师雄亦惝然，但觉风寒相袭久之。时东方已白，师雄起视，乃在大梅花树下，上有翠羽啾嘈相须，月落参横，但惆怅而尔。"因以为咏梅典实。〔唐〕殷尧藩《友人山中梅花》："好风吹醒罗浮梦，莫听空林翠羽声。"（《全唐诗》卷四百九十二）

杳（yǎo）：不见踪影。

清晓：天刚亮时。〔唐〕孟浩然《登鹿门山怀古》："清晓因兴来，乘流越江岘。"（《孟浩然集》卷一）

仙姿：仙人的风姿，喻指梅花的风韵。〔宋〕张先《汉宫春·蜡梅》："仙姿自称霓裳。更孤标俊格，非雪凌霜。"（《梅苑》卷一）

[5]依依：形容思慕的心情。《后汉书·章帝纪》（卷三）："岂亡克慎肃雍之臣，辟公之相，皆助朕之依依。"〔唐〕李贤注："依依，思慕之意。"

[6]粉痕：花粉的痕迹。〔唐〕温庭筠《张静婉采莲曲》："一夜西风送雨来，粉痕零落愁红浅。"《温飞卿诗集笺注》卷一）

[7]芳音：指诗文佳作。〔南朝·齐〕谢朓《和伏武昌登孙权故城》："幸藉芳音多，承风采余绚。"（《谢宣城集》卷四）

玉堂：玉饰的殿堂，指豪华的宅第。〔唐〕张柬之《东飞伯劳歌》："窈窕玉堂褰翠幌，参差绣户悬珠箔。"（《全唐诗》卷九十九）

烟驿：云雾中的驿道。〔宋〕史达祖《秋霁》："采香南浦，剪梅烟驿。"（《梅溪词》）

凄迷：形容景物凄凉迷茫。〔宋〕林逋《梅花三首》之三："小园烟景正凄迷，阵阵寒香压麝脐。"（《林和靖集》卷二）

[8]新愁:新添的忧愁。〔唐〕薛能《一叶落》:"客心空自比,谁肯问新愁。"(《全唐诗》卷五百五十八)

万斛(hú):形容愁多而深重。斛,古代一斛为十斗,南宋末年改为五斗。〔北周〕庾信《愁赋》:"谁知一寸心,乃有万斛愁。"(《庾开府集笺注》卷一《庾子山别录》)

兰陵王[1]

为十年故人作

凤箫咽[2]。花底寒轻夜月。兰堂静,香雾翠深,曾与瑶姬恨轻别[3]。罗巾泪暗叠[4]。情人歌声怨切[5]。殷勤意,欲去又留,柳色和愁为重折[6]。 十年迥凄绝[7]。念鬒怯瑶簪,衣褪香雪[8]。双鳞不渡烟江阔[9]。自春来人见,水边花外,羞倚东风翠袖怯[10]。正愁恨时节[11]。

南陌[12]。阻金勒[13]。甚望断青禽,难倩红叶[14]。春愁欲解丁香结[15]。整新欢罗带,旧香宫簏[16]。凄凉风景,待见了,尽向说[17]。

(原载近人朱祖谋编1922年第三次校补本《彊村丛书》本《竹屋痴语》;录自唐圭璋编《全宋词》,中华书局1965年6月第1版,第4册,第2357页)

【注 释】

[1]兰陵王:词牌名。《词谱》(卷三十七):"《兰陵王》,唐教坊曲名。《碧鸡漫志》:《北齐史》及《隋唐嘉话》称:齐文襄之长子长恭封兰陵王,与周师战,尝著假面对敌,击周师金墉城下,勇冠三军,武士共歌谣之,曰《兰陵王入阵曲》。今越调《兰陵王》凡三段,二十四拍,或曰遗声也。"〔清〕毛先舒《填词名解》(卷三):"《兰陵王》,北齐兰陵王长恭,性胆勇然,貌类妇人,自嫌不足以威敌,乃刻木为假面著之。唐教坊因为此戏,亦入歌曲也。或云,即王军士为此歌。(案:《碧湖杂记》云:长恭一名李瑭,邙山之战,长恭率五百骑入周军,遂至金墉城下,被围甚急。城上人弗识长恭,免胄示之面,乃下,弩手救之,于是大捷。武士因歌谣为《兰陵王入阵曲》是也。——括号中的文字原为双行夹注。)《碧溪漫志》云:今越调《兰陵王》凡三段,二十四拍,或曰遗声也。此曲声犯'正宫',亦名大犯,又有大石调《兰陵王慢》,殊非旧曲,周齐之际,未有前后十六拍慢曲子耳。"(载北京市中国书店据木石居校本影印〔清〕查培继《词学全书》,1984年1月第1版)高观国此词三

段，一百三十字。前段十句，六仄韵；中段八句，五仄韵；后段十句，六仄韵。

[2]凤箫：即排箫，比竹为之，参差如凤翼，故名。亦泛指箫声。〔宋〕晁以道《过汉武望仙宫在廊寺之西三绝句》之二："山下时时闻凤箫，山中处处得蟠桃。"（《景迂生集》卷六）咽（yè），谓声音滞涩，形容声音悲切。

[3]兰堂：芳洁的厅堂。厅堂的美称。〔宋〕晏殊《撼庭秋》："念兰堂红烛，心长焰短，向人垂泪。"（《珠玉词》）

瑶姬：巫山神女之名。参见本卷《诗歌部》上册王周《大石岭驿梅花》注[2]。

[4]罗巾：丝制手巾。〔唐〕白居易《后宫词》："泪湿罗巾梦不成，夜深前殿按歌声。"（《白氏长庆集》卷十八）

[5]怨切：悲切。〔宋〕魏野《秋夜与陈孟话别》："何事琴中犹怨切，凄凉调里鼓离骚。"（《东观集》卷六）

[6]殷勤意：深厚的情意。〔宋〕周紫芝《拟客从远方来》："感君殷勤意，字字如明珠。"（《太仓稊米集》卷二）

柳色和愁为重折：古人有折柳送别之俗，此言柳色带着忧愁为之重新攀折。

[7]十年迥凄绝：犹言十年长久的离别极度凄凉伤心。迥，指历时久。

[8]髻怯瑶簪：髻（jì），发髻。瑶簪，玉簪。怯，担心。此言发髻担心承受不住玉簪。谓头发稀少或发髻松弛，形容思念心切，无心打扮。

衣褪香雪：香雪，指白色芬芳的花朵。衣褪香雪，谓衣着灰暗，亦形容心境黯淡。

[9]双鳞：喻指书信。典出〔汉〕蔡邕《饮马长城窟行》："客从远方来，遗我双鲤鱼，呼儿烹鲤鱼，中有尺素书。"（《蔡中郎集》卷四）

烟江：烟雾弥漫的江面。〔唐〕韩偓《咏灯》："高在酒楼明锦幕，远随渔艇泊烟江。"（《韩内翰别集》）

[10]翠袖怯：翠绿色的衣袖怯风。怯，畏惧。形容体弱怯风寒。〔宋〕李新《山间女》："长眉弯月薄，翠袖怯天寒。"（《跨鳌集》卷五）

[11]正愁恨时节：正当容易引起忧愁和怨恨的时节，指春天。

[12]南陌（mò）：南面的道路。〔唐〕卢照邻《长安古意》："北堂夜夜人如月，南陌朝朝骑似云。"（《卢升之集》卷二）

[13]金勒：金饰的带嚼口的马络头，借指坐骑。〔宋〕梅尧臣《希深本约游西溪信马不觉行过据鞍联句》："无由驻金勒，林表日光低。"（《宛陵集》卷十一）

[14]青禽：即青鸟，喻信使。〔唐〕李白《寓言》之二："遥裔双彩凤，婉娈三青禽。"〔清〕王琦注引《山海经》："三青鸟，皆西王母使也。"（《李太白集注》卷二十四）

难倩（qìng）红叶：犹难请托红叶。倩，恳请。红叶，指"红叶题诗"。唐代红叶题诗、结成良缘的故事较多,情节略同而人事各异。流传较广的为:僖宗时,宫女韩氏以红叶题诗,自御沟流出,为于祐所得。祐亦题一叶,投沟上流,亦为韩氏所得。不久,宫中放宫女三千人,祐适娶韩氏。成礼日,各取红叶相示,方知红叶是良媒。参见本卷《诗歌部》上册周邦彦《六丑》注[13]。

[15]春愁:春日的愁绪。〔南朝·梁〕元帝萧绎《春日》:"春愁春自结,春结讵能申。"(《汉魏六朝百三家集》卷八十四)

丁香结:丁香的花蕾,用以喻愁绪之郁结难解。〔宋〕王洋《和陈长卿赋芭蕉》:"荔子丹时陪献豆,丁香结处共愁尘。"(《东牟集》卷五)

[16]罗带:丝织的衣带。〔隋〕李德林《夏日》:"微风动罗带,薄汗染红妆。"(《汉魏六朝百三家集》卷一百十六)

宫箧(qiè):宫中所用的或宫中样式的箱子。箧,藏物之具。大曰箱,小曰箧。〔宋〕宋祁《贺紫微舍人改镇》:"汉家夜席归期近,宫箧书空谤熠收。"(《景文集》卷十六)

[17]尽向说:犹尽向你说。话语对象称谓承前词意省略。

兰陵王
春雨

洒虚阁[1]。幂幂天垂似幕[2]。春寒峭,吹断万丝,湿影和烟暗帘箔[3]。清愁晚来觉[4]。佳景悒悒过却[5]。芳郊外,莺恨燕愁,不管秋千冷红索[6]。　　行云楚台约[7]。念今古凝情,朝暮如昨。啼红湿翠春情薄[8]。谩一犁江上,半篙堤外,勾引轻阴趁暮角[9]。正孤绪寂寞[10]。

斑驳[11]。止还作。听点点檐声,沉沉春酌[12]。只愁入夜东风恶[13]。怕催教花放,趁将花落[14]。冥冥烟草[15],梦正远,恨怎托。

（原载近人朱祖谋编1922年第三次校补本《彊村丛书》本《竹屋痴语》;录自唐圭璋编《全宋词》,中华书局1965年6月第1版,第4册,第2357—2358页）

【注　释】

[1]虚阁:寂静而空虚的阁楼。〔唐〕杜甫《滕王亭子》:"古墙犹竹色,虚阁自松声。"(《九家集注杜诗》卷二十五)洒虚阁,指细雨洒落虚阁。

[2]幂幂(mì):覆被貌。〔唐〕贾至《巴陵寄李二户部张十四礼部》:"江南春

草初幂幂,愁杀江南独愁客。"(《全唐诗》卷二百三十五)

[3]春寒峭(qiào):犹春寒料峭。峭,尖利。〔宋〕陆游《游山步》之二:"破裘不怕春寒峭,小市疏灯有酒炉。"(《剑南诗稿》卷八十)

万丝:指雨丝。〔唐〕吴融《池上双凫》之二:"万丝春雨眠时乱,一片浓萍浴处开。"(《唐英歌诗》卷下)

湿影和烟暗帘箔(bó):犹言潮湿的影子融合着雾气暗淡了帘子。帘箔,帘子。〔唐〕李白《捣衣篇》:"明月高高刻漏长,真珠帘箔掩兰室。"(《李太白集注》卷六)

[4]清愁:凄凉的愁闷情绪。〔宋〕陆游《枕上作》之二:"犹有少年风味在,吴笺著句写清愁。"(《剑南诗稿》卷四十四)

晚来觉:傍晚时醒来。觉,睡醒,清醒。《庄子·齐物论》:"俄然觉,则蘧蘧然周也。"(《庄子注》卷一)

[5]佳景:美景,胜景。〔宋〕柳永《法曲献仙音》:"遇佳景,临风对月,事须时恁相忆。"(《乐章集》)

愔愔(yīn):悄寂貌。〔唐〕温庭筠《洞户二十二韵》:"醉乡高窈窈,棊陈静愔愔。"(《温飞卿诗集笺注》卷六)

过却:犹过了。却,助词,用在动词后面,表动作的完成。〔唐〕杜荀鹤《下第东归道中作》:"一回落第一宁亲,多是途中过却春。"(《唐风集》卷二)

[6]芳郊:花草丛生之郊野。〔唐〕王勃《登城春望》:"芳郊花柳遍,何处不宜春。"(《王子安集》卷三)

莺恨燕愁:犹言听见黄莺的啼鸣引起的怨恨,看见燕子飞舞勾起的忧愁。泛指春愁,常喻指情愁。

秋千:传统体育游戏。两绳下拴横板,上悬于木架,人坐或站在板上,两手分握两绳,前后往返摆动。相传春秋时齐桓公自北方山戎传入。一说本为汉武帝时宫中之戏,作千秋,为祝寿之辞,后倒读为秋千。〔宋〕欧阳修《蝶恋花》:"泪眼问花花不语,乱红飞入秋千去。"(《六一词》)

红索:指秋千绳索。无人荡秋千,故云"冷红索"。

[7]行云:用巫山神女之典。语本〔战国·楚〕宋玉《高唐赋·序》:"旦为朝云,暮为行雨。"(《文选》卷十九)

楚台约:即阳台之约。〔战国·楚〕宋玉《高唐赋·序》中神女与楚先王约定的幽会场所:"去而辞曰:'妾在巫山之阳,高丘之阻,旦为朝云,暮为行雨。朝朝暮暮,阳台之下。'"(《文选》卷十九)

[8]啼红湿翠:状春雨。啼红,形容雨打花瓣,如啼红泪。湿翠,指春雨淋湿了翠色的山林原野。

春情:男女爱恋之情;情欲。〔南朝·齐〕王融《咏琵琶》:"丝中传意绪,花里寄春情。"(《汉魏六朝百三家集》卷七十六)

[9]谩:同"漫",聊且。

一犁:量词,表示雨量相当于一犁入土的深度。宋苏轼《如梦令》:"归去,归去,江上一犁春雨。"

半篙:撑船的竹竿或木杆的一半,指水深。〔宋〕苏轼《与孟震同游常州僧舍》之三:"待向三茆乞灵雨,半篙流水送君行。"(《东坡全集》卷十五)

勾引:招引,吸引。〔唐〕杜甫《风雨看舟前落花戏为新句》:"江上人家桃树枝,春寒细雨出疏篱。影遭碧水潜勾引,风妒红花却倒吹。"(《九家集注杜诗》卷十六)

轻阴:淡云,薄云。〔唐〕刘禹锡《秋江早发》:"轻阴迎晓日,霞霁秋江明。"

暮角:日暮的号角声。〔唐〕刘禹锡《洞庭秋月行》:"岳阳城头暮角绝,荡漾已过君山东。"(《刘宾客文集》卷二十六)趁暮角,犹言趁着日暮号角声响起的时候。

[10]孤绪:孤独的心绪。〔宋〕赵抃《和交代韩公绛端明别后见寄》:"孤绪摇摇更东望,西楼千尺止三休。"(《清献集》卷三)

[11]斑驳:本指色彩错杂貌,此处形容声音驳杂。

[12]檐声:屋檐的雨声。〔宋〕宋庠《晚霁》:"断续檐声歇,徘徊隙影晻。归云冲树破,残雨入楼斜。"(《元宪集》卷四)

沉沉:形容心事沉重。〔唐〕王建《将归故山留别杜侍御》:"沉沉百忧中,一日如一生。"(《王司马集》卷一)

春酌:春饮,春宴。〔唐〕杜甫《醉时歌》:"清夜沉沉动春酌,灯前细雨檐花落。"(《九家集注杜诗》卷一)

[13]东风恶:东风威猛。〔唐〕王建《春去曲》:"就中一夜东风恶,收红拾紫无遗落。"(《王司马集》卷二)

[14]趁将花落:追赶着使花零落;趁,追逐,催赶。将,介词,把,使得。

[15]冥冥:幽深貌。〔战国·楚〕屈原《九章·涉江》:"深林杳以冥冥兮,乃猿狖之所居。"(《楚辞章句》卷四)

烟草:烟雾笼罩的草丛。亦泛指蔓草。〔宋〕谢逸《蝶恋花》:"独倚阑干凝望远。一川烟草平如剪。"(《溪堂词》)

水龙吟[1]

云意

旧家心绪如云,乍舒乍卷初无定[2]。西郊载雨,东城隔雾,还开晴景。

高观国

爱恼花阴，喜移月地，朦胧清影。任无心有意，溶溶曳曳，萧散处、有谁问[3]。　　朝暮如今难准。枉教他、惜春人恨[4]。远峰依旧，前踪何在，有时愁凝。此兴飘然，不妨吹断，一川轻暝[5]。待良宵，再入高唐梦里，觅巫阳信[6]。

（原载近人朱祖谋编1922年第三次校补本《彊村丛书》本《竹屋痴语》；录自唐圭璋编《全宋词》，中华书局1965年6月第1版，第4册，第2358页）

【注　释】

[1]水龙吟：词牌名。参见本卷《诗歌部》上册孔夷《水龙吟》注[1]。《词谱》（卷三十）注云："此调句读最为参差，今分立二谱，起句七字，第二句六字者，以苏轼词为正格。起句六字，第二句七字者，以秦观词为正格。其余添字、减字，句读、押韵不同者，各以类列。此调之源流正、变，尽于此矣。"高观国此词双调，一百二字。前段十一句，起句六字，第二句七字，四仄韵；后段十一句，五仄韵。

[2]旧家：犹从前。宋人诗词中常用。〔宋〕周邦彦《瑞龙吟》："惟有旧家秋娘，声价如故。"（《片玉词》卷上）

乍舒乍卷：忽然舒展，忽然收卷。〔唐〕张文《气赋》："乍舒乍卷，如显如晦，罕养悬匏，虚惊众籁。"（《历代赋汇》卷二）

[3]溶溶曳曳（yè）：晃动貌，漾貌。〔唐〕罗隐《浮云》："溶溶曳曳自舒张，不向苍梧即帝乡。"（《罗昭谏集》卷四）

萧散：消散，消释。〔唐〕释皎然《送大宝上人归楚山》："独鹤翩翩飞不定，归云萧散会无因。"（《杼山集》卷四）

[4]枉教：犹白教。枉，徒然，白白地。〔唐〕李商隐《蜀桐》："枉教紫凤无栖处，斫作秋琴弹《坏陵》。"（《李义山诗集注》卷一下）

[5]一川：一条河流。〔北魏〕郦道元《水经注·赣水》（卷三十九）："豫章水出赣县西南而北入江，盖控引众流，总成一川。"

轻暝：犹傍晚淡淡的烟霭。〔宋〕史达祖《贺新郎》："匝岸烟霏吹不断，望楼阴、欲带朱桥影。和草色，入轻暝。"（《梅溪词》）

[6]高唐梦：典出〔战国·楚〕宋玉《高唐赋·序》："玉曰：'昔者先王尝游高唐，怠而昼寝，梦见一妇人曰："妾巫山之女也，为高唐之客。闻君游高唐，愿荐枕席。"王因幸之。去而辞曰："妾在巫山之阳，高丘之阻，旦为朝云，暮为行雨。朝朝暮暮，阳台之下。"旦朝视之，如言。故为立庙，号曰朝云。'"（《文选》卷十九）

巫阳信:犹巫山的信息。巫阳,巫山的南面。喻指情人的消息。

声声慢

元夕[1]

壶天不夜,宝炬生香,光风荡摇金碧[2]。月滟冰痕,花外峭寒无力[3]。歌传翠帘尽卷,误惊回、瑶台仙迹[4]。禁漏促,拚千金一刻,未酬佳夕[5]。

卷地香尘不断,最得意、输他五陵狂客[6]。楚柳吴梅[7],无限眼边春色。鲛绡暗中寄与,待重寻、行云消息[8]。乍醉醒,怕南楼、吹断晓笛[9]。

（原载近人朱祖谋编 1922 年第三次校补本《彊村丛书》本《竹屋痴语》;录自唐圭璋编《全宋词》,中华书局 1965 年 6 月第 1 版,第 4 册,第 2358 页）

【注 释】

[1]声声慢:词牌名。《词谱》(卷二十七):"《声声慢》,九十九字。蒋氏《九宫谱》注:'仙吕调'。晁补之词名《胜胜慢》。吴文英词有'人在小楼'句,名《人在楼上》。此调有平韵、仄韵两体:平韵者,以晁补之、吴文英、王沂孙词为正体;仄韵者,以高观国词为正体。"〔清〕毛先舒《填词名解》(卷三):"《声声慢》,宋蒋捷赋秋声,俱用'声'字收韵,故名之。先舒案:词以'慢'名者,慢曲也。拖音袅娜,不欲辄尽。今曲子牌名亦多称'慢',如《二郎神慢》、《红林檎慢》,大率多是慢引子耳。《记》云:'郑卫之音比于慢。'慢字义本此,偶于《雨中花慢》发其概云。(沈自晋《南词新谱》亦多引诗余作曲也。——括号中的文字原为双行夹注。)"(载北京市中国书店据木石居校本影印〔清〕查培继《词学全书》,1984 年 1 月第 1 版)慢,词体名称。参见本卷《诗歌部》上册欧阳修《踏莎行慢》注[1]。《词谱》以高观国此词为此调仄韵正体:双调,九十七字。前段十句,四仄韵;后段八句,四仄韵。

元夕:旧称农历正月十五日为上元节,是夜称元夕,与"元夜"、"元宵"同。〔宋〕王珪《宫词》之十六:"元夕星灯照露台,六宫歌吹出云来。"(《华阳集》卷五)

[2]壶天:犹壶中天。传说东汉费长房为市掾时,市中有老翁卖药,悬一壶于肆头,市罢,跳入壶中。长房于楼上见之,知为非常人。次日复诣翁,翁与俱入壶中,唯见玉堂严丽,旨酒甘肴盈衍其中,共饮毕而出。《后汉书·方术传下·费长

房》(卷一百十二下)。后即以"壶天"谓仙境,胜境。参见本卷《诗歌部》上册刘敞《三清殿木槿》注[12]。

宝炷:香炷的美称。〔宋〕宋庠《正月望夕供养大阿罗汉画像作》:"华灯列清场,宝炷熏梵席。"(《元宪集》卷二)

光风:指月光照耀下的和风。〔宋〕叶适《潘广度》:"光风自泛灵草碧,朗月岂受顽云吞!"

金碧:形容色彩异常华丽,光彩夺目。此处指金碧辉煌的彩灯。

[3]月滟冰痕:犹言月亮浮动着冰的痕迹。冰痕,冰的痕迹。〔唐〕释齐已《赠李明府》:"冰痕生砚水,柳影透琴床。"(《白莲集》卷五)这里形容月色的清冷。

峭寒:料峭的寒意。〔宋〕徐积《杨柳枝》:"清明前后峭寒时,好把香绵闲抖擞。"(《节孝集》卷十二)

[4]瑶台:指传说中的神仙居处。〔晋〕王嘉《拾遗记·昆仑山》(卷十):"傍有瑶台十二,各广千步,皆五色玉为台基。"

[5]禁漏:宫中计时漏刻,亦指漏刻发出的声响。〔南唐〕冯延巳《采桑子》:"画堂镫暖帘栊卷,禁漏丁丁。雨罢寒生。一夜西窗梦不成。"(《花草粹编》卷四)

未酬佳夕:犹言在良夜未获得报偿,意为在美好夜晚中期望未能实现。

[6]香尘:芳香之尘,多指女子之步履而起者。语出〔晋〕王嘉《拾遗记·晋时事》(卷九):"(石崇)又屑沉水之香如尘末,布象床上,使所爱者践之。"

五陵狂客:五陵,指长陵、安陵、阳陵、茂陵、平陵五县的合称。均在渭水北岸今陕西咸阳市附近。为西汉五个皇帝陵墓所在地。汉元帝以前,每立陵墓,辄迁徙四方富豪及外戚于此居住,令供奉园陵,称为陵县。〔南朝·陈〕徐陵《〈玉台新咏〉序》:"有丽人焉,其人五陵豪族充选掖庭。"狂客,放荡不羁的人。〔唐〕李白《醉后答丁十八》:"一州笑我为狂客,少年往往来相讥。"(《李太白集注》卷十九)五陵狂客,泛指豪族子弟。

[7]楚柳吴梅:楚地之柳,吴地之梅。楚地,指古楚国所辖之地,极盛时疆域由湖北、湖南扩展到今河南、安徽、江苏、浙江、江西和四川。吴地,指春秋时吴国所辖之地域,包括今江苏、上海大部和安徽、浙江、江西的一部分;亦指东汉时的吴郡(今江苏省)。楚柳吴梅,泛指东南地区的春色。

[8]鲛绡(jiāoxiāo):传说中鲛人所织的绡。鲛人,神话传说中的人鱼。鲛绡,亦喻指丝巾之类。〔宋〕陆游《钗头凤》:"春如旧,人空瘦,泪痕红浥鲛绡透。"(《放翁词》)

行云:用巫山神女之典。语本〔战国·楚〕宋玉《高唐赋·序》:"旦为朝云,暮为行雨。"(《文选》卷十九)行云消息,指情人的消息。

[9]南楼:古楼名,又名玩月楼。参见本卷《诗歌部》中册蔡伸《水龙吟》注

[3]。

晓笛:拂晓时的笛声。〔唐〕岑参《早发焉耆怀终南别业》:"晓笛别乡泪,秋冰鸣马蹄。"(《全唐诗》卷二百)

思佳客[1]

有约湖山却解襟[2]。昼眠占得一庭深[3]。树边风色寒滋味,愁里年华雁信音[4]。　　惊楚梦,听瑶琴[5]。黄花尚可伴孤斟[6]。断云万一成疏雨,却向湖边看晚阴[7]。

（原载近人朱祖谋编1922年第三次校补本《彊村丛书》本《竹屋痴语》;录自唐圭璋编《全宋词》,中华书局1965年6月第1版,第4册,第2359页）

【注　释】

[1]思佳客:词牌名。参见本卷《诗歌部》中册吕渭老《思佳客》注[1]。高观国此词双调,五十五字。前段四句,三平韵;后段五句,三平韵。

[2]解襟:解开衣襟。〔宋〕苏轼《西山戏题武昌王居士》:"解襟顾景各箕踞,击剑赓歌几举觞。"(《东坡全集》卷二十六)

[3]昼眠:白天睡觉。〔唐〕李白《赠崔秋浦三首》之二:"崔令学陶令,北窗常昼眠。"(《李太白文集》卷八)

占得一庭深:犹言占据一深庭。占,据有,占有。〔唐〕罗隐《蜂》:"不论平地与山尖,无限风光尽被占。"(《罗昭谏集》卷四)深,深邃。这里指房屋的进深。

[4]雁信音:大雁带来的音信。参见本卷《诗歌部》上册柳永《雪梅香》注[10]。

[5]楚梦:犹楚王梦,指宋玉《高唐赋》所描写的楚先王与巫山神女在梦中交欢的故事,后演绎为艳梦、性梦。〔宋〕张元干《南歌子》:"楚梦只因沈醉、等闲成。"(《历代诗余》卷二十四)

瑶琴:用玉装饰的琴。〔唐〕陈子昂《遇荆州崔兵曹使宴》:"瑶琴山水曲,今日为君弹。"(《陈拾遗集》卷二)

[6]黄花:即菊花。《礼记·月令》:"(季秋之月)鞠有黄华。"〔唐〕陆德明释文:"鞠,本又作菊。"(《礼记注疏》卷十七)

孤斟:犹独自饮酒。〔宋〕强至《斋宫独酌待晓入城》:"危坐自醒醉,孤斟谁献

酬?"（《祠部集》卷五）

[7]晚阴:傍晚时的阴霾。〔唐〕宋之问《嵩山天门歌》:"晚阴兮足风,夕阳兮艳红。"（《全唐诗》卷五十一）

恋绣衾[1]

碧梧偷恋小窗阴[2]。恨芭蕉、不展寸心[3]。暗语近、阳台远,奈秋宵、砧断漏沉[4]。　　月明欲教吹箫去,隔骖鸾、空留怨音[5]。从此是、天涯阻[6],这一场、愁梦更深。

（原载近人朱祖谋编 1922 年第三次校补本《彊村丛书》本《竹屋痴语》;录自唐圭璋编《全宋词》,中华书局 1965 年 6 月第 1 版,第 4 册,第 2362 页）

【注　释】

[1]恋绣衾:词牌名。《词谱》（卷十）:"《恋绣衾》,韩淲词有'泪珠弹、犹带粉香'句,名《泪珠弹》。"高观国此词双调,五十四字。前段四句,三平韵;后段四句,两平韵。

[2]碧梧:绿色的梧桐树。〔唐〕杜甫《秋兴》之八:"香稻啄余鹦鹉粒,碧梧栖老凤凰枝。"（《九家集注杜诗》卷三十）

[3]寸心:指心。旧时认为心的大小在方寸之间,故名。〔宋〕黄庭坚《寄黄从善》:"渴雨芭蕉心不展,未春杨柳眼先青。"（《山谷外集》卷七）

[4]阳台:巫山神女与楚先王幽会处。典出〔战国·楚〕宋玉《高唐赋·序》:"去而辞曰:'妾在巫山之阳,高丘之阻,旦为朝云,暮为行雨。朝朝暮暮,阳台之下。'"（《文选》卷十九）

砧（zhēn）断漏沉:捣衣的砧声已停,漏壶的箭已沉。砧,捣衣石。古人洗衣将衣物浸湿后放在一块平坦的石头上用木棒捶打,以除污垢。漏,指漏壶,古代的计时器。漏壶中插入一根标竿,称为箭。箭下用一只箭舟托着,浮在水面上。水流出或流入壶中时,箭下沉或上升,借以指示时刻。前者叫沉箭漏,后者叫浮箭漏。统称箭漏。

[5]吹箫去:传说春秋时秦有萧史善吹箫,穆公女弄玉慕之,穆公遂以女妻之。史教玉学箫作凤鸣声,后凤凰飞止其家,穆公为作凤台。一日,夫妇俱乘凤凰升天而去。参见本卷《诗歌部》上册聂冠卿《多丽》注[5]。

骖鸾(cānluán):犹乘凤,见上注。骖,乘,驾驭。鸾,传说中凤凰一类的鸟。〔宋〕梅尧臣《听文都知吹箫》:"虞舜已去苍梧野,秦女骖鸾无复下。"(《宛陵集》卷五十三)

怨音:幽怨的声音。〔宋〕黄公度《奉别王宰先之》:"尽角城头绕怨音,秋风握手别杯深。"(《知稼翁集》卷上)

[6]天涯阻:犹言天涯阻隔。天涯,犹天边,指极远的地方。语出《古诗十九首·行行重行行》:"相去万余里,各在天一涯。"(《文选》卷二十九)

意难忘

代赠[1]

仙子奇容[2]。是名花第一,美占春风[3]。烟香笼浅翠,露靓浥芳红[4]。怜舞燕,惜惊鸿[5]。相独步吴宫[6]。料认得、娇云媚雨,来自巫峰[7]。 风流正与欢浓。羡高楼并倚,曲影阑东[8]。烛摇留醉枕,尘坠恋歌钟[9]。三弄笛,五花骢[10]。莫行乐匆匆。但看取、天长地久,笑语相逢。

（原载近人朱祖谋编1922年第三次校补本《彊村丛书》本《竹屋痴语》；录自唐圭璋编《全宋词》,中华书局1965年6月第1版,第4册,第2365页）

【注　释】

[1]意难忘:词牌名。参见本卷《诗歌部》下册程垓《意难忘》注[1]。《词谱》(卷二十二)以苏轼《意难忘》(花拥鸳房)为此调正体,并注云:"此调只有此体,宋元词俱如此填。此词前后段第四、五句例作五言对偶;第七句例作上一下四句法。填者审之。"又注中多处涉及高观国此词:"前段第五句高观国词'露靓挹芳红','露'字仄声。第八句高词'料认得、娇云媚雨','得'字仄声。后段第四五句高词'烛摇留醉枕,尘坠恋歌钟','烛'字仄声,'尘'字平声。第八句高词'但看取、天长地久','取'字仄声。"高观国此词据《全宋词》为双调,九十二字。前后段各十句,六平韵。与《词谱》谱式有别。

[2]仙子:仙女。〔唐〕李白《凤台曲》:"是日逢仙子,当时别有情。"(《李太白文集》卷五)

[3]美占春风:犹言其美独占春色。占,占有,占据。东风,指东风,指代春天、

高观国

春色。〔宋〕无名氏《东风第一枝》:"异众芳、独占东风,第一点装琼苑。"(《梅苑》卷三)

[4]露靓(jìng)浥(yì)芳红:犹言露珠鲜亮,湿润了鲜花。靓,艳丽,美好。〔宋〕周邦彦《侧犯》:"暮霞霁雨,小莲出水红妆靓。"(《片玉词》卷上)浥,湿,湿润。《诗经·召南·行露》:"厌浥行露,岂不夙夜?谓行多露。"〔汉〕毛亨传:"厌浥,湿意也。"(《毛诗注疏》卷二)芳红,红花。〔宋〕胡寅《和彦冲新凉》:"暝翠千山合,芳红一雨濡。"(《斐然集》卷四)

[5]舞燕:飞舞的燕子,隐喻赵飞燕。《汉书·外戚传下·孝成赵皇后》(卷九十七下):"孝成赵皇后,本长安宫人。初生时,父母不举,三日不死,乃收养之。及壮,属阳阿主家。学歌舞,号曰飞燕。"

惊鸿:形容美女轻盈优美的身姿。隐喻洛神。〔三国·魏〕曹植《洛神赋》:"翩若惊鸿,婉若游龙。"(《文选》卷十九)

[6]独步:谓独一无二,无与伦比。〔三国·魏〕曹植《与杨德祖书》:"昔仲宣独步于汉南,孔璋鹰扬于河朔。"(《曹子建集》卷九)

吴宫:指春秋吴王的宫殿。〔唐〕温庭筠《苏小小歌》:"吴宫女儿腰似束,家在钱唐小江曲。"(《温飞卿诗集笺注》卷二)

[7]娇云媚雨:"朝云暮雨"意象的变异之一种。语本〔战国·楚〕宋玉《高唐赋·序》:"妾在巫山之阳,高丘之阻,旦为朝云,暮为行雨。朝朝暮暮,阳台之下。"(《文选》卷十九)

巫峰:巫山峰峦。此云"娇云媚雨,来自巫峰",当是用巫山神女典故。

[8]曲影阑东:犹言曲阑的影子在东。阑,栏杆。曲阑,曲折的栏杆。

[9]尘坠:犹言梁上的灰尘被歌声振动而坠落,形容歌曲高妙动人。典出《太平御览》(卷五百七十二)引〔汉〕刘向《别录》:"汉兴以来,善歌者鲁人虞公,发声清哀,盖动梁尘。"

歌钟:伴唱的编钟。《左传》襄公十一年:"郑人赂晋侯……歌钟二肆。"〔晋〕杜预注:"肆,列也。县(同悬)钟十六为一肆。二肆,三十二枚。"〔唐〕孔颖达疏:"言歌钟者,歌必先金奏,故钟以歌名之。"(《春秋左传注疏》卷三十一)

[10]三弄笛:指古笛曲《梅花三弄》。据称,此曲系由晋代桓伊所作的笛曲改编而成。内容写傲霜斗雪的梅花,全曲主调出现三次,故称。〔宋〕胡宿《水馆》:"夜凉三弄笛,月在钓鱼船。"(《文恭集》卷二)

五花骢(cōng):即五花马。骢,青白色相杂的马。唐人喜将骏马鬃毛修剪成瓣以为饰,分成五瓣者,称"五花马"。〔唐〕韩翃《送王光辅归青州兼寄储侍御》:"远忆故人沧海别,当年好跃五花骢。"(《全唐诗》卷二百四十五)

李从周

【作者简介】

李从周,字肩吾,一字子我,号蠙洲,眉州(今四川眉山)人。精《六书》之学,尝著《字通》,为魏了翁之客。

一丛花令[1]

梨花随月过中庭[2]。月色冷如银。金闺平帖阳台路,恨酥雨、不扫行云[3]。妆褪臂闲,髻慵簪卸,盟海浪花沉[4]。 洞箫清吹最关情[5]。腔拍懒温寻[6]。知音一去教谁听,再撚起、指法都生[7]。天阔雁稀,帘空莺悄,相傍又春深[8]。

(原载清吟阁刊本〔宋〕赵闻礼辑《阳春白雪》卷七;录自唐圭璋编《全宋词》,中华书局 1965 年 6 月第 1 版,第 4 册,第 2403 页)

【注　释】

[1]一丛花令:词牌名。又名《一丛花》。《词谱》(卷十八):"《一丛花》,调见东坡词。有欧阳修、晁补之、秦观、程垓词可校。"《词谱》以苏轼《一丛花》(今年春浅腊侵年)为此调正体,并注云:"此调只有此体,宋词俱照此填,惟句中平仄小异。"按《词谱》仅列《一丛花》调名,而无《一丛花令》。李从周此词双调,七十八字。前后段各七句,四平韵。

[2]中庭:厅堂正中,厅堂之中。〔宋〕张耒《夜》:"寒生疏牖人无梦,月过中庭树有霜。"(《柯山集》卷十六)

[3]金闺:闺阁的美称。〔唐〕王昌龄《从军行》之一:"更吹羌笛关山月,无那金闺万里愁。"(《全唐诗》卷一百四十三)

平帖：平稳妥帖。〔唐〕高蟾《偶作》之一："丁当玉佩三更雨，平帖金闺一觉云。"（《全唐诗》卷六百六十八）

阳台、行云：用巫山神女典，出自〔战国·楚〕宋玉《高唐赋·序》："玉曰：'昔者先王尝游高唐，怠而昼寝，梦见一妇人曰："妾巫山之女也，为高唐之客。闻君游高唐，愿荐枕席。"王因幸之。去而辞曰："妾在巫山之阳，高丘之阻，旦为朝云，暮为行雨。朝朝暮暮，阳台之下。'"（《文选》卷十九）

酥雨：指蒙蒙细雨。语出〔唐〕韩愈《早春呈水部张十八员外二首》之一："天街小雨润如酥，草色遥看近却无。"（《五百家注昌黎文集》卷十）

[4]妆褪臂闲：犹言卸了妆手臂闲着。

髻(jì)慵：〔宋〕柳永《雨中花慢》："坠髻慵梳，愁蛾懒画，心绪是事阑珊。"（《乐章集》）或释为"慵妆髻"，偏垂一边的蓬松发髻。亦可。

簪卸：犹卸下簪子。簪，古人用来绾定发髻或冠的长针。后来专指妇女绾髻的首饰。

盟海：指海为盟，谓盟约如海一样永恒不变。多用以表示男女相爱之深，坚定不渝。

[5]最关情：犹最令人动心，最牵动情怀。〔宋〕王安石《菩萨蛮》："何物最关情。黄鹂一两声。"（《临川文集》卷三十七）

[6]腔拍：唱腔节拍。

温寻：犹温习。《礼记·中庸》："温故而知新。"〔唐〕孔颖达疏："言贤人由学，既能温寻故事，又能知新事也。"（《礼记注疏》卷五十三）

[7]知音：典出《列子·汤问》（卷五）："伯牙善鼓琴，钟子期善听。伯牙鼓琴，志在登高山，钟子期曰：'善哉，峨峨兮！若泰山。'志在流水，钟子期曰：'善哉，洋洋兮！若江河。'伯牙所念，钟子期必得之。伯牙游于泰山之阴，卒逢暴雨，止于岩下，心悲乃援琴而鼓之，初为《霖雨》之操，更造《崩山》之音，曲每奏，钟子期辄穷其趣。伯牙乃舍琴而叹曰：'善哉，善哉！子之听夫志想象，犹吾心也，吾于何逃声哉！'"后世遂以"知音"比喻知己。

撚(niǎn)：摆弄，指弹琴。亦为弹琴的一种指法。〔唐〕白居易《琵琶引》："轻拢慢撚抹复挑，初为《霓裳》后《六幺》。"（《白氏长庆集》卷十二）撚，"捻"的异体字。

指法：弹奏乐器时手指动作的原则和方法。宋文天祥《〈胡笳曲〉序》："援琴作《胡笳十八拍》，取予疾徐，指法良可观也。"（《文山集》卷二十）

[8]莺悄：黄莺悄无声息。〔宋〕吴文英《三姝媚》："水石清寒，过半春犹自，燕沈莺悄。"（《历代诗余》卷六十五）

春深：春意浓郁。〔唐〕储光羲《杂咏五首·钓鱼》："垂钓绿湾春，春深杏花乱。"（《唐储光羲诗集》卷一）

卢祖皋

【作者简介】

卢祖皋,字申之,又字次夔,号蒲江,永嘉(今浙江温州)人。宁宗庆元五年(1199)进士。嘉定十一年(1218),主管刑、工部架阁文字(《宋会要辑稿》选举二十一之十六)。十二年(1219),除秘书省正字,累迁著作郎兼权司封郎官。十六年(1223),权直学士院(同上书选举二十一之十八)。有《蒲江词》传世。事见《南宋馆阁续录》卷八。清雍正《浙江通志》卷一百二十六。

踏莎行[1]

夜雨灯深,春风寒浅。梅姿雪态怜娇软[2]。锦笺闲轴旧缄情,酒边一顾清歌遍[3]。　　玉局弹愁,冰弦写怨[4]。几时纤手教重见。小楼低隔一街尘,为谁长恁巫山远[5]。

(原载近人朱祖谋编 1922 年第三次校补本《彊村丛书》本《蒲江词稿》;录自唐圭璋编《全宋词》,中华书局 1965 年 6 月第 1 版,第 4 册,第 2409 页)

【注　释】

[1]踏莎行:词牌名。参见本卷《诗歌部》上册李之仪《踏莎行》注[1]。卢祖皋此词双调,五十八字。前后段各五句,三仄韵。

[2]娇软:柔美,轻柔。〔宋〕李新《洞仙歌》:"一年春好处,不在浓芳,小艳疏香最娇软。"(《跨鳌集》卷十一)

[3]锦笺闲轴:精致华美的笺纸,寄托闲情的画轴。

缄情：犹言封存情感。缄，闭藏，封闭。〔唐〕韦应物《夏景端居即事》："逾怀故园怆，默默以缄情。"（《韦苏州集》卷八）

顾：指顾曲。典出《三国志·吴志·周瑜传》："瑜少精意于音乐，虽三爵之后，其有阙误，瑜必知之，知之必顾，故时人谣曰：'曲有误，周郎顾。'"后遂以"顾曲"为欣赏音乐之典。

清歌：清亮的歌声。〔南朝·宋〕谢灵运《拟魏太子〈邺中集〉诗八首并序·魏太子》："急弦动飞听，清歌拂梁尘。"（《汉魏六朝百三家集》卷六十六）

[4]玉局：棋盘的美称。〔唐〕李商隐《灯》："锦囊名画掩，玉局败棋收。"（《李义山诗集》卷上）弹愁，犹言通过下弹棋弹去忧愁。弹，指弹棋及其动作。《后汉书·梁冀传》（卷六十四）："（梁冀）性嗜酒，能挽满、弹棋（同棋）、格五、六博、蹴鞠、意钱之戏。"〔唐〕李贤注引《艺经》曰："弹棋，两人对局，白黑棋各六枚，先列棋相当，更先弹之。其局以石为之。"至魏改用十六棋，唐又增为二十四棋。〔南朝·宋〕刘义庆《世说新语·巧艺》（卷下之上）："弹棋始自魏宫内用妆奁戏。文帝于此戏特妙，用手巾角拂之，无不中。有客自云能，帝使为之，客著葛巾角，低头拂棋，妙踰于帝。"亦泛指下棋。

冰弦：琴弦的美称，传说中有用冰蚕丝作的琴弦，故称。写(xiè)怨，犹泻怨，写，倾泻。〔宋〕周密《绣鸾凤花犯》："冰弦写怨更多情，骚人恨，枉赋芳兰幽芷。"（《历代诗余》卷七十一）

[5]长恁(rèn)：长思。恁，思念。〔汉〕班固《典引》："亦宜勤恁旅力，以充厥道。"蔡邕注："恁，思也。"〔宋〕欧阳修《定风波》："把酒送春惆怅甚。长恁。年年三月病厌厌。"（《文忠集》卷一百三十三）

巫山：在今重庆市巫山县境内。旧传山形似巫字得名。或传巫咸死葬于此，称巫咸山，简称巫山。〔战国·楚〕宋玉《高唐赋》描写了巫山的壮丽景色，其序中描写了楚先王梦幸巫山神女的故事，巫山遂成为一箇中华民族文化中关乎爱与美的特殊意象。参见本卷《诗歌部》上册欧阳修《长相思》注[4]。

菩萨蛮[1]

烛房花幌参差见[2]。疏帘镇日萦愁眼[3]。巫峡小山屏[4]。梦云犹未成[5]。　　带霜边雁落[6]。双字宫罗薄[7]。二十四阑干[8]。夜来相对寒。

（原载近人朱祖谋编1922年第三次校补本《彊村丛书》本《蒲江词稿》；录自唐圭璋编《全宋词》，中

华书局 1965 年 6 月第 1 版,第 4 册,第 2416 页)

【注　释】

[1]菩萨蛮:词牌名。参见本卷《诗歌部》上册舒亶《菩萨蛮》注[1]。卢祖皋此词双调,四十四字。前后段各四句,两仄韵,两平韵。

[2]烛房:烛光明亮的厅房,多指行乐之所。〔宋〕张方平《散水岩漱玉亭》:"向暮危亭上灯火,水精帘下烛房开。"(《乐全集》卷三)

花幌:有花饰的帘幔。〔唐〕鲍溶《上阳宫月》:"受环花幌小开镜,移烛瑶房皆卷帘。"(《鲍溶集外诗》)

参差(cēncī):不齐貌。〔宋〕冯山《和山路梅花》:"何方归路参差见,更托严风次第催。"(《安岳集》卷十二)

[3]疏帘:指稀疏的竹织窗帘。〔宋〕张耒《夏日三首》之一:"落落疏帘邀月影,嘈嘈虚枕纳溪声。"(《柯山集》卷十七)

镇日:整天,从早到晚。〔宋〕朱熹《邵武道中》:"不惜容鬓凋,镇日长空饥。"(《晦庵集》卷一)

[4]巫峡小山屏:画有巫峡的小屏风。小山屏,床头山形的小屏风。〔宋〕范成大《寿栎堂枕上》:"禅床初著小山屏,夜久秋凉枕席清。"(《石湖诗集》卷二十九)

[5]梦云:梦中之云,"朝云暮雨"意象的变异之一种。语本〔战国·楚〕宋玉《高唐赋·序》:"昔者先王尝游高唐,怠而昼寝,梦见一妇人曰:'妾巫山之女也,为高唐之客。闻君游高唐,愿荐枕席。'王因幸之。去而辞曰:'妾在巫山之阳,高丘之阻,旦为朝云,暮为行雨。朝朝暮暮,阳台之下。'旦朝视之,如言。故为立庙,号曰朝云。"(《文选》卷十九)

[6]边雁:犹来自边地之雁。〔唐〕释齐已《边上》:"秋风起边雁,一一向潇湘。"(《白莲集》卷五)

[7]宫罗:一种质地较薄的丝织品。〔唐〕苏郁《咏和亲》:"关月夜悬青冢镜,寒云秋薄汉宫罗。"(《全唐诗》卷四百七十二)

[8]二十四:指二十四星。《通志·天文略·太微宫》(卷三十九):"二十四星在帝坐东北。"

阑干:横斜貌。〔三国·魏〕曹植《善哉行》:"月没参横,北斗阑干。"(《曹子建集》卷六)

卢祖皋

269

苏泂

【作者简介】

苏泂(jiǒng)(1170—?)(与赵师秀同龄,生年参《文学遗产》1983年4期《赵师秀生年小考》),字召叟,山阴(今浙江绍兴)人。苏颂四世孙。生平事迹史籍失载,从其诗可知,早年随祖师德宦游成都,曾任过短期朝官,在荆湖、金陵等地作幕宾,身经宁宗开禧初的北征。曾从陆游学诗,与当时著名诗人辛弃疾、刘过、王柟、赵师秀、姜夔等多有唱和。卒年七十余。有《泠然斋集》十二卷、《泠然斋诗余》一卷(《直斋书录解题》卷二十、二十一),已佚。清四库馆臣据《永乐大典》辑为《泠然斋诗集》八卷。

十二峰

画图曾识巫山面[1],今日亲临十二峰[2]。

万里平生无此梦,却疑身在画图中。

(原载1987年上海古籍出版社影印文渊阁《四库全书》本《泠然斋诗集》卷七;录自北京大学古文献研究所编《全宋诗》,北京大学出版社1991年7月第1版,第54册,第33954页)

【注　释】

[1]"画图"句:犹言曾经从图画中见识巫山的面貌。

[2]十二峰:指巫山十二峰,即圣泉峰、登龙峰、朝云峰、神女峰(又称望霞峰)、松峦峰、集仙峰、翠屏峰、聚鹤峰、飞凤峰、净坛峰、起云峰、上升峰。参见本卷《诗歌部》上册张仿《经旧游》注[4]。

巫山峡

山木无端又一秋[1]，夕阳和影上扁舟[2]。

旧时十二峰前路，惟是猿声共客愁[3]。

（原载1987年上海古籍出版社影印文渊阁《四库全书》本《泠然斋诗集》卷七；录自北京大学古文献研究所编《全宋诗》，北京大学出版社1991年7月第1版，第54册，第33954页）

【注　释】

[1]无端：犹无心，无意。〔宋〕欧阳修《玉楼春》词："游丝有意苦相萦，垂柳无端争赠别。"（《六一词》）

[2]和影：犹言和影子一起。〔宋〕周紫芝《题陈大卿三径堂》："一身和影共婆娑，看尽人间两鬓皤。"（《太仓稊米集》卷三十八）

[3]惟是猿声：犹唯有这猿声。是，代词，此，这。

大仙庙（二首）[1]

为云为雨话头长[2]，十二峰前事渺茫。
尽道翠眉愁未展[3]，不应犹忆楚襄王[4]。

风木哀鸣想佩环[5]，飞鸾何在古祠闲[6]。
无端牢落悲秋客[7]，刚把人间比梦间。

（原载1987年上海古籍出版社影印文渊阁《四库全书》本《泠然斋诗集》卷七；录自北京大学古文献研究所编《全宋诗》，北京大学出版社1991年7月第1版，第54册，第33954页）

【注　释】

[1]大仙庙：指巫山神女庙。大仙。道家所传说的"九仙"中品级较高者。《云笈七籤》（卷三）："太清境有九仙……第一上仙，二高仙，三大仙，四玄仙，五天

仙,六真仙,七神仙,八灵仙,九至仙。"世人称巫山神女为大仙。《太平广记·云华夫人》(卷五十六)载〔前蜀〕杜光庭《集仙录》:"有祠在山下,世谓之大仙。隔岸有神女之石,即所化也。"神女庙,在巫山县东四十里巫峡中长江南岸飞凤峰之麓。参见本卷《诗歌部》上册吴简言《题巫山神女庙》注[1]。

[2]为云为雨:语本〔战国·楚〕宋玉《高唐赋·序》:"王因幸之。去而辞曰:'妾在巫山之阳,高丘之阻,旦为朝云,暮为行雨。朝朝暮暮,阳台之下。'旦朝视之,如言。故为立庙,号曰朝云。"(《文选》卷十九)

[3]翠眉:古代女子用青黛画眉,故称。〔唐〕白居易《想东游五十韵》:"舞繁红袖去,歌切翠眉愁。"(《白氏长庆集》卷二十七)

[4]楚襄王:一作楚顷襄王,名芈(mǐ)横,战国时楚国君主,楚怀王芈槐之子,公元前298—公元前262年在位。在宋玉《高唐赋》、《神女赋》中楚襄王均扮演了重要角色,后人遂将楚襄王作为高唐故事的男主人公,这其实是一种误读。参见本卷《诗歌部》上册徐铉《离歌辞五首》(其五)注[4]

[5]佩环:指玉质佩饰物。〔宋〕柳永《柳腰轻》:"顾香砌、丝管初调,倚轻风、佩环微颤。"(《乐章集》)

[6]飞鸾:飞翔的鸾鸟。〔唐〕李白《古风五十九首》之二十七:"焉得偶君子,共乘双飞鸾。"(《李太白集注》卷二)按:飞鸾为仙人所乘,出处间接指巫山神女。

[7]无端牢落:犹漫无边际的寥落。无端,没有界线,没有头绪。〔晋〕孙绰《喻道论》:"六合遐邈,庶类殷充,千变万化,浑然无端。"(《汉魏六朝百三家集》卷六十一)牢落,犹寥落,零落荒芜貌。〔汉〕司马相如《上林赋》:"牢落陆离,烂熳远迁。"〔唐〕李善注:"牢落陆离,群奔走也。牢落,犹辽落也。"(《文选》卷八)

悲秋:对萧瑟秋景而伤感。语出〔战国·楚〕宋玉《九辩》:"悲哉! 秋之为气也。萧瑟兮,草木摇落而变衰。"(《楚辞章句》卷八)〔唐〕杜甫《登高》:"万里悲秋常作客,百年多病独登台。"(《九家集注杜诗》卷二十六)

无　题[1]

梦到巫山起较迟,花梢日在不多时[2]。
关心自对空梁语[3],一个飞来燕子知。

(原载1987年上海古籍出版社影印文渊阁《四库全书》本《泠然斋诗集》卷七;录自北京大学古文献研究所编《全宋诗》,北京大学出版社1991年7月第1版,第54册,第33976页)

【注　释】

[1]无题:诗文有用"无题"为题的,表示无题可标或不愿标题。〔宋〕陆游《老学庵笔记》卷八:"唐人诗中有曰'无题'者,率杯酒狎邪之语,以其不可指言,故谓之'无题',非真无题也。"苏洞此诗为《无题》三首之三,欲准确理解其寓意,引与前二首一并研析。其一云:"绿云无据玉楼空,回首悲欢一梦中。为忆当时裙样色,隔墙嫌见石榴红。"其二云:"月样梳横鬓脚倾,弄箫骑鹤上青冥。归来自摘金茎露,手写黄庭一卷经。"(《泠然斋诗集》卷八)

[2]花梢日在:犹日在花梢。花梢,花木的枝梢。〔宋〕辛弃疾《东坡引》:"花梢红未足。条破惊新绿。重帘下遍阑干曲。"(《稼轩词》卷四)

[3]空梁:空无一物的屋梁。〔唐〕卢照邻《文翁讲堂》:"空梁无燕雀,古壁有丹青。"(《卢升之集》卷二)

赵汝𨤲

【作者简介】

赵汝𨤲(suì)(1172—1246),字明翁,号野谷。袁州(今江西宜春)人。太宗八世孙,宁宗嘉泰二年(1202)进士。历东阳主簿,崇陵桥道顿递官,诸暨主簿,荆湖南路刑狱司属官,知临川县,监镇江府榷货务,临安通判,诸军审计司军器监主簿。理宗绍定二年(1229)知郴州,四年(1231),为荆湖南路提点刑狱(明万历《郴州志》卷二),改转运使。移广南东路转运使,后以刑部郎中召,淳祐五年(1245)出知温州(明弘治《温州府志》卷八)。六年(1246)卒,年七十五。有《野谷集》。事见《后村先生大全集》卷一百五十二《刑部赵郎中墓志铭》。

汉离宫四时词[1]

东风飘花谁共惜,暑雨馥莲不忺摘[2]。
瑉栏倚露月千里[3],铜铺锁寒雪一尺[4]。
终年汉漏滴四时[5],屈指三百六十日。
远山蹙断懒涂抹[6],怕开妆镜鸾舞只[7]。
怨泪阑干落离宫[8],纤玉弹珠香风湿[9]。
梦回想象巫山云[10],檐鹊似传天上音[11]。
便都粉黛近君侧[12],未卜胶漆投君心[13]。
岂不闻东宫婕妤作歌悲团扇[14],
又不闻长门阿娇买赋捐黄金[15]。

(原载汲古阁影宋抄《南宋群贤六十家集·野谷诗

稿》卷一；录自北京大学古文献研究所编《全宋诗》，北京大学出版社1991年7月第1版，第55册，第34203页）

【注　释】

[1]离宫：正宫之外供帝王出巡时居住的宫室。《汉书·贾山传》（卷五十一）："秦非徒如此也，起咸阳而西至雍，离宫三百，钟鼓帷帐，不移而具。"〔唐〕颜师古注："凡言离宫者，皆谓于别处置之，非常所居也。"

四时：四季。《礼记·孔子闲居》："天有四时，春秋冬夏。"（《礼记注疏》卷五十一）

[2]馥（fù）莲：香气浓郁的荷花。

不忺（xiān）摘：犹不愿摘。不忺，不欲，不愿。〔宋〕华岳《春闺杂咏十首》之五："宿酒初醒午梦回，不忺梳掠傍妆台。"（《两宋名贤小集》卷二百五十）

[3]琱（diāo）栏：有雕饰的栏杆或栏杆的美称。〔宋〕苏轼《法惠寺横翠阁》："琱栏能得几时好，不独凭栏人易老。"（《东坡全集》卷四）

[4]铜铺：铜质铺首。铺首，门上的衔环兽面，常作虎、螭、龟、蛇等形，多为金属铸成。〔宋〕姜夔《齐天乐》："露湿铜铺，苔侵石井，都是曾听伊处。"（《白石道人歌曲》卷三）

[5]汉漏：指汉宫里的漏壶。漏壶，古代计时器，参见本卷《诗歌部》上册田锡《夜宴词》注[9]。

[6]远山形容女子秀丽之眉。〔唐〕崔仲容《赠歌姬》："皓齿乍分寒玉细，黛眉轻蹙远山微。"（《全唐诗》卷八百一）

蹙（cù）：皱眉。〔宋〕阳枋《杂著·辨惑》："今人终日蹙眉，为百草忧春雨耳。"（《字溪集》卷九）

懒涂抹：懒得梳妆。涂抹，指涂抹脂粉，即化妆。

[7]妆镜鸾舞只：犹言鸾鸟对着妆镜独舞。妆镜，化妆用的镜子。鸾，传说中凤凰之类的神鸟。典出〔唐〕欧阳询《艺文类聚·鸟部》（卷九十）引〔南朝·宋〕范泰《鸾鸟诗序》曰："昔罽宾王结罝峻卵之山，获一鸾鸟，王甚爱之，欲其鸣而不致也。乃饰以金樊，飨以珍羞，对之愈戚，三年不鸣。其夫人曰：'尝闻物见其类而后鸣，何不悬镜以映之？'王从其意，鸾睹形，悲鸣哀响，中宵奋而绝。嗟乎！兹禽何情之深！昔钟子破琴于伯牙，匠石韬斤于郢人，盖悲妙赏之不存，慨神质于当年耳。矧乃一举而殒其身者哉，悲夫！乃为诗曰：'神鸾栖高梧，爰翔霄汉际。轩翼扬轻风，清响中天厉。外患难预谋，高罗掩逸势。明镜悬高堂，顾影悲同契。一激九霄音，响流形已毙。'"

[8]怨泪：怨恨的泪水。〔唐〕罗隐《湘妃庙》："已将怨泪流斑竹，又感悲风入

白苹。"(《罗昭谏集》卷三)

阑干:栏杆。〔宋〕毛滂《惜分飞》:"泪湿阑干花著露。愁到眉峰碧聚。"(《东堂词》)

[9]纤玉:喻美女之手。〔宋〕陆游《风流子》:"更乘兴,素纨留戏墨,纤玉抚孤桐。"(《放翁词》)

弹珠:挥洒泪珠。弹,挥洒。〔宋〕晏几道《虞美人》:"远弹双泪惜香红。暗恨玉颜光景、与花同。"(《小山词》)

香风:带有香气的风。〔唐〕杨师道《赋终南山用风字韵应诏》:"登临日将晚,兰桂起香风。"(《全唐诗》卷三十四)

[10]梦回:从梦中醒来。〔唐〕李绅《姑苏台杂句》:"云水梦回多感叹,不惟惆怅至长洲。"(《追昔游集》卷下)

巫山云:语本〔战国·楚〕宋玉《高唐赋·序》:"去而辞曰:'妾在巫山之阳,高丘之阻,旦为朝云,暮为行雨。朝朝暮暮,阳台之下。'"(《文选》卷十九)

[11]檐鹊:屋檐上的喜鹊。〔宋〕陆游《旦起》:"已赖林鸠知宿雨,更烦檐鹊报新晴。"(《剑南诗稿》卷七十五)

[12]粉黛:傅面的白粉和画眉的黛墨,指代美女。〔唐〕白居易《长恨歌》:"回头一笑百媚生,六宫粉黛无颜色。"(《白氏长庆集》卷十二)

近君侧:近在君王身边。〔宋〕卫泾《论新除司农少卿张镃乞赐窜责状》:"鞅既为刑人死党,岂宜置之卿列,而俾近君侧乎?"(《后乐集》卷十一)

[13]未卜:没有卜占,引申为不知,难料。〔唐〕李商隐《马嵬二首》之二:"海外徒闻更九州,他生未卜此生休。"(《李义山诗集》卷上)

胶漆:胶与漆,比喻情谊极深,亲密无间。〔唐〕白居易《和〈寄乐天〉》:"贤愚类相交,人情之大率;然自古今来,几人号胶漆?"(《白氏长庆集》卷二十二)

[14]"东宫婕妤(jiéyú)"句:东宫,汉代指太后所居之宫,因在未央宫东,故称。婕妤,宫中女官名,汉武帝时始置,位视上卿,秩比列侯。这里特指西汉班婕妤。班婕妤(约前48—约前6),名不详,楼烦(今山西宁武)人。班固祖姑。有才学,善诗赋。成帝初即位,选入后宫,始为少使,后立为婕妤。不久因赵飞燕得宠,谗之,惧祸自求供养太后,成帝许其入长信宫侍奉。著有《自悼赋》、《捣素赋》和《怨歌赋》等,抒发宫中苦闷之情。作歌悲团扇,班婕妤失宠后,作《团扇》诗(亦称《怨歌行》),以秋扇见弃自喻。其词云:"新裂齐纨素,皎洁如霜雪。裁为合欢扇,团团似明月。出入君怀袖,动摇微风发。常恐秋节至,凉风夺炎热。弃捐箧笥中,恩情中道绝。"(《文选》卷二十七)

[15]"长门阿娇"句:阿娇,指汉武帝陈皇后。《汉武故事》:"胶东王数岁,公主抱置膝上问曰:'儿欲得妇否?'长主指左右长御百余人,皆云不用,指其女:'阿

娇好否?'笑对曰:'好,若得阿娇作妇,当作金屋贮之。'长主大悦。"买赋捐黄金,捐,耗费。事见〔汉〕司马相如《长门赋·序》:"孝武皇帝陈皇后时得幸,颇妒,别在长门宫,愁闷悲思。闻蜀郡成都司马相如天下工为文,奉黄金百斤,为相如、文君取酒,因于解悲愁之辞。而相如为文以悟主上,陈皇后复得亲幸。"(《文选》卷十六)

王遂

【作者简介】

王遂,字去非,一字颖叔,号实斋,金坛(今属江苏)人。宁宗嘉泰二年(1202)进士。调富阳簿,知当涂、溧水、山阴县。理宗绍定三年(1230),知邵武军,改知安丰军。迁国子主簿,累迁右正言。端平三年(1236),除户部侍郎兼同修国史及实录院同修撰(《南宋馆阁续录》卷九)。出为四川制置使兼知成都府。历知庆元府、太平州。泉州、温州。隆兴府、平江府、宁国府、建宁府。卒年七十六。有《实斋文稿》(明正德《姑苏志》卷四),已佚。事见《京口耆旧传》卷七,《宋史》卷四百一十五有传。

题卷舒堂竹

月淡星疏子夜清[1],独骑黄鹤下吹笙[2]。

当时只许风听得,学与行云佩玉声[3]。

(原载影印《诗渊》1 册 2396 页;录自北京大学古文献研究所编《全宋诗》,北京大学出版社1991 年 7 月第 1 版,第 55 册,第 34280 页)

【注　释】

[1]子夜:夜半子时(23:00—1:00),半夜。〔唐〕吕温《奉和张舍人阁中直夜思闻雅琴因书事通简僚友交朋》:"凉生子夜后,月照禁垣深。"(《吕衡州集》卷一)

[2]黄鹤:即鹤。〔南朝·宋〕汤惠休《杨花曲》:"江南相思引,多叹不成音。

黄鹤西北去,衔我千里心。"(《乐府诗集》卷七十七)

笙:管乐器名,由簧片、笙管、斗子三部分组成。簧片古时用竹制,后改用响铜;笙管为长短不一的竹管,于近上端处开音窗,近下端处开按孔,下端嵌接木质"笙角"以装簧片,并插入斗子内;斗子用匏、木或铜制成,连有吹口。有圆形、方形等多种形制,簧管自十三至十九根不等。奏时手按指孔,吹吸振动簧片而发音。能奏和音。是民间器乐合奏中的重要乐器。现经改革,有二十四簧笙、三十六簧键钮笙等,转调便捷,表现力更为丰富,除用于伴奏、合奏外,也用于独奏。《说文·竹部》(卷五上):"笙,十三簧,象凤之身也。笙,正月之音。物生,故谓之笙。大者谓之巢,小者谓之和。古者,随作笙。"《诗经·小雅·鹿鸣》:"我有嘉宾,鼓瑟吹笙。"(《毛诗注疏》卷十六)

[3]行云:语本〔战国·楚〕宋玉《高唐赋·序》:"旦为朝云,暮为行雨。"(《文选》卷十九)

佩玉:古代系于衣带用作装饰的玉。《礼记·玉藻》:"君子在车,则闻鸾和之声,行则鸣佩玉。"(《礼记注疏》卷三十)

华 岳

【作者简介】

华岳(？—1221)，字子西，号翠微，贵池(今属安徽)人。宁宗开禧元年(1205)韩侂胄当国，岳以武学生上书请诛韩侂胄、苏师旦等，下大理狱，监管建宁。韩侂胄诛，放还。嘉定十年(1217)复入学登第，为殿前司官属。十四年(1221)，谋去丞相史弥远，下临安狱，杖死。有《翠微南征录》十一卷，其中诗十卷。《宋史》卷四百五十五有传。

题莲华壁间[1]

风外落花千万片，水边啼鸟两三声。

无情惊起阳台梦[2]，独倚闲窗看月明。

(原载1987年上海古籍出版社影印文渊阁《四库全书》本《翠微南征录》卷九；录自北京大学古文献研究所编《全宋诗》，北京大学出版社1991年7月第1版，第55册，第34418页)

【注　释】

[1]作者原题下注："次莲华壁间李次高韵。"

[2]阳台梦：指楚先王梦幸巫山神女之事。喻性梦、情事。典出〔战国·楚〕宋玉《高唐赋·序》。参见本卷《诗歌部》上册范仲淹《和人游嵩山十二题》之五《玉女窗》注[4]。

新市杂咏十首(之一)[1]

云鬟烟鬓缕双鸦[2],一搦宫腰柳带花[3]。
试问行云何处觅[4],画桥东畔是奴家[5]。

(原载 1987 年上海古籍出版社影印文渊阁《四库全书》本
《翠微南征录》卷十;录自北京大学古文献研究所编《全宋
诗》,北京大学出版社 1991 年 7 月第 1 版,第 55 册,第 34422 页)

【注　释】

[1]作者题下注:"十首。建安人物风流,市井华丽,红纱翠盖,常无异于花朝
灯夕。长篇短句,形容一时之盛。翠微之前未尝见之,惜稿帖散落,不多见耳。"

[2]云鬟:指乌黑秀美的头发。〔唐〕杜甫《月夜》:"香雾云鬟湿,清辉玉臂
寒。"(《九家集注杜诗》卷十九)

烟鬓:犹云鬟,形容妇女浓黑而柔美的鬓发。〔唐〕韩偓《咏手》:"背人细捻垂
烟鬓,向镜轻匀衬脸霞。"(《全唐诗》卷六百八十三)

双鸦:指少女双髻。〔宋〕苏轼《杂诗》之一:"昔日双鸦照浅眉,如今婀娜绿云
垂。"(《东坡诗集注》卷六)

[3]一搦(nuò):一握,一把。形容纤细。〔宋〕周端臣《玉楼春》:"华堂帘幕
飘香雾。一搦楚腰轻束素。"(《历代诗余》卷三十二)

宫腰:指女子的细腰。典出《韩非子·二柄》(卷二):"楚灵王好细腰,而国中
多饿人。〔宋〕柳永《木兰花·柳枝》:"楚王空待学风流,饿损宫腰终不似。"(《乐
章集》)

[4]行云:用巫山神女之典。语本〔战国·楚〕宋玉《高唐赋·序》:"旦为朝
云,暮为行雨。"(《文选》卷十九)

[5]画桥:雕饰华丽的桥梁。〔宋〕韩琦《和春卿学士柳枝词五阕》之五:"画桥
南北水连天,才听莺声又晚蝉。"(《安阳集》卷四)

寄仟判院八首(之六)[1]

毫端风雨走蛟螭[2],人物风流冠一时[3]。
要向行云问踪迹[4],青楼何处没新词[5]。

（原载 1987 年上海古籍出版社影印文渊阁《四库全书》本《翠微南征录》卷十一；录自北京大学古文献研究所编《全宋诗》，北京大学出版社 1991 年 7 月第 1 版，第 55 册，第 34428 页）

【注　释】

[1]仵（wǔ）判院：仵，通"伍"，姓。判院，宋代检书院的别称，掌受官民上书。

[2]毫端：犹言笔底，笔下。〔宋〕王安石《赠李士云》："毫端出窈窕，心手初不著。"（《临川文集》卷二）

蛟螭（chī）：犹蛟龙。螭，古代传说中无角的龙。〔宋〕方岳《祭徐知郡》："醉墨淋漓，急驱龙骊，走蛟螭也。"（《秋崖集》卷三十九）

[3]风流：洒脱放逸，风雅潇洒。〔唐〕牟融《送友人》："衣冠重文物，诗酒足风流。"（《全唐诗》卷四百六十七）

冠一时：谓在一个时期内超越众人，居于首位。〔宋〕夏竦《奉和御制读后周书》之二："奥识通三教，清声冠一时。"（《文庄集》卷三十一）

[4]行云：用巫山神女之典。语本〔战国·楚〕宋玉《高唐赋·序》："旦为朝云，暮为行雨。"（《文选》卷十九）

[5]青楼：指妓院。〔唐〕顾况《洛阳陌》之二："金丸落飞鸟，乘兴醉青楼。"（《华阳集》卷中）

巫　山[1]

碧簪千丈倚巴江[2]，暮雨朝云总是常[3]。
山势插天宫殿少，不知何处是高堂[4]。

（原载影印《诗渊》1 册，2074 页；录自北京大学古文献研究所编《全宋诗》，北京大学出版社 1991 年 7 月第 1 版，第 55 册，第 34431 页）

【注　释】

[1]巫山：山名，在今重庆市巫山县境内。旧传山形似巫字得名。或传巫咸死葬于此，称巫咸山，简称巫山。参见本卷《诗歌部》上册欧阳修《长相思》注[4]。

[2]碧簪：碧玉簪。比喻苍翠陡峭的山峰。〔宋〕文同《巫山高》："巫山高，高

凝烟,十二碧簪寒插天。"(《丹渊集》卷二)

巴江:犹巴地之江,这里指长江三峡段。巴,古族名,国名。其族主要分布在今重庆、鄂西一带。〔唐〕李频《八月上峡》:"万里巴江水,秋来满峡流。"(《黎岳集》)

[3]暮雨朝云:傍晚的雨,清晨的云。语出〔战国·楚〕宋玉《高唐赋·序》:"王因幸之。去而辞曰:'妾在巫山之阳,高丘之阻,旦为朝云,暮为行雨。朝朝暮暮,阳台之下。'旦朝视之,如言。故为立庙,号曰朝云。"(《文选》卷十九)

[4]高堂:犹高唐,战国时楚国台观名。在巫山。传说楚先王游高唐,梦见巫山神女,幸之而去。典出〔战国·楚〕宋玉《高唐赋·序》。参见本卷《诗歌部》上册张佖《经旧游》注[1]。

黄氏三层楼[1]

瘦筇支我上高寒[2],风露凄清酒力悭[3]。
千里人邀千里月,一重楼见一重山。
筵前飞雪喷焦遂[4],槛外行云遏小蛮[5]。
便好翻身驾黄鹄[6],直将情枉扣天关[7]。

(原载1987年上海古籍出版社影印文渊阁《四库全书》本《翠微南征录》卷五;录自北京大学古文献研究所编《全宋诗》,北京大学出版社1991年7月第1版,第55册,第34383页)

【注 释】

[1]作者题下注:"东嘉焦次詹约妓登楼赋诗,次韵。"东嘉,唐武德五年(622)置州,治所在永嘉县(今浙江温州市)。辖境相当今温州市。永嘉、乐清二县,飞云江及鳌江流域。焦次詹,人名,未详。

[2]瘦筇(qióng):指筇竹手杖。筇竹,节高干细,可作手杖,故称"瘦筇"。〔前蜀〕杜光庭《题龙鹄山》:"抽得闲身伴瘦筇,乱敲青碧唤蛟龙。"(《全唐诗》卷八百五十四)

[3]酒力悭(qiān):犹言酒力微薄。悭,不多,稀少。〔宋〕苏辙《九日三首》之一:"酒悭惭对客,风起任飘冠。"(《栾城第三集》卷三)

[4]焦遂:唐代"酒中八仙"之一。《新唐书·李白传》(卷二百二):"白自知不为亲近所容,益骜放不自修,与知章、李适之、汝阳王琎、崔宗之、苏晋、张旭、焦

华
岳

遂为酒八仙人。"〔唐〕杜甫《饮中八仙歌》："焦遂五斗方卓然，高谈雄辩惊四筵。"〔宋〕师尹注曰："《唐史拾遗》云：遂与李白号为酒八仙，口吃，对客不出一言，醉后酬结如注射，时目为酒吃。"（《补注杜诗》卷二）

[5] 槛(jiàn)外：栏杆外。〔唐〕王勃《滕王阁》："阁中帝子今何在，槛外长江空自流。"（《王子安集》卷二）

行云：用巫山神女之典。语本〔战国·楚〕宋玉《高唐赋·序》："旦为朝云，暮为行雨。"（《文选》卷十九）

小蛮：唐白居易的舞妓名，亦泛指姬妾。遏，掩盖，遮蔽。

[6] 驾黄鹄：犹驾驭黄鹄。黄鹄，鸟名。〔秦〕公孙鞅《商子·画策》（卷四）："黄鹄之飞，日行千里。"

[7] 情枉：犹情冤。枉，冤屈。〔晋〕葛洪《抱朴子·名实》（外篇卷二）："是故抱枉而死，无愆而黜者，有自来矣。"

天关：犹天门。〔唐〕孟郊《杏殇九首》之六："灵凤不衔诉，谁为扣天关。"（《孟东野诗集》卷十）

呈王君庸[1]

主人意重出霓裳[2]，客子愁多欲断肠。
眉黛暗传春去恨[3]，脸红犹带夜来妆。
竹根稚子肌肤滑[4]，叶底荷花语笑香。
多少行云在巫峡[5]，谩将诗思恼襄王[6]。

（原载 1987 年上海古籍出版社影印文渊阁《四库全书》本《翠微南征录》卷五；录自北京大学古文献研究所编《全宋诗》，北京大学出版社 1991 年 7 月第 1 版，第 55 册，第 34388 页）

【注 释】

[1] 作者题下注："君庸岁有烹笋之集，是春有纳宠之庆。示诗，次韵。"烹笋，谓烹饪竹笋；烹笋之集，指以烹笋招待宾客的集会。纳宠，犹纳妾。

[2] 霓裳：飘拂轻柔的舞衣，借指舞女。

[3] 眉黛：古代女子用黛画眉，因称眉为眉黛。〔唐〕白居易《喜小楼西新柳抽条》："须教碧玉羞眉黛，莫与红桃作麹尘。"（《白氏长庆集》卷三十三）

春去恨：犹言春天逝去的恼恨，春去亦喻青春消逝。〔宋〕赵鼎臣《夜直宿有

怀》:"未可便成春去恨,犹堪自强老来心。"(《竹隐畸士集》卷五)

[4]"竹根"句:犹言竹笋像孩子的肌肤一样嫩滑。竹根,指竹笋。稚子,小孩。〔宋〕姚宽《西溪丛语》(卷下):"杜牧之《朱坡》诗云:'小莲娃欲语,幽笋稚相携。'言笋如稚子。与杜甫'竹根稚子无人见'同意。"

[5]行云:用巫山神女之典。语本〔战国·楚〕宋玉《高唐赋·序》:"旦为朝云,暮为行雨。"(《文选》卷十九)

巫峡:长江三峡之一,西起重庆市巫山县大宁河口,东至湖北省巴东县官渡口,全长44.5公里。参见本卷《诗歌部》上册幸夤逊《云》注[7]。

[6]谩将:犹言不要拿。谩,通"漫",副词,休,莫。将,介词,用,把。〔唐〕罗隐《金陵寄窦尚书》:"此去此恩言不得,谩将闲泪对春风。"(《罗昭谏集》卷三)

襄王:即楚襄王,一作楚顷襄王,名芈(mǐ)横,战国时楚国君主,楚怀王芈槐之子,公元前298—公元前262年在位。在宋玉《高唐赋》、《神女赋》中楚襄王均扮演了重要角色,后人遂将楚襄王作为高唐故事的男主人公。参见本卷《诗歌部》上册徐铉《离歌辞五首》(其五)注[4]。

奇 见[1]

红牙催拍燕飞忙[2],一片行云绕画堂[3]。
眉黛蹙成游子恨[4],脸红烧断故人肠[5]。
榆钱不买千金笑[6],柳带何须百宝妆[7]。
舞罢隔帘偷送目,不知谁是楚襄王[8]。

(原载1987年上海古籍出版社影印文渊阁《四库全书》本《翠微南征录》卷六;录自北京大学古文献研究所编《全宋诗》,北京大学出版社1991年7月第1版,第55册,第34394页)

【注 释】

[1]作者题下注:"施清叔邀出城西,于小圊见一髽,四围皆歌莺拍蝶。翻思去京至此凡七换岁钥,方破天荒尔。就借清叔韵,以记其事。"髽(zhuā),古代妇女丧髻。以麻线束发。《仪礼·丧服》:"布总、箭笄、髽,衰三年。"〔汉〕郑玄注:"髽,露紒也,犹男子之括发。斩衰括发以麻,则髽亦用麻,以麻者,自项而前,交于额上,却绕紒,如著幓头焉,《小记》曰:'男子冠而妇人笄,男子免而妇人髽。'"(《仪礼注疏》卷十一)这里指代服丧的妇人。歌莺拍蝶,歌唱的黄莺,拍动翅膀的

蝴蝶,拍蝶,谓蝴蝶翅膀扇动如拍板(即檀板),故称。岁钥,年岁的钥匙,犹年岁。〔宋〕陈造《次韵刘宰》:"自惊岁钥催衰白,况说京尘踏软红。"(《江湖长翁集》卷十二)破天荒:语本〔五代〕王定保《唐摭言·海述解送》:"荆南解比,号天荒。大中四年刘蜕舍人以是府解及第,时崔魏公作镇,以破天荒钱七十万资蜕。蜕谢书略曰:'五十年来,自是人废;一千里外,岂曰天荒!'"后以指前所未有或第一次出现。

[2]红牙:乐器名。檀木制的拍板,用以调节乐曲的节拍。〔宋〕司马光《和王少卿十日与留台国子监崇福宫诸官赴王尹赏菊之会》:"红牙板急弦声咽,白玉舟横酒量宽。"(《传家集》卷十)

催拍:催促节拍。〔宋〕苏轼《答子勉三首》之三:"欲舞腰身柳一窠,小梅催拍大梅歌。"(《东坡诗集注》卷十四)

[3]行云:参见前诗注[5]。

[4]眉黛:参见前诗注[3]。

蹙(cù):皱眉。

游子:离家远游的人。〔宋〕张咏《洛中寓居》:"绿树不知游子恨,夕阳闲引杜鹃啼。"(《乖崖集》卷四)

[5]故人:指盖女子的前夫,即死者。

[6]榆钱:榆荚,因其形似小铜钱,故称。〔唐〕施肩吾《戏咏榆荚》:"风吹榆钱落如雨,绕林绕屋来不住。"(《全唐诗》卷四百九十四)

[7]柳带:柳条,因其细长如带,故称。〔宋〕柳永《定风波》:"日上花梢,莺穿柳带,犹压香衾卧。"(《乐章集》)

百宝妆:用各种珍宝装点的装束。

[8]楚襄王:参见前诗注[6]。

孙居敬

【作者简介】

孙居敬,号畸庵。

风入松[1]

画梁燕子报新归[2]。好语全稀。庭芳侵亚红相对,却羞见、蕊蕊枝枝[3]。说与吹箫旧侣[4],痴心指望多时。　　朝云暮雨失欢期[5]。碧画谁眉。凝愁立处桐阴转[6],又还是、红日将西。谩道梅花纸帐[7],鸳鸯终待双飞。

（原载《永乐大典》卷三千零六人字韵;录自唐圭璋编《全宋词》,中华书局 1965 年 6 月第 1 版,第 4 册,第 2422 页）

【注　释】

[1]风入松:词牌名。参见本卷《诗歌部》上册晏几道《风入松》注[1]。孙居敬此词双调,七十四字。前后段各六句,四平韵。

[2]画梁:有彩绘装饰的屋梁。〔南朝·陈〕阴铿《和樊晋侯伤妾》:"画梁朝日尽,芳树落花辞。"(《古诗纪》卷一百九)

[3]庭芳侵亚:犹言庭院中的花草相互交错掩映。侵,侵袭,谓一物进入他物中或他物上。亚,掩映。

蕊蕊枝枝:犹言花蕊与枝条。

[4]吹箫旧侣:指萧史与弄玉。传说春秋时秦有萧史善吹箫,穆公女弄玉慕之,穆公遂以女妻之。史教玉学箫作凤鸣声,后凤凰飞止其家,穆公为作凤台。一日,夫妇俱乘凤凰升天而去。见〔汉〕刘向《列仙传》。鸾,传说凤凰一类的神鸟。

后因以"乘鸾"比喻成仙。参见本卷《诗歌部》上册聂冠卿《多丽》注[5]。

　　[5]朝云暮雨：语出〔战国·楚〕宋玉《高唐赋·序》："妾在巫山之阳,高丘之阻,旦为朝云,暮为行雨。朝朝暮暮,阳台之下。"(《文选》卷十九)

　　[6]桐阴：梧桐树阴。〔宋〕周紫芝《朝阳台》："白露亦已晞,桐阴转檐曲。"(《大仓稊米集》卷十三)

　　[7]纸帐：以藤皮茧纸缝制的帐子。据〔明〕高濂《遵生八笺》(卷八)记载,其制法为："用藤皮茧纸缠于木上,以索缠紧,勒作皱纹,不用糊,以线折缝缝之。顶不用纸,以稀布为顶,取其透气。"

李 亿

【作者简介】

李亿,号草堂。《千家诗》中有李亿《咏柳》绝句。

菩萨蛮[1]

画楼酒醒春心悄[2]。残月悠悠芳梦晓。娇汗浸低鬓[3]。屏山云雨
阑[4]。　香车河汉路[5]。又是匆匆去。鸾扇护明妆[6]。含情看绿杨。

（原载清吟阁刊本〔宋〕赵闻礼辑《阳春白雪》卷五；录自唐圭璋
编《全宋词》，中华书局 1965 年 6 月第 1 版，第 4 册，第 2653 页）

【注　释】

[1]菩萨蛮:词牌名。参见本卷《诗歌部》上册舒亶《菩萨蛮》注[1]。李亿此
词双调,四十四字。前后段各四句,两仄韵,两平韵。

[2]画楼:雕饰华丽的楼房。〔宋〕秦观《画堂春》:"柳外画楼独上,凭阑手捻
花枝。"(《淮海长短句》卷中)

春心悄:男女间相思爱慕的情怀悄然无声。

[3]低鬓:低垂的环形发髻。按:诗词中"低鬓"一般指低头,俯首,用以形容
美女娇羞之态。但此处云"娇汗浸低鬓",故随文立训,当如是释之。

[4]屏山:指屏风。〔宋〕欧阳修《蝶恋花》:"枕畔屏山围碧浪。翠被华灯,夜
夜空相向。"(《六一词》)

云雨阑:云雨将完。喻男女性爱,典出〔战国·楚〕宋玉《高唐赋·序》。参见
本卷《诗歌部》上册张泌《经旧游》注[3]。

[5]香车:指神仙乘的车。〔唐〕叶法善《留诗》之一:"自此非久住,云上登香

车。"(《全唐诗》卷八百六十)

河汉:银河。〔唐〕储光羲《田家杂兴》之八:"清浅望河汉,低昂看北斗。"(《唐储光羲诗集》卷二)

[6]鸾扇:羽扇的美称。〔唐〕李商隐《念远》:"皎皎非鸾扇,翘翘失凤簪。"〔清〕冯浩笺注:"按:《古今注》:扇始于殷高宗雉雊之祥,服章多用翟羽,故有雉尾扇,后为羽扇。扇名甚多,'鸾扇'可通用矣。"(《李商隐诗歌集解》,中华书局1988年12月第1版,第657页)

明妆:明丽的妆饰。〔南朝·宋〕鲍照《堂上歌行》:"虽谢侍君闲,明妆带绮罗。"(《乐府诗集》卷六十五)

洪咨夔

【作者简介】

　　洪咨夔(1176—1236)，字舜俞，号平斋，于潜(今属浙江)人，宁宗嘉泰二年(1202)进士，授如皋簿。继中教官，调饶州教授。崔与之帅淮东，辟置幕府。后随崔至蜀，历通判成都府，知龙州。理宗朝，召为秘书郎，以言事忤史弥远，罢。弥远死，以礼部员外郎召，迁监察御史，殿中侍御史，给事中。官至刑部尚书，翰林学士、知制诰。端平三年(1236)卒，年六十一，谥文忠。有《平斋文集》三十二卷。《咸淳临安志》卷六十七、《宋史》卷四百零六有传。

峡　中

清猿遗响落三巴[1]，树老霜迟叶未霞[2]。
大抵近南春易早，梅花开尽又桃花。

　　(原载《四部丛刊》影印宋刻《平斋文集》卷三；录自北京大学古文献研究所编《全宋诗》，北京大学出版社1991年7月第1版，第55册，第34489页)

【注　释】

　　[1]遗响：犹余音。〔宋〕李纲《铜陵阻风》："雁过传遗响，潮来没旧痕。"(《梁溪集》卷十四)

　　三巴：巴郡、巴东、巴西的合称。相当于今重庆市嘉陵江和綦江流域以东的大部地区。这里指三峡地区。参见本卷《诗歌部》上册司马光《介甫作巫山高命光属和勉率成篇真不知量》注[7]。

[2]叶未霞:犹叶未红。

同日次韵可庵[1]

梦破巫峰十二鬟[2],家山逸驾尚容攀[3]。
桃花见面东风里,应笑陈人老上颜[4]。

(原载《四部丛刊》影印宋刻《平斋文集》卷六;录自
北京大学古文献研究所编《全宋诗》,北京大学出
版社1991年7月第1版,第55册,第34554页)

【注 释】

[1]次韵:依次用所和诗中的韵作诗,也称步韵。参见本卷《诗歌部》上册王
安石《次韵张子野秋中久雨晚晴》注[1]。

[2]梦破:犹梦醒。〔唐〕孟郊《秋怀十五首》之二:"冷露滴梦破,峭风梳骨
寒。"(《孟东野诗集》卷四)

巫峰十二鬟:犹巫山十二峰。鬟,喻山形。〔宋〕杨万里《惠山云开复合》:"只
嫌雨里不子细,髣髴隔帘青玉鬟。"(《诚斋集》卷十三)

[3]家山:家乡之山,谓故乡。〔宋〕梅尧臣《读〈汉书·梅子真传〉》:"旧市越
溪阴,家山镜湖畔。"(《宛陵集》卷四)

逸驾:奔驰的车驾。〔唐〕玄宗李隆基《〈孝经〉序》:"希升堂者必自开户牖,攀
逸驾者必骋殊轨辙。"〔宋〕邢昺疏:"逸驾,谓奔逸之车驾也。"尚容攀,尚可容攀
登。此句是说家乡的山驾着奔驰的马车去尚可攀登。

[4]陈人:旧人,故人。〔宋〕苏轼《述古以诗见责屡不赴会复次前韵》:"肯对
红裙辞白酒,但愁新进笑陈人。"(《东坡诗集注》卷十七)老上颜,犹言依仗年老而
上脸。

次及甫觉寒[1]

霜勒衾如水[2],寒于客有期[3]。
不成神女梦[4],空赋外孙词[5]。
瓮暖宜桑落[6],冠凉怯竹皮[7]。
悬知鄱水上[8],冷落炭廖诗[9]。

（原载《四部丛刊》影印宋刻《平斋文集》卷三；录自北京大学古文献研究所编《全宋诗》，北京大学出版社1991年7月第1版，第55册，第34486页）

【注　释】

[1]次：即次韵。参见前诗注[1]。

觉寒：犹言醒来觉得寒冷。

[2]"霜勒"句：犹言寒霜捆住被子冰凉如水。衾，被子。勒，捆住，套住。

[3]"寒于"句：犹言严寒超过了客人有的预期。期，预知，料想。唐卢延让《八月十六夜月》："难期一年事，到晓泥诗章。"（《全唐诗》卷八百八十五）

[4]神女梦：典出〔战国·楚〕宋玉《高唐赋·序》："昔者楚襄王与宋玉游于云梦之台，望高唐之观。其上独有云气，崒兮直上，忽兮改容，须臾之间，变化无穷。王问玉曰：'此何气也？'玉对曰：'所谓朝云者也。'王曰：'何谓朝云？'玉曰：'昔者先王尝游高唐，怠而昼寝，梦见一妇人曰："妾巫山之女也，为高唐之客。闻君游高唐，愿荐枕席。"王因幸之。去而辞曰："妾在巫山之阳，高丘之阻，旦为朝云，暮为行雨。朝朝暮暮，阳台之下。"旦朝视之，如言。故为立庙，号曰朝云。'"（《文选》卷十九）

[5]外孙词："绝妙好辞"的隐语。汉代蔡邕很赏识邯郸淳所撰写的《孝女曹娥碑》文，于碑背题写"黄绢幼女，外孙齑臼"八字，世人莫解其意。三国时期魏人杨修解为"绝妙好辞"。事见〔南朝·宋〕刘义庆《世说新语·捷悟》（卷中之下）："魏武（曹操）尝过《曹娥碑》下，杨修从，碑背上见题作'黄绢幼妇外孙齑臼'八字。魏武谓修曰：'解不？'答曰：'解。'魏武曰：'卿未可言，待我思之。'行三十里，魏武乃曰：'吾已得。'令修别记所知，修曰：'黄绢，色丝也，于字为绝；幼妇，少女也，于字为妙；外孙，女子也，于字为好；齑臼，受辛也，于字为辞。所谓绝妙好辞也。'魏武亦记之，与修同，乃叹曰：'我才不及卿，乃觉三十里。'"

[6]瓮暖：犹酒暖。瓮，酒瓮，借指酒。〔唐〕杜牧《郡斋独酌》："叔舅欲饮我，社瓮尔来尝。"（《全唐诗》卷五百二十）

桑落：即桑落酒，古代美酒名。〔北魏〕郦道元《水经注·河水四》："（河东郡）民有姓刘名堕者，宿擅工酿，采挹河流，酿成芳酎，悬食同枯枝之年，排于桑落之辰，故酒得其名矣。"〔唐〕杜甫《九日杨奉先会白水崔明府》："坐开桑落酒，来把菊花枝。"（《九家集注杜诗》卷十八）

[7]竹皮：指竹皮冠，秦末刘邦以竹皮所作之冠。竹皮，指笋壳。《史记·高祖本纪》（卷八）："高祖为亭长，乃以竹皮为冠，令求盗之薛治之，时时冠之，及贵

常冠，所谓'刘氏冠'乃是也。"〔南朝·宋〕裴骃集解引应劭曰："以竹始生皮作冠，今鹊尾冠是也。"〔唐〕司马贞索隐引应劭曰："一名'长冠'。侧竹皮裹以纵前，高七寸，广三寸，如板。"

[8]悬知：料想，预知。〔北周〕庾信《和赵王看妓》："悬知曲不误，无事畏周郎。"（《庾开府集笺注》卷五）

鄱（pó）水：犹鄱江，即古番水，又名长港、饶河。在今江西北部。南源乐安江出江西婺源县，北源昌江出安徽祁门县，二水西流至江西波阳县汇合后称鄱江，入鄱阳湖。〔宋〕王安石《赠彭器资》："鄱水滔天竟东注，气泽所钟贤可慕。"（《临川文集》卷二）

作者自注："程，鄱阳人。"按：程，当指题中"及甫"，即程及甫。〔宋〕程公许有《和程及甫迎春三首》（《沧洲尘缶编》卷十一）可参。

[9]炊扊扅（yǎnyí）诗：即《扊扅歌》，古琴曲名。相传百里奚在楚为人牧牛，秦缪公闻其贤，以五羊之皮赎之，擢为秦相。其故妻为佣于相府，堂上作乐，妇自言知音，因援琴抚弦而歌曰："百里奚，五羊皮。忆别时，烹伏雌，炊扊扅；今日富贵忘我为！"扊扅，门闩，炊扊扅，犹言其烧门闩煮饭，形容其贫穷。

十月晦过巫山（二首）[1]

巫峡逢初度[2]，平生一段奇。
江山襟抱写[3]，岁月鬓毛知[4]。
神女翻旗下[5]，冯夷叠鼓随[6]。
直须豪举酒，掞柂不妨迟[7]。

客里年华老，舡头日色曛[8]。
天寒催雨雪，地远隔飞云。
为吏徒三尺[9]，于民未一分。
重惭豪杰士，度外立奇勋[10]。

（原载《四部丛刊》影印宋刻《平斋文集》卷三；录自北京大学古文献研究所编《全宋诗》，北京大学出版社1991年7月第1版，第55册，第34489页）

【注　释】

[1]十月晦:十月三十日。晦,农历每月的最后一日。〔宋〕晁补之《题陶渊明诗后》:"'采菊东篱下,悠然见南山',则本自采菊,无意望山,适举首而见之,故悠然忘情,趣闲而心远,此未可于文字精粗间求之,以比碔砆美玉不类。崇宁三年十月晦日晁补之题。"(《鸡肋集》卷三十三)

巫山:山名,在今重庆市巫山县境内。旧传山形似巫字得名。或传巫咸死葬于此,称巫咸山,简称巫山。参见本卷《诗歌部》上册欧阳修《长相思》注[4]。

[2]巫峡:长江三峡之一,西起重庆市巫山县大宁河口,东至湖北省巴东县官渡口,全长44.5公里。巫峡雨,典出〔战国·楚〕宋玉《高唐赋·序》。参见本卷《诗歌部》上册幸夤逊《云》注[7]。

初度:谓始生之年时。语出〔战国·楚〕屈原《离骚》:"皇览揆余初度兮,肇锡余以嘉名。"(《楚辞章句》卷一)后因称生日为"初度"。

[3]江山襟抱写:犹言襟抱写江山。襟抱,襟怀抱负。〔唐〕杜甫《奉待严大夫》:"身老时危思会面,一生襟抱向谁开。"(《补注杜诗》卷二十五)写江山,描绘江山。

[4]鬓毛:即鬓发。鬓毛知,犹言从鬓发即可知道。〔宋〕陈与义《醉中》:"两手尚堪杯酒用,寸心惟是鬓毛知。"(《简斋集》卷十二)

[5]神女:指巫山神女。

翻旗:犹言翻飞的旗帜。〔南朝·齐〕谢朓《奉和随王殿下》之十:"川长别管思,地迥翻旗回。"(《谢宣城集》卷五)

[6]冯夷:传说中的黄河之神,即河伯。《庄子·大宗师》:"冯夷得之,以游大川。"〔唐〕成玄英疏:"姓冯名夷,弘农华阴潼乡堤首里人也。服八石,得山仙。大川,黄河也。天帝锡冯夷为河伯,故游处盟津大川之中也。"(《南华真经注疏》,中华书局1998年7月第1版,第146页)亦泛指水神,这里指江水之神。

叠鼓:重叠的鼓声。〔唐〕温庭筠《台城晓朝曲》:"朱网龛鬖丞相车,晓随叠鼓朝天去。"(《温飞卿诗集笺注》卷二)按:峡江上水船为协调船夫动作,有击鼓行舟的习俗。

[7]捩柂(lìduò):拨转船舵,指行船。柂,船舵。〔唐〕杜甫《清明》诗:"金镫下山红日晚,牙樯捩柂青楼远。"(《集千家注杜工部诗集》卷二十)

[8]舡(chuán):即船。〔宋〕苏轼《再乞发运司应副浙西米状》:"官吏欲差舡载米下乡散粜,即所须数目浩瀚,恐不能足用。"(《东坡全集》卷五十九)

日色曛(xūn):日色黄昏。〔唐〕杜甫《再吟》:"塞北春阴暮,江南日色曛。"(《九家集注杜诗》卷三十六)

[9]三尺:指法律。《史记·酷吏列传》(卷一百二十二):"周曰:'君为天子,

决平不循三尺法,专以人主意指为狱,狱者固如是乎?'"〔南朝·宋〕裴骃集解引《汉书音义》:"以三尺竹简书法律也。"

[10]度外:法度之外。《南史·谢朓传》(卷二十):"武帝请诛朓。高帝曰:'杀之则成其名,正应容之度外。'"

次及甫入峡杂咏·十二碚[1]

舍车不涉猢狲愁[2],行舟未过虾蟆碚[3]。
咸池乐部十二锺[4],六丁挈置巫山背[5]。
鳌头赑屃方壶裂[6],鲸腹膨脝海门碎[7]。
凿开混沌尸者谁[8],事逐浮云堕茫昧[9]。

(原载《四部丛刊》影印宋刻《平斋文集》卷三;录自北京大学古文献研究所编《全宋诗》,北京大学出版社1991年7月第1版,第55册,第34487页)

【注 释】

[1]十二碚:《明一统志·荆州府·山川》(卷六十二):"十二碚,在荆门山。宋王十朋诗:'楚国封疆六千里,荆门岩岫十二碚。'言山势与江路相背也。"

[2]猢狲愁:谓地势险恶,连猢狲也为之发愁。〔宋〕黄庭坚《梦李白诵竹枝词三叠》之二:"竹竿坡面蛇倒退,摩围山腰胡孙愁。"(《山谷内集诗注》卷十二)

[3]虾蟆碚:西陵峡中扇子峡里一块形似蛤蟆的石头。〔宋〕苏轼有《虾蟆碚》诗:"蟆背似覆盂,蟆颐如偃月。谓是月中蟆,开口吐月液。根源来甚远,百尺苍崖裂。当时龙破山,此水随龙出。入江江水浊,犹作深碧色。禀受苦清洁,独与凡水隔。岂惟煮茶好,酿酒应无敌。"〔清〕冯景补注:"《峡州志》:扇子峡石,中突而泄,水独清冷,石状如圭头,俗谓虾蟆石,其水煎茶为第一。"(《苏诗续补遗》卷上)〔宋〕黄庭坚《邹松滋寄苦竹泉橙曲莲子汤三首》之一:"巴人漫说虾蟇碚,试裹春芽来就煎。"(《山谷内集诗注》卷十四)《明一统志·荆州府·山川》(卷六十二):"虾蟆碚,在夷陵州西三十里,江之南有石如虾蟆,其大数丈,石上出泉水,过者必酌此水以瀹茗。陆羽第水品居第四。宋黄庭坚云:从舟中望之,颐项口吻甚类虾蟆,寻泉源入洞中,石气清寒,流泉出石骨,若虬龙吼。陆游诗:'巴东峡里最初峡,天下泉中第一泉。'"

[4]咸池:古乐曲名,相传为尧乐。一说为黄帝之乐,尧增修沿用。《礼记·

乐记》：“《咸池》，备矣。”〔汉〕郑玄注：“黄帝所作乐名也，尧增修而用之。”（《礼记注疏》卷三十八）

乐部：指乐队，分立部、坐部。

十二锺：锺，通“钟”，能和五音、十二律的成套的钟。共十二枚，故名。五音，古代五声音阶中的五个音级，即宫、商、角、徵、羽。唐以后又名合、四、乙、尺、工。相当于简谱中的1、2、3、4、5、6。十二律，古乐的十二调。阳律六：黄钟、太簇、姑洗、蕤宾、夷则、亡射；阴律六：大吕、夹钟、中吕、林钟、南吕、应钟。共为十二律。《管子·五行》（卷十四）：“审合其声，修十二钟以律人情。”

[5]六丁：道教认为六丁（丁卯、丁巳、丁未、丁酉、丁亥、丁丑）为阴神，为天帝所役使；道士则可用符箓召请，以供驱使。《后汉书·梁节王畅传》（卷八十）：“从官卜忌自言能使六丁，善占梦。”〔唐〕李贤注：“六丁，谓六甲中丁神也。若甲子旬中，则丁卯为神，甲寅旬中，则丁巳为神之类也。役使之法，先斋戒，然后其神至，可使致远方物及知吉凶也。”

挈（qiè）置：犹提置，携置。〔宋〕蔡襄《推进论》：“观其挈置大位，能自炳炳见于末世者，特桑羊、孔仅辈也。”（《端明集》卷三十三）

巫山背：巫山的背面。

[6]鳌（áo）头：鳌鱼之头。鳌，传说中海中能负山的大鳌或大龟。〔战国·楚〕屈原《天问》：“鳌戴山抃，何以安之？”〔汉〕王逸注：“《列仙传》曰：有巨灵之鳌，背负蓬莱之山而抃舞。”〔宋〕洪兴祖补注：“《玄中记》云：即巨龟也。一云：海中大鳌。”（《楚词补注》卷三）指江中石。

赑屃（bìxì）：大而重貌。〔宋〕司马光《送齐学士知荆南》：“旗旆逶迤蟠梦泽，楼舡赑屃压江涛。”（《传家集》卷十四）

方壶：传说中神山名，一名方丈。《列子·汤问》（卷五）：“渤海之东，不知几亿万里，有大壑焉……其中有五山焉：一曰岱舆，二曰员峤，三曰方壶，四曰瀛洲，五曰蓬莱。”

[7]鲸腹：鲸鱼之腹。鲸，水栖哺乳纲动物，体形长大，外形似鱼，小约1米，大至30米。头大，眼小，耳壳退化。前肢呈鳍状，后肢退化。尾鳍叉形，呈水平状。成体皮肤无毛，皮下脂肪增厚，用肺呼吸，可潜水一刻钟至一小时。胎生。〔晋〕左思《吴都赋》：“于是乎长鲸吞航，修鲵吐浪。”〔晋〕刘逵注引杨孚《异物志》：“鲸鱼，长者数十里，小者数十丈，雄曰鲸，雌曰鲵。”（《文选》卷五）

膨脝（hēng）：腹部膨大貌。〔唐〕寒山《诗》之一百八十九：“饱食腹膨脝，个是痴顽物。”（《寒山诗集》）

海门：海口，内河通海之处。〔唐〕韦应物《赋得暮雨送李胄》：“海门深不见，浦树远含滋。”（《韦苏州集》卷四）

[8]混沌:古代传说中指世界开辟前元气未分、模糊一团的状态。〔汉〕班固《白虎通·天地》(卷下):"混沌相连,视之不见,听之不闻,然后剖判。"

尸:承担。《尚书·康王之诰序》:"康王既尸天子,遂诰诸侯,作《康王之诰》。"(《尚书注疏》卷十八)

[9]浮云:飘动的云。〔战国·楚〕宋玉《九辩》:"块独守此无泽兮,仰浮云而永叹。"(《楚辞章句》卷八)

茫昧:模糊不清。〔唐〕韩愈《南山诗》:"山经及地志,茫昧非受授。"(《五百家注昌黎文集》卷一)

次杨泸南以前区字韵送行(之二)

万里来鸿未有书,社前归燕与人俱[1]。
涨痕落后杭巫峡[2],风力高时略太湖[3]。
深愧平生嗟靖节[4],一匡天下望夷吾[5]。
延英入定中兴业[6],早震天声到鬼区[7]。

(原载《四部丛刊》影印宋刻《平斋文集》卷五;录自
北京大学古文献研究所编《全宋诗》,北京大学出
版社1991年7月第1版,第55册,第34525页)

【注　释】

[1]社前归燕:犹社日前归来的燕子。社日,古时祭祀土神的日子,一般在立春、立秋后第五个戊日。这里当指春社。〔宋〕杨万里《和曾克俊惠诗》:"眼底春光正入年,社前燕子已言旋。"(《诚斋集》卷五)

与人俱:犹言与人一起归来。

[2]涨痕:涨水的痕迹。〔宋〕苏轼《书李世南所画秋景二首》之一:"野水参差落涨痕,疏林欹倒出霜根。"(《东坡诗集注》卷二十七)

杭巫峡:过巫峡。杭,犹渡。《诗经·卫风·河广》:"谁谓河广,一苇杭之。"〔汉〕毛亨传:"杭,渡也。"(《毛诗注疏》卷五)亦泛指航行。这里意为乘船经过巫峡。

[3]略太湖:巡行太湖。略,行。《左传》昭公二十二年:"六月,荀吴略东阳,使师伪籴者,负甲以息于昔阳之门外,遂袭鼓灭之。"〔晋〕杜预注:"略,行也。"(《春秋左传注疏》卷五十)

〔4〕靖节:指陶潜,东晋大诗人,字符亮,私谥靖节徵士。〔南朝·宋〕颜延之《陶徵士诔》:"若其宽乐令终之美,好廉克己之操,有合谥典,无愧前志。询诸友好,宜谥曰靖节徵士。"(《汉魏六朝百三家集》卷六十七)亦称"靖节先生"。

〔5〕一匡天下:使天下得到匡正。《论语·宪问》:"管仲相桓公,霸诸侯,一匡天下。"〔三国·魏〕何晏集解引马融曰:"匡,正也。天子微弱,桓公帅诸侯以尊周室,一正天下。"(《论语注疏》卷十四)

夷吾:指管仲。《史记·管晏列传》(卷六十二):"管仲夷吾者,颍上人也。"春秋初政治家。先助公子纠与公子小白(即齐桓公)争位,失败后,经鲍叔牙推荐,被齐桓公任为上卿。他辅政四十余年,因势制宜,实行改革,利用并改进宗周制度,置国(都)为士乡十五,工商乡六,都鄙为五属,分设各级官吏管理。在保持"井田畴均"的同时,再按土地好坏征收赋税;注重发展农业生产,又用官府力量控制山海之利,并特许在庶民中选士,予以破格提升,重视赏勤罚惰。这些措施使齐国不断富强。对外致力于"尊王攘夷"、"九合诸侯"的活动,使齐桓公成为春秋时期的第一个霸主。现存《管子》七十六篇,多数为后人假托。

〔6〕延英:唐代宫殿名,在延英门内。〔唐〕张九龄等《唐六典·尚书·工部》(卷七):"宣政之左曰东上阁,右曰西上阁,次西曰延英门,其内之左曰延英殿。"肃宗时,宰相苗晋卿年老,行动不便,天子特地在延英殿召对,以示优礼。后沿为故事。

中兴:中途振兴,转衰为盛。《诗经·大雅·烝民序》:"任贤使能,周室中兴焉。"(《毛诗注疏》卷二十五)

〔7〕天声:比喻盛大的声威。〔汉〕班固《封燕然山铭》:"下以安固后嗣,恢拓境宇,振大汉之天声。"(《汉魏六朝百三家集》卷十一)

鬼区:边远地区。〔汉〕班固《典引》:"仁风翔乎海表,威灵行乎鬼区。"蔡邕注:"鬼区,绝远之区也。"(《文选》卷四十八)

薛师石

【作者简介】

薛师石(1178—1228),字景石,号瓜庐,永嘉(今浙江温州)人。工诗善书,生平未仕,筑室会昌湖上,与赵师秀、徐玑等多有唱和。理宗绍定元年(1228)卒,年五十一。有《瓜庐集》。事见本集附录宋王纬《薛瓜庐墓志铭》。

纪梦曲

夜梦佳人姱且长[1],星冠霞帔云衣裳[2]。
双眉浅淡画春色,两耳炫耀垂珠珰[3]。
细步逡巡倏相近[4],世道人情不敢问。
敛容正笑发一言[5],不识巫山云雨恨[6]。
自从十五学仙经[7],今年二十身骨清。
天上有籍升其名[8],长声短声歌紫琼[9]。
紫琼之章词宛转,永与人间风调远[10]。
余声未竟钟鼓鸣,雾散烟收人不见。

（原载读画斋刊《南宋群贤小集》本《瓜庐诗》;录自北京大学古文献研究所编《全宋诗》,北京大学出版社1991年7月第1版,第56册,第34817页）

【注　释】

[1]姱(kuā)且长:美而且高。姱,美丽,美好。〔战国·楚〕屈原《九歌·礼魂》:"姱女倡兮容与,春兰兮秋菊。"〔汉〕王逸注:"姱,好貌。"(《楚辞章句》卷二)

长,指个子高。《荀子·非相》(卷三):"仲尼长,子弓短。"

[2]星冠霞帔(pèi):以星辰为冠,以云霞为服。帔,帔肩。〔前蜀〕牛峤《女冠子》:"星冠霞帔。住在蘂珠宫里。佩丁当。明翠摇蝉翼。"(《全唐诗》卷八百九十二)〔清〕王士禛《居易录》(卷三十)谓"星冠霞帔,为女道士装"。

云衣裳:以云为衣裳。〔宋〕韩淲《江城子》:"天孙应为织云裳。试宫妆。问刘郎。"(《涧泉集》卷二十)

[3]炫燿(yào):闪耀,光彩夺目。《汉书·司马相如传上》(卷五十七上):"众色炫燿,照烂龙鳞。"〔唐〕颜师古注:"言采色相耀,若龙鳞之间杂也。"

珠珰(dāng):缀珠的耳饰。〔汉〕刘桢《鲁都赋》:"插曜日之珍笄,珥明月之珠珰。"(《汉魏六朝百三家集》卷三十一)

[4]逡(qūn)巡:从容,不慌忙。《庄子·秋水》:"东海之鳖,左足未入,而右膝已絷矣,于是逡巡而却。"〔唐〕成玄英疏:"逡巡,从容也。"(《南华真经注疏》,中华书局1998年7月第1版,第347页)

倏(shū)相近:忽然相近。

[5]敛容:正容,显出端庄的脸色。〔唐〕白居易《琵琶引》:"沉吟放拨插弦中,整顿衣裳起敛容。"(《白氏长庆集》卷十二)

正笑:犹端正、正经的笑。

[6]巫山云雨恨:犹言爱情的恼恨。巫山云雨,典出〔战国·楚〕宋玉《高唐赋·序》。参见本卷《诗歌部》上册张佖《经旧游》注[3]。

[7]仙经:泛指道教经典。〔晋〕葛洪《抱朴子·辨问》(内篇卷三):"仙经以为,诸得仙者,皆其受命偶值神仙之气,自然所禀。"

[8]"天上"句:犹言天上有神仙名册而提升其名,谓升其名入于仙籍。

[9]紫琼:指紫琼宫,为九天真女所居。〔宋〕张君房《云笈七签·紫书存思九天真女法》(卷四十四):"《紫书诀》言:凡修上真之道,常以九月九日、七月七日、三月三日,此日是九天真女合庆玉宫游宴霄庭,敷陈纳灵之日。至其日,五香沐浴,清斋隐处别室,不交人事。夜半露出烧香,北向仰思九天真女讳字,身长七寸七分,著七色耀玄罗褂,明光九色紫锦飞裙,头戴玄黄七称进贤之冠,居上上紫琼宫、玉景台、七映府、金光乡、无为里中,时乘紫霞飞盖、绿轺丹辔,从上宫玉女三十六人,手把神芝,五色华幡,御飞凤白鸾,游于九玄之上,青天之崖。"

[10]风调:风格,格调。《诗人玉屑》(卷十)引〔宋〕李錞《李希声诗话》:"古人作诗正以风调高古为主,虽意远语疎,皆为佳作。"

魏了翁

【作者简介】

　　魏了翁(1178—1237)，字华父，号鹤山，邛州蒲江(今属四川)人。宁宗庆元五年(1199)进士，授签书剑南西川节度判官。嘉泰二年(1202)，召为国子正，次年改武学博士。开禧元年(1205)，召试学士院，以阻开边之议忤韩侂胄，改秘书省正字。次年出知嘉定府。史弥远当国，力辞召命。丁父忧，筑室白鹤山下，开门授徒。起知汉州、眉州。嘉定四年(1211)擢潼州路提点刑狱，历知遂宁、泸州、潼川府。十五(1222)年，召为兵部郎中，累迁秘书监、起居舍人。理宗宝庆元年(1225)，因言事以首倡异论、朋邪谤国黜靖州居住。绍定五年(1232)，起为潼川路安抚使、知泸州。端平元年(1234)，召权礼部尚书兼直学士院，以端明殿学士、同签书枢密院事督视江淮京湖军马。嘉熙元年(1237)卒，年六十。谥文靖。遗稿由其子近思、近愚刊行，传世有《鹤山先生大全文集》一百九卷。事见本集卷首宋淳祐九年(1249)吴渊序、清缪荃孙《魏文靖公年谱》，《宋史》卷四百三十七有传。

书遂宁何氏稳兴斋

巫峡孤舟嫌太重[1]，山阳小艇又偏轻[2]。
直须装载停匀着[3]，更要其间御者平[4]。

(原载《四部丛刊》影印宋开庆元年刻本《鹤山先生大全文集》卷九；录自北京大学古文献研究所编《全宋诗》，北京大学出版社1991年7月第1版，第56册，第34942页)

[1]巫峡:长江三峡之一,西起重庆市巫山县大宁河口,东至湖北省巴东县官渡口,全长44.5公里。参见本卷《诗歌部》上册幸夤逊《云》注[7]。

[2]山阳:汉置县名,属河南郡。故城在今河南省修武县境。魏晋之际,嵇康、向秀等尝居此为竹林之游。后因以代指高雅人士聚会之地。〔唐〕杜甫《赠王二十四侍御契四十韵》:"山阳无俗物,郑驿正留宾。"(《九家集注杜诗《卷二十五)

[3]直须:应,应当。〔唐〕杜秋娘《金缕衣》:"有花堪折直须折,莫待无花空折枝。"(《石仓历代诗选》卷一百十三)

停匀:均匀,匀称。作者关于"装载停匀"的观点,从《次韵虞退夫除夕七绝句》之五中亦可见出:"长叹熙丰祐圣年,偏轻偏重几翻船。谁能装载停匀了,多著男儿尽力牵。"(《鹤山集》卷十一)

[4]御者:指驾驭船舶的人。

次韵虞退夫除夕七绝句(之七)[1]

虞倩思亲感岁年[2],归心巫峡暮云前[3]。。
乖逢逝止那能料[4],静倚闲云看大川[5]

(原载《四部丛刊》影印宋开庆元年刻本《鹤山先生大全文集》卷十一;录自北京大学古文献研究所编《全宋诗》,北京大学出版社1991年7月第1版,第56册,第34972页)

【注　释】

[1]虞退夫:作者友人。在作者《鹤山集》中与之有关的诗文有:《和虞退夫韵》、《虞退夫生日》、《次韵虞退夫除夕七绝句》、《用张子益教授韵送虞退夫西归》、《和虞退夫见贻生日诗韵》(以上卷十一),《用蒋成甫韵贺虞退夫生子且以相名之》、《虞退夫生日》、《次韵虞退夫除夕七绝句》(以上卷十二),《虞退夫(烑)敬和堂铭》(卷五十七),《虞退夫字说》(卷五十八)。

[2]虞倩(qiàn):指虞退夫。倩,古时男子的美称。《说文·人部》:"倩,人美字也。"〔清〕段玉裁注:"倩,犹甫也。《谷梁传》:'父(甫)犹傅也,男子之美称也。'男子之字称甫者,仅甫嘉甫是;有称倩者,萧长倩、东方曼倩。"(《说文解字注》浙江古籍出版社1998年2月第1版,第367页)《汉书·朱邑传》(卷八十

九）："昔陈平虽贤，须魏倩而后进；韩信虽奇，赖萧公（萧何）而后信。"〔唐〕颜师古注："苏林曰：'魏无知也。'师古曰：'倩，士之美称。'"〔宋〕梅尧臣《过山阳水陆院智洪上人房》："遗墨悲苏倩，高情想遁林。"原题下注："有苏子美墨迹。"（《宛陵集》卷四十七）

［3］巫峡：长江三峡之一，西起重庆市巫山县大宁河口，东至湖北省巴东县官渡口，全长44.5公里。巫峡雨，典出〔战国·楚〕宋玉《高唐赋·序》。参见本卷《诗歌部》上册幸夤逊《云》注［7］。

［4］乖逢：不如意的遭逢。〔宋〕杨万里《憩怀古堂》："如何涉斯世，乖逢亦有时。"（《诚斋集》卷九）

逝止：犹去留。〔晋〕陆机《文赋》："虽逝止之无常，固崎锜而难便。"（《文选》卷十七）止，《全宋诗》注："吴本。四库本作'水'。"按：吴本，指明嘉靖吴凤高翀刻本；四库本，指1987年上海古籍出版社影印文渊阁《四库全书》本。

［5］大川：犹大河。〔唐〕吕温《地志图序》："名山大川，随顾奔走；殊方绝域，举意而到。"（《吕衡州集》卷三）

鹊桥仙

七夕之明日载酒李彭州（垐）家即席赋[1]

银潢濯月，金茎团露[2]，一日清于一日。昨宵云雨暗河桥，似划地、不如今夕[3]。　　乘查信断，搘机人去[4]，误了桥边消息。天孙问我巧何如，正为怕、不曾陈乞[5]。

（原载《鹤山先生大全文集》卷九十五；录自唐圭璋编《全宋词》，中华书局1965年6月第1版，第4册，第2378页）

【注　释】

［1］鹊桥仙：参见本卷《诗歌部》中册李漳《鹊桥仙》注［1］。魏了翁此词双调，五十六字。前后段各五句，两仄韵。

明日：第二天。〔唐〕韩愈《上张仆射书》："九月一日愈再拜。受牒之明日，在使院中有小吏持院中故事节目十余事来示。"（《别本韩文考异》卷十七）

李彭州（垐）：李彭州，名垐。垐（jì），"塈"的古字。

［2］银潢：天河，银河。〔宋〕苏轼《和文与可洋川园池三十首·天汉台》："漾水东流旧见经，银潢左界上通灵。"（《东坡诗集注》卷二十九）

濯(zhuó)月:洗涤月亮。濯,洗涤。〔宋〕王安石《车螯》之二:"清波濯其污,白日晒其昏。"(《临川文集》卷十)

金茎:用以擎承露盘的铜柱。〔汉〕班固《西都赋》:"抗仙掌以承露,擢双立之金茎。"〔唐〕李善注:"金茎,铜柱也。"(《文选》卷一)

团露:凝聚露水。团,凝结。〔南朝·宋〕鲍照《伤逝赋》:"露团秋槿,风卷寒萝。"(《鲍明远集》卷二)

[3]云雨:喻男女情爱,典出〔战国·楚〕宋玉《高唐赋·序》。参见本卷《诗歌部》上册张耜《经旧游》注[3]。传说牛郎织女每年七夕相会,故云"昨宵云雨暗河桥"。

河桥:指传说中喜鹊在银河上架起的桥。

刬(chǎn)地:反而。〔宋〕朱熹《答徐子融》:"若看错了,即终日闭口不别是非,刬地不是矣。"(《晦庵集》卷五十八)

[4]乘查:即乘楂,亦作"乘槎"。谓乘坐竹、木筏。传说天河与海通,有人居海渚者,年年八月见有浮槎去来,不失期,遂立飞阁于查上,乘槎浮海而至天河,遇织女、牵牛。此人问此是何处,答曰:"君还至蜀郡访严君平则知之。"后至蜀,君平曰:"某年月日有客星犯牵牛宿。"正是此人到天河时。见〔晋〕张华《博物志》(卷十)。参见本卷《诗歌部》上册梅尧臣《送阎仲孚郎中南游山水》注[20]。

搘(zhī)机:犹支机,即支机石。搘,支撑。传说为天上织女用以支撑织布机的石头。《太平御览》(卷八)引〔南朝·宋〕刘义庆《集林》:"昔有一人寻河源,见妇人浣纱,以问之,曰:'此天河也。'乃与一石而归。问严君平,云:'此支机石也。'"一说,其人为汉代张骞,谓骞奉命寻找河源,乘槎经月至天河,在月亮见一女织,又见一丈夫牵牛饮河,织女取支机石与骞。

[5]天孙:星名,即织女星。《史记·天官书》(卷二十七):"婺女,其北织女。织女,天女孙也。"〔唐〕司马贞索隐:"织女,天孙也。"这里指代织女。

陈乞:陈述请求。这里指"乞巧"的民俗。旧时风俗,农历七月七日夜(或七月六日夜)妇女在庭院向织女星乞求智巧,称为"乞巧"。〔南朝·梁〕宗懔《荆楚岁时记》:"七月七日为牵牛织女聚会之夜。是夕,人家妇女结彩缕,穿七孔针,或以金银输石为针,陈瓜果于庭中以乞巧,有喜子网于瓜上则以为符应。"

水调歌头

送蒋成父公顺[1]

风雪锢迁客[2],闭户紧蒙头。一声门外剥啄,客有从予游[3]。直自离骚国里,行到林间屋畔[4],万里入双眸。世态随炎去,此意澹于秋。   感毕逋,怀秸鞠,咏夫不[5]。寻师学道虽乐,吾母有离忧[6]。岁晚巫云峡雨,春日楚烟湘月[7],诗思满归舟。来日重过我,应记火西流[8]。

(原载《鹤山先生大全文集》卷九十六;录自唐圭璋编《全宋词》,中华书局1965年6月第1版,第4册,第2400页)

【注　释】

[1]水调歌头:词牌名。参见本卷《诗歌部》中册蔡伸《水调歌头》注[1]。魏了翁此词双调,九十五字。前段九句,四平韵;后段十句,四平韵。

蒋成父:作者友人。在作者《鹤山集》中与之有关的诗文有:《和蒋成甫见贻生日韵》(卷十一)、《用蒋成甫韵贺虞退夫生子且以相名之》(卷十二)、《清湘蒋成父(公顺)一斋铭》(卷五十七)等。

[2]风雪锢迁客:犹言风雪束缚被贬之人。迁客,遭贬斥放逐之人。〔南朝·梁〕江淹《恨赋》:"或有孤臣危涕,孽子坠心,迁客海上,流戍陇阴。"(《江文通集》卷一)

[3]剥啄:象声词,敲门声。〔宋〕苏轼《次韵赵令铄惠酒》:"门前听剥啄,烹鱼得尺素。"(《东坡诗集注》卷九)

从予游:跟随我遨游。予,我。游,遨游、游览。《诗经·大雅·卷阿》:"岂弟君子,来游来歌,以矢其音。"(《毛诗注疏》卷二十四)

[4]林间:作者原注:"鹤山人,子云师。"

[5]毕逋(bū):乌鸦的别称。〔唐〕顾况《乌夜啼》之一:"毕逋发刺月衔城,八九雏飞其母惊。"(《全唐诗》卷二百六十五)

秸鞠:鸤鸠,即布谷鸟。《诗经·曹风·鸤鸠》:"鸤鸠在桑,其子七兮。"〔汉〕毛亨传:"鸤鸠,秸鞠也。"〔宋〕朱熹集传:"鸤鸠,秸鞠也,亦名戴胜,今之布谷也。"(《毛诗注疏》卷十四)

夫不:鸟名,即布谷鸟。《诗经·小雅·四牡》"翩翩者雉。"〔汉〕毛亨传:"雉,夫不也。"作者原注:"雉也,兴不皇将父母。"按:雉,音zhuī。以上三句均有感母恩,以图报答。

[6]离忧:离别的忧思。〔唐〕杜甫《长沙送李十一》:"李杜齐名真忝窃,朔云寒菊倍离忧。"〔清〕仇兆鳌注:"离忧,离别生忧也。"(《杜诗详注》卷二十三)

[7]巫云峡雨:巫山云,峡江雨。〔唐〕庄南杰《湘弦曲》:"楚云铮铮戛秋露,巫云峡雨飞朝暮。"(《全唐诗》卷四百七十)

楚烟湘月:楚地的云雾,湘江的明月。〔前蜀〕薛昭蕴《浣溪沙》:"意满便同春水满,情深还似酒杯深。楚烟湘月两沉沉。"(《花间集》卷三)

[8]火西流:犹言火星在西,谓秋季。《诗经·豳风·七月》:"七月流火,九月授衣。"〔唐〕孔颖达疏:"于七月之中,有西流者,是火之星也,知是将寒之渐。"(《毛诗注疏》卷十五)火指大火星(即心宿)。夏历五月的黄昏,火星在中天,七月的黄昏,星的位置由中天逐渐西降。后多借指农历七月暑渐退而秋将至之时。

作者原注:"韩退之云:欧阳詹舍父母之养,以来京师,虽有离忧,其志乐也,此语有碍,今反之。"按:此是对全词之意的阐释。

崇 滋

【作者简介】

崇滋,字泽民,号竹所,永嘉(今浙江温州)人。太宗九世孙,嘉定十年(1217)进士。

悼步月[1]

雁过妆楼人不见[2],断肠又是一黄昏。

不知天上婵娟影[3],能照人间寂寞魂。

响屧廊深空认步[4],唾茸窗焰尚留痕[5]。

合将一把香酥骨[6],葬在巫阳云雨村[7]。

(原载《诗家鼎脔》;录自1987年上海古籍出版社
影印文渊阁《四库全书》本《宋诗纪事》卷八十五)

【注　释】

[1]步月:人名,从诗文内容来看,当是作者曾恋过的一位女子。

[2]妆楼:犹梳妆楼。〔唐〕卢照邻《益州城西张超亭观伎》:"冶服看疑画,妆楼望似春。"(《卢升之集》卷二)

[3]婵娟影:指月影。婵娟,形容月色明媚。〔唐〕释齐己《中秋月》:"可怜半夜婵娟影,正对五侯残酒池。"(《白莲集》卷九)

[4]响屧(xiè):谓木屧的响声。屧,本指鞋中的衬垫,后即用指木屧。此句是说木屧的响声是幽深的走中回荡,却徒劳地认作是她的脚步。这里描写的是错觉或幻觉。

[5]唾茸:古代妇女刺绣,每当停针换线、咬断绣线时,口中常沾留线绒,随口吐出,俗谓唾绒(茸)。〔宋〕张孝祥《浣溪沙》:"豆蔻枝头双蛱蝶,芙蓉花下两鸳鸯。壁间闻得唾茸香。"(《于湖集》卷三十三)

　　窗煖(nuǎn):犹窗暖。煖,同"煖"。温暖,暖和。〔宋〕韩淲《客楼南窗晴日中与坐客论别》:"楼馆南窗暖,追随欲别时。"(《涧泉集》卷八)

　　[6]合将:犹应将。合,应该,应当。

　　[7]巫阳云雨村:巫阳,巫山之南,亦泛指巫山。巫阳云雨村,犹巫山云雨之乡。巫山云雨,典出〔战国·楚〕宋玉《高唐赋·序》。参见本卷《诗歌部》上册张泌《经旧游》注[3]。

邹登龙

【作者简介】

邹登龙,字震父,临江(今江西樟树西南)人。隐居不仕,结屋于邑之西郊,种梅绕之,自号梅屋。与魏了翁、刘克庄等多唱和,有《梅屋吟》一卷传世。事见《两宋名贤小集》卷二百七十一《梅屋吟》小传。

巫山高[1]

巫山茏苁巫峡曲[2],一十二峰浅凝绿[3]。
老猿化石悬巅崖,蠹蠹陵云扫坛竹[4]。
九灵少女列仙从[5],佩玉鸣銮乘绯凤[6]。
飞魂走魄归瑶宫[7],紫箫吹断荆王梦[8]。

(原载汲古阁影宋抄《南宋六十家小集》本《梅屋吟》;录自北京大学古文献研究所编《全宋诗》,北京大学出版社1991年7月第1版,第56册,第35016—35017页)

【注　释】

[1]巫山高:本为汉代铙歌军乐,为《汉鼓吹铙歌》十八曲之一。后演化为专写巫山神女事的诗题。参见本卷《诗歌部》上册文彦博《巫山高》注[1]。

[2]茏苁(lóngzōng):山势高峻貌。〔汉〕司马相如《上林赋》:"于是乎崇山蠹蠹,茏苁崔巍。"〔唐〕李善注引郭璞曰:"皆高峻貌也。"(《文选》卷八)

巫峡曲:犹巫山曲折。

[3]一十二峰:即巫山十二峰,圣泉峰、登龙峰、朝云峰、神女峰(又称望霞

峰）、松峦峰、集仙峰、翠屏峰、聚鹤峰、飞凤峰、净坛峰、起云峰、上升峰。参见本卷《诗歌部》上册张佖《经旧游》注[4]。

[4]扫坛竹：指传说中神女坛旁清扫石坛的竹子。《太平广记·云华夫人》（卷五十六）载〔前蜀〕杜光庭《集仙录》："复有石天尊神女坛，侧有竹，垂之若箒，有槁叶飞物着坛上者，竹则因风扫之，终莹洁不为所污，楚人世祀焉。"

[5]九灵：犹九天。〔汉〕王褒《九怀·思忠》："登九灵兮游神，静女歌兮微晨。"〔汉〕王逸注："想登九天放精神也。"（《楚辞章句》卷十五）

[6]佩玉：古代系于衣带用作装饰的玉。《礼记·玉藻》："君子在车，则闻鸾和之声，行则鸣佩玉。"（《礼记注疏》卷三十）

鸣銮：装在轭首或车衡上的铜铃。车行摇动作响。〔汉〕班固《西都赋》："大辂鸣銮，容与徘徊。"〔唐〕吕延济注："銮，车上铃也。"（《六臣注文选》卷一）

綵凤：即彩凤。〔南朝·齐〕谢朓《永明乐》之十："彩凤鸣朝阳，玄鹤舞清商。"（《谢宣城集》卷二）

[7]瑶宫：传说中的仙宫，用美玉砌成。〔南朝·梁〕陶弘景《许长史旧馆坛碑》："瑶宫碧简，绚采垂文。"（《汉魏六朝百三家集》卷八十九）

[8]荆王梦：犹楚王梦。指宋玉《高唐赋》、《神女赋》中所描写的楚先王梦幸神女、楚襄王梦见神女的故事。后演绎为春梦、艳梦、性梦，成为中国古典诗词中具有特殊指向及喻义的意象。参见本卷《诗歌部》上册梅尧臣《雨中归》注[4]。

释普济

【作者简介】

释普济(1179—1253)，号大川，俗姓张，四明奉化(今属浙江)人。年十九，依香林院文宪师受具戒，初游本郡湖心、赤城禅院，遍历无用全、佛照光、浙翁琰、松源岳、肯堂充诸老之门。宁宗嘉定十年(1217)，住庆元府妙胜禅院，后历住宝陀观音、岳林大中、嘉兴府报恩光孝、庆元府大慈教忠报国、绍兴府天章十方、临安府净慈报恩光孝、灵隐诸寺。理宗宝祐元年(1253)正月卒，年七十五。有《五灯会元》二十卷，《灵隐大川济禅师语录》一卷，收入《续藏经》。事见《语录》及所附大观撰《灵隐大川禅师行状》。

送僧偈[1]

云遮剑阁三千里[2]，水隔瞿塘十二峰[3]。
抖擞屎肠都说了，莫教错过瓮为钟。

（原载〔明〕吴之鲸《武林梵志》卷九；录自北京大学古文献研究所编《全宋诗》，北京大学出版社1991年7月第1版，第56册，第35171页）

【注　释】

[1]偈(jì)：梵语"偈佗"(Gatha)的简称，即佛经中的唱颂词。通常以四句为一偈。《晋书·艺术传·鸠摩罗什》(卷九十五)："罗什从师受经，日诵千偈，偈有三十二字，凡三万二千言。"

[2]剑阁：在今四川省剑阁县东北剑门镇剑门关。参见本卷《诗歌部》上册曹

勋《行路难》注[3]。

[3]瞿塘十二峰:即巫山十二峰,圣泉峰、登龙峰、朝云峰、神女峰(又称望霞峰)、松峦峰、集仙峰、翠屏峰、聚鹤峰、飞凤峰、净坛峰、起云峰、上升峰。参见本卷《诗歌部》上册张佖《经旧游》注[4]。

孙惟信

【作者简介】

孙惟信(1179—1243),字季蕃,号花翁,原籍开封(今属河南),居婺州(今浙江金华)。以荫入仕,光宗时弃官隐居西湖。与赵师秀、刘克庄等交游甚密。理宗淳祐三年(1243)卒,年六十五。有《花翁集》,已佚。事见《后村先生大全集》卷一百五十《孙花翁墓志铭》。

赋女冠还俗[1]

叠却霞绡上醮衣[2],女童鬌髻绿杨垂[3]。
重调蛾黛为眉浅[4],再试弓鞋与步迟[5]。
紫府烟花莺唤醒[6],仙房云雨鹤通知[7]。
帘低红杏春风暖,清梦应曾见旧师。

(原载〔宋〕魏庆之《诗人玉屑》卷十九;录自北京大学古文献研究所编《全宋诗》,北京大学出版社 1991 年 7 月第 1 版,第 56 册,第 35148 页)

【注　释】

[1]女冠:女道士。〔唐〕王建《唐昌观玉蕊花》:"女冠夜觅香来处,唯见阶前碎玉明。"(《王司马集》卷八)

还俗:僧尼或出家的道士恢复俗人的身份。〔宋〕罗从彦《豫章文集·集录·遵尧录·太宗》(卷三):"太平兴国中,太宗谓宰相曰:'迩来贡举混杂,乃有道释之流还俗赴举,此等不能专一其业,他日居官,必非廉士。'"

［2］霞绡：美艳轻柔的丝织物。醮（jiào）衣：指嫁衣。醮，指女子嫁人。

［3］鬏（zhuā）髻：梳在头顶两旁或脑后的发髻。〔宋〕魏庆之《诗人玉屑·吴兴张水戏》（卷十六）引《丽情集》：“忽有里姥引鬏髻女，年十余岁，牧熟视之，曰：‘此真国色也。’”绿杨垂，谓发辫垂下如绿杨。

［4］蛾黛：旧时妇女画眉用的青黑色颜料，又名螺黛。〔唐〕李贺《恼公》：“月分蛾黛破，花合靥朱融。”（《昌谷集》卷二）

［5］弓鞋：旧时缠脚妇女所穿的鞋子。〔宋〕黄庭坚《满庭芳》：“直待朱辖去后，从伊便、窄袜弓鞋。知恩否，朝云暮雨，还向梦中来。”（《山谷词》）

［6］紫府：道教称仙人所居。〔晋〕葛洪《抱朴子·祛惑》（内篇卷四）：“及至天上，先过紫府，金床玉几，晃晃昱昱，真贵处也。”

烟花：雾霭中的花。〔南朝·梁〕沈约《伤春》：“年芳被禁籞，烟花绕层曲。”（《汉魏六朝百三家集》卷八十八）

［7］仙房：神仙的住房，亦指道家的居所。〔唐〕权德舆《和李中丞慈恩寺清上人院牡丹花歌》：“艳蘂仙房次第开，含烟洗露照苍苔。”（《石仓历代诗选》卷六十六）

云雨：男女情爱的隐喻，出自〔战国·楚〕宋玉《高唐赋·序》。参见本卷《诗歌部》上册张佖《经旧游》注［3］。

清平乐[1]

秋娘窗户[2]。梦入阳台雨[3]。小别殷勤留不住[4]。恨满飞花落絮[5]。　　一天晓月檐西。马嘶风拂罗衣[6]。分付许多风致[7]，送人行下楼儿。

（原载清吟阁刊本〔宋〕赵闻礼辑《阳春白雪》卷四；录自唐圭璋编《全宋词》，中华书局 1965 年 6 月第 1 版，第 4 册，第 2484 页）

【注　释】

［1］清平乐：词牌名。参见本卷《诗歌部》上册晏几道《清平乐》注［1］。孙惟信此词双调，四十六字。前段四句，四仄韵；后段四句，三平韵。

［2］秋娘：唐代歌妓女伶的通称。〔唐〕白居易《琵琶引》：“曲罢曾教善才伏，妆成每被秋娘妒。”（《白氏长庆集》卷十二）

[3]阳台雨:喻男女情爱,语本〔战国·楚〕宋玉《高唐赋·序》:"去而辞曰:'妾在巫山之阳,高丘之阻,旦为朝云,暮为行雨。朝朝暮暮,阳台之下。'"(《文选》卷十九)

[4]小别:暂别。〔宋〕沈与求《郑维心约赵安道中大家兄次律学士及仆探梅城山乘月泛舟而归》:"人间此会不多有,忍放杯空成小别。"(《龟溪集》卷一)

[5]落絮:指飘落的柳絮。柳树的种子有白色绒毛,随风飞散如飘絮,因以称絮。〔唐〕王维《三月三日勤政楼侍宴应制》:"酒筵嫌落絮,舞袖怯春风。"(《王右丞集笺注》卷十一)

[6]罗衣:轻软丝织品制成的衣服。〔宋〕辛弃疾《醉太平》:"态浓意远。眉翠笑浅。薄罗衣窄絮风软。鬓云欹翠卷。"(《稼轩词》卷四)

[7]分付:表示,流露。〔宋〕周邦彦《感皇恩》:"浅颦轻笑,未肯等闲分付。为谁心子里,长长苦?"(《片玉词》卷上)风致,犹风韵,风情。

杜 范

【作者简介】

杜范(1182—1245),字成己(《宋史》本传作成之),学者称立斋先生,黄岩(今属浙江)人,宁宗嘉定元年(1208)进士,调金坛尉,再调婺州司法参军,理宗绍定三年(1230),为主管户部架阁文字。端平元年(1234),授军器监丞。累迁监察御史。以劾郑清之,出为江东提点刑狱。嘉熙二年(1238)知宁国府,四年(1240),迁权吏部侍郎兼侍讲,改吏部尚书兼中书舍人。淳祐二年(1242),擢同签书枢密院事,四年(1244),迁同知枢密院事。五年(1245)卒,年六十四,谥清献。有《清献集》十九卷。事见清同治吴县孙氏刻《杜清献公集》卷首黄裳《戊辰修史丞相杜范传》,《宋史》卷四百零七有传。

戏十九兄二首(之一)

风流公子醉阳台[1],归路犹传笑语谐。
玉腕双扶争妩媚[2],不知失足在苍崖。

(原载1987年上海古籍出版社影印文渊阁《四库全书》本《清献集》卷四;录自北京大学古文献研究所编《全宋诗》,北京大学出版社1991年7月第1版,第56册,第35300页)

【注　释】

[1]公子:称富贵人家的子弟。风流公子,指轻浮的富家子弟。〔宋〕秦观《寄题赵侯澄碧轩》:"风流公子四难并,更引清漪作小亭。"(《淮海集》卷九)

阳台：巫山神女与楚先王幽会处。典出〔战国·楚〕宋玉《高唐赋·序》："去而辞曰：'妾在巫山之阳，高丘之阻，旦为朝云，暮为行雨。朝朝暮暮，阳台之下。'"（《文选》卷十九）这里指游乐场所。

〔2〕玉腕：洁白温润的手腕。〔唐〕王勃《采莲曲》："桂棹兰桡下长浦，罗裙玉腕摇轻橹。"（《王子安集》卷二）

妩媚：谄媚。〔南朝·陈〕徐陵《在北齐与杨仆射书》："孙甘言以妩媚，曹屈诈以羁縻。"（《徐孝穆集笺注》卷二）

程公许

【作者简介】

程公许（1182—?），字季与，一字希颖，人称沧洲先生（《耻堂存稿》卷五《沧洲先生奏议序》）。眉州（今四川眉山县）人，寄籍叙州宣化（今四川宜宾西北）。宁宗嘉定四年（1211）进士。历华阳尉，绵州教授，知崇宁县，通判简州、施州。理宗端平初，授大理司直，迁太常博士，嘉熙元年（1237），前秘书丞兼考功郎官，二年（1238），因言事劾去。三年（1239），以著作佐郎召，兼权尚书左郎官，累迁将作少监，兼国史馆编修官，实录院检讨官。淳祐元年（1241）迁秘书少监，兼直学士院，拜太常少卿（《南宋馆阁续录》卷七、八）。出知袁州。以杜范荐，召拜宗正少卿，为权倖所格，退处二年。擢起居郎兼直学士院，中书舍人，礼部侍郎。郑清之再相，屏居湖州四年。十一年（1251），起知婺州（本集卷十三《宝庆府改建设厅记》），官终权刑部尚书，卒年七十余。有《尘缶文集》等，已佚。清四库馆臣据《永乐大典》辑为《沧洲尘缶编》十四卷，其中诗十一卷。《宋史》卷四百一十五有传。

拟玉溪体赋醴泉墅海棠二首（之一）[1]

东皇张饮锦周遭[2]，华艳偏宜望处高[3]。

结绮楼深迷玉树[4]，销金帐暖醉羊羔[5]。

先驱瑞节眩秾李[6]，近侍舞衫环蒨桃[7]。

乞得巫云来芘护[8]，蜚廉作横未应饕[9]。

（原载1987年上海古籍出版社影印文渊阁《四库全书》本《沧洲尘缶编》卷八；录自北京大学古文献研究所编《全宋诗》，北京大

学出版社 1991 年 7 月第 1 版,第 57 册,第 35570—35571 页)

【注　释】

[1]拟玉溪体:谓模仿李商隐诗体。玉溪,唐诗人李商隐别号"玉溪生"的省称。

醴泉:甜美的泉水。《礼记·礼运》:"故天降膏露,地出醴泉。"(《礼记注疏》卷二十二)墅(shù),别馆,家宅以外另置的游息之所。《晋书·谢安传》(卷七十九):"又于土山营墅,楼馆林竹甚盛。"醴泉墅,以"醴泉"命名的别墅。

[2]东皇:指司春之神。〔宋〕韩琦《壬子三月十八日游御河二首》之一:"东皇似助熙台乐,并与千门万户春。"(《安阳集》卷十七)

张饮:设帷帐以饮。张,通"帐"。《汉书·高帝纪下》(卷一下):"上留止,张饮三日。"〔唐〕颜师古注引张晏曰:"张,帷帐也。"

锦周遭:犹言周围一片锦绣,形容帷帐华丽。锦,有彩色花纹的丝织品。〔宋〕高承《事物纪原·布帛杂事·锦》(卷十):"《拾遗》曰:员峤山环丘有冰蚕,霜雪覆之,然后成茧,其色五采。唐尧之时,海人织锦以献。后代效之,染五色丝,织以为锦。《丹阳记》曰:历代尚未有锦,而成都独称妙,盖始于《蜀记》也。蜀自秦昭王时通中国,而三代已有锦,见于《礼》多矣。王嘉所记为近之。"周遭,周围。〔唐〕刘禹锡《石头城》:"山围故国周遭在,潮打空城寂寞回。"(《刘宾客文集》卷二十四)

[3]华艳:华丽。〔唐〕李德裕《重台芙蓉赋并序》:"临漪澜以远望,叹华艳之何鲜。"(《李卫公别集》卷一)这里指海棠。

[4]结绮楼:凝聚华美的楼阁。〔宋〕范成大《寄题石湖海棠二首》之一:"手开芳径越城头,红锦屠苏结绮楼。"(《石湖诗集》卷二十五)

玉树:美丽的树。〔唐〕宋之问《折杨柳》:"玉树朝日映,罗帐春风吹。"(《全唐诗》卷五十一)这里亦指海棠。迷,遮掩。迷玉树,犹言遮掩海棠的树中。

[5]销金帐:嵌金色线的精美的帷幔、床帐。〔宋〕吴儆《次韵李提点雪中登楼之什二首》之二:"谩夸明月舟中兴,争似销金帐底歌。"(《竹洲集》卷十八)

醉羊羔:谓以羊羔佐酒而醉。〔宋〕王迈《贺同年林簿同卿龟从新婚》之二:"云母屏间穿雀目,销金帐下醉羊羔。"(《臞轩集》卷十五)

[6]先驱:前行开路。〔战国·楚〕屈原《离骚》:"前望舒使先驱兮,后飞廉使奔属。"(《楚辞章句》卷一)

瑞节:谓显示吉庆之时节。〔南朝·梁〕江淹《建平王庆改号启》:"嘉生蠲庆,风云瑞节。"(《江文通集》卷三)

秾(nóng)李:华美的李花。〔唐〕李商隐《赋得桃李无言》:"夭桃花正发,秾李蕊方繁。"(《李义山诗集》卷下)眩,耀眼。

[7]近侍:谓对帝王亲近侍奉。〔唐〕张说《恩赐乐游园宴》:"汉苑佳游地,轩庭近侍臣。"(《张燕公集》卷四)

舞衫:犹舞衣。〔唐〕王绩《咏妓》:"早时歌扇薄,今日舞衫长。"(《东皋子集》卷中)

蒨(qiàn)桃:茂盛的桃花。〔宋〕吴文英《永遇乐》:"邻歌散,罗襟印粉,袖湿蒨桃红露。"(《梦窗乙稿》卷二)按:本诗"东皇张饮"起兴,故有"先驱"、"近侍"之喻。即以"秾李"为先驱,以"蒨桃"为近侍。

[8]巫云:巫山云。〔宋〕赵长卿《江城子》:"念平康。转情伤,梦断巫云,空恨楚襄王。"(《历代诗余》卷四十六)

芘(bì)护:犹庇护。芘,通"庇"。〔宋〕苏籀《谢刘宪启》:"嘘呵衰冷,芘护孤贫,永惟此恩,其何以报。"(《双溪集》卷十二)

[9]蜚廉:风神。《汉书·扬雄传上》(卷八十七上):"鸾皇腾而不属兮,岂独蜚廉与云师。"〔唐〕颜师古注引应劭曰:"蜚廉,风伯也。"

作横:指横行不法。〔唐〕杜甫《秋日荆南述怀三十韵》:"蛟螭深作横,豺虎乱雄猜。"(《杜诗详注》卷二十一)

未应:犹不算。饕(tāo),凶猛,猛烈。〔唐〕韩愈《祭河南张员外文》:"岁弊寒凶,雪虐风饕。"(《五百家注昌黎文集》卷二十二)此句意为,风神横行还不算太凶猛。

为建平詹使君赋山泉[1]

秋风慄慄宋玉宅[2],湍波礚涌三闾祠[3]。
行人莫蚩我邦陋[4],离骚千古芳菲菲[5]。
使君玉立笋班上[6],得州如斗不薄之[7]。
冠峨切云佩陆离[8],欲与二子论襟期[9]。
官居仿佛蓬岛似[10],翠雾白云山四围。
向来专情在岩壑[11],爱此线溜来逶迤[12]。
搜岩剔薮作幽事[13],便有一派银河垂[14]。
酿泉为酒旨且洌[15],环滁之乐同一时[16]。
有时痛饮挟骚读[17],声和泉石含余凄[18]。

天涯有客倦行李[19]，云间小队来追随[20]。

窥公心源莹澄澈[21]，亦如此水涅不缁[22]。

里无追胥关薄征[23]，峡山今是春台熙[24]。

邦人恐公日边在[25]，谁卹我老字我蚩[26]。

何人勒铭泉上石[27]，后千万年甘棠诗[28]。

（原载1987年上海古籍出版社影印文渊阁《四库全书》本《沧洲尘缶编》卷六；录自北京大学古文献研究所编《全宋诗》，北京大学出版社1991年7月第1版，第57册，第35541页）

【注　释】

[1]建平：即建平郡，三国吴永安三年（260）置，属荆州。治所在信陵县（今湖北秭归县南）。魏灭属后，置建平郡都尉于巫县（今重庆市巫山县）。西晋咸宁元年（275）改为建平郡。太康元年（280）灭吴，将两建平郡合并，治所在巫县。辖境相当今重庆巫山、巫溪二县及湖北兴山、秭归二县、清江中上游地区，南齐属巴州。梁属信州。隋开皇初罢郡改县，曰巫山，属巴东郡，唐、五代属夔州。宋属夔州路。这里是沿用其旧称。

使君：汉时称刺史为使君，后尊称州郡长官。〔宋〕王禹偁《寒食》："使君慵不出，愁坐读《离骚》。"（《小畜集》卷十一）

[2]慄慠（lìliáo）：亦作慠慄，犹凛冽，寒气袭人貌。〔宋〕苏籀《冻雨一首》："淋淋冻雨滴春朝，正月寒威倍溧慠。"（《双溪集》卷一）

宋玉宅：在秭归县东五里，参见本卷《诗歌部》中册姜特立《门前柳》注[3]。按：秭归县旧属建平郡，见本诗注[1]。

[3]湍（tuān）波：急流的水。〔唐〕李白《江上答崔宣城》："问我将何事，湍波历几重？"（《李太白集注》卷十九）磕（kē）涌，犹撞击奔涌。

三闾祠：纪念屈原的祠庙。屈原曾任三闾大夫（掌昭、屈、景三姓贵族事务）之职。三闾祠在今湖北秭归县，即屈左徒庙，又名屈公祠。清同治《归州志》卷三："屈左徒庙，城东五里，在江滨。经兵火后已成荒土。知州王景阳以载在《祀典》，捐俸重修，端阳祭祀。雍正十一年，湖北学政凌如焕率领捐修齐整。按：其地名屈公沱，又名乐平里。"清光绪《归州志·古迹》（卷一）："屈沱，州东五里。《闻见后录》：屈沱。屈原故居也，今沱北岸上有屈公祠、三闾大夫墓。"清光绪《归州志·八景》（卷一）："区沱野渡，州东五里，北岸为屈公祠，辞后有墓。每岁端午竞渡赛祭，常时两岸往来游人胥从此过渡云。"

[4]莫蚩我邦陋:犹言莫要讥笑我们这里狭小偏僻。蚩,通"嗤",嘲笑,讥笑。〔宋〕司马光《资治通鉴·汉光武帝建武元年》(卷四十):"初,茂(卓茂)到县,有所废置,吏民笑之,邻城闻者皆蚩其不能。"邦,地区,政区。〔汉〕蔡邕《刘镇南碑》:"穷山幽谷,于是为邦。"(《蔡中郎集》卷六)陋,狭小,边远。〔汉〕东方朔《七谏·自悲》:"凌恒山其若陋兮,聊愉娱以忘忧。"王逸注:"陋,小也。"(《楚辞章句》卷十三)《左传》成公八年:"莒子曰:'辟陋在夷,其孰以我为虞?'"杨伯峻注:"意谓无人觊觎此偏僻夷蛮之地。"(《春秋左传注》修订本,中华书局1990年5月第2版,第2册,第840页)

[5]离骚:战国楚屈原代表作。战国楚屈原代表作。其义为"遭遇忧患"。《史记·屈原贾生列传》(卷八十四):"离骚者,犹离忧也。夫天者,人之始也;父母者,人之本也。人穷则反本,故劳苦倦极,未尝不呼天也;疾痛惨怛,未尝不呼父母也。屈平正道直行,竭忠尽智以事其君,谗人间之,可谓穷矣。信而见疑,忠而被谤,能无怨乎?屈平之作《离骚》,盖自怨生也。《国风》好色而不淫,《小雅》怨诽而不乱。若《离骚》者,可谓兼之矣。上称帝喾,下道齐桓,中述汤武,以刺世事。明道德之广崇,治乱之条贯,靡不毕见。其文约,其辞微,其志洁,其行廉,其称文小而其指极大,举类迩而见义远。其志洁,故其称物芳。其行廉,故死而不容自疏。濯淖污泥之中,蝉蜕于浊秽,以浮游尘埃之外,不获世之滋垢,皭然泥而不滓者也。推此志也,虽与日月争光可也。"

芳菲菲:香气盛。〔战国·楚〕屈原《离骚》:"佩缤纷其繁饰兮,芳菲菲其弥章。"〔汉〕王逸注:"菲菲,犹勃勃,芬香貌也。"(《楚辞章句》卷一)

[6]笋班:即玉笋班。玉笋,笋的美称喻英才众多如春笋。玉笋班,指英才济济的朝班。〔唐〕郑谷《九日偶怀寄左省张起居》:"浑无酒泛金英菊,漫道官趋玉笋班。"(《云台编》卷下)

[7]得州如斗:犹言得到的州如斗大。斗,量器,容量为一斗。喻其小。〔宋〕张扩《括苍官舍夏日杂书五首》之二:"孤城如斗大,篱落无千家。"(《东窗集》卷一)

不薄之:不轻视、鄙薄它。〔宋〕黄震《黄氏日抄》(卷四):"严曰:其视民,则不薄之。"

[8]冠峨切云:犹言官高耸入云。语本〔战国·楚〕屈原《九章·涉江》:"带长铗之陆离兮,冠切云之崔嵬。"〔汉〕王逸注:"戴崔嵬之冠,其高切青云也。"(《楚辞章句》卷四)峨,高耸。切云,上摩青云。

佩陆离:犹言佩戴低昂的长剑。低昂,起伏,升降。犹言佩剑随着人行走而上下起伏。语本〔战国·楚〕屈原《九章·涉江》:"带长铗之陆离兮,冠切云之崔嵬。"〔唐〕吕向注:"陆离,剑低昂貌。"(《六臣注文选》卷三十三)

[9]襟期:襟怀、志趣。〔北齐〕文襄帝高澄《与侯景书》:"缱绻襟期,绸缪素分。"(《北齐文纪》卷一)

[10]仿佛蓬岛似:犹言仿佛蓬莱岛似的。蓬岛,指蓬莱山,古代传说中的神山名。《史记·封禅书》(卷二十八):"自威、宣、燕昭使人入海求蓬莱、方丈、瀛洲,此三神山者,其傅在勃海中。"

[11]专情:专一的感情。〔宋〕苏舜钦《和圣俞庭菊》:"一日三四吟,一吟三四绕。赏专情自迷,美极语难了。"(《苏学士集》卷三)

岩壑:山峦溪谷。〔南朝·宋〕谢灵运《酬从弟惠连》:"岩壑寓耳目,欢爱隔音容。"(《汉魏六朝百三家集》卷六十六)

[12]线溜:细长的山泉流水。〔宋〕苏轼《庐山二胜·栖贤三峡桥》:"吾闻太山石,积日穿线溜。"(《东坡诗集注》卷四)

透迤(wēiyí):亦作"透迤",曲折绵延貌。〔汉〕扬雄《甘泉赋》:"梁弱水之濎淀兮,蹑不周之透迤。"〔唐〕吕向注:"透迤,长曲貌。"(《六臣注文选》卷七)

[13]搜岩剔薮(tīsǒu):犹言搜索山岩,疏浚渊薮。剔,疏浚。《淮南子·要略》:"剔河而道九岐。"〔汉〕高诱注:"剔,泄去之。"(《淮南鸿烈解》卷二十一)薮,指水少而草木丰茂的沼泽。《诗经·郑风·大叔于田》:"叔在薮,火烈具举。"(《毛诗注疏》卷七)按:此是对山泉的描写。

幽事:幽景,胜景。〔唐〕杜甫《秦州杂诗二十首》之九:"丛篁低地碧,高柳半天青。稠迭多幽事,喧呼阅使星。"(《九家集注杜诗》卷二十)

[14]一派银河:犹言银河的一支流。形容山泉。一派,一条支流。〔唐〕白居易《游溢水》:"溢水从东来,一派入江流。"(《白氏长庆集》卷七)

[15]旨且冽:旨,味美。《诗经·小雅·鱼丽》:"君子有酒,旨且多。"(《毛诗注疏》卷十六)冽,寒冷。《诗经·曹风·下泉》:"冽彼下泉,浸彼苞稂。"〔汉〕毛亨传:"冽,寒也。"(《毛诗注疏》卷十四)

[16]环滁:犹言环绕滁州。滁,地名。南朝梁立南谯州。隋废州改为清流县。唐又改置滁州。公元1912年改称滁县,今为滁州市,在安徽省东部。环滁之乐,语本〔宋〕欧阳修《醉翁亭记》:"环滁皆山也。其西南诸峰,林壑尤美,望之蔚然而深秀者,琅邪也。山行六七里,渐闻水声潺潺,而泻出于两峰之间者,酿泉也。峰回路转,有亭翼然临于泉上者,醉翁亭也。……然而禽鸟知山林之乐,而不知人之乐;人知从太守游而乐,不知太守之乐其乐也。醉能同其乐,醒能述以文者,太守也。太守谓谁?庐陵欧阳修也。"(《文忠集》卷三十九)

[17]挟(xié)骚读:犹挟带《离骚》阅读。挟,夹持,谓夹在腋下。骚,特指《离骚》,或楚辞体的诗歌。

[18]余凄:无尽的悽凉悲伤。〔唐〕杜甫《泛溪》:"远郊信荒僻,秋色有余

凄。"(《补注杜诗》卷七)

[19]行李:唐宋时称官府导从人员。倦行李,犹言厌倦导从之人,从下句"云间小队来追随"来看,此处行李不当指出行所带的东西。而谓不喜随从之人打搅其雅兴。

[20]小队:人数少的队伍。〔唐〕杜甫《严中丞枉驾见过》:"元戎小队出郊坰,问柳寻花到野亭。"(《九家集注杜诗》卷二十三)

[21]心源:犹心性,佛教视心为万法之源,故称。〔宋〕邵雍《暮春吟》:"自问心源无所有,答云疏懒味偏长。"(《击壤集》卷四)

莹澄澈:犹言晶莹、清澈。

[22]涅不缁:犹言染不黑。语出《论语·阳货》:"不曰坚乎? 磨而不磷。不曰白乎? 涅而不缁。"〔宋〕朱熹《集注》:"磷,薄也。涅,染皁物。言人之不善,不能浼己。"(《四书章句集注·论语集注》卷九)此言极白之物,染也染不黑。比喻不受环境影响,经得起考验。

[23]里无追胥:犹言乡里无追捕盗贼的事儿。里,乡村的庐舍、宅院,后泛指乡村居民聚落。《诗经·郑风·将仲子》:"将仲子兮,无逾我里。"〔汉〕毛亨传:"里,居也。"(《毛诗注疏》卷七)高亨注:"里,庐也,即宅院。"(《诗经今注》上海古籍出版社1980年10月第1版,第108—109页)追胥,谓逐寇捕盗。《周礼·地官·小司徒》:"以比追胥。"贾公彦疏:"追,逐寇也;胥,伺捕盗贼也。"

关薄征:关,征税的关卡。《左传》昭公二十年:"偪介之关,暴征其私。"〔晋〕杜预注:"又为近关所征税枉暴,夺其私物。"(《春秋左传注疏》卷四十九)薄征,少量地征收赋税。〔唐〕柳宗元《代韦中丞贺元和大赦表》:"涣发大号,申明旧章。农有薄征,市无强价。"(《柳河东集》卷三十七)

[24]春台:春日登眺览胜之处。《老子·河上公章句·异俗》:"荒兮其未央,众人熙熙,如享太牢,如登春台。"(《老子道德经·道经》卷上)熙,和乐,和悦。〔晋〕潘岳《关中诗一首》:"惴惴寡弱,如熙春阳。"〔唐〕李善注:"如悦春阳。"(《文选》卷二十)

[25]邦人:乡里之人,同乡。《韩诗外传》(卷十):"臣麦丘之邦人。"

日边在:犹在日边,犹言在皇帝身边。

[26]谁恤(xù)我老:犹言谁来怜惜我们老人? 恤,忧念,悯惜。《庄子·德充符》:"寡人恤焉,若有亡也。"〔唐〕成玄英疏:"恤,忧也。"(《南华真经注疏》,中华书局1998年7月第1版,第121页)《汉书·项籍传》(卷三十一):"今不恤士卒而徇私,非社稷之臣也。"

字我蚩:字,抚爱,爱护。《左传》成公四年:"楚虽大,非吾族也,其肯字我乎?"〔晋〕杜预注:"字,爱也。"(《春秋左传注疏》卷二十六)我蚩,犹言我等老实

人。蚩,敦厚貌。《诗经·卫风·氓》:"氓之蚩蚩,抱布贸丝。"〔汉〕毛亨传:"蚩蚩者,敦厚之貌。"(《毛诗注疏》卷五)

[27]勒铭:镌刻铭文。〔唐〕杜甫《覃山人隐居》:"南极老人自有星,北山移文谁勒铭?"(《补注杜诗》卷三十二)

[28]甘棠诗:歌颂召公(又称召伯)美政和遗爱的诗篇。甘棠,即棠梨。召公曾于其下决狱。《诗经·召南·甘棠》:"蔽芾甘棠,勿翦勿伐,召伯所茇。"《诗序》:"《甘棠》,美召伯也。召伯之教,明于南国。"〔汉〕郑玄笺:"召伯,姬姓,名奭,食采于召,作上公,为二伯,后封于燕。此美其为伯之功,故言伯云。"(《毛诗注疏》卷二)《史记·燕召公世家》(卷三十四):"周武王之灭纣,封召公于北燕……召公巡行乡邑,有棠树,决狱政事其下,自侯伯至庶人各得其所,无失职者。召公卒,而民人思召公之政,怀棠树不敢伐,哥咏之,作《甘棠》之诗。"

翁元龙

【作者简介】

翁元龙,字时可,号处静,四明(今浙江宁波)人。吴文英亲伯仲,杜范之客。

倦寻芳[1]

燕帘挂晚[2]。莺槛迷晴,花思零乱[3]。试觅娉婷[4],日日傍湖亭苑。掷果墙阴窥驻马,采香深径抛春扇[5]。醉归来,任钗云半落,绣帘慵卷[6]。

念灿锦、年华如旧[7],飞絮游丝,萦恨难翦[8]。蜀羽无情,早带怨红啼断[9],厚约轻辞寒食夜,行云空梦梨花院[10]。莫凭阑,正斜阳、淡烟平远。

（原载清吟阁刊本〔宋〕赵闻礼辑《阳春白雪》卷五;录自唐圭璋编《全宋词》,中华书局 1965 年 6 月第 1 版,第 4 册,第 2943 页）

【注　释】

[1]倦寻芳:词牌名。《词谱》(卷二十四):"《倦寻芳》,王雱词注:'中吕宫'。潘元质词名《倦寻芳慢》。"翁元龙此词据《全宋词》为双调,九十七字。前段十句,五仄韵;后段九句,三仄韵。与《词谱》所列九十七字一体句读不同,或为变格。

[2]燕帘挂晚:旧时燕子在人家梁间筑巢,须门帘高挂,始得飞进飞出,故称燕帘。〔宋〕吴文英《玉漏迟》:"丝柱秋千散后,怅尘销、燕帘莺户。从问阻。梦云无准,鬓霜如许。"(《历代诗余》卷五十七)挂晚,谓未为了让燕子归巢,帘子很晚还挂着。

[3]莺槛:谓黄莺停留的护栏。槛,指防护花木的栅栏,或栏杆。

迷晴:迷恋于晴光。〔唐〕王勃《焦岸早行和陆四》:"复嶂迷晴色,虚岩辨暗

翁元龙

流。"(《全唐诗》卷五十六)

花思:对花的思恋。〔宋〕韩维《和永叔思滁州幽谷》:"泉声尚记岩寒夜,花思偏怜谷暖春。"(《南阳集》卷八)

[4]娉(pīng)婷:指美人,佳人。〔唐〕乔知之《绿珠篇》:"石家金谷重新声,明珠十斛买娉婷。"(《全唐诗》卷八十一)

[5]掷果:抛掷果子,谓妇女对美男子表示爱慕。《晋书·潘岳传》(卷五十五):"少时常挟弹出洛阳道,妇人遇之者,皆连手萦绕,投之以果,遂满载以归。"

墙阴:指墙的阴影。〔唐〕刘禹锡《墙阴歌》:"因思九州四海外,家家只占墙阴内。莫言墙阴数尺间,老却主人如等闲。"(《刘宾客文集》卷二十七)

驻马:使马停下不走。〔唐〕蒋吉《高溪有怀》:"驻马高溪侧,旅人千里情。"(《全唐诗》卷七百七十一)窥,犹偷看。

采香:犹采花。香,借指花。〔唐〕李贺《天上谣》:"玉宫桂树花未落,仙妾采香垂佩缨。"(《昌谷集》卷一)

抛春扇:亦是一张挑逗性的举动。

[6]钗云:钗,由两股簪子交叉组合成的一种首饰。用来绾住头发。云,形容浓密的头发。〔宋〕史浩《临江仙宰》:"山明双蕈水,香满一钗云。"(《鄮峰真隐漫录》卷四十七)

绣帘慵卷:华丽的帘子懒得卷起。慵,懒惰,懒散。〔宋〕杨冠卿《好事近》:"绣帘慵卷玉钩垂,风篁奏余韵。灯火黄昏院落,报雕鞍人近。"(《客亭类稿》卷十四)

[7]灿锦:灿烂的锦缎,比喻春色。〔宋〕赵师使《浪淘沙》:"桃萼正芳菲。初占春时。蒸霞灿锦望中迷。"(《坦庵词》)

[8]飞絮游丝:飞舞的柳絮飘游的蛛丝。〔宋〕杨万里《春夜无睡思虑纷扰》:"浮思闲念纷无数,飞絮游丝遍八荒。"(《诚斋集》卷三十八)

萦恨难翦(jiǎn):缠绕的怨恨难以斩断。翦,斩断,除去。《诗经·召南·甘棠》:"蔽芾甘棠,勿翦勿伐,召伯所茇。"〔汉〕毛亨传:"翦,去。"(《毛诗注疏》卷二)

[9]蜀羽:指杜鹃鸟,又名杜宇、子规。相传为古蜀王杜宇之魂所化。春末夏初,常昼夜啼鸣,其声哀切,以至。

带怨红啼断:犹言带着怨恨啼出鲜血其声断绝。指子规啼血。杜鹃鸟口红,春时杜鹃花开即鸣,声甚哀切。古人误传其"夜啼达旦,血渍草木"(《埤雅》卷九)。〔唐〕顾况《子规》:"杜宇冤亡积有时,年年啼血动人悲。"(《华阳集》卷中)

[10]厚约轻辞:情义深厚的约定,轻浮不定的言辞。谓约言不可靠。

寒食:节日名。在清明前一日或二日。参见本卷《诗歌部》上册张先《木兰花》注[2]。

行云空梦:谓空梦行云。行云,用巫山神女之典。语本〔战国·楚〕宋玉《高唐赋·序》:"旦为朝云,暮为行雨。"(《文选》卷十九)

[11]莫凭阑:莫要靠着栏杆,谓容易触景伤情。〔南唐〕后主李煜《浪淘沙》"独自莫凭阑。无限江山。别时容易见时难。流水落花春去也,天上人间。"(《全唐诗》卷八百八十九)

翁元龙

王迈

【作者简介】

王迈(《永乐大典》引作王君实)(1184—1248)字实之,一作贯之,号臞轩,仙逸(今属福建)人,宁宗嘉定十年(1217)进士,调潭州观察推官,改浙西安抚司干官。理宗绍定三年(1230)为考试官,因显挺详定官不公被黜。调南外睦宗院教授,时真德秀知福州,力为之助,端平元年(1234)召试馆职,次年,为秘书省正字(《南宋馆阁续录》卷九),轮对直言,忤旨,出通判漳州。又因应诏言事,削秩免官。久之,复通判漳州。淳祐元年(1241)通判吉州,迁知邵武军。八年卒,年六十五(《后村大全集》卷一百五十二《臞轩王少卿墓志铭》)。有《臞轩集》二十卷(《续文献通考》)已佚。清四库馆臣据《永乐大典》等辑为十六卷,其中诗五卷。《宋史》卷四百二十三有传。

除夜共蒋力父有秋宿南浦馆[1]

客里逢年酒半醺,篝灯课了送穷文[2]。
对床共听巴山雨[3],入梦休思巫峡云[4]。
好整衣冠朝北阙[5],新栽桃李属东君[6]。
平明各把菱花看[7],黄上眉间已十分[8]。

(原载《永乐大典》卷一万一千三百十三引王君实《臞轩集》;录自北京大学古文献研究所编《全宋诗》,北京大学出版社1991年7月第1版,第57册,第35798页)

【注　释】

[1]蒋力父:作者友人。在作者《臞轩集》(卷十四)中有《丁丑同蒋力父东归至城诗以别之》诗一首:"发轫神皋愁热甚,解骖乡井得凉多。半生相托左右手,一日同收甲乙科。老我已锄年少习,期君共守岁寒柯。荣华富贵邯郸枕,惟孝惟忠久不磨。"《永乐大典》卷七千五百十八引王君实《臞轩集》亦有《怀蒋力父监仓》一首:"冰结长江少跃鳞,天寒不见雁来宾。翻云覆雨羞馀子,霁月光风忆若人。丹穴鹓鶵行毓瑞,北堂燕喜倍生春。万金消息何时到,一洗胸中万斛尘。"从中可大致见出其与作者的关系及情谊。

[2]篝灯:谓置灯于笼中。《宋史·陈彭年传》(卷二百八十七):"彭年幼好学,母惟一子,爱之,禁其夜读书,彭年篝灯密室,不令母知。"

送穷:旧时驱送穷鬼的一种习俗,其时日多有不同,或以正月初三,或以正月初六,或以正月二十九日,或以正月三十日为送穷日。课了送穷文,犹言推敲了《送穷文》的文字。

[3]巴山雨:语本〔唐〕李商隐《夜雨寄北》:"君问归期未有期,巴山夜雨涨秋池。何当共剪西窗烛,却话巴山夜雨时。"(《李义山诗集注》卷一上)

[4]巫峡云:语本〔战国·楚〕宋玉《高唐赋·序》,参见本卷《诗歌部》上册张佖《经旧游》注[3]。

[5]北阙:古代宫殿北面的门楼,是臣子等候朝见或上书奏事之处。《汉书·高帝纪下》(卷一下):"萧何治未央宫,立东阙、北阙、前殿、武库、太仓。"〔唐〕颜师古注:"未央宫虽南向,而上书、奏事、谒见之徒皆诣北阙。"亦用为宫禁或朝廷的别称。

[6]东君:司春之神。〔宋〕李纲《再赋志宏千叶莺粟》:"一畦同种偶千叶,巧思端属东君家。"(《梁溪集》卷八)

[7]平明:犹黎明,天刚亮的时候。《荀子·哀公》(卷二十):"君昧爽而栉冠,平明而听朝。"

菱花:指菱花镜,古代铜镜,多为六角形或背面刻有菱花。亦泛指镜。〔北周〕庾信《王昭君》:"镜失菱花影,钗除却月梁。"(《庾子山集》卷五)

[8]黄上眉间:犹言喜色上眉间。黄,即黄色,指喜色,喜气。〔唐〕韩愈《郾城晚饮奉赠副使马侍郎及冯李二员外》:"城上赤云呈胜气,眉间黄色见归期。"今人钱仲联集释引顾嗣立曰:"《玉管照神书》:'黄色喜征。'相书,喜色红黄。"(《韩昌黎诗系年集释》,上海古籍出版社1984年8月第1版,第1065页)〔宋〕梅尧臣《次韵和原甫阁下午寝晚归见示》:"不言偃仰中园乐,还爱眉间喜色黄。"(《宛陵集》卷二十一)

赵时韶

【作者简介】

赵时韶,魏王廷美九世孙(《宋史·宗室世系表》二十)。曾为王伯大(留耕)客。有《孤山晚稿》,已佚。

云　峰

淡似衡山雾已开[1],浓如雨意黯阳台[2]。
黄昏天际迷归鸟,错认林梢不下来。

（原载影印《诗渊》册二页一千一百四十二;录自北京大学古文献研究所编《全宋诗》,北京大学出版社 1991 年 7 月第 1 版,第 57 册,第 35896 页）

【注　释】

[1]衡山:一名岣嵝山,又名霍山,古称南岳,为五岳之一。位于湖南中部,有七十二峰,以祝融、天柱、芙蓉、紫盖、石廪五峰为最著。祝融峰海拔 1290 米,可俯瞰群山,观赏日出。山上名胜古迹甚多。相传舜南巡和禹治水都到过这里。历代帝王南岳祀典,除汉武帝迁祀安徽潜山外,均在此山。

[2]阳台:〔战国·楚〕宋玉《高唐赋·序》中神女与楚先王约定的幽会场所:"去而辞曰:'妾在巫山之阳,高丘之阻,旦为朝云,暮为行雨。朝朝暮暮,阳台之下。'"(《文选》卷十九)参见本卷《诗歌部》上册解昉《阳台梦》注[9]。

黄大受

【作者简介】

黄大受,字德容,自号露香居士,南丰(今属江西)人。生平未仕,以诗游士大夫间,游踪颇广。遗著《露香拾稿》,于理宗淳祐元年(1241)其子伯厚仕鄞时,请应�、郑清之作序。

偶　成

高唐作梦时,宋玉乃得见[1]。

那知赋说梦,梦外云雨怨[2]。

此赋苟不作,应无列女传[3]。

(原载汲古阁影宋抄《南宋六十家小集·露香拾稿》;录自北京大学古文献研究所编《全宋诗》,北京大学出版社1991年7月第1版,第57册,第36088页)

【注　释】

[1]宋玉乃得见:这是认为《神女赋》的梦主为宋玉的一种观点。源于〔宋〕沈括《梦溪笔谈·补笔谈》(卷一)。他认为,《神女赋》中"王"字与"玉"字互讹,应互换方才字从言顺:"以此考之,则'其夜王寝,梦与神女遇'者,王字乃玉耳。'明日以白玉'者,以白王也。王与玉字误书之耳。前者(《高唐赋》中)梦神女者,怀王也,其夜梦神女者,宋玉也。"〔宋〕姚宽《西溪丛语》(卷上)亦云:"昔楚襄王与宋玉游高唐之上,见云气之异,问宋玉,玉曰:'昔先王梦游高唐,与神女遇,玉为《高唐》之赋。''先王'谓怀王也。宋玉是夜梦见神女,寤而白王,王令玉言其状,

使为《神女赋》。后人遂云襄王梦神女，非也。古乐府诗有之：'本自巫山来，无人睹容色，惟有楚怀王，曾言梦相识。'李义山亦云：'襄王枕上元无梦，莫枉阳台一片云。'今《文选》本'玉'、'王'字差误。"事情的真相是：宋玉在对楚襄王讲述了楚先王梦幸神女的故事后，当晚襄王也梦见了神女。次日，他将所梦告诉宋玉，但已模糊依稀，只记得大概，终究说不明白，于是，就命宋玉代他作赋；宋玉即根据楚襄王提供的有限素材，发挥想象，拟襄王的口吻创作了这篇《神女赋》。也就是说，《神女赋》不过是代言体，即宋玉代楚襄王立言，梦主是楚襄王而非宋玉（参见本书《学术卷》上册吴广平《宋玉〈神女赋〉梦主考辨》；杨明《是谁梦见了巫山神女——关于宋玉〈神女赋〉的异文》）。

[2]云雨怨：指因爱情而忧怨。怨，悲伤，哀怨，怨恨。〔唐〕张贲《和戏袭美醉中先起》："何事桃源路忽迷，唯留云雨怨空闺。"（《万首唐人绝句》卷四十七）

[3]列女传：为所谓重义轻生、有节操的女子所作的传记。列女，犹烈女。《后汉书·梁皇后纪》（卷十下）："常以列女图画置于左右，以自监戒。"〔唐〕李贤注："刘向撰《列女传》八篇，图画其像。"此二句是说，《神女赋》如果不作，应该没有《列女传》，意思是说，《神女赋》诲淫诲色，败坏了社会风气，所以才有《列女传》出现，以正世风。

阳 枋

【作者简介】

　　阳枋(1187—1267)，字正父，原名昌朝，字宗骥，合州巴川(今四川铜梁东南)人，居巴字溪小龙潭之上，因号字溪。早从朱熹门人度正、辇渊学。理宗端平元年(1234)冠乡选。淳祐元年(1241)，因蜀乱免入对，赐同进士出身。四年，监昌州酒税。五年，改大宁监司法参军。八年，为绍庆府学官。度宗咸淳三年卒，年八十一。有诗词、讲义等十二卷，已佚。清四库馆臣据《永乐大典》辑为《字溪集》十二卷。

和全父弟巫山峰韵

巫峰十二最高头[1]，岚色烟光翠欲流[2]。
举首半空不可到，依稀绛阙与琼楼[3]。

（原载 1987 年上海古籍出版社影印文渊阁《四库全书》本《字溪集》卷十一；录自北京大学古文献研究所编《全宋诗》，北京大学出版社 1991 年 7 月第 1 版，第 57 册，第 36130 页）

【注　释】

　　[1]巫峰十二：巫山十二峰，圣泉峰、登龙峰、朝云峰、神女峰(又称望霞峰)、松峦峰、集仙峰、翠屏峰、聚鹤峰、飞凤峰、净坛峰、起云峰、上升峰。参见本卷《诗歌部》上册张佖《经旧游》注[4]。

　　[2]岚色：山林中雾气的颜色。〔唐〕白居易《奉酬侍中夏中雨后游城南庄见示八韵》："四山岚色重，五月水声寒。"(《白氏长庆集》卷三十二)

烟光:指春天的风光。〔唐〕黄滔《祭崔补阙》:"闽中二月,烟光秀绝。"(《黄御史集》卷六)

翠欲流:犹苍翠得像要流淌。形容绿色很浓。〔宋〕宋庠《晚晴》:"斜日红初敛,晴山翠欲流。"(《元宪集》卷三)

[3]绛阙:宫殿寺观前的朱色门阙。〔宋〕苏轼《水龙吟》:"古来云海茫茫,道山绛阙知何处。"(《东坡词》)

琼楼:形容华美的建筑物,指仙宫中的楼台。〔唐〕皮日休《腊后送内大德从勖游天台》:"梦入琼楼寒有月,行过石树冻无烟。"(《全唐诗》卷六百十四)

巫山十二峰(二首)

真灵间气巧蟠融[1],天下应无似此峰。
笑杀襄王凡俗骨[2],妄生狂梦想仙踪[3]。

心与巫山异境融,危岑天际骇奇峰[4]。
苍茫草木晴云外,有似乘鸾跨鹤踪[5]。

(原载 1987 年上海古籍出版社影印文渊阁《四库全书》本《字溪集》卷十一;录自北京大学古文献研究所编《全宋诗》,北京大学出版社 1991 年 7 月第 1 版,第 57 册,第 36130 页)

【注　释】

[1]"真灵"句:犹言真灵之气巧妙地蟠结融合而成为巫山。真灵,真灵之气。〔唐〕吴筠《玄纲论·明道德·天禀》:"阴阳混蒸而生万有,生万有者,正在天地之间矣。故气象变通,晦明有类。阳以明而正其粹为真灵;阴以晦而邪其精为魔魅。故禀阳灵生者为睿哲;资阴魅育者为顽凶。"(《宗玄集别录》)

[2]笑杀:犹可笑之极。杀,副词,表示程度之深。〔唐〕李白《襄阳歌》:"傍人借问笑何事?笑杀山公醉似泥。"(《李太白文集》卷五)

襄王:楚襄王,一作楚顷襄王,名芈(mǐ)横,战国时楚国君主,楚怀王芈槐之子,前298—前262 年在位。在宋玉《高唐赋》《神女赋》中楚襄王均扮演了重要角色,后人遂将楚襄王作为高唐故事的男主人公。参见本卷《诗歌部》上册徐铉《离歌辞五首》(其五)注[4]。

[3]妄生:非分地生出。〔唐〕陆贽《兴元请抚循李楚琳状》:"言其心挟两端,若不提防,恐妄生窥伺,谓宜斥绝,用杜奸邪。"(《翰苑集》卷十六)

狂梦:荒诞的梦。〔前蜀〕顾夐《浣溪沙》:"槛前无力绿杨斜,小屏狂梦极天涯。"(《花间集》卷七)

[4]危岑:高峻的山峰。〔唐〕王勃《深湾夜宿》:"津途临巨壑,村宇架危岑。"(《王子安集》卷三)

骇奇峰:犹言因奇峰而感到惊骇。

[5]乘鸾:传说春秋时秦有萧史善吹箫,穆公女弄玉慕之,穆公遂以女妻之。史教玉学箫作凤鸣声,后凤凰飞止其家,穆公为作凤台。一日,夫妇俱乘凤凰升天而去。见〔汉〕刘向《列仙传》。鸾,传说凤凰一类的神鸟。后因以"乘鸾"比喻成仙。参见本卷《诗歌部》上册聂冠卿《多丽》注[5]。

跨鹤:乘鹤,骑鹤。道教认为得道成仙后能骑鹤飞升。〔宋〕释道潜《怀仙阁》:"平明跨鹤出山去,涧草岩花空自春。"(《参寥子诗集》卷八)

刘克庄

【作者简介】

　　刘克庄（1187—1269），初名灼，字潜夫，号后村，莆田（今属福建）人。宁宗嘉定二年（1209）以荫补将仕郎，初仕靖安主簿，真州录事。后游幕于江浙闽广等地。十二年监南岳庙。十七年知建阳县。以《落梅》诗得祸，闲废十年。理宗端平元年（1234）为帅司参议官，二年除枢密院编修官，兼权侍右郎官，寻罢。淳祐六年（1246），以"文名久著，史学尤精"，赐同进士出身，除秘书少监，兼国史院编修官、实录院检讨官。七年出知漳州。八年迁福建提刑。景定三年（1262）权工部尚书、兼侍读，旋出知建宁府。五年因目疾以焕章阁学士致仕。度宗咸淳四年（1268）除龙图阁学士。五年卒，年八十三，谥文定。生前曾自编文集，林希逸作序，继有后、续、新三集。后由其季子山甫汇编为《大全集》二百卷。事见宋林希逸《后村先生刘公行状》、洪天赐《后村先生墓志铭》。

杂咏一百首·东家女[1]

神女登徒子[2]，微词未必然[3]。
感襄通一梦[4]，窥玉费三年[5]。

（原载铁琴铜剑楼旧藏《后村居士集》卷十五；录自北京大学古文献研究所编《全宋诗》，北京大学出版社1991年7月第1版，第58册，第36347页）

【注　释】

〔1〕东家女：指〔战国·楚〕宋玉《登徒子好色赋》中所描写的登墙三年窥视宋玉的东家之女。其赋云："玉曰：'天下之佳人莫若楚国，楚国之丽者莫若臣里，臣里之美者莫若臣东家之子。东家之子，增之一分则太长，减之一分则太短，著粉则太白，施朱则太赤。眉如翠羽，肌如白雪，腰如束素，齿如含贝。嫣然一笑，惑阳城，迷下蔡。然此女登墙窥臣三年，至今未许也。'"（《文选》卷十九）

〔2〕神女：指〔战国·楚〕宋玉《高唐赋·序》以及《神女赋》中所描写的巫山神女。参见本书《先秦至隋代卷》所录二赋。

登徒子：指〔战国·楚〕宋玉《登徒子好色赋》中所描写的登徒子。其赋云："大夫登徒子侍于楚王，短宋玉曰：'玉为人，体貌闲丽，口多微辞，又性好色，愿王勿与出入后宫。'王以登徒子之言问宋玉，玉曰：'体貌闲丽，所受于天也；口多微辞，所学于师也；至于好色，臣无有也。'"又曰："'登徒子则不然。其妻蓬头挛耳，龁唇历齿，旁行踽偻，又疥且痔。登徒子悦之，使有五子，王孰察之，谁为好色者矣。'"〔唐〕李善注："大夫，官也。登徒，姓也。子者，男子之通称。"（《文选》卷十九）

〔3〕微词：委婉而隐含讽谕的言辞，隐晦的批评。《公羊传》定公元年："定哀多微辞。"〔清〕孔广森通义："微辞者，意有所托而辞不显，唯察其微者，乃能知之。"（《续修四库全书》经部·春秋类《春秋公羊经传通义·定公》卷十，上海古籍出版社 1995 年版，第 163 页）

〔4〕感襄：有感于楚襄王。楚襄王，一作楚顷襄王，名芈（mǐ）横，战国时楚国君主，楚怀王芈槐之子，前 298—前 262 年在位。在宋玉《高唐赋》《神女赋》中楚襄王均扮演了重要角色，后人遂将楚襄王作为高唐故事的男主人公，这其实是一种误读。参见本卷《诗歌部》上册徐铉《离歌辞五首》（其五）注〔4〕。

〔5〕窥玉：窥视宋玉，指宋玉东家女，参见本诗注〔1〕。

冬夜读几案间杂书得六言二十首(之十二)

宋玉口多微词[1]，曼倩言不纯师[2]。
陈赋讽荐枕女[3]，抗义斩卖珠儿[4]。

（原载《四部丛刊》影印〔清〕赐砚斋《后村先生大全集》二十四；录自北京大学古文献研究所编《全宋诗》，北京大学出版社 1991 年 7 月第 1 版，第 58 册，第 36459 页）

刘克庄

【注　释】

[1]宋玉:战国时期楚国辞赋家,《高唐赋》《神女赋》为其代表作。参见本卷《诗歌部》上册吴简言《题巫山神女庙》注[3]。

微词:委婉而隐含讽谕的言辞,隐晦的批评。参见前诗注[3]。

[2]曼倩(qiàn):东方朔(前154—前93)西汉大臣、文学家。字曼倩,平原厌次(今山东惠民东北)人。性诙谐滑稽,善辞赋。武帝初即位,征举方正贤良材力之士,他上书自荐,任常侍郎、太中大夫等职,常以正道讽谏武帝。因终不得重用,故作散文赋《答客难》,以抒发有才智而无施展之苦闷。后世称之为"仙人"。《神异经》《海内十洲记》等书也托名为他所作。

言不纯师:谓其言并不纯粹是师所传授。按:〔战国·楚〕宋玉《登徒子好色赋》云:"口多微辞,所学于师也。"此言"言不纯师",则是说东方朔之言往往为其独创。

[3]陈赋:犹献赋。陈,进献。〔南朝·梁〕释惠津《与瑗律师书》:"昔邹阳上书,乃可引为上客;宋玉陈赋,则一赐以良田。"(《释文纪》卷二十九)

荐枕女:指神女。〔战国·楚〕宋玉《高唐赋·序》:"昔者先王尝游高唐,怠而昼寝,梦见一妇人曰:'妾巫山之女也,为高唐之客。闻君游高唐,愿荐枕席。'王因幸之。"(《文选》卷十九)"荐",《全宋诗》注"原作'桃',据冯本改"。按:"冯本",指清冯氏秘经阁旧藏抄本。

[4]抗义:亦作抗议论。谓持论正直,对错误意见表示反对。〔唐〕陈子昂《谏灵驾入京书》:"然后危言正色,抗议直辞。赴汤镬而不回,至诛夷而无悔。"(《陈拾遗集》卷九)《全宋诗》注:"义","原作'议',据冯本改。""冯本",见前注。

卖珠儿:指汉董偃。董偃幼时,与母以卖珠为事。随母出入武帝姑馆陶公主家,为馆陶公主所近幸,贵宠无比。后东方朔谏武帝,董偃之宠日衰,年三十而卒。事见《汉书·东方朔传》(卷六十五):"初,帝姑馆陶公主号窦太主,堂邑侯陈午尚之,午死,主寡居,年五十余矣,近幸董偃。始偃与母以卖珠为事,偃年十三,随母出入主家,左右言其姣好,主召见,曰:'吾为母养之。'因留第中,教书计相马御射,颇读传记。至年十八而冠,出则执辔,入则侍内。为人温柔爱人,以主,故诸公接之,名称城中,号曰董君。主因推令散财交士,令中府曰:'董君所发,一日金满百斤,钱满百万,帛满千匹,乃白之。'安陵爱叔者,爱盎兄子也,与偃善,谓偃曰:'足下私侍汉主,挟不测之罪,将欲安处乎?'偃惧曰:'忧之久矣,不知所以。'爱叔曰:'顾城庙远无宿宫,又有萩竹籍田,足下何不白主献长门园?此上所欲也。如是,上知计出于足下也,则安枕而卧,长无惨怛之忧。久之不然,上且请之,于足下何如?'偃顿首曰:'敬奉教。'入言之主,主立奏书献之。上大说,更名窦太主园为长门宫。主大喜,使偃以黄金百斤为爱叔寿。叔因是为董君画求见上之策,令主称疾不朝。上往临疾，问所欲，主辞谢曰：'妾幸蒙陛下厚恩，先帝遗德，奉朝请之礼，备臣妾之使，列为公主，赏赐邑入，隆天重地，死无以塞责。一日卒有不胜洒扫之职，先狗马填沟壑，窃有所恨，不胜大愿，愿陛下时忘万事，养精游神，从中掖庭回舆，枉路临妾山林，得献觞上寿，娱乐左右。如是而死，何恨之有！'上曰：'主何忧？幸得愈。恐群臣从官多，大为主费。'上还。有顷，主疾愈，起谒，上以钱千万从主饮。后数日，上临山林，主自执宰敝膝，道入登阶就坐，坐未定，上曰：'愿谒主人翁。'主乃下殿，去簪珥，徒跣顿首谢曰：'妾无状，负陛下，身当伏诛。陛下不致之法，顿首死罪。'有诏谢。主簪履起，之东箱自引董君。董君绿帻傅鞲，随主前，伏殿下。主乃赞：'馆陶公主胞人臣偃昧死再拜谒。'因叩头谢，上为之起。有诏赐衣冠上。偃起，走就衣冠。主自奉食进觞。当是时，董君见尊不名，称为'主人翁'，饮大驩乐。主乃请赐将军列侯从官金钱杂缯各有数。于是董君贵宠，天下莫不闻。郡国狗马蹴鞠剑客辐凑董氏。常从游戏北宫，驰逐平乐，观鸡鞠之会，角狗马之足，上大欢乐之。于是上为窦太主置酒宣室，使谒者引内董君。是时，朔陛戟殿下，辟戟而前曰：'董偃有斩罪三，安得入乎？'上曰：'何谓也？'朔曰：偃以人臣私侍公主，其罪一也。败男女之化，而乱婚姻之礼，伤王制，其罪二也。陛下富于春秋，方积思于《六经》，留神于王事，驰骛于唐虞，折节于三代，偃不遵经劝学，反以靡丽为右，奢侈为务，尽狗马之乐，极耳目之欲，行邪枉之道，径淫辟之路，是乃国家之大贼，人主之大蜮也。偃为淫首，其罪三也。昔伯姬燔而诸侯惮，奈何乎陛下？'上默然不应，良久曰：'吾业以设饮，后而自改。'朔曰：'不可。夫宣室者，先帝之正处也，非法度之政不得入焉。故淫乱之渐，其变为篡，是以竖貂为淫而易牙作患，庆父死而鲁国全，管蔡诛而周室安。'上曰：'善。'有诏止，更置酒北宫，引董君从东司马门。东司马门更名东交门。赐朔黄金三十斤，董君之宠由是日衰，至年三十而终。后数岁窦太主卒，与董君会葬于霸陵。"

小园即事二首（之一）

何处瑶姬款户来[1]，蔷薇花下暂裴徊[2]。
分明粉蝶通消息，未有人知一朵开。

（原载铁琴铜剑楼旧藏《后村居士集》卷三《南岳第二稿》；录自北京大学古文献研究所编《全宋诗》，北京大学出版社1991年7月第1版，第58册，第36178页）

【注　释】

[1]瑶姬:巫山神女之名。参见本卷《诗歌部》上册王周《大石岭驿梅花》注[2]。

款户:犹敲门。〔宋〕吕陶《次韵张怀安题云顶浴室院》:"款户多因游寺客,倚栏时有羡鱼人。"(《净德集》卷三十五)

[2]裴徊:同"徘徊",往返回旋。《荀子·礼论》(卷十三):"今夫大鸟兽则失亡其群匹,越月踰时,则必反铅;过故乡,则必裴徊焉,鸣号焉,踟躅焉,踟蹰焉,然后能去之也。"〔唐〕杨倞注:"徘徊,回旋飞翔之貌。"

梅花五首（之一）

仿佛瑶姬拥仗来[1]，茆檐化作玉楼台[2]。
平明绕砌圆残梦[3]，元是梅花数树开[4]。

（原载铁琴铜剑楼旧藏《后村居士集》卷七;录自北京大学古文献研究所编《全宋诗》,北京大学出版社1991年7月第1版,第58册,第36243页）

【注　释】

[1]瑶姬:巫山神女之名。参见本卷《诗歌部》上册王周《大石岭驿梅花》注[2]。

拥仗:簇拥仪仗。仪仗,指用于仪卫的武器、旗帜、伞、扇等。〔宋〕晁公遡《王才谅自行朝归以进士题名示予怆然有感》:"羽林虎贲拥仗立,霜交陛戟摩秋光。"(《嵩山集》卷六)

[2]茆檐:茅檐。茆,同"茅"。〔唐〕吴融《茆堂》:"结得茆檐瞰碧溪,闲云之外不同栖。"(《唐英歌诗》卷中)

玉楼台:传说中天帝或仙人的居所。〔宋〕郑侠《瑞像阁同杨骥雪夜饮酒》:"酌酌入诗句,同上玉楼台。"(《西塘集》卷九)

[3]平明:犹黎明,天刚亮的时候。〔唐〕李白《游泰山六首》之三:"平明登日观,举手开云关。"(《李太白集注》卷二十)

绕砌(qì):绕着台阶。〔宋〕王禹偁《谢宣赐御草书急就章并朱邸旧集歌》:"直庐日午雠书罢,闲曳朱衣绕砌行。"(《小畜集》卷十二)

[4]元是:原来是。〔宋〕李之仪《夏》:"空被梁间偷眼燕,黄蜂元是窃香人。"

（《姑溪居士后集》卷四）

怕　爱

月中玉女虽严冷[1]，雪里瑶姬转丽华[2]。

不管达官怕木稼[3]，且留处士爱梅花[4]。

（原载《四部丛刊》影印〔清〕赐砚斋《后村先生大全集》四十七；录自北京大学古文献研究所编《全宋诗》，北京大学出版社 1991 年 7 月第 1 版，第 58 册，第 36733—36734 页）

【注　释】

[1]月中玉女：指嫦娥，神话中的月中女神，亦称姮娥。《淮南子·览冥训》："羿请不死之药于西王母，姮娥窃以奔月。"〔汉〕高诱注："姮娥，羿妻。羿请不死之药于西王母，未及服之，姮娥盗食之，得仙，奔入月中，为月精也。"（《淮南鸿烈解》卷六）

[2]瑶姬：巫山神女之名。参见本卷《诗歌部》上册王周《大石岭驿梅花》注[2]。

[3]达官：职位贵显而又受到皇帝顾命之重的大臣。《礼记·檀弓下》："公之丧，诸达官之长杖。"〔唐〕孔颖达疏："达官谓国之卿、大夫、士被君命者也。"（《礼记注疏》卷九）亦泛指高官。

木稼：木冰，雨雪霜沾附于树木遇寒而凝结成冰。《春秋》成公十六年："王正月，雨木冰。"〔晋〕杜预注："记寒过节，冰封著树。"（《春秋左传注疏》卷二十八）"达官怕木稼"，语出〔宋〕王安石《韩忠献挽词二首》之二："两朝身与国安危，典策哀荣此一时。木稼曾闻达官怕，山颓果见哲人萎。"（《王荆公诗注》卷四十九）〔宋〕叶梦得《石林诗话》（卷上）："王荆公作韩魏公挽词云：'木稼曾闻达官怕，山颓今见哲人萎。'或言亦是平时所得。魏公之薨，是岁适雨木冰，前一岁华山崩，偶有二事，故不觉尔。"

[4]处士：本指有才德而隐居不仕的人，后亦泛指未做过官的士人。〔唐〕张说《唐故处士河南元公之碣铭》："嗟我处士，焕炳其文。精微天象，与道为邻。"（《张燕公集》卷二十二）

刘克庄

和季弟韵二十首(之八)[1]

蠡管安能测混茫[2]，楚狂敢道国人狂[3]。

似闻函谷逐秦客[4]，恰见初筵笑郭郎[5]。

壮志不如乘下泽[6]，微辞何足讽高唐[7]。

入山未即无邻伴，书室旁边著鹤房[8]。

(原载《四部丛刊》影印〔清〕赐砚斋《后村先生大全集》十九;录自北京大学古文献研究所编《全宋诗》，北京大学出版社1991年7月第1版，第58册，第36389—36390页)

【注　释】

[1]季弟:最小的弟弟。《左传》文公十一年:"卫人获其季弟简如。"(《春秋左传注疏》卷十九)

[2]蠡(lǐ)管:蠡，瓠瓢，用葫芦剖制而成的瓢。管，管子。《汉书·东方朔传》(卷六十五):"以筦窥天，以蠡测海。"〔唐〕颜师古注:"张晏曰:蠡，瓠瓢也。师古曰:筦，古管字。"

混茫:指广大无边的境界。〔唐〕杜甫《滟滪堆》:"天意存倾覆，神功接混茫。"(《九家集注杜诗》卷三十一)

[3]楚狂:《论语·微子》:"楚狂接舆歌而过孔子曰:'凤兮凤兮，何德之衰!'"〔宋〕邢昺疏:"接舆，楚人，姓陆名通，字接舆也。昭王时，政令无常，乃披发佯狂不仕，时人谓之楚狂也。"(《论语注疏》卷十四)后常用为典，亦用为狂士的通称。

[4]函谷:函谷关。战国秦置，在今河南灵宝市东北三十里。〔唐〕李吉甫《元和郡县志》(卷二):"秦函谷关，在汉弘农县，即今灵宝县西南十一里故关是也。今大路在北，本非钤束之要，汉武帝元鼎三年，杨仆为楼船将军，本宜阳人，耻居关外，上疏请以家僮七百人徙关于新安，武帝从之，即今新安县东一里函谷故关是也，而御传所驰出于南路。至后汉献帝初平二年，董卓胁帝西幸长安，出函谷关，自此以前其关并在新安，其后二十年至建安十六年，曹公破马超于潼关，则是中间徙于今所。今历二处而至河潼，上跻高隅，俯视洪流，盘纡陵极，实为天险。河之北岸则风陵津，北至蒲关六十余里。河山之险，迤逦相接，自此西望川途旷然，盖神明之奥区，帝宅之户牖，百二之固，信非虚言也。"

逐秦客:事见《史记·李斯列传》(卷八十七):"秦王拜斯为客卿。会韩人郑国来间秦,以作注溉渠。已而觉秦宗室大臣皆言秦王曰:'诸侯人来事秦者,大抵为其主游间于秦耳。请一切逐客。'李斯议亦在逐中,斯乃上书",得复官。后辅佐始皇统一六国,李斯为丞相。

[5]郭郎:指木偶。〔宋〕杨亿《咏傀儡》:"鲍老当筵笑郭郎,笑他舞袖太郎当。若教鲍老当筵舞,转更郎当舞袖长。"(《宋诗纪事》卷六)

[6]下泽:下泽车。一种适宜在沼泽地上行驶的短毂轻便车。《后汉书·马援传》(卷五十四):"吾从弟少游常哀吾慷慨多大志,曰:'士生一世,但取衣食足,乘下泽车,御款段马,为郡掾史,守坟墓,乡里称善人,斯可矣。'"〔唐〕李贤注:"《周礼》曰:'车人为车,行泽者欲短毂,行山者欲长毂;短毂则利,长毂则安'也。"〔唐〕王绩《在京思故园见乡人问》:"行当驱下泽,去剪故园莱。"(《全唐诗》卷三十七)

[7]微辞:委婉而隐含讽谕的言辞,隐晦的批评。参见本卷《诗歌部》下册刘克庄《杂咏一百首·东家女》注[3]。

讽高唐:犹讽喻高唐,即以高唐之事讽谏楚王。

[8]鹤房:犹鹤巢。

四 和(之一)[1]

鲸吸仙人饮兴浓[2],尤嫌恶客懒迎逢。

逆风弱水三万里[3],梦雨高唐十二峰[4]。

诗派相邀容入社,酒泉虽远愿移封[5]。

菑田毕竟胜高仰[6],犹可躬耕佐大农[7]。

(原载《四部丛刊》影印〔清〕赐砚斋《后村先生大全集》三十四;录自北京大学古文献研究所编《全宋诗》,北京大学出版社1991年7月第1版,第58册,第36578页)

【注 释】

[1]四和:第四次和诗。和,以诗歌酬答;依照别人诗词的题材和体裁作诗词。按:刘克庄集中颇多此类诗题,有多至"七和"、"八和"者。

[2]鲸吸:语出〔唐〕杜甫《饮中八仙歌》:"饮如长鲸吸百川,衔杯乐圣称世贤。"(《九家集注杜诗》卷二)后因以"鲸吸"喻狂饮。

[3]弱水:古水名。由于水道水浅或当地人民不习惯造船而不通舟楫,只用

皮筏济渡的,古人往往认为是水弱不能载舟,因称弱水。故古时所称弱水者甚多。参见本卷《诗歌部》上册孙觌《何嘉会寺丞嫁遣侍儿袭明有诗次韵》注[5]。〔宋〕黄彦平《弱水》:"弱水三千里,仇池十九泉。颇疑仙境界,不隔世山川。"(《三余集》卷二)

[4]梦雨高唐:典出〔战国·楚〕宋玉《高唐赋·序》:"玉曰:'昔者先王尝游高唐,怠而昼寝,梦见一妇人曰:"妾巫山之女也,为高唐之客。闻君游高唐,愿荐枕席。"王因幸之。去而辞曰:"妾在巫山之阳,高丘之阻,旦为朝云,暮为行雨。朝朝暮暮,阳台之下。"旦朝视之,如言。故为立庙,号曰朝云。'"(《文选》卷十九)

十二峰:指巫山十二峰,即圣泉峰、登龙峰、朝云峰、神女峰(又称望霞峰)、松峦峰、集仙峰、翠屏峰、聚鹤峰、飞凤峰、净坛峰、起云峰、上升峰。参见本卷《诗歌部》上册张佖《经旧游》注[4]。

[5]移封:改换封地。此句用〔唐〕杜甫《饮中八仙歌》诗意:"汝阳三斗始朝天,道逢曲车口流涎,恨不移封向酒泉。"(《九家集注杜诗》卷二)酒泉,古邑名。《左传》庄公二十一年:"王与之酒泉。"〔晋〕杜预注:"酒泉,周邑。"(《春秋左传注疏》卷八)杜诗是以酒泉的字面义创为意象,即谓酒多如泉。

[6]葑(fēng)田:湖泽中葑菱积聚处,年久腐化变为泥土,水涸成田,是谓"葑田"。〔宋〕梅尧臣《赴雪任君有诗相送仍怀旧赏因次其韵》:"雁落葑田阔,船过菱渚秋。"(《宛陵集》卷八)

高仰:指地势高。与"低洼"相对而言。〔宋〕李纲《靖康传信录下》:"地形低下处,可益增广;其高仰处,即开干壕及陷马坑之类。"(《梁溪集》卷一百七十三)

[7]躬耕:亲身从事农业生产。《三国志·蜀志·诸葛亮传》(卷五):"臣本布衣,躬耕于南阳。"

大农:大司农。秦置治粟内史,汉景帝时改称大农令,武帝太初元年更名大司农。掌租税钱谷盐铁和国家的财政收支,为九卿之一。北齐时称司农寺卿,隋唐以后所置略同。佐,帮助。

黄 机

【作者简介】

黄机,字几仲,一云字几叔,东阳人。尝仕宣州郡,与岳珂唱酬。

传言玉女[1]

次岳总干韵

日薄风柔[2],池面欲平还皱。纹楸玉子,磔磔敲春昼[3]。衾绣半卷,花气浓熏香兽[4]。小团初试,辘轳银甃[5]。　　梦断阳台,甚情怀、似病酒[6]。凤衾羞对,比年时更瘦[7]。双燕乍归,寄与绿笺红豆[8]。那堪又是,牡丹时候。

(原载吴讷《唐宋名贤百家词本·竹斋诗余》;录自唐圭璋编《全宋词》,中华书局1965年6月第1版,第4册,第2534—2535页)

【注　释】

[1]传言玉女:词牌名。《词谱》(卷十七):"《传言玉女》,高拭词注:'黄钟宫'。按:《汉武内传》:帝闲居承华殿,忽见一女子,曰:'我墉宫玉女王子登也,至七月七日王母暂来。'言讫不知所在。世所谓'传言玉女'也。调名取此。"黄机此词双调,七十四字。前后段各八句,四仄韵。按:据《全宋词》句读,此词后段第七句("那堪又是")作"读",据《词谱》此处为"句",今从《词谱》改。

[2]日薄:日色暗淡。〔唐〕韩愈《晚寄张十八助教周郎博士》:"日薄风景旷,出归偃前檐。晴云如擘絮,新月似磨镰。"〔宋〕朱熹考异:"今详语势,但如白乐天所谓'旌旗无光日色薄'耳。"(《别本韩文考异》卷七)

[3]纹楸(qiū):围棋棋盘。古时棋盘多用楸木制成,故称。〔唐〕杜牧《送国

棋王逢》：“玉子纹楸一路饶，最宜檐雨竹萧萧。”（《佩文斋咏物诗选》卷二百八）

玉子：玉制的围棋子。宋陆游《春晴》：“静喜香烟萦曲几，卧惊玉子落纹枰。”（《剑南诗稿》卷六）

磔磔（zhé）：象声词，这里象棋子声。

[4]衾绣：犹绣花被。〔宋〕柳永《长寿乐》：“仍携手，眷恋香衾绣被。情渐美。算好把、夕雨朝云相继。”（《乐章集》）

香兽：兽形的香炉。〔宋〕洪刍《香谱·水浮香》（卷下）：“香兽，以涂金为狻猊、麒麟、凫鸭之状，空中以然香，使烟自口出，以为玩好。复有雕木埏土为之者。”

[5]小团：宋代作为贡品的精制茶叶。〔宋〕欧阳修《归田录》（卷二）：“茶之品莫贵于龙凤，谓之团茶。庆历中，蔡君谟为福建路转运使，始造小片龙茶以进，其品绝精，谓之小团，凡二十饼重一斤，其价直金二两。”直，相当，折抵。

辘轳：利用轮轴原理制成的井上汲水的起重装置。〔北魏〕贾思勰《齐民要术·种葵》（卷三）：“井别作桔槔、辘轳。”原注：“井深用辘轳，井浅用桔槔。”

银甃（zhòu）：井的美称。甃，砖砌的井壁。〔唐〕李郢《晓井》：“桐阴覆井月斜明，百尺寒泉古甃清。”（《全唐诗》卷五百九十）

[6]梦断阳台：用巫山神女典。〔战国·楚〕宋玉《高唐赋·序》：“玉曰：‘昔者先王尝游高唐，怠而昼寝，梦见一妇人曰：“妾巫山之女也，为高唐之客。闻君游高唐，愿荐枕席。”王因幸之。去而辞曰：“妾在巫山之阳，高丘之阻，旦为朝云，暮为行雨。朝朝暮暮，阳台之下。”’”（《文选》卷十九）梦断，犹梦醒。

病酒：饮酒沉醉。《晏子春秋·内篇·谏上一》（卷一）：“景公饮酒，酲，三日而后发。晏子见曰：‘君病酒乎？’公曰：‘然。’”

[7]凤奁：古代盛放梳妆用品的器具。盖子如屋栱，饰有凤凰图案。无铭。〔唐〕江采苹《楼东赋》：“玉鉴尘生，凤奁香殄。懒蝉发之巧梳，闲缕衣之轻练。”（《历代赋汇外集》卷十五）

年时：当年，往年时节。〔宋〕张耒《伤春四首》之一：“伤心忆得年时事，白发风前只叹嗟。”（《柯山集》卷二十一）

[8]绿笺：绿色的诗笺。〔宋〕姜夔《满江红·序》：“当以平韵《满江红》为迎送神曲。言讫，风与笔俱驶，顷刻而成。末句云‘闻佩环’则协律矣。书以绿笺，沈于白浪，辛亥正月晦也。”（《白石道人歌曲》卷三）

红豆：红豆树、海红豆及相思子等植物种子的统称。其色鲜红，文学作品中常用以象征爱情或相思。〔唐〕王维《相思》：“红豆生南国，春来发几枝。愿君多采撷，此物最相思。”（《王右丞集笺注》卷十五）〔宋〕晏几道《浣溪沙》：“一钩罗袜素蟾弯。绿笺红豆忆前欢。”（《小山词》）

鹧鸪天[1]

济楚偏宜淡薄妆[2]。冰涵清润玉生香[3]。只因梦峡成云雨,便拟吹箫跨凤皇[4]。　　新间阻,旧思量。多情翻不似垂杨[5]。年年才到春三月,百计飞花入洞房[6]。

（原载吴讷《唐宋名贤百家词本·竹斋诗余》;录自唐圭璋编《全宋词》,中华书局 1965 年 6 月第 1 版,第 4 册,第 2540 页）

【注　释】

[1]鹧鸪天:词牌名。参见本卷《诗歌部》上册晏几道《鹧鸪天》注[1]。黄机此词双调,五十五字。前段四句,三平韵;后段五句,三平韵。

[2]济楚:美好,出色。〔宋〕柳永《木兰花》:"心娘自小能歌舞,举意动容皆济楚。"(《乐章集》)

[3]冰涵清润:犹言冰洁的内涵清雅润泽的情态。

玉生香:犹言如玉的肌肤散发出芳香。〔宋〕向子湮《浣溪沙》:"绿绕红围宋玉墙。幽兰林下正芬芳。桃花气暖玉生香。"(《酒边词》卷上)

[4]云雨:男女情爱的隐喻,出自〔战国·楚〕宋玉《高唐赋·序》。参见本卷《诗歌部》上册张俶《经旧游》注[3]。

吹箫跨凤皇:秦穆公之女弄玉嫁萧史,日就萧史学箫作凤鸣,穆公为作凤台以居之。后夫妻乘凤飞天仙去。事见〔汉〕刘向《列仙传》。参见本卷《诗歌部》上册柳永《满朝欢》注[7]。《全宋词》按:"'跨'原作'夸',毛校云:疑'跨'。"按:"毛校",指毛扆校汲古阁本《竹斋诗余》。

[5]翻不:犹反而不。〔唐〕杜甫《大历三年春白帝城放船出瞿唐峡久居夔府将适江陵漂泊有诗凡四十韵》:"老向巴人里,今辞楚塞隅。入舟翻不乐,解缆独长吁。"(《九家集注杜诗》卷三十三)

垂杨:垂柳。古诗文中杨柳常通用。参见本卷《诗歌部》上册柳永《满朝欢》注[6]。〔唐〕韦应物《贵游行》:"垂杨拂白马,晓日上青楼。"(《韦苏州集》卷九)

[6]洞房:幽深的内室,多指卧室、闺房。〔唐〕杜牧《八六子》:"洞房深。画屏镫照,山色凝翠沉沉。"(《尊前集》卷上)

浣溪沙[1]

墨绿衫儿窄窄裁[2]。翠荷斜钑领云堆[3]。几时踪迹下阳台[4]。

歌罢樱桃和露小[5]，舞馀杨柳趁风回。唤人休诉十分杯[6]。

（原载吴讷《唐宋名贤百家词本·竹斋诗余》；录自唐圭璋编《全宋词》，中华书局 1965 年 6 月第 1 版，第 4 册，第 2541 页）

【注　释】

[1]浣溪沙：词牌名。参见本卷《诗歌部》上册张先《浣溪沙》注[1]。黄机此词双调，四十二字。前段三句，三平韵；后段三句，两平韵。

[2]墨绿衫儿：墨绿色的衫儿。衫，古代指无袖头的开衩上衣。多为单衣，亦有夹衣。其形制及称呼相传始于秦。〔汉〕刘熙《释名·释衣服》（卷五）："衫，芟也，芟末无袖端也。"

[3]斜亸(duǒ)：斜垂。〔宋〕杨冠卿《好事近》："晚起倦梳妆，斜亸翠鬟云鬓。"（《客亭类稿》卷十四）翠荷，当指翠荷状的首饰。

领云堆：谓脖子间秀发堆积。云，形容秀发如云。〔宋〕蔡伸《归田乐》："鸾钗委坠云堆髻。谁会此时情意。冰簟玉琴横，还是月明人千里。"（《友古词》）

[4]阳台：典出〔战国·楚〕宋玉《高唐赋·序》，参见本卷《诗歌部》上册张泌《经旧游》注[3]。

[5]樱桃和露小：樱桃，喻指女子小而红润的嘴。〔唐〕李商隐《赠歌妓二首》之一："红绽樱桃含白雪，断肠声里唱《阳关》。"（《李义山诗集注》卷一上）此句意为唱罢歌后嘴唇像带露的樱桃一样娇小。

[6]杨柳趁风回：杨柳，喻指女子的腰肢纤细柔软。〔宋〕洪瑹《行香子》："楚楚精神。杨柳腰身。是风流、天上飞琼。凌波微步，罗袜生尘。有许多娇，许多韵，许多情。"（《花庵词选续集》卷十）此句意为舞罢腰肢像杨柳随风而回。趁风，随风。

休诉：犹言不要推辞。诉，谓辞酒。〔宋〕周邦彦《定风波》："休诉金尊推玉臂。从醉。明朝有酒遣谁持。"（《片玉词》卷上）

十分杯：犹满杯。〔唐〕白居易《想夫怜》："玉管朱弦莫急催，容听歌送十分杯。长爱夫怜第二句，请君重唱夕阳开。"（《白氏长庆集》卷三十五）

朝中措[1]

驳云行雨苦无多[2]。晴也快如梭[3]。春思正难拘束，客愁谁为销磨[4]。　　寻花觅谶,传杯托意,种种蹉跎[5]。消息不来云锦,泪痕湿满香罗[6]。

（原载吴讷《唐宋名贤百家词本·竹斋诗余》；录自唐圭璋编《全宋词》,中华书局 1965 年 6 月第 1 版,第 4 册,第 2543 页）

【注　释】

[1]朝中措:词牌名。参见本卷《诗歌部》中册朱敦儒《朝中措》注[1]。黄机此词双调,四十八字。前段四句,三平韵;后段五句,两平韵。

[2]驳云行雨:驳云,黑白相杂的云。驳,色彩错杂《汉书·梅福传》(卷六十七):"一色成体谓之醇,白黑杂合谓之驳。"行雨,降雨。按:"驳云行雨"亦为"朝云暮雨"意象的变异之一种。典出〔战国·楚〕宋玉《高唐赋·序》(《文选》卷十九)

[3]"晴也"句:犹言天晴也快如梭。梭,织布机中牵引纬线的织具,形如枣核。比喻快速。〔宋〕苏轼《减字木兰花》:"春光亭下。流水如今何在也。岁月如梭。白首相看拟奈何。"(《东坡词》)

[4]春思:春日的思绪,春日的情怀。〔唐〕曹唐《小游仙诗九十八首》之五十九:"西妃少女多春思,斜倚彤云尽日吟。"(《全唐诗》卷六百四十一)

销磨:犹言磨灭,消耗。〔宋〕刘过《沁园春》:"便平生豪气,销磨酒里,依然此乐,儿辈争知。"(《龙洲词》)

[5]觅谶(chèn):寻觅谶言。谶,能预言吉凶的文字、图箓、预兆。〔唐〕柳宗元《愈膏肓疾赋》:"巫新麦以为谶,果不得其所餐。"(《柳河东集注》卷二)

蹉跎(cuōtuó):失意,虚度光阴。〔南朝·齐〕谢朓《和王长史卧病》:"日与岁眇邈,归恨积蹉跎。"(《谢宣城集》卷四)

[6]云锦:指锦字书,即前秦苏蕙寄给丈夫的织锦回文诗。《晋书·列女传·窦滔妻苏氏》(卷九十六):"窦滔妻苏氏,始平人也,名蕙,字若兰,善属文。滔,符坚时为秦州刺史,被徙流沙,苏氏思之,织锦为回文旋图诗以赠滔。宛转循环以读之,词甚凄惋,凡八百四十字。"参见本卷《诗歌部》上册徐铉《梦游三首》其三注[9]。

香罗:绫罗的美称,这里指香罗帕。〔宋〕孔平仲《子明棋战两败输张寓墨并蒙见许夏间出箧中所藏以相示诗索所负且坚元约》:"古锦缀为囊,香罗裁作帕。"(《宋诗钞》卷十六)

赵以夫

【作者简介】

赵以夫（1189—1256）。字用父，号虚斋。居长乐（今属福建）。宁宗嘉定十年（1217）进士。知监利县。理宗端平初知漳州。嘉熙初以枢密都丞旨兼国史院编修官（《南宋馆阁续录》卷九）。二年，知庆元府兼沿海制置副使，四年，复除枢密都承旨（《宝庆四明志》卷一）。淳祐五年（1245），出知建康府，七年，知平江府（《南宋制抚年表》卷上）。以资政殿学士致仕。宝祐四年卒，年六十八。事见《后村大全集》一百四十二《虚斋资政赵公神道碑》。

天香[1]

牡丹

蜀锦移芳，巫云散彩，天孙翦取相寄[2]。金屋看承，玉台凝盼[3]，尚忆旧家风味。生香绝艳[4]，说不尽、天然富贵。脸嫩浑疑看损，肌柔只愁吹起[5]。　花神为谁著意。把韶华、总归姝丽[6]。可是老来心事，不成春思[7]。却羡宫袍仙子[8]。调曲曲清平似翻水[9]。笑嘱东风，殷勤劝醉。

（原载陶氏涉园影宋本《虚斋乐府》卷上；录自唐圭璋编《全宋词》，中华书局 1965 年 6 月第 1 版，第 4 册，第 2661 页）

【注　释】

[1]天香:词牌名。《词谱》（卷二十四）:"《天香》，《法苑珠林》云:'玉童子天

香甚香',调名本此。"〔清〕毛先舒《填词名解》(卷三):"《天香》,采宋之问诗'天香云外飘'。"(载北京市中国书店据木石居校本影印〔清〕查培继《词学全书》,1984年1月第1版)赵以夫此词双调,九十六字。前段十句,四仄韵;后段八句,六仄韵。

[2]蜀锦:蜀地生产的彩锦,比喻牡丹。〔宋〕释道潜《僧首然师院北轩观牡丹》:"深红浅紫忽烂熳,如以蜀锦罗庭中。"(《参寥子诗集》卷十二)

巫云:犹无伤朝云。形容牡丹。

天孙:织女星。《史记·天官书》(卷二十七)"婺女,其北织女。织女,天女孙也"。唐司马贞索隐:"织女,天孙也。"

[3]金屋:华美之屋。用金屋藏娇典。参见本卷《诗歌部》上册周邦彦《少年游》注[4]。

玉台:汉代台名。〔汉〕张衡《西京赋》:"朝堂承东,温调延北,西有玉台,联以昆德。"〔三国·吴〕薛综注:"皆殿与台名也。"(《文选》卷二)

凝盼:盼望,注视。〔宋〕晏几道《少年游》:"有人凝盼倚西楼。新样两眉愁。"(《花草粹编》卷九)

[4]绝艳:艳丽无比。〔宋〕韩琦《醉白堂》:"芍药多名来江都,牡丹绝艳移洛川。"(《安阳集》卷三)

[5]浑疑看损:简直疑心会被人看而损毁。极言其娇嫩。浑,副词,简直,几乎。

只愁吹起:只担心风起。极言其娇柔。吹,指风。〔宋〕陈与义《除夜》:"城中爆竹已残更,朔吹翻江意未平。"(《简斋集》卷十一)

[6]韶华:美好的时光,常指春光。〔宋〕陆佃《依韵和张椿》:"一年三十有余旬,最爱韶华是令辰。"(《陶山集》卷三)

姝(shū)丽:美女。〔宋〕柳永《玉女摇仙佩》:"取次梳妆,寻常言语,有得几多姝丽。"(《乐章集》)

[7]春思:春日的思绪,春日的情怀。〔唐〕元稹《上阳白发人》:"天宝年中花鸟使,撩花狎鸟含春思。"(《元氏长庆集》卷二十四)

[8]宫袍仙子:喻牡丹,谓穿着宫袍的仙子。宫袍,宫廷的礼服。仙子,犹仙女。牡丹是富贵的象征,又常被植于宫廷中,故称。

[9]曲曲:犹每一曲。〔宋〕郭祥正《次韵子瞻感旧见寄》:"问公此曲谁为之,曲曲新翻公自为。"(《青山集》卷十五)

翻水:犹翻腾的流水。〔宋〕苏轼《袁公济和刘景文登介亭诗复次韵答之》:"文如翻水成,赋作叉手速。"(《东坡全集》卷十八)

赵以夫

青玉案

荷花，赣州巢龟亭为曾提管赋。[1]

水亭横枕荷花浦[2]。觉水面、香来去。亭上佳人云态度[3]。天然娇韵，十分挼就，唱尽黄金缕[4]。　　耳边低道清无暑。我欲卿卿卿且住[5]。自笑风情衰几许[6]。一床明月，五更残梦，不到阳台路[7]。

（原载陶氏涉园影宋本《虚斋乐府》卷下；录自唐圭璋编《全宋词》，中华书局 1965 年 6 月第 1 版，第 4 册，第 2674 页）

【注　释】

[1]青玉案：词牌名。参见本卷《诗歌部》中册蔡伸《青玉案》注[1]。赵以夫此词双调，六十七字。前后段各六句，四仄韵。

赣州：南宋绍兴二十三年（1153）以虔州改名，治所在赣县（今江西省赣州市）。辖境相当今江西赣州市、石城、兴国以南地区。元至元十四年（1277）升为赣州路。

[2]横枕：犹横靠。枕，临，靠近。〔宋〕郑刚中《宣和壬寅仲冬二十六日留别临川陈泰颖》："明朝横枕清浪头，梦破霜风正相忆。"（《北山集》卷二）

[3]云态度：形容女子柔媚而轻盈的仪态。〔宋〕晏几道《诉衷情》："云态度，柳腰肢。入相思。"（《小山词》）

[4]挼（ruó）就：温存体贴。〔宋〕石孝友《西江月》："惜你十分挼就，把人一味禁持。"（校本《金谷遗音》，《全宋词》第 3 册，第 2044 页）

黄金缕：词牌名，《蝶恋花》的别称。传说南朝齐钱塘名妓苏小小曾作《黄金缕》。参见本卷《诗歌部》上册王禹偁《戏赠嘉兴朱宰同年》注[2]；杨无咎《水龙吟》注[9]。

[5]卿卿：语本〔南朝·宋〕刘义庆《世说新语·惑溺》："王安丰妇常卿安丰，安丰曰：'妇人卿婿，于礼为不敬，后勿复尔。'妇曰：'亲卿爱卿，是以卿卿；我不卿卿，谁当卿卿？'遂恒听之。"上"卿"字为动词，谓以卿称之；下"卿"字为代词，犹言你。后两"卿"字连用，作为相互亲昵之称。有时亦含有戏谑、嘲弄之意。卿且住，犹言你且打住。

[6]风情：指男女相爱之情。〔唐〕白居易《题峡中石上》："巫女庙花红似粉，昭君村柳翠于眉。诚知老去风情少，见此争无一句诗。"（《白氏长庆集》卷十七）

衰几许,犹衰落多少。

[7]五更残梦:五更,旧时自黄昏至拂晓一夜间,分为甲、乙、丙、丁、戊五段,谓之"五更"。又特指第五更的时候。即天将明时。残梦,谓零乱不全之梦。〔宋〕韩元吉《听雨》:"咿轧篮舆不计肩,五更残梦尚悠然。"(《南涧甲乙稿》卷六)

阳台路:通往阳台的路。阳台,巫山神女与楚先王幽会处。典出〔战国·楚〕宋玉《高唐赋·序》:"去而辞曰:'妾在巫山之阳,高丘之阻,旦为朝云,暮为行雨。朝朝暮暮,阳台之下。'"(《文选》卷十九)

严 仁

【作者简介】

严仁,字次山,号樵溪,邵武人。与严羽、严参称邵武三严。有《清江欸乃集》,不传。

阮郎归[1]

春思

鳃花轻拂紫绵香[2]。琼杯初暖妆[3]。贪凭彤槛看鸳鸯[4]。无心上绣床[5]。　　风絮乱[6]。恣轻狂[7]。恼人依旧忙。梦随残雨下高唐[8]。悠悠春梦长[9]。

(原载《四部丛刊》影印明本〔宋〕黄升辑《中兴以来绝妙词选》卷五;录自唐圭璋编《全宋词》,中华书局 1965 年 6 月第 1 版,第 4 册,第 2549 页)

【注　释】

[1]阮郎归:词牌名。参见本卷《诗歌部》上册欧阳修《阮郎归》注[1]。严仁此词双调,四十七字。前段四句,四平韵;后段五句,四平韵。

[2]鳃(sāi)花:鱼与花。鳃花轻拂,谓鱼儿轻拂花影。鳃,代称鱼。〔晋〕张协《七命》:"潜鳃骇,惊翰起。"〔唐〕李善注:"苏林《汉书注》曰:鳃音鱼鳃。今呼鱼谓之鳃,犹呼车以为轸也。"(《文选》卷三十五)

紫绵:指海棠花。〔宋〕陈思《海棠谱》(卷上):"仁宗朝张冕学士赋蜀中海棠诗,沈立取以载《海棠记》中,云:'山木瓜开千颗颗,水林檎发一攒攒。'注云:大约木瓜林檎花初开,皆与海棠相类。若冕言,则江西人正谓棠梨花耳,惟紫绵色者,

356

始谓之海棠。按:沈立记言:其花五出,初极红,如胭脂点点,然及开,则渐成缬晕,至落则若宿妆淡粉。审此,则似木瓜林檎六花者,非真海棠明矣。晏元献云:'已定复摇春水色,似红如白海棠花。'然则元献亦与张冕同意耶?"又云:"闽中漕宇修贡堂下海棠极盛,三面共二十四丛,长条修干,顷所未见,每春著花,真锦绣段,其间有如紫绵揉色者。"〔宋〕王之道《题苦竹寺海棠洞三首》之三:"正逢翠幄张青绮,应念朱唇拂紫绵。"(《相山集》卷十五)〔宋〕黄庭坚《戏答诸君追和予去年醉碧桃》:"白蚁拨醅官酒满,紫绵揉色海棠开。"(《山谷外集》卷十四)〔宋〕喻良能《亦好园海棠秋开红英满树》:"熟赏细看须着句,为君重赋紫绵揉。"原注:"后蜀潘炕有美妾解愁,其母梦吞海棠花蕊而生,颇有国色。"(《香山集》卷十一)

[3]琼杯:玉制的酒杯,亦用以美称酒杯。〔宋〕辛弃疾《满江红·中秋寄远》:"云液满,琼杯滑。长袖舞,清歌咽。"(《稼轩词》卷二)

初暖妆:犹初暖时节的装束。

[4]彫槛(diāojiàn):犹雕栏。彫,雕刻,雕镂。槛,栏杆。〔宋〕刘敞《和府公二十韵》:"净影临彫槛,疏音隔后庭。"(《公是集》卷二十六)

[5]绣床:装饰华丽的床,多指女子睡床。〔唐〕司空图《杨柳枝寿杯词十八首》之七:"池边影动散鸳鸯,更引微风乱绣床。"(《全唐诗》卷六百三十四)

[6]风絮:风中的柳絮。〔宋〕宋祁《晚春》:"露花裛裛开还遍,风絮飞飞去不休。"(《景文集》卷二十四)

[7]恣轻狂:犹恣意轻狂。恣,放纵,放肆。轻狂,放浪轻浮。〔宋〕苏轼《定风波》:"薄幸只贪游冶去。何处。垂杨系马恣轻狂。"(《东坡词》)

[8]高唐:战国时楚国台观名。在巫山。传说楚先王游高唐,梦见巫山神女,幸之而去。典出〔战国·楚〕宋玉《高唐赋·序》。参见本卷《诗歌部》上册张泌《经旧游》注[1]。

[9]春梦:春天的梦,常指性梦。〔唐〕权德舆《古乐府》:"莺啼自出不知曙,寂寂罗帏春梦长。"(《权文公集》卷九)

严
仁

葛长庚

【作者简介】

　　葛长庚(1194—?)，因继雷州白氏为后，改名白玉蟾。字白叟，以阅、众甫，号海琼子、海南翁、琼山道人、蠙菴、武夷散人、神霄散吏、紫清真人，闽清(今属福建)人，生于琼山(今属海南)。师事陈楠学道，遍历名山。宁宗嘉定中诏赴阙，命馆太乙宫，赐号紫清明道真人(明嘉靖《建宁府志》卷二十一)。全真教尊为南五祖之一。有《海琼集》《武夷集》《上清集》、《玉隆集》等，由其徒彭耜合纂为《海琼玉蟾先生文集》四十卷。事见本集卷首彭耜《海琼玉蟾先生事实》。

水调歌头[1]
咏茶

　　二月一番雨，昨夜一声雷。枪旗争展，建溪春色占先魁[2]。采取枝头雀舌，带露和烟捣碎，炼作紫金堆[3]。碾破香无限[4]，飞起绿尘埃。　　汲新泉，烹活火，试将来[5]。放下兔毫瓯子[6]，滋味舌头回。唤醒青州从事，战退睡魔百万，梦不到阳台[7]。两腋清风起，我欲上蓬莱[8]。

　　（原载近人朱祖谋编1922年第三次校补本《彊村丛书》本《玉蟾先生诗余》；录自唐圭璋编《全宋词》，中华书局1965年6月第1版，第4册，第2566页）

【注　释】

　　[1]水调歌头：词牌名。参见本卷《诗歌部》中册蔡伸《水调歌头》注[1]。葛

长庚此词双调,九十五字。前段九句,四平韵;后段十句,四平韵。《全宋词》按:"此首《广群芳谱》卷二十一误作苏轼词。"

[2]枪旗:成品绿茶之一。由带顶芽的小叶制成。芽尖细如枪,叶开展如旗,故名。〔五代〕齐己《闻道林诸友尝茶因有寄》:"枪旗冉冉绿丛园,谷雨初晴叫杜鹃。"(《全唐诗》卷八百四十六)按:这里是以其名称的字面为意象,故云"枪旗争展"。

建溪:水名。在福建,为闽江北源。其地产名茶,号建茶。因亦借指建茶。〔宋〕梅尧臣《得雷太简自制蒙顶茶》:"陆羽旧《茶经》,一意重'蒙顶',比来唯'建溪',团片敌汤饼。"(《宛陵集》卷五十五)先魁,谓首选,第一名。

[3]雀舌:新茶的嫩芽,状如雀舌。〔宋〕沈括《梦溪笔谈·杂志一》(卷二十四):"茶芽,古人谓之'雀舌'、'麦颗',言其至嫩也。"

紫金堆:茶名,未见著录。

[4]碾破:古人饮茶先将茶饼碾成细末,然后熬制。〔唐〕陆羽《茶经·茶之器》(卷中):"碾,碾以橘木为之,次以梨、桑、桐、柘为之。内圆而外方,内圆,备于运行也;外方,制其倾危也。内容堕而外无余,木堕形如车轮,不辐而轴焉。长九寸,阔一寸七分。堕径三寸八分,中厚一寸,边厚半寸,轴中方而执圆,其拂末以鸟羽制之。"〔宋〕蔡襄《茶录·碾茶》:"碾茶,先以净纸密裹捶碎,然后熟碾,其大要,旋碾则色白,或经宿则色已昏矣。"又有"罗茶"、"候汤"、"熠盏"、"点茶"等程序。

[5]试将来:犹言试起来。将来,犹起来。

[6]兔毫瓯子:建阳窑所产的茶盏有一种自然形成的丝状纹,俗称"兔毫",是人们十分喜爱的茶具。在宋代诗词中多有反映。如:〔宋〕蔡襄《试茶》:"兔毫紫瓯新,蟹眼青泉煮。"(《端明集》卷二)〔宋〕苏辙《次韵李公择以惠泉答章子厚新茶二首》之一:"蟹眼煎成声未老,兔毛倾看色尤宜。"(《栾城集》卷六)〔宋〕黄庭坚《煎茶赋》:"不得已而去于三则六者,亦可以酌兔褐之瓯,瀹鱼眼之鼎者也。"(《山谷集》卷一)其中"兔毫"、"兔毛"、"兔褐"皆是指兔毫茶具。瓯,杯、碗之类的饮具。

[7]青州从事:喻指美酒。典出〔南朝·宋〕刘义庆《世说新语·术解》:"桓公有主簿善别酒,有酒辄令先尝。好者谓'青州从事',恶者谓'平原督邮'。青州有齐郡,平原有鬲县。从事,言到脐;督邮,言在鬲'膈'上住。"意谓好酒的酒气可直到脐部。从事、督邮,均官名。后因以"青州从事"为美酒的代称。〔唐〕皮日休《醉中寄鲁望一壶并一绝》:"醉中不得亲相倚,故遣青州从事来。"(《全唐诗》卷六百六十五)

睡魔:谓使人昏睡的魔力。比喻强烈的睡意。〔唐〕托名吕岩《大云寺茶诗》:"断送睡魔离几席,增添清气入肌肤。"(《全唐诗》卷八百五十八)

阳台:典出〔战国·楚〕宋玉《高唐赋·序》:"去而辞曰:'妾在巫山之阳,高丘之阻,旦为朝云,暮为行雨。朝朝暮暮,阳台之下。'"(《文选》卷十九)此处是说,茶提神而令人清醒不嗜睡,故无梦到阳台。

[8]蓬莱:指蓬莱山。古代传说中的神山名,亦常泛指仙境。《史记·封禅书》(卷二十八):"自威、宣、燕昭使人入海求蓬莱、方丈、瀛洲,此三神山者,其传在勃海中。"

华阳吟三十首(之二十四)

曹溪一路透泥丸[1],只在丹田上下间[2]。
解使金翁媒姹女[3],朝云暮雨满巫山[4]。

(原载〔明〕正统朣仙重编《海琼玉蟾先生文集》卷五;
录自北京大学古文献研究所编《全宋诗》,北京大学
出版社1991年7月第1版,第60册,第37607页)

【注　释】

[1]曹溪:水名。在广东省曲江县东南双峰山下。作者《华阳吟》之二十二云:"曹溪路上分明见,有箇金乌入广寒。"可知此诗"曹溪一路"即前者"曹溪路上"。

泥丸:道教语。脑神的别名。道教以人体为小天地,各部分皆赋以神名,称脑神为精根,字泥丸。《黄庭内景经·至道》:"脑神精根字泥丸。"梁丘子注:"泥丸,脑之象也。"(《云笈七签》卷十一)

[2]丹田:人体部位名,道教称人体有三丹田:在两眉间者为上丹田,在心下者为中丹田,在脐下者为下丹田。《黄庭外景经·上部经》:"呼吸庐间入丹田。"务成子注:"呼吸元气会丹田中。丹田中者,脐下三寸阴阳户,俗人以生子,道人以生身。"(《云笈七籖》卷十二)

[3]解使:犹能使。〔宋〕赵抃《次韵郡斋偶成》:"蓬莱自是仙家景,解使诗翁醉眼醒。"(《清献集》卷四)

金翁媒姹女:喻道家炼丹服食之术。金翁,喻铅;姹女,喻汞。〔宋〕张伯端《悟真篇注疏》(卷中)《七言绝句六十四首以象八八六十四卦之数》之二十六:"姹女游从各有方,前行须短后须长。归来却入黄婆舍,嫁个金翁作老郎。"〔宋〕翁葆光注:"姹女者,汞也。谓之汞火游从有方,前行是外药作用也;后行是内药作用也。有此两用,故曰'游从各有方'也。圣人下工炼丹之初,运汞火不出于半个时辰,立得真一之精,炼成黍米而吞服之,故曰'前行须短'也。及乎服丹之后,运

以汞火,却有十月之功,故曰'后行须长'者,此也。黄婆在内,象即金胎神室也。金翁,即真铅也。老郎,即纯阳之象也。真汞因外运火飞入神室中,配合真铅,相交相恋,化为纯阳之体,故曰'嫁个金翁作老郎'也。'归来'者,取其收入中宫之义也。"〔元〕戴起宗疏:"外药之火曰汞火;内药之火亦曰汞火。在外药,则固因汞火凝而真铅生;在内药,则因己汞火与外汞火配合真铅而圣胎生,故总曰姹女,而游从各有方也。本是水银一味,周游遍历诸身,水银即汞火也。"

[4]朝云暮雨:语出〔战国·楚〕宋玉《高唐赋·序》:"妾在巫山之阳,高丘之阻,旦为朝云,暮为行雨。朝朝暮暮,阳台之下。"(《文选》卷十九)

巫山:山名,在今重庆市巫山县境内。旧传山形似巫字得名。或传巫咸死葬于此,称巫咸山,简称巫山。参见本卷《诗歌部》上册欧阳修《长相思》注[4]。

不赴宴赠丘妓

舞拍歌声妙不同[1],笑携玉斝露春葱[2]。

梅花体态香凝雪[3],杨柳腰肢瘦怯风[4]。

螺髻双鬟堆浅翠[5],樱唇一点弄娇红[6]。

白鸥不入鸳鸯社[7],梦破巫山云雨空[8]。

(原载〔明〕正统瞿仙重编《海琼玉蟾先生文集》卷四;录自北京大学古文献研究所编《全宋诗》,北京大学出版社1991年7月第1版,第60册,第37545页)

【注 释】

[1]舞拍:犹舞蹈的节拍。〔唐〕白居易《六年春赠分司东都诸公》:"黛惨歌思深,腰凝舞拍密。"(《白氏长庆集》卷二十一)

[2]玉斝(jiǎ):亦作"玉斚",玉制的酒器。〔南朝·梁〕刘孝标《广绝交论》:"分雁鹜之稻粱,沾玉斚之余沥。"〔唐〕李善注引《说文》:"斚,玉爵也。"(《文选》卷五十五)

春葱:喻女子细嫩的手指。〔宋〕欧阳修《玉楼春》之十六:"春葱指甲轻拢捻,五彩垂绦双袖卷。"(《文忠集》卷一百三十二)

[3]梅花体态:如梅花一样香艳的姿态,样子。

[4]杨柳腰肢:如杨柳一样柔软的腰肢。〔宋〕卢炳《柳梢青》:"兰蕙心情,海棠韵度,杨柳腰肢。"(《历代诗余》卷二十)

怯风:畏惧风吹。〔宋〕赵长卿《鹧鸪天》:"薄纱衫子轻笼玉,削玉身材瘦怯风。"(《惜香乐府》卷四)

[5]螺髻(jì):螺壳状的发髻。〔宋〕晁补之《下水船》:"困倚妆台,盈盈正解螺髻。凤钗垂,缭绕金盘玉指。巫山一段云委。"(《历代诗余》卷四十八)

双鬟:古代年轻女子的两个环形发髻。〔唐〕白居易《续古诗十首》之五:"窈窕双鬟女,容德俱如玉。"(《白氏长庆集》卷二)

堆浅翠:形容眉毛。古代女子用青黛画眉,故云。

[6]樱唇:像樱桃一样的嘴唇。〔宋〕欧阳修《减字木兰花》:"樱唇玉齿。天上仙音心下事。留往行云。"(《文忠集》卷一百三十一)

娇红:娇艳的红色。弄,显现,炫耀。

[7]鸳鸯社:指男女欢会之所。〔南唐〕张泌《妆楼记》:"朱子春未婚,先开房室,帷帐甚丽,以待其事。旁人谓之待阙鸳鸯社。"(《说郛》卷七十七下载)

[8]巫山云雨:典出〔战国·楚〕宋玉《高唐赋·序》。参见本卷《诗歌部》上册张佖《经旧游》注[3]。

琼姬曲[1]

深深芙蓉城[2],凤笛声何长[3]。
绰约六铢衣[4],云中弄明铛[5]。
琼姿夜月暖[6],玉唾春风香[7]。
去去劳怅想[8],峡猿啸高唐[9]。

（原载〔明〕正统臞仙重编《海琼玉蟾先生文集》卷三;录自北京大学古文献研究所编《全宋诗》,北京大学出版社1991年7月第1版,第60册,第37508页）

【注　释】

[1]琼姬:传说芙蓉城中仙女名。〔宋〕赵彦卫《云麓漫钞》(卷十):"王迥字子高,族弟子立,为苏黄门婿,故兄弟皆从二苏游。子高后受学于荆公。旧有周琼姬事,胡微之为作传,或用其传作《六幺》。东坡复作《芙蓉城》诗,以实其事。"

[2]芙蓉城:古代传说中的仙境。〔宋〕欧阳修《六一诗话》:"石曼卿自少以诗酒豪放自得,其气貌伟然,诗格奇峭,又工于书,笔画遒劲,体兼颜柳,为世所珍。余家尝得南唐后主澄心堂纸,曼卿为余以此纸书其《筹笔驿诗》,诗,曼卿平生所

自爱者,至今藏之,貌为三绝,真余家宝也。曼卿卒后,其故人有见之者云,恍惚如梦中,言我今为鬼仙也,所主芙蓉城,欲呼故人往游不得,忿然骑一素骡去如飞。其后又云:降于亳州一举子家,又呼举子去不得,因留诗一篇与之,余亦略记其一联云:'莺声不逐春光老,花影长随日脚流。'神仙事,怪不可知。其诗颇类曼卿平生,举子不能道也。〔宋〕苏轼《芙蓉城》诗序云:"世传王迥字子高,与仙人周瑶英游芙蓉城。元丰元年三月,余始识子高,问之信然,乃作此诗。"其诗云:"芙蓉城中花冥冥,谁其主者石与丁。珠帘玉案翡翠屏,云舒霞卷千娉婷。中有一人长眉青,炯如微云淡疏星。往来三世空炼形,竟坐误读《黄庭经》。天门夜开飞爽灵,无复白日乘云轺。俗缘千劫磨不尽,翠被冷落凄余馨。因过缑山朝帝廷,夜闻笙箫弭节听。飘然而来谁使令,皎如明月入窗棂。忽然而去不可执,寒衾虚幌风泠泠。仙宫洞房本不扃,梦中同蹑凤皇翎。径度万里如奔霆,玉楼浮空耸亭亭。天书云篆谁所铭,绕楼飞步高玲珑。仙风锵然韵流铃,蓬蓬形开如酒醒。芳卿寄谢空丁宁,一朝覆水不反缾。罗巾别泪空荧荧,春风花开秋叶零。世间罗绮纷膻腥,此生流浪随苍溟。偶然相值两浮萍,愿君收视观三庭。勿与佳谷生蝗螟,从渠一念三千龄,下作人间尹与邢。"(《东坡诗集注》卷四)

[3]凤笛:笛的美称。〔南朝·梁〕庾肩吾《东宫玉帐山铭》:"长闻凤笛,永听箫声。"(《梁文纪》卷十三)

[4]绰约:柔婉美好貌。〔唐〕白居易《玉真张观主下小女冠阿容》:"绰约小天仙,生来十六年。姑山半峰雪,瑶水一枝莲。"(《白氏长庆集》卷十九)

六铢衣:佛经称忉利天衣重六铢,谓其轻而薄。后称佛、仙之衣为"六铢衣"。〔宋〕宋庠《七夕三日》之二:"紫宙风轻敛夕霏,露华应湿六铢衣。"(《元宪集》卷十五)

[5]明铛:明亮的耳饰。铛,女子的耳饰。《北史·真腊传》(卷九十五):"头戴金宝花冠,被真珠璎珞,足履革屣,耳悬金铛。"

[6]琼姿:美好的丰姿。《太平广记》(卷四)引〔晋〕葛洪《神仙传拾遗·萧史》:"(萧史)善吹箫作鸾凤之响。而琼姿炜烁,风神超迈,真天人也。"

[7]玉唾:唾液的美称。〔宋〕周密《天香》:"碧脑浮冰,红薇染露,骊宫玉唾谁捣。"(《历代诗余》卷六十一)

[8]去去:谓远去。〔唐〕孟郊《感怀八首》之二:"去去勿复道,苦饥形貌伤。"(《孟东野诗集》卷二)

怅想:失意的念想。〔宋〕王之道《逍遥堂二首》之二:"因君成怅想,时到梦魂间。"(《相山集》卷八)劳,劳烦,操劳。

[9]高唐:战国时楚国台观名。在巫山。传说楚先王游高唐,梦见巫山神女,幸之而去。典出〔战国·楚〕宋玉《高唐赋·序》。参见本卷《诗歌部》上册张必

《经旧游》注[1]。

送黄心大师

如今无用绣香囊[1]，已入空王选佛场[2]。

生铁脊梁三事衲[3]，冷灰心绪一炉香。

庭前竹长真如翠[4]，槛外花开般若香[5]。

万事到头都是梦，天倾三峡洗高唐[6]。

（原载〔明〕正统瞿仙重编《海琼玉蟾先生文集》卷四；
录自北京大学古文献研究所编《全宋诗》，北京大学
出版社1991年7月第1版，第60册，第37528页）

【注　释】

[1]香囊：盛香料的小囊，佩于身或悬于帐以为饰物。〔三国·魏〕繁钦《定情诗》："何以致叩叩，香囊系肘后。"（《古乐苑》卷三十二）

[2]空王：佛教语，佛的尊称。佛说世界一切皆空，故称"空王"。〔唐〕释皎然《短歌行》："何为不学金仙侣，一悟空王无死生。"（《杼山集》卷七）

选佛场：唐代天然禅师初习儒，将入长安应举，途逢禅僧，谓选官不如"选佛"，"今江西马大师出世，是选佛之场，仁者可往"。（〔宋〕释普济《五灯会元》卷五）天然改变初衷，出家习禅。后因以"选佛场"指开堂、设戒、度僧之地。亦泛指佛寺。〔宋〕李之仪《书长干僧房》："异日延禅地，今朝选佛场。"（《姑溪居士前集》卷八）

[3]生铁脊梁：喻僧人修炼的身姿及事佛的决心毅力。〔宋〕释觉范《送充上人谒南山源禅师》："屋头枯木自安禅，生铁脊梁钉椿直。"（《石门文字禅》卷一）

三事衲：三件衲衣。〔唐〕可止《送僧》："四海无拘系，行心兴自浓。百年三事衲，万里一枝筇。"（《唐僧弘秀集》卷五）

[4]真如翠：其字面义为真如翡翠（硬玉）。又，真如，佛教语。梵文 Tathatā 或 Bhūtatathatā 的意译。谓永恒存在的实体、实性，亦即宇宙万物的本体。与实相、法界等同义。〔南朝·梁〕萧统《谢敕赉制旨大集经讲疏启》："同真如而无尽，与日月而俱悬。"（《昭明太子集》卷三）

[5]槛（kǎn）外：门外。槛，门槛。〔唐〕罗虬《比红儿诗》之二十七："槛外花低瑞露浓，梦魂惊觉晕春容。"（《万首唐人绝句》卷五十二）

般(bō)若:佛教语,梵语的译音。或译为"波若",意译"智慧"。佛教用以指如实理解一切事物的智慧,为表示有别于一般所指的智慧,故用音译。大乘佛教称之为"诸佛之母"。〔南朝·宋〕刘义庆《世说新语·文学》(卷上之下):"殷中军被废东阳,始看佛经,初视《维摩诘》,疑般若波罗密太多,后见《小品》,恨此语少。"〔南朝·梁〕刘孝标注:"波罗密,此言到彼岸也。经云到者有六焉。一曰檀,檀者,施也;二曰毗黎,毗黎者,持戒也;三曰羼提,羼提者,忍辱也;四曰尸罗,尸罗者,精进也;五曰禅,禅者,定也;六曰般若,般若者,智慧也。"

[6]高唐:战国时楚国台观名。在巫山。传说楚先王游高唐,梦见巫山神女,幸之而去。典出〔战国·楚〕宋玉《高唐赋·序》。参见本卷《诗歌部》上册张佖《经旧游》注[1]。

黄叶辞

男儿铁石肠,遇秋多凄凉。

节物遽凋变[1],今古堪悲伤。

西来白帝风[2],暗惊万叶黄。

拼与舞零落,此意付夕阳。

堪叹远行子[3],只影天一方[4]。

佳人去不返,苍烟冥八荒[5]。

对此一黯然[6],两鬓沾吴霜[7]。

自顾蒲柳姿[8],眇在烟水乡[9]。

晚汀慨鸿雁[10],夜浦羞鸳鸯[11]。

何当从宋玉,问路游高唐[12]。

(原载〔明〕正统朣仙重编《海琼玉蟾先生文集》卷三;录自北京大学古文献研究所编《全宋诗》,北京大学出版社1991年7月第1版,第60册,第37495页)

【注　释】

[1]节物:各个季节的风物景色。〔晋〕陆机《拟明月何皎皎》:"踟蹰感节物,我行永已久。"(《汉魏六朝百三家集》卷四十九)

遽(jù):疾速。《庄子·天地》:"厉之人夜半生其子,遽取火而视之,汲汲然

唯恐其似己也。"〔唐〕成玄英疏:"遽,速也。"(《南华真经注疏》,中华书局1998年7月第1版,第255页)

凋变:衰败变化。〔唐〕寒山《诗》之一百七十八:"四时凋变易,八节急如流。"(《寒山诗集》)

[2]白帝风:犹西风。白帝,古神话中五天帝之一,主西方之神。《周礼·天官·大宰》"祀五帝"〔唐〕贾公彦疏:"五帝者,东方青帝灵威仰,南方赤帝赤熛怒,中央黄帝含枢纽,西方白帝白招拒,北方黑帝汁光纪。"(《周礼注疏》卷二)

[3]远行子:犹远行人。子,泛称人。《诗经·邶风·匏有苦叶》:"招招舟子,人涉卬否?"〔汉〕毛亨传:"舟子,舟人,主济渡者。"(《毛诗注疏》卷三)

[4]只影:孤独的身影。〔宋〕苏轼《送金山乡僧归蜀开堂》:"振衣忽归去,只影千山里。"(《东坡诗集注》卷十九)

天一方:天的一边。多指远处。〔南朝·梁〕萧统《有所思》:"公子远于隔,乃在天一方。望望江山阻,悠悠道路长。"(《昭明太子集》卷一)

[5]苍烟:苍茫的云雾。〔唐〕陈子昂《岘山怀古》:"野树苍烟断,津楼晚气孤。"(《陈拾遗集》卷一)

冥八荒:冥,昏暗。八荒,八方荒远的地方。《汉书·项籍传赞》(卷三十一):"有席卷天下,包举宇内,囊括四海,并吞八荒之心。"〔唐〕颜师古注:"八荒,八方荒忽极远之地也。"

[6]黯然:感伤沮丧貌。〔唐〕柳宗元《别舍弟宗一》:"零落残魂倍黯然,双垂别泪越江边。"(《柳河东集注》卷四十二)

[7]吴霜:吴地的霜,比喻白发。〔宋〕赵鼎《再用前韵示范六》:"举目山河往恨沉,吴霜一点鬓毛侵。"(《忠正德文集》卷五)

[8]蒲柳姿:喻老态。蒲柳,即水杨,一种入秋就凋零的树木。〔南朝·宋〕刘义庆《世说新语·言语》:"蒲柳之姿,望秋而落;松柏之质,经霜弥茂。"后因以比喻未老先衰,或体质衰弱。〔宋〕陆游《书志》:"况今蒲柳姿,俛仰及大耋。"(《剑南诗稿》卷三十五)

[9]眇(miǎo):一目失明。《谷梁传》成公元年:"季孙行父秃,晋郤克眇,卫孙良夫跛,曹公子手偻,同时而聘于齐。"(《春秋谷梁注疏》卷十三)

烟水乡:雾霭迷蒙的水乡。〔宋〕胡宿《沙鸟》:"一啄樊笼外,萧然烟水乡。"(《文恭集》卷二)

[10]晚汀(tīng):日暮时的小洲。〔宋〕林逋《峡石寺》:"灯惊独鸟回晴坞,钟送遥帆落晚汀。"(《林和靖集》卷二)

[11]夜浦:夜晚的水边。〔唐〕释皎然《五言游溪待月》:"夜浦鱼惊少,空林鹊绕稀。"(《杼山集》卷三)

［12］高唐：战国时楚国台观名。在巫山。传说楚先王游高唐，梦见巫山神女，幸之而去。典出〔战国·楚〕宋玉《高唐赋·序》。参见本卷《诗歌部》上册张佖《经旧游》注［1］。

周弼

巫山诗文·宋代部分·诗歌部(下)

【作者简介】

周弼(1194—?),字伯弜,祖籍汶阳(今山东汶上)。文璞子。与李龏同庚同里。宁宗嘉定间进士(《江湖后集》卷一小传)。十七年(1224)即解官(本集卷二《甲申解官归故居有以书相问者》)。以后乃漫游东南各地,是否复官不详。卒于理宗宝祐五年(1257)前。生前刊有《端平集》十二卷,已佚。宝祐五年,李龏摘其古律体诗近二百首,编为《汶阳端平诗隽》四卷。事见本集卷首李龏《汶阳端平诗隽序》。

樱桃花

樱桃未开花绕枝,樱桃已开红满溪。

花开几朝今始见,人折人攀那得知。

黄鹂飞来问谁主,对面相看隔墙语。

今日锁魂事可明[1],昨夜东风过云雨[2]。

(原载汲古阁影宋抄《南宋六十家小集》本《汶阳端平诗隽》卷一;录自北京大学古文献研究所编《全宋诗》,北京大学出版社1991年7月第1版,第60册,第37742页)

【注 释】

[1]锁魂:犹言锁住灵魂。〔宋〕唐庚《寓精道斋有感怀家山》之二:"汾水年年秋雁到,庚郎何处不锁魂。"(《宋诗钞》卷四十六)

[2]云雨:男女情爱的隐喻,出自〔战国·楚〕宋玉《高唐赋·序》。参见本卷

《诗歌部》上册张泌《经旧游》注[3]。

二郎神

西施浣沙碛[1]

浪花皱石,飐夜月[2]、欲移还定。想白苎烘晴,黄蕉摊雨,人整斜巾照领[3]。剪断鲛绡何人续[4],黯梦想、秋江风冷。空露渍藻铺,云根苔甃,指痕环影[5]。　　重省[6]。五湖万里,谁问烟艇[7]。料宝像尘侵,玉瓢珠锁,羞对菱花故镜[8]。领略鸦黄,破除螺黛,都付渚苹汀荇[9]。春醉醒、暮雨朝云何处,柳蹊花径[10]。

（原载清吟阁刊本〔宋〕赵闻礼辑《阳春白雪》卷六;录自唐圭璋编《全宋词》,中华书局1965年6月第1版,第4册,第2781页)

【注　释】

[1]二郎神:词牌名。《词谱》(卷三十二):"《二郎神》,唐教坊曲名。《乐章集》注:'商调'。徐伸词名《转调二郎神》;吴文英词名《十二郎》。"周弼此词双调,一百零五字。前段十句四仄韵;后段十一句,五仄韵。按:周弼此词后段第十句处("春梦醒")《全宋词》为"句",今据《词谱》改为"读"。

浣沙碛:浣纱石。〔宋〕乐史《太平寰宇记·江南东道·越州》(卷九十六):"土城山,会稽县东六里有土城山,勾践索美女以献吴王,得诸暨罗山卖薪女西施、郑旦。先令习礼于土城山,山边有石,是西施浣纱石之所,今有西施家、东施家。"〔宋〕祝穆《方舆胜览·浙东路·绍兴府·古迹》(卷六):"浣纱石,在诸暨南五里苎萝山下,相传云:西施浣纱处。"〔宋〕施宿等《会稽志·山》(卷九):"诸暨县苎萝山,在县南五里。《舆地志》云:诸暨县苎萝山,西施、郑旦所居,其方石乃浣纱纱处。《十道志》:勾践索美女以献吴王,得之诸暨苎萝山卖薪女西施,山下有浣纱石。《太平御览》云:罗山,今名苎萝山。"

[2]飐(zhǎn):风吹物使颤动摇曳。〔唐〕柳宗元《登柳州城楼寄漳汀封连四州》:"惊风乱飐芙蓉水,密雨斜侵薛荔墙。"(《柳河东集》卷四十二)

[3]白苎(zhù):白色的苎麻。苎麻,多年生草本植物,属荨麻科。茎直,茎皮纤维坚韧有光泽,可作编结、纺织的原料。亦指白苎所织的夏布。〔唐〕张籍《白苎歌》:"皎皎白苎白且鲜,将作春衣称少年。"(《张司业集》卷二)这里或指西施所着之衣。

周弼

369

烘晴：谓阳光映照晴空。〔宋〕范成大《次韵徐提举游石湖三绝》之二："日脚烘晴已破烟，山头云气尚披绵。"（《石湖诗集》卷三十三）

黄蕉：黄色的芭蕉。〔宋〕韩维《对雨思苏子美》："回风飒飒吹暮寒，翠竹黄蕉雨声闹。"（《南阳集》卷一）摊雨，芭蕉叶阔，分受雨水，谓"摊雨"。

斜巾：一种头巾斜着直到脖子的冠饰。古人以巾裹头，后即演变成冠的一种。

[4] 鲛（jiāo）绡：传说中鲛人所织的绡。亦借指薄绢、轻纱或纱巾。鲛人，神话传说中的人鱼。〔唐〕温庭筠《张静婉采莲曲》："掌中无力舞衣轻，剪断鲛绡破春碧。"（《全唐诗》卷五百七十五）

[5] 藻铺：指布满藻类植物的门。铺，即铺首，门上的衔环兽面。常作虎、螭、龟、蛇等形，多为金属铸成。《汉书·哀帝纪》（卷十一）："孝元庙殿门铜龟蛇铺首鸣。"〔唐〕颜师古注："门之铺首，所以衔环者也。"亦指代门。

云根：深山云起之处。〔晋〕张协《杂诗》之十："云根临八极，雨足洒四溟。"（《汉魏六朝百三家集》卷五十四）〔唐〕杜甫《题忠州龙兴寺所居院壁》："忠州三峡内，井邑聚云根。"〔清〕仇兆鳌注："张协诗'云根临八极'注：五岳之云触石出者，云之根也。"（《杜诗详注》卷十四）

苔甃（zhòu）：长满青苔的水井。甃，以砖瓦等砌的井壁，指代井。〔唐〕权德舆《送暎师归本寺》："苔甃桐华落，山窗桂树薰。"（《权文公集》卷五）

指痕环影：手指的痕迹，镯子的影子。环，指腕间的镯子。〔三国·魏〕曹植《美女篇》："攘袖见素手，皓腕约金环。"（《曹子建集》卷六）

[6] 重省（xǐng）：重新反思。省，反省，反思。〔宋〕徐伸《二郎神》："重省。别时泪渍，罗衣犹凝。料为我厌厌，日高慵起，长托春醒未醒。"（《历代诗余》卷八十三）

[7] 五湖：古代吴越地区湖泊。其说不一：1. 吴县南部的湖泽。《周礼·夏官·职方氏》："东南曰扬州……其泽薮曰具区，其川三江，其浸五湖。"〔汉〕郑玄注："具区、五湖在吴南。浸，可以为陂灌溉者。"（《周礼注疏》卷三十三）具区，即太湖。2. 即太湖。《国语·越语下》（卷二十一）："果兴师而伐吴，战于五湖。"〔三国·吴〕韦昭注："五湖，今太湖。"〔晋〕郭璞《江赋》："注五湖以漫漭，灌三江而漰沛。"〔唐〕李善注引张勃《吴录》："五湖者，太湖之别名也。"（《文选》卷十二）3. 太湖及附近四湖。〔汉〕赵晔《吴越春秋·夫差内传》（卷三）："入五湖之中。"〔元〕徐天佑注引韦昭曰："胥湖、蠡湖、洮湖、滆湖，就太湖而五。"〔北魏〕郦道元《水经注·沔水二》（卷二十九）："南江东注于具区，谓之五湖口。五湖谓长荡湖、太湖、射湖、贵湖、滆湖也。"4. 太湖附近的五个湖。《史记·夏本纪》（卷二）："三江既入，震泽致定。"〔唐〕张守节正义："五湖者，菱湖、游湖、莫湖、贡湖、胥湖，皆太湖东岸五湾为五湖，盖古时应别，今并相连。"按：传说吴国灭亡后范蠡携西施泛舟游

于五湖,不知所终。对此《历代诗话》(卷五十二)《西子》一则辨之甚详:"《西溪丛语》曰:《吴越春秋》:吴亡,西子被杀。杜牧之诗:'西子下姑苏,一舸逐鸱夷。'东坡词:'五湖闻道,扁舟归去,仍携西子。'予问王性之,性之云:'西子自下姑苏一舸,自逐范蠡,遂为两义,不可云范蠡将西子去也。'尝疑之。别无所据,因观《景龙文馆记》宋之问《浣纱篇》云:'越女颜如花,越王闻浣纱。国微不自宠,献作吴宫娃。山薮半潜匿,苎萝更蒙遮。一行霸勾践,再笑倾夫差。艳色夺常人,效颦亦相夸。一朝还旧都,靓妆寻若耶。鸟惊入松萝,鱼畏沈荷花。始觉冶容妄,方悟群心邪。'此诗云复还会稽,又与前不同,当更详考。"〔清〕吴旦生曰:"杨升庵引《墨子》云:吴起之裂,其功也;西施之沈,其美也。又《吴越春秋逸篇》云:吴亡后越浮西施于江,令随鸱夷以终。谓子胥死,盛以鸱夷。今沈西施于江,所以报子胥之忠。故云随鸱夷。陈晦伯引《吴地记》云:嘉兴县一百里有女儿亭,勾践令蠡献西施,路与潜通三年始达吴,遂生子。至此亭,其子一岁能言,因名语儿亭。《越绝书》云:西施亡吴国后,复归范蠡,因泛五湖而去。王弇州谓亭在嘉兴县南一百里,为吴地。蠡为越成大事,岂肯作此无赖事?未有奉使进女三年于数百里而不露,露而越王不怒蠡,吴王不怒越者也。胡元瑞谓:《太史传》:蠡三迁皆致千金。又云:长子偕吾力田,起家则非在越服官日,所产明甚。亡吴之后成名畏祸,而载丽冶以适他邦,固其计所必出也。诸说纷纷,自余断之:蠡沈鸷善决策,必不潜通于未献之前,而或载泛于既亡之后。此与三致千金,总不可于声色货利中位之也。何必硬证沈江。东坡诗:'他年一舸鸱夷去,应记侬家旧姓西。'盖用牧之语也。按:《寰宇记》云:施其姓也。是时有东施家、西施家,故山谷诗'取笑如东施'。圣俞诗'曲眉不想西家样'则是所居在西,故称西施,非姓也。然既姓西,有何新旧?恐是旧住西,或传写之讹,以住字作姓字。"

烟艇:烟波中的小舟。〔唐〕陆龟蒙《和添渔具五篇·箬笠》:"朝携下枫浦,晚戴出烟艇。"(《甫里集》卷五)按:这里指范蠡携西施游五湖之小舟。

[8]宝像:指西施的画像。尘侵,为灰尘所损。侵,侵蚀,逐渐地损坏。《魏书·李崇传》(卷六十六):"加以风雨稍侵,渐致亏坠。"

玉瓢:瓢的美称。珠锁,谓为露珠封锁。

菱花:指菱花镜,古代铜镜多为六角形或背面刻有菱花图案。〔唐〕韦应物《感镜》:"铸镜广陵市,菱花匣中发。"(《韦苏州集》卷六)故镜,犹旧镜。

[9]鸦黄:古时妇女涂额的化妆黄粉。〔宋〕刘过《满庭芳》:"浅约鸦黄,轻匀螺黛,故教取次梳妆。"(沈愚本《龙洲词》;《全宋词》第3册,第2153页)

破除螺黛:犹用尽黛色。螺黛,螺子黛,古代妇女用来画眉的一种青黑色矿物颜料。参见本卷《诗歌部》下册刘过《满庭芳》注[2]。

渚(zhǔ)苹:水边之苹。苹,俗称四叶菜、田字草。多年生草本。生浅水中,

叶有长柄,柄端四片小叶成田字形。夏秋开小白花。〔宋〕晁公遡《晚望》:"洲渚苹初白,陵陂麦未黄。"(《嵩山集》卷十)

汀荇(tīngxìng):水边荇菜。荇,多年生水生草本植物,叶呈对生圆形,嫩时可食。《诗经·周南·关雎》:"参差荇菜,左右流之。"(《毛诗注疏》卷一)

[10]暮雨朝云:语出〔战国·楚〕宋玉《高唐赋·序》:"妾在巫山之阳,高丘之阻,旦为朝云,暮为行雨。朝朝暮暮,阳台之下。"(《文选》卷十九)

柳蹊(xī):柳树下的小路。蹊,小路。〔宋〕王之道《和秦寿之春晚偶成八绝》之一:"谁谓春归无处觅,柳蹊飞絮乱因风。"(《相山集》卷十三)

吴 潜

【作者简介】

吴潜(1196—1262),字毅夫,号履斋,德清人。庆元二年生。渊弟。嘉定十年(1217)进士第一。淳祐十一年(1251),为参知政事,拜右丞相、兼枢密使、封庆国公,判宁国府。改封宁国府。改封许国公。以沈炎论劾,谪化州团练使、循州安置。景定三年卒,赠少师。有《履斋诗馀》。

南乡子[1]

去岁牡丹时。几遍西湖把酒卮[2]。一种姚黄偏韵雅,相宜[3]。薄薄梳妆淡淡眉。　　回首绿杨堤。依旧黄鹂紫燕飞。人在天涯春在眼,凄迷[4]。不比巫山尚有期[5]。

(原载近人朱祖谋编1922年第三次校补本《彊村丛书》本《履斋先生诗馀》;录自唐圭璋编《全宋词》,中华书局1965年6月第1版,第4册,第2742页)

【注　释】

[1]南乡子:词牌名。参见本卷《诗歌部》上册苏轼《南乡子》注[1]。吴潜此词双调,五十六字。前后段各五句,四平韵。

[2]酒卮(zhī):盛酒的器皿。卮,《汉书·高帝纪上》(卷一下):"上奉玉卮为太上皇寿。"〔唐〕颜师古注:"卮,饮酒圆器也。"

[3]姚黄:牡丹花的名种之一。〔宋〕欧阳修《洛阳牡丹记·花品叙》:"牡丹之名。或以氏,或以州,或以地,或以色,或旌其所异者而志之。姚黄、左花、魏花,以姓著";"姚黄者,千叶黄花,出于民姚氏家。此花之出于今未十年。姚氏居白司

马坡,其地属河阳,然花不传河阳传洛阳,洛阳亦不甚多,一岁不过数朵。"

韵雅:韵味高雅。〔唐〕陆龟蒙《茶瓯》:"光参筠席上,韵雅金罍侧。"(《甫里集》卷六)

相宜:合适。〔宋〕陆游《梨花》:"开向春残不恨迟,绿杨窣地最相宜。"(《剑南诗稿》卷六十六)

[4]凄迷:形容景物凄凉迷茫。〔宋〕陆游《日莫(暮)自大汇村归》:"庙埂荒寂新犁地,堤草凄迷旧烧痕。"(《剑南诗稿》卷七十五)

[5]巫山:山名,在今重庆市巫山县境内。旧传山形似巫字得名。或传巫咸死葬于此,称巫咸山,简称巫山。参见本卷《诗歌部》上册欧阳修《长相思》注[4]。

尚有期:还有时期。期,指约定相会的时间。语本〔战国·楚〕宋玉《高唐赋·序》:"王因幸之。去而辞曰:'妾在巫山之阳,高丘之阻,旦为朝云,暮为行雨。朝朝暮暮,阳台之下。'"(《文选》卷十九)

徐宝之

【作者简介】
　　徐宝之,字鼎夫,号西麓,江西庐陵(今江西吉安)人。宝庆元年(1225)解试。

桂枝香[1]

　　人间秋至。对暮雨满城,沉思如水。桐叶惊风,似语怨蛩齐起[2]。南楼月冷曾多恨,怕而今、夜深横吹[3]。那堪更听,萧萧槭槭[4],透窗摇睡。
　　问楚梦、闲云何地[5]。但手约轻绡,省人深意[6]。红树池塘,谁见宿妆凝睇[7]。旧时裘马行歌事,合都归、汀苹烟芷[8]。思王渐老,休为明珰,沉吟洛涘[9]。

（原载清吟阁刊本〔宋〕赵闻礼辑《阳春白雪》卷六;录自唐圭璋编《全宋词》,中华书局 1965 年 6 月第 1 版,第 4 册,第 2851 页）

【注　释】
　　[1]桂枝香:词牌名。《词谱》(卷二十九):"《桂枝香》,调见《乐府雅词》。张辑词有'疏帘淡月'句,又名《疏帘淡月》。"徐宝之此词双调,一百零一字。前后段各十句,五仄韵。
　　[2]怨蛩(qióng):指令人感到幽怨的蟋蟀鸣声。蛩,蟋蟀的别名。〔宋〕柳永《倾杯乐》:"离绪万端,闻岸草、切切蛩吟如织。"(《花草粹编》卷二十二)
　　[3]横吹(chuì):横笛,又名短箫。〔唐〕王维《送宇文三赴河西充行军司马》:"横吹杂繁筲,边风卷塞沙。"(《王右丞集笺注》卷八)
　　[4]萧萧槭槭(sè):风吹叶动声。〔唐〕刘禹锡《西塞山怀古》:"今逢四海为

家日,故垒萧萧芦荻秋。"(《刘宾客文集》卷二十四)〔唐〕杨炯《唐同州长史宇文公神道碑》:"漠漠古墓,郭门之路;槭槭寒桐,平林之东。"(《盈川集》卷六)

[5]楚梦:楚王梦,为巫山神女系列典故的变形意象之一。〔宋〕喻良能《天台歌》:"和鸣乍自秦箫起,行雨初从楚梦过。"(《香山集》卷四)

[6]手约轻绡:犹言手上缠绕着轻绡,约,缠束,环束。〔三国·魏〕曹植《美女篇》:"攘袖见素手,皓腕约金环。"(《曹子建集》卷六)轻绡,轻纱,指绡帕。〔宋〕穆修《题李士言秀才别贮帕》:"兰薰麝泡轻绡帕,略许携持又索还。题破白云深有意,要传消息到巫山。"(《穆参军集》卷上)

省(xǐng)人深意:犹言懂得人深深的情意。省,懂得,知晓。〔宋〕沈辽《题上天竺》:"平生未省人间乐,老去惟求世外闲。"(《云巢编》卷二)

[7]宿妆:犹旧妆,残妆。宿,隔夜。〔唐〕岑参《醉戏窦子美人》:"朱唇一点桃花殷,宿妆娇羞偏髻鬟。"(《全唐诗》卷二百一)

凝睇:注视,注目斜视。〔唐〕白居易《与牛家妓乐雨夜合宴》:"歌脸有情凝睇久,舞腰无力转裙迟。"(《白氏长庆集》卷三十四)

[8]裘马:轻裘肥马,形容生活豪华。语出《论语·雍也》:"赤之适齐也,乘肥马,衣轻裘。"〔宋〕朱熹集注:"言其富也。"(《论语集注》卷三)〔宋〕陆游《风入松》:"十年裘马锦江滨。酒隐红尘。万金选胜莺花海,倚疏狂、驱使青春。"(《放翁词》)

行歌:边行走边歌唱。〔三国·魏〕嵇康《重作四言诗七首》之五:"垂钓一壑,所乐一国。被发行歌,和者四塞。"(《嵇中散集》卷一)

合都归:全都归于。合,全部,整个。

汀苹烟芷:浅水中的苹,雾中的白芷。汀,泛指浅水。苹,俗称四叶菜、田字草。多年生草本。生浅水中,叶有长柄,柄端四片小叶成田字形。夏秋开小白花。烟,雾气。芷,香草名,即白芷。〔战国·楚〕屈原《离骚》:"畦留夷与揭车兮,杂杜衡与芳芷。"〔汉〕王逸注:"芳芷,香草也。"(《楚辞章句》卷一)

[9]思王:三国魏曹植封陈思王,简称"思王"。〔唐〕元稹《代曲江老人百韵》:"班女恩移赵,思王赋感甄。"

休为明珰:犹言不要为了美女。明珰,用珠玉串成的耳饰。〔三国·魏〕曹植《洛神赋》:"无微情以效爱兮,献江南之明珰。"(《文选》卷十九)按:明珰,指洛神。

洛涘(sì):洛水边。洛水,即今河南省洛河。涘,水边。《诗经·秦风·蒹葭》:"所谓伊人,在水之涘。"(《毛诗注疏》卷十一)按:这里指〔三国·魏〕曹植《洛神赋》描写的洛水边遇洛神之事:"黄初三年,余朝京师,还济洛川。古人有言,斯水之神,名曰宓妃。"(《文选》卷十九)

江 开

【作者简介】

江开,字开之,号月湖。

浣溪沙[1]

手撚花枝忆小苹[2]。绿窗空锁旧时春[3]。满楼飞絮一筝尘[4]。
素约未传双燕语[5],离愁还入卖花声。十分春事倩行云[6]。

（原载《绝妙好词》卷四;录自唐圭璋编《全宋词》,
中华书局1965年6月第1版,第5册,第3171页）

【注　释】

[1]浣溪沙:词牌名。参见本卷《诗歌部》上册张先《浣溪沙》注[1]。江开此词双调,四十二字。前段三句,三平韵;后段三句,两平韵。

[2]手撚(niǎn)花枝:手持花枝。撚,执,持。《说文·手部》(卷十二上):"撚,执也。从手,然声。"〔宋〕秦观《画堂春》:"柳外画楼独上,凭阑手撚花枝。放花无语对斜晖。此恨谁知。"(《淮海长短句》卷中)

小苹:宋时歌伎常用名。〔宋〕高翥《赵仲庄都钤山居》:"酒香惟恐客来迟,小苹低唱花间曲。"(《菊磵集》)〔宋〕晏几道《临江仙》:"记得小苹初见,两重心字罗衣。琵琶弦上说相思。当时明月在,曾照彩云归。"(《小山词》)

[3]绿窗:绿色纱窗,指女子居室。〔唐〕李绅《莺莺歌》:"绿窗娇女字莺莺,金雀娅鬟年十七。"(《全唐诗》卷四百八十三)

[4]飞絮:飞舞的柳絮。柳树的种子,有白色绒毛,随风飞散如飘絮,因以为称。〔唐〕罗隐《柳》:"自家飞絮犹无定,争把长条绊得人。"(《罗昭谏集》卷四)

一筝尘：犹言一张筝上尽是灰尘。筝，拨弦乐器。形似瑟。传为秦时蒙恬所作。其弦数历代由五弦增至十二弦、十三弦、十六弦，现经改革，增至十八弦、二十一弦、二十五弦等。〔宋〕胡宿《登雄州视远亭》："百尺冻云飞未起，一筝寒雁远相呼。"（《文恭集》卷三）

[5]素约：旧约，早先的约定。〔宋〕赵长卿《别怨》："素约谐心事，重来了、比看相思。"（《历代诗余》卷四十三）

双燕语：指雌雄燕子间的呼叫对鸣，喻情人絮语。〔宋〕苏轼《次韵杨公济奉议梅花十首》之八："多情好与风流伴，不到双双燕语时。"（《东坡全集》卷十八）

[6]春事：犹花事，喻指男女欢爱。〔宋〕赵令畤《锦堂春》："年年春事关心事，肠断欲栖鸦。"（《历代诗余》卷十八）

倩（qìng）行云：请托、恳求行云。行云，用巫山神女之典。语本〔战国·楚〕宋玉《高唐赋·序》："旦为朝云，暮为行雨。"（《文选》卷十九）

程 武

【作者简介】

程武,字楚客。理宗时人。

小重山[1]

香减鲛绡添泪痕[2]。彩云长是恨,等闲心。玉笙犹记夜深闻[3]。湘水杳,寂寞隔巫云[4]。　翠被冷重熏[5]。做成归梦了,却销魂[6]。垂杨浓处著朱门[7]。依然是,风雨掩黄昏。

（原载清吟阁刊本〔宋〕赵闻礼辑《阳春白雪》卷五;录自唐圭璋编《全宋词》,中华书局1965年6月第1版,第5册,第3173页）

【注　释】

〔1〕小重山:参见本卷《诗歌部》上册贺铸《小重山》注〔1〕。程武此词双调,五十八字。前后段各六句,四平韵。与《词谱》此调五十八字二体有别。

〔2〕鲛(jiāo)绡:传说中鲛人所织的绡。亦借指薄绢、轻纱或纱巾。鲛人,神话传说中的人鱼。〔宋〕吴文英《莺啼序》:"霞佩冷,迸澜不定,麝霭飞雨,乍湿鲛绡,暗盛红泪。"(《历代诗余》卷一百)

〔3〕玉笙:饰玉的笙,亦用为笙之美称。〔宋〕苏轼《菩萨蛮》:"玉笙不受朱唇暖。离声凄咽胸填满。"(《东坡词》)

〔4〕湘水:湘江,源出广西省,流入湖南省,为湖南省最大的河流。杳,谓遥远而不见踪影。按:此用湘君之典。湘水之神,尧二女娥皇、女英,为舜妃。《史记·秦始皇本纪》(卷六):"上问博士曰:'湘君何神?'博士对曰:'闻之,尧女舜之妻而葬此。'"〔汉〕刘向《列女传·有虞二妃》(卷一):"有虞二妃者,帝尧之二女也,长

娥皇,次女英……舜陟方死于苍梧,号曰重华。二妃死于江湘之间,俗谓之湘君。"

巫云:犹巫山云。语本〔战国·楚〕宋玉《高唐赋·序》:"去而辞曰:'妾在巫山之阳,高丘之阻,旦为朝云,暮为行雨。朝朝暮暮,阳台之下。'"(《文选》卷十九)

[5]翠被:织(或绣)有翡翠纹饰的被子。〔南朝·梁〕何逊《嘲刘郎》:"稍闻玉钏远,犹怜翠被香。"(《何水部集》)

重熏:犹言重新熏烤。熏,古人有焚香熏烤被子或衣物的习俗。〔宋〕李石《乌夜啼》:"绣香熏被梅烟润,枕簟碧纱幮。"(《方舟集》卷六)

[6]归梦:归乡之梦。〔唐〕李白《劳劳亭歌》:"苦竹寒声动秋月,独宿空帘归梦长。"(《李太白文集》卷六)

销魂:谓灵魂离开肉体,形容极其哀愁。〔唐〕王勃《秋日饯别序》:"黯然别之,销魂悲哉! 秋之为气,人之情也。"(《王子安集》卷七)

[7]垂杨:犹垂柳。古诗文中杨柳常通用。〔唐〕李白《相逢行》:"万户垂杨里,君家阿那边?"(《李太白文集》卷三)参见本卷《诗歌部》上册柳永《满朝欢》注[6]。

朱门:犹红漆大门。〔唐〕王维《曲陌》:"君家御沟上,垂柳夹朱门。"(《王右丞集笺注》卷五)

萧元之

【作者简介】

萧元之,字体仁,号鹤皋,临江人。有《鹤皋小稿》。

菩萨蛮[1]

断红流水香难觅[2]。行云一去无踪迹[3]。杨柳漫遮阑[4]。闲愁付远山[5]。   玉筝弹未了[6]。倚柱人空老。青子摘来酸[7]。酸心有几般。

（原载清吟阁刊本〔宋〕赵闻礼辑《阳春白雪》卷六;录自唐圭璋编《全宋词》,中华书局1965年6月第1版,第5册,第3176页）

【注　释】

[1]菩萨蛮:词牌名。参见本卷《诗歌部》上册舒亶《菩萨蛮》注[1]。萧元之此词双调,四十四字。前后段各四句,两仄韵,两平韵。

[2]断红流水:犹落花流水。断红,飘零的花瓣。〔宋〕周邦彦《六丑》:"恐断红、尚有相思字,何由见得。"（《片玉词》卷上）

[3]行云:用巫山神女之典。语本〔战国·楚〕宋玉《高唐赋·序》:"旦为朝云,暮为行雨。"（《文选》卷十九）

[4]遮阑:亦作"遮拦",犹阻拦。漫,副词。休,莫。漫遮阑,犹言莫要阻拦。

[5]闲愁:无端无谓的忧愁。〔宋〕贺铸《青玉案》:"试问闲愁都几许? 一川烟草,满城风絮,梅子黄时雨。"（《词综》卷七）

[6]玉筝:古筝的美称。〔唐〕常建《高楼夜弹筝》:"明月照人苦,开帘弹玉筝。"（《全唐诗》卷一百四十四）

[7]青子:指梅子,梅树的果实。味酸,立夏后成熟。生者青色,叫青梅;熟者黄色,叫黄梅。〔宋〕释道潜《春日杂兴》之八:"梅梢青子大如钱,惭愧春光又一年。"(《参寥子诗集》卷五)

赵崇嶓

【作者简介】

赵崇嶓(fán,一作嶓、又作璠)(1198—1255),字汉宗,号白云,居南丰
(今属江西)。太宗九世孙(《宋史·宗室世系表》十八)。宁宗嘉定十六年
(1223)进士,调金溪主簿。历知石城县、淳安县,官至大宗丞。理宗宝祐
三年卒,年五十八。有《白云小稿》,已佚。仅《江湖后集》收有诗五十四
首。事见《敝帚稿略》卷七《祭赵宗丞文》、清康熙《南丰县志》卷七。

清平乐[1]

妒红欺绿[2]。轻浪潮温玉[3]。鸾袖卷香金縷蔌[4]。娇怯未消寒粟[5]。
锦衾初罢承欢[6]。宿妆微褪香弯,醉眼乍松还困,断云犹绕巫山[7]。

(原载《江湖后集》;录自唐圭璋编《全宋词》,中
华书局 1965 年 6 月第 1 版,第 4 册,第 2832 页)

【注　释】

[1]清平乐:词牌名。参见本卷《诗歌部》上册晏几道《清平乐》注[1]。赵崇
璠此词双调,四十六字。前段四句,四仄韵;后段四句,三平韵。

[2]妒红欺绿:形容女子貌美,令红花生妒,亦压倒绿叶。

[3]温玉:和润的玉。《梁书·刘孝绰传》(卷三十三):"思乐惠音,清风靡闻,
譬夫梦想温玉,饥渴明珠,虽愧卞随,犹为好事。"按:这里喻指女子身体。

[4]鸾袖:鸾衣之袖。鸾衣,传说用鸾鸟羽毛编制的衣服。〔宋〕张蕴《纪游》:
"鸾袖凉蟾舞,鲛绡宿雾悬。"(《江湖后集》卷二十一)

金縷蔌(lùsù):金,指金制饰物。〔南朝·宋〕谢惠连《捣衣》:"簪玉出北房,

鸣金步南阶。”〔唐〕吕延济注：“簪玉，首饰也。鸣金，佩饰也。”（《六臣注文选》卷三十）累累，下垂的样子。〔唐〕温庭筠《归国遥》：“香玉。翠凤宝钗垂累累。钿筐交胜金粟。”（《花间集》卷一）

[5]娇怯：柔美，柔弱。〔宋〕欧阳澈《梦仙谣》：“苞藏惟恐泄真香，寻常娇怯羞莺燕。”（《欧阳修撰集》卷四）

寒粟：因受冷或惊恐等皮肤上形成的小疙瘩。〔宋〕王之道《减字木兰花》："寒粟生肤。一盏浇肠可得无。"（《相山集》卷十六）

[6]锦衾：锦缎的被子。《诗经·唐风·葛生》："角枕粲兮，锦衾烂兮。"（《毛诗注疏》卷十）

承欢：迎合人意，求取欢心。〔唐〕白居易《长恨歌》："承欢侍宴无闲暇，春从春游夜专夜。"（《白氏长庆集》卷十二）

[7]香弯：似指眉毛。

巫山：山名，在今重庆市巫山县境内。旧传山形似巫字得名。或传巫咸死葬于此，称巫咸山，简称巫山。参见本卷《诗歌部》上册欧阳修《长相思》注[4]。此词中的巫山，当是〔战国·楚〕宋玉《高唐赋》文学语境中的虚拟巫山，即情爱的精神情感境界。

过秦楼

和美成韵[1]

隐枕轻潮，拂尘疏雨，幽梦似真还断[2]。莺雏燕婉，依约年时，花下试翻歌扇[3]。憔悴鬓怯春寒，慢掠轻丝，柳风如箭[4]。甚阳台渺邈，行云无准，楚天空远[5]。　应唤觉、当日琴心，只今诗思[6]，惆怅客衣尘染。钗留股玉，袜袭钩罗，荏苒腻寒香变[7]。问讯多情，别后笑巧鬘娇，对谁长倩[8]。但晚来江上，眼迷心想，越山两点[9]。

（原载清吟阁刊本〔宋〕赵闻礼辑《阳春白雪》卷五；录自唐圭璋编《全宋词》，中华书局1965年6月第1版，第4册，第2833页）

【注　释】

[1]过秦楼：词牌名。《词谱》（卷三十五）：“《过秦楼》，调见《乐府雅词》。李甲作，因词有‘曾过秦楼’句，取以为名。赵崇璠此词双调，一百一十三字。前段十二句，四仄韵；后段十二句，四仄韵。

美成:〔宋〕周邦彦字美成。其《过秦楼》词云:"水浴清蟾,叶喧凉吹,巷陌雨声初断。闲依露井,笑扑流萤,惹破画罗轻扇。人静夜久凭阑,愁不归眠,立残更箭。叹年华一瞬,人今千里,梦沈书远。/空见说、鬓怯琼梳,容销金镜,渐懒趁时匀染。梅风地溽,虹雨苔滋,一架舞红都变。谁信无聊,为伊才减江淹,情伤荀倩,但明河影下,还看疏星几点。"(《片玉词》卷下)按:《词谱》以〔宋〕李甲《过秦楼》(卖酒垆边)为此调正体,注云:"此调押平韵者只有此词,无别首宋词可校。《片玉集》以周邦彦《选官子》词刻作《过秦楼》,各谱遂名周词为仄韵《过秦楼》,不知《选官子》调其体不一,应以周词编入《选官子》调内,不得以仄韵《过秦楼》另分一体。"《词谱》(卷三十五)以上引周邦彦词为《选冠子》调正体。据《词谱》之意,周词不当作《过秦楼》,赵崇璠此词因和周词作《过秦楼》亦误。本卷仍依《全宋词》所据《阳春白雪》(卷五)作《过秦楼》。

[2]隐枕轻潮:犹言犹言枕上隐约传来轻微的潮声。

幽梦:隐约的梦境。〔宋〕张先《木兰花》:"欢情去逐远云空,往事过如幽梦断。"(《花草粹编》卷十一)

[3]莺雏:幼小的莺。莺,即黄莺,又称黄鹂、仓庚等。〔宋〕周邦彦《满庭芳》:"风老莺雏,雨肥梅子,午阴嘉树清圆。"(《片玉词》卷上)

燕婉:仪态安详温顺。《诗经·邶风·新台》:"燕婉之求,籧篨不鲜。"〔汉〕毛亨传:"燕,安;婉,顺也。"(《毛诗注疏》卷三)莺雏燕婉,喻指雏妓及其情态。

依约年时:依约,〔宋〕晏殊《少年游》:"风流妙舞,樱桃清唱,依约驻行云。"(《珠玉词》)年时,当年。〔宋〕周紫芝《昭君怨》:"往事忆年时。只春知。"(《竹坡词》卷二)

歌扇:歌舞时用的扇子。〔唐〕戴叔伦《暮春感怀》:"歌扇多情明月在,舞衣无意彩云收。"(《全唐诗》卷二百七十三)

[4]柳风:指春风。〔唐〕温庭筠《更漏子》之二:"兰露重,柳风斜。满庭堆落花。"(《花间集》卷一)

[5]阳台、行云:用巫山神女典,出自〔战国·楚〕宋玉《高唐赋·序》:"玉曰:'昔者先王尝游高唐,怠而昼寝,梦见一妇人曰:"妾巫山之女也,为高唐之客。闻君游高唐,愿荐枕席。"王因幸之。去而辞曰:"妾在巫山之阳,高丘之阻,旦为朝云,暮为行雨。朝朝暮暮,阳台之下。"'"(《文选》卷十九)

楚天:南方楚地的天空。〔唐〕杜甫《暮春》:"楚天不断四时雨,巫峡常吹万里风。"(《杜诗详注》卷十八)

[6]唤觉:犹唤醒。〔宋〕黄庭坚《戏答荆州王充道烹茶四首》之三:"为公唤觉荆州梦,可待南柯一梦成。"(《山谷集》卷十)

琴心:琴声表达的情意。〔宋〕晏几道《采桑子》:"试拂么弦。却恐琴心可暗

传。"（《小山词》）

只今诗思:犹如今的诗情。诗思,做诗的思路、情致。〔唐〕韦应物《休暇日访王侍御不遇》:"怪来诗思清人骨,门对寒流雪满山。"（《韦苏州集》卷五）

[7]钗留股玉:钗,指玉钗,由两股合成,燕形。留股玉,犹言留其一股,作为信物。

袜袭钩罗:犹言收藏罗袜。袭,隐藏。钩,喻女人小脚。钩罗,指罗袜。按:这是一种恋物癖。

苒苒(rěnrǎn):时间渐渐过去。〔宋〕周邦彦《念奴娇》:"苒苒时光,因惯却、觅雨寻云踪迹。"（《片玉词》卷下）

腻寒香变:犹言股玉已冷香气已变。腻,纹理细腻润泽的玉,形容光滑细润。这里针对"钗留股玉"而言;香,指罗袜的香味,这里针对"袜袭钩罗"而言。

[8]笑巧颦娇:犹言美好的笑容皱着眉头的娇态。笑巧,犹巧笑,详下。颦,皱眉。〔南唐〕张泌《浣溪沙》:"人不见时还暂语,今才抛后爱微颦。"（《花间集》卷四）

倩(qiàn):笑靥美好貌。《诗经·卫风·硕人》:"巧笑倩兮。"〔汉〕毛亨传:"倩,好口辅。"〔唐〕孔颖达疏:"以言巧笑之状。"（《毛诗注疏》卷五）对谁长倩,犹言对谁长久地笑得那么美好。

[9]越山:越地之山。越地,古越国之地,今浙江或浙东一带。〔唐〕陆龟蒙《问吴宫辞》:"越山丛丛兮,越溪疾;美人雄剑兮,相先后出。"（《甫里集》卷十六）

归朝欢[1]

翠羽低飞帘半揭[2]。宝簟牙床凉似雪[3]。窗虚云母澹无风[4],隔墙花动黄昏月。玉钗鸾坠发[5]。盈盈白露侵罗袜[6]。记逢迎,鸿惊燕婉[7],灯影弄明灭。　　蜀雨巫云愁断绝[8]。罗带同心留绾结[9]。交枝红豆雨中看[10],为君滴尽相思血[11]。染衣香未歇[12]。夜阑天净魂飞越[13]。正锁凝,一庭秋意,烟水浸空阔[14]。

（原载清吟阁刊本〔宋〕赵闻礼辑《阳春白雪》卷六;录自唐圭璋编《全宋词》,中华书局1965年6月第1版,第4册,第2833页）

【注　释】

[1]归朝欢:词牌名。参见本卷《诗歌部》上册柳永《归朝欢》注[1]。赵崇璠

此词双调,一百零四字。前后段各九句,六仄韵。

[2]翠羽:翠鸟。〔宋〕杨万里《憩怀古堂》:“便有白鸥下,惊起翠羽飞。”(《诚斋集》卷九)

[3]簟(diàn):供坐卧铺垫用的苇席或竹席。《诗经·小雅·斯干》:“下莞上簟,乃安斯寝。”〔汉〕郑玄笺:“竹苇曰簟。”(《毛诗注疏》卷十八)宝簟,对席子的美称。

牙床:饰以象牙的眠床或坐榻,亦泛指精美的床。〔唐〕李商隐《细雨》:“帷飘白玉堂,簟卷碧牙牀。”(《李义山诗集注》卷二下)

[4]窗虚云母:犹言云母装饰的窗户虚掩着。云母,指美石。〔唐〕沈佺期《古歌》:“水精帘外金波下,云母窗前银汉回。”(《全唐诗》卷九十五)

澹无风:犹安静无风。《汉书·礼乐志》(卷二十二):“侠嘉夜,茝兰芳,澹容与,献嘉觞。”〔唐〕颜师古注:“澹,安也。容与,言闲舒也。”

[5]玉钗鸾坠发:犹言鸾形的玉钗坠落发间。玉钗,玉制的钗,由两股合成。

[6]盈盈(yíng):晶莹貌,形容白露。〔宋〕张孝祥《西江月》:“冉冉寒生碧树,盈盈露湿黄花。”(《于湖集》卷三十四)

罗袜:丝罗制的袜。〔汉〕张衡《南都赋》:“修袖缭绕而满庭,罗袜蹑蹀而容与。”(《文选》卷四)

[7]鸿惊燕婉:鸿惊,犹惊鸿,惊飞的鸿雁。形容美女轻盈优美的姿态。〔三国·魏〕曹植《洛神赋》:“翩若惊鸿,婉若游龙。”(《文选》卷十九)燕婉,犹言像燕子一样温顺。形容仪态安详温柔。《诗经·邶风·新台》:“燕婉之求,籧篨不鲜。”〔汉〕毛亨传:“燕,安;婉,顺也。”(《毛诗注疏》卷三)鸿惊燕婉,描绘美人的两种不同的情态。

[8]蜀雨巫云:“朝云暮雨”意象的变异之一种。语本〔战国·楚〕宋玉《高唐赋·序》:“妾在巫山之阳,高丘之阻,旦为朝云,暮为行雨。朝朝暮暮,阳台之下。”(《文选》卷十九)

[9]罗带:丝织的衣带。〔隋〕李德林《夏日》:“微风动罗带,薄汗染红妆。”(《古诗纪》卷一百三十一)

同心留绾(wǎn)结:犹言留下同心结。绾,系结。同心结,旧时用锦带编成的连环回文样式的结子,用以象征坚贞的爱情。〔唐〕刘禹锡《杨柳枝》:“如今绾作同心结,将赠行人知不知?”(《刘宾客文集》卷二十七)

[10]交枝红豆:犹言枝条相交的红豆。红豆,红豆树、海红豆及相思子等植物种子的统称。其色鲜红,文学作品中常用以象征爱情或相思。〔前蜀〕牛希济《生查子》:“红豆不堪看,满眼相思泪。”(《全唐诗》卷八百九十三)

[11]相思血:犹相思血泪。按:诗词中常以杜鹃啼血为“相思血”,但这里承

接上句"交枝红豆雨中看"而来,当是形容红豆。

[12]染衣:指香气熏染衣物。〔唐〕王泠然《汴堤柳》:"青叶交垂连幔色,白花飞度染衣香。"(《全唐诗》卷一百十五)

[13]夜阑:夜残,夜将尽时。〔宋〕陆游《十一月四日风雨大作》之二:"夜阑卧听风吹雨,铁马冰河入梦来。"(《剑南诗稿》卷二十六)

[14]锁凝:犹言锁住、凝结。〔宋〕陈著《念奴娇》:"深院灯寒,流苏帐暖,曾梦梅花月。如今何在,锁凝分付啼鴂。"(《本堂集》卷四十一)

烟水:雾霭迷蒙的水面。〔唐〕刘长卿《饯别王十一南游》:"望君烟水阔,挥手泪沾巾。"(《刘随州集》卷三)

空阔:天空。〔宋〕姜夔《庆宫春》:"双桨莼波,一蓑松雨,暮愁渐满空阔。"(《白石道人歌曲》卷三)

赵崇鈇

【作者简介】

赵崇鈇,字元治(一作元冶),南丰(今属江西)人。以兄(崇燔)荫补官。曾知都昌县,南康军司户,通判南安。宋亡隐居以终。传世有《鸥渚微吟》一卷。事见《江西诗徵》及卷十八。

壁间韵(之三)

海棠开尽故清寒,漠漠梨花暮色闲[1]。
酒满绿樽愁满酒[2],醉凭枕障认巫山[3]。

(原载汲古阁影宋《六十家集·鸥渚微吟》;录自北京大学古文献研究所编《全宋诗》,北京大学出版社1991年7月第1版,第60册,第38091页)

【注　释】

[1]漠漠:茂盛、浓郁貌。〔宋〕陈允平《红林檎近》:"漠漠梨花烂漫,纷纷柳絮飞残。"(《历代诗余》卷五十)

[2]绿樽:指酒杯。〔唐〕王勃《郊兴》:"山人不惜醉,唯畏绿樽虚。"(《王子安集》卷三)

[3]巫山:山名,在今重庆市巫山县境内。旧传山形似巫字得名。或传巫咸死葬于此,称巫咸山,简称巫山。参见本卷《诗歌部》上册欧阳修《长相思》注[4]。按:古典诗词中,"巫山"一词大多为用巫山神女典故。

方岳

【作者简介】

方岳(1199—1262),字巨山,号秋崖,祁门(今属安徽)人。理宗绍定五年(1232)进士,历南康军、滁州教授,淮东安抚司干官,进礼、兵部架阁,添差淮东制司干官。因代淮帅赵葵书稿责史嵩之,史嗾言者论罢,闲居四年。范钟为左丞相,除太学博士兼景献府教授。淳祐六年(1246)迁宗学博士,以宗正丞权三部郎官。出知南康军,移知邵武军,宝祐三年(1255)改知饶州、宁国府,未上而罢,闲居七年。程元凤当国,起知袁州。丁大全当国,以忤命劾罢,贾似道当国,起知抚州,辞不赴。景定三年卒,年六十四。明嘉靖中裔孙方谦刊有《秋崖先生小稿》文四十五卷、诗三十四卷,清四库馆臣据当时另一影宋抄本《秋崖新稿》合编为《秋崖集》四十卷。《秋崖集》较明刊本多出诗八十余首,但明刊本中亦有诗十余首为《秋崖集》所无。事见《秋崖先生小稿》卷首元洪焱祖《秋崖先生传》。

七夕郑文振席上姬有楚云者为作三弄[1]

帝子经年别[2],秋风远客情。

断云含宿雨[3],古木落寒声[4]。

河汉低逾润[5],江潮夜未平。

巫云莫吹笛[6],吾意正凄清。

(原载上海图书馆藏〔明〕嘉靖五年祁门方氏刻《秋崖先生小稿》卷十一;录自北京大学古文献研究所编《全宋诗》,北京大学出版社1991年7月第1版,第61册,第38326页)

【注　释】

[1]七夕:农历七月初七之夕。民间传说,牛郎织女每年此夜在天河相会。旧俗妇女于是夜在庭院中进行乞巧活动。参见本卷《诗歌部》上册邵雍《秋怀》注[4]。

郑文振:作者友人,方岳《秋崖集》中除本诗外尚有《亨道至能对棋月下文振闻后堂歌声逃席而起》(见下文),《郑文振席上》:"香篆烧残小玉虬,荷花深处浴凫鸥。谈诗未了催行酒,忽送清歌浅黛愁。"(《秋崖集》卷二)〔宋〕王柏有《郑文振帖跋》一文,云:"郑公文振,讳南升,建人。受业考亭,有《语录》。时考亭弟子多登先大父之门。大父为闽曹时,先君为青田簿,故不识公。及先君以大父行状求铭于朱子,亦纳于公,而回帖如右,且言闽中之政,不止一盐事,恐有未尽者,其知大父也详矣。二帖偶存,亦可宝也。"(《鲁斋集》卷十二)

三弄:古曲名。即梅花三弄。〔唐〕陆龟蒙《明月湾》:"但当乘扁舟,酒瓮仍相随。或彻三弄笛,或成数联诗。"(《甫里集》卷三)

[2]帝子:指娥皇、女英。传说为尧的女儿。〔战国·楚〕屈原《九歌·湘夫人》:"帝子降兮北渚,目眇眇兮愁予。"〔汉〕王逸注:"帝子,谓尧女也。"(《楚辞章句》卷二)

[3]断云:片云。〔南朝·梁〕简文帝萧纲《薄晚逐凉北楼迥望》:"断云留去日,长山减半天。"(《汉魏六朝百三家集》卷八十三)

宿雨:夜雨,经夜的雨水。〔南朝·陈〕江总《诒孔中丞奂》:"初晴原野开,宿雨润条枚。"(《汉魏六朝百三家集》卷一百五)

[4]古木:犹古树。〔唐〕杨炯《少室山少姨庙碑》:"余基隐嶙,仍知万岁之亭;古木摧残,尚辨三花之树。"(《盈川集》卷五)

[5]河汉:银河。〔南朝·梁〕何逊《七夕》:"忽似高唐别离未得语,河汉渐汤汤。"(《何水部集》)

[6]巫云:犹巫山云,出自〔战国·楚〕宋玉《高唐赋·序》(《文选》卷十九)。

山　居

春溪甘滑漱山瓢[1],归卧藤阴薛迳遥[2]。
云气酿成巫峡雨[3],松声寒似浙江潮[4]。
书生与世例迂阔[5],山意向人殊寂寥[6]。
却喜庾郎贫到骨[7],韭畦时一摘烟苗[8]。

（原载上海图书馆藏〔明〕嘉靖五年祁门方氏刻《秋崖先生小稿》卷十五；录自北京大学古文献研究所编《全宋诗》，北京大学出版社 1991 年 7 月第 1 版，第 61 册，第 38348 页）

【注　释】

[1]春溪：春天的溪流。〔宋〕王禹偁《扬州池亭即事》："旭日媚春溪，微风生鸣湍。"（《小畜集》卷六）

山瓢：山野中人所用的瓢，泛指粗陋的盛器或饮器。〔宋〕陆游《秋雨》："书册频开阖，山瓢任浊清。"（《剑南诗稿》卷一）漱（shù），洗涤。

[2]藤阴：藤蔓的荫蔽之处。〔唐〕王维《过福禅师兰若》："竹外峰偏曙，藤阴水更凉。"（《王右丞集笺注》卷七）

藓迳：布满苔藓的路径。〔唐〕姚合《寄华州李中丞》："藓迳人稀到，松斋药自生。"（《姚少监诗集》卷三）

[3]巫峡雨：犹巫山云雨，用巫山神女典故。〔宋〕苏轼《戏题巫山县用杜子美韵》："丁宁巫峡雨，慎莫暗朝晖。"（《东坡全集》卷二十八）

[4]浙江潮：浙江，即钱塘江。〔宋〕曾巩《遂书怀别》："蜀客向何处？欲观浙江潮。"（《元丰类稿》卷二）

[5]例迂阔：犹言照例迂阔。例，按照旧规惯例。迂阔，迂，远；阔，疏远，背离。谓不切合实际。《汉书·王吉传》（卷七十二）："上以其言迂阔，不甚宠异也。"

[6]殊寂寥：殊，副词，甚，极。寂寥，冷落萧条。〔宋〕吕陶《百合》："盛夏众芳息，景物殊寂寥。"（《净德集》卷二十九）

[7]庾郎：指南朝齐庾杲之。贫到骨，庾杲之家贫，食唯韭菹、瀹韭、生韭，谓之三韭。《南齐书·庾杲之传》（卷三十四）："郎清贫自业，食唯有韭菹、瀹韭、生韭杂菜，或戏之曰：'谁谓庾郎贫？食鲑常有二十七种。'言三九（韭）也。"

[8]韭畦（qí）：韭菜地。畦，分陇种植。陇，田块。〔战国·楚〕屈原《离骚》："畦留夷与揭车兮，杂杜衡与芳芷。"〔宋〕朱熹集注："畦，陇种也。"（《楚辞集注》卷一）

烟苗：指烟雾笼罩下的嫩苗。〔宋〕黄庭坚《陈说道约日送菜把》："南山畴昔从诸父，雨甲烟苗手自锄。"（《山谷外集》卷十三）

亨道至能对棋月下文振闻后堂歌声逃席而起[1]

高梧动凉吹[2]，月色如新磨[3]。

吾侪冰雪胸[4]，如此良夜何[5]。

二客信不凡[6]，一局欲烂柯[7]。

中庭人语寂[8]，玉佩鸣相摩[9]。

胜士何洒落[10]，俗子谁讥诃[11]。

安得玉跳脱[12]。酌我金叵罗[13]。

昭华不露面[14]，独茧抽长歌[15]。

径令郑子真[16]，飞梦巫山阿[17]。

（原载上海图书馆藏〔明〕嘉靖五年祁门方氏刻《秋崖先生小稿》卷二十五；录自北京大学古文献研究所编《全宋诗》，北京大学出版社1991年7月第1版，第61册，第38418—38419页）

【注　释】

[1]至能：刘至能，作者友人。亨道，其号。在方岳《秋崖集》中涉及至能的诗文有：《次韵至能湖上》《跋至能所书西湖洞天事》（卷二）；《寄至能》（卷九）；《与至能夜话》记作者与其交游云："吾生如征鸿，岁月如脱兔。江上烟雨寒，花老春已暮。肯辞白发亲，我盖坐贫故。文章未得力，儒冠岂余误。至能我辈人，未随时俗恶。青灯竹窗底，健论时一吐。风雷万马犇，沧溟百川赴。策名藉奉常，颜色若有迮。堂堂湖海豪，岂供折腰具。欲于我乎馆，西山美无度。谨勿袖笏来，恐犯西山怒。"（卷十二）又《乡贡进士柯君墓志铭》中言及其人："始予从刘耕道先生馆荐桥门，时朋友则陈彝仲、刘至能兄弟，从周末至。于后至能以丙戌进士得黄岩尉，未上而殁。"（卷四十）

文振：郑文振，参见前诗《七夕郑文振席上姬有楚云者为作三弄》注[1]。

[2]高梧：高高的梧桐。〔唐〕释皎然《五言题郑谷江畔桐斋》："风起高梧下，清弦日日闻。"（《杼山集》卷三）

凉吹：犹凉风。〔唐〕罗隐《秋风生桂枝》："凉吹从何起，中宵景象清。漫随云叶动，高傍桂枝生。"（《罗昭谏集》卷二）

[3]新磨：指新磨的铜镜。古用铜镜，须常磨光方能照影。这里将月亮比作铜镜，以新磨形容其明亮清澈。〔宋〕邵雍《秋怀三十六首》之二十："良月满高楼，

高楼仍中秋。午夜冷露下，千里寒光流。何人将此鉴，拂拭新磨休。照破万古心，白尽万古头。"（《击壤集》卷三）

[4]吾侪(chái)：犹我辈。〔唐〕杜甫《宴胡侍御书堂李尚书之芳郑秘监审同集归字韵》："今夜文星动，吾侪醉不归。"（《九家集注杜诗》卷三十三）

冰雪胸：像冰雪一样纯净洁白的胸襟。〔宋〕胡寅《醉步前溪示彦冲》："南溪先生冰雪胸，虚堂坐咏荷花风。"（《斐然集》卷二）

[5]如此良夜何：语出〔宋〕苏轼《后赤壁赋》："月白风清，如此良夜何！"（《东坡全集》卷三十三）

[6]二客：指刘至能和郑文振。

信不凡：果真不凡。〔宋〕徐铉《送元帅书记高郎中出为婺源建威军使》："危言昔日尝无隐，壮节今来信不凡。"（《骑省集》卷二）

[7]烂柯：典出〔南朝·梁〕任昉《述异记》（卷上）："信安郡石室山，晋时王质伐木，至，见童子数人，棋而歌，质因听之。童子以一物与质，如枣核，质含之，不觉饥。俄顷，童子谓曰：'何不去？'质起，视斧柯烂尽，既归，无复时人。"后以"烂柯"谓岁月流逝。人事变迁。〔宋〕陆游《东轩花时将过感怀》："还家常恐难全璧，阅世深疑已烂柯。"（《剑南诗稿》卷五十三）

[8]中庭：〔南朝·宋〕鲍照《梅花落》："中庭杂树多，偏为梅咨嗟。"（《鲍明远集》卷七）

[9]玉佩：古人佩挂的玉制装饰品。〔唐〕钱起《陪郭常侍令公东亭宴集》："暗竹朱轮转，回塘玉佩鸣。"（《钱仲文集》卷八）

相摩：互相摩擦。〔宋〕范纯仁《和徐亿郎中喜雪》："圃妆花斗巧，林亚玉相摩。"（《范忠宣集》卷二）

[10]胜士：佳士，才识过人的人士。《晋书·羊祜传》（卷三十四）："自有宇宙，便有此山。由来贤达胜士，登此远望，如我与卿者多矣！"

何洒落：何等洒脱。洒落，洒脱飘逸，不拘束。《南史·萧子显传》（卷四十二）："子显风神洒落，雍容闲雅，简通宾客，不畏鬼神。"

[11]俗子：指见识浅陋或鄙俗的人。〔唐〕牟融《题朱庆馀闲居四首》之一："白丁门外远，俗子眼前无。"（《全唐诗》卷四百六十七）

讥诃：讥责非难。〔宋〕苏辙《东西京二绝》之一："宓妃何预词臣事，指点讥诃豹尾中。"（《栾城后集》卷二）

[12]安得：犹如何得到。〔唐〕杜甫《茅屋为秋风所破歌》："安得广厦千万间，大庇天下寒士俱欢颜，风雨不动安如山。"（《九家集注杜诗》卷十）

玉跳脱：指玉镯。〔明〕顾起元《客座赘语·女饰》："饰于臂曰手镯。镯，钲也。《周礼·鼓人》以金镯节鼓，形如小钟，而今相沿用于此，即古之所谓钏，又曰臂钗,曰臂环,曰条脱,曰条达,曰跳脱者是也。"〔宋〕晁公武《郡斋读书志·温庭筠〈金荃集〉七卷〈外集〉一卷》(卷四中):"右唐温庭筠也。庭筠,本名岐,字飞卿,宰相彦博之裔,诗赋清丽,与李商隐齐名,时号'温李',能逐弦吹之音,为侧艳之辞。为行尘杂,由是累年不第,终国子助教。宣宗尝作诗赐宫人,句有'金步摇',遣场中对之,庭筠对以'玉跳脱',上喜其敏,欲用之,而尝作诗忤时相令狐绹,终弃不用。"按:"跳脱"又有"逃脱"义。〔汉〕焦赣《易林·无妄之师》(卷二):"火起上门,不为我残,跳脱东西,独得生完。"本诗诗题中云"文振闻后堂歌声逃席而起",故这里是一语双关。

[13]酌我:犹言斟酒给我。〔宋〕梅尧臣《留别李君君颇有归意而未遂》:"酌我樽中酒。知君羡北归。如何沙上鸟,远逐片帆飞。"(《宛陵集》卷五)

金叵罗:犹言金酒杯。叵罗,西域语音译,当地的一种饮酒器,口敞底浅。亦泛指酒杯。〔唐〕李白《对酒》:"蒲萄酒,金叵罗,吴姬十五细马驮。"(《李太白集注》卷二十五)

[14]昭华:古代管乐器名。《西京杂记》(卷三):"玉管长二尺三寸,二十六孔,吹之则见车马山林,隐辚相次,吹息亦不复见,铭曰:昭华之管。"〔宋〕晏几道《采桑子》:"月白风清。长倚昭华笛里声。"(《小山词》)

[15]独茧抽长歌:形容歌声不绝如抽丝。相传仙人园客养蚕得茧大如瓮,一茧缫丝数十日始尽。〔宋〕苏轼《瓶笙》:"孤松吟风细泠泠,独茧长缫女娲笙。"王文诰辑注引程演曰:"《列仙传》:园客养蚕成五色,独茧缫之,经月不绝。"(《苏轼诗集》,中华书局1982年2月第1版,第2374页)

[16]径令:直接命令。方岳《秋崖集》中数用"径令"之语。除本诗外,又如《逢梅》:"鲁直径令相伯仲,至今未敢广离骚。"(卷四);《再用韵简赵簿》:"但觉文名惊朽钝,径令诗腹化神奇。"(卷八)

郑子真:汉代隐士。《汉书·王贡两龚鲍传叙》(卷七十二):"其后谷口有郑子真,蜀有严君平,皆修身自保,非其服弗服,非其食弗食。成帝时,元舅大将军王凤以礼聘子真,子真遂不诎而终。君平卜筮于成都市。"〔唐〕师古注曰:"《地理志》谓君平为严遵。《三辅决录》云:子真名朴,君平名尊,则君平、子真皆其字也。"又云:"谷口郑子真不诎其志,耕于岩石之下,名震于京师。"

[17]巫山阿:巫山的曲折处。巫山,在今重庆市巫山县境内。旧传山形似巫字得名。或传巫咸死葬于此,称巫咸山,简称巫山。〔战国·楚〕宋玉《高唐赋》描写了巫山的壮丽景色,其序中描写了楚先王梦幸巫山神女的故事,巫山遂成为一个中华民族文化中关乎爱与美的特殊意象。参见本卷《诗歌部》上册欧阳修《长相思》注[4]。

陆 叡

【作者简介】

陆叡(ruì)(？—1266)，字景思，号云西，会稽人。绍定五年(1232)进士。淳祐中沿江制置使参议。宝祐五年(1257)，自礼部员外郎除秘书少监，又除起居舍人。景定五年(1264)，中大夫、集英殿修撰，江南东路计度转运副使兼淮西总领。咸淳二年卒。

瑞鹤仙[1]

梅

湿云黏雁影[2]。望征路愁迷，离绪难整[3]。千金买光景[4]。但疏钟催晓，乱鸦啼暝[5]。花惊暗省[6]。许多情、相逢梦境。便行云、都不归来，也合寄将音信[7]。　　孤迥[8]。盟鸾心在，跨鹤程高[9]，后期无准。情丝待翦[10]。翻惹得[11]，旧时恨。怕天教何处，参差双燕，还染残朱剩粉[12]。对菱花、与说相思，看谁瘦损[13]。

（原载《全芳备祖前集》卷一《梅花门》；录自唐圭璋编《全宋词》，中华书局 1965 年 6 月第 1 版，第 4 册，第 2860—2861 页）

【注　释】

[1]瑞鹤仙：词牌名。参见本卷《诗歌部》中册陆淞《瑞鹤仙》注[1]。陆叡此词据《全宋词》句读为双调，一百零二字。前段十句，七仄韵；后段十二句，六仄韵。

[2]湿云：湿度大的云。〔唐〕李颀《宋少府东溪泛舟》："晚叶低众色，湿云带繁暑。"（《黎岳集》）

黏(nián)：犹粘，粘住。〔唐〕释齐己《己卯岁值冻阻归有作》："湖云粘雁重，

庙树刮风干。"(《白莲集》卷二)

[3]征路:征途,行程。〔唐〕陈子昂《落第西还别魏四懔》:"离亭暗风雨,征路入云烟。"(《陈拾遗集》卷二)

离绪:惜别时的绵绵情思。难整,犹难以整理。〔唐〕韦应物《夏日》:"积俗易为侵,愁来复难整。"(《韦苏州集》卷六)

[4]光景:光阴,时光。〔唐〕李白《相逢行》:"光景不待人,须臾成发丝。"(《李太白集注》卷六)

[5]啼暝:犹言在日暮啼鸣。〔宋〕张镃《夏日南湖泛舟因过琼华园六首》之二:"翠辇不来知几夏,野禽啼暝古松林。"(《南湖集》卷八)

[6]花悰(cóng):犹对于花的心绪。悰,心情,情绪。〔前蜀〕李珣《临江仙》:"玉炉残麝犹浓。起来闺思尚疏慵。引愁春梦,谁解此情悰。"(《花间集》卷十)暗省(xǐng),犹言暗中思量,反省。

[7]行云:用巫山神女之典。语本〔战国·楚〕宋玉《高唐赋·序》:"旦为朝云,暮为行雨。"(《文选》卷十九)喻男女情事。

也合:也该,也应当。〔宋〕范成大《醉落魄》:"只为海棠,也合来西蜀。"(《全芳备祖前集》卷七)

寄将音信:犹寄书信。将,助词,用于动词之后。〔唐〕杜甫《送魏二十四司直充岭南掌选崔郎中判官兼寄韦韶州》:"凭报韶州牧,新诗昨寄将。"(《杜诗详注》卷二十三)

[8]孤迥:孤独寂寞。〔唐〕杜牧《南陵道中》:"正是客心孤迥处,谁家红袖凭江楼?"(《全唐诗》卷五百二十四)

[9]盟鸾:喻男女盟誓。鸾,指鸾凤,喻夫妻或情侣。

跨鹤:乘鹤,骑鹤。〔宋〕林景熙《简卫山斋》:"何当蹑飞佩,跨鹤青云端。"(《霁山文集》卷二)程高,犹言路程很高。程,路程,亦谓高程。

[10]情丝:喻指男女间相爱悦的感情。〔宋〕欧阳修《渔家傲》:"天与多情丝一把。谁厮惹。千条万缕萦心下。"(《文忠集》卷一百三十二)

翦:斩断,除去。《诗经·召南·甘棠》:"蔽芾甘棠,勿翦勿伐,召伯所茇。"〔汉〕毛亨传:"翦,去。"(《毛诗注疏》卷二)

[11]翻惹得:犹言反而惹得。翻,副词,反而。

[12]残朱剩粉:指残存的胭脂铅粉,即女子的化妆用品。

[13]菱花:指菱花镜,亦泛指镜。古代铜镜多为六角形或背面刻有菱花图案。〔唐〕韩偓《闺怨》:"时光潜去暗凄凉,懒对菱花晕晚妆。"(《韩内翰别集》)

瘦损:消瘦。〔宋〕苏轼《红梅三首》之二:"细雨涴残千颗泪,轻寒瘦损一分肌。"(《东坡全集》卷十二)

吴文英

【作者简介】

吴文英(1200—1260?),字君特,号梦窗,晚号觉翁,四明人。生于庆元六年。景定时,尝客荣五邸,从吴潜等游。约卒于景定元年。有《梦窗甲乙丙丁稿》四卷。

庆春宫[1]

残叶翻浓,馀香栖苦,障风怨动秋声[2]。云影摇寒,波尘销腻,翠房人去深扃[3]。昼成凄黯,雁飞过、垂杨转青[4]。阑干横暮,酥印痕香,玉腕谁凭[5]。　　菱花乍失娉婷[6]。别岸围红,千艳倾城[7]。重洗清杯,同追深夜,豆花寒落愁灯[8]。近欢成梦,断云隔、巫山几层[9]。偷相怜处,熏尽金篝,销瘦云英[10]。

（原载彊村四校本《梦窗词》；录自唐圭璋编《全宋词》，中华书局 1965 年 6 月第 1 版，第 4 册，第 2882 页）

【注　释】

[1]庆春宫:词牌名。《词谱》(卷三十):"《庆春宫》,一名《庆宫春》。此调有平韵、仄韵两体,平韵体始自北宋,有周邦彦诸词;仄韵体始自南宋,有王沂孙诸词。"〔清〕毛先舒《填词名解》(卷三):"《庆宫春》,越调也。"（载北京市中国书店据木石居校本影印〔清〕查培继《词学全书》,1984 年 1 月第 1 版）吴文英此词双调,一百零二字。前段十一句,四平韵;后段十一句,五平韵。

[2]残叶翻浓:犹言残叶翻转,秋意更浓。以"翻浓"修饰"残叶",赋予"浓"字以深深的愁意,而且"浓"在"翻"字之后,使愁意不断加深加浓,词非静态,而是

富有动感。(据叶嘉莹主编,赵慧文、徐育民编著《吴文英词新释辑评》,中国书店2007年1月第1版,第122、124页)。

馀香栖苦:犹言残荷余香,苦意栖存。"馀香栖苦"不仅写出荷香尚留,而且以"苦"来形容"香",运用通感手法,将味觉和嗅觉统一起来,而且还说"苦"是"栖"在荷花上,此运用拟物法,将荷香比拟成禽类,赋予了活泼的生命。(同上)。

障风:犹阻挡风。〔宋〕沈与求《蚕》:"阖门障风雨,荒祠动村落。"(《龟溪集》卷一)〔宋〕朱翌《南山观雪》之二:"南游客上妙高峰,拄杖敲冰袖障风。"(《灊山集》卷三)

怨动秋声:谓风吹动了幽怨发出了秋声。秋声,指秋天里自然界的声音,如风声、落叶声、虫鸟声等。〔宋〕欧阳修《秋声赋》:"欧阳子方夜读书,闻有声自西南来者,悚然而听之曰:'异哉!'初淅沥以萧飒,忽奔腾而澎湃,如波涛夜惊,风雨骤至。至其触于物也,鏦鏦铮铮,金铁皆鸣。又如赴敌之兵,衔枚疾走,不闻号令,但闻人马之行声。余谓童子:'此何声也?汝出视之。'童子曰:'星月皎洁,明河在天,四无人声,声在树间。'余曰:'噫嘻,悲哉!此秋声也,胡为乎来哉?'"(《文忠集》卷十五)

[3]云影摇寒:犹言云影摇动寒意。"云影摇寒"写"云"着一"影"字,加浓了云的朦胧感,再著衣动词"摇",似乎那"寒"是"云影"为之,如此将无生命物赋予生命,赋有动态美(《吴文英词新释辑评》,中国书店2007年1月第1版,第124页)

波尘:喻指女子的脚步,语本〔三国·魏〕曹植《洛神赋》:"陵波微步,罗袜生尘。"犹言洛神轻步踏波,罗袜生尘埃。李善注:"陵波而袜生尘,言神人异也。《淮南子》曰:'圣足行于水,无迹也;众生行于霜,有迹也。'"(《文选》卷十九)

销腻:谓消失了脂粉的痕迹。腻,油腻,指女子化妆品。按:此处化用〔唐〕杜牧《阿房宫赋》:"渭流涨腻,弃脂水也。"(《樊川集》卷一)暗示此人已去。

翠房:神仙居所,喻指女子的闺房。〔宋〕苏轼《戚氏》:"绛阙岩峣,翠房深迥倚霏烟。"(《东坡词》)

深扃(jiōng):犹深闭。扃,从外关闭门户的门闩。〔汉〕张衡《南都赋》:"排揵陷扃。"〔唐〕李善注:"《说文》曰:'揵,距门也。'又曰:'扃,外闭之关也。'"

[4]昼成凄黯:犹言白天也变成一片凄凉的晦暗。

垂杨转青:谓垂柳转青,春天来到。垂杨,即垂柳,古诗文中杨柳常通用。参见本卷《诗歌部》上册柳永《满朝欢》注[6]。

[5]阑干:栏杆。〔宋〕陈与义《小阁》:"阑干横岁暮,徙倚度阴晴。"(《简斋集》卷十)横暮,横在暮色中。

酥印痕香:犹言如奶酪般洁白的手腕上留下的印痕发出幽香。酥,酪类,用牛

羊乳制成的食品。比喻物之洁白柔软而滑腻。〔宋〕陆游《钗头凤》词："红酥手，黄藤酒，满城春色宫墙柳。"（《放翁词》）

玉腕谁凭：像玉一样滑腻的手腕谁人依偎着？凭，依着。〔宋〕陈允平【查年代】《念奴娇》："谁凭玉勾阑。茸衫毡帽，冷香吹上吟鞭。"（《历代诗余》卷七十一）

[6]菱花：指菱花镜，亦泛指镜。古代铜镜多为六角形或背面刻有菱花图案。〔宋〕穆修《合欢芍药》："油碧车中同载女，菱花鉴里并妆人。"（《穆参军集》卷上）

乍失娉婷（pīngtíng）：犹言突然失去美好的影子。娉婷，姿态美好貌，指代美女。〔宋〕谢逸《西江月》："霜后最添妍丽，风中更觉娉婷。影摇溪水一湾清。妆罢晓临鸾镜。"（《溪堂集》卷六）

[7]别岸：犹言离别的河岸边。围红，岸边饯行时所围的红色步障（用以遮蔽风尘或视线的一种幕障。）〔宋〕杨杰《赏梅呈仲元》："太守为施红步障，郡园惊怪寿阳来。"（《无为集》卷七）

千艳倾城：千艳千种娇艳。倾城，犹倾覆城国。形容女子极其美丽。《汉书·外戚传上·李夫人》（卷九十七上）："延年侍上起舞，歌曰：'北方有佳人，绝世而独立，一顾倾人城，再顾倾人国。宁不知倾城与倾国，佳人难再得！'"参见本卷《诗歌部》上册柳永《洞仙歌》注[5]。

[8]豆花：指灯花。豆，形容灯焰细小如豆。

[9]巫山：在今重庆市巫山县境内。旧传山形似巫字得名。或传巫咸死葬于此，称巫咸山，简称巫山。〔战国·楚〕宋玉《高唐赋》描写了巫山的壮丽景色，其序中描写了楚先王梦幸巫山神女的故事，巫山遂成为一个中华民族文化中关乎爱与美的特殊意象。参见本卷《诗歌部》上册欧阳修《长相思》注[4]。

[10]金簌：精美的熏笼。〔宋〕吕同老《天香》："金簌候火，无似有、微熏初好。"（《词综》卷二十三）

云英：唐代歌伎名。〔唐〕罗隐《嘲钟陵妓云英》："钟陵醉别十余春，重见云英掌上身。我未成名君未嫁，可能俱是不如人。"（《罗昭谏集》卷四）事见〔元〕辛文房《唐才子传》（卷七）："隐初贫，来赴举，过钟陵，见营妓云英有才思，后一纪下第，过之。英曰：'罗秀才尚未脱白？'隐赠诗云……（见上引，从略）"

宴清都

夹钟羽，俗名中吕调　饯荣王仲亨还京[1]

翠羽飞梁苑[2]。连催发，暮樯留话江燕[3]。尘街堕珥，瑶扉乍钥，彩绳双罥[4]。新烟暗叶成阴，效翠妩、西陵送远[5]。又趁得、蕊露天香，春留建章花晚[6]。　　　归来笑折仙桃,琼楼宴莩,金漏催箭[7]。兰亭秀语,乌丝润墨,汉宫传玩[8]。红欹醉玉天上,倩凤尾、时题画扇[9]。问几时、重驾巫云,蓬莱路浅[10]。

（原载彊村四校本《梦窗词》;录自唐圭璋编《全宋词》,中华书局1965年6月第1版,第4册,第2882页）

【注　释】

[1]宴清都:词牌名。《词谱》（卷三十）:"《宴清都》,调始《清真乐府》程垓词,名《四代好》。"〔清〕毛先舒《填词名解》（卷三）:"《宴清都》,取沈约诗'暮宴清都阙',亦名《四代好》。"（载北京市中国书店据木石居校本影印〔清〕查培继《词学全书》,1984年1月第1版）吴文英此词双调,一百零二字。前后段十句,五仄韵;后段十句,四仄韵。

夹钟羽:燕乐二十八调之羽七调之一,俗名中吕调。参见本卷《诗歌部》上册柳永《雪梅香》注[1];柳永《洞仙歌》（佳景留心惯）注[1]。

饯荣王仲亨还京:此词为饯别嗣荣王赵与芮（字仲亨）回京都之作。嗣荣王为宋理宗之同母弟,度宗（赵禥）之生父。参见夏承焘《吴梦窗系年》:"理宗景定元年庚申一二六〇〔六十一岁〕。在越,客嗣荣王赵与芮邸。刘毓崧曰:'梦窗尝为荣王府中上客,丙稿内《宴清都》一阕,题为《饯嗣荣王仲亨还京》有"翠羽飞梁苑"之语。……荣王为理宗之母弟、度宗之本生父。……理宗命度宗为皇子,系宝祐元年正月之事,立度宗为皇太子,系景定元年六月之事。……'朱笺:'《宋史·理宗纪》:父希瓐追封荣王,家于绍兴府山阴县。又《度宗纪》:嗣荣王与芮,理宗母弟也。又《世系表》:希瓐子与芮。'"（《唐宋词人年谱》,上海古籍出版社1979年5月第1版,第479—480页）

[2]翠羽:翠鸟的羽毛。《晋书·舆服志》（卷二十五）:"远游冠:傅玄云:秦冠也,似通天而前无山述,有展筩横于冠前。皇太子及王者、后帝之兄弟、帝之子封郡王者服之。诸王加官者,自服其官之冠服,惟太子及王者后常冠焉。太子则以翠羽为绥,缀以白珠,其余但青丝而已。"则"翠羽"为太子之冠饰,喻嗣荣王之子赵禥被立为太子。

梁苑:西汉梁孝王所建的东苑,故址在今河南省开封市东南。园林规模宏大,宫室相连属,供游赏驰猎。梁孝王在其中广纳宾客,当时名士司马相如、枚乘、邹阳等均为座上客。也称兔园。事见《史记·梁孝王世家》（卷五十八）:"孝王,窦太后少子也,爱之,赏赐不可胜道。于是孝王筑东苑,方三百余里,广睢阳城七十里,大治宫室为复道,自宫连属于平台,五十余里。"按:这里以梁苑喻嗣荣王府。

[3]连催发：接连催促出发。〔宋〕张耒《南仲》："诏命连催发，英髦一日齐。"（《柯山集》卷二十九）

暮樯留话江燕：犹言暮色中桅樯上的江燕叫着，像是留下惜别的话。语本〔唐〕杜甫《发潭州》："岸花飞送客，樯燕语留人。"（《九家集注杜诗》卷三十五）

[4]尘街：灰尘飞扬的街道。〔唐〕白居易《三月三日被禊洛滨》："尘街从鼓动，烟树任鸦栖。"（《白香山诗集》卷三十四）

堕珥(ěr)：珥，珠玉做的耳饰。堕珥，意同遗簪，谓不忘旧物。〔汉〕韩婴《诗外传》（卷九）："孔子出游少源之野，有妇人中泽而哭，其音甚哀。孔子使弟子问焉，曰：'夫人何哭之？'哀妇人曰：'乡者（刚才。乡同"向"）刈菁薪（割柴草），亡（遗失）吾菁簪（用菁草做的簪子），吾是以哀也。'弟子曰：'刈菁薪而亡菁簪，有何悲焉？'妇人曰：'非伤亡簪也，盖不忘故也。'"

瑶扉：玉石做的门。瑶，似玉的美石。扉，门扇。〔宋〕黄庭坚《仙桥洞》："横阁晴虹渡石溪，几年钥锁镇瑶扉。"（《山谷外集》卷十四）

乍钥(yuè)：忽然关上。钥，门下上贯横闩、下插入地的直木或直铁棍。

彩绳：秋千的绳索，指代秋千。秋千，我国民间传统体育运动器具。参见本卷《诗歌部》上册张先《木兰花》注[4]。〔唐〕刘禹锡《同乐天和微之深春二十首》之十六："秋千争次第，牵拽彩绳斜。"（《刘宾客外集》卷二）

双罥(juàn)：犹双挂。罥，缠绕悬挂。〔宋〕孙光宪《浣溪沙》："轻打银筝坠燕泥。断丝高罥画楼西。"（《历代诗余》卷六）按：秋千有两根彩绳，故云"双罥"。

[5]翠妩：犹言妩媚的翠眉。〔宋〕高观国《凤栖梧》："西子湖边眉翠妩。魂冷孤山，谁是风烟主。"（《竹屋痴语》）

西陵：指西陵湖，在浙江萧山县西。《水经注·浙江水》（卷四十）："西陵湖，亦谓之西城湖，湖西有湖城，山东有夏架山。湖水上承妖皋溪，而下注浙江。"

[6]趁得：犹言趁着。天香，芳香的美称。此处指花香。〔宋〕刘克庄《念奴娇》："却是小山丛桂里，一夜天香飘坠。"（《后村集》卷二十）或谓指御炉与祭祀之香，但此处明言"蕊露天香"，蕊者，花蕊也。

建章：汉代长安宫殿名。《三辅黄图·汉宫》（卷二）："武帝太初元年，柏梁殿灾。粤巫勇之曰：'粤俗，有火灾即复大起屋，以厌胜之。'帝于是作建章宫，度为千门万户。宫在未央宫西，长安城外。"

[7]仙桃：神话传说中供西王母等仙人食用的桃。参见本卷《诗歌部》上册吴世延《集仙峰》注[4]。

琼楼：指仙宫中的楼台，亦形容华美的楼宇。〔宋〕苏轼《水调歌头》："我欲乘风归去，又恐琼楼玉宇，高处不胜寒。"（《东坡词》）宴尊，指"蟠桃宴"，尊，花蕚，指代仙桃。按："宴尊"一语，系吴文英所创。叶嘉莹引胡适《词选》云："《梦窗四稿》

中的词,几乎无一首不是靠古典与套语堆砌起来的。"(《迦陵论词丛稿》,上海古籍出版社 1984 年第 1 版,第 140 页)古典与套语尚可查证,而像"宴夐"这样的语词,常令人茫然。

金漏催箭:金漏,古代计时器漏壶的美称。〔唐〕姚合《寄右史李定言》:"阊阖欲开金漏尽,冕旒初坐御香高。"(《全唐诗》卷四百九十七)催,催促。箭,漏壶上表明时辰的部件。参见本卷《诗歌部》上册田锡《夜宴词》注[9]。

[8]兰亭:在浙江省绍兴市西南之兰渚山上。东晋永和九年(353)王羲之、谢安等同游于此,羲之作《兰亭集序》。

秀语:秀美的语句。〔宋〕苏轼《和子由记园中草木十一首》之十:"探怀出新诗,秀语夺山绿。"(《东坡诗集注》卷二十五)兰亭秀语,指兰亭雅集中各诗人之作。

乌丝:指乌丝栏。指上下以乌丝织成栏,其间用朱墨界行的绢素。后亦指有墨线格子的笺纸。唐李肇《唐国史补》(卷下):"宋亳间,有织成界道绢素,谓之乌丝栏、朱丝栏。"

润墨:犹润泽的墨迹,指书写。〔宋〕蔡襄《读太平告身》:"绫纹金彩射星霞,润墨新腾玉署麻。"(《端明集》卷六)

[9]红敧(qī)醉玉:状男女醉貌。红,指代女子。敧,歪斜,倾斜。醉玉,"醉玉颓山"之省,形容男子风姿挺秀,酒后醉倒的风采。典出〔南朝·宋〕刘义庆《世说新语·容止》(卷下之上):"嵇叔夜之为人也,岩岩若孤松之独立;其醉也,傀俄若玉山之将崩。"

凤尾:"凤尾诺",古代帝王批示笺奏,表示认可,则署"诺"字,字尾形如凤尾,因以得名。唐陆龟蒙《说凤尾诺》:"或问予曰:'凤尾诺为何等物,图耶?书耶?'对曰:'予之所闻,自晋讫于梁陈已来,藩邸之书,凡封子弟为王,则开府辟僚属,取当时士有学行才藻者,中是选,其所下书东宫则曰令,上书则曰笺;诸王下书则曰教,上书则曰启,应和文章则曰应令、应教,下其制一等故也。其事行则曰诺。犹汉天子肯臣下之奏曰可也。凤尾,则所诺笺之文也。"(《笠泽丛书》卷二)吴蓓笺释:"赵与芮为度宗生父,度宗于景定五年(1264)十月即位,故'凤尾诺'典,符合赵氏身份。此处用此典,除显扬赵氏身份外,还取'诺'字,即女子要其答应为题画扇。"(《梦窗词汇校笺释集评》,浙江古籍出版社 2007 年 9 月第 1 版,第 142 页)

题画扇:犹言在画扇上题诗。

[10]巫云:犹巫山云。语本〔战国·楚〕宋玉《高唐赋·序》:"去而辞曰:'妾在巫山之阳,高丘之阻,旦为朝云,暮为行雨。朝朝暮暮,阳台之下。'"(《文选》卷十九)

蓬莱:指蓬莱山。古代传说中的神山名,亦常泛指仙境。〔宋〕李若水《蓬莱

行》："君是神仙人,应识蓬莱路。"（《忠愍集》卷二）

宴清都

病渴文园久[1]。梨花月,梦残春故人旧。愁弹枕雨,衰翻帽雪,为情僝僽[2]。千金醉跃骄骢,试问取、朱桥翠柳[3]。痛恨不、买断斜阳,西湖酝入春酒[4]。　　吴宫乱水斜烟,留连倦客,慵更回首[5]。幽蛩韵苦,哀鸿叫绝,断音难偶[6]。题红汎叶零乱,想夜冷、江枫暗瘦[7]。付与谁、一半悲秋,行云在否[8]。

（原载《四部丛刊》影印明本〔宋〕黄升辑《中兴以来绝妙词选》卷十;录自唐圭璋编《全宋词》,中华书局1965年6月第1版,第4册,第2939页）

【注　释】

[1]病渴:患消渴症。消渴症,中医学病名。口渴,善饥,尿多,消瘦。包括糖尿病、尿崩症等。〔宋〕陆游《和张功父见寄》之二:"正复悲秋如骑省,可令病渴似文园。"（《剑南诗稿》卷二十四）

文园:指汉司马相如,因司马相如曾任文园令。亦借指文人。〔唐〕杜牧《为人题赠二首》之一:"文园终病渴,休咏《白头吟》。"（《全唐诗》卷五百二十七）〔宋〕张元干《十月桃》:"有多情多病文园。向雪后寻春,醉里凭阑。"（《芦川词》）

[2]愁弹枕雨:犹言因忧愁而枕边泪落如雨。弹,挥洒泪水。〔后蜀〕欧阳炯《菩萨蛮》:"特地气长吁。倚屏弹泪珠。"（《历代诗余》卷九）

衰翻帽雪:犹言因衰弱而帽下飘雪。翻,飘动。帽雪,指帽下白发。

僝僽(chánzhòu):憔悴。〔宋〕张辑《如梦令》:"僝僽。僝僽。比着梅花谁瘦。"（《历代诗余》卷二）

[3]骄骢(cōng):壮健的骢马。骢,青白色相杂的马。骄骢,亦泛指骏马。〔宋〕辛弃疾《江神子》:"何处踏青人未去,呼女伴,认骄骢。"（《稼轩词》卷三）

试问取:试,副词,相当于"姑且"、"试着"。问取,问,询问。取,助词,无义。〔宋〕黄庭坚《清平乐》:"春无踪迹谁知。除非问取黄鹂。"（《山谷词》）

朱桥翠柳:吴蓓笺释:"指酒楼妓院。"（《梦窗词汇校笺释集评》,浙江古籍出版社2007年9月第1版,第157页）

[4]"痛恨不"等二句:犹言痛恨不能买断斜阳,把西湖水酝入春酒。"痛恨

不"统摄两句。

〔5〕吴宫:指春秋吴王的宫殿。〔唐〕李群玉《秣陵怀古》:"野花黄叶旧吴宫,六代豪华烛散风。"(《李群玉诗后集》卷三)

倦客:客游他乡而对旅居生活感到厌倦的人。〔宋〕苏轼《书普慈长老壁》:"倦客再游行老矣,高僧一笑故依然。"(《东坡诗集注》卷二十一)

慵更回首:懒得再回首。慵,懒,懒得。更,副词,再,又。

〔6〕幽蛩:幽怨的蟋蟀鸣声。〔唐〕李群玉《秋怨》:"虚窗度流萤,斜月啼幽蛩。"(《李群玉诗集》卷上)

哀鸿:悲鸣的鸿雁。〔南朝·宋〕谢惠连《泛湖归出楼中望月》:"哀鸿鸣沙渚,悲猿响山椒。"(《汉魏六朝百三家集》卷七十一)叫绝,犹言叫声断绝。

难偶:吴蓓笺释:"偶:遇。断音难偶:弦断之音难求。"(《梦窗词汇校笺释集评》,浙江古籍出版社 2007 年 9 月第 1 版,第 157 页)

〔8〕题红汎叶:用红叶题诗典。参见本卷《诗歌部》上册周邦彦《六丑》注〔13〕。

江枫暗瘦:谓江边的枫树因叶落而暗中显得枯瘦。

〔9〕行云:用巫山神女之典。语本〔战国·楚〕宋玉《高唐赋·序》:"旦为朝云,暮为行雨。"(《文选》卷十九)

齐天乐

齐云楼[1]

凌朝一片阳台影,飞来太空不去[2]。栋与参横,帘钩斗曲,西北城高几许[3]。天声似语[4]。便阊阖轻排,虹河平溯[5]。问几阴晴,霸吴平地漫今古[6]。　　西山横黛瞰碧,眼明应不到,烟际沉鹭[7]。卧笛长吟,层霾乍裂,寒月溟蒙千里[8]。凭虚醉舞[9]。梦凝白阑干[10],化为飞雾。净洗青红[11],骤飞沧海雨。

（原载彊村四校本《梦窗词》;录自唐圭璋编《全宋词》,中华书局 1965 年 6 月第 1 版,第 4 册,第 2884 页）

【注　释】

〔1〕齐天乐:词牌名。《词谱》(卷三十一):"《齐天乐》,周密《天基节乐次》:'乐奏夹钟宫,第一盏,觱篥起《圣寿齐天乐慢》'。姜夔词注:'黄钟宫',俗名正

宫。周邦彦词有'绿芜雕尽台城路'句，名《台城路》。沈端节词名《五福降中天》。张辑词有'如此江山'句，名《如此江山》。"吴文英此词双调，一百零二字。前段十句，五仄韵；后段十一句，五仄韵。

齐云楼：在苏州。〔宋〕祝穆《方舆胜览·平江府·楼阁》（卷二）："齐云楼在郡圃子城上，宏敞壮丽。白居易《齐云晚望》诗：'重复江山壮，平舒井邑宽。齐云楼北面，终日凭栏干。'"〔宋〕范成大《吴郡志》（卷六）："齐云楼，在郡治后子城上。绍兴十四年，郡守王焕重建，两挟循城，为屋数间，有二小楼翼之，轮奂雄特，不惟甲于二浙（浙），虽蜀之西楼、鄂之南楼、岳阳楼、庾楼皆在下风。父老谓兵火之后，官寺草创，惟此楼胜承平时。楼前同时建文武二亭。淳熙十二年，郡守丘崈又于文武亭前建二井亭。"〔明〕李贤等《明一统志·苏州府·宫室》（卷八）："齐云楼，在府治后子城上。唐曹恭王建。白居易诗：'重复江山壮，平舒井邑宽。齐云楼北面，终日凭栏干。'"

此词或作于嘉熙二年。夏承焘《吴梦窗系年》："嘉熙二年戊戌，一二三八（三十九岁）《齐天乐·齐云楼》一首或此时作。朱笺：'卢熊《苏州府志》："齐云楼在郡治后子城上。嘉定六年陈苰、十六年沈皞、嘉熙二年史宅之，并重修有记。"案此词疑史宅之重修时作。'查《吴县志·职官表六》，宅之本年闰二月知平江苏州，明年正月赴行在，则此词当是此一二年间作。据此，是时已交宅之；宅之弥远子，梦窗乡人也。"（《唐宋词人年谱》，上海古籍出版社1979年5月第1版，第463页）

[2]凌朝：迫近早晨的时光。〔宋〕韩淲《过履道山堂及子潜家方斋》："尽日苦久旱，凌朝得微凉。悠悠我所思，眇眇天一方。"（《涧泉集》卷四）

阳台：〔战国·楚〕宋玉《高唐赋·序》中神女与楚先王约定的幽会场所："去而辞曰：'妾在巫山之阳，高丘之阻，旦为朝云，暮为行雨。朝朝暮暮，阳台之下。'"（《文选》卷十九）阳台影，喻云。

太空：犹天空。〔唐〕吴筠《游仙诗》之十四："列侍奏云歌，真音满太空。"（《宗玄集》卷中）

[3]栋与参（shēn）横：犹言齐云楼的栋梁与横斜在天的参星一样高。参，星座名。二十八宿之一，西方白虎七宿的末一宿。即猎户座的七颗亮星。〔三国·魏〕曹植《善哉行》："月没参横，北斗阑干。"（《曹子建集》卷六）

帘钩斗曲：犹言齐云楼的帘钩像北斗。帘钩，卷帘所用的钩子。〔唐〕王昌龄《青楼怨》："肠断关山不解说，依依残月下帘钩。"（《全唐诗》卷一百四十三）

西北城：喻指齐云楼。《古诗一十九首》之五："西北有高楼，上与浮云齐。"（《文选》卷二十九）几许，犹多少。〔宋〕苏轼《八月十五日看潮五绝》之二："欲识潮头高几许，越山浑在浪花中。"（《施注苏诗》卷七）

[4]天声：天上的声响，如雷声、风声等。〔唐〕李白《古风五十九首》之七："去

影忽不见,回风送天声。"(《李太白集注》卷二)似语,如天语,犹上天的旨意。〔唐〕李白《飞龙引二首》之二:"造天关,闻天语,屯云河车载玉女。"(《李太白集注》卷三)

[5]闾阖(hé)轻排:犹言轻轻地推开天门。闾阖,门扇,这里指天门。〔宋〕周南《和史君喜雨》:"通宵奠玉乞移灾,闾阖天门午夜开。"(《山房集》卷一)排,推开。〔战国·楚〕屈原《远游》:"命天阍其开关兮,排闾阖而望予。"(《楚辞章句》卷五)

虹河平溯:犹言天上的彩虹与银河可以齐平地溯游,谓齐云楼之高可与彩虹与银河齐平。溯,逆水而行,亦指泛舟。

[6]霸吴:称霸的吴国。〔宋〕李纲《投金濑有感》:"霸吴何止服勾践,破楚遂以鞭荆平。"(《梁溪集》卷十七)

平地:犹言突然,平白无故。〔宋〕陆游《六言杂兴》:"正自一时偶尔,俗人平地生疑。"(《剑南诗稿》卷五十六)

漫今古:犹言任随古今。按:此句是说,"经过几许变迁,几度沧桑,吴之霸业轻易地便成了历史事迹"。(《吴文英词新释集评》中国书店2007年1月第1版,第158页)

[7]横黛:指山色横陈如黛。黛,青黑色。〔唐〕王维《崔濮阳兄季重前山兴》:"千里横黛色,数峰出云间。"(《王右丞集笺注》卷三)

瞰(kàn)碧:俯视碧色。因齐云楼高,故云"瞰"。〔宋〕李弥逊《留题鉴远楼》之二:"凭虚瞰碧与云浮,只有闲身尽日留。"(《筠溪集》卷十八)

烟际沉鹭:犹言云烟间落下的白鹭。烟际,云烟迷茫之处。〔北齐〕刘昼《刘子·通塞》(卷五):"入井望天,不过圆盖;登峰眺目,极于烟际。"鹭,鸟类的一科,嘴直而尖,颈长,飞翔时缩着颈。白鹭、苍鹭较为常见。《诗经·周颂·振鹭》:"振鹭于飞,于彼西雝。"(《毛诗注疏》卷二十七)

[8]卧笛:犹言卧着吹笛。〔唐〕白居易原本、〔宋〕孔传续《白孔六帖》(卷六十二):"卧吹笛:汉中王瑀为太常卿,早起闻永典里人吹笛,问'是太常乐人否?'曰:'然。'后因阅乐挞之,曰:'某日何得卧吹笛?'"又,《新唐书·三宗诸子列传》(卷八十一):"瑀亦知音,尝早朝过永兴里,闻笛音,顾左右曰:'是太常工乎?'曰:'然。'它日识之,曰:'何故卧吹笛?'工惊谢。"

层霾(mái):层层雾霾。〔宋〕蔡襄《季秋牡丹赋》:"剥层霾兮,仰白日。"(《端明集》卷三十二)

乍裂:突然裂开,此谓笛声悠扬,令层霾裂而寒月见。

溟蒙:犹朦胧,微明貌。〔宋〕周邦彦《华胥引》:"川源澄映,烟月溟蒙,去舟似叶。"(《草堂诗余》卷二)

吴文英

407

[9]凭虚：犹言凌空，高升到天空。〔宋〕苏轼《次韵参寥师寄秦太虚三绝句时秦君举进士不得》："秦郎文字固超然，汉武凭虚意欲仙。"（《东坡诗集注》卷十二）〔宋〕李纲《吴江五首》之一："危桥跨水虹垂影，高阁凭虚蜃吐楼。"（《梁溪集》卷五）

[10]"梦凝"句：犹言梦中但见白云缠绕阑干（栏杆）。参见《吴文英词新释集评》（中国书店 2007 年 1 月第 1 版，第 159 页）。

[11]青红：青色和红色。这里指建筑物的彩饰。〔宋〕姜夔《喜迁莺慢》："窗户新成，青红犹润，双燕为君胥宇。"（《白石道人歌曲》卷三）〔宋〕赵文《莺啼序》："窗户青红，正似京洛，按笙歌一片。"（《历代诗余》卷一百）

齐天乐[1]

烟波桃叶西陵路，十年断魂潮尾[2]。古柳重攀，轻鸥聚别，陈迹危亭独倚[3]。凉飔乍起。渺烟碛飞帆，暮山横翠[4]。但有江花[5]，共临秋镜照憔悴。　　华堂烛暗送客，眼波回盼处，芳艳流水[6]。素骨凝冰，柔葱蘸雪，犹忆分瓜深意[7]。清尊未洗。梦不湿行云，漫沾残泪[8]。可惜秋宵，乱蛩疏雨里[9]。

（原载彊村四校本《梦窗词》；录自唐圭璋编《全宋词》，中华书局 1965 年 6 月第 1 版，第 4 册，第 2885 页）

【注　释】

[1]此词为忆姬之作。陈洵曰："此与《莺啼序》盖同一年作。彼云十载，此云十年也。"（《海绡说词》）参见叶嘉莹主编，赵慧文、徐育民编著《吴文英词新释集评》（中国书店 2007 年 1 月第 1 版，第 171 页）。

[2]桃叶：晋王献之爱妾名。《乐府诗集·清商曲辞二·桃叶歌》〔宋〕郭茂倩《解题》引《古今乐录》："《桃叶歌》者，晋王子敬之所作也。桃叶，子敬妾名，缘于笃爱，所以歌之。《隋书·五行志》曰：陈时江南盛歌王献之《桃叶词》云：'桃叶复桃叶，渡江不用楫。但渡无所苦，我自迎接汝。'后隋晋王广伐陈，置将桃叶山下，及韩擒虎渡江，大将任蛮奴至新亭，以导北军之应。子敬，献之字也。"这里借指作者在杭州所恋之女子。

西陵：南朝齐钱塘名妓苏小小的墓，在杭州西湖孤山下。〔宋〕周密原本、〔明〕朱廷焕补《增补武林旧事》（卷八）："苏小小，钱塘名娼，南齐时人。其墓或云湖曲,或云江干。古词云:'妾乘油壁车,郎跨青骢马。何处结同心?西陵松柏下。'今西陵乃在钱塘江之西,则云江干者近是。李贺《苏小小墓歌》:'幽兰露,如啼眼。无物结同心,烟花不堪剪。草如茵,松如盖,风为裳,水为佩。油壁车,久相待。冷翠烛,劳光彩。西陵下,风吹雨。'白乐天《柳枝词》:'苏州杨柳任君夸,更有钱塘胜馆娃。若解多情寻小小,绿杨深处是苏家。苏家小女旧知名,杨柳风前别有情。剥条盘作银环样,卷叶吹为玉笛声。'"

十年断魂:谓十年相思之情。断魂,销魂神往,形容一往情深。〔南朝·梁〕江淹《别赋》:"黯然销魂者,唯别而已矣。"(《江文通集》卷一)

潮尾:指钱塘江退潮景象。

[3]古柳重攀:古人有折柳作别的习俗,古柳重攀,谓忆旧。

轻鸥聚别:犹言轻盈的江鸥聚合分别,喻人的聚散离合。

陈迹危亭独倚:陈迹,旧迹。危亭,高亭。〔宋〕孙应时《和简叔》之二:"危亭独倚阑干遍,又听疏钟第一声。"(《烛湖集》卷二十)

[4]凉飔(sī):凉风。〔唐〕韦应物《重九登滁城楼忆前岁九日归沣上赴崔都水及诸弟燕集凄然怀旧》:"楼中一长啸,恻怆起凉飔。"(《韦苏州集》卷六)

乍起:忽然而起。

渺烟碛(qì):渺,邈远,渺茫。烟碛,烟雾迷蒙的沙滩。

暮山横翠:黄昏的山岭呈现出翠绿色。〔宋〕柳永《临江仙》:"对暮山横翠,衫残叶飘黄。凭高念远,素景楚天,无处不凄凉。"(《乐章集》)

[5]江花:江畔开放的花。〔唐〕白居易《忆江南词三首》之一:"日出江花红似火,春来江水绿如蓝。"(《白氏长庆集》卷三十四)

[6]华堂:华丽的厅堂。〔唐〕李白《经乱离后天恩流夜郎忆旧游书怀赠江夏韦太守良宰》:"逢君听弦歌,肃穆坐华堂。"(《李太白文集》卷九)华堂烛暗送客,化用《史记·滑稽列传》(卷一百二十六):"日暮酒阑,合尊促坐,男女同席,履舄交错,杯盘狼藉。堂上烛灭,主人留髡而送客。罗襦襟解,微闻芗泽。"

芳艳流水:前句云:"眼波回盼处",此句喻指女子的眼波如芳艳的流水。

[7]素骨凝冰:犹言冰肌玉骨。素,根本,本质。〔宋〕苏轼《洞仙歌》:"冰肌玉骨,自清凉无汗。"(《东坡词》)

柔葱:形容手指如葱,形容其细嫩。古词《焦仲卿妻》:"指如削葱根,口如含朱丹。"(《乐府诗集》卷七十三)

分瓜:犹言分食瓜果。〔唐〕段成式《戏高侍御七首》之三:"犹怜最小分瓜日,奈许迎春得藕时。"(《全唐诗》卷五百八十四)

[8]清尊:亦作"清樽",酒器,或借指清酒。《古歌》:"清樽发朱颜,四坐乐且康。"(《古乐苑》卷三十三)

行云：用巫山神女之典。语本〔战国·楚〕宋玉《高唐赋·序》："旦为朝云,暮为行雨。"（《文选》卷十九）

漫沾残泪：犹言莫要沾上残泪。残泪,残留的眼泪。〔唐〕刘长卿《斑竹岩》："点点留残泪,枝枝寄此心。"（《刘随州集》卷四）

[9]秋宵：秋夜。〔唐〕贾岛《夕思》："秋宵已难曙,漏向二更分。我忆山水坐,虫当寂寞闻。"（《长江集》卷五）

乱蛩(qióng)：杂乱的蟋蟀叫声。蛩,蟋蟀的别名。〔唐〕释齐己《期友人》："乱蛩鸣白草,残菊藉苍苔。"（《白莲集》卷一）

瑞龙吟

送梅津[1]

黯分袖[2]。肠断去水流萍,住船系柳[3]。吴宫娇月娆花,醉题恨倚,蛮江豆蔻[4]。　　吐春绣[5]。笔底丽情多少,眼波眉岫[6]。新园锁却愁阴,露黄漫委,寒香半亩[7]。　　还背垂虹秋去,四桥烟雨,一宵歌酒[8]。犹忆翠微携壶,乌帽风骤[9]。西湖到日,重见梅钿皱[10]。谁家听、琵琶未了,朝骢嘶漏[11]。印剖黄金篰[12]。待来共凭,齐云话旧[13]。莫唱朱樱口[14]。生怕遣、楼前行云知后[15]。泪鸿怨角[16],空教人瘦。

（原载彊村四校本《梦窗词》；录自唐圭璋编《全宋词》,中华书局1965年6月第1版,第4册,第2891—2892页）

【注　释】

[1]瑞龙吟：词牌名。《词谱》（卷三十七）："《瑞龙吟》,黄升云：此调前两段双拽头,属'正平调',后一段'犯大石调','归骑晚'以下仍属正平调也。"〔清〕毛先舒《填词名解》（卷三）："《瑞龙吟》,见宋周美成《春景》词。花菴词客云：美成此词,自'章台路'至'归来旧处'是第一段。自'黯凝伫'至'盈盈笑语'是第二段。此谓'双拽头',属'正平调'。自'前度刘郎'以下,即'范大石',是第三段。至'归骑晚'以下四句,再归'正平'。他本或于'吟笺赋笔'处分段,非也。"（载北京市中国书店据木石居校本影印〔清〕查培继《词学全书》,1984年1月第1版）按：《词谱》《填词名解》皆以周邦彦《瑞龙吟》（章台路）为此调正体论之。吴文英此词据《全宋词》句读为三段,一百三十三字。前两段各六句,三仄韵；后一段十八句,九仄韵。

梅津:尹焕。《历代诗余·词人姓氏·宋》(卷一百六):"尹焕,字惟晓,号梅津,山阴人。登进士,仕至右司郎官,历左司。有《梅津集》。"山阴,今浙江绍兴。一说长溪人,寄居绍兴府(《淳熙三山志》卷三十一)嘉定十年(1217)进士(与吴潜同榜)。曾任湖北潜江县县尉(宋葛绍体有《送尹惟晓县尉》诗)。淳祐元年(1241)知江阴军(《宋史》卷三十三《理宗》三)。淳祐六年(1246)任运判,七年除左司(《咸淳临安志》卷五十查为仁、厉鹗《绝妙好词笺》谓"自畿漕除右司郎官"),八年官朝奉大夫、太府少卿,兼尚书左司郎中、兼敕令所删修官(《宋史》卷八十二),十年江西运判(《吹剑录外集》)。《梦窗词》集中赠尹焕之作凡十一首,为梦窗酬赠数最多之一。尹焕尝为梦窗词作序,谓"求词于吾宋,前有清真,后有梦窗,此非焕之言,四海之公言也"。参见吴蓓笺校《梦窗词汇校笺释集评》(浙江古籍出版社 2007 年 9 月第 1 版,第 104—105 页)。

夏承焘《梦窗词后笺》:"词及垂虹桥·齐云楼,并有'西湖到日'句,盖在苏送梅津赴杭。"此与《凤池吟》为淳祐七年(1247)作(《唐宋词论丛》,浙江古籍出版社、浙江教育出版社 1997 年版,第 2 册,第 160 页)。饯梅津苏赴杭,时在秋季。吴蓓指出:"此亦梦窗'骚体造境'酬赠法。梦窗'骚体',自非表屈子九死未悔劳苦衷肠,实多取其表述之便宜耳。前《解语花·立春风雨中饯处静》。男女之情不失兄弟身份。此则语带笑谑,时或抽身旁白,笔致极灵活,令人想见其与被赠之人熟稔程度,平素深情厚谊意亦于此可见。"(吴蓓笺校《梦窗词汇校笺释集评》,浙江古籍出版社 2007 年 9 月第 1 版,第 262 页)

[2]黯(àn)分袖:犹言黯然分手。黯,心神沮丧貌。分袖,两人握手时双方的衣袖纠缠在一起,一旦分手,则两袖分开,故以分袖喻分手、分别。〔南朝·陈〕徐陵《重与王太尉书》:"分袖南浦,扬鞭北风。"(《陈文纪》卷四)

[3]肠断:形容极度悲痛。参见本卷《诗歌部》上册郑仅《调笑转踏》注[9]。〔北周〕庾信《伤心赋》:"鹤声孤绝,猿吟肠断。"(《庾子山集》卷一)

流萍:随波漂流的浮萍,喻漂泊无依。〔唐〕高适《奉酬北海李太守丈人夏日平阴亭》:"自怜遇时休,漂泊随流萍。"(《高常侍集》卷四)

[4]吴宫:指春秋吴王的宫殿。喻指苏州。〔唐〕刘长卿《奉饯郎中四兄罢余杭太守承恩加侍御史充行军司马赴汝南行营》:"离心在何处?芳草满吴宫。"(《刘随州集》卷五)

娇月娆花:娇美的月色,妖娆的花朵。比喻吴宫里的美女,亦喻指梅津在苏州所恋女子的羞花闭月的容貌。

醉题恨倚,犹言醉中题诗,怨恨融入曲调之中。倚,当指倚声,依照歌曲的声律节奏。谱写幽怨的心情。

蛮江:泛指南方之江。蛮,荒野遥远,不设法制的地方。我国古代对南方少数民族的泛称。〔唐〕刘禹锡《酬朗州崔员外与任十四兄侍御同过鄙人旧居见怀之什时守吴郡》："一辞御苑青门去，十见蛮江白芷生。"（《刘宾客文集》卷二十四）

豆蔻：又名草果。多年生草本植物。高丈许，秋季结实。种子可入药，产岭南。南方人取其尚未大开的，称为含胎花，以其形如怀孕之身。诗文中常用以比喻少女。〔宋〕宋侯寘《西江月》："豆蔻梢头年纪，芙蓉水上精神。幼云娇玉两眉春。京洛当时风韵。"（《嬾窟词》）

[5]吐春绣：谓梅津文采风流，锦心绣口。春绣，谓如春天般五彩具备的锦绣。比喻优美的文思，华丽的词藻。

[6]眉岫（xiù）：比喻眉毛如峰峦。〔宋〕赵彦端《惜分飞》："远水无情冰不就。好在尊前眉岫。"（《介庵词》）

[7]愁阴：犹阴霾。〔南朝·梁〕虞羲《咏霍将军北伐诗一首》："飞狐白日晚，瀚海愁阴生。"（《文选》卷二十一）

露黄：指带露的黄花。〔宋〕宋庠《次韵和张丞相摄南郊喜王畿大稔》："露黄开径菊，霜紫落园荆。"（《元宪集》卷八）

漫委：犹言遍地委顿衰败。

寒香：清冽的香气。指寒天的香花。诗词中通常指梅。〔唐〕罗隐《梅花》："愁怜粉艳飘歌席，静爱寒香扑酒罇。"（《罗昭谏集》卷三）

[8]还背垂虹秋去：犹言还离垂虹桥在秋天里远去。背，背对着，谓离开。垂虹，指垂虹桥，在江苏吴江县东。本名利往桥，因上有垂虹亭，故名。桥有七十二洞，宋庆历八年建。俗名长桥。〔宋〕姜夔《庆宫春》词序："绍熙辛亥除夕，予别石湖归吴兴，雪后夜过垂虹，尝赋诗云：'笠泽茫茫雁影微，玉峰重叠护云衣。长桥寂寞春寒夜，只有诗人一舸归。'"（《白石道人歌曲》卷三）

四桥：苏州甘泉桥。夏承焘《梦窗词集后笺》："《苏州府志》：甘泉桥，一名第四桥，以泉品居第四也。白石《点绛唇》：'第四桥边，拟共天随住。'刘仙伦《金缕曲·过吴江》：'依旧四桥风景在。'李广翁《摸鱼儿·赋太湖》：'又是西风，四桥疏柳。'皆谓此也。"（《唐宋词论丛》，浙江古籍出版社、浙江教育出版社1997年版，第2册，第160页）。

一宵歌酒：一夜听歌饮酒。宵，夜。《诗经·豳风·七月》："昼尔于茅，宵尔索绹。"〔汉〕毛亨传："宵，夜。"（《毛诗注疏》卷十五）

[9]翠微：泛指青山。〔唐〕高适《赴彭州山行之作》："峭壁连崆峒，攒峰迭翠微。"（《高常侍集》卷八）

携壶：携带酒壶。〔唐〕李白《九日》："携壶酌流霞，搴菊泛寒荣。"（《李太白文集》卷十七）

乌帽：黑帽，古代贵者常服。隋唐后多为庶民、隐者之帽。乌帽风骤，用孟嘉落帽典故。《晋书·孟嘉传》(卷九十八):"(嘉)后为征西桓温参军,温甚重之。九月九日,温燕龙山,寮佐毕集。时佐吏并着戎服,有风至,吹嘉帽堕落,嘉不之觉。温使左右勿言,欲观其举止。嘉良久如厕,温令取还之,命孙盛作文嘲嘉,著嘉坐处。嘉还见,即答之,其文甚美,四坐嗟叹。"后因以"落帽"作为重九登高的典故。

[10]梅钿皱:吴蓓释曰:"当即花钿,以金属打制成梅花形状之钗钿。皱,当作'蹙起'解,即钗钿挑起一缕头发插入之意。周密《玲珑四犯·戏调梦窗》有'杏腮红透梅细皱'之句。'皱'字为梦窗炼字。重见梅钿皱,即又见鬓边插梅钿之美人。"(《梦窗词汇校笺释集评》,浙江古籍出版社2007年9月第1版,第263页)

[11]朝骢(cōng)嘶漏:犹言早晨青白色的马嘶鸣着催促时辰。骢,青白色相杂的马。漏,漏壶,古代计时器,亦指代时辰。参见本卷《诗歌部》上册田锡《夜宴词》注[9]。

[12]印剖黄金籀(zhòu):印剖,即授印剖符,谓委以官职。黄金籀,犹言金印。籀,汉字的一种字体。一名大篆。古代官印上的文字为篆文,故称。

[13]待来共凭:等到来时一同凭栏。凭,依着,靠着。〔南唐〕冯延巳《抛球乐》:"且上高楼望,相共凭阑看月生。"(《全唐诗》卷八百九十八)这里是指倚着齐云楼的栏杆。

齐云:指齐云楼。参见本卷《诗歌部》下册吴文英《齐天乐·齐云楼》注[1]。

[14]朱樱口:犹樱桃小口。〔宋〕苏轼《蝶恋花》:"一颗樱桃樊素口。不爱黄金,只爱人长久。"(《东坡词》)

[15]行云:用巫山神女之典。语本〔战国·楚〕宋玉《高唐赋·序》:"旦为朝云,暮为行雨。"(《文选》卷十九)喻男女情事。

[16]泪鸿:犹言闻鸿唳而流泪。〔宋〕柳永《夜半乐》:"凝泪眼、杳杳神京路。断鸿声远长天暮。"(《乐章集》)

怨角:幽怨的角声。角,古乐器名,出西北游牧民族,鸣角以示晨昏,军中多用作军号。〔宋〕刘一止《洞仙歌》:"肠断处,天涯路远音稀,行人怨、角声吹老。"(《苕溪集》卷五十三)

解蹀躞

夷则商[1]

醉云又兼醒雨,楚梦时来往[2]。倦蜂刚著梨花、惹游荡[3]。还作一段相思,冷波叶舞愁红[4],送人双桨。　　暗凝想。情共天涯秋黯,朱桥锁深巷[5]。会稀投得轻分、顿惆怅[6]。此去幽曲谁来,可怜残照西风,半妆楼上[7]。

（原载彊村四校本《梦窗词》；录自唐圭璋编《全宋词》，中华书局 1965 年 6 月第 1 版，第 4 册，第 2892 页）

【注　释】

[1]解蹀躞(diéxiè)：词牌名。《词谱》(卷十七)："《解蹀躞》，曹勋词名《玉蹀躞》。"〔清〕毛先舒《填词名解》(卷二)："《解蹀躞》商调曲也。"(载北京市中国书店据木石居校本影印〔清〕查培继《词学全书》，1984 年 1 月第 1 版)《词谱》以吴文英此词为此调别体之一谱式，双调，七十五字。前段六句，三仄韵；后段七句，四仄韵。并注云："此与周(邦彦)词同，惟后段第二句不押韵，前后段第三句作上六下三句法异。按：陈允平《和周词》：'记得芙蓉江上，萧娘旧相遇。'正与此同。又按：周词前段起句例用仄仄平平平仄，此独用仄平仄平仄仄。文英精于审音，必中律吕，采入以备一体。"

夷则商：燕乐二十八调之商七调之一，俗名商调。参见本卷《诗歌部》上册柳永《雪梅香》注[1]；柳永《曲玉管》注[1]。

[2]醉云醒雨：犹诗人沉醉的云，令人清醒的雨。此亦"朝云暮雨"意象的变异之一种。

楚梦：犹楚王梦，指宋玉《高唐赋》所描写的楚先王与巫山神女在梦中交欢的故事，后演绎为艳梦、性梦。〔宋〕欧阳修《减字木兰花》："却笑襄王。楚梦无踪空断肠。"(《梅苑》卷九)〔清〕杨铁夫《吴梦窗词笺释》："此为记姬之作。此不过最习见之巫山神女事，加入'醉'、'醒'、'来往'等字，再加'又'、'时'二字，遂似不知有多少心事，在蚬壳坎子里打叠出来，作一总诠者。此梦窗绝技也。"(转引自吴蓓笺校《梦窗词汇校笺释集评》，浙江古籍出版社 2007 年 9 月第 1 版，第 274 页)

[3]倦蜂刚著梨花：犹言倦了的蜜蜂刚刚附着在梨花上。梨花，《墨庄漫录》(卷六)："东坡作《梅花词》云：'高情已逐晓云空，不与梨花同梦。'注云：唐王建有《梦看梨花云》诗，予求王建诗，行世甚少，唯印行本一卷，乃无此篇后得之于《晏元献类要》中，后又得建《全集》七卷，乃得全篇，题云《梦看梨花云歌》：'薄薄落落雾不分，梦中唤作梨花云。瑶池水光蓬莱雪，青叶白花相次发。不从地上生枝柯，合在天头绕宫阙。天风微微吹不破，白艳却愁春浣露。玉房彩女齐看来，错认仙山鹤飞过。落英散粉飘满空，梨花颜色同不同。眼穿臂短取不得，取得亦如从梦中。无人为我解此梦，梨花一曲心珍重。'或误传为王昌龄，非也。""梨花云"指梦中恍惚所见如云似雪的缤纷梨花。

游荡:游乐放荡。〔唐〕李绅《早梅桥》:"桥边一树伤离别,游荡行人莫攀折。"（《追昔游集》卷中）

[4]冷波叶舞愁红:从前后句的关系来看,此句应解为寒冷的波浪中,秋天的落叶飞舞而下,舞动着令人感到忧愁的红色。此是〔战国·楚〕屈原《九歌·湘夫人》"嫋嫋兮秋风,洞庭波兮木叶下"（《楚辞章句》卷二）意象的衍化。

[5]情共天涯秋黯:犹言情感同这荒远之地的秋色一样暗淡。天涯,犹天边,指极远的地方。语出《古诗十九首·行行重行行》:"相去万余里,各在天一涯。"（《文选》卷二十九）黯,昏暗,亦指心神沮丧。

朱桥:指朱雀桥,即朱雀桁。东晋时王导、谢安等豪门巨宅多在其附近。此句化用〔唐〕刘禹锡《乌衣巷》:"朱雀桥边野草花,乌衣巷口夕阳斜。旧时王谢堂前燕,飞入寻常百姓家。"（《刘宾客文集》卷二十四）

[6]会稀投得轻分:犹言会晤的时候本来就稀少,又得轻易地分别。张相《诗词曲语词汇释·投·投得》:"投得,得到也,……吴文英《解蹀躞》词:'会稀,投得轻分顿惆怅。此去幽曲谁来,可怜残照西风,半妆楼上。'会稀者,难晤也;轻分者,遽别也。言本来会晤为难,又临到匆匆遽别时,不禁顿起惆怅也。"（中华书局1953年4月第1版,第213页）又,〔清〕杨铁夫《吴梦窗词笺释》:"'投',音逗,假借为逗合之逗也。即俗言凑合意。今之会稀,由于昔之轻于分别凑成也、谢榆孙抡元曰:'投得',赢得也,北曲中常见之。但未得所据。"（转引自吴蓓笺校《梦窗词汇校笺释集评》,浙江古籍出版社2007年9月第1版,第273页）

[7]幽曲:指曲坊幽巷,为妓女所居。刘永济说:"'幽曲'即'深巷',不曰自己不来,而曰'谁来',见无人来往也。……然从'幽曲'看,'曲'乃平康妓所聚处,杨慎校周邦彦《瑞龙吟》'愔愔坊陌人家'句,谓当作'坊曲',指'当时长安倡家谓之曲',是也。然则其人殆即梦窗新眷之妓,未成娶而没者,作此词时则犹未没,但已分别矣。"（《微睇堂说词》,上海古籍出版社1987年5月第1版,第56页）

残照西风:犹言西风里的落日余晖。〔唐〕李白《忆秦娥》:"西风残照,汉家陵阙。"（《李太白集注》卷五）

半妆楼:犹夕阳照亮了妆楼的一半。妆楼,即梳妆楼。按:关于"半妆楼"的解释有三种:其一,半面妆。此说引《南史·元帝徐妃传》:"妃以帝眇一目,每知帝将至,必为半面妆以俟,帝见则大怒而去。"（陶尔夫、刘敬圻《吴梦窗词传》吉林人民出版社1998年6月第1版,第267页）但此说似与词中描写的内容情事无涉。其二,残妆。刘永济说:"'半妆',残妆也,即梦中之人。"（《微睇堂说词》,上海古籍出版社1987年5月第1版,第56页）其三,妆楼之一半。吴蓓释曰:"王昌龄《闺怨》诗:'闺中少妇不知愁,春日凝妆上翠楼。'此以'半'字属楼,因夕照余光也。"（吴蓓笺校《梦窗词汇校笺释集评》,浙江古籍出版社2007年9月第1版,第

273 页）相比较而言，后说较为妥帖，情景交融，宛然若画。

花　犯

中吕商　谢黄复庵除夜寄古梅枝[1]

蒻横枝，清溪分影，翛然镜空晓[2]。小窗春到。怜夜冷媚娥，相伴孤照[3]。古苔泪锁霜千点，苍华人共老[4]。料浅雪、黄昏驿路，飞香遗冻草[5]。　　行云梦中认琼娘，冰肌瘦，窈窕风前纤缟[6]。残醉醒、屏山外、翠禽声小[7]。寒泉贮、绀壶渐暖，年事对、青灯惊换了[8]。但恐舞、一帘胡蝶，玉龙吹又杳[9]。

（原载疆村四校本《梦窗词》；录自唐圭璋编《全宋词》，中华书局 1965 年 6 月第 1 版，第 4 册，第 2893 页）

【注　释】

[1]花犯：词牌名。《词谱》（卷三十）："《花犯》，调始《清真乐府》。周密词名《绣鸾凤花犯》。"《词谱》以吴文英此词为此调别体之一谱式：双调，一百零二字。前段十句，五仄韵；后段九句，四仄韵。并注云："此与周（邦彦）词同，惟前段第七句不押韵，后段第二句三字、第三句六字异。谭宣子词前段第七句'象床试锦新翻样'不押韵正与此同。"

中吕商：燕乐二十八调之商七调之一，俗名小石调。参见本卷《诗歌部》上册柳永《雪梅香》注[1]；柳永《曲玉管》注[1]。

黄复庵：作者友人，生平无考。《梦窗集》尚有《倒犯·赠黄复庵》《月中行·和黄复庵》。

除夜：除夕，一年最后一天的夜晚。旧岁至此夕而除，次日即新岁，故称。

[2]蒻横枝：剪梅花。横枝，梅花的一种。〔宋〕姜夔《卜算子·梅花八咏》："绿萼更横枝，多少梅花样。"自注："绿萼、横枝，皆梅别种，凡二十许名。"（《白石道人歌曲别集》）

翛（xiāo）然：无拘无束貌；超脱貌。《庄子·大宗师》："翛然而往，翛然而来而已矣。"〔唐〕成玄英疏："翛然，无系貌也。"（《南华真经注疏》，中华书局 1998 年 7 月第 1 版，第 137 页）

[3]媚娥：指嫦娥，亦指代月亮。〔宋〕韩琦《中秋筵散雨余见月色》："媚娥似慰人心郁，时放蟾辉漏薄阴。"（《安阳集》卷十五）

孤照:微弱之光。指月光。〔宋〕葛郯《感皇恩》:"琐窗危坐,更被玉蟾孤照。夜阑梅影瘦,凭谁扫。"(《历代诗余》卷四十五)

[4]古苔:指古梅枝上的苔藓。〔宋〕范成大《花村梅谱》:"古梅会稽最多,四明、吴兴亦间有之。其枝樛曲万状,苍藓鳞皴,封满花身。又有苔须,垂于枝间,或长数寸,风至绿丝飘飘可玩。初谓古木久历风日致然。"

泪锁霜千点:犹言古苔的千点霜花像是泪珠凝结而成。锁,凝固,封锁。

苍华人共老:犹言古苔上的霜花与人的华发一样苍老。苍华,形容头发灰白。〔宋〕徐铉《柳枝词十首座中应制》之七:"年年为爱新条好,不觉苍华也似丝。"(《骑省集》卷五)

[5]驿路:犹驿道,古时供传递文书及交通运输等修建的官道。〔唐〕王昌龄《送吴十九往沅陵》:"沅江流水到辰阳,溪口逢君驿路长。"(《全唐诗》卷一百四十三)

飞香遗冻草:指古梅枝在驿路上飞驰幽香飘洒在路旁的冻草上。此词题作《谢黄复庵除夜寄古梅枝》,可知此"飞香"指除夕夜所寄之古梅。冻草,指冬夜霜雪中的草。

[6]行云梦:犹巫山梦,高唐梦。典出〔战国·楚〕宋玉《高唐赋·序》:"昔者先王尝游高唐,怠而昼寝,梦见一妇人曰:'妾巫山之女也,为高唐之客。闻君游高唐,愿荐枕席。'王因幸之。去而辞曰:'妾在巫山之阳,高丘之阻,旦为朝云,暮为行雨。朝朝暮暮,阳台之下。'"(《文选》卷十九)

琼娘:许飞琼,仙女名,这里喻指梅花。参见本卷《诗歌部》上册钱易《蝶恋花》注[4]。

冰肌:语本《庄子·逍遥游》:"藐姑射之山,有神人居焉,肌肤若冰雪,绰约若处子。"(《庄子注》卷一)后用"冰肌"形容女子纯净洁白的肌肤。这里亦喻指梅花。

窈窕(yǎotiǎo)风前纤缟(gǎo):娴静美好如风前身着洁白衣衫的仙女。纤,细纹织物。〔战国·楚〕宋玉《招魂》:"被文服纤,丽而不奇些。"〔汉〕王逸注:"纤,谓罗縠也。"(《楚辞章句》卷九)缟,细白的生绢。《礼记·王制》:"殷人哻而祭,缟衣而养老。"〔唐〕孔颖达疏:"缟,白色生绢。亦名为素。"(《礼记注疏》卷十三)

[7]屏山:指屏风。〔宋〕欧阳修《蝶恋花》:"枕畔屏山围碧浪,翠被华灯,夜夜空相向。"(《六一词》)

翠禽:翠鸟。典出赵师雄遇梅仙事,参见本卷《诗歌部》下册高观国《金人捧露盘》注[4]。按:此句化用〔宋〕姜夔《疏影》词意:"苔枝缀玉,有翠禽小小,枝上同宿。"(《白石道人歌曲》卷四)

吴文英

417

[8]寒泉贮:指将此梅贮于寒泉中,谓插于瓶中。

绀(gàn)壶:深青透红色的壶。壶,容器名。深腹,敛口,多为圆形,也有方形、椭圆等形制。此处指插梅之器。渐暖,犹言天气渐暖。

年事:指过农历新年诸事。

青灯:光线青荧的油灯。〔宋〕强至《临洺驿雨中作》:"天涯怀抱倾东南,闷对青灯举幽酌。"(《祠部集》卷三)青灯惊换了,犹言惊异于旧年新岁的更换,此为感慨之词。在"除夜"的语境中"青灯换"犹年岁改。

[9]一帘胡蝶:犹言梅花凋谢,纷飞如一帘蝴蝶。

玉龙:喻笛。〔宋〕林逋《霜天晓月》:"昨夜梅花发。甚处玉龙三弄,声摇动、枝头月。"(《林和靖集》卷四)

杳(yǎo):消失,不见踪影。笛曲有《落梅花》,与"一帘蝴蝶"意象相合。

浣溪沙[1]

门隔花深梦旧游[2]。夕阳无语燕归愁。玉纤香动小帘钩[3]。　　落絮无声春堕泪,行云有影月含羞[4]。东风临夜冷于秋。

（原载彊村四校本《梦窗词》;录自唐圭璋编《全宋词》,中华书局1965年6月第1版,第4册,第2894页）

【注　释】

[1]浣溪沙:词牌名。参见本卷《诗歌部》上册张先《浣溪沙》注[1]。吴文英此词双调,四十二字。前段三句,三平韵;后段三句,两平韵。

[2]旧游:昔日的游览。〔唐〕白居易《忆旧游》:"忆旧游,旧游安在哉? 旧游之人半白首,旧游之地多苍苔。"(《白氏长庆集》卷二十一)

[3]玉纤:犹纤纤玉手,形容女子纤细洁白的手指。

帘钩:卷帘所用的钩子。〔唐〕王昌龄《青楼怨》:"肠断关山不解说,依依残月下帘钩。"(《全唐诗》卷一百四十三)

[4]落絮:犹飘落的柳絮。〔唐〕杜甫《白丝行》:"落絮游丝亦有情,随风照日宜轻举。"(《九家集注杜诗》卷一)

行云:用巫山神女之典。语本〔战国·楚〕宋玉《高唐赋·序》:"旦为朝云,暮为行雨。"(《文选》卷十九)

秋蕊香[1]
七夕

懒浴新凉睡早。雪靥酒红微笑[2]。倚楼起把绣针小[3]。月冷波光梦觉[4]。　　怕闻井叶西风到[5]。恨多少。粉河不语堕秋晓[6]。云雨人间未了[7]。

（原载彊村四校本《梦窗词》；录自唐圭璋编《全宋词》，
中华书局 1965 年 6 月第 1 版，第 4 册，第 2895 页）

【注　释】

[1]秋蕊香：词牌名。《词谱》（卷七）："《秋蕊香》，此调有两体：四十八字者，始于晏殊；九十七字者，始于赵以夫。两词迥别，因调名同，故为类列。"吴文英此词双调，四十八字。前后段各四句，四仄韵。

夏承焘《梦窗词集后笺》："卷中凡七夕、中秋、悲秋词，皆怀苏州遣妾之作，其时在淳祐四年（1244）。"（《唐宋词论丛》，浙江古籍出版社、浙江教育出版社 1997 年版，第 2 册，第 160 页）。

[2]雪靥（yè）：雪白的酒窝。雪，形容皮肤白皙。靥，面颊上的微窝。俗称酒窝。汉班婕妤《捣素赋》："两靥如点，双眉如张。"（《古文苑》卷三）

酒红：谓因饮酒而酡红。〔宋〕强至《次韵卢六员外避暑》："渴肺举杯缓，汗肤兼酒红。"（《祠部集》卷五）

[3]绣针：犹绣花针。描写七夕"乞巧"仪式。旧时风俗，农历七月七日夜（或七月六日夜）妇女在庭院向织女星乞求智巧，称为"乞巧"。〔南朝·梁〕宗懔《荆楚岁时记》："七月七日为牵牛织女聚会之夜。是夕，人家妇女结彩缕，穿七孔针，或以金银鍮石为针，陈瓜果于庭中以乞巧，有喜子网于瓜上则以为符应。"

[4]梦觉：犹梦醒。〔唐〕孟郊《长安羁旅》："几回羁旅情，梦觉残烛光。"（《孟东野诗集》卷三）

[5]井叶：井旁飘落的树叶。〔宋〕杨冠卿《秋日怀松竹旧友》："金井叶黄落，青灯人白头。"（《客亭类稿》卷十三）

[6]粉河：指银河。杨铁夫《吴梦窗词笺释》："'粉河'二字极妙。前人皆言天河、明河、星河，未有言'粉河'者。盖天河本无数小星集成，其中小小白点如粉然，故曰'粉河'。"（转引自吴蓓笺校《梦窗词汇校笺释集评》，浙江古籍出版社

吴文英

419

[7]云雨:男女情爱的隐喻,出自〔战国·楚〕宋玉《高唐赋·序》。参见本卷《诗歌部》上册张佖《经旧游》注[3]。

望江南

赋画灵照女[1]

衣白苎,雪面堕愁鬟[2]。不识朝云行雨处[3],空随春梦到人间。留向画图看。　慵临镜[4],流水洗花颜。自织苍烟湘泪冷,谁捞明月海波寒[5]。天澹雾漫漫[6]。

（原载彊村四校本《梦窗词》;录自唐圭璋编《全宋词》,中华书局 1965 年 6 月第 1 版,第 4 册,第 2897 页）

【注　释】

[1]望江南:词牌名,又名《忆江南》。参见本卷《诗歌部》下册何令修《望江南》注[1]。吴文英此词双调,五十四字。前后段各五句,两平韵,一仄韵。

灵照女:典出《景德传灯录·襄州居士庞蕴》:"居士(庞蕴,洞达禅宗)将入灭,令女灵照出视日早晚,及午以报。女遽报曰:'日已中矣,而有蚀也。'居士出户观次,灵照即登父座,合掌坐亡。居士笑曰:'我女锋捷矣!'"

[2]白苎(zhù):又作"白纻",指白纻所织的夏布。纻,苎麻,多年生草本植物。属荨麻科。茎直,茎皮纤维坚韧有光泽,可作编结、纺织、造纸的原料。〔唐〕张籍《白纻歌》:"皎皎白纻白且鲜,将作春衣称少年。"(《张司业集》卷二)

雪面:洁白如雪的面容。〔五代〕魏承班《玉楼春》:"愁倚锦屏低雪面。泪滴绣罗金缕线。"(《花草粹编》卷十一)

愁鬟:隐含着忧愁的鬟髻。鬟,古代少女的环形发髻。〔唐〕杜甫《月夜》:"香雾云鬟湿,清辉玉臂寒。"(《九家集注杜诗》卷十九)

[3]不识朝云行雨:犹言不知男女之事,谓其童贞纯洁。朝云行雨,语本〔战国·楚〕宋玉《高唐赋·序》:"旦为朝云,暮为行雨。"(《文选》卷十九)

[4]慵临镜:犹言懒得照镜子。慵,懒惰,懒散。

[5]湘泪:犹湘妃泪。舜二妃娥皇、女英。舜死,二妃哭之,泪洒竹上成斑,是为湘妃竹。相传二妃没于湘水,遂为湘水之神。参见本卷《诗歌部》上册苏辙《巫山庙》注[9]。〔唐〕李商隐《潭州》:"湘泪浅深滋竹色,楚歌重迭怨兰丛。"(《李义

山诗集》卷上）自织苍烟湘泪冷，吴蓓笺释："此云'自织苍烟'，有自溺之嫌。"（《梦窗词汇校笺释集评》，浙江古籍出版社2007年9月第1版，第340页）苍烟，苍茫的云雾。

捞明月：〔清〕王琦《李太白集注》（卷三十五）《李太白年谱》："宝应元年壬寅：《摭言》曰：李白著宫锦袍游采石江中，傲然自得，旁若无人。因醉入水中捉月而死。《容斋随笔》曰：世俗多言李太白在当涂采石，因醉泛舟于江，见月影，俯而取之，遂溺死，故其地有捉月台。"按：此亦暗示灵照自沉。

[6]天澹：犹天空广漠。〔唐〕杜牧《登乐游原》："长空澹澹孤鸟没，万古销沉向此中。"（《全唐诗》卷五百二十一）

风入松

为友人放琴客赋[1]

春风吴柳几番黄[2]。欢事小蛮窗[3]。梅花正结双头梦，被玉龙、吹散幽香[4]。昨夜灯前歌黛，今朝陌上啼妆[5]。　　最怜无侣伴雏莺[6]。桃叶已春江[7]。曲屏先暖鸳衾惯，夜寒深、都是思量[8]。莫道蓝桥路远，行云只隔幽坊[9]。

（原载彊村四校本《梦窗词》；录自唐圭璋编《全宋词》，中华书局1965年6月第1版，第4册，第2906页）

【注　释】

[1]风入松：词牌名。参见本卷《诗歌部》上册晏几道《风入松》注[1]。《词谱》（卷十七）以吴文英《风入松》（画船帘密不藏香）为此调双调，七十六字体谱式（见下词），前后段各六句，四平韵。本词同之。

友人：指宏庵，即丁宥，字基仲，号宏庵。钱塘（今杭州）人（《绝妙好辞笺》，《全宋词》）。

放琴客：琴客，原指善琴者。《类说》（卷二十九）："琴客，柳宜城（浑）之爱妾也，善抚琴瑟。宜城请老，琴客出嫁。顾况歌曰：'佳人玉立生北方，虽家邯郸不是娼。头髻捘堕手爪长，善抚琴瑟有文章。南山阑干千丈雪，七十非人不暖热。人情销歇古共然，相公心在特书绝。上善若水任方圆，忆昨好之今弃捐。服药不如独自眠，从他别嫁一少年。'"放琴者，盖指因年老（或他故）而遣妾归，从其另嫁。

此放琴客者，或梦窗与宏庵皆有其事。梦窗词中与宏庵有关的词作尚有《法曲献仙音·放琴者，和宏庵韵》《塞翁吟·赠宏庵》《祝英台近·悼得趣，赠宏庵》《声声慢·宏庵宴席，客有持桐子侑俎者，自云其姬亲剥之》《高山流水·丁基仲侧室善丝桐赋咏，晓达音吕，备歌舞之妙》《喜迁莺·同丁基仲过希道家看牡丹》。参见吴蓓《梦窗词汇校笺释集评》（浙江古籍出版社 2007 年 9 月第 1 版，第 219 页）

[2] 吴柳：吴地之柳。吴，古国名，也称为勾吴、攻吴。姬姓，始祖为周太王之子太伯，至十九世孙寿梦称王，据有今江苏、上海大部和安徽、浙江的一部分，建都于吴（今江苏苏州市）。传至夫差，于公元前 473 年为越所灭。

[3] 欢事：欢娱之事，指男女情事。〔宋〕王安石《用王微之韵和酬即事书怀》："欢事去如梦，嘉时念难留。"（《临川文集》卷七）

小蛮：唐白居易的舞妓名。〔唐〕孟棨《本事诗·事感》："白尚书姬人樊素善歌，妓人小蛮善舞。尝为诗曰：'樱桃樊素口，杨柳小蛮腰。'"亦泛指姬妾。〔宋〕黄庭坚《采桑子》："虚堂密候参同火，梨枣枝繁。深锁三关。不要樊姬与小蛮。"（《山谷词》）

[4] 双头梦：犹言并蒂梦、鸳鸯梦，吴文英造词。参见吴蓓《梦窗词汇校笺释集评》（浙江古籍出版社 2007 年 9 月第 1 版，第 455 页）

玉龙：喻笛。〔宋〕姜夔《绿萼梅》："金谷楼高愁欲堕，断肠谁把玉龙吹。"（《白石道人诗集》卷下）

[5] 歌黛：犹歌女。黛，青黑色的颜料，古时女子用以画眉。指代秀眉，亦自称女子。〔唐〕刘禹锡《八月十五日夜半云开然后玩月因诗一时之景兼呈乐天》："影透衣香润，光凝歌黛愁。"（《刘宾客外集》卷二）

陌上：犹路上，亦指男女欢会之地。语本古辞《陌上桑》，《乐府诗集》（卷二十八）《陌上桑三解》云："一曰《艳歌罗敷行》。《古今乐录》曰：'《陌上桑》歌瑟调。古辞《艳歌罗敷行·日出东南隅》篇。'崔豹《古今注》曰：'《陌上桑》者，出秦氏女子。秦氏，邯郸人有女名罗敷，为邑人千乘王仁妻。王仁后为赵王家令。罗敷出采桑于陌上，赵王登台见而悦之，因置酒欲夺焉。罗敷巧弹筝，乃作《陌上桑》之歌以自明。赵王乃止。'《乐府解题》曰：'古辞言罗敷采桑，为使君所邀，盛夸其夫为侍中郎以拒之。'与前说不同。若陆机'扶桑升朝晖'，但歌美人好合，与古词始同而末异。又有《采桑》，亦出于此。"

啼妆：东汉时一种女子的时妆。《后汉书·五行志》（卷二十三）："桓帝元嘉中，京都妇女作愁眉、啼妆、堕马髻、折要步、龋齿笑。所谓愁眉者，细而曲折。啼妆者，薄拭目下，若啼处。……始自大将军梁冀家所为，京都歙然，诸夏皆放效，此近服妖也。"〔前蜀〕韦庄《闺怨》："啼妆晓不干，素面凝香雪。"（《浣花集补遗》）

[6] 雏莺：幼莺。莺，黄鹂。喻幼子。此句吴蓓释为："'最怜'句谓最可怜孤

身一人带着幼子,其母已走。"(《梦窗词汇校笺释集评》(浙江古籍出版社2007年9月第1版,第455页)

[7]桃叶:晋王献之爱妾名。参见本卷《诗歌部》下册吴文英《齐天乐》(烟波桃叶西陵路)注[2]。已春江,犹言已经乘舟春江而去。传为〔晋〕王献之所作《桃叶歌》云:"桃叶复桃叶,渡江不待楫。风波了无常,没命江南渡。"(《古乐府》卷六)此句喻被放琴客已去。

[8]曲屏:谓曲折(多扇)的屏风。〔唐〕李商隐《行至金牛驿寄兴元渤海尚书》:"六曲屏风江雨急,九枝灯檠夜珠圆。"(《李义山诗集》卷中)

鸳衾:绣有鸳鸯的被子,亦指男女共寝的被子。〔宋〕柳永《洞仙歌》:"鸳衾下。愿常恁、好天良夜。"(《乐章集》)

思量:犹想念,相思。〔宋〕徽宗赵佶《燕山亭》:"天遥地远,万水千山,知他故宫何处。怎不思量,除梦里、有时曾去。"(《花草粹编》卷十九)

[9]蓝桥:桥名。在陕西省蓝田县东南蓝溪之上。相传其地有仙窟,为唐裴航遇仙女云英处。参见本卷《诗歌部》上册高荷《国香》注[13]。

行云:用巫山神女之典。语本〔战国·楚〕宋玉《高唐赋·序》:"旦为朝云,暮为行雨。"(《文选》卷十九)喻男女情事。

幽坊:曲坊幽巷,为妓女所居。参见本卷《诗歌部》下册吴文英《解蹀躞》注[7]。这里指琴客所居之处。

风入松

邻舟妙香[1]

画船帘密不藏香。飞作楚云狂[2]。傍怀半卷金炉烬,怕暖销、春日朝阳[3]。清馥晴熏残醉,断烟无限思量[4]。　　凭阑心事隔垂杨[5]。楼燕锁幽妆[6]。梅花偏恼多情月,慰溪桥、流水昏黄[7]。哀曲霜鸿凄断,梦魂寒蝶幽飏[8]。

(原载彊村四校本《梦窗词》;录自唐圭璋编《全宋词》,中华书局1965年6月第1版,第4册,第2907页)

【注　释】

[1]风入松:词牌名。参见本卷《诗歌部》上册晏几道《风入松》注[1]。《词谱》(卷十七)以吴文英此词为此调七十六字体谱式,双调,前后段各六句,四平

韵。

邻舟妙香:犹言旁边的船上飘来奇妙的香气。

[2]楚云:楚地之云。由〔战国·楚〕宋玉《高唐赋·序》衍生出的意象。〔宋〕周密《唐多令》:"好梦不分明。楚云千万层。带围宽、愁损兰成。"《历代诗余》卷三十七)

[3]傍怀:依傍着怀抱。〔宋〕张生《雨中花慢》:"谁念我、而今清夜,常是孤眠。入户不如飞絮,傍怀争及炉烟。"(《玉照新志》卷一)

半卷:刘永济说:"'半卷'者,香渐薄也。"(《微睫堂说词》,上海古籍出版社1987年5月第1版,第34页)

金炉:为香炉之美称。〔南朝·梁〕江淹《别赋》:"同琼佩之晨照,共金炉之夕香。"(《江文通集》卷一)烬,烧残的,残存的。〔唐〕高蟾《长门怨》:"天上何劳万古春,君前谁是百年人。魂销尚魄金炉烬,思起犹惭玉辇尘。"(《全唐诗》卷六百六十八)

怕暖销:担心温暖的香气消失。"春日天暖,则不宜点燃香烟,故曰'怕'。"(叶嘉莹主编,赵慧文、徐育民编著《吴文英词新释集评》中国书店2007年1月第1版,第520页)。又,刘永济说:"'怕乱销'者,怕香冷也,怕楚梦亦如香薄烟冷也。"(《微睫堂说词》,上海古籍出版社1987年5月第1版,第34页)

[4]清馥:犹清冽馥郁。馥,香气浓郁。〔宋〕毛滂诗题:《琳老送瑶花数叶云作香烧气甚清馥》(《东堂集》卷四)此句犹言浓郁的香气在晴空中熏陶人,留下残醉。

断烟:指消失的香气。此句言香气飘远了,而心中的思念却无限深长。

[5]凭阑:依着栏杆。〔南唐〕后主李煜《浪淘沙》:"独自莫凭栏。无限江山。别时容易见时难。流水落花归去也,天上人间。"(《花庵词选》卷一)

垂杨:犹垂柳。古诗文中杨柳常通用。参见本卷《诗歌部》上册柳永《满朝欢》注[6]。

[6]楼燕:楼中燕,喻指女子。锁幽妆,谓被幽禁在楼中。妆,指女子的指女子的妆饰,此处指代女子。

[7]梅花偏恼多情月:犹言梅花翩翩为多情的月亮所恼。此用移情、拟人法表达词人纠结而怅惘的心情。

慰溪桥、流水昏黄:犹言慰藉溪桥的,唯有那黄昏中的流水。此亦用移情、拟人法。

[8]哀曲霜鸿凄断:霜天里哀鸿凄厉的鸣声已断。

梦魂寒蝶幽飏:梦魂中的寒蝶幽幽地飞飏。此用庄生梦蝶典故。《庄子·齐物论》:"昔者庄周梦为蝴蝶,栩栩然蝴蝶也;自喻适志与,不知周也;俄然觉,则蘧蘧然

周也。"(《庄子注》卷一)吴蓓谓"'霜鸿'、'寒蝶'者,皆诗人自指也。"(同上)

惜秋华

七夕[1]

　　露罥蛛丝,小楼阴堕月,秋惊华鬓[2]。宫漏未央,当时钿钗遗恨[3]。人间梦隔西风,算天上、年华一瞬。相逢,纵相疏、胜却巫阳无准[4]。　　何处动凉讯[5]。听露井梧桐,楚骚成韵[6]。彩云断、翠羽散[7],此情难问。银河万古秋声,但望中、婺星清润[8]。轻俊[9]。度金针、漫牵方寸[10]。

　　（原载彊村四校本《梦窗词》；录自唐圭璋编《全宋词》,中华书局 1965 年 6 月第 1 版,第 4 册,第 2912—2913 页）

【注　释】

　　[1]惜秋华:词牌名。《词谱》(卷二十三):"《惜秋华》,吴文英自度曲。"吴文英此词《词谱》有录。双调,九十三字。前段九句,四仄韵;后段九句,六仄韵。

　　七夕:农历七月初七之夕。民间传说,牛郎织女每年此夜在天河相会。旧俗妇女于是夜在庭院中进行乞巧活动。参见本卷《诗歌部》上册邵雍《秋怀》注[4]。夏承焘《梦窗词集后笺》:"卷中凡七夕、中秋、悲秋词,皆怀苏州遣妾之作,其时在淳祐四年(1244)。"(《唐宋词论丛》,浙江古籍出版社、浙江教育出版社 1997 年版,第 2 册,第 160 页)。

　　[2]露罥(juàn)蛛丝:谓露珠挂在蛛丝上。罥,挂结。〔唐〕吕温《衡州登楼望南馆临水花呈房戴段李诸公》:"罥挂青柳丝,零落绿钱地。"(《吕衡州集》卷二)

　　小楼阴堕月:犹言小楼背面坠下月亮。阴,背面。〔唐〕许浑《晨别翛然上人》:"钟韵花犹敛,楼阴月向残。"(《丁卯诗集》卷下)

　　华鬓:犹花白的鬓发。〔唐〕李白《古风五十九首》其二十八:"华鬓不耐秋,飒然成衰蓬。"(《李太白集注》卷二)

　　[3]宫漏未央:宫漏,古代宫中计时器。用铜壶滴漏,故称宫漏。〔唐〕权德舆《奉和许阁老酬淮南崔十七端公见寄》:"炉烟霏琐闼,宫漏滴铜壶。"(《权文公集》卷二)未央,未半。〔宋〕苏轼《竹间亭小酌怀欧阳叔弼季默呈赵景贶陈履常》:"盎盎春欲动,溟溟夜未央。"(《东坡诗集注》卷八)

　　钿钗(diànchāi)遗恨:钿钗,钿盒和金钗,相传为唐玄宗与杨贵妃定情之信物。〔唐〕白居易《长恨歌》:"唯将旧物表深情,钿合金钗寄将去。"(《白氏长庆

吴文英

集》卷十二）遗恨，谓终生的悔恨。按：钿钗遗恨，化用〔唐〕白居易《长恨歌》："钗留一股合一扇，钗擘黄金合分钿。"（同上）

[4]人间梦隔西风：反用白居易《长恨歌》"但教心似金钿坚，天上人间会相见。"（《白氏长庆集》卷十二）言天上一瞬，人间数年，心无金坚，天上人间难于相见，而且梦又被西风吹断，梦中也难于相见了，其怅然之情溢于言表。参见叶嘉莹主编，赵慧文、徐育民编著《吴文英词新释集评》（中国书店 2007 年 1 月第 1 版，第588 页）

巫阳：巫山之阳，亦指代巫山。此句是说，相逢纵然相疏，却胜过巫山之梦了无定期。

[5]凉讯：秋凉的信息。

[6]露井梧桐：没有覆盖的井旁的梧桐。〔唐〕陆龟蒙《野井》："朱阁前头露井多，碧梧桐下美人过。"（《笠泽丛书》卷四）

楚骚：骚，本指《离骚》，亦泛指楚辞。此二句是说，听井旁梧桐陨落的声音，俨然成了楚辞的韵律。

[7]彩云断：化用〔唐〕李白《宫中行乐词八首》之一："只愁歌舞散，化作彩云飞。"（《李太白集注》卷五）

翠羽散：翠羽，指鸟翼。翠羽散，指乌鹊飞散。民间传说牛郎织女相会时喜鹊来搭成桥，称鹊桥。参见本卷《诗歌部》上册李宗谔《代意》注[6]。

[8]望中：视野之中。〔唐〕权德舆《酬冯监拜昭陵途中遇雨》："望中犹可辨，耘鸟下山椒。"

但：只。但望中，犹言只见视野中。

婺（wù）星：星宿名，即女宿。又名须女，务女。二十八宿之一，玄武七宿之第三宿，有星四颗。《史记·天官书》（卷二十七）："婺女，其北织女。"这里指代织女星。按：杨铁夫《吴梦窗词笺释》："《星经》：须女四星，一名婺女，主布帛，为珍宝藏。又织女三星，主瓜果丝帛。按婺与织女星数不同，所主不同，显为两星，今以婺为织女，疑误。"（转引自吴蓓《梦窗词汇校笺释集评》，浙江古籍出版社 2007 年9 月第 1 版，第 234 页）

清润：清丽温润。

[9]轻俊：轻巧。〔宋〕周密《月边娇》："步袜尘凝，送艳笑、争夸轻俊。"（《历代诗余》卷六十四）

[10]度金针：典出〔唐〕冯翊子《桂苑丛谈·史遗》："（采娘）七夕夜陈香筵祈于织女。是夕梦云舆雨盖，蔽空驻车，命采娘曰：吾织女，祈何福？'曰：'愿乞巧耳。'乃遗一金针，长寸余，缀于纸上，置裙带中，令三日勿语，汝当奇巧。"度，授与，给与。

漫牵方寸:犹言莫要牵动寸心。方寸,指心,心处胸中方寸间,故称。〔宋〕饶节《送傅仲默登第归麻姑》:"君行启我方寸乱,抱琴长歌声彻天。"(《倚松诗集》卷一)

烛影摇红

元夕雨[1]

碧澹山姿,暮寒愁沁歌眉浅[2]。障泥南陌润轻酥[3],灯火深深院。入夜笙歌渐暖。彩旗翻、宜男舞遍[4]。恣游不怕,素袜尘生,行裙红溅[5]。

银烛笼纱,翠屏不照残梅怨[6]。洗妆清靥湿春风,宜带啼痕看[7]。楚梦留情未散[8]。素娥愁、天深信远[9]。晓窗移枕,酒困香残,春阴帘卷[10]。

（原载彊村四校本《梦窗词》;录自唐圭璋编《全宋词》,中华书局 1965 年 6 月第 1 版,第 4 册,第 2915 页)

【注　释】

[1]烛影摇红:词牌名。《词谱》(卷七):"《烛影摇红》,宋吴曾《能改斋漫录》:王都尉诜有《忆故人》词,徽宗喜其词意,犹以不丰容宛转为恨,乃令大晟乐府别撰腔,周邦彦增益其词,而以首句为名,谓之《烛影摇红》。按王诜词本小令,原名《忆故人》,或名《归去曲》,以毛滂词有'送君归去添凄断'句也,若周邦彦词,则合毛、王二体为一阕。元赵雍词更名《玉珥坠金环》;元好问词更名《秋色横空》。"吴文英此词双调,九十六字。前后段各九句,五仄韵。

元夕:旧称农历正月十五日为上元节,是夜称元夕,与"元夜"、"元宵"同。

[2]碧澹山姿:青绿而淡薄的山色,状雨中山景。

暮寒:黄昏的寒气。〔唐〕杜甫《暮寒》:"沉沉春色静,惨惨暮寒多。"(《九家集注杜诗》卷二十五)

愁沁:犹言忧愁浸透。〔宋〕史达祖《万年欢》:"烟溪上、采绿人归,定应愁沁花骨。"(《梅溪词》)

歌眉:犹歌女之眉。〔唐〕刘禹锡《酬牛相公独饮偶醉寓言见示》:"歌眉低有思,舞体轻无骨。"(《刘宾客外集》卷四)发端"碧澹山姿"一韵,写雨中山色。言山色虽碧,但在冬雨迷漫、暮色苍茫之时显得黯淡、寒冷,好像女子蹙眉而愁。"眉浅"、"愁沁"均用拟人法,将远山比拟成女子的淡眉微蹙。参见叶嘉莹主编,赵慧文、徐育民编著《吴文英词新释集评》(中国书店 2007 年 1 月第 1 版,第 615 页)又,杨铁夫《吴梦窗词笺释》:"'澹'、'沁'字俱从'雨'字想出。"(转引自吴蓓《梦

窗词汇校笺释集评》,浙江古籍出版社 2007 年 9 月第 1 版,第 553 页)

[3]障泥:垂于马腹两侧,用于遮挡尘土的东西。〔南朝·宋〕刘义庆《世说新语·术解》(卷下之上):"王武子善解马性。尝乘一马,箸连钱障泥,前有水,终日不肯渡。王云:'此必是惜障泥。'使人解去,便径渡。"

南陌:南面的道路。〔南朝·梁〕沈约《临高台》:"所思竟何在,洛阳南陌头。"(《乐府诗集》卷十八)

润轻酥:犹言细雨如油轻轻地滋润南陌。〔唐〕韩愈《早春呈水部张十八员外二首》之一:"天街小雨润如酥,草色遥看近却无。"(《五百家注昌黎文集》卷十)

[4]笙歌:和着笙演唱的歌,亦谓吹笙唱歌。〔唐〕顾况《宫词》:"玉楼天半起笙歌,风送宫嫔笑语和。"(《华阳集》卷中)

宜男舞遍:犹佩戴"宜男"花胜而舞。花胜,古代妇女的一种首饰,以剪彩为之。吴蓓笺释:"《月令》:是月也,萱,宜男。彩旗、宜男:皆花胜。宜男:萱草。《风土记》:高六七尺,花如莲,宜怀妊妇人佩之,必生男。此指宜男幡胜。元夕佩戴。钟振振《读梦窗词杂记》:宋金盈之《醉翁谈录》(卷三)'正月'条:'妇人又为灯球、灯笼,大如枣栗,加珠翠之饰,合城妇女竞戴之……又有宜男蝉,状如纸蛾,而稍加文饰。'按宋江少虞《事实类苑》卷二十五'赐衣服'条:'赐刺史以上方胜宜男。'可见宜男胜非特妇人妆饰,男女皆可戴之。"(《梦窗词汇校笺释集评》,浙江古籍出版社 2007 年 9 月第 1 版,第 553 页)

[5]恣游:恣意游乐。〔唐〕李白《赠嵩山焦炼师》:"八极恣游憩,九垓长周旋。"(《李太白集注》卷九)

素袜尘生:犹白袜沾上尘埃。〔三国·魏〕曹植《洛神赋》:"陵波微步,罗袜生尘。"(《文选》卷十九)

行裙红溅:行走中裙子溅泥。红,指泥土,〔宋〕李弥逊《晚步独至西溪》之三:"留与骚人做愁本,花根一点著泥红。"(《筠溪集》卷十九)

[6]翠屏:绿色屏风。〔宋〕陈允平《绮寮怨》:"依依翠屏香冷,听夜雨、动离情。"(《历代诗余》卷七十六)刘永济说:"'翠屏不照'句言屏外残梅非烛光所及,故有怨。"(《微睇堂说词》,上海古籍出版社 1987 年 5 月第 1 版。第 53 页)

[7]清靥(yè):清丽的面容。靥,本指面颊上的微窝,亦泛指面颊。

啼痕:刘永济说:"'洗妆'二句即从残梅说,言梅花待雨如人洗妆靥,而雨湿之梅花又如人带啼痕。"(同上)

[8]楚梦:犹楚王梦,指宋玉《高唐赋》所描写的楚先王与巫山神女在梦中交欢的故事,后演绎为艳梦、性梦。刘永济说:"'楚梦'句则因雨而想及宋玉行云行雨之文。"(同上)

[9]素娥:嫦娥的别称。〔唐〕李华《海上生明月》:"素娥尝药去,乌鹊绕枝

惊。"(《李退叔文集》卷四)

天深信远:犹言天长音信遥远。刘永济说:"'天深',毛本作'天长','长'字熟,'深'字生,吴词喜用生字,亦文家用字避熟之意也。"(同上)

[10]春阴:春季天阴时空中的阴气。〔唐〕吴融《春归次金陵》:"春阴漠漠覆江城,南国归桡趁晚程。"(《唐英歌诗》卷下)

声声慢

友人以梅、兰、瑞香、水仙供客,曰四香,分韵得风字[1]

云深山坞,烟冷江皋[2],人生未易相逢。一笑灯前,钗行两两春容[3]。清芳夜争真态,引生香、撩乱东风[4]。探花手,与安排金屋,懊恼司空[5]。

憔悴欹翘委佩,恨玉奴销瘦,飞趁轻鸿[6]。试问知心,尊前谁最情浓[7]。连呼紫云伴醉,小丁香、才吐微红[8]。还解语,待携归、行雨梦中[9]。

(原载彊村四校本《梦窗词》;录自唐圭璋编《全宋词》,
中华书局1965年6月第1版,第4册,第2920页)

【注 释】

[1]声声慢:词牌名。参见本卷《诗歌部》下册高观国《声声慢》注[1]。慢,词体名称。参见本卷《诗歌部》上册欧阳修《踏莎行慢》注[1]。吴文英此词双调,九十七字。前段十句,四平韵;后段九句,四平韵。

瑞香:植物名,也称睡香。常绿灌木,叶为长椭圆形,春季开花,花集生顶端,有红紫色或白色等,有浓香。〔宋〕陶谷《清异录·睡香》(卷上):"庐山瑞香花,始缘一比丘昼寝盘石上,梦中闻花香烈酷不可名,既觉,寻香求之,因名睡香。四方奇之,谓乃花中祥瑞,遂以'瑞'易'睡'。"〔明〕李时珍《本草纲目·草三·瑞香》(卷十四)〔集解〕引《格古论》:"瑞香高者三四尺,有数种:有枇杷叶者,杨梅叶者,柯叶者,球子者,挛枝者,惟挛枝者花紫香烈,枇杷叶者结子。其始出于庐山,宋时人家栽之,始著名。"

供客:犹摆设供客人欣赏。

分韵:数人相约赋诗,选择若干字为韵,各人分拈,依拈得之韵作诗,谓之分韵。〔唐〕白居易《花楼望雪命宴赋诗》:"素壁联题分韵句,红炉巡饮暖寒杯。"

（《白氏长庆集》卷二十）

[2]山坞：山坳，山间的平地。〔唐〕羊士谔《山阁闻笛》："临风玉管吹参差，山坞春深日又迟。"（《全唐诗》卷三百三十二）

江皋：江岸，江边地。〔唐〕释皎然《五言兵后送姚太祝赴选》："日夜故人散，江皋芳树秋。"（《杼山集》卷四）

人生未易相逢：吴蓓释曰："四香之中，梅、瑞香生于山坞。水仙、兰生于江皋（兰有山兰，也有水兰），山远水阔，要会聚在一起着实不易。人生慨叹，借咏物而发之。"（《梦窗词汇校笺释集评》，浙江古籍出版社 2007 年 9 月第 1 版，第 553 页）

[3]钗行两两春容：犹言四香同聚一室，如美女成行，展现春天的容颜。钗行，指美人行列。钗，钗子。指代女子。〔宋〕梅挚《自和寒食韵》："亭落五重沽卓酒，钗行十二步潘花。"（《宋诗纪事》卷十二）两两，谓四，即四香。

[4]真态：犹本色，天然风致。〔宋〕苏轼《四时词》之四："真态香生谁画得，玉奴纤手嗅梅花。"（《东坡全集》卷十二）

生香：本指麝香品类之一。〔明〕李时珍《本草纲目·兽二·麝》（卷五十一上）〔集解〕引苏颂曰："其香有三等：第一生香，名遗香，乃麝自剔出者。然极难得，价同明珠。其香聚处，远近草木不生或焦黄也。"引申指本真的香气。

撩乱东风：犹言因四香竞争，香气搅乱了春风。

[5]探花手：犹采花人。即安排四香的友人。

金屋：犹金屋藏娇。典出《汉武故事》，参见本卷《诗歌部》上册周邦彦《少年游》注[4]。

司空：犹司空见惯。典出〔唐〕孟棨《本事诗·情感第一》。参见本卷《诗歌部》上册苏轼《满庭芳》注[6]。吴蓓笺释："一香、二香或者见惯，如今四香荟萃，料司空亦未曾经惯，故曰'懊恼司空'。表欣羡意。司空：指客，作者亦与焉。"（《梦窗词汇校笺释集评》，浙江古籍出版社 2007 年 9 月第 1 版，第 607 页）

[6]欹（qī）翘：翠翘，古代妇人首饰的一种。状似翠鸟尾上的长羽，故名。这里比喻水仙。按：吴文英《花犯》（小娉婷）词中有"翠翘欹鬓"（《梦窗甲稿》卷一）句，即谓水仙，此同。

委佩：指下垂的佩玉。这里喻指兰。〔战国·楚〕屈原《离骚》："扈江离与辟芷兮，纫秋兰以为佩。"〔汉〕王逸注："纫，索也。兰，香草也。秋兰，芳佩饰也。所以象德，故行清洁者佩芳；德光明者佩玉；能解结者佩觿；能决疑者佩玦。故孔子无所不佩也。言己修身清洁，乃取江离辟芷以为衣，被纫索秋兰以为佩饰，博采众善，以自约束也。"（《楚辞章句》卷一）

玉奴：唐玄宗妃杨太真（即杨贵妃）小名。〔唐〕郑嵎《津阳门》："玉奴琵琶龙香拨，倚歌促酒声娇悲。"自注："玉奴乃太真小字。"（《全唐诗》卷五百六十七）有注者指出:"'玉奴销瘦'用杨贵妃比喻梅花。"(叶嘉莹主编,赵慧文、徐育民编著《吴文英词新释集评》(中国书店2007年1月第1版,第699页)又,吴蓓则云:"玉奴:齐东昏侯妃潘氏,小字玉儿,也称玉奴。此喻白梅。苏轼《四时诗》:'玉奴纤手嗅梅花。'"(《梦窗词汇校笺释集评》,浙江古籍出版社2007年9月第1版,第490页)按:"玉奴"究竟是指杨贵妃,还是潘氏?殊难定夺。〔宋〕苏轼《次韵杨公济奉议梅花十首》之四:"月地云阶漫一樽,玉奴终不负东昏。临春结绮荒荆棘,谁信幽香是返魂。"〔宋〕王十朋注:"尧卿南齐东昏侯妃潘氏,小字玉儿,有国色。帝将留之,以问王茂,茂曰:'亡齐者此物,留之恐贻外议。'帝乃出之。军主田安启求为妇,玉儿泣曰:'昔者见遄时,主今岂下匹非类,死而后已,义不受辱。'乃自缢,体白如玉。"(《东坡诗集注》卷二十五)似乎为潘氏说提供了佐证。但《施注苏诗》(卷二十九)则在该诗"玉奴"下注曰:"当作儿。"〔清〕查慎行注:"玉奴,洪容斋云:玉奴乃杨妃自称;潘妃则名玉儿也。《韵语阳秋》云:东坡诗云'玉奴弦索花奴手',玉奴谓杨妃,及《和梅花》诗乃言'玉奴终不负东昏',何耶?当是笔误耳。"(《苏诗补注》卷三十三)也就是说,"玉奴"系"玉儿"之误。本卷注者倾向于贵妃之说。贵妃肥美,这里偏说"恨玉奴销瘦",可谓独出机杼。

飞趁轻鸿:犹飞逐轻鸿。趁,追逐,追赶。轻鸿,犹轻盈迅捷的鸿鹄。谓心逐飞鸿。

[7]尊前:酒樽之前,指酒席上。尊,古代盛酒器。参见本卷《诗歌部》上册柳永《迷仙引》注[4]。

[8]紫云:喻瑞香。《本草纲目·草之三·瑞香》(卷十四):"时珍曰:南土处处山中有之,枝干婆娑,柔条厚叶,四时不凋。冬春之交开花成簇,长三四分,如丁香状,有黄、白、紫三色。《格古论》云:瑞香高者三四尺,有数种,有枇杷叶者,杨梅叶者,柯叶者,球子者,挛枝者。惟挛枝者花紫香烈。枇杷叶者结子。其始出于庐山,宋时人家栽之,始著名。"又紫云为妓名,〔唐〕孟棨《本事诗·高逸》:"杜(牧)为御史,分务洛阳时,李司徒罢镇闲居,声伎豪华,为当时第一。洛中名士,咸谒见之。李乃大开筵席,当时朝客高流,无不臻赴。以杜持宪,不敢邀置。杜遣座客达意,愿与斯会。李不得已,驰书。方对花独酌,亦已酣畅,闻命遽来。时会中已饮酒,女奴百余人,皆绝艺殊色。杜独坐南行,瞪目注视,引满三卮,问李云:'闻有紫云者,孰是?'李指示之。杜凝睇良久,曰:'名不虚得,宜以见惠。'李俯而笑,诸妓亦皆回首破颜。杜又自饮三爵,朗吟而起曰:'华堂今日绮筵开,谁唤分司御史来。忽发狂言惊满座,两行红粉一时回。'意气闲逸,旁若无人。"这里一语双关。

丁香:谓瑞香,见上引李时珍《本草纲目》才吐微红,犹含苞待放。"紫云"、"丁香"均用吴蓓之说,见《梦窗词汇校笺释集评》,浙江古籍出版社2007年9月第 1 版,第 608 页。

[9]解语:犹解语花,会说话的花。典出〔五代〕王仁裕《开元天宝遗事·解语花》(卷二):"明皇秋八月,太液池有千叶白莲数枝盛开,帝与贵戚宴赏焉。左右皆叹羡,久之,帝指贵妃示于左右曰:'争如我解语花?'"

行雨梦:犹高唐梦。典出〔战国·楚〕宋玉《高唐赋·序》:"王因幸之。去而辞曰:'妾在巫山之阳,高丘之阻,旦为朝云,暮为行雨。朝朝暮暮,阳台之下。'旦朝视之,如言。故为立庙,号曰朝云。'"(《文选》卷十九)

八声甘州

和梅津[1]

记行云梦影,步凌波、仙衣翦芙蓉[2]。念杯前烛下,十香搵袖,玉暖屏风[3]。分种寒花旧盎,藓土蚀吴蚕[4]。人远云槎渺,烟海沉蓬[5]。　　重访樊姬邻里[6],怕等闲易别,那忍相逢。试潜行幽曲,心荡□匆匆[7]。井梧彫、铜铺低亚,映小眉、瞥见立惊鸿[8]。空惆怅,醉秋香畔,往事朦胧。

（原载疆村四校本《梦窗词》;录自唐圭璋编《全宋词》,中华书局 1965 年 6 月第 1 版,第 4 册,第 2926—2927 页）

【注　释】

[1]八声甘州:词牌名。《词谱》(卷二十五):"《八声甘州》,《碧鸡漫志》:《甘州》,'仙吕调',有《曲破》,有《八声》,有《慢》,有《令》。按:此调前后段八韵,故名八声,乃慢词也,与《甘州徧之》《曲破甘州子》之令词不同。《乐章集》亦注:'仙吕调'。周密词名《甘州》。张炎词因柳词有'对萧萧暮雨洒江天'句,更名《萧萧雨》。白朴词名《燕瑶池》。"〔清〕毛先舒《填词名解》(卷三):"《八声甘州》,一名《甘州歌》,《西域记》云:《龟兹国工制曲《伊州》《甘州》《梁州》等曲,翻入中国。"(载北京市中国书店据木石居校本影印〔清〕查培继《词学全书》,1984 年 1月第 1 版)吴文英此词据《全宋词》为双调,九十七字。前后段九句,四平韵;后段十句,四平韵。与《词谱》后段句读稍异。

梅津:尹焕。参见本卷《诗歌部》下册吴文英《瑞龙吟》注[1]。吴蓓笺释:"此词当作于理宗宝庆年间(1225—1227)。杨铁夫《吴梦窗词笺释》:'此当为和梅津忆姬之作。'蓓按:此词当本于尹焕年轻时与吴兴妓一段情事。周密《齐东野语》卷十《尹惟晓词》载:'梅津尹焕惟晓未第时,尝薄游苕溪籍中,适有所盼。后十年,自吴来雪,舣舟碧澜。问讯旧游,则久为一宗子所据,已育子,而犹挂名籍中。于是假之郡将,久而始来。颜色瘁报,不足膏沐。相对若不胜情,梅津为赋《唐多令》云云。数百载而下,真可与杜牧之寻芳较晚之为偶也。'此段记载,当为此词所本。尹焕当年赋《唐多令》外,或更寄情于《八声甘州》。梦窗此词,即为和作。尹焕嘉定十年(1217)进士,'未第时,当在此前;后十年',则宝庆年间事也。"(《梦窗词汇校笺释集评》,浙江古籍出版社2007年9月第1版,第685—686页)

[2]行云梦影:典出〔战国·楚〕宋玉《高唐赋·序》:"昔者先王尝游高唐,怠而昼寝,梦见一妇人曰:'妾巫山之女也,为高唐之客。闻君游高唐,愿荐枕席。'王因幸之。去而辞曰:'妾在巫山之阳,高丘之阻,旦为朝云,暮为行雨。朝朝暮暮,阳台之下。'"(《文选》卷十九)

凌波:语本〔三国·魏〕曹植《洛神赋》:"陵波微步,罗袜生尘。"(《文选》卷十九)

仙衣翦芙蓉:语本〔战国·楚〕屈原《离骚》:"制芰荷以为衣兮,集芙蓉以为裳。"(《楚辞章句》卷一)

[3]十香搵(wèn)袖:十香,喻十指。〔宋〕张良臣《西江月》:"四壁空围恨玉,十香浅捻啼绡。"(《绝妙好词笺》卷一)搵袖,犹言笼在袖里。

玉暖屏风:指妓围,谓以妓女围绕作屏。〔五代〕王仁裕《开元天宝遗事·妓围》:"申王每至冬月,有风雪苦寒之际,使宫妓密围于坐侧以御寒气,自呼为'妓围'。"

[4]寒花:寒天里开放的花,一般指梅花。〔唐〕杨炯《梅花落》:"窗外一株梅,寒花五出开。"(《盈川集》卷二)

旧盎:犹旧盆。〔汉〕史游《急就篇》(卷三):"甄、缶、盆、盎、瓮、罃、壶。"〔唐〕颜师古注:"缶、盆、盎一类耳。缶即盎也,大腹而敛口,盆则敛底而宽上。"

薛土蚀吴蚩:薛土,带苔藓的泥土。吴蚩,吴地的蟋蟀,泛指蟋蟀。此句为因动土而冲犯蟋蟀。词中所咏尹焕当年所恋之妓,"当好事园艺盆植,以其善弄梅、菊衬其品性雅趣"。(吴蓓《梦窗词汇校笺释集评》,浙江古籍出版社2007年9月第1版,第686页)

[5]云槎:往来于天河的木筏。传说古时天河与海相通,汉代曾有人从海渚乘槎到天河,遇见牛郎织女。典出〔晋〕张华《博物志》(卷十)。参见本卷《诗歌部》上册梅尧臣《送阎仲孚郎中南游山水》注[20]。渺,水远貌。

烟海沉蓬:犹言蓬影沉没在云雾茫茫的大海之中。蓬,同"篷",指船篷。此二句谓尹焕与彼姬分别而渺远无音信。

[6]樊姬:白居易妾名樊素,被放行,终离其主而去。参见本卷《诗歌部》上册苏轼《朝云诗并引》注[1]。本词中借指尹焕当年所恋之女。

[7]等闲:犹轻易。〔宋〕陈舜俞《双溪行》:"人生莫作等闲别,事去老大空咨嗟。"(《都官集》卷十二)

潜行幽曲:犹言暗中前往当年相会之处。幽曲,即曲坊幽巷,为妓女所居。参见本卷《诗歌部》下册吴文英《解蹀躞》注[7]。

心荡□匆匆:此处原缺一字。按:这里是描写十年后尹焕重访前欢的情景。

[8]井梧凋:犹言井旁的梧桐已经凋零。〔宋〕俞成《萤雪丛说·诗人警句》:"同舍李循道举他秋景一联曰:'池藕影疏龟甲冷,井梧凋薄凤毛寒。'"(《说郛》卷十五上载录)

铜铺:铜质铺首。铺首,门上的衔环兽面。〔宋〕姜夔《齐天乐》:"露湿铜铺,苔侵石井,都是曾听伊处。"(《白石道人歌曲》卷三)低亚,低垂。指门上兽面的衔环低垂。

小眉:细眉,喻指如眉的弯月。

惊鸿:惊飞的鸿雁。借指体态轻盈的美女或旧爱。〔唐〕韦应物《冬夜》:"晚岁沦凤志,惊鸿感深哀。"(《韦苏州集》卷六)

新雁过妆楼

夹钟羽[1]

梦醒芙蓉[2]。风檐近、浑疑佩玉丁东[3]。翠微流水[4],都是惜别行踪。宋玉秋花相比瘦,赋情更苦似秋浓[5]。小黄昏,绀云暮合,不见征鸿[6]。　　宜城当时放客,认燕泥旧迹,返照楼空[7]。夜阑心事,灯外败壁哀蛩[8]。江寒夜枫怨落,怕流作题情肠断红[9]。行云远,料澹蛾人在,秋香月中[10]。

(原载彊村四校本《梦窗词》;录自唐圭璋编《全宋词》,中华书局 1965 年 6 月第 1 版,第 4 册,第 2927 页)

【注　释】

[1]新雁过妆楼:词牌名。《词谱》(卷二十七):"《新雁过妆楼》,一名《雁过妆楼》。张炎词名《瑶台聚八仙》;陈允平词名《八宝妆》;《高丽史·乐志》名《百宝妆》。"《词谱》以吴文英此词为此调别体之一谱式:双调,九十九字。前段九句,五平韵;后段十句,四平韵。

夹钟羽:燕乐二十八调之羽七调之一,俗名中吕调。参见本卷《诗歌部》上册柳永《雪梅香》注〔1〕;柳永《洞仙歌》(佳景留心惯)注〔1〕。

〔2〕芙蓉:荷花的别名。〔战国·楚〕屈原《离骚》:"制芰荷以为衣兮,集芙蓉以为裳。"〔宋〕洪兴祖补注:"《本草》云:其叶名荷,其华未发为菡萏,已发为芙蓉。"(《楚辞补注》卷一)

〔3〕风檐:指风中的屋檐。〔唐〕李商隐《二月二日》:"新滩莫悟游人意,更作风檐雨夜声。"(《李义山诗集注》卷一上)

浑疑:简直令人疑心。浑,副词,简直,几乎。

佩玉:古代系于衣带用作装饰的玉。《礼记·玉藻》:"君子在车,则闻鸾和之声,行则鸣佩玉。"(《礼记注疏》卷三十)丁东,象声词,象玉佩发出的声音。〔宋〕秦观《水龙吟》:"玉佩丁东别后,怅佳期、参差难又。名缰利锁,天还知道,和天也瘦。"(《淮海长短句》卷上)

〔4〕翠微:泛指青山。〔北周〕庾信《和宇文内史春日游山》:"游客值春辉,金鞍上翠微。"(《庾开府集笺注》卷四)

〔5〕"宋玉"二句:宋玉秋花相比瘦,此意象为吴文英所创。赋情更苦似秋浓,宋玉曾作《九辩》,其云:"悲哉秋之为气也!萧瑟兮草木摇落而变衰,憭栗兮若在远行。"(《楚辞章句》卷八)

〔6〕绀(gàn)云:犹红云。〔宋〕徐积《恨君不作洛阳客》:"绀云千丈挥玉虹,搜罗万变穷神功。"(《节孝集》卷十一)这里指傍晚为晚霞映红的云。

征鸿:征雁,多指秋天南飞的雁。〔唐〕李白《惜余春赋》:"沉吟兮哀歌,踯躅兮伤别。送行子之将远,看征鸿之稍灭。"(《李太白文集》卷二十四)

〔7〕宜城当时放客:宜城,指柳浑,字宜城。放客,指放琴客,即柳浑之爱妾。参见本卷《诗歌部》下册吴文英《风入松》(春风吴柳几番黄)注〔1〕。

燕泥旧迹:犹言梁燕旧时的遗迹。燕泥,燕子筑巢所衔的泥,指代燕窝。宋戴复古《滕王阁次韵刘允叔》:"当年杰阁栖龙子,今日空梁落燕泥。"(《石屏诗集》卷五)

返照:夕阳,落日。〔唐〕杜甫《野老》:"渔人网集澄潭下,贾客船随返照来。"(《九家集注杜诗》卷二十一)

〔8〕夜阑:夜残,夜将尽时。〔宋〕周邦彦《品令》:"夜阑人静。月痕寄、梅梢疏影。"(《乐府雅词》卷中)

哀蛩(qióng):令人哀愁的蟋蟀鸣声。〔宋〕刘攽《还家》:"墙根思哀蛩,危栋辞归燕。"(《彭城集》卷五)

〔9〕江寒夜枫:语本〔唐〕张继《枫桥夜泊》:"月落乌啼霜满天,江枫渔父对愁眠。姑苏城外寒山寺,夜半钟声到客船。"(《全唐诗》卷二百四十二)

怨落:怨枫叶飘落。

题情肠断红:用红叶题诗典。唐僖宗时,宫女韩氏以红叶题诗,自御沟流出,为于祐所得。祐亦题一叶,投沟上流,亦为韩氏所得。不久,宫中放宫女三千人,祐适娶韩氏。成礼日,各取红叶相示,方知红叶是良媒。红叶题诗的说法较多,情节大同小异。参见本卷《诗歌部》上册周邦彦《六丑》注[13]。

[10]行云:用巫山神女之典。语本〔战国·楚〕宋玉《高唐赋·序》:"旦为朝云,暮为行雨。"(《文选》卷十九)喻男女情事。

澹蛾:犹淡淡的蛾眉,指代词中所怀念的女子。蛾,蚕蛾触须细长而弯曲,因以比喻女子美丽的眉毛。〔唐〕温庭筠《过华清宫二十二韵》:"卷衣轻鬓懒,窥镜澹蛾羞。"(《温飞卿诗集笺注》卷六)

秋香月中:月中。传说月中有桂树。秋香,秋日开放的花,多指桂花。〔宋〕郭祥正《中秋泛月至历阳访太守孙公素》:"且闻兵厨酝浓酒,桂子秋香月中有。"(《青山集》卷十一)

东风第一枝

黄钟商[1]

倾国倾城,非花非雾,春风十里独步[2]。胜如西子妖娆,更比太真澹泞[3]。铅华不御。漫道有、巫山洛浦[4]。似恁地、标格无双,镇锁画楼深处[5]。　　曾被风、容易送去。曾被月、等闲留住。似花翻使花羞[6],似柳任从柳妒。不教歌舞。恐化作、彩云轻举[7]。信下蔡、阳城俱迷,看取宋玉词赋[8]。

(原载彊村四校本《梦窗词》;录自唐圭璋编《全宋词》,中华书局1965年6月第1版,第4册,第2928页)

【注　释】

[1]东风第一枝:词牌名。《词谱》(卷二十八):"《东风第一枝》,《蒋氏九宫谱》注:'大石调。'"《词谱》以吴文英此词为此调别体之一谱式:双调,一百字。前段九句,六仄韵;后段八句,六仄韵。

黄钟商:燕乐二十八调之商七调之一,俗名大石调。参见本卷《诗歌部》上册柳永《雪梅香》注[1];柳永《曲玉管》注[1]。

吴蓓笺释:"此当为酒宴酬纪之词。"(《梦窗词汇校笺释集评》,浙江古籍出版社2007年9月第1版,第699页)

[2]倾国倾城:形容绝色美女。典出《汉书·外戚列传·孝武李夫人》(卷九十七上):"孝武李夫人,本以倡进。初,夫人兄延年性知音,善歌舞,武帝爱之。每为新声变曲,闻者莫不感动。延年侍上起舞,歌曰:'北方有佳人,绝世而独立。一顾倾人城,再顾倾人国,宁不知倾城与倾国,佳人难再得。'"参见本卷《诗歌部》上册柳永《洞仙歌》注[5]。

非花非雾:本指柳絮,亦形容朦胧之美。语出〔唐〕白居易《花非花》:"花非花,雾非雾。夜半来,天明去。来时春梦几多时,去似朝云无觅处。"(《白氏长庆集》卷十二)

独步:谓独一无二,无与伦比。〔南朝·梁〕萧统《锦带书十二月启·夷则七月》:"敬想足下,时称独步,世号无双。"(《昭明太子集》卷三)

[3]西子:西施,春秋越美女,或称先施,别名夷光,亦称西子。姓施,春秋末年越国苎罗(今浙江诸暨南)人。越王勾践败于会稽,范蠡取西施献吴王夫差,使其迷惑忘政。越遂亡吴。后西施归范蠡,同泛五湖。〔宋〕苏轼《饮湖上初晴后雨二首》之一:"欲把西湖比西子,淡妆浓抹总相宜。"(《东坡诗集注》卷十七)

妖娆:妖媚多姿。〔宋〕柳永《合欢带》:"身材儿、早是妖娆。算风措、实难描。"(《乐章集》)

太真:唐杨贵妃号太真。《旧唐书·后妃传上·玄宗杨贵妃》(卷五十一):"时妃衣道士服,号曰'太真'。"潏潴(zhù),水波流动貌。喻素雅。吴蓓笺释:"西子本素雅,贵妃本妖娆,此互指以形之缺憾,谓此美人恰好补二者之不足,故胜出也。"(同上)胜,胜过,超过。

[4]铅华:妇女化妆用的铅粉。不御,不使用。〔三国·魏〕曹植《洛神赋》:"芳泽无加,铅华弗御。"〔唐〕李善注引张衡《定情赋》:"思在面为铅华兮,患离尘而无光。"〔唐〕张铣注:"芳泽,香油。铅华,粉也。言不施于首面。"(《六臣注文选》卷十九)

漫道:不要说。〔宋〕韦骧《七夕》:"漫道银潢能限隔,未闻河鼓畏风波。"(《钱塘集》卷三)

巫山:在今重庆市巫山县境内。旧传山形似巫字得名。或传巫咸死葬于此,称巫咸山,简称巫山。这里指巫山神女。

洛浦:洛水之滨。洛水,即今河南省洛河。这里指洛神。

[5]似恁(rèn)地:犹言像这样。〔宋〕柳永《安公子》:"似恁地、深情密意如何拼。虽后约、的有于飞愿。奈片时难过,怎得如今便见。"(《乐章集》)

标格:风范,风度。〔宋〕赵长卿《念奴娇》:"精神俊雅,更那堪、天与风流标格。罗绮丛中偏艳冶,偷处教人怜惜。"(《惜香乐府》卷七)

镇锁画楼:犹言禁闭在画楼中。画楼,雕饰华丽的楼房。〔唐〕温庭筠《握柘

词》："画楼初梦断,晴日照湘风。"(《温飞卿诗集笺注》卷七)

[6]翻使:反而使。〔唐〕释皎然《五言经仙人渚即沈山下古人沈义白日升天处》:"如今成逝水,翻使恨流年。"(《杼山集》卷三)

[7]"不教歌舞"二句:犹言不让她歌舞,是恐怕她会化作彩云轻轻飞去。举,飞,飞起。〔汉〕张衡《西京赋》:"鸟不暇举,兽不得发。"〔三国·吴〕薛综注:"举,飞也。"(《文选》卷二)

[8]信下蔡、阳城俱迷:犹言相信下蔡、阳城都被她迷惑。下蔡、阳城:典出〔战国·楚〕宋玉《登徒子好色赋》:"玉曰:'天下之佳人,莫若楚国;楚国之丽者,莫若臣里;臣里之美者,莫若臣东家之子。东家之子,增之一分则太长,减之一分则太短;著粉则太白,施朱则太赤。眉如翠羽,肌如白雪,腰如束素,齿如含贝。嫣然一笑,惑阳城,迷下蔡。然此女登墙窥臣三年,至今未许也。"〔唐〕李善注:"阳城、下蔡,二县名,盖楚之贵介公子所封,故取以喻焉。"(《文选》卷十九)

看取宋玉词赋:看取,即看。取,作助词,无义。〔唐〕孟浩然《大禹寺义公禅》:"看取莲花净,应知不染心。"(《孟浩然集》卷三)宋玉词赋,本词涉及的宋玉词赋有《高唐赋》《神女赋》《登徒子好色赋》。

朝中措

赠赵梅壑[1]

吴山相对越山青[2]。湘水一春平[3]。粉字情深题叶,红波香染浮萍[4]。　　朝云暮雨,玉壶尘世,金屋瑶京[5]。晚雨西陵潮讯[6],沙鸥不似身轻[7]。

（原载汲古阁本《梦窗丙稿》；录自唐圭璋编《全宋词》,中华书局1965年6月第1版,第4册,第2930页）

【注　释】

[1]朝中措:词牌名。参见本卷《诗歌部》中册朱敦儒《朝中措》注[1]。吴文英此词双调,四十八字。前段四句,三平韵;后段五句,两平韵。

赵梅壑:吴蓓笺释:"赵梅壑,生平不详。钟振振《读梦窗词杂记》七(《东南大学学报》2001年第2期)以梦窗寿梅壑词中有'王母'、'万年枝'、'千年叶'等语,推定赵梅壑必为皇室子弟。蓓审'阿咸才俊'之言,或梅壑与嗣荣王赵与芮为叔侄辈亦未可定。"(《梦窗词汇校笺释集评》,浙江古籍出版社2007年9月第1版,

[2]吴山：吴地的山，春秋吴故地之山。吴，古国名。也称为勾吴、攻吴。姬姓，始祖为周太王之子太伯，至十九世孙寿梦称王，据有今江苏、上海大部和安徽、浙江的一部分，建都于吴（今江苏苏州市）。传至夫差，于公元前 473 年为越所灭。

越山：越地的山，春秋越故地之山。越，古国名。建都会稽（今浙江绍兴）。春秋时兴起，战国时灭于楚。按：此句用〔宋〕林逋《长相思》词意："吴山青。越山青。两岸青山相对迎。争忍有离情。"（《林和靖集》卷四）

[3]湘水：湘江。按：此句用〔唐〕元结《欸乃曲五首》之二诗意："湘江二月春水平，满月和风宜夜行。唱桡欲过平阳戍，守吏相呼问姓名。"（《全唐诗》卷二百四十一）

[4]粉字：用水粉书写的字。〔唐〕韩偓《春闷偶成十二韵》："粉字题花笔，香笺咏柳诗。"（《全唐诗》卷六百八十三）〔宋〕林逋《西湖孤山寺后舟中写望》："春雏数点谁惊起，书破晴云粉字干。"（《林和靖集》卷三）

情深题叶：用红叶题诗典故。参见本卷《诗歌部》上册周邦彦《六丑》注[13]。

红波香染浮萍：谓御沟脂粉染红水波香气浸染浮萍，亦承续红叶题诗典而咏物。

[5]朝云暮雨：典出〔战国·楚〕宋玉《高唐赋·序》："昔者先王尝游高唐，怠而昼寝，梦见一妇人曰：'妾巫山之女也，为高唐之客。闻君游高唐，愿荐枕席。'王因幸之。去而辞曰：'妾在巫山之阳，高丘之阻，旦为朝云，暮为行雨。朝朝暮暮，阳台之下。'"（《文选》卷十九）

玉壶尘世：犹言尘世中的仙境。东汉费长房欲求仙，见市中有老翁悬一壶卖药，市散后即跳入壶中。费便拜叩，随老翁入壶。但见玉堂富丽，酒食俱备。后知老翁乃神仙。事见《后汉书·方术传下·费长房》（卷一百十二下）。后即以"壶天"谓仙境，胜境。参见本卷《诗歌部》上册刘敞《三清殿木槿》注[12]。

金屋：金屋藏娇。典出《汉武故事》，参见本卷《诗歌部》上册周邦彦《少年游》注[4]。

瑶京：繁华的京都。〔宋〕柳永《轮台子》："又争似、却返瑶京，重买千金笑。"（《乐章集》）

[6]西陵：浙江省萧山市西兴镇的古称。《大清一统志·绍兴府·古迹》（卷二百二十六）："西陵城，在萧山县西十二里，旧名固陵。《水经注》：浙江东径固陵城北，昔范蠡筑城于浙江之滨，言可以固守，谓之固陵，今之西陵也。后汉建安初，会稽守王朗拒孙策于固陵。六朝时谓之西陵牛埭。吴越时，以陵非吉语，改曰西兴。宋为西兴镇。今为西兴场。"西陵潮讯，语本〔唐〕刘长卿《重过宣峰寺山房寄灵一上人》："西陵潮信满，岛屿入中流。越客依风水，相思南渡头。"（《刘随州集》

卷三）

[7]沙鸥不似身轻：犹言身不似沙鸥轻。沙鸥，栖息于沙滩、沙洲上的鸥鸟。〔宋〕徐铉《送乐学士知舒州》："短歌聊抒意，为我谢沙鸥。"（《骑省集》卷二十二）

夜行船[1]

逗晓阑干沾露水[2]。归期杳、画檐鹊喜[3]。粉汗余香，伤秋中酒[4]，月落桂花影里。　　屏曲巫山和梦倚[5]。行云重、梦飞不起[6]。红叶中庭，缘尘斜□，应是宝筝慵理[7]。

（原载汲古阁本《梦窗丁稿》；录自唐圭璋编《全宋词》，中华书局 1965 年 6 月第 1 版，第 4 册，第 2937—2938 页）

【注　释】

[1]夜行船：词牌名。参见本卷《诗歌部》上册谢绛《夜行船》注[1]。吴文英此词双调，五十六字。前后段各五句，三仄韵。

[2]逗晓：破晓，天刚亮。〔宋〕周邦彦《风来朝》："逗晓看娇面。小窗深、弄明未遍。"（《片玉词》卷下）

阑干：栏杆。〔唐〕朱景元《莲亭》："莫怪阑干湿，鸂鶒夜宿来。"（《佩文斋咏物诗选》卷一百十八）

[3]杳(yǎo)：犹杳无音信。谓得不到一点消息。〔宋〕张表臣《蓦山溪》："脉脉数飞鸿，杳归期、东风凝伫。"（《词综》卷八）

画檐：有画饰的屋檐。〔宋〕陈舜俞《题炉峰阁》："为爱炉烟拂画檐，小栏终日卷朱帘。"（《都官集》卷十四）

[4]粉汗：指妇女之汗，妇女面多敷粉，故云。〔宋〕苏轼《四时词》之三："新愁旧恨眉生绿，粉汗余香在薜竹。"（《东坡诗集注》卷三十二）

伤秋：悲秋，对秋景而伤感。〔唐〕韩愈《祖席·秋字》："淮南悲木落，而我亦伤秋。"（《东雅堂昌黎集注》卷十）

中酒：醉酒。〔前蜀〕韦庄《晏起》："迩来中酒起常迟，卧看南山改旧诗。"（《全唐诗》卷七百）

[5]屏曲巫山：谓曲折的屏风上描画的巫山图。

和梦倚：犹言和梦一起依偎着巫山。

[6]行云：语本〔战国·楚〕宋玉《高唐赋·序》："旦为朝云，暮为行雨。"（《文

选》卷十九)

[7]红叶中庭:犹言红叶落满中庭。中庭,庭院,庭院之中。〔宋〕李清照《添字采桑子》:"阴满中庭,阴满中庭,叶叶心心舒卷有余情。"(《历代诗余》卷十九)

缘尘斜□:此处原缺一字。杨铁夫拟补"柱"字,似可。参见吴蓓《梦窗词汇校笺释集评》(浙江古籍出版社2007年9月第1版,第722页)。

宝筝:筝的美称。筝,拨弦乐器,形似瑟。传为秦时蒙恬所作。其弦数历代由五弦增至十二弦、十三弦、十六弦,现经改革,增至十八弦、二十一弦、二十五弦等。慵理,懒得弹奏。理,演奏。《史记·乐书》(卷二十四):"《雅》《颂》之音理而民正,嘄噭之磬兴而士奋,郑卫之曲动而心淫。"

高　吉

【作者简介】

高吉,字几伯,庐陵(今江西吉安)人。有《嫩真小集》,江万里为之序。事见《江湖后集》卷十五)。

巫山秀丽为四川之奇观其一晴

巫峡秋深景最幽,山岚泼翠淡烟浮[1]。
看来不复成云雨[2],空锁襄王旧日愁[3]。

(原载〔宋〕陈起《江湖后集》卷十五;录自北京大学古文献研究所编《全宋诗》,北京大学出版社1991年7月第1版,第61册,第38127页)

【注　释】

[1]山岚:山中的雾气。〔唐〕顾非熊《陈情上郑主司》:"茅屋山岚入,柴门海浪连。"(《全唐诗》卷五百九)

泼翠:犹言翠色如泼。泼,泼洒;翠,青绿色。〔宋〕石介《送范曙赴天雄李太尉辟命》:"吾家泰山徂徕间,浓岚泼翠粘衣冠。"(《徂徕集》卷三)

[2]云雨:典出〔战国·楚〕宋玉《高唐赋·序》:"昔者先王尝游高唐,怠而昼寝,梦见一妇人曰:'妾巫山之女也,为高唐之客。闻君游高唐,愿荐枕席。'王因幸之。去而辞曰:'妾在巫山之阳,高丘之阻,旦为朝云,暮为行雨。朝朝暮暮,阳台之下。'"(《文选》卷十九)

[3]襄王:一作楚顷襄王,名芈(mǐ)横,战国时楚国君主,楚怀王芈槐之子,前

298—前262 年在位。在宋玉《高唐赋》《神女赋》中楚襄王均扮演了重要角色，后人遂将楚襄王作为高唐故事的男主人公，这其实是一种误读。参见本卷《诗歌部》上册徐铉《离歌辞五首》（其五）注［4］。

王同祖

【作者简介】

王同祖,字与之,号花洲,金华(今属浙江)人。早年侍父宦游。理宗嘉熙二年(1238)入金陵制幕。淳祐间通判建康府,改添差沿江制置司机宜文字(景定建康志)卷二十四)。嘉熙四年,自选其少作七言绝句百首为《学诗初稿》。事见本集卷末自跋。

郡圃观白莲(之三)[1]

掩昼娇春敛恨浓[2],莲包欲实又成空[3]。
都缘不肯为云雨[4],开落非关一夜风[5]。

(原载汲古阁影宋抄本《南宋六十家小集·学诗初稿》;录自北京大学古文献研究所编《全宋诗》,北京大学出版社1991年7月第1版,第61册,第38145页)

【注　释】

[1]郡圃:郡守官署里的花园。郡,古代地方行政区名。周制县大郡小,战国时逐渐变为郡大于县。秦灭六国,正式建立郡县制,以郡统县。汉因之。隋唐后,州郡互称,至明而郡废。〔宋〕杨亿《从叔郎中知潭州》:"民田两岐麦,郡圃四时花。"(《武夷新集》卷五)

[2]掩昼:昼,《全宋诗》注:"《群贤集》作'尽'。"按:《群贤集》指读画斋《群贤小集》。

娇春:娇媚可爱的春天。〔唐〕李贺《浩歌》:"青毛骢马参差钱,娇春杨柳含细烟。"(《昌谷集》卷一)

敛恨：聚集怨恨。〔南唐〕冯延巳《蝶恋花》："低语前欢频转面。双眉敛恨春山远。"（《历代诗余》卷三十九）

[3]莲苞：犹荷花的花苞。〔唐〕张祜《题天竺寺》："夏雨莲苞破，秋风桂子彫。"（《全唐诗》卷五百十一）

欲实：将要结子。实，果实，子实。〔宋〕邓深《丰城道中》："缘塍豆欲实，编篱槿才花。"（《大隐居士诗集》卷上）

[4]云雨：典出〔战国·楚〕宋玉《高唐赋·序》："昔者先王尝游高唐，怠而昼寝，梦见一妇人曰：'妾巫山之女也，为高唐之客。闻君游高唐，愿荐枕席。'王因幸之。去而辞曰：'妾在巫山之阳，高丘之阻，旦为朝云，暮为行雨。朝朝暮暮，阳台之下。'"（《文选》卷十九）

[5]非关：不是因为，无关。〔唐〕李商隐《有感》："非关宋玉有微辞，却是襄王梦觉迟。一自高唐赋成后，楚天云雨尽堪疑。"（《全唐诗》卷五百四十）

王同祖

445

释绍嵩

【作者简介】

　　释绍嵩，字亚愚，庐陵（今江西吉安）人。长于诗，自谦"每吟咏信口而成，不工句法，故自作者随得随失"。今存《江浙纪行集句诗》七卷，系理宗绍定二年（1229）秋自长沙出发，访游江浙途中寓意之作。后应知嘉兴府黄尹元之请，主嘉兴大云寺。事见本集卷首自序。汲古阁影宋抄本。

舟中戏书（之二）

十二峰前且系船[1]，眼中百里旧山川[2]。
遥知此夕多情思[3]，江月随人处处圆[4]。

吕居仁、祖可、山谷、温飞卿

（原载《亚愚江浙纪行集句诗》卷七；录自北京大学古文献研究所编《全宋诗》，北京大学出版社1991年7月第1版，第61册，第38655页）

【注　释】

　　[1]"十二峰前"句：此句当是〔宋〕吕本中（居仁）诗句。出处不详。吕本中（1084—1145）南宋诗人，字居仁，寿州（今安徽凤台）人。人称东莱先生。绍兴进士，官中书舍人，兼直学上院，因忤秦桧罢官。其诗受"江西诗派"黄庭坚、陈师道影响很大，曾作《江西诗社宗派图》。其后则主张作诗应师法李白、杜甫、苏轼，诗风亦有变化，较为明畅轻松，不如"江西诗派"艰涩。有《东莱先生诗集》《童蒙

训》、《紫微诗话》等。

[2]"眼中百里"句:此句出自〔宋〕祖可《李伯时作渊明归去来图王性之刻于琢玉坊病僧祖可见而赋诗》:"坐上柴桑墟落烟,眼中百里旧山川。"(载《声画集》卷一)〔宋〕阮阅《诗话总龟后集》(卷十二)引《丹阳集》:"僧祖可,俗苏氏伯固之子,养直之弟也。作诗多佳句,如《怀兰江》云:'怀人更作梦千里,归思欲迷云一滩';《赠端师》云:'窗间一榻篆烟碧,门外四山秋蕊红'等句,皆清新可喜。然读书不多,故变态少,观其体格,亦不过烟云草树,山川鸥鸟而已。"

[3]"遥知此夕"句:此句当为〔宋〕黄庭坚(山谷)诗句,《山谷集》中未见载,作者或当别有所本。黄庭坚,参见本卷《诗歌部》上册黄庭坚作品【作者简介】。

[4]"江月随人"句:此句出自〔唐〕温庭筠(飞卿)《送崔郎中赴幕》:"相思休话长安远,江月随人处处圆。"(《全唐诗》卷五百七十八)温庭筠(812—约870),唐末诗人和词人。本名歧,字飞卿,太原祁(今山西祁县东南)人。据传,每入试,擦手八次而成八韵,故人称"温八叉"。出身没落贵族家庭,屡举进士不第,一生不得志,行为放荡。曾任随县与方城县尉,后官至国子助教。精通音律,其诗词内容多写闲情及个人沦落,词藻华丽。现存词六十余首,为唐人中流传最多者。后人集有《温庭筠诗集》及《金奁集》。

李曾伯

【作者简介】

李曾伯,字长孺,号可斋,祖籍覃怀(今河南沁阳),侨居嘉兴(今属浙江)。理宗绍定三年(1230),知襄阳县。嘉熙元年(1237),为沿江制置司参议官(《宋史》卷四十二《理宗纪》)。三年,迁江东转运判官、淮西总领(《景定建康志》卷二十六)。淳祐二年(1242),为两淮制置使兼知扬州。九年,知静江府兼广西经略安抚使、转运使。移京湖制置使兼知江陵府。宝祐二年(1254),改夔路策应大使、四川宣抚使。以事奉祠。起为湖南安抚大使兼知潭州。六年(1258),再知静江府。复以事罢。景定五年(1264),起知庆元府兼沿海制置使。曾伯以文臣主军,长于边事,为贾似道所嫉,于度宗咸淳元年(1265)褫职。寻卒。有《可斋杂稿》三十四卷,《续稿》前八卷、后十二卷。事见本集有关诗文,《宋史》卷四百二十有传。

过新滩作出峡行[1]

蜀道登天难[2],尤难泝流入[3]。

自峡上夔渝[4],江险滩节密[5]。

前年冲寒来[6],水落且石出。

寄命竹一缕[7],寸挽退或尺[8]。

旬宣愧罔功[9],征戍幸逭责[10]。

仁哉圣主恩,有诏许归佚[11]。

匆匆乘月下,初值朱明律[12]。

常年桃涨后[13],此际梅潦溢[14]。

危湍若釜沸[15]，惊湍如矢激[16]。

今年独何异，水势平于席[17]。

仅添半篙绿[18]，稳泛万顷碧[19]。

纵横顺溃淖[20]，隐见辨沙碛[21]。

毋庸事盘滩[22]，了不惧触石[23]。

一日涪州岸[24]，三宿云安邑[25]。

潋滟露山骨[26]，底柱屹中立[27]。

巫峰披宿雾[28]，奇哉翠欲滴[29]。

建瓴高屋易[30]，百里一瞬息。

安然中流坐[31]，恍若前山失[32]。

舟轻蜚鸟过[33]，岸鹄脱兔疾[34]。

伊滩以新名[35]，此水虑微涩[36]。

黎明报船步[37]，数尺长一夕[38]。

波臣信有助[39]，棹师喜何剧[40]。

前竿与后枕[41]，橹六视听一[42]。

招呼左右向，心手应相得。

所取无厘差，其矢如绳直[43]。

载瞻洺川祠[44]，不远西陵驿[45]。

倏焉飞廉怒[46]，卷起浪涛白。

篙篷掀欲舞，缏缆系惟亟[47]。

凡我同舟人，相顾几动色[48]。

兴言大川涉[49]，畴为讯诸易[50]。

古谚固有云，飘风不终日[51]。

须臾棹歌发[52]，安危在漏刻[53]。

衰迟嗟我生[54]，险阻几身历[55]。

萍梗遍江海[56]，星霜老疆场[57]。

此行亦良苦，岂敢计终吉[58]。

始入凡四旬，今出仅更浃[59]。

行止非人为，扶持有神力。

瓣香荐牲酒[60]，对越寸衷赤[61]。

李曾伯

449

自兹丘樊归^[62]，谨无以形役^[63]。

晚来贺平善^[64]，诗以纪其实。

（原载 1987 年上海古籍出版社影印文渊阁《四库全书》本《可斋续稿》后集卷十；录自北京大学古文献研究所编《全宋诗》，北京大学出版社 1991 年 7 月第 1 版，第 62 册，第 38790—38791 页）

【注　释】

[1] 新滩：又名青滩，古名"豪三峡"，为三峡险滩之一。在今湖北省秭归县（剪刀峪）西北新滩镇。参见本卷《诗歌部》上册苏轼《出峡》注[17]。

[2] 蜀道登天难：语本〔唐〕李白《蜀道难》："噫吁嚱，危乎高哉！蜀道之难，难于上青天。"（《李太白集注》卷三）

[3] 泝（sù）流：犹逆江流而上。〔唐〕李白《自金陵泝流过白璧山玩月达天门寄句容王主簿》："沧江泝流归，白璧见秋月。"（《李太白集注》卷十四）

[4] 夔渝：夔州、渝州。夔州，唐武德二年（619）以避皇外祖孤独信讳改信州置，治所在人复县，贞观时改奉节县，在今重庆奉节县东十里白帝城。参见本卷《诗歌部》上册李复《夔州旱》注[1]。渝州，隋开皇元年（581）改楚州置，治所在巴县（今重庆市）大业三年（607）改为巴郡。唐武德元年（618）复改为渝州，天宝元年（742）为南平郡，乾元元年（758）复为渝州、辖境相当直辖以前的重庆市各区、今重庆市江津区、璧山县、永川区等地。崇宁元年（1102）改为恭州。

[5] 节密：犹言像竹节一样密集。〔宋〕王令《对竹》："心虚中养恬，节密外御介。"（《广陵集》卷八）

[6] 冲寒来：冒着寒冷而来。〔宋〕邹浩《次韵和钱塘诸公赏梅十绝》之一："冲寒来访喜生和，破恨新诗不必多。"（《道乡集》卷八）

[7] 寄命竹一缕：犹言寄托生命于一根竹藤。竹一缕，指纤夫的纤藤，由竹篾编成。

[8] 寸挽退或尺：犹言纤夫挽船一寸一寸地前进，而有时一退就达一尺。极言行船之艰难。挽，拉，牵引。

[9] 旬宣：周遍宣示。语本《诗经·大雅·江汉》："王命召虎，来旬来宣。"〔汉〕毛亨传："旬，遍也。"（《毛诗注疏》卷二十五）

愧罔功：犹言惭愧无功劳。罔，无，没有。〔宋〕李正民《谢转官表》："但知多幸，实愧罔功。"（《大隐集》卷四）

〔10〕征戍:远行屯守边疆。〔南朝·宋〕颜延之《还至梁城作一首》:"眇默轨路长,憔悴征戍勤。"(《文选》卷二十七)

幸逭(huàn)责:幸运的是免除了责任。逭,宽恕,免除。〔宋〕晁补之《代朔漕李楚老谢奖谕表》:"庶几逭责,岂敢论功。"(《鸡肋集》卷五十五)

〔11〕归佚:犹归隐。归,回乡;佚,隐退。〔宋〕韩琦《甲寅秋乞致仕第二表》:"将尽之年,窃自怜于光景,愿辞隆于将相,得归佚于林泉。"(《安阳集》卷三十二)

〔12〕初值朱明律:犹言时值初夏。初值,初当,初逢。朱明,夏季。《尔雅注疏·四时疏》(卷五):"春为青阳,夏为朱明,秋为白藏,冬为玄英。"律,节气,时令。

〔13〕桃涨:指桃花汛。仲春时冰泮雨积,江河潮水暴涨,又值桃花盛开,故称。涨,上涨的潮水。〔宋〕刘子澄《武陵别任年魁》:"去棹乘桃涨,朝衣带芷香。"(《江湖后集》卷二)

〔14〕梅潦:谓梅雨时节的大水。梅雨,指初夏时节持续较长的阴雨天气。因时值梅子黄熟,故亦称黄梅天。此季节空气长期潮湿,器物易霉,故又称霉雨。潦,雨后的大水。〔宋〕徐集孙《即事》:"无端梅潦肆鸣渠,官舍萧条似僦居。"(《江湖小集》卷十六)

溢:水泛滥。

〔15〕危漩若釜(fǔ)沸:危险的漩涡如同釜中的沸水。釜,古炊器。敛口,圜底,或有二耳。其用如鬲,置于灶口,上置甑以蒸煮。盛行于汉代。有铁制的,也有铜和陶制的。

〔16〕惊湍(tuān)如矢激:犹言急流如箭一样迅疾猛烈。惊湍,犹急流。〔晋〕潘岳《河阳县作二首》之二:"川气冒山岭,惊湍激严阿。"(《文选》卷二十六)

〔17〕平于席:像席子一样平坦、平静。席,坐卧铺垫用具。由竹篾、苇篾或草编织成的平片状物。〔宋〕许纶《和袁同年接伴谒洪泽镇龙祠韵》:"长安妥帖平于席,画舫夷犹稳作程。"(《涉斋集》卷八)

〔18〕半篙绿:犹半篙绿水。篙,撑船的竹竿或木杆。绿,指水。〔宋〕王之道《小桥》:"芳榭绕流水,春余半篙绿。"(《相山集》卷一)

〔19〕万顷碧:犹万顷碧水。顷,面积单位之一。或以百亩为顷;或以十二亩半为顷。万顷,泛指面积广大。〔宋〕范仲淹《和韩布殿丞三首·泛湖中》:"平湖万顷碧,谢客一开颜。"(《范文正集》卷三)

〔20〕渍淖(pēnnào):漩涡。〔宋〕范成大《刺渍淖·序》:"渍淖,盘涡之大者,峡江水壮则有之,有大如一间屋。"(《石湖诗集》卷十六)

〔21〕沙碛(qì):沙滩,沙洲。〔唐〕孟浩然《鹦鹉洲送王九游江左》:"沙头日落沙碛长,金沙耀耀动飙光。"(《孟浩然集》卷二)

[22]盘滩：峡江滩险，舟船难以通过，须乘客下船步行；货物也需出仓，由人力搬运到上游可行船处。然后人、货上船再航行。这种在险滩搬运货物的行动称为"盘滩"。〔宋〕范成大《吴船录》（卷下）："三十里至新滩，此滩恶，名'豪三峡'，汉晋时山再崩，塞江，所以后名'新滩'。石乱水汹，瞬息覆溺，上下欲脱免者，必盘博陆行，以虚舟过之。两岸多居民号'滩子'，专以盘滩为业。"

[23]了不：绝不，全不。〔宋〕苏轼《送顾子敦奉使河朔》："十年卧江海，了不见愠喜。"（《东坡诗集注》卷十六）了不惧触石，犹言全不怕触到礁石。

[24]涪州：唐武德元年（618）置，治所在涪陵县（今重庆市涪陵区）天宝元年（742）改为涪陵郡，乾元元年（758）复为涪州。辖境相当今涪陵区、长寿区、南川县、武隆县等地。南宋淳熙三年（1267）移治今东北之三台山。元复还旧治。至元二十年（1283）废涪陵县入州，属重庆路。明属重庆府。清不辖县。1913年废，改置涪陵县。

[25]三宿（xiǔ）：三个晚上。量词。宿，用以计算夜。〔唐〕白居易《答微之咏怀见寄》："分袂二年劳梦寐，并床三宿话平生。"（《白氏长庆集》卷二十三）

云安：云安郡，唐天宝元年（742）改夔州置，治所在奉节县（今重庆市奉节县东十里白帝城）。辖境相当今奉节县、巫溪县、巫山县、云阳县等县地。乾元元年（758）复为夔州。这里是使用旧称。邑，城邑。

[26]滟滪：瞿塘峡口的一座礁石，也称即滟滪石、淫预堆。瞿塘峡口的一座礁石，也称即滟滪堆、淫预堆。参见本卷《诗歌部》上册文同《巫山高》注[7]。

[27]底柱：又称砥柱，在今河南省三门峡市，当黄河中流。以山在激流中矗立如柱，故名。今因整治河道，山已炸毁。〔战国·楚〕宋玉《高唐赋》："交加累积，重叠增益。状若砥柱，在巫山下。"（《文选》卷十九）〔唐〕李善注："砥柱，山名。"〔北魏〕郦道元《水经注·河水四》（卷四）："砥柱，山名也，昔禹治洪水，山陵当水者凿之，故破山以通河，河水分流，包山而过，山见水中若柱然，故曰砥柱也。"亦泛指矗立于江河中流的礁石。这里指称滟滪堆。

[28]巫峰：指巫山。〔唐〕李频《过巫峡》："拥棹向惊湍，巫峰直上看。削成从水底，耸出在云端。"（《黎岳集》）

宿雾：夜雾。〔晋〕陶潜《咏贫士》之一："朝霞开宿雾，众鸟相与飞。"（《陶渊明集》卷四）

[29]翠欲滴：指山色苍翠欲滴。欲滴按，谓其浓稠。〔宋〕李复《峡山遇雨》："返照光景新，岩岫翠欲滴。"（《潏水集》卷九）

[30]建瓴高屋：犹高屋建瓴。在高屋脊上倒瓶中的水。形容居高临下的形势。建，通"瀽"，倾倒。语本《史记·高祖本纪》（卷八）："（秦中）地势便利，其以下兵于诸侯，譬犹居高屋之上建瓴水也。"裴骃集解引如淳曰："瓴，盛水瓶也。

居高屋之上而幡瓴水,言其向下之势易也。建音塞。"

[31]中流:江河中央。《史记·周本纪》(卷四):"武王渡河,中流,白鱼跃入王舟中。"

[32]恍若前山失:好像前山消失了。失,迷失,消失。〔宋〕秦观《踏莎行》:"雾失楼台,月迷津渡。"(《淮海长短句》卷中)

[33]蜚鸟:犹飞鸟。蜚,通"飞"。

[34]鹧(guī):犹鹧鸪,即杜鹃鸟。〔汉〕张衡《思玄赋》:"恃已知而华予兮,鹧鹧鸣而不芳。"〔唐〕李善注:"《临海异物志》曰:鹧鹧,一名杜鹃,至三月鸣,昼夜不止,夏末乃止。'"(《文选》卷十五)

脱兔疾:犹言像脱逃的兔子一样迅疾。脱兔,脱逃之兔。〔唐〕陆龟蒙《杂讽九首》之二:"攻如饿鸱叫,势若脱兔急。"(《甫里集》卷三)

[35]伊滩以新名:伊滩,此滩。伊,此。以新名,用"新"作为名称。参见本诗注[1]。

[36]微涩:因水少而略微阻涩,涩,险阻,不通畅。

[37]船步:船埠,亦指渡口。〔宋〕吴处厚《青箱杂记》(卷三):"韩退之《罗池庙碑》言'步有新船',或以步为涉,误也。盖岭南谓水津为步,言步之所及,故有罾步,即渔者施罾者;有船步,即人渡船处。"

[38]数尺长一夕:犹一夕涨数尺。

[39]波臣:指水族。古人设想江海的水族也有君臣,其被统治的臣隶称为"波臣"。信有助,犹言果真得到帮助。典出《庄子·外物》:"周顾视车辙中,有鲋鱼焉。周问之曰:'鲋鱼来,子何为者邪?'对曰:'我,东海之波臣也。君岂有斗升之水而活我哉?'"(《庄子注》卷九)

[40]棹(zhào)师:操桨的船工。棹,船桨。〔宋〕苏颂《公说再和并前十五篇辄复课六章用足前篇之阙》之五:"折华暇日寻园吏,竞渡经春习棹师。"(《苏魏公文集》卷十)

喜何剧:谓其喜悦是何等强烈。剧,极,甚。

[41]前竿与后枕:船前面的竿师与船后面的舵师。

[42]橹六视听一:犹言六位药炉的人眼所见耳所听犹如一人,谓动作协调统一。

[43]其矢如绳直:指船行如矢,像绳子犹言笔直。矢,箭。

[44]载瞻洺(míng)川祠:犹言瞻仰江神庙。载,助词,用在句首或句中,起加强语气的作用。《诗经·鄘风·载驰》:"载驰载驱,归唁卫侯。"〔汉〕毛亨传:"载,辞也。"高亨注:"载,犹乃也,发语词。"(《诗经今注》上海古籍出版社1980年10月第1版,第77页)洺川,犹洺河,在河北省南部。源出武安县西山,东流经临洺

关北，自北以下，历代屡经迁改，今东流经永年县北折汇入滏阳河。此诗所描写的是过长江三峡的情景，疑"洺"字或为"岷"字之讹。古人认为长江的正源是岷江，故常以岷江指称川江。祠，祠庙，当即江神庙。

[45]不远西陵驿：犹言离西陵驿不远。西陵，即西陵峡，长江三峡之一。兵书宝剑峡、牛肝马肺峡、灯影峡、宜昌峡的总称，是三峡中最长的峡。〔北魏〕郦道元《水经注·江水二》（卷三十四）："江水又东迳西陵峡。《宜都记》曰：自黄牛滩东入西陵界，至峡口百许里，山水迂曲，而两岸高山重嶂，非日中夜半，不见日月，绝壁或千许丈，其石彩色，形容多所像类，林木高茂，略尽冬春，猿鸣至清，山谷传响，泠泠不绝。所谓三峡，此其一也。"驿，驿站，这里指水驿。

[46]倏（shū）焉：忽然间。倏，犬疾行貌。引申为疾速，忽然。《说文·犬部》："倏，犬走疾也。"〔清〕段玉裁注："引申为凡忽然之辞。"（《说文解字注》浙江古籍出版社1998年2月第1版，第475页）焉，词，用于形容词或副词之后。〔汉〕孔融《与曹操论盛孝章书》："岁月不居，时节如流，五十之年，忽焉已至。"（《孔北海集》）

飞廉：风神，一说能致风的神禽名。〔战国·楚〕屈原《离骚》："前望舒使先驱兮，后飞廉使奔属。"〔汉〕王逸注："飞廉，风伯也。"〔宋〕洪兴祖补注："《吕氏春秋》曰：'风师曰飞廉。'应劭曰：'飞廉，神禽，能致风气。'"（《楚辞补注》卷一）

[47]绠（gěng）缆：缆绳。绠，绳索。系惟亟（jí），犹言系牢缆绳十分紧迫。惟，连词，表示顺承关系，相当于"则"。亟，紧急，危急。

[48]相顾几动色：犹言相互望着几乎改变了脸色，形容其惊恐。几，几乎。动色，谓变脸色。

[49]兴言：语助词。《诗经·小雅·小明》："念彼共人，兴言出宿。"〔清〕马瑞辰通释："兴言犹云薄言，皆语词也。"（《毛诗传笺通释》，中华书局1989年3月第1版，第695页）

大川涉：涉大川。涉，本义为徒步渡水。引申为泛指渡水。《周易·需》："需，有孚光，亨，贞吉，利涉大川。"（《周易注疏》卷二）

[50]畴为讯诸易：犹言过去为此讯问于《周易》。畴，犹曩，以往，从前。讯，询问。诸，代词"之"和介词"于"的合音。易，指《周易》，参见前注。

[51]飘风：旋风，暴风。《诗经·大雅·卷阿》："有卷者阿，飘风自南。"〔汉〕毛亨传："飘风，回风也。"（《毛诗注疏》卷二十四）《诗经·小雅·何人斯》："彼何人斯，其为飘风。"〔汉〕毛亨传："飘风，暴起之风。"（《毛诗注疏》卷十九）

[52]须臾：片刻，指短时间。〔宋〕曹勋《独酌谣》："须臾歌罢玉壶空，醉觉长天不盈尺。"（《宋百家诗存》卷十四）

棹歌：行船时所唱之歌。〔南朝·梁〕丘迟《旦发渔浦潭》："棹歌发中流，鸣鞭

响沓嶂。"(《汉魏六朝百三家集》卷九十)

　　[53]漏刻:古计时器,即漏壶,因漏壶的箭上刻符号表时间,故称。安危在漏刻,为安危在顷刻。《汉书·王莽传中》(卷九十九中):"捕斩虏骓,平定东城,虏知殄灭,在于漏刻。"

　　[54]衰迟:衰年迟暮,谓年老。〔宋〕陆游《排闷》:"贫悴只如行卷日,衰迟忽过挂冠年。"(《剑南诗稿》卷四十七)

　　嗟(jiē)我生:犹言感叹我这一生。〔宋〕杜范《戊辰冬和汤南万韵》之二:"没没嗟我生,未知终焉图。"(《清献集》卷一)

　　[55]险阻几身历:倒装句,犹言身历几险阻。

　　[56]萍梗:浮萍断梗,因漂泊流徙,故以喻人行止无定。〔唐〕许浑《晨自竹径至龙兴寺崇隐上人院》:"客路随萍梗,乡园失薜萝。"(《丁卯诗集》卷下)

　　[57]星霜:指鬓发斑白。〔宋〕晏殊《滴滴金》:"不觉星霜鬓边白。念时光堪惜。"(《珠玉词》)

　　老疆场:老在疆场。疆场,战场。〔宋〕赵鼎臣《读史戏作》:"卫霍老疆场,严朱死谋议。"(《竹隐畸士集》卷二)

　　[58]岂敢计终吉:犹言哪里敢计议吉祥的终身结局。

　　[59]更浃(jiā):更,经历。浃,即浃日,十天。〔宋〕虞俦《用韵赋岁暮田家叹闻之者足以戒也》:"催科里正莫频频,望麦登场更浃旬。"(《尊白堂集》卷二)此二句是说,初入三峡用了四十天(溯流而上),如今出仅仅经过十天(顺流而下)。

　　[60]瓣香:佛教语,犹言一瓣香。一瓣香,犹一炷香。佛教禅宗长老开堂讲道,烧至第三炷香时,长老即云这一瓣香敬献传授道法的某某法师。后以"一瓣香"指师承或仰慕某人。

　　牲酒:犹牲醴,指祭祀用的牺牲和甜酒。荐,祭祀时献牲。

　　[61]对越寸衷赤:犹言对着越地寸心一片赤诚。越,古国名,建都会稽(今浙江绍兴)。春秋时兴起,战国时灭于楚。按:李曾伯祖籍覃怀,侨居嘉兴(今属浙江)。此番出峡还乡,系回归越地,故有此言。寸衷,指心。〔宋〕刘宰《回宜兴谢百里》:"昨以厚意久不报,斐然一笺,聊写寸衷。"(《漫塘集》卷六)

　　[62]自兹丘樊归:犹言从此归丘樊。丘樊,园圃,乡村,亦指隐居之处。〔南朝·宋〕湛茂之《历山草堂应教》:"衰废归丘樊,岁寒见松柏。"(《古诗纪》卷六十四)

　　[63]形役:谓为形骸所拘束、役使。犹言被功名利禄所牵制、支配。〔晋〕陶潜《归去来兮辞》:"既自以心为形役,奚惆怅而独悲?"(《陶渊明集》卷五)无以形役,谓不被功名利禄所支配。

　　[64]平善:平安,安康。〔宋〕张舜民《郴行录》:"北行者至庐,舟人皆致贺,以其万里江湖,至此方保平善也。"(《画墁集》卷八)

【作者简介】

王志道,字希圣,义兴(今江苏宜兴)人。有《阆风吟稿》,已佚。事见《江湖后集》卷十五。

渔　父

岸芷汀兰曲曲春[1],绿蓑青箬老江溃[2]。
倚船三弄东风恶[3],吹断巫山片片云[4]。

(原载〔宋〕陈起《江湖后集》卷十五;录自北京大学古文献研究所编《全宋诗》,北京大学出版社1991年7月第1版,第62册,第38821页)

【注　释】

[1]岸芷汀(tīng)兰:岸上的白芷,小洲上的泽兰。芷,白芷,香草名。夏季开伞形白花,果实长椭圆形,古以其叶为香料。参见本卷《诗歌部》中册张孝祥《踏莎行》注[5]。汀,水之平。引申为水边平地,小洲。《说文·水部》:"汀,平也。"段玉裁注:"谓水之平也。水平谓之汀,因之洲渚之平谓之汀。李善引《文字集略》云:'水际平沙也。'乃引申之义耳。"(《说文解字注》十一篇上二·水部)兰,兰草,即泽兰。多年生草本植物,叶卵形,秋季开白花。全草有香气。〔战国·楚〕屈原《离骚》:"扈江离与辟芷兮,纫秋兰以为佩。"(《楚辞章句》卷一)参见本卷《诗歌部》中册杨万里《寄题吴仁杰架阁玩芳亭》注[6]。

曲曲春:曲曲,弯曲。曲曲春,犹言河边每一个弯道都是春天的景象。

[2]绿蓑(suō):绿色的蓑衣,即用草或棕制成的、披在身上的防雨用具。

青箬(ruò):青色的箬笠,即用箬竹叶及篾编成的宽边帽。箬,箬竹,竹叶及箨似芦荻。"绿蓑青箬"为渔父的装束。〔宋〕朱松《渔父用儿甥韵》:"绿蓑青箬一身轻,卧看行云舟自横。"(《韦斋集》卷六)

老江濆(fén):犹老于江边。濆,水边,涯岸。《诗经·大雅·常武》:"铺敦淮濆,仍执丑虏。"〔汉〕毛亨传:"濆,涯。"(《毛诗注疏》卷二十五)

[3]三弄:指古曲《梅花三弄》。相传此曲系由晋桓伊所作的笛曲改编而成。内容写傲霜斗雪的梅花,全曲主调出现三次,故称。

东风恶:犹东风威猛。〔宋〕苏轼《次韵田国博部夫南京见寄二绝》之一:"深红落尽东风恶,柳絮榆钱不当春。"(《东坡全集》卷十)

[4]巫山:山名,在今重庆市巫山县境内。旧传山形似巫字得名。或传巫咸死葬于此,称巫咸山,简称巫山。参见本卷《诗歌部》上册欧阳修《长相思》注[4]。

宋自逊

【作者简介】

宋自逊,字谦父,号壶山,金华人,居南昌。所著乐府,名《渔樵笛谱》,不传,有赵万里辑本。

贺新郎[1]

七夕

灵鹊桥初就[2]。记迢迢、重湖风浪[3],去年时候。岁月不留人易老,万事茫茫宇宙。但独对、西风搔首。巧拙岂关今夕事,奈痴儿、骏女流传谬[4]。添话柄,柳州柳[5]。　　道人识破灰心久[6]。只好风、凉月佳时,疏狂如旧[7]。休笑双星经岁别[8],人到中年已后。云雨梦、可曾常有[9]。雪藕调冰花熏茗[10],正梧桐、雨过新凉透。且随分[11],一杯酒。

（原载赵万里辑《渔樵笛谱》;录自唐圭璋编《全宋词》,

中华书局 1965 年 6 月第 1 版,第 4 册,第 2688—2689 页）

【注　释】

[1]贺新郎:词牌名。参见本卷《诗歌部》下册周端臣《贺新郎》注[1]。宋自逊此词双调,一百十六字。前后段各十句,六仄韵。

[2]灵鹊:喜鹊,俗称鹊能报喜,故称。民间传说牛郎织女相会时喜鹊来搭成桥,称鹊桥。参见本卷《诗歌部》上册李宗谔《代意》注[6]。

[3]迢迢(tiáo):水流绵长貌。〔唐〕许浑《题灵山寺行坚师院》:"应笑东归又南去,越山无路水迢迢。"(《全唐诗》卷五百三十四)

重(chóng)湖:洞庭湖的别称。湖南洞庭湖南与青草湖相通,故称。〔宋〕张

孝祥《念奴娇》:"星沙初下,望重湖远水,长云漠漠。"(《于湖集》卷三十一)

[4]"巧拙"等二句:谓人的灵巧与笨拙哪里与今夕乞巧之事相关,无奈痴心的小儿女们流传着这种谬误。痴,不聪慧,愚笨。騃(ái),愚昧,呆板。按:旧时民间有农历七月七日夜(或七月六日夜)妇女在庭院向织女星乞求智巧的风俗,称为"乞巧"。

[5]柳州柳:语本〔宋〕苏轼《故周茂叔先生濂溪》:"应同柳州柳,聊使愚溪愚。"(《东坡全集》卷十八)按:"柳州柳",指唐代柳宗元在柳州植柳之事。〔唐〕柳宗元《种柳戏题》:"柳州柳刺史,种柳柳江边。谈笑为故事,推移成昔年。垂阴当覆地,耸干会参天。好作思人树,惭无惠化传。"(《柳河东集》卷四十二)"愚溪愚",愚溪,水名。在湖南省永州市西南。本名冉溪。唐柳宗元谪居于此,改其名为愚溪,并名其东北小泉为愚泉,意谓己之愚及于溪泉。〔唐〕柳宗元《愚溪诗序》:"灌水之阳有溪焉,东流入于潇水。或曰:冉氏尝居也,故姓是溪为冉溪。或曰:可以染也,名之以其能,故谓之染溪。予以愚触罪,谪潇水上。爱是溪,入二三里,得其尤绝者家焉。古有愚公谷,今予家是溪,而名莫能定,土之居者,犹龂龂然,不可以不更也,故更之为愚溪。愚溪之上,买小丘,为愚丘。自愚丘东北行六十步,得泉焉,又买居之,为愚泉。愚泉凡六穴,皆出山下平地,盖上出也。合流屈曲而南,为愚沟。遂负土累石,塞其隘,为愚池。愚池之东为愚堂。其南为愚亭。池之中为愚岛。嘉木异石错置,皆山水之奇者,以予故,咸以愚辱焉。夫水,智者乐也。今是溪独见辱于愚,何哉?盖其流甚下,不可以溉灌。又峻急多坻石,大舟不可入也。幽邃浅狭,蛟龙不屑,不能兴云雨,无以利世,而适类于予,然则虽辱而愚之,可也。宁武子'邦无道则愚',智而为愚者也;颜子'终日不违如愚',睿而为愚者也。皆不得为真愚。今予遭有道而违于理,悖于事,故凡为愚者,莫我若也。夫然,则天下莫能争是溪,予得专而名焉。溪虽莫利于世,而善鉴万类,清莹秀澈,锵鸣金石,能使愚者喜笑眷慕,乐而不能去也。予虽不合于俗,亦颇以文墨自慰,漱涤万物,牢笼百态,而无所避之。以愚辞歌愚溪,则茫然而不违,昏然而同归,超鸿蒙,混希夷,寂寥而莫我知也。于是作《八愚诗》,纪于溪石上。"(《柳河东集》卷二十四)宋自逊此词意谓因乞巧而得巧,如"柳州柳","愚溪愚"一样,是望文生义。

[6]道人:有极高道德的人。《庄子·秋水》:"道人不闻,至德不得。"(《庄子注》卷六)

[7]疏狂:豪放,不受拘束。〔唐〕白居易《代书诗一百韵寄微之》:"疏狂属年少,闲散为官卑。"(《白氏长庆集》卷十三)

[8]双星经岁别:双星,指牛郎、织女星。传说牛郎织女一年一见,故云。

[9]云雨梦:谓性爱之梦。〔唐〕温庭筠《经李处士杜城别业》:"不闲云雨梦,

犹欲过高唐。"（《温飞卿诗集笺注》卷七）

　　[10]雪藕调冰：语本〔唐〕杜甫《陪诸贵公子丈八沟携妓纳凉晚际遇雨》："公子调冰水，佳人雪藕丝。"〔宋〕赵彦材注："贵家有以蜜或乳糖伴雪而食者，冰水言调，岂亦用香美之物调和之乎？不然触冰为水，为戏耳。雪藕丝，盖雪断之雪，此是方言，如《家语》则后人所谓洗雪之雪者矣，非此之谓。"（《九家集注杜诗》卷十八）按：雪藕调冰，或以清凉的井水镇莲藕，以使其有凉爽的口感。花熏茗，用香花熏制茶叶。

　　[11]随分：随意，任意。〔唐〕王绩《独坐》："百年随分了，未羡陟方壶。"（《东皋子集》卷中）

赵希逢

【作者简介】

赵希逢，太祖九世孙（《宋史·宗室世系表》八）。理宗淳祐元年（1241）为汀州司理参军（明嘉靖《汀州府志》卷十一）。开禧初华岳上书请诛韩侂胄、苏师旦编管建宁时，希逢与华交往甚密，差不多尽和华《翠微南征录》中诗。《南征录》中亦有《贺赵法曹》《答赵法曹》等诗，当即其人。原诗题注中介绍其生平为字可久（一作可父），以词赋明经屡首监曹，初尉赣之石城，……次任建安法曹。明年复为南省锁试第一，又明年发兵上边。"

瑞鹧鸪[1]

长亭无路对孤斟[2]。自古离家三日情。慷慨要酬平昔志，猖狂休起少年心[3]。　　兰闺寂寂空回首，松盖亭亭认去程[4]。展转清宵成不寐，巫山有梦几时成[5]。

（原载《诗渊》第二十三册；录自孔凡礼《全宋词补辑》，中华书局1981年8月第1版，第77页）

【注　释】

[1]瑞鹧鸪：词牌名。参见本卷《诗歌部》上册晏殊《瑞鹧鸪》注[1]。赵希逢此词双调，五十六字。前段四句，三平韵；后段四句，两平韵。

[2]长亭：古时于道路每隔十里设长亭，故亦称"十里长亭"。供行旅停息。近城者常为送别之处。〔北周〕庾信《哀江南赋》："十里五里，长亭短亭。"（《庾开

府集笺注》卷二）

孤斟：独自饮酒。〔宋〕苏轼《次韵刘贡父所和韩康公忆持国二首》之二："已托西风传绝唱，且邀明月伴孤斟。"（《东坡诗集注》卷十三）

[3]猖狂：谓随心所欲，无所束缚。《庄子·在宥》："浮游，不知所求；猖狂，不知所往。"〔唐〕成玄英疏："无心妄行，无的当也。"（《南华真经注疏》，中华书局1998年7月第1版，第222页）

[4]兰闺：泛指女子的居室。〔唐〕王勃《春思赋》："自有兰闺数十重，安知榆塞三千里。"（《王子安集》卷一）

松盖：谓松树枝叶茂密，状如伞盖。〔唐〕白居易《香山寺二绝》之二："爱风岩上攀松盖，恋月潭边坐石棱。"（《白氏长庆集》卷三十一）

亭亭：直立貌，独立貌。〔汉〕刘桢《从弟三首》之二："亭亭山上松，瑟瑟谷中风。"（《汉魏六朝百三家集》卷三十一）

[5]清宵：清静的夜晚。〔宋〕柳永《轮台子》："一枕清宵好梦，可惜被、邻鸡唤觉。"（《乐章集》）

不寐：犹不入睡。〔唐〕孟浩然《岁暮归南山》："永怀愁不寐，松月夜窗虚。"（《孟浩然集》卷三）

巫山梦：犹楚先王梦幸巫山神女之梦，喻男女情事。典出〔战国·楚〕宋玉《高唐赋·序》（《文选》卷十九）

瑞鹧鸪[1]

温柔乡里睹春容[2]。无语闲将脚带松。魂梦阳台迷暮雨，丰姿洛浦挹仙风[3]。　　追陪梅下黄昏路，仿佛槐安富贵宫[4]。旧恨上心空有感，扫除全付一杯中[5]。

（原载《诗渊》第二十三册；录自孔凡礼《全宋词补辑》，中华书局1981年8月第1版，第77页）

【注　释】

[1]《全宋词补辑》注："案：此乃和华岳'华月楼前见玉容'词。"华岳《瑞鹧鸪》词云："华月楼前见玉容。凤钗斜褪鬓云松。梅花体态香凝雪，杨柳腰肢瘦怯风。/几向白云寻楚□，难凭红叶到吴宫。别来风韵浑如旧，犹相逢是梦中。"（《全宋词补辑》，中华书局1981年8月第1版，第73页）

[2]温柔乡:喻美色迷人之境。〔汉〕伶玄《赵飞燕外传》:"是夜进合德,帝大悦,以辅属体,无所不靡,谓为温柔乡。语嫕曰:'吾老是乡矣,不能效武皇帝求白云乡也。'"(《西汉文纪》卷二十二)

[3]阳台暮雨:典出〔战国·楚〕宋玉《高唐赋·序》:"妾在巫山之阳,高丘之阻,旦为朝云,暮为行雨。朝朝暮暮,阳台之下。"(《文选》卷十九)

洛浦:洛水之滨。传说洛水有女神,即宓(fú)妃。挹(yī)仙风,拜揖神仙的风致。〔宋〕蕴常《游天台赤城山》:"紫府百年藏玉简,丹崖千丈挹仙风。"(《天台续集别编》卷五)

[4]槐安富贵宫:〔唐〕李公佐《南柯太守传》载,淳于棼饮酒古槐树下,醉后入梦,见一城楼题大槐安国。槐安国王招其为驸马,任南柯太守三十年,享尽富贵荣华。醒后见槐下有一大蚁穴,南枝又有一小穴,即梦中的槐安国和南柯郡(见《类说》卷二十八)。后因用以比喻人生如梦,富贵得失无常。

[5]一杯中:谓一杯酒中。〔唐〕高适《送李侍御赴安西》:"功名万里外,心事一杯中。"(《高常侍集》卷八)

菩萨蛮[1]

何人四座环歌扇[2]。平生有限何曾见。今日忽遭逢。流霞映脸红[3]。此恨凭谁语。梦逐巫山去[4]。对景苦奔波。其如愁思何[5]。

（原载《诗渊》第二十三册;录自孔凡礼《全宋词补辑》,中华书局1981年8月第1版,第79页）

【注　释】

[1]菩萨蛮:词牌名。参见本卷《诗歌部》上册舒亶《菩萨蛮》注[1]。赵希逢此词双调,四十四字。前后段各四句,两仄韵,两平韵。

《全宋词补辑》注:"案:此乃和华岳'玉纤倒把罗纨裳'词。"华岳《菩萨蛮》词云:"玉纤倒把罗纨扇。屏山半倚羞人见。回首忽相逢。桃花生嫩红。/见了娇无语。还向屏山去。略略转秋波。客愁无奈何。"(《全宋词补辑》,中华书局1981年8月第1版,第74页)

[2]歌扇:歌舞时用的扇子。〔宋〕周邦彦《华胥引》:"舞衫歌扇,何人轻怜细阅,检点从前恩爱,但凤笺盈箧。"(《片玉词》卷上)

[3]流霞:浮动的彩云。〔宋〕鲍照《代堂上歌行》:"阳春孟春月,朝光散流

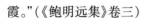

霞。"(《鲍明远集》卷三)

　　[4]梦逐巫山:典出〔战国·楚〕宋玉《高唐赋·序》:"妾在巫山之阳,高丘之阻,旦为朝云,暮为行雨。朝朝暮暮,阳台之下。"(《文选》卷十九)

　　[5]其如:怎奈,无奈。何,疑问代词。怎么样。其如愁思何,犹言拿愁思怎么样。谓无法摆脱愁思。〔唐〕李白《寄远十二首》之一:"肠断若剪弦,其如愁思何?"(《李太白文集》卷二十三)

武衍

【作者简介】

武衍,字朝宗,原籍汴梁(今河南开封),南渡后寓临安(今浙江杭州)清湖河。所居有池亭竹木之胜,命曰适安。有《适安藏拙余稿》《适安藏拙乙稿》。理宗淳祐元年(1241)自序其集。事见《南宋古迹考》卷下。

春日舟中书所见(之二)

花外风来夹腻香[1],片云谁遣下巫阳[2]。

不须回首频相顾,彼此伤春易断肠[3]。

(原载顾氏读画楼《南宋群贤小集》本《适安藏拙余稿》;录自北京大学古文献研究所编《全宋诗》,北京大学出版社1991年7月第1版,第62册,第38767页)

【注　释】

[1]腻香:犹浓香。〔唐〕李贺《昌谷北园新笋》之二:"斫取青光写《楚辞》,腻香春粉黑离离。"(《昌谷集》卷二)

[2]巫阳:巫山的南面,指巫峡。〔宋〕汪晫《次韵丁簿杂兴》:"寒水巫阳峡,暮日苍梧野。"(《康范诗集》)

[3]伤春:因春天到来而引起忧伤、苦闷。〔战国·楚〕宋玉《招魂》:"目极千里兮伤春心,魂兮归来哀江南。"(《楚辞章句》卷九)

断肠:犹柔肠寸断,形容极度思念或悲痛。参见本卷《诗歌部》上册穆修《雨中牡丹》注[8]。

张 榘

【作者简介】

张榘(jǔ),字方叔,号芸窗,润州(今江苏镇江)人。淳祐间,句容令。宝祐中,江东制置使参议、机宜文字。有诗集并乐府,今传《芸窗词稿》一卷。

醉落魄[1]

次韵赵西里梅词

瑶姬妙格[2]。冰姿微带霜痕拆[3]。一般恼杀多情客[4]。风弄横枝,残月半窗白。　　孤山仙种曾移得[5]。结根久傍王猷宅[6]。欲笺心事呼云翮[7]。为报年芳,萍梗正南北[8]。

（原载陆赦先校本《芸窗词》;录自唐圭璋编《全宋词》,中华书局1965年6月第1版,第4册,第2682页)

【注　释】

[1]醉落魄:词牌名,即《一斛珠》。参见本卷《诗歌部》下册赵善括《醉落魄》注[1]。张榘此词双调,五十七字。前后段各五句,四仄韵。

[2]瑶姬:巫山神女名瑶姬。参见本卷《诗歌部》上册王周《大石岭驿梅花》注[2]。

妙格:高超的格调。〔宋〕黄休复《益州名画录》(卷下):"唯好事者收得《画品录》,定为妙格。"

[3]冰姿:淡雅的姿态。〔宋〕王十朋《点绛唇》:"玉艳冰姿,妆点园林景。凭阑咏。月明溪静。忆昔林和靖。"(《历代诗余》卷五)

微带霜痕拆:犹言微微带着霜痕开放。拆,绽开。〔宋〕晏几道《胡捣练》:"小春花信雪中来,垄上小梅先拆。"(《花草粹编》卷八)

[4]一般:一样,同样。〔唐〕王建《宫词》之三十五:"云驳月骢各试行,一般毛色一般缨。"(《王司马集》卷八)

恼杀:犹言恼甚。杀,语助词,表示程度深。〔唐〕李白《赠段七娘》:"千杯绿酒何辞醉,一面红妆恼杀人。"(《李太白集注》卷二十五)

[5]孤山:山名。在浙江杭州西湖中,孤峰独耸,秀丽清幽。宋代林逋曾隐居于此,喜种梅养鹤,世称孤山处士。孤山北麓有放鹤亭和梅林。〔宋〕裘万顷《钱仲庸主簿入京三首》之二:"孤山梅蕊正开时,杕履还须访水湄。"(《竹斋诗集》卷三)

[6]王猷(yóu):王猷为晋人王子猷的省称。王子猷,名徽之,东晋琅邪临沂(今属山东)人。大书法家王羲之第五子。他出身名门,性格不羁,颇具魏晋文人率性而为的作风。其事迹散见于〔南朝·宋〕刘义庆《世说新语》。

[7]云翮(hé):指凌云高飞的鸟。〔晋〕陶潜《乙巳岁三月为建威参军使都经钱溪》:"微雨洗高林,清飙矫云翮。"逯钦立校注:"云翮,指高飞鸟。"(《陶渊明集》,中华书局1979年5月第1版,第80页)

[8]年芳:指美好的春色。〔南朝·梁〕沈约《三月三日率尔成篇》:"丽日属元巳,年芳具在斯。"(《汉魏六朝百三家集》卷八十八)

萍梗:浮萍断梗。因漂泊流徙,故以喻人行止无定。〔宋〕杨杰《凌云行》:"胜游最后时,萍梗念飘泊。"(《无为集》卷三)

俞 桂

【作者简介】

俞桂，字晞郤，仁和（今浙江杭州）人。理宗绍定五年（1232）年进士（《咸淳临安志》卷六十一）。有《渔溪诗稿》二卷、《渔溪乙稿》一卷。

寄 怀

一番旧事总成空，莫使相思梦里逢。

惆怅阳台云共雨[1]，阳台今隔几千重。

（原载汲古阁影宋抄《南宋六十家小集》本《渔溪诗稿》卷二；录自北京大学古文献研究所编《全宋诗》，北京大学出版社1991年7月第1版，第62册，第39044页）

【注　释】

[1]阳台：〔战国·楚〕宋玉《高唐赋·序》中神女与楚先王约定的幽会场所："去而辞曰：'妾在巫山之阳，高丘之阻，且为朝云，暮为行雨。朝朝暮暮，阳台之下。'"（《文选》卷十九）参见本卷《诗歌部》上册解昉《阳台梦》注[9]。

丁宥

【作者简介】

丁宥,字基重(绝妙好词作"仲"),号宏莽。钱塘(今杭州)人。

水龙吟[1]

雁风吹裂云痕[2],小楼一线斜阳影。残蝉抱柳,寒蛩入户,凄音忍听[3]。愁不禁秋,梦还惊客,青灯孤枕[4]。未更深,早是梧桐泫露,那更度、兰宵永[5]。　　空叹银屏金井[6]。醉乡醒、温柔乡冷[7]。征尘倦扑,闲花谩舞,何心管领[8]。葱指冰弦,蕙怀春锦,楚梅风韵[9]。怅芙蓉城杳,蓝云依黯,镇巫峰暝[10]。

(原载清吟阁刊本〔宋〕赵闻礼辑《阳春白雪》卷四;录自唐圭璋编《全宋词》,中华书局1965年6月第1版,第4册,第2948—2949页)

【注　释】

[1]水龙吟:词牌名。参见本卷《诗歌部》上册孔夷《水龙吟》注[1]。《词谱》(卷三十)注云:"此调句读最为参差,今分立二谱,起句七字,第二句六字者,以苏轼词为正格。起句六字,第二句七字者,以秦观词为正格。其余添字、减字、句读、押韵不同者,各以类列。此调之源流正、变,尽于此矣。"丁宥此词双调,一百零二字。前段十一句,起句六字,第二句七字,四仄韵;后段十一句,四仄韵。

[2]雁风:指秋风。〔宋〕周密《醉落魄》:"寒侵径叶。雁风击碎珊瑚屑。"(《词综》卷二十)

[3]寒蛩(qióng):深秋的蟋蟀。〔唐〕温庭筠《秋日旅舍寄义山李侍御》:"寒

蛩乍响催机杼,旅雁初来忆弟兄。"(《温飞卿诗集笺注》卷九)

忍听:犹忍耐地听着。〔宋〕刘敞《留别永叔》:"平时恸哭休论事,远别悲歌更忍听。"(《公是集》卷二十三)

[4]青灯:光线青荧的油灯。〔宋〕强至《宿慧安院》:"疾风穿敝屋,细雨湿青灯。"(《祠部集》卷四)

孤枕:独枕,借指独宿、独眠。〔唐〕李白《月下独酌四首》之三:"醉后失天地,兀然就孤枕。"(《李太白集注》卷二十三)

[5]泫(xuàn)露:滴露,降露。〔宋〕梅尧臣《和通判太博鸡冠花十韵》:"笼烟何耸耸,泫露更团团。"(《宛陵集》卷二十五)

兰宵:芬芳的夜晚,指飘荡着花香的晚上。〔宋〕王洋《明日沈干送花二枝续一章》:"困恨兰宵留宿酒,笑濡晓露试新妆。"(《东牟集》卷六)

永:长。

[6]银屏:镶银的屏风。〔宋〕柳永《引驾行》:"消凝,花朝月夕,最苦冷落银屏。"(《乐章集》)

金井:井栏上有雕饰的井,一般用以指宫廷园林里的井。〔宋〕喻良能《张丽华》:"那知梦断金井栏,往事茫茫堕烟雾。"(《香山集》卷三)

[7]醉乡:指醉酒后神志不清的境界。〔唐〕王绩《醉乡记》:"阮嗣宗、陶渊明等十数人,并游于醉乡。"(《东皋子集》卷下)

温柔乡:喻美色迷人之境。〔汉〕伶玄《赵飞燕外传》:"是夜进合德,帝大悦,以辅属体,无所不靡,谓为温柔乡。语嬺曰:'吾老是乡矣,不能效武皇帝求白云乡也。'"(《西汉文纪》卷二十二)

[8]征尘:征途上扬起的尘埃。征途,远行的路途。〔宋〕杨亿《合门廖舍人知袁州》:"骎骎五马动征尘,太守风流世绝伦。"(《武夷新集》卷二)

谩舞:谩,通"漫",漫舞,犹散漫地舞动。〔宋〕郑清之《竹下见兰》:"垂杨漫舞多娇态,倚赖东风得几时。"(《两宋名贤小集》卷二百三十)

管领:过问,理会。〔宋〕刘克庄《满江红》:"落日登楼,谁管领,倦游狂客。待唤起,沧浪渔父,隔江吹笛。"(《后村集》卷二十)

[9]葱指:形容手指如葱,形容其细嫩。〔宋〕欧阳修《玉楼春》:"春葱指甲轻拢捻。五彩条垂双袖卷。"(《文忠集》卷一百三十二)

冰弦:琴弦的美称。传说中用冰蚕丝作的琴弦,故称。〔宋〕周密《忆旧游》:"奈恨绝冰弦,尘侵翠谱,别凤引离鸿。"(《历代诗余》卷八十二)

蕙怀:犹言如蕙兰一样高雅的襟怀。春锦,形容艳丽的春花。意形容锦绣心怀。

楚梅:指楚地的梅花。〔宋〕柳永《倾杯乐》:"楚梅映雪数枝艳,报青春消息。"

(《乐章集》)

[10]芙蓉城:古代传说中的仙境。参见本卷《诗歌部》下册白玉蟾《琼姬曲》注[2]。〔宋〕郭祥正《呈王子高殿丞》:"芙蓉城在蓬莱外,海阔波深千万重。"(《青山续集》卷七)

蓝云:犹蓝色的云。〔宋〕吴文英《声声慢》:"蓝云笼晓,玉树悬秋,交加金钏霞枝。"(《梦窗乙稿》卷二)依黯,形容感伤别离、怀念远人的心情。〔宋〕苏轼《答宝月大师书二首》之一:"愈远乡里,曷胜依黯!"(《东坡全集》卷七十九)

巫峰:巫山峰峦,常指巫山十二峰。〔宋〕陈襄《幽斋》:"云屏孤梦断,寂寞掩巫峰。"(《古灵集》卷二十三)

暝:昏暗。

潘牥

【作者简介】

　　潘牥(1204—1246),字庭坚,号紫岩,闽(今福建省)人。生于嘉泰四年。端平二年(1235)进士第三,历太学正,通判潭州。淳祐六年卒,年四十二。有《紫岩集》。

南乡子

题南剑州妓馆[1]

　　生怕倚阑干[2]。阁下溪声阁外山。惟有旧时山共水,依然。暮雨朝云去不还[3]。　　应是蹑飞鸾[4]。月下时时整佩环[5]。月又渐低霜又下,更阑[6]。折得梅花独自看。

（原载《四部丛刊》影印明本〔宋〕黄升辑《中兴以来绝妙词选》卷九;录自唐圭璋编《全宋词》,中华书局1965年6月第1版,第4册,第2949—2950页）

【注　释】

　　[1]南乡子:词牌名。参见本卷《诗歌部》上册苏轼《南乡子》注[1]。潘牥此词双调,五十六字。前后段各五句,四平韵。

　　南剑州:今福建南平市,延平区一带,位于福建省北部,地处武夷山脉北段东南侧。因传说"干将莫邪"在此"双剑化龙"而得名剑州、剑津。后为与四川剑州区别,所以又名南剑州。

　　《全宋词》注:"案,此首别又作周邦彦词,见《草堂诗余隽》卷四。"

〔2〕阑干:栏杆。〔唐〕李白《清平调词三首》之三:"解释春风无限恨,沉香亭北倚阑干。"(《李太白集注》卷五)

〔3〕暮雨朝云:典出〔战国·楚〕宋玉《高唐赋·序》:"……去而辞曰:'妾在巫山之阳,高丘之阻,且为朝云,暮为行雨。朝朝暮暮,阳台之下。'"(《文选》卷十九)

〔4〕蹑飞鸾:犹登上飞翔的鸾鸟。谓乘飞鸾。〔宋〕苏轼《和东方有一士》:"岂惟舞独鹤,便可蹑飞鸾。"(《东坡诗集注》卷三十一)

〔5〕佩环:指玉质佩饰物。〔唐〕常建《古意三首》之三:"寤寐见神女,金纱鸣佩环。"(《常建诗》卷二)

〔6〕更阑:更深夜残。〔宋〕欧阳修《应天长》:"昨夜更阑酒醒。春愁胜却病。"(《六一词》)

宋理宗

【作者简介】

宋理宗赵昀（1205—1264），原名贵诚。太祖十世孙，荣王希玗子。初嗣沂王。嘉定十七年（1224）宁宗疾笃，立为皇子，授武泰军节度使，封成国公。宁宗卒，即皇帝位。在位四十年，建元宝庆、绍定、端平、嘉熙、淳祐、宝祐、开庆、景定。景定五年卒，年六十。葬永穆陵。事见《宋史》卷四十一至四十五《理宗纪》。

赐答郑寀[1]

秋思太华峰头雪[2]，晴忆巫山一片云[3]。
去国归来犹未得，诗篇遥赠北山君[4]。

（原载〔清〕郑方坤《全闽诗话》卷五；录自北京大学古文献研究所编《全宋诗》，北京大学出版社1991年7月第1版，第62册，第39249页）

【注　释】

[1]郑寀：字载伯，福安人。绍定二年进士，任殿中侍御史。上《正名器疏》，迁左谏议大夫、端明殿学士，以御史陈求鲁论罢，提举洞霄宫。淳祐五年，福安新开县治，寀以诗奏，理宗题扇以赐，又书"北山澄庵"赐之。（《福建通志·人物》卷四十八）〔清〕郑方坤《全闽诗话》（卷五）引《闽书》："郑寀，福安福源山下有穆洋，宋郑寀所居。寀尝侍理宗，因言其居在北山，筑有澄庵，理宗御书'北山澄庵'赐之。时有分县之请，择韩阳坂为治所，论未定，寀因献诗：'韩阳风景世间无，堪与

王维作画图。四顾罗山朝虎井,一条带小绕龟湖。形如丹凤飞衔印,势似苍龙卧吐珠。此处不堪为县治,更于何处拜皇都。'理宗许之,因题扇,赐答曰:'秋思太华峰头雪,晴忆巫山一片云。去国归来犹未得,诗篇遥赠北山君。'韩阳坂即今县治也。"

[2]太华:西岳华山,在陕西省华阴县南,因其西有少华山,故称太华。《山海经·西山经》(卷二):"又西六十里,曰太华之山,削成而四方,其高五千仞,其广十里,鸟兽莫居。"

[3]巫山:在今重庆市巫山县境内。旧传山形似巫字得名。或传巫咸死葬于此,称巫咸山,简称巫山。参见本卷《诗歌部》上册欧阳修《长相思》注[4]。

[4]"诗篇遥赠"句:参见本诗注[1]。

释斯植

【作者简介】

释斯植,字建中,号芳庭,武林(今浙江杭州)人。曾住南岳寺。晚年筑室天竺,曰水石山居。与同时诗人胡三省、陈起等多有唱酬。《南宋六十家小集》收有《采芝集》及《采芝续稿》各一卷(续稿有理宗宝祐四年《自跋》)。事见本集及《续稿跋》。

寄衣曲

自君之出矣,欲寄征衣泪如雨[1]。

征衣未寄心已悲,一寸相思隔千里。

湘江水是巫山云[2],巫山云是湘江水。

湘江两岸芳草深,湘江日夜多行人。

行人去去天之涯[3],门对落花三两家。

家家有酒讴且歌[4],醉来月下弹琵琶。

(原载汲古阁影宋抄《南宋六十家小集》本《采芝集》；录自北京大学古文献研究所编《全宋诗》,北京大学出版社 1991 年 7 月第 1 版,第 63 册,第 39325 页)

【注 释】

[1]征衣:旅人之衣。〔宋〕释文珦《征妇词》:"第一伤心是别离,别来三度寄征衣。更嫌春梦无凭准,梦里言归又不归。"(《潜山集》卷十一)

[2]湘江:源出广西省,流入湖南省,为湖南省最大的河流。

巫山:在今重庆市巫山县境内。旧传山形似巫字得名。或传巫咸死葬于此,称巫咸山,简称巫山。参见本卷《诗歌部》上册欧阳修《长相思》注[4]。

[3]天之涯:犹言天边。指极远的地方。语出《古诗十九首·行行重行行》:"相去万余里,各在天一涯。"(《文选》卷二十九)

[4]讴(ōu):吟诵。

利登

【作者简介】

利登,字履道,号碧涧,金川(今江西新干西北)人。理宗淳祐元年(1241)进士(明正德《建昌府志》卷十五),官宁都尉。有《骳稿》一卷。

玉台体(之三)[1]

行云一梦去无踪[2],凤尾罗衾翠谩重[3]。
人寿几何禁此别[4],海棠花下悔相逢[5]。

（原载汲古阁影宋抄《南宋六十家小集》本《骳稿》;录自北京大学古文献研究所编《全宋诗》,北京大学出版社1991年7月第1版,第63册,第39725页）

【注　释】

[1]玉台体:诗体名,以〔南朝·陈〕徐陵所编诗集《玉台集》(亦称《玉台新咏》)得名。〔宋〕严羽《沧浪诗话·诗体》:"玉台体:《玉台集》乃徐陵所序,汉魏六朝诗皆有之。或者但谓纤艳者为玉台体,其实则不然。"

[2]行云一梦:典出〔战国·楚〕宋玉《高唐赋·序》:"昔者楚襄王与宋玉游于云梦之台,望高唐之观。其上独有云气,崒兮直上,忽兮改容,须臾之间,变化无穷。王问玉曰:'此何气也?'玉对曰:'所谓朝云者也。'王曰:'何谓朝云?'玉曰:'昔者先王尝游高唐,怠而昼寝,梦见一妇人曰:"妾巫山之女也,为高唐之客。闻君游高唐,愿荐枕席。"王因幸之。去而辞曰:"妾在巫山之阳,高丘之阻,旦为朝云,暮为行雨。朝朝暮暮,阳台之下。"旦朝视之,如言。故为立庙,号曰朝云。'"(《文选》卷十九)

[3]凤尾:凤凰的尾羽,引申为秀美的纹理。唐李商隐《无题》:"凤尾香罗薄几重,碧文圆顶夜深缝。"

罗衾:丝质被子。凤尾罗衾,有秀美纹理的丝被。

翠谩重:谩,1987年上海古籍出版社影印文渊阁《四库全书》本作"幔"。翠幔,绿色的帷幕。重,重叠。

[4]禁此别:遭遇这样的分别。禁,遭遇。〔宋〕陆游《马上作》:"衰老更禁新卧病,尘埃时拂旧题名。"(《剑南诗稿》卷二十一)

[5]海棠:植物名(Malushalliana),蔷薇科,落叶亚乔木,高丈余,叶长卵形,先端尖,有锯齿。春月出长梗,着花,其蕾朱赤色,开则外面半红半白,内面粉红色,颇艳丽。有贴梗、垂丝、西府等种类。贴梗、垂丝皆重瓣;西府单瓣。花后结小圆实。

杂　兴(之五)

西登巫阳峰[1],怅望高唐女[2]。
灵顾不须臾[3],而自亏澄素[4]。
伫叹为君怀[5],惜此兰台赋[6]。
不惜兰台赋,惜此天下云。
茫茫八纮中[7],是非谁得论。

(原载汲古阁影宋抄《南宋六十家小集》本《骫稿》;录自北京大学古文献研究所编《全宋诗》,北京大学出版社1991年7月第1版,第63册,第39715页)

【注　释】

[1]巫阳峰:巫山之峰。巫阳,巫山之阳,谓巫山的南面。

[2]高唐女:指巫山神女。〔战国·楚〕宋玉《高唐赋·序》:"昔者先王尝游高唐,怠而昼寝,梦见一妇人曰:'妾巫山之女也,为高唐之客。闻君游高唐,愿荐枕席。'王因幸之。"(《文选》卷十九)

[3]灵顾不须臾:犹言神女相顾不多久。灵,神灵,指巫山神女。顾,回首,回视。《诗经·桧风·匪风》:"顾瞻周道,中心怛兮。"〔汉〕毛亨传:"回首曰顾。"(《毛诗注疏》卷十三)

[4]澄素:犹明净清白。

利
登

479

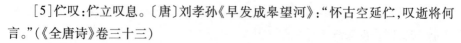

[5]伫叹:伫立叹息。〔唐〕刘孝孙《早发成皋望河》:"怀古空延伫,叹逝将何言。"(《全唐诗》卷三十三)

[6]兰台赋:兰台,战国楚台名,故址传说在今湖北省钟祥县东。兰台赋,指宋玉的《风赋》。〔战国·楚〕宋玉《风赋·序》:"楚襄王游于兰台之宫,宋玉、景差侍。有风飒然而至,王乃披襟而当之曰:'快哉,此风!寡人所与庶人共者邪?'宋玉对曰:'此独大王之风耳,庶人安得而共之?'……"(《文选》卷十三)

[7]八纮(hóng):八方极远之地。《淮南子·墬形训》:"九州之外,乃有八殥……八殥之外,而有八纮,亦方千里。"〔汉〕高诱注:"纮,维也。维落天地而为之表,故曰纮也。"(《淮南鸿烈解》卷四)

胡仲弓

【作者简介】

胡仲弓，字希圣，号苇航，清源（今福建泉州）人。仲参兄。生平不见记载，据集中诗知其二赴春闱始中进士，初官县令，未几即以言事被黜。继为绍兴府掾、粮料院官（《心泉学诗稿》卷四《寄胡苇航料院》），时间约在理宗宝祐六年（1258）前后（《戊午天基节口号》）。后弃官，以诗游士大夫间。有《苇航漫游稿》，已佚。《江湖后集》卷十二收其诗一百六十余首。清四库馆臣又据《永乐大典》辑为《苇航漫游稿》四卷。

宫　词（之七）[1]

瑶花飞处忆瑶姬[2]，一日倾杯十二时[3]。
青玉案前呵冻手[4]，推窗自塑雪狮儿[5]。

（原载 1987 年上海古籍出版社影印文渊阁《四库全书》本《苇航漫游稿》卷四；录自北京大学古文献研究所编《全宋诗》，北京大学出版社 1991 年 7 月第 1 版，第 63 册，第 39807 页）

【注　释】

[1]宫词：古代的一种诗体，多写宫廷生活琐事，一般为七言绝句，唐代诗歌中多见之，如王建《宫词》，后世沿而作之者颇多。

[2]瑶花：喻指雪花。〔宋〕柳永《望远行》："长空降瑞，寒风翦翦，渐渐瑶花初下。"（《乐章集》）

瑶姬：巫山神女名瑶姬。参见本卷《诗歌部》上册王周《大石岭驿梅花》注

[2]。

　　[3]十二时:古时分一昼夜为十二时,以干支为记。《左传·昭公五年》〔晋〕杜预注有夜半、鸡鸣、平旦、日出、食时、隅中、日中、日昳、晡时、日入、黄昏、人定等名目,虽不立十二支之目,但已分十二时。至以十二支记时,《南齐书·天文志》始有之。

　　[4]青玉案:青玉所制的短脚盘子,为名贵的食用器具。〔汉〕张衡《四愁诗》:"美人赠我锦绣段,何以报之青玉案。"〔唐〕刘良注:"玉案,美器,可以致食。"(《六臣注文选》卷二十九)

　　[5]雪狮儿:用雪堆成的狮子。〔宋〕华岳《雪狮儿》:"劝罢浮酥酒一卮,殢人相伴塑狮儿。却将冻手和衣拍,笑我金铃用橘皮。"(《翠微南征录》卷十一)

闺　情

宝镜愁看泪脸红[1],银瓶冷落若为容[2]。
梦魂不怕关山险,飞过巫山十二峰[3]。

(原载 1987 年上海古籍出版社影印文渊阁《四库全书》本《苇航漫游稿》卷四;录自北京大学古文献研究所编《全宋诗》,北京大学出版社 1991 年 7 月第 1 版,第 63 册,第 39812 页)

【注　释】

　　[1]宝镜:镜子的美称。〔南朝·陈〕徐陵《为羊兖州家人答饷镜》:"信来赠宝镜,亭亭似团月。镜久自逾明,人久情逾歇。"(《徐孝穆集笺注》卷一)

　　[2]银瓶:银质的瓶,比喻男女情事。语出〔唐〕白居易《井底引银瓶》:"井底引银瓶,银瓶欲上丝绳绝。石上磨玉簪,玉簪欲成中央折。瓶沉簪折知奈何?似妾今朝与君别。"(《白氏长庆集》卷四)

　　若为容:怎能容饰? 容,容饰,打扮。《诗经·卫风·伯兮》:"自伯之东,首如飞蓬。岂无膏沐,谁适为容?"〔汉〕毛亨传:"妇人夫不在无容饰。"(《毛诗注疏》卷五)

　　[3]巫山十二峰:圣泉峰、登龙峰、朝云峰、神女峰(又称望霞峰)、松峦峰、集仙峰、翠屏峰、聚鹤峰、飞凤峰、净坛峰、起云峰、上升峰。参见本卷《诗歌部》上册张泌《经旧游》注[4]。

江郎山[1]

巫山有石称神女[2]，何事江山亦号郎。
岂是世情强分别，从来造化有阴阳[3]。

（原载1987年上海古籍出版社影印文渊阁《四库全书》本《苇航漫游稿》卷四；录自北京大学古文献研究所编《全宋诗》，北京大学出版社1991年7月第1版，第63册，第39814页）

【注　释】

[1]江郎山：在今浙江江山县南四十六里。〔宋〕乐史《太平寰宇记·江南东道·衢州·江山县》（卷九十七）："江郎山，山上有五色石，日照炫耀。又《郡国志》云：山上有三峰，峰上各有一巨石，高数十丈，岁渐长。昔有江家在山下居，兄弟三人，神化于此，故有三石峰在焉。又有湛满者，亦居山下。其子仕洛，遭永嘉之乱，不得归。满乃使祝宗，言于三石之灵，能致其子，靡爱斯牲。旬日中湛子出洛水边，见三少年，使闭眼入车栏中，但闻去如疾风，俄顷间从空堕，恍然不知所以。良久，乃觉是家园中也。"

[2]巫山有石：神女石，在巫山十二峰之神女峰（望霞峰）上，有一孤石，状若神女远望。参见本卷《诗歌部》上册苏轼《巫山》注[19]。

[3]造化：自然界的创造者，亦指自然。《庄子·大宗师》："今一以天地为大炉，以造化为大冶，恶乎往而不可哉？"（《庄子注》卷三）

阴阳：中国古代哲学范畴。指构成事物的两种对立统一的元素及其属性。这里指男女。〔宋〕高承《事物纪原·天地生植·阴阳》（卷一）："《春秋内事》曰：'伏羲氏定天地，分阴阳。'"

竹夫人[1]

虚心陪燕寝[2]，不受虢秦封[3]。
惟有冰霜节[4]，全无云雨踪[5]。
李娥书旧恨[6]，湘女敛愁容[7]。
却是专房宠[8]，无人妒阿侬[9]。

（原载1987年上海古籍出版社影印文渊阁《四库全书》本《苇航漫游稿》卷二；录自北京大学古文献研究所编《全宋诗》，北京大学出版社1991年7月第1版，第63册，第39749页）

【注　释】

[1]竹夫人：古代消暑用具，又称青奴、竹奴。编青竹为长笼，或取整段竹中间通空，四周开洞以通风，暑时置床席间。唐时名竹夹膝，又称竹几，至宋始称竹夫人。〔宋〕苏轼《送竹几与谢秀才》："留我同行木上坐，赠君无语竹夫人。"〔清〕查慎行补注："《侍儿小名录》云：东坡《寄柳子玉》诗：'闻道床头惟竹几，夫人应不解卿卿。'又《送竹几与谢秀才》诗云：'赠君无语竹夫人。'盖俗谓竹几为竹夫人也。山谷云：'竹夫人乃凉寝竹器，憩臂休膝非夫人之职，而冬夏青青竹之所长，故名之曰青奴。'"（《苏诗补注》卷二十五）

[2]虚心：竹夫人中空，故云"虚心"。

燕寝：古代帝王居息的宫室。《礼记·曲礼下》："天子有后，有夫人。"〔唐〕孔颖达疏："《周礼》王有六寝，一是正寝，余五寝在后，通名燕寝。"（《礼记注疏》卷四）

[3]"不受"句：谓"竹夫人"虽然也称"夫人"却不受如同"虢国夫人"、"秦国夫人"之类的封号。虢，指虢国夫人，唐杨贵妃姊三姐，嫁裴氏。天宝七载封为虢国夫人，得宠遇。秦，指秦国夫人，杨贵妃的八姐，封秦国夫人，在"安史之乱"爆发的前夕，于天宝十三载（754）病逝。〔唐〕杜甫《丽人行》："就中云幕椒房亲，赐名大国虢与秦。"（《九家集注杜诗》卷二）

[4]冰霜节：以竹节喻竹之抗冰霜的节操。〔宋〕杨万里《竹斋》："凛凛冰霜节，修修玉雪身。"（《诚斋集》卷三十）

[5]云雨踪：云雨的踪迹。云雨，语本〔战国·楚〕宋玉《高唐赋·序》："妾在巫山之阳，高丘之阻，旦为朝云，暮为行雨。朝朝暮暮，阳台之下。"（《文选》卷十九）

[6]李娥：李夫人，汉代李延年妹，妙丽善舞，得幸于汉武帝。早卒，帝乃图其形，挂于甘泉宫，思念不已。方士少翁言能致其神，夜张灯设帷，令帝坐他帐中遥望，见一妙龄女子如李夫人貌。

[7]湘女：指湘妃，即舜二妃娥皇、女英。《初学记》（卷二十八）引〔晋〕张华《博物志》："舜死，二妃泪下，染竹即斑。妃死为湘水神，故曰湘妃竹。"

[8]专房：犹专夜，专宠。〔唐〕陈鸿《长恨歌传》："行同室，宴专席，寝专房。"（《白氏长庆集》卷十二附）

[9]阿侬：称对方，犹言你。《南齐书·东昏侯纪》（卷七）："何世天子无要人，但阿侬货主恶耳。"

李莱老

李莱老

【作者简介】

李莱老,字周隐,号秋崖。《新定续志》:"严州知州李莱老,咸淳六年(1270)任。"

扬州慢

琼花次韵[1]

玉倚风轻,粉凝冰薄,土花祠冷无人[2]。听吹箫月底,传暮草金城[3]。笑红紫、纷纷成雨,溯空如蝶,恐堕珠尘[4]。叹而今、杜郎还见,应赋悲春[5]。　　佩环何许,纵无情、莺燕犹惊[6]。怅朱槛香消,绿屏梦渺,肠断瑶琼[7]。九曲迷楼依旧,沉沉夜、想觅行云[8]。但荒烟幽翠,东风吹作秋声[9]。

(原载近人朱祖谋编 1922 年第三次校补本《彊村丛书》本《龟溪二隐词》;录自唐圭璋编《全宋词》,中华书局 1965 年 6 月第 1 版,第 4 册,第 2973 页)

【注　释】

[1]扬州慢:词牌名。《词谱》(卷二十六):"《扬州慢》,〔宋〕姜夔自度,'中吕宫'曲。"〔清〕毛先舒《填词名解》(卷三):"《扬州慢》,'中吕宫'调。宋姜夔自度曲也。淳熙中,夔过维扬,怆然有黍离之,感作感旧词,因创此调也。"(载北京市中国书店据木石居校本影印〔清〕查培继《词学全书》,1984 年 1 月第 1 版)慢,词体名称。参见本卷《诗歌部》上册欧阳修《踏莎行慢》注[1]。李莱老此词双调,九

十八字。前段十句,四平韵;后段九句,四平韵。

琼花:一种珍贵的花,叶柔而莹泽,花色微黄而有香。宋淳熙以后,多为聚八仙(八仙花)接木移植。〔宋〕周密《齐东野语·琼花》(卷十七):"扬州后土祠琼花,天下无二本,绝类聚八仙,色微黄而有香。仁宗庆历中,尝分植禁苑,明年辄枯,遂复载还祠中,敷荣如故。淳熙中,寿皇亦尝移植南内,逾年憔悴无华,仍送还之。其后,宦者陈源,命园丁取孙枝移接聚八仙根上,遂活,然其香色则大减矣。杭之褚家塘琼花园是也。今后土之花已薪,而人间所有者,特当时接本,髣髴似之耳。"

次韵:依次用所和诗或词中的韵作诗,也称步韵。参见本卷《诗歌部》上册王安石《次韵张子野秋中久雨晚晴》注[1]。

[2]玉倚风轻,粉凝冰薄:形容琼花的风姿。犹言琼花像美玉依偎着轻风,花瓣如粉凝结而成的薄冰。

土花祠:指扬州后土祠。参见本词注[1]。

[3]暮草金城:犹言暮色中荒草丛生的牙城。金城,城内牙城,即城中之城。〔北魏〕郦道元《水经注·河水五》(卷五):"漯水又北迳聊城县故城西,城内有金城,周匝有水,南门有驰道。"

[4]红紫成雨:犹落花如雨。红紫,指红色的花瓣。〔宋〕杨万里《落花》:"红紫成泥泥作尘,颠风不管惜花人。"(《诚斋集》卷四十二)

溯空如蝶:犹言落花向空如同翻飞的蝴蝶。溯,同"泝",迎,向。〔唐〕刘禹锡《汴州郑门新亭记》:"前瞻东顾,甍动轨直。含景生姿,溯空欲翔。"(《刘宾客文集》卷八)

珠尘:轻细如尘的青砂珠。传说为仙药,人服之可长生。晋王嘉《拾遗记·虞舜》:"(凭霄雀)常游丹海之际,时来苍梧之野,衔青砂珠,积成垄阜,名曰珠丘。其珠轻细,风吹如尘起,名曰珠尘。今苍梧之外山人采药,时有得青石,圆洁如珠,服之不死,带者身轻,故仙人方回《游南岳七言赞》曰:'珠尘圆洁轻且明,有道服者得长生。'"〔宋〕林逋《孤山雪中写望寄景山仙尉》:"瑶树瑶岑掠眼新,鲜飙时复扬珠尘。"(《林和靖集》卷四)珠尘形容琼花。

[5]杜郎:指唐代诗人杜牧(803—852),字牧之,京兆万年(今陕西西安)人。德宗时名相杜牧之孙。大和进士,历官监察御史,黄(今湖北新洲)、池(今安徽贵池)、睦(今浙江建德东)诸州刺史,官终中书舍人。所作《罪言》《原十六卫》《战论》《守论》主张削平藩镇,增强兵力,巩固边防,严禁佛教。又注《孙子兵法》诗歌创作以近体诗见长,七言绝句尤为后人推崇,人称"小杜"。与李商隐齐名,为晚唐名家。其《阿房宫赋》为传世名篇,有《樊川文集》存世。〔宋〕姜夔《扬州慢》:"杜郎俊赏,算而今、重到须惊。"(《白石道人歌曲》卷四)

[6]佩环何许:佩环,指玉质佩饰物。指代词中作者所怀念的女子。何许,何处。〔唐〕杜甫《宿青溪驿奉怀张员外十五兄之绪》:"我生本飘飘,今复在何许?"(《九家集注杜诗》卷十)

纵无情、莺燕犹惊:犹言纵是无情,但听到佩环的声音,莺燕还是同样惊心。莺燕,黄莺和燕子。

[7]朱槛(jiàn)香消:犹言红色的栏杆外花香已经消失。槛,栏杆。〔唐〕柳宗元《芙蓉亭》:"新亭俯朱槛,嘉木开芙蓉。"(《柳河东集》卷四十三)

绿屏梦渺:犹言绿色屏风下梦已渺茫。

瑶琼:泛指美玉,这里喻指琼花。肠断瑶琼,谓看见琼花而伤心欲绝。肠断,形容几度悲伤,参见本卷《诗歌部》上册郑仅《调笑转踏》注[9]。

[8]九曲迷楼:迂回曲折的迷楼。迷楼,隋炀帝所建楼名,故址在今江苏省扬州市西北郊。〔唐〕冯贽《南部烟花记·迷楼》:"迷楼凡役夫数万,经岁而成。楼阁高下,轩窗掩映,幽房曲室,玉栏朱楯,互相连属。帝大喜,顾左右曰:'使真仙游其中,亦当自迷也。'故云。"(《说郛》卷六十六下载录)

行云:用巫山神女之典。语本〔战国·楚〕宋玉《高唐赋·序》:"旦为朝云,暮为行雨。"(《文选》卷十九)喻男女情事。

[9]秋声:指秋天里自然界的声音,参见本卷《诗歌部》下册吴文英《庆春宫》注[2]。此句是说,春风听起来也像秋声一样悲凉。

杨泽民

【作者简介】

杨泽民，乐安人。有《和清真词》。时人合周邦彦、方千里词刻之，号《三英集》。

氏州第一[1]

潇潇寒庭，深院绣盖，佳人就中娇小[2]。半额装成，纤腰浴罢，初著铢衣缥缈[3]。徐整鸾钗，向风鉴、低徊斜照[4]。情态方浓，憨痴不管，绿稀红老[5]。　　阆苑春回花枝少[6]。漫微步、芳丛频绕。密意难窥，幽欢未讲，时把琵琶抱[7]。但多才强傅粉，何须用、千金买笑。一枕春醒，笑巫阳、朝云易晓[8]。

（原载傅增湘校江标《宋元十五家词》本《和清真词》；录自唐圭璋编《全宋词》，中华书局1965年6月第1版，第4册，第3010页）

【注　释】

[1]氏(dǐ)州第一：词牌名。参见本卷《诗歌部》上册周邦彦《氏州第一》注[1]。杨泽民此词双调，一百零二字，前段十一句，四仄韵；后段九句，五仄韵。

[2]潇潇寒庭：凄清冷寂的庭院。潇潇，凄冷貌。〔唐〕刘长卿《石梁湖怀陆兼》："潇潇清秋暮，嫋嫋凉风发。"（《全唐诗录》卷三十四）

绣盖：犹锦绣的遮蔽物。〔宋〕刘攽《樱桃》："中庭两樱桃，枝叶密相对。蟠根不十年，不能开花如绣盖。前人费力后人赏，曩日春风今日在。"（《彭城集》卷八）

就中：其中。〔唐〕杜甫《丽人行》："就中云幕椒房亲，赐名大国虢与秦。"（《九家集注杜诗》卷二）

[3]半额:谓宽达额之一半。指汉代一种画眉的样式。《后汉书·马廖传》（卷五十四）:"长安语曰:'城中好高髻,四方高一尺;城中好广眉,四方且半额;城中好大袖,四方全匹帛。'"

铢衣:传说神仙穿的衣服。重量只有数铢甚至半铢。因用以形容极轻的分量,如舞衫之类。铢,古代衡制中的重量单位。为一两的二十四分之一。〔唐〕李商隐《圣女祠》:"无质易迷三里雾,不寒长著五铢衣。"(《李义山诗集》卷中)

缥缈:随风飘扬。〔唐〕牟融《送羽衣之京》:"羽衣缥缈拂尘器,怅别河梁赠柳条。"(《全唐诗》卷四百六十七)

[4]鸾钗:鸾形的钗子。〔唐〕李商隐《河阳诗》:"湿银注镜井口平,鸾钗映月寒铮铮。"(《李义山诗集注》卷三下)

凤鉴:有凤凰纹饰的镜子。〔宋〕魏野《夏夜与臧奎陈越会宿河亭联句三十韵》:"凤鉴定妍媸,天机藏巧拙。"(《东观集》卷十)

低徊:徘徊,流连。〔唐〕杜甫《昔游》:"景晏楚山深,水鹤去低回。"(《补注杜诗》卷十一)

[5]绿稀红老:绿叶稀少,红花已残。谓花枝凋零。喻青春消逝。

[6]阆苑:犹阆风之苑。阆风,山名,在昆仑之巅;苑,园林。阆苑为传说中神仙居住的地方。〔宋〕徐积《瑶真诗》之二:"不知记得瑶林否?故国曾陪阆苑春。"(《节孝集》卷二十一)

[7]密意:亲密的情意。〔南朝·陈〕徐陵《洛阳道二首》之二:"相看不得语,密意眼中来。"(《徐孝穆集笺注》卷一)

幽欢:幽会的欢乐。〔宋〕黄庭坚《定风波》:"小院难图云雨期。幽欢浑待赏花时。"(《山谷词》)

[8]多才强傅粉:犹言多才艺强于涂抹脂粉。

春酲(chéng):春日醉酒后的困倦。〔唐〕元稹《襄阳为卢窦纪事》之三:"犹带春酲懒相送,樱桃花下隔帘看。"(《才调集》卷五)

巫阳朝云:犹无伤朝云。巫阳,巫山南面。朝云,语出〔战国·楚〕宋玉《高唐赋·序》:"……去而辞曰:'妾在巫山之阳,高丘之阻,旦为朝云,暮为行雨。朝朝暮暮,阳台之下。'"(《文选》卷十九)

六 丑[1]

叹浓欢易散,便忍把、恩情抛掷。怎时寸心[2],惟思生翅翼。别后踪迹。不定如萍泛,暂抛江沔,又留连京国[3]。芳容料见尤光泽。共赏青楼,同游绮陌[4]。皆曾痛怜深惜。纵鳞鸿托意[5],云水犹隔。

兰房深寂[6]。映轻红淡碧。翠竹名花底，同燕息[7]。杯盘屡肯留客。见真诚厚爱，意深情极。乌纱巾为新冠帻[8]。谁知道、荏苒尘埃带抹，任他倾侧[9]。朝云信、且候潮夕[10]。但寸心、未改伊人在，应须近得[11]。

（原载傅增湘校江标《宋元十五家词》本《和清真词》；录自唐圭璋编《全宋词》，中华书局 1965 年 6 月第 1 版，第 4 册，第 3014 页）

【注　释】

[1]六丑：词牌名。参见本卷《诗歌部》上册周邦彦《六丑》注[1]。《词谱》（卷三十八）以周邦彦《六丑》（正单衣试酒）为此调正体，并注云："方千里、杨泽民、陈允平俱有和词。若吴词（吴文英）、詹词（詹正）之句读不同，皆变格也。按：……杨词第八句'又留连京国'，'留'字平声，谱内据之。余参下二词。"杨泽民此词正是周邦彦之和词，周词为："正单衣试酒，怅客里、光阴虚掷。愿春暂留，春归如过翼。一去无迹。为问家何在，夜来风雨，葬楚宫倾国。钗钿堕处遗香泽。乱点桃蹊，轻翻柳陌。多情更谁追惜。但蜂媒蝶使，时叩窗槅。/东园岑寂。渐朦胧暗碧。静绕珍丛底，成叹息。长条故惹行客。似牵衣侍话，别情无极。残英小、强簪巾帻。终不似、一朵钗头颤袅，向人欹侧。漂流处、莫趁潮汐。恐断鸿、尚有相思字，何由见得。"按：《全宋词》杨泽民此词后段第三句（翠竹名花底）断作"读"，但杨词既为周词之和词，句读当一致，今据《词谱》改作"句"，全词为双调，一百四十字。前段十四句，八仄韵；后段十三句，九仄韵。

[2]恁（rèn）时：这时。〔宋〕张舜民《朝中措》："好在江南山色，恁时重上高台。"（《画墁集》卷四）

寸心：指心。旧时认为心的大小在方寸之间，故名。〔宋〕鲍照《观漏赋》："抚寸心而未改，指分光而永违。"（《鲍明远集》卷二）

[3]江沔（miǎn）：指长江和沔水，泛指江汉地区。沔，水名。北源出自今陕西省留坝县西，一名沮水；西源出自今宁强县北。二源合流后通称汉水，故古代也作汉水的别称。又沔水入江以后，今湖北省武汉市以下的长江古代亦通称沔水。故《水经》叙沔水下游一直到入海为止。《尚书·禹贡》："（梁州）浮于潜，逾于沔。"〔汉〕孔安国传："汉上曰沔。"（《尚书注疏》卷五）《汉书·地理志下》（卷二十八下）："东汉水受氐道水，一名沔，过江夏，谓之夏水，入江。"

京国：京城，国都。〔唐〕牟融《赠韩翃》："京国久知名，江河近识荆。"（《全唐诗》卷四百六十七）

[4]青楼：本指青漆涂饰的豪华精致的楼房，后亦指妓院。〔宋〕姜夔《扬州慢》："纵豆蔻词工，青楼梦好，难赋深情。"（《白石道人歌曲》卷四）

绮陌：繁华的街道，亦指风景美丽的郊野道路。〔唐〕刘沧《及第后宴曲江》："归时不省花间醉，绮陌香车似水流。"（《全唐诗》卷五百八十六）

[5]鳞鸿托意：谓书信寄托心意。鳞鸿，即鱼雁。指书信。〔汉〕蔡邕《饮马长城窟行》："客从远方来，遗我双鲤鱼，呼儿烹鲤鱼，中有尺素书。"（《蔡中郎集》卷四）《汉书·苏武传》（卷五十四）："教使者谓单于，言天子射上林中，得雁，足有系帛书。"后因以"鳞翼"代称书信。

[6]兰房：犹香闺，旧时妇女所居之室。〔唐〕白居易《和顺之琴者》："阴阴花院月，耿耿兰房烛。中有弄琴人，声貌俱如玉。"（《白氏长庆集》卷二十二）

[7]轻红淡碧。犹粉红淡绿，指房中陈设的颜色。

燕息：安息。语出《诗经·小雅·北山》："或燕燕居息。"〔汉〕毛亨传："燕燕，安息貌。"（《毛诗注疏》卷二十）

[8]乌纱：指乌纱帽，即官帽。东晋成帝时宫官著乌纱帢。南朝宋始有乌纱帽，直至隋代均为官服。唐初曾贵贱均用，以后各代仍多为官服。

新冠帻(zé)：新的帽子。帻，形状类似帽子的东西。

[9]苒苒尘埃带抹(mā)：犹言花费时间，不顾尘埃飞腾，边抹边剪。抹，擦，揩拭。指擦拭灰尘。

任他倾侧：犹言任随他胡为。倾侧，本指行为不正，这里指他将乌纱剪成新冠帻的任性胡闹。

[10]朝云信：谓朝云的信息。按：〔战国·楚〕宋玉《高唐赋·序》："妾在巫山之阳，高丘之阻，旦为朝云，暮为行雨。朝朝暮暮，阳台之下。"（《文选》卷十九）这是神女临别时给楚先王的约言，"朝朝暮暮，阳台之下"即为约会的时间地点。故谓朝云有信。

且候潮夕：犹言姑且等候潮汐。潮汐，在月球和太阳引力的作用下，海洋水面周期性的涨落现象。在白昼的称潮，夜间的称汐，总称"潮汐"。一般每日涨落两次，也有涨落一次的。外海潮波沿江河上溯，又使江河下游发生潮汐。按：潮汐亦有朝暮，且有信，故云"且候潮夕"。

[11]伊人：此人，这个人，谓意中所指的人。《诗经·秦风·蒹葭》："所谓伊人，在水一方。"（《毛诗注疏》卷十一）

应须：应当，应该。〔唐〕杜甫《戏题王宰画山水图歌》："尤工远势古莫比，咫尺应须论万里。"（《九家集注杜诗》卷七）应须近得，犹言应当能得到亲近。

杨泽民

柴 望

【作者简介】

柴望(1212—1280),字仲山,号秋堂,又号归田,江山(今属浙江)人。理宗嘉熙间为太学上舍生。淳祐六年(1246)元旦日食,诏求直言,上《丙丁龟鉴》,忤时相意,诏下临安狱,临安尹赵与篱疏救得免,放归。端宗景炎二年(1277)授迪功郎,史馆国史编校。宋亡,与弟随亨、元亨、元彪遯迹江湖,称柴氏四隐。元世祖至元十七年卒,年六十九。有《道州台衣集》《咏史诗》《西凉鼓吹》等,已佚。后人辑为《秋堂集》二卷,收入《柴氏四隐集》。事见《柴氏四隐集》附录里人苏幼安所撰墓志及清同治《江山县志》卷十一。

梦傅说

傅说为霖寤寐中[1],高宗一念与天通[2]。
后来亦有君王梦,不是阳台便月宫[3]。

(原载 1987 年上海古籍出版社影印文渊阁《四库全书》本《柴氏四隐集》卷一;录自北京大学古文献研究所编《全宋诗》,北京大学出版社 1991 年 7 月第 1 版,第 64 册,第 39912 页)

【注　释】

[1]傅说:商王武丁的辅佐,与伊尹齐名。出身微贱,在傅岩(在今山西平陆)从事版筑劳动。武丁夜梦得圣人,名曰说,武丁初从群臣百吏中遍寻,不得。后命百工按梦中所见,至野外访得,举以为相。典出《尚书·说命上》:"高宗梦得说

（傅说），使百工营求诸野，得诸傅岩……命之曰：'朝夕纳诲，以辅台德。若金，用汝作砺；若济巨川，用汝作舟楫；若岁大旱，用汝作霖雨。'"（《尚书注疏》卷九）

为霖：见上引《尚书》文。霖，甘雨，时雨。《左传·隐公九年》："凡雨，自三日以往为霖。"（《春秋左传注疏》卷三）〔宋〕苏轼《次韵朱光庭喜雨》："久苦赵盾日，欣逢傅说霖。"（《东坡全集》卷十六）

[2]高宗：商王武丁。《尚书·商书·说命序》："高宗梦得说。"〔汉〕孔安国传："盘庚弟小乙子，名武丁，德高可尊，故号'高宗'。"（《尚书注疏》卷九）号，指庙号，皇帝死后，在太庙立室奉祀时特起的名号。

[3]阳台：指楚先王梦幸巫山神女之事，见〔战国·楚〕宋玉《高唐赋·序》（《文选》卷十九）

月宫：指唐玄宗梦见月宫之事。月宫，即广寒宫。传说唐玄宗于八月望日游月中，见一大宫府，榜曰："广寒清虚之府。"见旧题〔唐〕柳宗元《龙城录·明皇梦游广寒宫》（《柳先生龙城录》卷上）参见本卷《诗歌部》上册仲殊《念奴娇》注[6]。

念奴娇[1]

春来多困，正日移帘影，银屏深闭[2]。唤梦幽禽烟柳外，惊断巫山十二[3]。宿酒初醒[4]，新愁半解，恼得成憔悴。鬓松云髻，不忺鸾镜梳洗[5]。

门外满地香风，残梅零乱，玉糁苍苔碎[6]。乍暖乍寒浑莫拟，欲试罗衣犹未[7]。斗草雕阑，买花深院，做踏青天气[8]。晴鸠鸣处[9]，一池昨夜春水。

（原载清吟阁刊本〔宋〕赵闻礼辑《阳春白雪》卷五；录自唐圭璋编纂、王仲闻参订、孔凡礼补辑《全宋词》，中华书局1999年1月新1版，第4册，第3836页）

【注　释】

[1]念奴娇：词牌名。参见本卷《诗歌部》上册沈唐《念奴娇》注[1]。柴望此词双调，一百字。前后段各十句，四仄韵。

《全宋词》注："按此首别误作尚希尹词，见《古今别肠词选》卷四。"

[2]银屏：镶银的屏风。〔唐〕温庭筠《湘东宴曲》："欲上香车俱脉脉，清歌响断银屏隔。"（《温飞卿诗集笺注》卷二）

[3]幽禽：鸣声幽雅的禽鸟。〔宋〕陆游《西村》："茂林风送幽禽语，坏壁苔侵

醉墨痕。"(《剑南诗稿》卷四十六)

烟柳:烟雾笼罩的柳林,亦泛指柳林、柳树。〔唐〕张仲素《春游曲》之一:"烟柳飞轻絮,风榆落小钱。"(《全唐诗》卷三百六十七)

巫山十二:指巫山十二峰,即圣泉峰、登龙峰、朝云峰、神女峰(又称望霞峰)、松峦峰、集仙峰、翠屏峰、聚鹤峰、飞凤峰、净坛峰、起云峰、上升峰。参见本卷《诗歌部》上册张佖《经旧游》注[4]。

[4]宿酒:犹宿醉,谓经宿尚未全醒的余醉。〔唐〕张说《翻著葛巾呈赵尹》:"宿酒何时醒?形骸不复存。"(《张燕公集》卷七)

[5]不忺(xiān):不高兴,不喜欢。〔宋〕释觉范《三月二十三日心禅饷余新面白蜜作二首》之二:"老俨年来百不忺,最嫌苦淡不嫌甜。"(《石门文字禅》卷十五)

鸾镜:指妆镜。参见本卷《诗歌部》上册晏几道《风入松》注[4]。〔唐〕骆宾王《代女道士王灵妃赠道士李荣》之十九:"龙飙去去无消息,鸾镜朝朝减容色。"(《骆丞集》卷二)

[6]玉糁(sǎn):犹玉散落在苍苔上而碎裂,形容残梅落英。糁,散落。〔唐〕李白《春感》:"榆荚钱生树,杨花玉糁街。"(《李太白集注》卷三十)

[7]乍暖乍寒:犹忽暖忽寒。〔宋〕吴潜《更漏子》:"对残春,消永昼。乍暖乍寒时候。人独自,倚危楼。夕阳多少愁。"(《履斋遗稿》卷二)

浑莫拟:犹言还不曾准备。张相《诗词曲语辞汇释》(卷二):"浑,犹还也。"(中华书局1977年第3版,第237页)莫,副词,不,不曾。拟,打算,准备。

犹未:还没有。〔南朝·梁〕萧统《开善寺法会》:"栖乌犹未翔,命驾出山庄。"(《昭明太子集》卷一)

[8]斗草:犹斗百草,一种古代游戏。竞采花草,比赛多寡优劣,常于端午行之。〔南朝·梁〕宗懔《荆楚岁时记》:"五月五日,四民并蹋百草,又有斗百草之戏。"

雕阑:犹雕栏,雕花彩饰的栏杆,华美的栏杆。〔南唐〕李煜《虞美人》:"雕阑玉砌应犹在,只是朱颜改。"(《花庵词选》卷一)

踏青:清明节前后郊野游览的习俗。旧时并以清明节为踏青节。〔唐〕孟浩然《大堤行寄万七》:"岁岁春草生,踏青二三月。"(《孟浩然集》卷一)

[9]晴鸠:晴天的斑鸠。〔宋〕刘敞《和永叔鸣鸠诗》:"晴鸠谨求雌,雨鸠闹逐妇。天地有晴阴,嗟尔何欣复何怒。"(《公是集》卷十六)

桂枝香[1]

今宵月色。叹暗水流花,年事非昨[2]。潇洒江南似画,舞枫飘柞[3]。

谁家又唱江南曲，一番听、一番离索[4]。孤鸿飞去，残霞落尽，怨深难托。

又肠断、丁香画雀[5]。记牡丹时候，归燕帘幕。梦里襄王，想念王孙飘泊[6]。如今雪上萧萧鬓[7]，更相思、连夜花发。柘枝犹在，春风那似，旧时宋玉[8]。

（原载清吟阁刊本〔宋〕赵闻礼辑《阳春白雪》卷五；录自唐圭璋编纂、王仲闻参订、孔凡礼补辑《全宋词》，中华书局1999年1月新1版，第4册，第3836页）

【注　释】

[1]桂枝香：词牌名。参见本卷《诗歌部》下册徐宝之《桂枝香》注[1]。柴望此词双调，一百零一字。前后段各十句，五仄韵。

[2]年事非昨：犹言年岁不似过去。昨，以前，过去。〔宋〕王安石《冲卿席上得作字》："强走十五年，朱颜已非昨。"（《临川文集》卷五）

[3]舞枫飘柞（zuò）：谓枫叶舞柞叶飘。枫，即枫香树。因其叶经霜变红，有"红枫"、"丹枫"之称，故古诗词中，秋令红叶植物也称"枫"。〔战国·楚〕宋玉《招魂》："湛湛江水兮上有枫，目极千里兮伤春心。"（《楚辞章句》卷九）柞，常绿灌木或小乔木。生棘刺。叶卵形或长椭圆状卵形，边缘有锯齿。初秋开花，花小，黄白色。《诗经·小雅·采菽》："维柞之枝，其叶蓬蓬。"（《毛诗注疏》卷二十二）

[4]《江南曲》：乐府《相和曲》名，也称《江南可采莲》，描写写江南采莲时的景色，其辞曰："江南可采莲，莲叶何田田，鱼戏莲叶间。鱼戏莲叶东，鱼戏莲叶西，鱼戏莲叶南，鱼戏莲叶北。"（《乐府诗集》卷二十六）

一番离索：一番，犹一回，一次。离索，萧索。〔宋〕姜夔《凄凉犯·合肥秋夕》："绿杨巷陌，西风起，边城一片离索。"（《白石道人歌曲》卷四）

[5]丁香画雀：犹言丁香丛中的画眉。画眉，鸟名。眼圈白色，向后延伸呈蛾眉状。故名。鸣声婉转悦耳。语出〔唐〕崔涯《悼妓》："赤板桥西小竹篱，槿花还似去年时。淡黄衫子浑无色，肠断丁香画雀儿。"（《全唐诗》卷五百五）此句为听见丁香丛中画眉婉转的啼鸣，为之伤心肠断。

[6]梦里襄王：指楚襄王，一作楚顷襄王，名芈（mǐ）横，战国时楚国君主，楚怀王芈槐之子，前298—前262年在位。在宋玉《高唐赋》《神女赋》中楚襄王均扮演了重要角色，后人遂将楚襄王作为高唐故事的男主人公，这其实是一种误读。参见本卷《诗歌部》上册徐铉《离歌辞五首》（其五）注[4]。

王孙：王的子孙，后泛指贵族子弟。参见本卷《诗歌部》上册柳永《迷仙引》

柴望

〔4〕。

[7]萧萧鬓:犹萧萧鬓发。萧萧,稀疏。〔宋〕李纲《摘鬓间白发有感》:"萧萧不胜梳,扰扰仅盈搦。"(《梁溪集》卷二十二)

[8]柘枝:柘枝舞的省称。唐代西北民族舞蹈,自西域石国(今中亚塔什干一带)传来。最初为女子独舞,舞姿矫健,节奏多变,大多以鼓伴奏。后来有双人舞,名《双柘枝》。又有二女童藏于莲花形道具中,花瓣开放,出而对舞,女童帽施金铃,舞时转动作声。宋时发展为多人队舞。

旧时宋玉:宋玉貌美。〔战国·楚〕宋玉《登徒子好色赋》:"玉为人体貌闲丽。"(《文选》卷十九)"那似旧时宋玉",犹言哪里像往日的宋玉,谓"年事非昨",风华不再。

方蒙仲

【作者简介】

方蒙仲(1214—1261),名澄孙,以字行,号乌山,侯官(今福建福州)人,寄居兴化(今福建仙游东北)。理宗淳祐七年(1247)进士(《淳熙三山志》卷三十二),调邵武军教授。历通判泉州,召为秘书丞。不附贾似道,景定初出知邵武军(明嘉靖《邵武府志》卷四)。二年卒,年四十八。有《绸锦小稿》,已佚。事见《后村大全集》卷十六《方秘书蒙仲墓志铭》《闽中理学渊源考》卷九《秘书方蒙仲先生澄孙》。

罗浮梅[1]

坡翁短衫情[2],此语差足据[3]。
为爱松风亭[4],朝云已仙去[5]。

(原载影印《诗渊》第三册第 2334 页;录自北京大学古文献研究所编《全宋诗》,北京大学出版社 1991 年 7 月第 1 版,第 64 册,第 40064 页)

【注　释】

[1]罗浮:山名,在广东省东江北岸。风景优美,为粤中游览胜地。晋代葛洪曾在此山修道,道教称为"第七洞天"。相传隋赵师雄在此梦遇梅花仙女,后多为咏梅典实。参见本卷《诗歌部》下册高观国《金人捧露盘》注[4]。

[2]坡翁:指苏东坡。〔宋〕郑獬《檇李亭》:"坡翁仙去诗声在,寂寞林塘卧白鸥。"(《郧溪集》卷二十七)

短衫情:短衫,单上衣。短衫情,谓情薄且短。

[3]此语差足据:犹言这话不足为据。

[4]松风亭:〔宋〕祝穆《方舆胜览·惠州·亭台》(卷三十六):"松风亭,在嘉祐寺。"〔宋〕苏轼《十一月二十六日松风亭下梅花盛开》〔宋〕王十朋集注:"共父《年谱》:先生以绍圣元年十月三日至惠州,寓居嘉祐寺松风亭。其诗云:'春风岭上淮南村,昔年梅花曾断魂。岂知流落复相见,蛮风蜑雨愁黄昏。长条半落荔枝浦,卧树独秀桃榔园。岂惟幽光留夜色,直恐冷艳排冬温。松风亭下荆棘里,两株玉蕊明朝暾。海南仙云娇堕砌,月下缟衣来扣门。酒醒梦觉起绕树,妙意有在终无言。先生独饮勿叹息,幸有落月窥清尊。'诗中"春风岭上淮南村,昔年梅花曾断魂"二句下,苏轼自注:'予昔赴黄州,春风岭上见梅花,有两绝句。明年正月往岐亭道上赋诗云:"去年今日关山路,细雨梅花正断魂。"'"(《东坡诗集注》卷二十五)

[5]朝云已仙去:犹言朝云已亡故。朝云,人名,苏轼爱妾。12岁跟随苏轼,34岁卒,事东坡23年。绍圣三年七月壬辰(初五,即1096年7月26日),卒于惠州。参见本卷《诗歌部》上册苏轼《朝云诗并引》注[5]。仙去,去世。死的婉辞。

和刘后村梅花百咏(之十)[1]

凛凛冰清岩壑气[2],亭亭玉立庙廊身[3]。
从前误把瑶姬比[4],雌了梅花俗了人[5]。

(原载影印《诗渊》第二册第1187页;录自北京大学古文献研究所编《全宋诗》,北京大学出版社1991年7月第1版,第64册,第40053页)

【注　释】

[1]刘后村:即宋代诗人刘克庄,初名灼,字潜夫,号后村。参见本卷《诗歌部》下册刘克庄作品【作者简介】。

[2]凛凛:寒冷。〔唐〕韦应物《送刘评事》:"况复岁云暮,凛凛冰霜辰。"(《韦苏州集》卷四)

冰清岩壑气:冰清,像冰一样清冽晶莹,比喻高洁。岩壑气,高崖深谷般的气质风韵。这里是形容梅花超凡脱俗的品格。

[3]亭亭玉立:形容花木主干修长。〔唐〕于邵《杨侍御写真赞》:"仙状秀出,

丹青写似。亭亭玉立,峩峩岳峙。"(《文苑英华》卷七百八十三)

庙廊身:谓梅花有立于庙廊的身姿。庙廊,太庙两廊,亦泛指庄严肃穆的庙堂。形容梅花的高雅。

[4]瑶姬:巫山神女名瑶姬。参见本卷《诗歌部》上册王周《大石岭驿梅花》注[2]。误把瑶姬比,犹言错误地用瑶姬来比喻梅花。

[5]"雌了"句:犹言把梅花雌化了,而且也使如此比附的人变得很俗气。

(之九十三)

花昔罗浮山下居[1],肌肤玉雪缟衣裾[2]。
冷斋不到朝云死[3],独与松风伴大苏[4]。

（原载影印《诗渊》第二册第 1191 页;录自北京大学古文献研究所编《全宋诗》,北京大学出版社 1991 年 7 月第 1 版,第 64 册,第 40057 页）

【注　释】

[1]罗浮:山名,在广东省东江北岸。参见本卷《诗歌部》下册方蒙仲《罗浮梅》注[1]。

[2]肌肤玉雪:犹言肌肤像玉和雪一样洁白晶莹,比喻梅花。

缟(gǎo)衣裾:白绢衣襟。比喻洁白的梅花。这里化用〔宋〕苏轼《十一月二十六日松风亭下梅花盛开》诗句:"海南仙云娇堕砌,月下缟衣来叩门。"(《东坡诗集注》卷二十五)

[3]冷斋:指宋僧惠洪,著《冷斋夜话》十卷,书中记载苏轼轶事甚多。

朝云:苏轼爱妾。参见本卷《诗歌部》上册苏轼《朝云诗并引》注[5]。

[4]松风:松风亭,参见本卷《诗歌部》下册方蒙仲《罗浮梅》注[4]。

大苏:指苏轼。〔宋〕王辟之《渑水燕谈录》:"于是,父子名动京师,而苏氏文章擅天下,目其文曰三苏。盖洵为老苏,轼为大苏,辙为小苏也。"(《说郛》卷四十一下载录)

方蒙仲

石正伦

【作者简介】

石正伦,号瑶林,官帅干。

渔家傲[1]

春入桃腮生妩媚[2]。妆成日日行云意[3]。贪听新声翻歇指[4]。工尺字[5]。窗前自品琼箫试[6]。 玉碾鸾钗珠结桂[7]。金泥络缝干红袂[8]。从把画图夸绝世[9]。金莲地[10]。六朝未识双鸳细[11]。

（原载清吟阁刊本〔宋〕赵闻礼辑《阳春白雪》卷七；录自唐圭璋编《全宋词》,中华书局1965年6月第1版,第4册,第3033页）

【注　释】

[1]渔家傲:词牌名。《词谱》（卷十四）:"《渔家傲》,明《蒋氏九宫谱目》入'中吕引子'。按:此调始自晏殊,因词有'神仙一曲渔家傲'句,取以为名。如杜安世词三声叶韵,蔡伸词添字者,皆变体也。外有十二个月鼓子词,其十一月、十二月起句俱多一字。欧阳修词云:'十一月新阳排寿宴;十二月严凝天地闭。'欧阳原功词云:'十一月都人居暖阁;十二月都人供暖窠。'此皆因月令故多一字,非添字体也。"石正伦此词双调,六十二字。前后段各五句,五仄韵。

[2]桃腮:形容女子粉红色的脸颊。〔宋〕方千里《秋蕊香》:"绿云袅娜映娇眼。酒入桃腮晕浅。"（《和清真词》）

妩媚:姿容美好,可爱。

[3]行云意:喻爱意,典出〔战国·楚〕宋玉《高唐赋·序》:"旦为朝云,暮为行雨。"（《文选》卷十九）

[4]新声:新作的乐曲。〔晋〕陶潜《诸人共游周家墓柏下》:"清歌散新声,绿酒开芳颜。"(《陶渊明集》卷二)

翻歇指:谱写歇指调。歇指调,乐律名称,又名"南吕商"、林钟商、"水调"。燕乐二十八调调名之一,即七商之一。参见本卷《诗歌部》上册柳永《卜算子》注[2]。

[5]工尺字:我国民族音乐音阶上各个音的总称,也是乐谱上各个记音符号的总称。符号各个时代不同,通用的是:合、四、一、上、尺、工、凡、六、五、乙等字。

[6]品琼箫:犹演奏箫。琼箫,玉箫。〔唐〕王翰《飞燕篇》:"朝弄琼箫下彩云,夜踏金梯上明月。"(《全唐诗》卷一百五十六)

[7]玉碾:用玉石打磨。碾,打磨,雕琢。〔宋〕吕滨老《浪淘沙》:"谁将名玉碾花枝。不比寻常红与紫,取次芳菲。"(《圣求词》)

鸾钗:鸾形的钗子。〔宋〕文彦博《宫词》之二:"体轻全不胜鸾钗,常羡同心上苑梅。"(《潞公文集》卷三)

珠结桂:犹言珍珠密结如同桂花。

[8]金泥络缝:金泥,用以饰物的金屑。〔唐〕孟浩然《宴张记室宅》:"玉指调筝柱,金泥饰舞罗。"(《全唐诗》卷一百六十)络缝,缠绕缝隙,谓用金泥来弥合衣缝。

干红袂:谓红衣的金泥已干。袂,衣袖,亦借指上衣。

[9]从把:任把。张相《诗词曲语词汇释·从》:"从,任也,听也。"(中华书局1953年4月第1版,第108页)

绝世:冠绝当世。《汉书·外戚传上·孝武李夫人》(卷九十七上):"北方有佳人,绝世而独立。"按:据词意,此词似为一首题画之作。

[10]金莲地:事本《南史·齐纪下·废帝东昏侯》:"凿金为莲华以帖地,令潘妃行其上,曰:'此步步生莲华也。'"后因以称美人步态之美。

[11]六朝:三国吴、东晋和南朝的宋、齐、梁、陈,相继建都建康(吴名建业,今南京市),史称为六朝。《宋史·张守传》(卷三百七十五):"建康自六朝为帝王都。"

双鸳:指女子的一双绣鞋。〔宋〕吴文英《风入松》:"惆怅双鸳不到,幽阶一夜苔生。"(《梦窗乙稿》卷二)

陈 著

【作者简介】

陈著（1214—1297），字谦之，一字子微，号本堂，晚年号嵩溪遗耄，鄞县（今浙江宁波）人，寄籍奉化。理宗宝祐四年（1256）进士，调监饶州商税。景定元年（1260），为白鹭书院山长，知安福县。四年，除著作郎。以忤贾似道，出知嘉兴县。度宗咸淳三年（1267），知嵊县。七年，迁通判扬州，寻改临安府签判转运判，擢太学博士。十年，以监察御史知台（樊传作合）州。宋亡，隐居四明山中。元大德元年卒，年八十四。有《本堂文集》九十四卷，各本文字多残缺错漏。其中诗缺二卷。事见清樊景瑞撰《宋太傅陈本堂先生传》（见清光绪本卷首），清光绪《奉化县志》卷二十三有传。

雪 寒

巫山神女欲回车[1]，滕六留云布玉华[2]。
流水不冰翻有气[3]，老梅虽冻自宜花。
幸逃僵死榆关戍[4]，相伴饥眠草屋家。
种麦已迟天岂恝[5]，一声晴意晓檐鸦[6]。

（原载〔清〕光绪四明陈氏据樊氏家藏抄本校刻《本堂先生文集》卷二十一；录自北京大学古文献研究所编《全宋诗》，北京大学出版社1991年7月第1版，第64册，第40239—40240页）

【注　释】

[1]巫山神女：巫山的山神，名瑶姬。巫山神女的原始雏形见于《山海经·中

502

次七经》所载"又东二百里，曰姑媱之山。帝女死焉，其名曰女尸，化为蓝草，其叶胥成，其华黄，其实如菟丘，服之媚于人"的帝女神话。〔战国·楚〕屈原《九歌·山鬼》对巫山神女形象进行了描绘，是巫山神女神话发展中重要的一步。〔战国·楚〕宋玉的《高唐赋·序》是巫山神女神话的定型化文本；其《神女赋》则集《诗经》《楚辞》对女性美描写之大成，塑造了中国古代美神和爱神的光辉形象，在中国文学史和文化史上产生了巨大而深远的影响。

回车：回转其车。〔唐〕李白《洛阳陌》："白玉谁家郎，回车渡天津。"（《李太白文集》卷四）

[2]滕六：传说中雪神名。〔唐〕牛僧孺《幽怪录》："萧至忠为晋州刺史，欲猎。有樵者于霍山见一长人，俄有虎、兕、鹿、豕、狐、兔杂骈而至。长人曰：'余九冥使者，奉北帝命，萧君畋，汝辈若干合鹰死，若干合箭死。'有老麋屈膝求救，使者曰：'东谷严四善课，试为求计。'群兽从行。樵者觇之，行至深岩，有茅堂，黄冠一人，老麋哀请黄冠，曰：'若令滕六降雪，巽二起风，即萧使君不出矣。'群兽散去。翌日未明，风雪大作竟日，萧果不出。"（〔宋〕祝穆《古今事文类聚前集》卷三引）玉华，犹玉屑，喻雪花。

[3]翻有气：反而有气。翻，副词，反而。〔北周〕庾信《卧疾穷愁》："有菊翻无酒，无弦则有琴。"（《庾开府集笺注》卷四）

[4]榆关：古地名。在今河南省中牟县南；又指今河北省秦皇岛市古海关。亦泛指北方边塞。〔南朝·齐〕谢朓《雩祭歌·白帝歌》："嘉树离披，榆关命宾鸟；夜月如霜，金风方袅袅。"（《谢宣城集》卷一）本诗中当是泛指。

戍：戍守。

[5]天岂恝(jiá)：犹言上天岂会忽视。恝，忽略，淡然。〔宋〕陈造《太一醮青词》："黔首望岁，如痿者之念行。贵神在天，岂恝然而无意。"（《江湖长翁集》卷三十九）

[6]晓檐鸦：天明时屋檐上的乌鸦。

水龙吟[1]

百花开遍园林，又春归也谁为主[2]。深黄浅紫，娇红腻白[3]，他谁能妒。似不胜情，醉归花月，梦回云雨[4]。又丰肌、恰被东风摇动，盈盈底、霓裳舞[5]。　　世事纷纷无据。与杨花、飞来飞去。当年斗大，知他多少，蜂窥蝶觑[6]。金谷春移，玉华人散[7]，此愁难诉。漫寻思，承诏沉香亭上[8]，倚阑干处。

陈

著

503

（原载近人朱祖谋编 1922 年第三次校补本《彊村丛书》本《本堂词》；录自唐圭璋编《全宋词》，中华书局 1965 年 6 月第 1 版，第 4 册，第 3084 页）

【注　释】

[1]水龙吟：词牌名。参见本卷《诗歌部》上册孔夷《水龙吟》注[1]。陈著此词双调，一百零二字。前段十句，四仄韵，起句六字，第二句七字；后段十一句，五仄韵。

[2]谁为主：犹言谁为春花之主。言下之意当即牡丹。按：此词为咏牡丹词，故有此言。

[3]"深黄"二句：深黄、浅紫、娇红、腻白，均为牡丹花色。

[4]梦回云雨：从云雨梦中醒来。梦回，犹梦醒。云雨：典出〔战国·楚〕宋玉《高唐赋·序》。参见本卷《诗歌部》上册张俶《经旧游》注[3]。

[5]盈盈：仪态美好貌。《古诗一十九首·青青河畔草》："盈盈楼上女，皎皎当窗牖。"（《文选》卷二十九）

霓裳舞：霓裳羽衣舞，舞曲为《霓裳羽衣曲》，故名。〔宋〕葛立方《韵语阳秋》（卷十五）："《霓裳羽衣舞》，始于开元，盛于天宝，今寂不传矣。"参见本卷《诗歌部》中册毛开《念奴娇》注[7]。

[6]斗大：指牡丹花大如斗。斗，量器，容量为一斗。

蜂窥蝶觑（qù）：犹言蜜蜂窥视，蝴蝶偷看。

[7]金谷：地名，即金谷涧，在河南洛阳市西北，金谷水经此地东南流入瀍河，古时流入谷水。晋代富商石崇曾在这里修建园林，即世传之"金谷园"。参见本卷《诗歌部》上册丁谓《代意》注[4]。

玉华：犹玉华宫，指仙境。〔宋〕苏舜钦《中秋松江新桥对月和柳令之作》："云头艳艳开金饼，水面沉沉卧彩虹。佛氏解为银世界，仙家多住玉华宫。"（《苏学士集》卷七）

[8]沉香亭：唐时宫中亭名。开元中，宫中重牡丹，得红紫浅红通白者数本，移植于兴庆池东沈香亭前。玄宗命李龟年持金花笺，宣赐翰林李白进《清平调辞》三章。其三云："名花倾国两相欢，长得君王带笑看。解释春风无限恨，沉香亭北倚阑干。"（《李太白集注》卷五）参见本卷《诗歌部》中册毛开《念奴娇》注[7]。

姚 勉

【作者简介】

　　姚勉(1216—1262),字述之,号雪坡,筠州高安(今属江西)人。理宗宝祐元年(1253)进士,授平江节度判官。丁母忧服阕,初秘书省正字,因言事免归。召为校书郎兼太子舍人,以忤贾似道,被劾为吴潜党,罢。景定三年卒,年四十七(《豫章丛书》本《雪坡舍人集》末附胡仲云《祭雪坡姚公文》,本集文及翁序作年四十六)。遗著由伭龙起编为《雪坡集》五十卷(本集卷首文及翁序)。事见《宋历科状元录》卷八。

女筵乐语[1]

　　瑶姬来自状元家[2],真是姚黄第一花[3]。
　　玳席艳开春富贵[4],鱼轩荣驻远光华[5]。
　　梅梢欲动朱檐雪,竹叶微潮玉脸霞[6]。
　　正好留连长夜饮,未须催整七香车[7]。

　　(原载1987年上海古籍出版社影印文渊阁《四库全书》本《雪坡集》卷四十五;录自北京大学古文献研究所编《全宋诗》,北京大学出版社1991年7月第1版,第64册,第40524页)

【注　释】

　　[1]筵乐:亦作"宴乐",隋唐俗乐名,多作"燕乐"。隋唐时期,在汉族及少数民族民间音乐基础上,吸收部分外来音乐而形成的供宫廷宴饮、娱乐时用的音乐的统称。〔宋〕沈括《梦溪笔谈·乐律一》(卷五):"自唐天宝十三载,始诏法曲与

胡部合奏,自此乐奏全失古法。以先王之乐为'雅乐',前世新声为'清乐',合胡部者为'宴乐'。"参阅《新唐书·礼乐志十二》（卷二十二）。女筵乐语,谓演奏筵乐的女乐的致辞。据1987年上海古籍出版社影印文渊阁《四库全书》本《雪坡集》（卷四十五）本诗前还有一段文字,《全宋诗》收录时略去,其辞云:"结婚鼎族,上寻姊月之欢盟;送女衡门,欣迓从云之仙队。鸾轩戾止,燕席绥之。恭惟西位,懿德春温,清标玉洁。派松垣先生之族系,久熟家传。媲竹楼夫子之孙枝,咸推闺范。庆钟犹子,礼重送门。凡季兰女职之修,皆伯氏姆仪之训。我东位里,称贤母胄出名门,有女不与凡儿,会得龙头之婿;择妇必于儒族,遂谐凤卜之缘。二姓绸缪,四筵欢洽。花簪王母,艳瑶池玳宴之春;桂近嫦娥,看彩砌蓝袍之耀。欣逢盛事。敢献俚辞。"本诗乃是其献辞的一部分。

[2]瑶姬:巫山神女名瑶姬,参见本卷《诗歌部》上册王周《大石岭驿梅花》注[2]。这里是以瑶姬喻指牡丹。

来自状元家:牡丹有"状元红"者,故有此言。〔宋〕陆游《天彭牡丹谱·花品序》:"今自状元红至欧碧,以类次第之,所未详者,姑列其名于后,以待好事者:状元红,祥云,绍兴春,燕脂楼,金腰楼,玉腰楼,双头红,富贵红,一尺红,鹿胎红,文公红,政和春,醉西施,迎日红,彩霞,迭罗,胜迭罗,瑞露蝉,乾花,大千叶,小千叶。右二十一品红花。"（《渭南文集》卷四十二）

[3]姚黄:牡丹花的名贵品种。〔宋〕欧阳修《洛阳牡丹记·花释名》:"姚黄者,千叶黄花,出于民姚氏家。此花之出,于今未十年。姚氏居白司马坡,其地属河阳,然花不传河阳,传洛阳,洛阳亦不甚多,一岁不过数朵。"此处以"姚黄"作为牡丹之共名。

[4]玳席:玳瑁筵,谓豪华、珍贵的宴席。〔唐〕太宗李世民《帝京篇》之九:"罗绮昭阳殿,芬芳玳瑁筵。"（《全唐诗》卷一）

艳开春富贵:牡丹素有富贵花之称,故有此言。

[5]鱼轩:古代贵族妇女所乘的车,用鱼皮为饰。《左传·闵公二年》:"归夫人鱼轩。"〔晋〕杜预注:"鱼轩,夫人车,以鱼皮为饰。"（《春秋左传注疏》卷十）亦代称夫人。

荣驻:犹言荣耀地停车在此。〔唐〕郑澣《和李德裕游汉州房公湖二首》之一:"荣驻青油骑,高张白雪音。"（《全唐诗》卷三百六十八）

远光华:犹言光华远耀。

[6]玉脸霞:如玉的脸上似霞的红晕。

[7]七香车:用多种香料涂饰或用多种香木制作的车。亦泛指华美的车。〔唐〕白居易《石上苔》:"路傍凡草荣遭遇,曾得七香车辗来。"（《白氏长庆集》卷三十五）

许月卿

【作者简介】

　　许月卿(1216—1285),字太空,学者称山屋先生,婺源(今属江西)人。从魏了翁学。早年入赵葵幕,理宗嘉熙四年(1240)以军功补校尉,为江东转运司属官。淳祐四年(1244)进士,授濠州司户参军,七年,兼本州教授。吕文德辟为淮西安抚司准备差遣。迁临安府教授,以言事罢。宝祐三年(1255)为江南西路转运司干办,摄提举常平。召试馆职,以忤贾似道罢,归隐,自号泉田子。宋亡,改字宋士,深居不言。元至元二十二年卒,年七十。有《先天集》十卷、《百官箴》六卷。事见本集附录《宋运干山屋许先生行状》。

梦中作

我来烟水远[1],渔艇夜鸣榔[2]。

万仞巫山耸[3],一宵秋梦长。

金翘何婀娜[4],玉佩遽叮当[5]。

月冷天鸡晓[6],空余枕屏香[7]。

(原载《四部丛刊续编》影印明嘉靖刊本《先天集》卷二;录自北京大学古文献研究所编《全宋诗》,北京大学出版社1991年7月第1版,第65册,第40535页)

【注　释】

[1]烟水:雾霭迷蒙的水面。〔唐〕刘禹锡《白舍人见酬拙诗因以寄谢》:"烟水

五湖如有伴，犹应堪作钓鱼翁。"（《刘宾客外集》卷一）

[2]鸣榔：亦作"鸣桹"，敲击船舷使作声，用以惊鱼，使入网中，或为歌声之节。〔晋〕潘岳《西征赋》："纤经连白，鸣桹厉响。"〔唐〕李善注："《说文》曰：桹，高木也。以长木叩舷为声，言曳纤经于前，鸣长桹于后，所以惊鱼，令入网也。"（《文选》卷十）〔唐〕李白《送殷淑》之一："惜别耐取醉，鸣榔且长谣。"〔清〕王琦注："所谓鸣榔者，常是击船以为歌声之节，犹叩舷而歌之义。"（《李太白集注》卷十七）

[3]巫山：山名，在今重庆市巫山县境内。旧传山形似巫字得名。或传巫咸死葬于此，称巫咸山，简称巫山。参见本卷《诗歌部》上册欧阳修《长相思》注[4]。

[4]金翘：金制的一种妇女首饰，形如鸟尾上的长羽。〔宋〕柳永《荔枝香》："笑整金翘，一点芳心在娇眼。"（《乐章集》）

婀娜（ēnuó）：轻盈柔美貌。〔三国·魏〕曹植《洛神赋》："含辞未吐，气若幽兰。华容婀娜，令我忘餐。"（《文选》卷十九）

[5]玉佩：古人佩挂的玉制装饰品。〔宋〕秦观《水龙吟》："玉佩丁东别后。怅佳期、参差难又。"（《淮海词》）

遽（jù）叮当：犹言急促地响起"叮当"的声音。

[6]天鸡：神话中天上的鸡。〔南朝·梁〕任昉《述异记》（卷下）："东南有桃都山，上有大树，名曰'桃都'，枝相去三千里。上有天鸡，日初出，照此木，天鸡则鸣，天下鸡皆随之鸣。"

[7]枕屏：枕前屏风。〔宋〕朱淑真《旧愁》："花影重重迭绮窗，篆烟飞上枕屏香。"（《御选宋诗》卷七十五）

洪瑹

【作者简介】

洪瑹,字叔玙,自号空同词客,有词一卷。

踏莎行[1]

别意

满满金杯,垂垂玉箸[2]。离歌不放行人去[3]。醉中扶上木兰船,醒来忘却桃源路[4]。　　带绾同心,钗分一股[5]。断魂空草高唐赋[6]。秋山万叠水云深,茫茫无著相思处[7]。

（原载《四部丛刊》影印明本〔宋〕黄升辑《中兴以来绝妙词选》卷十;录自唐圭璋编《全宋词》,中华书局1965年6月第1版,第4册,第2963页）

【注　释】

[1]踏莎行:词牌名。参见本卷《诗歌部》上册李之仪《踏莎行》注[1]。洪瑹此词双调,五十八字。前后段各五句,三仄韵。

[2]金杯:金质的酒杯,亦泛指精美的杯子。〔宋〕王之道《蝶恋花》:"把酒对花情不浅。花前敢避金杯满。"(《相山集》卷十七)

垂垂:下落貌。

玉箸(zhù):喻眼泪。〔唐〕高适《燕歌行》:"铁衣远戍辛勤久,玉箸应啼别离后。"(《高常侍集》卷一)

[3]离歌:伤别的歌曲。〔南朝·梁〕何逊《答丘长史诗》:"宴年时未几,离歌倏成赋。"(《何水部集》)

［4］木兰船：用木兰造的船。木兰，香木名。又名杜兰、林兰。皮似桂而香，状如楠树。亦用为小舟的美称。〔唐〕张籍《春别曲》："江头橘树君自种，那不长系木兰船。"（《张司业集》卷七）

桃源路：通往桃源的路。桃源，即桃源洞，在今浙江省天台县北。相传东汉时，刘晨、阮肇到天台山采药迷路，误入桃源洞遇见两个仙女，被留住半年后回家，子孙已过七代。事见〔南朝·宋〕刘义庆《幽冥录》（《太平御览》卷四十一引）。参见本卷《诗歌部》上册杜安世《凤栖梧》注［5］。

［5］带绾（wǎn）同心：犹言用衣带结成同心结。同心结，旧时用锦带编成的连环回文样式的结子，用以象征坚贞的爱情。〔宋〕姜特立《古意》："共绾同心结，那知有别离。对人争忍说，不敢画蛾眉。"（《梅山续稿》卷十）

钗分一股：钗由两股簪子交叉组合而成，古人用钗盟誓，将钗分一股给对方，自己留一股，称为盟钗。〔唐〕刘损《愤惋诗三首》之一："宝钗分股合无缘，鱼在深渊日在天。"（《全唐诗》卷五百九十七）

［6］高唐赋：战国时期楚国辞赋家宋玉的代表作之一。在该赋序里，宋玉讲述了楚先王在昼梦中与巫山神女艳遇的故事，成为巫山神女神话定型的文本。参见本卷《诗歌部》上册黄庭坚《次韵坦夫见惠长句》注［24］。

［7］无著：亦作"无着"。无所依托，没有着落。〔唐〕刘长卿《题王少府尧山隐处简陆鄱阳》："群动心有营，孤云本无着。"（《刘随州集》卷六）

瑞鹤仙

离筵代意[1]

听梅花吹动，凉夜何其，明星有烂[2]。相看泪如霰[3]。问而今去也，何时会面。匆匆聚散。恐便作、秋鸿社燕[4]。最伤情、夜来枕上，断云零雨何限[5]。　　因念[6]。人生万事，回首悲凉，都成梦幻。芳心缱绻[7]。空惆怅，巫阳馆[8]。况船头一转，三千馀里，隐隐高城不见。恨无情、春水连天，片帆似箭。

（原载《四部丛刊》影印明本〔宋〕黄升辑《中兴以来绝妙词选》卷十；录自唐圭璋编《全宋词》，中华书局1965年6月第1版，第4册，第2963页）

[1]瑞鹤仙：词牌名。参见本卷《诗歌部》中册陆淞《瑞鹤仙》注[1]。洪璨此词据《全宋词》句读为双调，一百零二字。前段十句，六仄韵；后段十二句，六仄韵。

[2]夜何其：犹言夜何时。其，助词。语本《诗经·小雅·庭燎》："夜如何其？夜未央。"（《毛诗注疏》卷十八）

明星有烂：犹言明星灿烂。有，助词，无义，作形容词词头。语出《诗经·郑风·女曰鸡鸣》："子兴视夜，明星有烂。"（《毛诗注疏》卷七）

[3]泪如霰(xiàn)：犹言眼泪如雪珠。霰，白色不透明的球形或圆锥形小冰粒，多在下雪前或下雪时降落。《诗经·小雅·颊弁》："如彼雨雪，先集维霰。"〔汉〕郑玄笺："将大雨雪，始必微温，雪自上下，遇温气而抟谓之霰，久而寒胜则大雪矣。"（《毛诗注疏》卷二十一）

[4]秋鸿社燕：秋鸿，秋日的鸿雁。社燕，燕子春社时来，秋社时去。故有"社燕"之称。社，谓祭土地神。引申为祀社神的节日，即社日。后亦沿用为时令名。一年有两社日，即春社、秋社。秋鸿社燕，古诗文中常以象征离别。〔宋〕苏轼《送陈睦知潭州》："有如社燕与秋鸿，相逢未稳还相送。"（《东坡诗集注》卷十五）

[5]断云：犹片云。〔唐〕权德舆《舟行夜泊》："今夜不知何处泊，断云晴月引孤舟。"（《权文公集》卷六）

零雨：慢而细的小雨。《诗经·豳风·东山》："我来自东，零雨其蒙。"高亨注："零雨，又慢又细的小雨。"（《诗经今注》，上海古籍出版社1980年10月第1版，第209页）

[6]因念：犹言因此思考。念，思考，考虑。〔宋〕欧阳修《海学说》："人之性因物则迁，不学则舍君子而为小人，可不念哉！"（《文忠集》卷一百二十九）

[7]芳心：花蕊，俗称花心，亦借指女子的情怀。〔唐〕李白《古风》之四十九："美人出南国，灼灼芙蓉姿。皓齿终不发，芳心空自持。"（《李太白文集》卷一）

缱绻(qiǎnquǎn)：缠绵，特指男女恋情。〔宋〕柳永《鹊桥仙》："惨离怀，嗟少年易分难聚。佳人方恁缱绻，便忍分鸳侣。"（《花草粹编》卷十六）

[8]巫阳馆：巫阳，即巫山之阳（南面）；馆，谓朝云馆，即巫山神女庙。〔战国·楚〕宋玉《高唐赋·序》："王因幸之。去而辞曰：'妾在巫山之阳，高丘之阻，旦为朝云，暮为行雨。朝朝暮暮，阳台之下。'旦朝视之，如言。故为立庙，号曰朝云。"（《文选》卷十九）按：《文选》所载《高唐赋·序》中"昔者楚襄王与宋玉游于云梦之台，望高唐之观"一句，《文选》（卷三十一）〔南朝·梁〕江淹《杂体诗三十首》之十一"尔无帝女灵"〔唐〕李善注引《宋玉集》作"楚襄王与宋玉游于云梦之野，望朝云之馆"；《渚宫旧事》（卷三）载《襄阳耆旧传》作"襄王与宋玉游于云梦

之台。望朝云之馆"；《太平御览》（卷三百九十九）引《襄阳耆旧记》作"楚襄王与宋玉游于云梦之野，将使宋玉赋高唐之事，望朝云之馆"。可见《文选》文本中的"望高唐之观"，诸"引"皆作"望朝云之馆"。"朝云馆"上"独有云气，崒兮直上，忽兮改容，须臾之间，变化无穷"顺理成章，而楚襄王之所问："此何气也？"、"何为朝云？"提出的根据，宋玉之所答："此所谓朝云者也"、"……故为立庙，号曰'朝云'"的针对性，都得到了逻辑上一致的合理解释。由此可知，巫阳馆即朝云馆，亦即巫山神女庙。

行香子[1]

代赠

楚楚精神[2]。杨柳腰身。是风流、天上飞琼[3]。凌波微步，罗袜生尘[4]。有许多娇，许多韵，许多情。　　十年心事，两字眉娬[5]。问何时、真个行云[6]。秋衾半冷[7]，窗月窥人。想为人愁，为人瘦，为人颦[8]。

（原载《四部丛刊》影印明本〔宋〕黄升辑《中兴以来绝妙词选》卷十；录自唐圭璋编《全宋词》，中华书局 1965 年 6 月第 1 版，第 4 册，第 2964 页）

【注　释】

[1]行香子：词牌名。参见本卷《诗歌部》下册赵长卿《行香子》注[1]。洪璪此词双调，六十六字。前段八句，四平韵；后段八句，三平韵。

[2]楚楚：形容出众。〔宋〕张炎《西江月》："月照英翘楚楚，江空醉魄陶陶。"（《山中白云词》卷七）

精神：风采神韵。〔宋〕周美成《烛影摇红》："风流天付与精神，全在娇波眼。"（《历代诗余》卷六十一）

[3]风流：谓风韵美好动人。〔前蜀〕花蕊夫人徐氏《宫词》之三十："年初十五最风流，新赐云鬟使上头。"（《全唐诗》卷七百九十八）

飞琼：许飞琼，仙女名，亦泛指仙女。参见本卷《诗歌部》上册钱易《蝶恋花》注[4]。

[4]"凌波"等二句：犹言轻步踏波浪，罗袜生尘埃。出自〔三国·魏〕曹植《洛神赋》："陵波微步，罗袜生尘。"〔唐〕李善注："陵波而袜生尘，言神人异也。《淮南子》曰：'圣足行於水，无迹也；众生行於霜，有迹也。'"（《文选》卷十九）

〔5〕眉婚。以眉目传情,心许成婚。近人况周颐《蕙风词话》(卷二·七十四):"空同词喜炼字。……《行香子》云:'十年心事,两字眉婚。'‘眉婚’二字新奇,殆即目成之意,未详所本。"(《蕙风词话·人间词话》,人民文学出版社 1960 年 4 月版第 46 页)

〔6〕行云:用巫山神女之典。语本〔战国·楚〕宋玉《高唐赋·序》:"旦为朝云,暮为行雨。"(《文选》卷十九)

〔7〕秋衾:谓秋天的被子。〔宋〕刘挚《杂诗六首》之二:"秋衾耿寒梦,玉露晓如淋。"(《忠肃集》卷十五)

〔8〕颦(pín):皱眉,谓忧愁。〔唐〕骆宾王《畴昔篇》:"昨夜琴声奏悲调,旭旦含颦不成笑。"(《骆丞集》卷二)

李彭老

【作者简介】

李彭老,字商隐,号筼房。《景定建康志》:"李彭老,淳祐中沿江制置司属官。"

青玉案[1]

楚峰十二阳台路[2]。算只有、飞红去[3]。玉合香囊曾暗度[4]。榴裙翻酒,杏帘吹粉[5],不识愁来处。　　燕忙莺懒青春暮[6]。蕙带空留断肠句[7]。草色天涯情几许[8]。荼蘼开尽,旧家池馆[9],门掩风和雨。

（原载近人朱祖谋编 1922 年第三次校补本《彊村丛书》本《龟溪二隐词》;录自唐圭璋编《全宋词》,中华书局 1965 年 6 月第 1 版,第 4 册,第 2972 页)

【注　释】

[1]青玉案:词牌名。参见本卷《诗歌部》中册蔡伸《青玉案》注[1]。李彭老此词双调,六十七字。前后段各六句,四仄韵。

[2]楚峰十二:指巫山十二峰,即圣泉峰、登龙峰、朝云峰、神女峰(又称望霞峰)、松峦峰、集仙峰、翠屏峰、聚鹤峰、飞凤峰、净坛峰、起云峰、上升峰。参见本卷《诗歌部》上册张泌《经旧游》注[4]。

阳台路:通往阳台的路。阳台,巫山神女与楚先王约会处。〔宋〕周紫芝《朝中措》:"阳台路远,鱼沉尺素,人在天涯。"(《历代诗余》卷十七)

[3]飞红:落花。〔宋〕李弥逊《复用前韵约蹈元》:"风将满地飞红去,日拥半天高绿回。"(《筠溪集》卷十六)

[4]玉合:玉制的盒子或精美的盒子。合,通"盒"。〔唐〕韩偓《玉合》:"罗囊绣两凤皇,玉合雕双鸂鶒。"(《全唐诗》卷六百八十三)

香囊:盛香料的小囊,佩于身或悬于帐以为饰物。〔宋〕秦观《满庭芳》:"当此际,香囊暗解,罗带轻分。谩赢得、青楼薄幸名存。"(《淮海词》)

暗度:谓暗中交换。

[5]榴裙翻酒:犹言红裙泼上打翻的酒。榴裙,红如榴花的裙子。〔唐〕常建《古兴》:"石榴裙裾蛱蝶飞,见人不语鬈蛾眉。"(《常建诗》卷三)

杏帘:旧时酒店前悬挂的酒幌。

吹粉:吹动花粉。〔宋〕曹勋《胜胜令》:"梅风吹粉,柳影摇金。"(《松隐集》卷三十九)

[6]青春暮:指春已暮。青春,指春天。春季草木茂盛,其色青绿,故称。〔唐〕白居易《山石榴寄元九》:"拾遗初贬江陵去,去时正值青春暮。"(《白氏长庆集》卷十二)

[7]蕙带:以香草作的佩带。〔唐〕李贺《南园》:"方领蕙带折角巾,杜若已老兰茞春。"(《昌谷外集》)亦泛指衣带。

空留断肠句:犹言白白地留下悲伤的诗句。按:古人有在歌妓衣带上题诗的习俗。参见本卷《诗歌部》上册贺铸《清平乐》注[7]。

[8]情几许:犹言情有多少。〔宋〕宋庠《送常熟钱尉》:"王孙情几许? 芳草遍天浔。"(《元宪集》卷六)

[9]荼蘼(túmí):亦作酴醾,花名。本酒名,以花颜色似之,故取以为名。参见本卷《诗歌部》上册谢逸《鹧鸪天》注[6]。

池馆:池苑馆舍。〔宋〕王沂孙《踏莎行》:"几番幽梦欲回时,旧家池馆生青草。"(《绝妙好词笺》卷七)

叶隆礼

【作者简介】

叶隆礼,字士则,号渔村,嘉兴人,淳祐七年(1247)进士。为建康府西厅通判、国子监簿、临安少尹。有《契丹国志》。

兰陵王

和清真[1]

大堤直[2]。袅袅游云蘸碧[3]。兰舟上,曾记那回,拂粉涂黄弄春色[4]。施罾托倾国[5]。金缕尊前劝客[6]。阳台路,烟树万重,空有相思寄鱼尺[7]。　飘零叹萍迹[8]。自懒展罗衾,羞对瑶席[9]。折钗分镜盟难食[10]。看桃叶迎笑,柳枝垂结[11],萋萋芳草暗水驿[12]。肠断画阑北[13]。

寒恻[14]。泪痕积。想柱雁尘侵,笼羽声寂[15]。天涯流水情何极。悲沈约宽带,马融怨笛[16]。那堪灯幌,听夜雨,镇暗滴[17]。

(原载清吟阁刊本〔宋〕赵闻礼辑《阳春白雪》卷七;录自唐圭璋编纂、王仲闻参订、孔凡礼补辑《全宋词》,中华书局1999年1月新1版,第4册,第3841页)

【注　释】

[1]兰陵王:词牌名。参见本卷《诗歌部》下册高观国《兰陵王》注[1]。叶隆礼此词三段,一百三十字。前段九句,六仄韵;中段八句,五仄韵;后段十句,六仄韵。

清真:指周邦彦,字美成,号清真居士。周邦彦《兰陵王》原词如下:"柳阴直。

烟里丝丝弄碧。隋堤上,曾见几番,拂水飘绵送行色。登临望故国。谁惜。京华倦客。长亭路,年去岁来,应折柔条过千尺。/闲寻旧踪迹。又酒趁哀弦,镫照离席。梨花榆火催寒食。愁一箭风快,半篙波暖,回首迢递便数驿。望人在天北。/凄恻。恨堆积。渐别浦萦回,津堠岑寂。斜阳冉冉春无极。念月榭携手,露桥吹笛。沈思前事,似梦里,泪暗滴。"(《词谱》卷三十七;《片玉词》卷上)

[2]大堤:堤名,在今湖北省襄阳县。〔唐〕李白《大堤曲》:"汉水临襄阳,花开大堤暖。"〔清〕王琦注:"《一统志》:'大堤在襄阳府城外。'"(《李太白集注》卷五)

[3]袅袅:飘动貌。

游云蘸(zhàn)碧:犹言游动的云蘸着绿水。蘸,谓将物体浸入水中。碧,指代绿水。〔宋〕王之道《和秦寿之题蕲春驿浸月轩》:"竹梢低蘸碧,枫叶冷浮红。"(《相山集》卷七)

[4]兰舟:木兰舟,亦用为小舟的美称。参见本卷《诗歌部》上册晏几道《清平乐》注[2]。〔宋〕李清照《一剪梅》:"红藕香残玉簟秋,轻解罗裳,独上兰舟。"(《漱玉词》)

拂粉:犹搽粉。拂,装饰打扮。〔南朝·齐〕谢朓《杂诗十二首·镜台》:"照粉拂红妆,插花理云发。"(《玉台新咏》卷四)

涂黄:六朝妇女在额上涂饰黄色,以为时妆。唐时仍有。其制起于汉时。参见本卷《诗歌部》中册蔡伸《临江仙》注[4]。〔宋〕范成大《虞美人》:"恰如娇小万琼妃。涂罢额黄嫌怕、污燕支。"(《历代诗余》卷三十)

春色:春天的景色,喻娇艳的容颜。〔宋〕柳永《梁州令》:"一生惆怅情多少,月不长圆,春色易为老。"(《乐章集》)弄,谓玩味、欣赏。〔唐〕李白《书情寄从弟邠州长史昭》:"翩翩弄春色,延伫寄相思。"(《李太白集注》卷十四)

[5]施礐:指代西施。礐,皱眉。传说古代美女西施病心而捧心皱眉,人以为美。〔宋〕史达祖《眼儿媚》:"楼高望远,应将秦镜,多照施礐。"(《梅溪词》)

倾国:指美女。典出《汉书·外戚列传·孝武李夫人》(卷九十七上)参见本卷《诗歌部》上册周邦彦《六丑》注[4]。托,寄托。

[6]金缕:指金缕衣。以金丝编织的衣服。指代歌妓舞女。

尊前:在酒樽之前,指酒筵上。参见本卷《诗歌部》上册柳永《迷仙引》注[4]。

[7]阳台路:通往阳台的路。阳台,典出〔战国·楚〕宋玉《高唐赋·序》,参见本卷《诗歌部》上册张泌《经旧游》注[3]。〔宋〕陆淞《瑞鹤仙》:"残灯朱幌,淡月纱窗,那时风景。阳台路迥。云雨梦,便无准。"(《历代诗余》卷七十九)

鱼尺:指书信。典出〔汉〕蔡邕《饮马长城窟行》:"客从远方来,遗我双鲤鱼,呼儿烹鲤鱼,中有尺素书。"(《蔡中郎集》卷四)

[8]萍迹：喻人四处漂流，行踪无定。萍，浮萍。〔唐〕牟融《有感二首》之一："十年漂泊如萍迹，一度登临一怅神。"（《全唐诗》卷四百六十七）

[9]罗衾：丝质的被子。〔宋〕高翥《无题二首》之一："独展罗衾无梦成，宝香熏彻转愁生。"（《菊磵集》）

瑶席：用瑶草编成的席子，借指珍美的酒宴。〔南朝·齐〕谢朓《七夕赋》："临瑶席而宴语，绵含睇而蛾扬。"（《谢宣城集》卷一）

[10]折钗：即分钗。钗由两股簪子交叉组合而成，古人用钗盟誓，将钗折断，分一股给对方，自己留一股，以期将来合钗相聚。

分镜：用南朝陈徐德言与乐昌公主分镜之事。〔唐〕孟棨《本事诗·情感》："陈太子舍人徐德言之妻，后主叔宝之妹，封乐昌公主，才色冠绝。时陈政方乱，德言知不相保，谓其妻曰：'以君之才容，国亡必入权豪之家，斯永绝矣。傥情缘未断，犹冀相见，宜有以信之。'乃破一镜，人执其半，约曰：'他日必以正月望日卖于都市，我当在，即以是日访之。'及陈亡，其妻果入越公杨素之家，宠嬖殊厚。德言流离辛苦，仅能至京，遂以正月望日访于都市。有苍头卖半镜者，大高其价，人皆笑。德言直引至其居，设餐，具言其故，出半镜以合之，仍题诗曰：'镜与人俱去，镜归人不归。无复嫦娥影，空留明月辉。'陈氏得诗，涕泣不食。素知之，怆然改容，即召德言，还其妻，仍厚遗之。闻者无不感叹。仍与德言、陈氏偕饮，令陈氏为诗。曰：'今日何迁次，新官对旧官。笑啼俱不敢，方验作人难。'遂与德言归江南，竟以终老。"

难食：犹言难以进食，谓悲伤。

[11]桃叶：晋王献之爱妾名。参见本卷《诗歌部》下册吴文英《齐天乐》（烟波桃叶西陵路）注[2]。

柳枝：唐代诗人白居易妾樊素，善唱《杨枝》，人多以曲名名之，名闻洛下。白居易放之，虽不舍，终离去。参见本卷《诗歌部》上册苏轼《朝云诗并引》注[1]。

[12]水驿：水路驿站。驿站，古时供传递文书、官员来往及运输等中途暂息、住宿的地方。〔宋〕周邦彦《渡江云》："今宵正对初弦月，傍水驿，深舣蒹葭。"（《片玉词》卷上）

[13]画阑：有画饰的栏杆。〔宋〕赵文《瑞鹤仙》："羡春风依旧，年年眉妩。宫腰楚楚。倚画阑、曾斗妙舞。"（《历代诗余》卷七十一）

[14]寒恻（cè）：犹寒冷，凄凉。〔宋〕周邦彦《渔家傲》："几日轻阴寒恻恻。东风急处花成积。"（《片玉词》卷上）

[15]柱雁尘侵：谓筝的弦柱间积满尘土。柱雁，犹雁柱，筝上整齐排列的弦柱。〔宋〕张先《生查子》："雁柱十三弦，一一春莺语。"（《词综》卷五）侵，侵蚀，逐渐地损坏。

笼羽声寂:犹言笼中的鸟的啼声已沉寂。羽,鸟类的代称。《周礼·考工记·梓人》:"天下之大兽五:脂者、膏者、蠃者、羽者、鳞者。"〔汉〕郑玄注:"羽,鸟属。"(《周礼注疏》卷四十一)

[16]沈约宽带:沈约抱怨病甚消瘦,皮带移空渐宽。典出〔南朝·梁〕沈约《与徐勉书》:"外观傍览,尚似全人,而形骸力用不相综摄,常须过自束持,方可僶俛。解衣一卧,支体不复相关。上热下冷,月增日笃,取暖则烦,加寒必利,后差不及前差,后剧必甚前剧。百日数旬,革带常应移孔,以手握臂,率计月小半分。以此推算,岂能支久?"(《汉魏六朝百三家集》卷八十七)

马融怨笛:〔汉〕马融作《长笛赋》,有"泣血泫流,交横而下;通旦忘寐,不能自御"等句。(《文选》卷十八)

[17]灯幌:指挂着灯笼的幌子,当为水驿的标志。〔宋〕卫宗武《酹江月》:"局缩龟藏灯幌悄,明灭银釭欲冻。"(《秋声集》卷四)

暗滴:黑夜中的露滴。〔唐〕张继《春夜皇甫宅对酒》:"暗滴花垂露,斜晖月过城。"(《唐诗纪事》卷二十五)

舒岳祥

【作者简介】

舒岳祥（1219—1298），字舜侯，以旧字景薛行，宁海（今属浙江）人。因家居阆风里，学者称阆风先生。理宗宝祐四年（1256）进士。摄知定海县，为雪州掌书记，先后入金陵总饷陈蒙、沿海制置使鲍度幕。鲍罢，亦归乡不仕，教授田里，覃思著述。元世祖大德二年卒，年八十。有《荪墅稿》《辟地稿》《篆畦稿》等，诗文总名为《阆风集》，曾版行，已佚。清四库馆臣据《永乐大典》辑为《阆风集》十二卷，其中诗九卷。事见清光绪《宁海县志》卷二十门人刘庄孙《舒阆风先生行状》，本集卷首胡长孺、王应麟序。

老 猿

一笑已霜千丈发，三声应断九回肠[1]。
巴陵月暝林峦惨[2]，巫峡江空道路长[3]。

（原载 1987 年上海古籍出版社影印文渊阁《四库全书》本《阆风集》卷九；录自北京大学古文献研究所编《全宋诗》，北京大学出版社 1991 年 7 月第 1 版，第 65 册，第 41019 页）

【注　释】

[1]九回肠：谓愁肠反复翻转，比喻忧思郁结难解。语出〔汉〕司马迁《报任少卿书》："是以肠一日而九回。"（《西汉文纪》卷十）

[2]巴陵：山名，在岳阳县治西南，滨洞庭湖。据《元和郡县图志》（卷二十七），"昔羿屠巴蛇于洞庭，其骨若陵，故曰巴陵。"

月暝林峦惨:犹言月昏暗山林峰峦一片惨淡。

[3]巫峡:长江三峡之一,西起重庆市巫山县大宁河口,东至湖北省巴东县官渡口,全长 44.5 公里。参见本卷《诗歌部》上册幸夤逊《云》注[7]。

方 回

【作者简介】

方回(1227—1307),字万里,一字渊甫。号虚谷,别号紫阳山人,歙县(今属安徽)人。早年以诗获知州魏克愚赏识,后随魏至永嘉,得制帅吕文德推荐。理宗景定三年(1262)进士,廷试原为甲科第一,为贾似道抑置乙科首,调随州教授。吕师夔提举江东,辟充干办公事,历江淮都大司幹官,沿江制干,迁通判安吉州。时贾似道鲁港兵败,上书劾贾,召为太常簿。以劾王爚不可为相,出知建德府。恭帝德祐二年(1276),元兵至建德,出降,改授建德路总管兼府尹。元世祖至元十四年(1277)赴燕觐见,归后仍旧任。前后在郡七年,为婿及门生所讦,罢,不再仕。以诗游食元新贵间二十余年,也与宋遗民往还,长期寓居钱塘。元成宗大德十一年卒,年八十一。回诗初学张耒,晚慕陈师道、黄庭坚,鄙弃晚唐,自比陆游,有《桐江集》六十五卷(《剡源文集》卷八《桐江诗集序》),已佚。又有《桐江续集》,系元时罢官后所作,自序称二十卷,《千顷堂书目》作五十卷,今残存三十六卷。另有《瀛奎律髓》等行世。

今春苦雨初有春半曾无十日晴之句去立夏无几日愈雨足成五诗(之四)

湖头准拟赏新晴[1],雨过风号万马声。
宋玉未夸巫峡梦[2],杜陵翻作渼陂行[3]。

(原载1987年上海古籍出版社影印文渊阁《四库全书》本

《桐江续集》卷二十一;录自北京大学古文献研究所编《全宋诗》,北京大学出版社1991年7月第1版,第66册,第41760页)

【注　释】

[1]湖头:犹湖上。湖,指西湖。作者自注:"记三月十日事。"按:作者有《记三月十日西湖之游吕留卿主人孟君复方万里为客》诗,其云:"丙申上巳七日后,一主二宾夫岂偶。遣车却骑钱塘门,主人满船富殽酒。别唤轻船载仆从,大船品字着三友。旁观指点知为谁,对峙玉人间白叟。岂无识者讶此老,不愧妙年两贤守。孟侯吕侯将相家,早缩金章纡紫绶。方干云孙耸吟肩,左右鼎萧中瓦缶。虽然兰臭尚同心,剧谈锋起各虚受。是日杭人诧佛事,焚寄冥财听僧诱。公子王孙倾城出,姆携艳女夫挈妇。放生亭远骛长堤,保叔塔高陟危阜。居然红裙湿芳草,亦有瑜珥落宿莽。暖热已极天色变,大风滔天怒涛吼。篙师缭绕孤山背,徜徉里湖保无咎。百舸千舫第二桥,四圣观前依古柳。春色浓时良佳哉,游人聚处可舍否。一杯一杯入醉乡,诙嘲谑笑无不有。泉币重费忘多少,歌妓频呼杂妍丑。似狂非狂痴非痴,何啻万众悉回首。我时颓然乎其间,看朱成碧辰至酉。健啖晚菘兼早韭,快赏调冰仍雪藕。归途恍然了不记,晓窗半醒卧噎呕。一日之乐三日病,宁负衰躯护馋口。愿从孟侯觞吕侯,更着百千沽十斗。"(《桐江续集》卷二十一)

准拟:准备,打算。〔唐〕韩愈《北湖》:"应留醒心处,准拟醉时来。"(《五百家注昌黎文集》卷九)

[2]宋玉:战国时期楚国辞赋家,《高唐赋》《神女赋》为其代表作。参见本卷《诗歌部》上册吴简言《题巫山神女庙》注[3]。

巫峡梦:高唐梦,宋玉在《高唐赋·序》里所描写的楚先王梦幸巫山神女的故事。

未夸:犹言还没有来得及夸耀巫峡梦。

[3]杜陵:指杜甫。本为地名,在今陕西省西安市东南,古为杜伯国。秦置杜县,汉宣帝筑陵于东原上,因名杜陵。并改杜县为杜陵县。晋曰杜城县,北魏曰杜县,北周废。杜甫祖籍杜陵,也曾在杜陵附近居住,故常自称"杜陵野老"、"杜陵野客"、"杜陵布衣"。

翻作渼(měi)陂行:犹言反倒作了《渼陂行》。渼陂,古代湖名。在今陕西省户县西,汇终南山诸谷水,西北流入涝水。一说因水味美得名;一说因所产鱼味美得名。杜甫曾作《渼陂行》:"岑参兄弟皆好奇,携我远来游渼陂。天地黭惨忽异色,波涛万顷堆琉璃。琉璃漫汗泛舟入,事殊兴极忧思集。鼋作鲸吞不复知,恶风白浪何嗟及。主人锦帆相为开,舟子喜甚无氛埃。凫鹥散乱棹讴发,丝管啁啾空翠来。沈竿续蔓深莫测,菱叶荷花静如拭。宛在中流渤澥清,下归无极终南黑。

方回

523

半陂已南纯浸山，动影褭宨冲融间。船舷暝戛云际寺，水面月出蓝田关。此时骊龙睡吐珠，冯夷击鼓群龙趣。湘妃汉女出歌舞，金支翠旗光有无。咫尺但愁雷雨至，苍茫不晓神灵意。少壮几时奈老何，向来哀乐何其多。”（《九家集注杜诗》卷二）因三月十日游西湖时，“暖热已极天色变，大风滔天怒涛吼”，所以联想起杜甫《渼陂行》一诗。

梅魂次周斐然韵

搜香索影夜凝神[1]，楚些招还萼绿真[2]。
月底似逢和靖老[3]，风前恍见寿阳人[4]。
清寒不类巫山梦[5]，素艳全非洛浦尘[6]。
尤物有灵生幻相[7]，凭谁貌取补之春[8]。

（原载 1987 年上海古籍出版社影印文渊阁《四库全书》本《桐江续集》卷三；录自北京大学古文献研究所编《全宋诗》，北京大学出版社 1991 年 7 月第 1 版，第 66 册，第 41470 页）

【注　释】

[1]搜香索影：指搜寻梅花。香、影，皆喻指梅。语本〔宋〕林逋《山园小梅二首》之一：“疏影横斜水清浅，暗香浮动月黄昏。”（《林和靖集》卷二）

[2]楚些（suò）：楚地的招魂歌。《楚辞·招魂》是沿用楚国民间流行的招魂词的形式而写成，句尾皆有“些”字。些，语气词。〔战国·楚〕宋玉《招魂》：“魂兮归来，去君之恒干，何为四方些。”〔宋〕洪兴祖补注引沈括曰：“今夔、峡、湖、湘及南北江獠人，凡禁呪句尾皆称些，乃楚人旧俗。”（《楚词补注》卷九）后因以“楚些”指招魂歌，亦泛指楚地的乐调或《楚辞》。〔宋〕范成大《公安渡江》：“伴愁多楚些，吟病独吴音。”（《石湖诗集》卷十五）

萼绿：指绿萼梅花。〔宋〕范成大《范村梅谱》：“绿萼梅：凡梅花跗蒂皆绛紫色，惟此纯绿，枝梗亦青，特为清高，好事者比之九嶷仙人萼绿华。京师艮岳有萼绿华堂，其下专植此本。人间亦不多有，为时所贵重。”按：萼绿华，传说中女仙名。自言是九嶷山中得道女子罗郁。典出〔南朝·梁〕陶弘景《真诰·运象·萼绿华诗》（卷一）：“萼绿华者，自云是南山人，不知是何山也。女子年可二十上下，青衣，颜色绝整，以升平三年十一月十日夜降ムム（原注：覉缺此两字，即应是羊权字），自此往来一月之中，辄六过来耳。云：本姓ム（原注：又覉除此一字，应是杨字）。赠此诗一篇,并致火澣布手巾一枚,金玉条脱各一枚,条脱乃太而异精好。神女语:‘见君慎勿泄我,泄我则彼此获罪。’访问此人,云是九嶷山中得道女罗郁也,宿命时,曾为师母毒杀乳妇,玄州以先罪未灭,故今谪降于臭浊,以偿其过,与权尸解药。今在湘东山,此女已九百岁矣。”

真:旧时所谓仙人。

[3]和靖老:指宋代诗人林逋(968—1028),北宋杭州钱塘(今浙江杭州)人,字君复。少孤力学,放游江淮,后隐居杭州西湖,结庐孤山二十年。种梅养鹤,不仕不娶,人称其“梅妻鹤子”。真宗曾诏地方官岁时劳问。与梅尧臣、范仲淹等有诗唱和,为北宋著名隐士。卒谥“和靖先生”。诗风淡远孤冷,多写隐居生活与西湖景物,咏梅诗最为有名。有《林和靖诗集》。

[4]寿阳人:犹化寿阳妆的美人,寿阳妆,即梅花妆。《太平御览·果部·梅》(卷九百七十)引《宋书》:“武帝女寿阳公主人日卧于含章檐下,梅花落公主额上,成五出之华,拂之不去,皇后留之。自后有梅花妆,后人多效之。”〔宋〕晁端礼《水龙吟》:“别有玉溪仙馆。寿阳人、初匀妆面。天教占了,百花头上,和羹未晚。”(《花草粹编》卷二十一)

[5]巫山梦:犹楚先王梦幸巫山神女之梦,典出〔战国·楚〕宋玉《高唐赋·序》(《文选》卷十九)

[6]素艳:素净而美丽。〔唐〕杜甫《丁香》:“细叶带浮毛,疏花披素艳。”(《九家集注杜诗》卷二十三)

洛浦尘:指洛神。洛水之滨。洛浦,即洛水,今河南省洛河。曹植《洛神赋》所描写的洛神,即洛水之女神。尘,语本《洛神赋》“陵波微步,罗袜生尘。”(《文选》卷十九)谓洛神脚步轻盈,踏水波而生尘埃。

[7]尤物:珍奇之物。〔唐〕刘禹锡《九华山》:“自是造化一尤物,焉能籍甚乎人间。”(《刘宾客文集》卷二十六)

幻相:虚幻的形象或现象。〔宋〕刘才邵《玛瑙数珠偈》:“一切有为法,幻相有去来。”(《檆溪居士集》卷十一)

[8]凭谁:请求谁,烦劳谁。〔宋〕田锡《忆梅花》:“金蕊琼花风雪景,凭谁图画入关来。”(《咸平集》卷十五)

貌取:犹取貌,犹言图画其形貌。补之春,补它入春色。

次韵赵云中饮呈孟君复二首(之二)[1]

可遨昆阆步瀛莱[2],只爱钻腮笑靥开[3]。
暮雨朝云元易散[4],昏钟晓鼓故相催[5]。
身如病鹤犹遗骨[6],心似焦桐亦未灰[7]。
纵使吾曹不排闷[8],不应门阈上苍苔[9]。

方回

（原载 1987 年上海古籍出版社影印文渊阁《四库全书》本《桐江续集》卷二十一；录自北京大学古文献研究所编《全宋诗》，北京大学出版社 1991 年 7 月第 1 版，第 66 册，第 41763 页）

【注　释】

[1] 赵云中：作者友人。生平不详。

孟君复：作者友人。除本诗外，在方回《桐江续集》（卷二十一）中，尚有《三月初五日孟君复王元俞治中十人同会分韵得诗字》《孟君复赠王侯元俞诗两皆英妙神奇次韵》《记三月十日西湖之游吕留卿主人孟君复方万里为客》《呈孟君复能静使君二首》《用前韵酬孟君复二首》《读孟君复赠岳仲远诗勉赋呈二公子》《孟君复仲春来杭相聚三月余一日必三胥会忽焉告去直叙离怀为四言一首》，同集（卷二十二）中则有《寄平江王元俞治中并呈孟君复总管》等诗可参。

[2] 遨昆阆：遨游昆仑阆风。阆风，即阆风巅，在昆仑山上。〔战国·楚〕屈原《离骚》："朝吾将济于白水兮，登阆风而绁马。"王逸注："阆风，山名，在昆仑之上。"（《楚辞章句》卷一）〔南朝·宋〕鲍照《舞鹤赋》："指蓬壶而翻翰，望昆阆而扬音。"（《鲍明远集》卷一）

步瀛莱：漫步瀛洲蓬莱。瀛洲、蓬莱，传说中的仙山。《列子·汤问》（卷五）："渤海之东，不知几亿万里……其中有五山焉，一曰岱舆，二曰员峤，三曰方壶，四曰瀛洲，五曰蓬莱。其山高下周旋三万里，其顶平处九千里，山之中间相去七万里，以为邻居焉。其上台观皆金玉，其上禽兽皆纯缟，珠玕之树皆丛生，华实皆有滋味，食之皆不老不死。所居之人，皆仙圣之种，一日一夕，飞相往来者，不可数焉。"

[3] 钻（zuàn）腮：形容味美可口。

笑靥（yè）：笑时露出酒窝。〔前蜀〕韦庄《叹落花》："西子去时遗笑靥，谢娥行处落金钿。"（《浣花集》卷一）

[4] 暮雨朝云：语出〔战国·楚〕宋玉《高唐赋·序》："妾在巫山之阳，高丘之阻，旦为朝云，暮为行雨。朝朝暮暮，阳台之下。"（《文选》卷十九）

元易散：本来容易消散。

[5] 昏钟晓鼓：黄昏的钟声，拂晓的鼓声。钟和鼓为古代击以报时之器。

[6] 病鹤：有病的鹤。〔唐〕孟郊《春日同韦郎中使君送邹儒立少府扶侍赴云阳》："独惭病鹤羽，飞送力难崇。"（《孟东野诗集》卷八）

[7] 焦桐：琴名，又称焦尾琴。东汉蔡邕曾用烧焦的桐木造琴，后因称琴为焦桐。事见《后汉书·蔡邕传》（卷九十下）："吴人有烧桐以爨者，邕闻火烈之声，知

其良木,因请而裁为琴,果有美音,而其尾犹焦,故时人名曰'焦尾琴'焉。"

[8]吾曹:犹我辈,曹,等辈,同类。〔唐〕刘禹锡《酬乐天晚夏闲居欲相访先以诗见贻》:"经过更何处,风景属吾曹。"(《刘宾客外集》卷四)

排闼(tà):推门,撞开门。〔宋〕王安石《书湖阴先生壁二首》之一:"一水护田将绿绕,两山排闼送青来。"(《临川文集》卷二十九)

[9]门阈(yù):门槛。〔唐〕崔群《送庐岳处士符载归蜀觐省序》:"学窥颜子之门阈,文绍陈君之骨鲠。"(《唐文粹》卷九十八)

苍苔:青色苔藓。〔唐〕杜甫《醉时歌》:"先生早赋《归去来》,石田茅屋荒苍苔。"(《九家集注杜诗》卷一)

寄题沈可久雪村

吾闻昔人善赋梅,尝是梦中见春来[1]。

前村深雪天未晓,焉知昨夜一枝开[2]。

江村一雪复一雪,三白丰年与玉屑[3]。

多事诗人要闲管,想象高唐写奇绝[4]。

真曾质明杖屦无[5],前随牧童后樵夫。

暗香何处费摸索,寒生吟癖浩然驴[6]。

平生我有脊梁铁[7],明年八十冻不折。

卿用卿法自雪村[8],横斜独玩书窗月[9]。

(原载 1987 年上海古籍出版社影印文渊阁《四库全书》本《桐江续集》卷二十八;录自北京大学古文献研究所编《全宋诗》,北京大学出版社 1991 年 7 月第 1 版,第 66 册,第 41890 页)

【注　释】

[1]尝是:曾经是。〔唐〕姚合《杭州郡斋南亭》:"田田池上叶,尝是使君衣。"(《姚少监诗集》卷八)

[2]焉知:怎知。〔唐〕王勃《感兴奉送王少府序》:"孔夫子何须频删其诗书,焉知来者之不如今?"(《王子安集》卷七)

[3]三白:三度下雪。〔宋〕苏轼《次韵陈四雪中赏梅》:"高歌对三白,迟暮慰安仁。"〔宋〕王十朋集注:"次公(赵次公,字彦材):三白以言雪,西人语曰:'要宜麦,见三白。'言三次见雪也。"(《东坡诗集注》卷十八)

玉屑：比喻雪末。〔唐〕白居易《春雪》："大似落鹅毛，密如飘玉屑。"（《白氏长庆集》卷一）

〔4〕"想象"句：犹言想象高唐而描写它的奇绝。〔宋〕苏轼《满庭芳》："亲曾见，全胜宋玉，想象赋高唐。"（《东坡词》）

〔5〕质明：天刚亮的时候。《仪礼·士冠礼》："摈者请期，宰告曰：'质明行事。'"〔汉〕郑玄注："质，正也。宰告曰：'旦日正明行冠事。'"（《仪礼注疏》卷一）

杖屦（jù）：老者所用的手杖和鞋子。〔宋〕刘敞《晚步》："泥滑应须劳杖履，幽期恐后野梅芳。"（《公是集》卷二十八）

〔6〕浩然驴：唐代诗人孟浩然喜欢骑驴在风雪中寻找写诗的灵感。〔唐〕唐彦谦《忆孟浩然》："郊外凌竞西复东，雪晴驴背兴无穷。句搜明月梨花内，趣入春风柳絮中。"（《全唐诗》卷六百七十一）〔宋〕苏轼《赠写真何充秀才》："君不见潞州别驾眼如电，左手挂弓横捻箭。又不见雪中骑驴孟浩然，皱眉吟诗肩耸山。"（《东坡诗集注》卷二十七）又，苏轼《大雪青州道上有怀东武园亭寄寄交代孔周翰》："君不见淮西李常侍，夜入蔡州缚取吴元济；又不见襄阳孟浩然，长安道上骑驴吟雪诗。"（《东坡诗集注》卷十八）

〔7〕脊梁铁：为脊梁如铁。〔宋〕谢枋得《和曹东谷韵》："万古纲常担上肩，脊梁铁硬对皇天。"（《宋元诗会》卷五十一）

〔8〕卿：古代对男子的敬称。《史记·刺客列传》（卷八十六）："荆轲者，卫人也。其先乃齐人，徙于卫，卫人谓之庆卿。"〔唐〕司马贞索隐："卿者，时人尊重之号，犹如相尊美亦称'子'然也。"

〔9〕横斜：指梅枝。语本〔宋〕林逋《山园小梅二首》之一："疏影横斜水清浅，暗香浮动月黄昏。"（《林和靖集》卷二）

张 枢

【作者简介】

张枢,字斗南,一字云窗,号寄闲,西秦(今陕西省)人,居临安。善词名世。

木兰花慢[1]

歌尘凝燕垒,又软语、在雕梁[2]。记剪烛调弦,翻香校谱,学品伊凉[3]。屏山梦云正暖,放东风、卷雨入巫阳[4]。金冷红缘孔雀,翠间彩结鸳鸯[5]。

银缸[6]。焰冷小兰房[7]。夜悄怯更长[8]。待采叶题诗,含情赠远,烟水茫茫[9]。春妍尚如旧否,料啼痕、暗里浥红妆[10]。须觅流莺寄语,为谁老却刘郎[11]。

(原载《浩然斋雅谈》卷下;录自唐圭璋编《全宋词》,中华书局 1965 年 6 月第 1 版,第 4 册,第 3031 页)

【注　释】

[1]木兰花慢:词牌名。《词谱》(卷二十九):"宋柳永《乐章集》注:'高平调'。"慢,词体名称。参见本卷《诗歌部》上册欧阳修《踏莎行慢》注[1]。张枢此词双调,一百零一字。前段九句,四平韵;后段十句,六平韵。

[2]歌尘:犹歌声震落的梁间尘土,形容歌声动听。典出《艺文类聚》(卷四十三)引〔汉〕刘向《别录》:"汉兴以来,喜《雅歌》者鲁人虞公,发声清哀,盖动梁尘。"〔唐〕郑谷《蜡烛》:"多情更有分明处,照得歌尘下燕梁。"(《云台编》卷中)

燕垒:燕子的窝,系燕子衔泥垒成。〔宋〕陆游《明日复欲出游而雨再用前韵》:"新泥添燕垒,细雨湿婴衣。"(《剑南诗稿》卷八十二)

软语：柔和而委婉的话语，这里指梁间燕子的叫声。〔宋〕史达祖《双双燕》："还相雕梁藻井。又软语、商量不定。"（《梅溪词》）

雕梁：饰有浮雕、彩绘的梁，或装饰华美的梁。〔南朝·梁〕萧统《锦带书十二月启·姑洗三月》："燕语雕梁，恍对幽闺之语。"（《昭明太子集》卷三）

[3]剪烛：将燃烧过的烛芯剪去，使烛光更加明亮。〔唐〕白居易《杨柳枝二十韵》："妆成剪烛后，醉起拂衫时。"（《白氏长庆集》卷三十二）

调弦：犹调试琴弦。〔南朝·齐〕谢朓《赠王主簿二首》之二："清吹要碧玉，调弦命绿珠。"（《谢宣城集》卷四）

翻香：犹焚香。〔宋〕范成大《乐神曲》："老翁翻香笑且言，今年田家胜去年。"（《石湖诗集》卷三）〔宋〕范成大《王园官舍睡起》："睡觉有忙事，煮茶翻断香。"（《石湖诗集》卷十）

校谱：校对乐谱。按：张枢通音律，故有"校谱"之事。〔宋〕周密《浩然斋雅谈》（卷下）云："窗云张枢，字斗南，又号寄闲，忠烈循王五世孙也。笔墨萧爽，人物酝藉，善音律，尝度《依声集》百阕，音韵谐美，真承平佳公子也。"

学品伊凉：犹言学奏《伊凉》。曲调名。指《伊州》《凉州》二曲。〔宋〕苏轼《子玉家宴用前韵见寄复答之》："自酌金樽劝孟光，更教长笛奏《伊》《凉》。"（《东坡诗集注》卷十二）按：《伊州》，商调曲。《乐府诗集·近代曲辞·伊州》（卷七十九）引《乐苑》："《伊州》，商调曲，西京节度盍（盖）嘉运所进也。"〔唐〕白居易《伊州》："老去将何散老愁，新教小玉唱《伊州》。"（《白氏长庆集》卷二十五）《凉州》，宫调曲。《乐府诗集·近代曲辞·凉州》（卷七十九）引《乐苑》："'《凉州》，宫调曲，开元中，西凉府都督郭知运进。'《乐府杂录》曰：'《梁州曲》，本在正宫调中，有大遍小遍。至贞元初，康昆仑翻入琵琶玉宸宫调，初进曲在玉宸殿，故有此名。合诸乐即黄钟宫调也。'张同《幽闲鼓吹》曰：'段和尚善琵琶，自制《西凉州》。后传康昆仑，即《道调凉州》也，亦谓之《新凉州》云。'"〔唐〕王昌龄《殿前曲》之二："胡部笙歌西殿头，梨园弟子和《凉州》。"（《全唐诗》卷一百四十三）

[4]屏山梦云：屏山，指屏风。〔宋〕欧阳修《蝶恋花》："枕畔屏山围碧浪，翠被华灯，夜夜空相向。"（《六一词》）梦云，梦中云雨，典出〔战国·楚〕宋玉《高唐赋·序》："昔者先王尝游高唐，怠而昼寝，梦见一妇人曰：'妾巫山之女也，为高唐之客。闻君游高唐，愿荐枕席。'王因幸之。去而辞曰：'妾在巫山之阳，高丘之阻，旦为朝云，暮为行雨。朝朝暮暮，阳台之下。'旦朝视之，如言。故为立庙，号曰朝云。"（《文选》卷十九）

巫阳：巫山的南面，指巫峡。〔宋〕赵长卿《南歌子》："又是轻云微雨、下巫阳。"（《历代诗余》卷二十四）

[5]金冷红绦孔雀：犹言红色的丝带上金质的孔雀，绦，丝绳、丝带。此句描

写女子的装束。

翠间彩结鸳鸯:犹言翠玉间结着五彩的鸳鸯。翠,翡翠,硬玉。此句亦描写女子的装束。

[6]银缸:银白色的灯盏、烛台。〔宋〕晏几道《鹧鸪天》:"今宵剩把银缸照,犹恐相逢是梦中。"(《小山词》)

[7]焰:指蜡烛的火焰。

兰房:犹香闺,旧时妇女所居之室。〔五代〕尹鹗《临江仙》:"别来虚遣思悠扬。慵窥往事,金锁小兰房。"(《全唐诗》卷八百九十五)

[8]"夜悄"句:犹言夜悄无声息因心怯不安而更加漫长。悄,寂静无声。怯,不安,有顾虑。

[9]采叶题诗:红叶题诗。唐代红叶题诗、结成良缘的故事较多,情节略同而人事各异:僖宗时,宫女韩氏以红叶题诗,自御沟流出,为于祐所得。祐亦题一叶,投沟上流,亦为韩氏所得。不久,宫中放宫女三千人,祐适娶韩氏。成礼日,各取红叶相示,方知红叶是良媒。参见本卷《诗歌部》上册周邦彦《六五》注[13]。

赠远:赠给远行或远方的人。〔唐〕李德裕《重台芙蓉赋并序》:"思摘芳以赠远,更临流而引领。"(《李卫公别集》卷一)

烟水茫茫:雾霭迷蒙的水面遥远而寥廓。〔唐〕白居易《讽谕·海漫漫·戒求仙也》:"蓬莱今古但闻名,烟水茫茫无觅处。"(《白氏长庆集》卷三)

[10]春妍:春光妍丽。这里喻指女子的青春容颜。〔宋〕陈师道《妾薄命二首》之一:"忍着主衣裳,为人作春妍。"(《后山集》卷一)

浥(yì)红妆:沾湿浸渍盛装。红妆,指女子的盛妆,因妇女妆饰多用红色,故称。〔唐〕元稹《瘴塞》:"瘴塞巴山哭鸟悲,红妆少妇敛啼眉。"(《元氏长庆集》卷二十一)

[11]流莺:黄莺,又称黄鹂。流,谓其鸣声婉转。〔南朝·梁〕沈约《八咏诗·会圃临东风》:"舞春雪,杂流莺。"(《汉魏六朝百三家集》卷八十八)

老却刘郎:犹言老了刘郎。老,用作动词。却,助词,用在动词后面,表动作的完成。刘郎,指东汉刘晨。相传刘晨和阮肇入天台山采药,为仙女所邀,留半年,求归,抵家子孙已七世。〔唐〕司空图《游仙》之二:"刘郎相约事难谐,雨散云飞自此乖。"(《全唐诗》卷六百三十四)〔宋〕赵善括《鹧鸪天》:"重来休厌刘郎老,明月清风有素盟。"(《应斋杂著》卷六)

何梦桂

【作者简介】

何梦桂(1229—?)(生年据本集卷十《王石涧临清事稿跋》),字严叟,幼名应祈,字申甫,别号潜斋,严州淳安(今属浙江)人。度宗咸淳元年(1265)进士。授台州军事判官,改太学录,迁博士,通判吉州。召为太常博士,累迁大理寺卿,知时事不可为,引疾去。入元累征不起。有《潜斋集》十一卷。事见本集附录《何先生家传》、明嘉靖《淳安县志》卷十一。

和　雪

天上琼楼一夜开[1],云林先约意徘徊[2]。

灵河剪水急飞落[3],色界凭风缓下来[4]。

霓舞未阑离月殿[5],蛾妆初试度阳台[6]。

自矜颜色难为偶,嫁得梅花却占魁[7]。

(原载1987年上海古籍出版社影印文渊阁《四库全书》本《潜斋集》卷二;录自北京大学古文献研究所编《全宋诗》,北京大学出版社1991年7月第1版,第67册,第42185—42186页)

【注　释】

[1]琼楼:用美玉琢成的楼台,诗文中常指仙宫。此诗咏雪,以琼喻雪,故云“琼楼”。〔唐〕刘禹锡《答裴令公雪中讶白二十二与诸公不相访之什》:“玉树琼楼满眼新,的知开合待诸宾。”(《刘宾客外集》卷四)

[2]云林:云雾缭绕的山林,指隐居之所。〔唐〕王维《桃源行》:“当时只记入

山深,青溪几度到云林。"(《王右丞集笺注》卷六)

[3]灵河:银河。〔隋〕萧琮《奉和月夜观星》:"灵河隔神女,仙辔动星牛。"(《古诗纪》卷一百三十四)

[4]色界:佛教语,三界之一,在欲界之上,无色界之下。有精美的物质而无男女贪欲。〔唐〕李绅《龙宫寺》:"真相有无因色界,化城兴灭在莲基。"(《全唐诗》卷四百八十一)

[5]霓舞:犹霓裳羽衣舞,舞曲为《霓裳羽衣曲》,故名。该曲为唐代著名法曲,开元中河西节度使杨敬忠所献。初名《婆罗门曲》,经唐玄宗润色并制歌词,后改用今名。参见本卷《诗歌部》中册毛开《念奴娇》注[7]。

未阑:未终,未竟。

月殿:月宫。〔唐〕顾况《宫词》:"月殿影开闻夜漏,水晶帘卷近秋河。"(《华阳集》卷中)

[6]蛾妆:蛾,指蛾眉。蚕蛾触须细长而弯曲,因以比喻女子美丽的眉毛。《诗经·卫风·硕人》:"螓首蛾眉,巧笑倩兮。"(《毛诗注疏》卷五)蛾妆,指画眉妆扮。〔唐〕李贺《三月过行宫》:"渠水红繁拥御墙,风娇小叶学蛾妆。"(《石仓历代诗选》卷七十一)

阳台:〔战国·楚〕宋玉《高唐赋·序》中神女与楚先王约定的幽会场所:"去而辞曰:'妾在巫山之阳,高丘之阻,旦为朝云,暮为行雨。朝朝暮暮,阳台之下。'"(《文选》卷十九)参见本卷《诗歌部》上册解昉《阳台梦》注[9]。

[7]占魁:取得第一。魁,星名,北斗七星之第一星,即天枢。《史记·天官书》(卷二十七):"衡殷南斗,魁枕参首。"〔唐〕张守节正义:"魁,斗第一星也。"引申为第一名。

何
梦
桂

刘辰翁

【作者简介】

刘辰翁(1232—1297),字会孟,庐陵(今江西吉安)人。生于绍定五年。景定三年(1262)廷试对策,忤贾似道,置丙第。以亲老,请濂溪书院山长。荐居史馆,又除太学博士,皆固辞。宋亡,隐居。大德元年卒。年六十六。有《须溪集》。

望江南[1]

晚晴

朝朝暮,云雨定何如[2]。花日穿窗梅小小,雪风洒雨柳疏疏。人唱晚晴初[3]。

(原载1987年上海古籍出版社影印文渊阁《四库全书》本《须溪词》卷八;录自唐圭璋编《全宋词》,中华书局1965年6月第1版,第5册,第3186页)

【注　释】

[1]望江南:又名《忆江南》。参见本卷《诗歌部》下册何令修《望江南》注[1]。刘辰翁此词单调,二十七字,五句,三平韵。

[2]“朝朝暮”二句:出自〔战国·楚〕宋玉《高唐赋·序》:“去而辞曰:‘妾在巫山之阳,高丘之阻,旦为朝云,暮为行雨。朝朝暮暮,阳台之下。’”(《文选》卷十九)

[3]晚晴:谓傍晚晴朗的天色。〔南朝·梁〕何逊《春暮喜晴酬袁户曹苦雨》:“振衣喜初霁,褰裳对晚晴。”(《何水部集》)

行香子[1]

探梅

月露吾痕[2]。雪得吾神[3]。更荒寒、不傍人温[4]。山人去后[5]，车马来勤。但梦朝云，愁暮雨[6]，怨阳春[7]。　　说著东昏[8]。记著南巡[9]。泪盈盈、檀板金尊[10]。怜君素素，念我真真[11]。叹古为言，新样客，旧时人。

（原载 1987 年上海古籍出版社影印文渊阁《四库全书》本《须溪词》卷八；录自唐圭璋编《全宋词》，中华书局 1965 年 6 月第 1 版，第 5 册，第 3199 页）

【注　释】

[1]行香子：词牌名。参见本卷《诗歌部》下册赵长卿《行香子》注[1]。刘辰翁此词双调，六十六字。前后段各八句，五平韵。

[2]月露吾痕：犹言月色显露了我的痕迹。

[3]雪得吾神：犹言雪得到了我的风神。此二句以月和雪作为人的形体及精神世界的载体，表现了一种天人合一的境界。

[4]荒寒：荒凉寒冷。〔宋〕张耒《泊楚州锁外六首》之一：“满眼荒寒春未知，芳菲欲到野梅枝。”（《柯山集》卷二十五）

不傍人温：犹言不依傍着人而变得温暖。

[5]山人：隐居在山中的士人。〔南朝·齐〕孔稚珪《北山移文》：“蕙帐空兮夜鹤怨，山人去兮晓猿惊。”（《文选》卷四十三）

[6]梦朝云，愁暮雨：典出〔战国·楚〕宋玉《高唐赋·序》：“去而辞曰：‘妾在巫山之阳，高丘之阻，旦为朝云，暮为行雨。朝朝暮暮，阳台之下。’”（《文选》卷十九）

[7]阳春：春天，温暖的春天。〔三国·魏〕曹植《闲居赋》：“感阳春之发节，聊轻驾之远翔。”（《曹子建集》卷二）

[8]东昏：古代废帝的封号之一，指南朝齐萧宝卷，齐明帝次子。即位后荒淫残暴，曾凿金为莲花布于地上，令所宠潘妃行其上，谓为“步步生莲花”。后为萧衍所杀。和帝立，追废为东昏侯。〔唐〕罗虬《比红儿》之七：“当时若遇东昏主，金叶莲花是此人。”（《全唐诗》卷六百六十六）

刘辰翁

535

[9]南巡：天子巡行南方。《尚书·舜典》："五月南巡守，至于南岳。"（《尚书注疏》卷二）

[10]檀板：乐器名。檀木制的拍板。〔唐〕杜牧《自宣州赴官入京路逢裴坦判官归宣州因题赠》："画堂檀板秋拍碎，一引有时联十觥。"（《全唐诗》卷五百二十）

金尊：酒樽的美称。〔唐〕陈子昂《春夜别友人》之一："银烛吐青烟，金尊对绮筵。"（《陈拾遗集》卷二）

[11]素素：唐代诗人白居易有妾名樊素，唤作素素。参见本卷《诗歌部》上册苏轼《朝云诗并引》注[1]。亦泛指小妾。

真真：泛指美人。典出〔唐〕杜荀鹤《松窗杂记》："唐进士赵颜于画工处得一软障，图一妇人甚丽，颜谓画工曰：'世无其人也，如可令生，余愿纳为妻。'画工曰：'余神画也，此亦有名，曰真真，呼其名百日，昼夜不歇，即必应之，应则以百家彩灰酒灌之，必活。'颜如其言，遂呼之百日，昼夜不止，乃应曰：'诺。'急以百家彩灰酒灌之，遂呼之活，步下言笑如常。"（《说郛》卷四十六下载）后因以"真真"泛指美人。〔宋〕范成大《戏题赵从善两画轴三首》之二："情知别有真真在，试与千呼万唤看。"（《石湖诗集》卷三十一）

琐窗寒

和巽吾闻莺[1]

嫩绿如新，娇莺似旧，今吾非故[2]。空山过雨，睆睆留春春去[3]。似尊前曲曲阳关，行人回首江南处[4]。漫停云低黯，征衫憔悴[5]，酒痕犹污。

欲语。浑未住[6]。记匹马经行，风林烟树。家山何在，想见绿窗啼雾[7]。又何堪满目凄凉，故园梦里能归否。但数声、惊觉行云，重省佳期误[8]。

（原载 1987 年上海古籍出版社影印文渊阁《四库全书》本《须溪词》卷九；录自唐圭璋编《全宋词》，中华书局 1965 年 6 月第 1 版，第 5 册，第 3213—3214 页）

【注　释】

[1]琐窗寒：词牌名。《词谱》（卷二十七）："《琐窗寒》，一名《琐寒窗》，调见《片玉集》，盖寒食词也。因词有'静琐一庭愁雨'及'故人翦烛西窗语'句，取以为名。"〔清〕毛先舒《填词名解》（卷三）："《琐窗寒》，越调曲。"（载北京市中国书店

据木石居校本影印〔清〕查培继《词学全书》,1984年1月第1版)刘辰翁此词双调,九十九字。前段十句,四仄韵;后段十句,六仄韵。

巽吾:作者友人彭无逊,字巽吾,庐陵(今江西吉安)人,景定二年(1261)解试。刘辰翁《须溪词》内屡有唱和之词。

[2]今吾非故:犹言今天的我已非过去的我。〔宋〕刘敞《寄邻几》:"昨日非今日,今吾非故吾。"(《公是集》卷十三)〔宋〕李纲《招陈几叟小饮》:"虚堂隐几共谈笑,应信今吾非故吾。"(《梁溪集》卷七)

[3]睍睆(xiànhuǎn):形容鸟色美好或鸟声清和圆转貌。《诗经·邶风·凯风》:"睍睆黄鸟,载好其音。"〔汉〕毛亨传:"睍睆,好貌。"(《毛诗注疏》卷三)〔宋〕朱熹集传:"睍睆,清和圆转之意。"(《诗经集传》卷二)余冠英注:"睍睆,黄鸟鸣声。又作'间关'。"(《诗经选》,人民文学出版社1979年10月北京第2版,1979年湖北第8次印刷,第32页)

留春春去:谓挽留春天,而春天依然离去。

[4]尊前:酒樽之前,指酒筵上。参见本卷《诗歌部》上册柳永《迷仙引》注[4]。

阳关:古曲《阳关三叠》的省称。亦泛指离别时唱的歌曲。〔唐〕白居易《醉题沈子明壁》:"我有《阳关》君未闻,若闻亦应愁煞君。"(《白香山诗集》卷二十一)

行人回首江南处:犹言行人回头遥望江南之处,谓流连不舍之情。

[5]漫停云低黯:漫,遍。停云,停止不动的云。此句犹言满天停止不动的云低垂而昏暗。

征衫:旅人之衣。〔宋〕楼钥《水涨乘小舟》:"一番冻雨洗郊丘,冷逼征衫四月秋。"(《攻媿集》卷七)

[6]浑未住:仍旧未住。指黄莺的啼声。浑,副词,还,仍旧。〔宋〕辛弃疾《汉宫春》:"浑未办、黄柑荐酒;更传青韭堆盘。"(《历代诗余》卷六十二)

[7]家山:家乡之山,谓故乡。〔唐〕白居易《除夜寄微之》:"家山泉石寻常忆,世路风波子细谙。"(《白氏长庆集》卷二十三)

绿窗啼雾:犹言黄莺在绿窗前雾中啼鸣。绿窗,绿色纱窗,指女子居室。〔唐〕权德舆《古乐府》:"绿窗珠箔绣鸳鸯,侍婢先焚百和香。莺啼自出不知曙,寂寂罗帏春梦长。"(《权文公集》卷九)

[8]行云:用巫山神女之典。语本〔战国·楚〕宋玉《高唐赋·序》:"旦为朝云,暮为行雨。"(《文选》卷十九)

佳期:语出〔战国·楚〕屈原《九歌·湘夫人》:"登白蘋兮骋望,与佳期兮夕张。"〔汉〕王逸注:"佳谓湘夫人也……与夫人期歡飨之也。"(《楚辞章句》卷二)后用以指男女约会的日期。

王茂孙

【作者简介】

王茂孙,字景周,号梅山。宋末王英孙之弟。

高阳台[1]

春梦

迟日烘晴,轻烟缕昼,琐窗雕户慵开[2]。人独春闲,金猊暖透兰煤[3]。山屏缓倚珊瑚畔,任翠阴、移过瑶阶[4]。悄无声,彩翅翩翩,何处飞来[5]。

片时千里江南路,被东风误引,还近阳台[6]。腻雨娇云[7],多情恰喜徘徊。无端枝上啼鸠唤,便等闲、孤枕惊回[8]。恶情怀,一院杨花、一径苍苔[9]。

（原载《绝妙好词》卷六;录自唐圭璋编《全宋词》,
中华书局 1965 年 6 月第 1 版,第 5 册,第 3262 页）

【注　释】

[1]高阳台:词牌名。《词谱》(卷二十八):"《高阳台》,高拭词注:'商调'。刘镇词名《庆春泽慢》;王沂孙词名《庆春宫》。"〔清〕毛先舒《填词名解》(卷三):"《高阳台》,取宋玉赋神女事。又,汉习郁于岘山作养鱼池,中筑钓台,是燕游名处。山简为荆州,每临此池辄大醉,曰:'此吾高阳池也!'"(载北京市中国书店据木石居校本影印〔清〕查培继《词学全书》,1984 年 1 月第 1 版)王茂孙此词双调,一百字。前后段各十句,四平韵。

[2]迟日:语本《诗经·豳风·七月》:"春日迟迟,采蘩祁祁。"(《毛诗注疏》卷十五)后以"迟日"指春日。〔唐〕皇甫冉《送钱唐路少府赴制举》:"迟日未能销

野雪,晴花偏自犯江寒。"(《二皇甫集》卷五)

烘晴:谓阳光映照晴空。〔宋〕范成大《次韵徐提举游石湖三绝》之二:"日脚烘晴已破烟,山头云气尚披绵。"(《石湖诗集》卷三十三)

缕昼:犹言飘浮在白昼。缕,轻烟如缕,用作动词。

琐窗:镂刻有连琐图案的窗棂。〔唐〕独孤及《和赠远》:"忆得去年春风至,中庭桃李映琐窗。"(《毗陵集》卷二)

雕户:犹雕花门。慵开,懒得开。〔宋〕魏野《谢寇相公见访二首》之一:"昼睡方浓向竹斋,柴门日午尚慵开。"(《东观集》卷一)

[3]金猊(ní):香炉的一种。炉盖作狻猊形,空腹。焚香时,烟从口出。狻猊,即狮子。〔前蜀〕花蕊夫人《宫词》之五十二:"夜色楼台月数层,金猊烟穗绕觚棱。"(《全唐诗》卷七百九十八)

兰煤:气味如兰的香烟。

[4]山屏:形如屏风的山崖。〔南唐〕韩熙载《溧水无相寺》:"无相景幽远,山屏四面开。"(《全唐诗》卷七百三十八)

珊瑚:由珊瑚虫分泌的石灰质骨骼聚结而成的东西,状如树枝,多为红色,也有白色或黑色的。鲜艳美观,可做装饰品。〔唐〕杜甫《幽人》:"崔嵬扶桑日,照曜珊瑚枝。"(《九家集注杜诗》卷五)

翠阴:翠绿的树木阴影。〔宋〕田锡《斑竹帘赋》:"湘水春深,修篁翠阴。"(《咸平集》卷七)

瑶阶:玉砌的台阶,亦用为石阶的美称。〔唐〕杜牧《秋夕》:"瑶阶夜色凉如水,坐看牵牛织女星。"(《全唐诗》卷五百二十四)

[5]彩翅:彩色的翅膀,指羽毛美丽的鸟儿或蝴蝶。翩翩,飞行轻快貌。《诗经·小雅·四牡》:"翩翩者雏,载飞载下,集于苞栩。"〔宋〕朱熹集传:"翩翩,飞貌。"(《诗经集传》卷四)

[6]阳台:〔战国·楚〕宋玉《高唐赋·序》中神女与楚先王约定的幽会场所。参见本卷《诗歌部》上册解昉《阳台梦》注[9]。

[7]腻雨娇云:润泽的雨,娇艳的云。"朝云暮雨"意象的变异之一种。典出〔战国·楚〕宋玉《高唐赋·序》:"昔者先王尝游高唐,怠而昼寝,梦见一妇人曰:'妾巫山之女也,为高唐之客。闻君游高唐,愿荐枕席。'王因幸之。去而辞曰:'妾在巫山之阳,高丘之阻,旦为朝云,暮为行雨。朝朝暮暮,阳台之下。'"(《文选》卷十九)

[8]啼鸠:啼鸣的斑鸠或布谷。鸠,鸟名,古为鸠鸽类,种类不一。如雉鸠、祝鸠、斑鸠等,亦有非鸠鸽类而以鸠名的如鸤鸠(布谷)。今为鸠鸽科部分鸟类的通称,常指山斑鸠及珠颈斑鸠两种。《诗经·卫风·氓》:"于嗟鸠兮,无食桑葚。"

〔汉〕毛亨传："鸠，鹘鸠也。"（《毛诗注疏》卷五）《吕氏春秋·仲春纪》（卷二）："苍庚鸣，鹰化为鸠。"〔汉〕高诱注："鸠，盖布谷鸟也。"

孤枕惊回：犹言独睡时被啼鸠从梦中惊醒。孤枕，独枕，借指独宿、独眠。〔南朝·宋〕鲍照《梦归乡》："夜分就孤枕，梦想惭言归。"（《鲍明远集》卷七）

[9]杨花：指柳絮。〔宋〕苏轼《少年游》："去年相送，余杭门外，飞雪似杨花。今年春尽，杨花似雪，犹不见还家。"（《东坡词》）按：古诗文中"杨"、"柳"常通用。

苍苔：青色苔藓。〔唐〕李白《桓公井》："石甃冷苍苔，寒泉湛孤月。"（《李太白文集》卷十九）

汪梦斗

【作者简介】

汪梦斗,字以南,号杏山,续溪(今属安徽)人。理宗景定二年(1261)魁江东漕试,授江东制置司幹官。度宗咸淳间为史馆编校,以事弃官归。宋亡,元世祖特召赴京,于至正十六年(1279)成行,时年近五十,卒不受官放还。《北游集》即为此行往返途中所作的诗词集。后从事讲学以终。事见本集自序,明弘治《徽州府志》卷七有传。

高唐州戏作[1]

错赋巫山十二峰[2],西南与北偶名同[3]。
便饶真是阳台路[4],行雨才收梦亦空。

(原载《四库全书》1987 年上海古籍出版社影印本《北游集》卷上;录自北京大学古文献研究所编《全宋诗》,北京大学出版社 1991 年 7 月第 1 版,第 67 册,第 42363 页)

【注　释】

[1]高唐州:元至元七年(1270)置,属中书省。治所在高唐县(今山东高唐县)。辖境相当今山东高唐、夏津、武城三县。明洪武初省县入州,属东昌府。1931 年改高唐县。

戏作:游戏之作,玩笑之作。

[2]巫山十二峰:圣泉峰、登龙峰、朝云峰、神女峰(又称望霞峰)、松峦峰、集仙峰、翠屏峰、聚鹤峰、飞凤峰、净坛峰、起云峰、上升峰。参见本卷《诗歌部》上册

张似《经旧游》注[4]。

[3]"西南"句:谓《高唐赋》里描写的"高唐",是指位于西南地区长江三峡中巫山的"高唐",与位于北方高唐州的"高唐",不过是偶然名称相同罢了。从〔战国·楚〕宋玉《高唐赋》"妾巫山之女也,为高唐之客"以及"惟高唐之大体兮,殊无物类之可仪比。巫山赫其无畴兮,道互折而曾累"等语来看,宋玉《高唐赋》中所描写的"高唐"在巫山中,而巫山在长江三峡中,毋庸置疑。参见本卷《诗歌部》上册黄夷仲《调王辟之》注[2]。汪梦斗此诗,断然否定了宋赋"高唐"在"高唐州"的说法,肯定了宋赋"高唐"在"西南"的观点,而且对那种胡乱指认宋赋"高唐"地望,牵强附会神女故事的谬说给予了辛辣的嘲笑,至今学界亦应引以为戒。

[4]便饶:即便,尽管。饶,连词,相当于"任凭"、"尽管"。〔宋〕杨万里《南溪堰滩》:"便饶滟预三巴峡,也当龙门八节滩。"(《诚斋集》卷四十一)

周 密

【作者简介】

周密(1232—1298),字公谨,号草窗,济南人。流寓吴兴,居弁山,自号弁阳啸翁,又号四水潜夫。生于绍定五年。曾为义乌令,入元不仕。卒于大德二年,年六十七。有《草窗词》《蘋洲渔笛谱》《齐东野语》《癸辛杂识》《志雅堂杂钞》《浩然斋雅谈》《武林旧事》《澄怀录》《云烟过眼录》各若干卷传于世。

大 酺[1]

春阴怀旧

又子规啼,荼蘼谢,寂寂春阴池阁[2]。罗窗人病酒,奈牡丹初放,晚风还恶[3]。燕燕归迟,莺莺声懒,闲胃秋千红索[4]。三分春过二,尚賸寒犹凝,翠衣香薄[5]。傍鸳径鹦笼[6],一池萍碎,半檐花落。　　最怜春梦弱。楚台远、空负朝云约[7]。谩念想、清歌锦瑟,翠管瑶尊[8],几回沈醉东园酌[9]。燕麦兔葵恨,倩谁访、画阑红药[10]。况多病、腰如削[11]。相如老去,赋笔吟笺闲却[12]。此情怕人问著。

(原载近人朱祖谋编 1922 年第三次校补本《彊村丛书》本《蘋洲渔笛》卷二;录自唐圭璋编《全宋词》,中华书局 1965 年 6 月第 1 版,第 5 册,第 3277—3278 页)

【注　释】

[1]大酺(pú):词牌名。《词谱》(卷三十三):"《大酺》,调见《清真乐府》。"

按:唐教坊曲有《大酺乐》。《羯鼓录》亦有太簇商《大酺乐》,宋词盖借旧曲名自制新声也。"〔清〕毛先舒《填词名解》(卷三):"《大酺》,越调曲也。汉唐制皆有赐酺,词取以名。唐教坊曲有《大酺乐》(案:《乐苑》云:'《大酺乐》,商调曲。唐张文收造。'——括号中的文字原为双行夹注)。"(载北京市中国书店据木石居校本影印〔清〕查培继《词学全书》,1984 年 1 月第 1 版)《词谱》以周密此词为此调别体:双调,一百三十三字。前段十五句,五仄韵;后段十一句,七仄韵。

[2]子规:杜鹃鸟的别名,传说为蜀帝杜宇的魂魄所化。常夜鸣,声音凄切。《埤雅·释鸟》(卷九):"杜鹃,一名子规。苦啼啼血不止,一名怨鸟,夜啼达旦,血渍草木。凡始鸣,皆北向,啼苦则倒县(悬)于树。《说文》:所谓蜀王望帝化为子寯,今谓之子规是也。至今寄巢生子,百鸟为哺其雏,尚如君臣云。《尔雅》曰:巂周即此鸟也。《临海异物志》曰:鶗鴂,一名杜鹃,至三月鸣,昼夜不止。按《楚辞》曰:'恐鶗鴂之先鸣兮,使夫百草为之不芳。'则杜鹃似非鶗鴂。服虔曰:鶗鴂,一名鵙,此言是也。盖阴气至而鵙鸣,故百草为之芳歇。或曰:鶗鴂春分鸣,则众芳生;秋分鸣,则众芳歇,所未详也。"〔唐〕杜甫《子规》:"峡里云安县,江楼翼瓦齐。两边山木合,终日子规啼。"(《九家集注杜诗》卷二十七)

荼蘼:即荼蘼(túmí),亦作酴醾,花名。本酒名,以花颜色似之,故取以为名。参见本卷《诗歌部》上册谢逸《鹧鸪天》注[6]。

春阴:春季天阴时空中的阴气。〔唐〕常建《晦日马镫曲稍次中流作》:"秦天无纤翳。郊野浮春阴。"(《常建诗》卷一)

[3]罗窗:绮罗纱窗。〔宋〕贺铸《和王文举别馆初夏》:"的的罗窗梦,西邻可得知。"(《庆湖遗老诗集》卷八)

晚风恶:犹晚风威猛。恶,猛烈。〔宋〕陆游《一春风雨大半有感》:"雨昏鸡唱晚,风恶鹊巢低。"(《剑南诗稿》卷五十六)

[4]燕燕:燕子。《诗经·邶风·燕燕》:"燕燕于飞,差池其羽。"〔唐〕孔颖达疏:"此燕即今之燕也,古人重言之。"(《毛诗注疏》卷三)

莺莺:犹嘤嘤,鸟鸣声。《乐府诗集·琴曲歌辞·思亲操》(卷五十七):"河水洋洋兮青泠,深谷鸟鸣兮莺莺。"

闲罥(juàn):犹闲挂。罥,缠绕悬挂。〔唐〕杜甫《茅屋为秋风所破歌》:"茅飞渡江洒江郊,高者挂罥长林梢,下者飘转沉塘坳。"(《九家集注杜诗》卷十)

[5]賸(shèng):剩余。〔宋〕贺铸《烛影摇红》:"惆怅更长梦短。但衾枕、余芬賸暖。"(《乐府雅词》卷中)

翠衣:绿色的衣服。〔汉〕刘向《说苑·善说》(卷十一):"襄成君始封之日,衣翠衣,带玉剑,履缟舄,立于游水之上。"

[6]鸳径:鸳鸯走的小路。〔宋〕曾觌《柳梢青》:"桃靥红匀。梨腮粉薄,鸳径

无尘。"(《花草粹编》卷八)

鹦笼:鹦鹉的笼子。〔宋〕吴文英《法曲献仙音》:"料鹦笼玉锁,梦里隔花时见。"(《词综》卷十九)

[7]春梦:春天的梦,常隐喻性梦。〔唐〕权德舆《古乐府》:"莺啼自出不知曙,寂寂罗帏春梦长。"(《权文公集》卷九)

楚台:指楚王梦遇神女之阳台,后多指男女欢会之处。〔唐〕吴融《重阳日荆州作》:"惊时感事俱无奈,不待残阳下楚台。"(《唐英歌诗》卷上)

朝云约:犹神女之约。典出〔战国·楚〕宋玉《高唐赋·序》:"妾在巫山之阳,高丘之阻,旦为朝云,暮为行雨。朝朝暮暮,阳台之下。"(《文选》卷十九)

[8]谩念想:谩,通"漫",徒然。谩念想,犹徒然想念。

清歌:清亮的歌声。〔唐〕王勃《三月上巳祓禊序》:"清歌绕梁,白云将红尘并落。"(《王子安集》卷四)

锦瑟:漆有织锦纹的瑟。〔唐〕杜甫《曲江对雨》:"何时诏此金钱会,暂醉佳人锦瑟傍。"〔清〕仇兆鳌注引《周礼乐器图》:"饰以宝玉者曰宝瑟,绘文如锦者曰锦瑟。"(《杜诗详注》卷六)

翠管:碧玉镂雕的管状盛器。〔唐〕杜甫《腊日》:"口脂面药随恩泽,翠管银罂下九霄。"〔清〕仇兆鳌注引张綖曰:"翠管银罂,指所盛之器。"(《杜诗详注》卷五)

瑶尊:玉制的酒杯,亦用作酒杯的美称。〔宋〕王禹偁《茶园十二韵》:"汲泉鸣玉甃,开宴压瑶罇。"(《小畜集》卷十一)亦指代美酒。〔宋〕张先《燕归梁》:"今年江上共瑶尊。都不是、去年人。"(《安陆集》)

[9]东园:泛指园圃。〔唐〕李白《古风》之四十七:"桃花开东园,含笑夸白日。"(《李太白集注》卷二)又,朱德才主编《增订注释李清照、姜夔、周密词》注:"《七修类稿》:'东花园,宋之富景园也。内有百花池,相传旧矣。'按:非是。据夏谱,东园乃杨缵居地。"(文化艺术出版社1999年1月版,第125页)杨缵,字继翁,严陵人,居钱塘。宁宗杨后兄次山之孙,号守斋,又号紫霞翁。《图绘宝鉴》云:度宗朝女为淑妃,官列卿,好古博雅,善琴,有《紫霞洞谱》传世,时作墨竹。(据〔清〕查为仁、厉鹗《绝妙好词笺》卷三)

[10]燕麦兔葵恨:燕麦,植物名,野生于废墟荒地间,燕雀所食,故名。兔葵,植物名,似葵,古以为蔬。燕麦兔葵恨,典出〔唐〕刘禹锡《再游玄都观绝句并引》,其引云:"余贞元二十一年为屯田员外郎时,此观未有花。是岁,出牧连州,寻贬朗州司马,居十年,召至京师。人人皆言有道士手植仙桃,满观如红霞,遂有前篇,以志一时之事。旋又出牧,今十有四年,复为主客郎中,重游玄都,荡然无复一树,唯兔葵燕麦,动摇于春风耳。因再题二十八字,以俟后游时。大和二年三月。"其诗云:"百亩中庭半是苔,桃花净尽菜花开。种桃道士归何处?前度刘郎今又来!"

周密

545

（《刘宾客文集》卷二十四）

　　倩（qìng）谁访：请谁探访。倩，请，恳求。〔宋〕谢逸《鹧鸪天》："愁满眼，水连天。香笺小字倩谁传。"（《溪堂集》卷六）

　　画阑：有画饰的栏杆。〔宋〕黄公绍《端午竞渡棹歌十首》之九："扑得龙船儿一对，画阑倚遍看游人。"（《在轩集》）

　　红药：红色的芍药。〔宋〕姜夔《扬州慢》："念桥边红药，年年知为谁生。"（《白石道人歌曲》卷四）

　　[11]腰如削：犹言腰肢如削，形容消瘦。〔宋〕侯寊《满江红》："念沈郎、多感更伤春，腰如削。"（《孋窟词》）

　　[12]相如：司马相如（前179—前118），西汉辞赋家。字长卿。武帝时，因献赋被任命为郎。曾通使邛、筰有功。著作有《子虚》《上林》《大人》等赋，以讽喻为名，铺张皇帝打猎和观赏歌舞的享乐生活，以及游仙故事，文字华丽雕琢，成为汉魏以来文人赋体的模仿对象。此二句化用〔宋〕苏轼《戏周正儒二绝》之二："相如虽老犹能赋，换马还应继二生。"（《东坡诗集注》卷二十一）

　　闲却：闲置。却，助词，相当于了，罢。〔宋〕王安石《试院中》之四："闲却荒庭归未得，一灯明灭照黄昏。"（《临川文集》卷三十一）

齐天乐[1]

　　曲屏遮断行云梦[2]，西楼怕听疏雨。研冻凝华，香寒散雾，呵笔慵题新句[3]。长安倦旅。叹衣染尘痕，镜添秋缕[4]。过尽飞鸿，锦笺谁为寄愁去[5]。　　箫台应是怨别[6]，晓寒梳洗懒，依旧眉妩[7]。酒滴炉香，花围坐暖，闲却珠韝钿柱[8]。芳心谩语[9]。恨柳外游缰，系情何许[10]。暗卜归期，细将梅蕊数[11]。

　　（原载近人朱祖谋编1922年第三次校补本《彊村丛书》本《萍洲渔笛》卷二；录自唐圭璋编《全宋词》，中华书局1965年6月第1版，第5册，第3279页）

【注　释】

　　[1]齐天乐：词牌名，《词谱》（卷三十一）："《齐天乐》，周密《天基节乐次》：乐奏'夹钟宫'，第一盏觱篥起《圣寿齐天乐慢》。姜夔词注：'黄钟宫'，俗名《正宫》。周邦彦词有'绿芜雕尽台城路'句，名《台城路》。沈端节词名《五福降中

天》。张辑词有'如此江山'句,名《如此江山》。"周密此词双调,一百零二字。前段十句,五仄韵;后段十一句,五仄韵。

[2]曲屏:谓曲折(多扇)的屏风。〔唐〕李商隐《屏风》:"六曲连环接翠帷"句〔清〕朱鹤龄集注:"《唐书》:宪宗著书十四篇,号前代君臣事迹,书写于六曲屏风。李贺《屏风曲》:'团回六曲抱膏兰。'"(《李义山诗集注》卷一上)

行云梦:犹巫山梦,高唐梦。典出〔战国·楚〕宋玉《高唐赋·序》:"昔者先王尝游高唐,怠而昼寝,梦见一妇人曰:'妾巫山之女也,为高唐之客。闻君游高唐,愿荐枕席。'王因幸之。去而辞曰:'妾在巫山之阳,高丘之阻,旦为朝云,暮为行雨。朝朝暮暮,阳台之下。'"(《文选》卷十九)

[3]研冻凝华:犹言砚台里的墨汁凝冻成霜花。研,同"砚"。

呵笔慵题:犹言对着笔哈气,懒得题写。〔宋〕释觉范《余将北游留海昏而余佑禅者自靖安驰来觅诗》:"败煤磨破砚,冻笔时呵之。"(《石门文字禅》卷四)

[4]秋缕:指白发。

[5]飞鸿:飞行的鸿雁。《汉书·苏武传》(卷五十四):"教使者谓单于,言天子射上林中,得雁,足有系帛书。"后遂以飞鸿喻书信。

锦笺:犹锦书,典出《晋书·列女传·窦滔妻苏氏》(卷九十六):"窦滔妻苏氏,始平人也,名蕙,字若兰,善属文。滔,苻坚时为秦州刺史,被徙流沙,苏氏思之,织锦为回文旋图诗以赠滔。宛转循环以读之,词甚凄惋,凡八百四十字。"参见本卷《诗歌部》上册徐铉《梦游三首》其三注[9]。

[6]箫台:犹凤台。事见〔汉〕刘向《列仙传·萧史》(卷上):"萧史者,秦穆公时人也。善吹箫,能致孔雀、白鹤于庭。穆公有女,字弄玉,好之。公遂以女妻焉。日教弄玉作凤鸣,居数年,吹似凤声,凤凰来止其屋。公为作凤台,夫妇止其上。不下数年,一旦皆随凤凰飞去。故秦人为作凤女祠于雍宫中,时有箫声而已。萧史妙吹,凤雀舞庭。嬴氏好合,乃习凤声。遂攀凤翼,参翥高冥。女祠寄想,遗音载清。"

[7]眉妩:犹眉怃,谓眉样妩媚可爱。《汉书·张敞传》(卷七十六):"又为妇画眉,长安中传张京兆眉怃。"〔唐〕颜师古注:"孟康曰:'怃音诩,北方人谓媚好为诩畜。'苏林曰:'怃音妩。'苏音是。"

[8]珠鞲(gōu):装饰珠宝的革制臂套。〔宋〕张孝祥《重入昭亭赋十二韵》:"苍鹰着珠鞲,侧脑思高骞。"(《于湖集》卷三)鞲,革制臂套。〔唐〕杜甫《见王监兵马使说近山有白黑二鹰罗者久取竟未能得王以为毛骨有别他鹰恐腊后春生鶱飞避暖劲翮思秋之甚眇不可见请余赋诗二首去声》之一:"一生自猎知无敌,百中争能耻下鞲。"〔清〕仇兆鳌注:"鞲,捍臂也,以皮为之。"(《杜诗详注》卷十八)

钿(diàn)柱:镶嵌金、银、玉等物的筝柱。

[9]谩语:犹言随意相语,谩,通"漫"。〔南唐〕冯延巳《鹊踏枝》:"夜夜梦魂休谩语。已知前事无寻处。"(《历代诗余》卷三十九)

[10]游缰:马缰绳,借指出游的车马或骑马出游的人。〔宋〕赵孟坚《九里松马上作》:"耳边为爱闻天籁,故约游缰缓缓行。"(《彝斋文编》卷二)

何许:犹何处。〔唐〕李白《登黄山凌歊台送族弟溧阳尉济充泛舟赴华阴》:"相思在何许,杳在落阳西。"(《李太白集注》卷十八)

[11]暗卜:暗中占卜。细将梅蕊数,谓细数梅花的花蕊,以其数目多少或单双作为占卜的根据。

水龙吟

次张斗南韵[1]

舞红轻带愁飞,宝鞯暗忆章台路[2]。吟香醉雨,吹箫门巷,飘梭院宇。立尽残阳,眼迷晴树,梦随风絮[3]。叹江潭冷落,依依旧恨,人空老、柳如许[4]。　　锦瑟华年暗度[5]。赋行云、空题短句[6]。情丝系燕,么弦弹凤,文君更苦[7]。烟水流红,暮山凝紫[8],是春归处。怅江南望远,苹花自采,寄将愁与[9]。

（原载近人朱祖谋编1922年第三次校补本《彊村丛书》本《萍洲渔笛》卷二;录自唐圭璋编《全宋词》,中华书局1965年6月第1版,第5册,第3286页）

【注　释】

[1]水龙吟:词牌名。参见本卷《诗歌部》上册孔夷《水龙吟》注[1]。《词谱》(卷三十)注云:"此调句读最为参差,今分立二谱,起句七字,第二句六字者,以苏轼词为正格。起句六字,第二句七字者,以秦观词为正格。其余添字、减字、句读、押韵不同者,各以类列。此调之源流正、变,尽于此矣。"周密此词双调,一百零二字。前段十一句,起句六字,第二句七字,四仄韵;后段十一句,五仄韵。

张斗南:张枢,字斗南,一字云窗,号寄闲,西秦(今陕西省)人,居临安。善词名世。参见本卷《诗歌部》下册张枢作品【作者简介】。

[2]舞红:飞舞的落花。〔宋〕卢祖皋《清平乐》:"脉脉不知春又老。帘外舞红多少。"(《绝妙好词笺》卷一)

宝鞯(jiān):饰有珠宝的马鞍。〔宋〕华岳《次李信州七十韵》:"黄貉蒙金络,青骢勒宝鞯。"(《翠微南征录》卷四）。亦指代宝马。

　　章台:泛指妓院聚集之地,泛指舞榭歌台。〔宋〕欧阳修《蝶恋花》:"玉勒雕鞍游冶处。楼高不见章台路。"(《六一词》)

　　[3]立尽残阳:犹言站立着,直到残阳落尽。

　　晴树:晴天的树。〔宋〕杨时《泗上》之二:"冻云穿晓日,晴树绕飞鸦。"(《龟山集》卷四十)

　　风絮:风中的柳絮。〔宋〕宋祁《晚春》:"露花裛裛开还遍,风絮飞飞去不休。"(《景文集》卷二十四)

　　[4]如许:像这样。〔宋〕邓肃《兴化重建院》:"屋老如许,门宇萧然。"(《栟榈集》卷十七)

　　[5]"锦瑟"句:化用〔唐〕李商隐《锦瑟》:"锦瑟无端五十弦,一弦一柱思华年。"(《李义山诗集注》卷一上)

　　[6]行云:语本〔战国·楚〕宋玉《高唐赋·序》:"旦为朝云,暮为行雨。"(《文选》卷十九)此用巫山神女之典。

　　[7]么(yāo)弦:么,同"幺",琵琶的第四弦,借指琵琶。〔宋〕欧阳修《千秋岁》:"莫把幺弦拨。怨极弦能说。"(《六一词》)

　　文君:指卓文君。汉临邛富翁卓王孙之女,貌美,有才学。司马相如饮于卓氏,文君新寡,相如以琴曲挑之,文君遂夜奔相如。见《史记·司马相如列传》(卷一百十七)后以指代美女。参见本卷《诗歌部》上册丁谓《代意》注[3]。

　　[8]烟水流红:犹言雾霭迷蒙的水面落花漂流。〔宋〕陈渊《山行》:"浪蕊浮花逐去程,流红应恨水无情。"(《默堂集》卷八)

　　暮山凝紫:犹言黄昏的山凝成紫色。

　　[9]寄将愁与:犹言将愁寄给对方。与,给予。

贾云华

【作者简介】

贾云华,名娉娉。似道女。初其母与魏鹏母有指腹为婚之约,后母悔,云华潜与鹏别,绝食而卒。事见《査泖诗补》卷二。

魏鹏负期醉卧戏题练裙[1]

暮雨朝云少定踪[2],空劳神女下巫峰[3]。
襄王自是无情绪[4],醉卧明月花影中。

(原载〔清〕范端昂《査泖续补》卷二。录自北京大学古文献研究所编《全宋诗》,北京大学出版社1991年7月第1版,第68册,第42867页)

【注 释】

[1]魏鹏:人名。〔清〕徐釚《词苑丛谈·外编》(卷十二):"贾云华之母与魏鹏母有指腹之约,鹏谒贾,贾命女结为兄妹,不及前盟,两人遂相与私。未几,鹏以母丧归,云华赋《踏莎行》与决别,云:'随水落花,离弦飞箭。今生无处能相见。长江纵使向西流,也应不尽千年怨。/盟誓无凭,情缘有限。愿魂化作衔泥燕。一年一度一归来,孤雌独入郎庭院。'遂郁郁死。二年后,有长安丞宋子璧女暴卒,复苏,自言云华借尸还魂,丞以告贾,遂归鹏焉。"

[2]暮雨朝云:典出〔战国·楚〕宋玉《高唐赋·序》:"妾在巫山之阳,高丘之阻,旦为朝云,暮为行雨。朝朝暮暮,阳台之下。"(《文选》卷十九)

[3]空劳:徒劳,白费。〔唐〕姚合《偶题》:"年年九陌看春还,旧隐空劳梦寐间。"(《姚少监诗集》卷六)

神女:巫山神女,巫山的山神,名瑶姬。巫山神女的原始雏形见于《山海经·中次七经》所载帝女死,化为䔄草的神话。〔战国·楚〕屈原《九歌·山鬼》对巫山神女形象进行了描绘。〔战国·楚〕宋玉的《高唐赋·序》是巫山神女神话的定型化文本;其《神女赋》则塑造了中国古代美神和爱神的光辉形象。巫山神女在中国文学史和文化史上产生了巨大而深远的影响。

巫峰:巫山之峰。〔宋〕陈襄《幽斋》:"云屏孤梦断,寂寞掩巫峰。"(《古灵集》卷二十三)

[4]襄王:一作楚顷襄王,名芈(mǐ)横,战国时楚国君主,楚怀王芈槐之子,前298—前262年在位。在宋玉《高唐赋》《神女赋》中楚襄王均扮演了重要角色,后人遂将楚襄王作为高唐故事的男主人公,这其实是一种误读。参见本卷《诗歌部》上册徐铉《离歌辞五首》(其五)注[4]。

永　别
集唐句寄鹏

自从消瘦减容光[1],云雨巫山枉断肠[2]。
独宿孤房泪如雨[3],秋宵只为一人长[4]。

(原载〔清〕范端昂《奁泐续补》卷二。录自北京大学古文献研究所编《全宋诗》,北京大学出版社1991年7月第1版,第68册,第42867页)

【注　释】

[1]"自从"句:出自〔唐〕元稹《莺莺传》拟崔莺莺诗:"自从消瘦减容光,万转千回懒下床。不为傍人羞不起,为郎憔悴却羞郎。"(《元氏长庆集补遗》卷六)

[2]"云雨"句:出自〔唐〕李白《清平调词三首》之二:"一枝红艳露凝香,云雨巫山枉断肠。借问汉宫谁得似,可怜飞燕倚新妆。"(《李太白集注》卷五)

[3]"独宿"句:〔唐〕李白《乌夜啼》:"黄云城边乌欲栖,归飞哑哑枝上啼。机中织锦秦川女,碧纱如烟隔窗语。停梭怅然忆远人,独宿孤房泪如雨。"(《李太白集注》卷三)

[4]"秋宵"句:出自〔唐〕白居易《燕子楼三首》之一:"满窗明月满帘霜,被冷灯残拂卧床。燕子楼中霜月夜,秋来只为一人长。"(《白氏长庆集》卷十五)

贾云华

吴龙翰

【作者简介】

吴龙翰，字式贤，号古梅。歙（今属安徽）人。理宗景定五年（1264）领乡荐，以荐授编校国史院实录文字。宋亡，乡校请充教授，寻弃去。卒年六十一。有《古梅遗稿》六卷，已非全帙，如集中附有方岳和其百韵诗，而原诗不存。明弘治《徽州府志》卷七有传。

有所嗟[1]

乘鸾人去玉箫寒[2]，云敛巫山晓梦残[3]。
柳线不堪系离别[4]，自和烟雨搭阑干[5]。

（原载 1987 年上海古籍出版社影印文渊阁《四库全书》本《古梅遗稿》卷四；录自北京大学古文献研究所编《全宋诗》，北京大学出版社 1991 年 7 月第 1 版，第 68 册，第 42892 页）

【注　释】

[1]嗟（jiē）：感叹。有所嗟，有所感慨。〔唐〕刘禹锡有《有所嗟二首》，其一云："庾令楼中初见时，武昌春柳似腰肢。相逢相笑尽如梦，为雨为云今不知。"（《刘宾客外集》卷一）

[2]"乘鸾"句：相传秦穆公女弄玉，好乐。萧史善吹箫作凤鸣。秦穆公以弄玉妻之，为之作凤楼。二人吹箫，凤凰来集，后乘凤，飞升而去。参见本卷《诗歌部》上册柳永《满朝欢》注[7]。鸾，传说中凤凰一类的鸟。

[3]"云敛"句：用巫山神女典故，出自〔战国·楚〕宋玉《高唐赋·序》（《文选》卷十九）

[4]柳线:犹柳条,柳条细长下垂如线,故名。〔南朝·梁〕范云《送别》:"东风柳线长,送郎上河梁。"(《古诗纪》卷八十七)

[5]阑干:犹栏杆。〔唐〕李白《清平调词三首》之三:"解释春风无限恨,沉香亭北倚阑干。"(《李太白集注》卷五)

文天祥

【作者简介】

文天祥(1236—1282),初名云孙,字天祥,后改字宋瑞,一字履,吉安人。生于端平三年。宝祐初,除右丞相、兼枢密使。元兵至,奉使军前被拘,亡入真州,泛海至温州。益王立,拜右丞相,以都督出江西,兵败被执。囚于燕京四年,不屈,死柴市,年四十七,时至元十九年。有《指南》《吟啸》等集。

江行有感

二十五日

蒲萄肥汗马[1],荆棘冷铜驼[2]。
巫峡朝云湿[3],洞庭秋水波[4]。
穷愁空突兀[5],暗泪自滂沱[6]。
莫恨吾生误[7],江东才俊多[8]。

(原载《四部丛刊》影印明张元喻刻《文山先生全集》卷十四;录自北京大学古文献研究所编《全宋诗》,北京大学出版社1991年7月第1版,第68册,第43035页)

【注　释】

[1]蒲萄:葡萄,亦作"蒲陶"、"蒲桃"。落叶藤本植物,叶掌状分裂,花序呈圆锥形,开黄绿色小花,浆果多为圆形和椭圆形,色泽随品种而异,是常见的水果,亦可酿酒。亦指此植物的果实。《汉书·西域传上·大宛国》(卷九十六上):"汉使

采蒲陶、目宿种归。"

汗马:汗血马,汉武帝时伐大宛得千里马,其马汗出如血,后因以泛指名马。〔南朝·梁〕沈约《日出东南隅行》:"宝剑垂玉贝,汗马饰金鞍。"(《古乐苑》卷十五)

[2]荆棘铜驼:铜驼,铜铸的骆驼,多置于宫门寝殿之前。荆棘铜驼,谓宫门铜驼掩没在荆棘丛中,喻社会变乱。典出《晋书·索靖传》(卷六十):"靖有先识远量,知天下将乱,指洛阳宫门铜驼叹曰:'会见汝在荆棘中耳。'"〔宋〕陆游《醉题》:"只愁又踏关河路,荆棘铜驼使我悲。"(《剑南诗稿》卷六十三)

[3]巫峡朝云:用巫山神女典故,出自〔战国·楚〕宋玉《高唐赋·序》:"昔者先王尝游高唐,怠而昼寝,梦见一妇人曰:'妾巫山之女也,为高唐之客。闻君游高唐,愿荐枕席。'王因幸之。去而辞曰:'妾在巫山之阳,高丘之阻,旦为朝云,暮为行雨。朝朝暮暮,阳台之下。'"(《文选》卷十九)

[4]洞庭:洞庭湖,在湖南省北部、长江南岸。面积 2820 平方公里,为我国第二大淡水湖,素有"八百里洞庭"之称。湘、资、沅、澧四水汇流于此,在岳阳县城陵矶入长江。〔唐〕张说《送梁六自洞庭山作》:"巴陵一望洞庭秋,日见孤峰水上浮。闻道神仙不可接,心随湖水共悠悠。"(《张燕公集》卷六)

[5]突兀:特出,奇特。〔唐〕施肩吾《壮士行》:"有时误入千人丛,自觉一身横突兀。"(《全唐诗》卷二十五)

[6]滂沱:形容泪流得多。《诗经·陈风·泽陂》:"寤寐无为,涕泗滂沱。"(《毛诗注疏》卷十二)

[7]悮:同"误"。《周书·寇儁传》(卷三十七):"恶木之阴,不可暂息;盗泉之水,无容悮饮。"

[8]江东:三国时孙权建都于建康,世称孙吴统治下的地区为江东。《三国志·蜀志·诸葛亮传》(卷五):"孙权据有江东,已历三世。"

才俊:才能出众的人。〔唐〕韩愈《赴江陵途中寄赠三学士》:"同官尽才俊,偏善柳与刘。"(《五百家注昌黎文集》卷一)

黄 庚

【作者简介】

黄庚,字星甫,号天台山人,天台(今属浙江)人。出生宋末,早年习举子业。元初"科目不行,似的脱屣场屋,放浪湖海,发平生豪放之气为诗文"。以游幕和教馆为生,曾较长期客越中王英孙(竹所)、任月山家。与宋遗民林景熙、仇远等多有交往,释绍嵩《亚愚江浙纪行集句诗》亦摘录其句。卒年八十余。晚年曾自编其诗为《月屋漫稿》。事见本集卷首自序及集中有关诗文。《四库提要》云:"《月屋漫稿》一卷,元黄庚撰。庚字星甫,天台人,生于宋末,入元不仕。后来选诗者以其为宋遗民,并载入宋诗中。然观其集首自序,乃泰定丁卯所作,时元统一海内已五十七年,不得仍系之宋人,今故仍题作元人,从《浙江通志·文苑传》例也。"本卷乃从《全宋诗》,仍系之宋人。

修竹馆舍[1]

乳燕衔泥春昼长,枕书无梦到高唐[2]。
桃花红雨梨花雪[3],相逐东风过粉墙[4]。

(原载北京图书馆藏原铁琴铜剑楼藏抄本《月屋漫稿》卷四;录自北京大学古文献研究所编《全宋诗》,北京大学出版社 1991 年 7 月第 1 版,第 69 册,第 43613 页)

【注 释】

[1]修竹:王修竹,作者友人。除本诗外,《月屋漫稿》中尚有《王修竹馆舍即

事》《夜坐即事呈修竹监捕》《王修竹约观打鱼分韵得圆字》(以上卷二),《春游次王修竹监簿韵》《修竹宴东园》《月夜次修竹韵》《偶书呈王修竹》《修竹宴客广寒游亭分韵得香字》《修竹有楼名与造物游对秦望山五云门》《渔舍观梅寄修竹》(一首卷三)等诗。

[2]枕书:以书为枕。〔唐〕白居易《秘省后厅》:"尽日后厅无一事,白头老监枕书眠。"(《白氏长庆集》卷二十五)

高唐:战国时楚国台观名。在巫山。传说楚先王游高唐,梦见巫山神女,幸之而去。典出〔战国·楚〕宋玉《高唐赋·序》。参见本卷《诗歌部》上册张泌《经旧游》注[1]。

[3]红雨:比喻落花。〔唐〕李贺《将进酒》:"况是青春日将暮,桃花乱落如红雨。"(《昌谷集》卷四)

[4]粉墙:涂刷成白色的墙。〔唐〕方干《新月》:"隐隐临珠箔,微微上粉墙。"(《玄英集》卷三)

夜坐即事[1]

霜气侵窗冷客毡[2],青灯白发老堪怜[3]。
光阴明日又明日,世事一年难一年。
眼底江山元似旧[4],胸中风月本无边[5]。
道人不作阳台梦[6],纸帐梅花伴独眠[7]。

(原载北京图书馆藏原铁琴铜剑楼藏抄本《月屋漫稿》卷三;录自北京大学古文献研究所编《全宋诗》,北京大学出版社1991年7月第1版,第69册,第43585页)

【注　释】
[1]即事:以当前事物为题材的诗,多用为诗词题目。〔宋〕魏庆之《诗人玉屑·命意·陵阳谓须先命意》(卷六):"凡作诗须命终篇之意,切勿以先得一句一联,因而成章,如此则意不多属。然古人亦不免如此,如述怀、即事之类,皆先成诗,而后命题者也。"

[2]客毡:客人用的毛毡。〔宋〕汪藻《次韵向君受感秋二首》之一:"千里江山渔笛晚,十年灯火客毡寒。"(《浮溪集》卷三十一)

[3]青灯:光线青荧的油灯。〔唐〕吴融《雨夜闻思归乐》之一:"闻此不能寐,

青灯茅舍幽。"(《唐英歌诗》卷上)

　　[4]元似旧:犹本来似旧。〔宋〕冯坦《鸬鹚源樵歌》:"自笑卖柴元似旧,买柴换却旧时人。"(《宋诗纪事》卷七十六)

　　[5]风月:清风明月。〔宋〕陈起《题玉泉画像次来轴韵》:"含毫谁貌闲情,莫画胸中风月。"(《江湖小集》卷二十八)

　　[6]道人:有极高道德的人。〔晋〕葛洪《抱朴子·行品》:"禀高亮之纯粹,抗峻标以邈俗,虚灵机以如愚,不贰过而谇黩者,贤人也。居寂寞之无为,蹈修直而执平者,道人也。"(《抱朴子外篇》卷二)

　　阳台梦:指楚先王梦幸巫山神女之事。典出〔战国·楚〕宋玉《高唐赋·序》。参见本卷《诗歌部》上册范仲淹《和人游嵩山十二题》之五《玉女窗》注[4]。

　　[7]纸帐:以藤皮茧纸缝制的帐子。据〔明〕高濂《遵生八笺》(卷八)记载,其制法为:"用藤皮茧纸缠于木上,以索缠紧,勒作皱纹,不用糊,以线折缝缝之。顶不用纸,以稀布为顶,取其透气。"

毛直方

【作者简介】

毛直方,字静可,建安(今福建建瓯)人。度宗咸淳九年(1273)领乡荐。宋亡,授徒讲学。省府上其名,得教授致仕。有《聊复轩斐稿》,未刊行。事见《元风雅》卷十二引揭希韦撰墓志。《万姓统谱》卷三十三。

时秋积雨霁[1]

酝酿丰年付老农[2],挽回凉信报诗翁[3]。
巫山久暗埋寒碧[4],湘水初明浴晚红[5]。
帘卷柳阴先得月,簟横梧影早嘘风[6]。
天公快我披云愿[7],万里乾坤一望中[8]。

(原载〔清〕顾嗣立《元诗选》三集甲;录自北京大学古文献研究所编《全宋诗》,北京大学出版社1991年7月第1版,第69册,第43623页)

【注　释】

[1]雨霁(jì):雨止天晴。〔唐〕陈子昂《万州晓发放舟乘涨远寄蜀中亲友》:"空蒙岩雨霁,烂漫晓云归。"(《陈拾遗集》卷三)

[2]酝酿:犹调和。《淮南子·本经训》:"距日冬至四十六日,天含和而未降,地怀气而未扬,阴阳储与,呼吸浸潭,包裹风俗,斟酌万殊,旁薄宜众,以相呕咐酝酿而成育群生。"〔汉〕高诱注:"酝酿,犹和调也。"(《淮南鸿烈解》卷八)

[3]凉信:犹清凉的信息。〔宋〕熊禾《客里书怀》:"西风凉信入虚檐,绤绤微

单已戒严严。乡梦不随秋夜永,客愁偏向雨声添。"(《勿轩集》卷八)

诗翁:指负有诗名而年事较高者,后亦为对诗人的尊称。〔唐〕韩愈《雪后寄崔二十六丞公一首》:"诗翁憔悴顜荒棘,清玉刻佩联玦环。"(《五百家注昌黎文集》卷七)

[4]巫山:山名,在今重庆市巫山县境内。旧传山形似巫字得名。或传巫咸死葬于此,称巫咸山,简称巫山。参见本卷《诗歌部》上册欧阳修《长相思》注[4]。

埋寒碧:犹言隐没在寒空中。埋,隐藏。寒碧。给人以清冷感觉的碧色。指代寒凉的天空。

[5]湘水:湘江,源出广西省,流入湖南省,为湖南省最大的河流。〔唐〕孟浩然《早寒江上有怀》:"我家湘水曲,遥隔楚云端。"(《孟浩然集》卷四)

晚红:犹晚霞。〔宋〕王庭珪《次韵彭青老咏雪三绝句》之三:"稍晴更上高楼望,要看余霞散晚红。"(《卢溪文集》卷二十四)

[6]簟(diàn):供坐卧铺垫用的苇席或竹席。《诗经·小雅·斯干》:"下莞上簟,乃安斯寝。"〔汉〕郑玄笺:"竹苇曰簟。"(《毛诗注疏》卷十八)

梧影:梧桐树影。〔宋〕陈元晋《独夜》:"月转庭除夜未央,坐看梧影上东墙。"(《渔墅类稿》卷八)

嘘风:犹吹风。嘘,慢慢地吐气。〔宋〕杨时《直舍大风书事寄循道》:"枕书无寐首空搔,万窍嘘风正怒号。"(《龟山集》卷四十一)

[7]天公:天,以天拟人,故称。〔宋〕陆游《残雨》:"五更残雨滴檐头,探借天公一月秋。"(《剑南诗稿》卷五十八)

披云:拨开云层。〔汉〕徐干《中论·审大臣》(卷下):"文王之识也,灼然若披云而见日,霍然若开雾而观天。"快我披云愿,犹言满足我拨云的心愿。快,快意,畅快。用作动词。

[8]乾坤:犹天地。〔宋〕戴复古《张仁仲提干衡阳冰壶亭燕客》:"一亭景物冰壶上,万里乾坤玉镜中。"(《石屏诗集》卷五)

一望中:谓目力所及的范围中。〔唐〕释贯休《蜀王登福感寺塔三首》之二:"两髻有雪丹霄外,万里无尘一望中。"(《禅月集》卷十九)

陈 普

【作者简介】

陈普(1244—1315),字尚德,号惧斋,福州宁德(今属福建)人。从会稽韩翼甫。宋亡,元三次辟为本省教授,不起。隐居授徒,四方及门者岁数百人,学者称石堂先生。元成宗大德元年(1297),应刘纯父聘,主云庄书院,熊禾留讲鳌峰。延祐二年卒,年七十二。有《石堂先生遗集》二十二卷等。事见本集附录《石堂先生传》。

咏史上·苏武[1]

伏匿穷庐暖意回[2],子卿一夜梦阳台[3]。
归来不与曾孙议[4],未必麒麟生面开[5]。

(原载〔明〕嘉靖十六年宁德知县程世鹏刻《石堂先生遗集》卷二十;录自北京大学古文献研究所编《全宋诗》,北京大学出版社1991年7月第1版,第69册,第43805页)

【注　释】

[1]苏武(前140—前60):西汉大臣,字子卿,杜陵(今陕西西安东南)人。武帝时为郎。天汉元年(前100),奉命以中郎将持节出使匈奴,被扣。匈奴贵族多方威胁利诱,欲使投降;后将他迁到北海(今贝加尔湖)边牧羊,扬言要公羊生子始可释放。他历尽艰辛,留居匈奴十九年,持节不屈。昭帝时,匈奴与汉和亲,至始元六年(前81),方获释回朝,官至典属国。死后,宣帝命画其像于麒麟阁,以彰其节操。

[2]伏匿：《汉书》作"服匿"，一种盛酒或奶酪的小口容器。《汉书·苏武传》（卷五十四）："於靬王爱之，给其衣食。三岁余，王病，赐武马畜服匿穹庐。"〔唐〕颜师古注："刘德曰：'服匿如小瓻帐。'孟康曰：'服匿如甖，小口大腹方底，用受酒酪。穹庐，旃帐也。'晋灼曰：'河东北界人呼小石甖受二斗所曰服匿。'师古曰：孟、晋二说是也。"

穹庐：古代游牧民族住的毡帐。《淮南子·齐俗训》："譬若舟车、楯肆、穹庐，故有所宜也。"〔汉〕高诱注："水宜舟，陆地宜车，沙地宜肆，泥地宜楯，草野宜穹庐。"（《淮南鸿烈解》卷十一）

暖意：温暖的心意，指情欲。参下注。

[3]子卿：苏武字子卿。

一夜梦阳台：苏武曾与胡妇生一子。一夜梦阳台，当指此事。《汉书·苏武传》（卷五十四）："武年老，子前坐事死，上闵之，问左右：'武在匈奴久，岂有子乎？'武因平恩侯自白：'前发匈奴时，胡妇适产一子通国，有声问来，愿因使者致金帛赎之。'上许焉。后通国随使者至，上以为郎。"

[4]"归来"句：犹言苏武归来后，不与其曾孙商议，而求皇上赎回其与胡妇所产之子通国。

[5]麒麟：指麒麟阁，汉代阁名，在未央宫中。汉宣帝时曾图霍光等十一功臣像于阁上，以表扬其功绩。封建时代多以画像于"麒麟阁"表示卓越功勋和最高的荣誉。《汉书·苏武传》（卷五十四）："甘露三年，单于始入朝。上思股肱之美，乃图画其人于麒麟阁。"〔唐〕颜师古注引张晏曰："武帝获麒麟时作此阁，图画其像于阁，遂以为名。"

生面：如生的面貌。作者以苏武与胡妇生子且不以嫡亲为念为污点，故云未必进入麒麟阁就有脸面。作者对苏武的道德谴责似可商榷，毕竟苏武不辱使命，保持了气节。至于与胡妇生子之事，是乃人之大欲，不必苛求。

咏史下·元紫芝[1]

天宝膏肓在羽衣[2]，寂寥于芳讵能医[3]。
当时宇宙皆声色[4]，不梦阳台一紫芝[5]。

（原载〔明〕嘉靖十六年宁德知县程世鹏刻《石堂先生遗集》卷二十一；录自北京大学古文献研究所编《全宋诗》，北京大学出版社1991年7月第1版，第69册，第43848页）

【注　释】

[1]元紫芝:唐人元德秀,字紫芝。门人谥为文行先生;士大夫称之元鲁山。《旧唐书·元德秀传》(卷一百九十下):"元德秀者,河南人,字紫芝。开元二十一年登进士第。性纯朴,无缘饰,动师古道。父为延州刺史。德秀少孤贫,事母以孝闻。开元中,从乡赋,岁游京师,不忍离亲,每行则自负板舆,与母诣长安。登第后,母亡,庐于墓所,食无盐酪,藉无茵席,刺血画像写佛经。久之,以孤幼牵于禄仕,调授邢州南和尉。佐治有惠政,黜陟使上闻,召补龙武录事参军。德秀早失恃怙,缌麻相继,不及亲在而娶,既孤之后,遂不娶婚。族人以绝嗣规之,德秀曰:'吾兄有子,继先人之祀。'以兄子婚娶,家贫无以为礼,求为鲁山令。先是堕车伤足,不任趋拜,汝郡守以客礼待之。部人为盗,吏捕之系狱,会县界有猛兽为暴,盗自陈曰:'愿格杀猛兽以自赎。'德秀许之,胥吏曰:'盗诡计苟免,擅放官囚,无乃累乎?'德秀曰:'吾不欲负约,累则吾坐,必请不及诸君。'即破械出之。翌日,格猛兽而还。诚信化人,大率此类。秩满,南游陆浑,见佳山水,杳然有长往之志,乃结庐山阿。岁属饥歉,庖厨不爨,而弹琴读书,怡然自得。好事者载酒肴过之,不择贤不肖,与之对酌,陶陶然遗身物外。琴觞之余,间以文咏,率情而书,语无雕刻。所著《季子听乐论》《蹇士赋》,为高人所称。天宝十三年卒,时年五十九,门人相谥为文行先生。士大夫高其行,不名,谓之元鲁山。"按:天宝十三年应为天宝十三载。《旧唐书·玄宗本纪》(卷九):"(天宝)三载正月丙辰朔,改年为载。"即从唐天宝三载始,改"年"称"载",直到乾元元年复称"年"。

[2]"天宝"句:犹言唐代天宝年间的痼疾在于《霓裳羽衣》。膏肓(huāng),古代医学以心尖脂肪为膏,心脏与膈膜之间为肓。《左传·成公十年》:"疾不可为也,在肓之上,膏之下,攻之不可,达之不及,药不至焉,不可为也。"〔晋〕杜预注:"肓,鬲也。心下为膏。"(《春秋左传注疏》卷二十六)后遂用以称病之难治者,亦比喻难以救药的失误或弊端。羽衣,指《霓裳羽衣曲》,该曲为唐代著名法曲,开元中河西节度使杨敬忠所献。初名《婆罗门曲》,经唐玄宗润色并制歌词,后改用今名。参见本卷《诗歌部》中册毛开《念奴娇》注〔7〕。这里指唐玄宗宠幸杨贵妃,放纵杨氏兄妹乱国之事。

[3]于蒍(wěi):又称《于蒍于》,元德秀所作歌曲名。《新唐书·元德秀传》(卷一百九十四):"玄宗在东都,酺五凤楼下。命三百里县令、刺史各以声乐集。是时颇言帝且第胜负,加赏黜。河内太守辇优伎数百,被锦绣,或作犀象,瑰谲光丽。德秀惟乐工数十人,联袂歌《于蒍于》。《于蒍于》者,德秀所为歌也。帝闻,异之,叹曰:'贤人之言哉!'谓宰相曰:'河内人其涂炭乎?'乃黜太守,德秀益知名。"

讵(jù)能:犹岂能。〔南朝·梁〕江淹《休上人怨别》:"宝书为君掩,瑶瑟讵能

开。"(《汉魏六朝百三家集》卷八十六)

　　[4]宇宙:犹言天下,国家。〔南朝·梁〕沈约《游沈道士馆一首》:"秦皇御宇宙,汉帝恢武功。"(《文选》卷二十二)

　　声色:指淫声与女色。《礼记·月令》:"(仲夏之月)止声色,毋或进。"〔唐〕孔颖达疏:"止声色者,歌乐华丽之事,为助阴静,故止之。"(《礼记注疏》卷十六)

　　[5]作者自注:"元紫芝在开元、天宝间,终身不近女色,若矫世之为者。为鲁山令时,正诸杨炎炎之日也。"

赵必璩

【作者简介】

赵必璩(1245—1295),字玉渊,号秋晓,东莞(今属广东)人。宋宗室。度宗咸淳元年(1265)进士,出任高要尉,历摄知四会县、南康丞。帝昺祥兴元年(1278),文天祥开府惠州,辟为摄惠州军事判官兼知录事。宋亡,隐居乡之温塘村,足迹不入城市。元世祖至元三十一年十二月卒。有《覆瓿集》。事见本集末附志传、行状。

南山亭吟梅用韵

玉辇瑶车具[1],飘飘银台路[2]。

群姬拥盖羽[3],太真衣缟素[4]。

夜宴琼花圃[5],玉郎骑鹤赴[6]。

翠衣冻欲仆[7],芳信谁传付[8]。

无梦高唐赋[9],酒阑散香雾[10]。

(原载1987年上海古籍出版社影印文渊阁《四库全书》本《覆瓿集》卷二;录自北京大学古文献研究所编《全宋诗》,北京大学出版社1991年7月第1版,第70册,第43942页)

【注　释】

[1]玉辇(niǎn)瑶车:以玉为饰的车,指天子及嫔妃所乘之车。具,齐备。

[2]银台:传说中王母所居处。〔汉〕张衡《思玄赋》:"聘王母于银台兮,羞玉芝以疗饥。"旧注:"银台,王母所居。"(《文选》卷十五)

[3]群姬：众多宫女。〔宋〕许月卿《题明皇贵妃上马图》："二珰两边扶蹋镫，群姬争扶不用命。"（《宋诗钞》卷一百二）

盖羽：犹羽盖，古时以鸟羽为饰的车盖。《周礼·春官·巾车》："辇车，组挽。有翣，羽盖。"〔汉〕郑玄注："连车不言饰，后居宫中从容所乘，但漆之而已，为轮轮人挽之以行。有翣，所以御风；以羽作小盖，为翳日也。"（《周礼注疏》卷二十七）

[4]太真：唐杨贵妃号。《旧唐书·后妃传上·玄宗杨贵妃》（卷五十一）："时妃衣道士服，号曰'太真'。"这里以太真喻梅花。

衣缟素：穿着白色的衣服。衣，用作动词。缟素，白色。

[5]琼花：如琼玉的花，喻指梅花。〔宋〕田锡《忆梅花》："金蕊琼花风雪景，凭谁图画入关来。"（《咸平集》卷十五）

[6]玉郎：道家所称的仙官名。〔唐〕韦渠牟《步虚词十九首》之三："上帝求仙使，真符取玉郎。"（《全唐诗》卷三百十四）

[7]翠衣：翠鸟的羽毛，借指翠鸟。〔宋〕陆游《检旧诗偶见有感》："正驰玉勒冲红雨，又挟金丸伺翠衣。"（《剑南诗稿》卷二十六）

冻欲仆：因受冻即将仆倒。仆，向前跌倒。

[8]芳信：指意中人的书信。〔宋〕史达祖《双双燕·咏燕》："应自栖香正稳。便忘了、天涯芳信。"（《梅溪词》）

[9]无梦高唐赋：犹言没有《高唐赋》所描写的梦境。《高唐赋》，战国时期楚国辞赋家宋玉的代表作之一。在该赋序里，宋玉讲述了楚先王在昼梦中与巫山神女艳遇的故事，成为巫山神女神话定型的文本。参见本卷《诗歌部》上册黄庭坚《次韵坦夫见惠长句》注[24]。

[10]酒阑：谓酒筵将尽。〔唐〕元稹《夜别筵》："夜长酒阑灯花长，灯花落地复落床。"（《元氏长庆集》卷二十六）

隔浦莲

春行用美成韵[1]

东风吹长嫩葆[2]。花坞穿青窈[3]。玉管新声，金铃颤响惊青鸟[4]。行乐莫草草[5]。春光闹[6]。鸳浴垂杨沼[7]。 红娇小[8]。梳宫样、髻云钗凤斜倒[9]。酒边轻别，一枕相思到晓。巫山难梦到[10]。愁觉[11]。一些心事谁表[12]。

（原载傅增湘校本《秋晓先生覆瓿集》卷二；录自唐圭璋编

《全宋词》,中华书局 1965 年 6 月第 1 版,第 5 册,第 3381 页)

【注　释】

[1]隔浦莲:词牌名。《词谱》(卷十七):"《隔浦莲近拍》,唐《白居易集》有《隔浦莲》曲调,名本此。一名《隔浦莲》,又名《隔浦莲近》。"〔清〕毛先舒《填词名解》(卷二):"《隔浦莲》,大石调也。一名《隔浦莲近》,一名《隔浦莲近拍》。"(载北京市中国书店据木石居校本影印〔清〕查培继《词学全书》,1984 年 1 月第 1 版)赵必璂此词双调,七十字。前后段各七句,六仄韵。

美成:〔宋〕周邦彦字美成。其《隔浦莲近拍》云:"新篁摇动翠葆。曲径通深窈。夏果收新脆,金丸落,惊飞鸟。浓霭迷岸草。蛙声闹,骤雨鸣池沼。/水亭小。浮萍破处,帘花檐影颠倒。纶巾羽扇,困卧北窗清晓。屏里吴山梦自到。惊觉。依前身在江表。"(《片玉词》卷上)据《词谱》周词为双调,七十三字。前后段各八句,六仄韵。赵词略有差异。

[2]嫩葆:犹嫩草。葆,草丛生,亦指丛生的草。《汉书·燕刺王刘旦传》(卷六十三):"当此之时,头如蓬葆,勤苦至矣,然其赏不过封侯。"〔唐〕颜师古注:"草丛生曰葆。"〔宋〕方千里《隔浦莲》:"垂杨烟湿嫩葆。别屿环清窈。"(《和清真词》)

[3]花坞:四周高起中间凹下的种植花木的地方。〔南朝·梁〕武帝萧衍《子夜四时歌·春歌之四》:"花坞蝶双飞,柳堤鸟百舌。"(《汉魏六朝百三家集》卷八十)

青窈(yǎo):犹青翠幽深之处。窈,深远,幽邃。〔唐〕韩愈《送李愿归盘谷序》:"窈而深,廓其有容。"(《五百家注昌黎文集》卷十九)

[4]玉管:玉制的古乐器,用以定律。亦泛指管乐器。〔唐〕白居易《与牛家妓乐雨夜合宴》:"玉管清弦声旖旎,翠钗红袖坐参差。"(《白氏长庆集》卷三十四)

青鸟:神话传说中为西王母取食传信的神鸟。后遂以"青鸟"为信使的代称。参见本卷《诗歌部》上册梅尧臣《花娘歌》注[18]。

[5]草草:匆忙仓促的样子。〔唐〕李白《南奔书怀》:"草草出近关,行行昧前算。"(《李太白文集》卷二十一)莫草草,犹言不要匆匆忙忙。

[6]春光闹:犹言春光繁盛。闹,将视觉转化为听觉的通感修辞法。〔宋〕谢逸《菩萨蛮》:"暄风迟日春光闹。蒲萄水绿摇轻棹。"(《溪堂集》卷六)

[7]鸳浴垂杨沼:犹言鸳鸯沐浴在垂柳池沼中。浴,沐浴,戏水。垂杨,犹垂柳,古诗词中杨、柳常通用。沼,水池。

[8]红娇小:红,红妆,指代女子。娇小,窈窕,小巧。〔唐〕李白《江夏行》:"忆昔娇小姿,春心亦自持。"(《李太白集注》卷八)

赵必璂

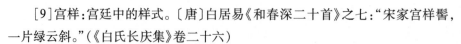

[9]宫样:宫廷中的样式。〔唐〕白居易《和春深二十首》之七:"宋家宫样髻,一片绿云斜。"(《白氏长庆集》卷二十六)

髻云钗凤斜倒:犹言发髻钗凤向一边倾斜。髻云,挽成发髻的如云一样浓密的头发。钗凤,妇女的首饰,钗头作凤形,故名。钗,由两股簪子交叉组合成的一种首饰,用来绾住头发。

[10]巫山梦:犹楚先王梦幸巫山神女之梦,典出〔战国·楚〕宋玉《高唐赋·序》(《文选》卷十九)难梦到,犹言难以梦见巫山神女,喻难以梦见梦中情人。

[11]愁觉:犹言满怀忧愁醒来。〔宋〕曹勋《辛卯题壁》:"痛无雁信来沙漠,愁觉梅风到夜窗。"(《松隐集》卷十六)

[12]谁表:犹言向谁表白。

黎廷瑞

【作者简介】

黎廷瑞,字祥仲,鄱阳人。咸淳七年(1271)进士,官肇庆府司法参军。入元隐居不仕。卒于大德二年(1298)。有《芳洲集》三卷,词附。

秦楼月[1]

罗浮暮[2]。青松林下相逢处。相逢处。缟衣素袂[3],沈吟无语。　行云飞入瑶台路[4]。梦回飘渺香风度。香风度。参横月落,几声翠羽[5]。

(原载《芳洲集》卷三;录自唐圭璋编《全宋词》,中华书局1965年6月第1版,第5册,第3390页)

【注　释】

[1]秦楼月:词牌名,又名《忆秦娥》。参见本卷《诗歌部》上册蔡伸《忆秦娥》注[1]。黎廷瑞此词双调,四十六字。前后段各五句,三仄韵,一叠韵。

[2]罗浮:山名,在广东省东江北岸。风景优美,为粤中游览胜地。晋代葛洪曾在此山修道,道教称为"第七洞天"。相传隋赵师雄在此梦遇梅花仙女,后多为咏梅典实。参见本卷《诗歌部》下册高观国《金人捧露盘》注[4]。

[3]缟(gǎo)衣素袂(mèi):犹白衣白袖。缟,细白的生绢。素,白色生绢。袂,衣袖。〔宋〕岳珂《黄鹤谣寄吴季谦侍郎时季谦自德安入城予适以使事在鄂》:"庐山白鹤归来双,缟衣素袂玄为裳。"(《玉楮集》卷一)按:本词中形容梅花仙女。

[4]行云:语本〔战国·楚〕宋玉《高唐赋·序》:"旦为朝云,暮为行雨。"(《文选》卷十九)

瑶台:指传说中的神仙居处。〔晋〕王嘉《拾遗记·昆仑山》(卷十):"傍有瑶

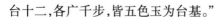

台十二,各广千步,皆五色玉为台基。"

[5]参(shēn)横月落:犹言参星横天,月亮落下。参,星名,二十八宿之一,西方白虎七宿的末一宿。即猎户座的七颗亮星。

翠羽:翠鸟。〔宋〕杨万里《憩怀古堂》:"便有白鸥下,惊起翠羽飞。"(《诚斋集》卷九)

陈德武

【作者简介】

陈德武,三山人,有《白雪遗音》。

沁园春[1]

舟中夜雨

　　冬夜如年[2],客枕无眠,怎到天明。待数残二十五、寒更点,听馀一百八、晓钟声[3]。雨脚敲篷,滩头激缆,总与离人诉不平[4]。遍闻得,我浚深恨海,砌起愁城[5]。　　问君何事牵萦[6]?想最苦人间是别情。念千山万水,沉鱼阻雁,一身两地,爇燕煎莺[7]。绣枕痕多,锦衾香冷,意有巫山梦不成[8]。怎撇下,这两字相思,万里虚名[9]。

　　（原载毛扆校紫芝漫抄本《白雪词》；录自唐圭璋编《全宋词》,中华书局1965年6月第1版,第5册,第3451—3452页）

【注　释】

　　[1]沁园春:词牌名。《词谱》（卷三十六）:"《沁园春》:金词注：'般涉调'。《蒋氏十三调》注:'中吕调'。张辑词结句有'号我东仙'句,名《东仙》。李刘词名《寿星明》。秦观减字词名《洞庭春色》。"〔清〕毛先舒《填词名解》（卷三）:"《沁园春》,取汉沁水公主园以名。一名《洞庭春色》,一名《大圣乐》,一名《寿星明》。（先舒案:填词别有《大圣乐调》,比《沁园春》少四字。《寿星明》比此调亦少二字,疑亦别一调也。——括号中的文字原为双行夹注。）"（载北京市中国书店据木石居校本影印〔清〕查培继《词学全书》,1984年1月第1版）陈德武此词据《全宋词》为双调,一百十四字。前段十一句,四平韵；后段十二句,五平韵。与

《词谱》所列一百十四字平韵各体均有别。

[2]冬夜如年:犹言冬夜漫长如年。〔唐〕鲍溶《秋怀五首》之三:"九月夜如年,幽房劳别梦。"(《鲍溶诗集》卷二)

[3]二十五寒更点:古代计时单位,因滴漏而得名。每夜分为五更,每一更次分为五点。

一百八晓钟:晓钟撞一百八声。〔明〕曹学佺《蜀中广记·名胜记上川东道·重庆府·巴县附郭》(卷十七)引〔宋〕余玠诗:"木鱼敲罢起钟声,透出丛林万尸惊。一百八声方始尽,六街三市有人行。"〔清〕陈元龙《格致镜原·乐器类·钟》(卷四十五):"《绀珠》:凡撞钟一百八声,以应十二月、二十四气、七十二候之数。"按:凡撞钟均一百八声,晚钟亦如此。〔宋〕米芾《都梁十景诗迹·龟山寺晚钟》:"龟峰高耸接云楼,撞月钟声疏铁牛。一百八声俱听彻,夜行犹是不知休。"(《珊瑚网》卷六引)

[4]滩头激缆:犹言滩头的波浪激荡着缆绳。

离人:离别的人,离开家园、亲人的人。〔唐〕卢照邻《送郑司仓入蜀》:"离人丹水北,游客锦城东。"(《卢升之集》卷三)

[5]浚(jùn)深恨海:犹言挖深恨海。浚,疏浚,深挖。恨海,比喻无穷无尽的怨恨。

愁城:愁苦之城,喻愁苦的心境如城一般巨大沉重。〔北周〕庾信《愁赋》:"攻许愁城终不破,荡许愁门终不开。"(《庾开府集笺注》卷一)

[6]牵萦:缠绵。〔宋〕周邦彦《庆春宫》:"尘埃憔悴,生怕黄昏,离思牵萦。"(《片玉词》卷下)

[7]沉鱼阻雁:犹言音信阻隔。鱼,喻指书信。语出〔汉〕蔡邕《饮马长城窟行》:"客从远方来,遗我双鲤鱼,呼儿烹鲤鱼,中有尺素书。"(《蔡中郎集》卷四)尺素,小幅的绢帛,古人多用以写信。沉鱼,喻音信沉没。雁,犹雁书。谓苏武使匈奴不屈,徙居北海牧羊。后汉与匈奴和,称天子射雁,雁足系帛书,言苏武在某泽中,乃得归汉。后遂以征鸿为传书使者。参见本卷《诗歌部》上册柳永《雪梅香》注[10]。阻雁,犹书信阻绝。

熮(chǎo)燕煎莺:谓吵闹不休的燕子和黄莺,熮,通"吵",声音嘈杂扰人。〔宋〕刘克庄《祝英台近》:"可堪解佩盟寒,坠楼命薄,更杜宇、枝头闲熮。"煎,亦比喻吵闹。

[8]绣枕痕多:绣花枕头上泪痕多。〔宋〕徐积《媚妇扇》:"更无脂粉污,唯有泪痕多。"(《节孝集》卷二十二)

锦衾香冷:锦缎的被子散发出冷冽的香气。〔唐〕赵嘏《洞庭寄所思》:"目断兰台空望归,锦衾香冷梦来稀。"(《全唐诗》卷五百四十九)

巫山梦:犹楚先王梦幸巫山神女之梦,典出〔战国·楚〕宋玉《高唐赋·序》（《文选》卷十九）

[9]"怎撇下"二句:犹言怎么能够舍弃这"相思"二字和万里空名。撇,舍弃,丢弃。虚名,没有实际内容或与实际内容不合的名称、名义等。《古诗一十九首·明月皎夜光》:"良无盘石固,虚名复何益。"（《文选》卷二十九）万里虚名,犹言万里流传的虚名。

望海潮

寄别浔郡鲁教谕子振、李训道宗深[1]

南冠一载,西流万里,离怀孰不伤情[2]。富贵邯郸,雨云巫峡,回头一梦空惊[3]。谁辱又谁荣。问当时道德,今日功名[4]。楚水吴山[5],向来多少送和迎。　　长安古道长亭[6]。叹马蹄不驻,车辙难停。薇老首阳,芝深商谷,时遥雾拥云平[7]。此意已羞评[8]。但金缄白雪,锦佩青萍[9]。采竹昆仑,有时吹作凤凰鸣[10]。

（原载毛扆校紫芝漫抄本《白雪词》；录自唐圭璋编《全宋词》,中华书局 1965 年 6 月第 1 版,第 5 册,第 3454 页）

【注　释】

[1]望海潮:词牌名。参见本卷《诗歌部》下册石孝友《望海潮》注[1]。陈德武此词双调,一百零七字。前段十一句,五平韵;后段十一句,六平韵。

浔郡:指广西浔州（今广西桂平县西五里）,教谕,学官名。宋代始置。训导,学官名。

[2]南冠:春秋时楚人之冠。《左传·成公九年》:"晋侯观于军府,见钟仪,问之曰:'南冠而絷者,谁也?'有司对曰:'郑人所献楚囚也。'"（《春秋左传注疏》卷二十六）诗词中亦化用钟仪典,借指南方人。〔南朝·陈〕江总《遇长安使寄裴尚书》:"北风尚嘶马,南冠独不归。"（《汉魏六朝百三家集》卷一百五）此处意为南游一年。

西流:犹言向西流走。〔南朝·陈〕徐陵《在北齐与杨仆射书》:"东播西流,京邑丘墟。"（《徐孝穆集笺注》卷二）

离怀:离人的思绪,离别的情怀。〔唐〕牟融《客中作》:"异乡岁晚怅离怀,游子驱驰愧不才。"（《全唐诗》卷四百六十七）

孰不伤情：谁不伤情。孰，疑问代词谁。〔晋〕陶潜《五月旦作和戴主簿》："既来孰不去，人理固有终。"（《陶渊明集》卷二）

[3]富贵邯郸：典出〔唐〕沈既济《枕中记》，描写道士吕翁在邯郸道上邸舍中授枕给卢生，卢生就枕入梦，在梦里娶崔氏女，封赵国公，享尽荣华富贵。一梦醒来，主人家的黄粱尚未蒸熟。参见《文苑英华》（卷八百三十三）。

雨云巫峡：典出〔战国·楚〕宋玉《高唐赋·序》："昔者先王尝游高唐，怠而昼寝，梦见一妇人曰：'妾巫山之女也，为高唐之客。闻君游高唐，愿荐枕席。'王因幸之。去而辞曰：'妾在巫山之阳，高丘之阻，旦为朝云，暮为行雨。朝朝暮暮，阳台之下。'"（《文选》卷十九）

[4]道德：人们共同生活及其行为的准则和规范。《韩非子·五蠹》（卷十九）："上古竞于道德，中世逐于智谋，当今争于气力。"

功名：功业和名声。《史记·管晏列传》（卷六十二）："吾幽囚受辱，鲍叔不以我为无耻，知我不羞小节而耻功名不显于天下也。"

[5]楚水吴山：吴楚之地的山水。吴楚，泛指春秋吴国与楚国之故地。即今长江中、下游一带。〔唐〕贾至《送李侍郎赴常州》："雪晴云散北风寒，楚水吴山道路难。"（《全唐诗》卷二百三十五）

[6]长亭：古时于道路每隔十里设长亭，故亦称"十里长亭"。供行旅停息。近城者常为送别之处。〔唐〕韩偓《早发蓝关》："自问辛勤缘底事，半年驱马傍长亭。"（《韩内翰别集》）

[7]薇老首阳：为薇菜老于首阳山。薇，野菜名，即野豌豆。用伯夷、叔齐之典。伯夷、叔齐为商末孤竹君之二子。相传其父遗命要立次子叔齐为继承人。孤竹君死后，叔齐让位给伯夷，伯夷不受，叔齐也不愿登位，先后都逃到周国。周武王伐纣，二人叩马谏阻。武王灭商后，他们耻食周粟，采薇而食，饿死于首阳山。《论语·季氏》："伯夷、叔齐，饿于首阳之下，民到于今称之。"（《论语注疏》卷十六）《史记·伯夷列传》（卷六十一）："武王已平殷乱，天下宗周，而伯夷、叔齐耻之，义不食周粟，隐于首阳山，采薇而食之。"按：首阳山在今何地，旧说不一。《论语》何晏集解引〔汉〕马融曰："首阳山在河东蒲坂，华山之北，河曲之中。"（《论语注疏》卷十六）蒲坂故城，在今山西省永济县南。

芝深商谷：犹言灵芝深藏于商山之谷。用"四皓"典故。四皓，指秦末隐居商山的东园公、角里先生（角，一作角）、绮里季、夏黄公。四人须眉皆白，故称商山四皓。高祖召，不应。后高祖欲废太子，吕后用张良计，迎四皓，使辅太子，高祖以太子羽翼已成，乃消除改立太子之意。事见《史记·留侯世家》（卷五十五）、《汉书·张良传》（卷四十）。〔唐〕杜牧《题青云馆》："四皓有芝轻汉祖，张仪无地与怀王。"（《全唐诗》卷五百二十三）

遥雾拥云平:犹言远处的雾气拥抱着云层平整地浮现。

[8]羞评:羞于评论。

[9]金缄白雪:金缄,犹"金縢",谓用金属制的带子将收藏书契的柜封存。《尚书·金縢》:"公归,乃纳册于金縢之匮中。"〔明〕王樵《尚书日记·金縢》(卷十):"郑云:凡藏秘书,藏之于匮,必以金缄其表。"白雪,古琴曲名,传为春秋晋师旷所作。喻指高雅的诗词。〔唐〕罗隐《感德叙怀寄上罗邺王》之一:"腰间印佩黄金重,卷里诗裁白雪高。"(《罗昭谏集》卷三)金缄白雪,犹言封存高雅之作。

锦佩青萍:犹言着锦衣,佩宝剑。锦,指用锦制作的衣服。佩,佩带。青萍,亦作"青蓱",古宝剑名。〔三国·魏〕陈琳《答东阿王笺》:"君侯体高世之才,秉青蓱、干将之器。"〔唐〕吕延济注:"青蓱、干将,皆剑名也。"(《六臣注文选》卷四十)

[10]昆仑:山名,在西藏、新疆和青海之间。海拔6000米左右,多雪峰、冰川。《淮南子·原道训》:"经纪山川,蹈腾昆仑,排闾阖,沦天门。"〔汉〕高诱注:"昆仑,山名也。在西北,其高万九千里。"(《淮南鸿烈解》卷一)

吹作凤凰鸣:形容箫声。用萧史、弄玉典。〔汉〕刘向《列仙传·萧史》(卷上):"萧史者,秦穆公时人也。善吹箫,能致孔雀、白鹤于庭。穆公有女,字弄玉,好之。公遂以女妻焉。日教弄玉作凤鸣,居数年,吹似凤声,凤凰来止其屋。公为作凤台,夫妇止其上。不下数年,一旦皆随凤凰飞去。故秦人为作凤女祠于雍宫中,时有箫声而已。萧史妙吹,凤雀舞庭。嬴氏好合,乃习凤声。遂攀凤翼,参翥高冥。女祠寄想,遗音载清。"

清平乐[1]

咏　雨

丝丝线线。惹起云根燕[2]。万里江山春欲遍。多在梨花庭院。　　经旬一见通宵[3]。恍如身在蓝桥[4]。记与巫山神女,不禁暮暮朝朝[5]。

(原载毛扆校紫芝漫抄本《白雪词》;录自唐圭璋编《全宋词》,中华书局1965年6月第1版,第5册,第3459页)

【注　释】

[1]清平乐:词牌名。参见本卷《诗歌部》上册晏几道《清平乐》注[1]。陈德武此词双调,四十六字。前段四句,四仄韵;后段四句,三平韵。

[2]云根:深山云起之处。〔唐〕杜甫《题忠州龙兴寺所居院壁》:"忠州三峡

陈德武

内，井邑聚云根。"〔清〕仇兆鳌注："张协诗'云根临八极'注：五岳之云触石出者，云之根也。"（《杜诗详注》卷十四）

［3］经旬：经过十天。〔唐〕杜甫《江畔独步寻花七绝句》之一："走觅南邻爱酒伴，经旬出饮独空床。"（《九家集注杜诗》卷二十三）

［4］蓝桥：桥名，在陕西省蓝田县东南蓝溪之上。相传其地有仙窟，为唐裴航遇仙女云英处。参见本卷《诗歌部》上册高荷《国香》注［13］。

［5］巫山神女：巫山的山神，名瑶姬。参见本卷《诗歌部》下册陈著《雪寒》注［1］。

暮暮朝朝：语本〔战国·楚〕宋玉《高唐赋·序》："王因幸之。去而辞曰：'妾在巫山之阳，高丘之阻，旦为朝云，暮为行雨。朝朝暮暮，阳台之下。'旦朝视之，如言。故为立庙，号曰朝云。"（《文选》卷十九）

玉蝴蝶[1]

雨中对紫薇

好是春光秋色，天工巧处[2]，都上花枝。更值云情雨态[3]，净沐芳姿。醉相扶、霓裳舞困，眠未得、宫锦淋漓[4]。有谁知。眼空相对，心系相思。

相思。鲛绡帕上，珠悬红泪，水洗胭脂[5]。寂寞阑干[6]，无言暗忆旧游时。五花骢[7]、载将郎去，双喜鹊、报道郎归。卜佳期[8]。梦回巫峡，春在瑶池[9]。

（原载毛扆校紫芝漫抄本《白雪词》；录自唐圭璋编《全宋词》，中华书局 1965 年 6 月第 1 版，第 5 册，第 3460 页）

【注　释】

［1］玉蝴蝶：词牌名。参见本卷《诗歌部》晁冲之《玉蝴蝶》注［1］。陈德武此词双调，九十九字。前段十句，五平韵；后段十一句，六平韵。

［2］天工：天工，天然形成的工巧，与"人工"相对。〔宋〕戴复古《桂》："无人得似天工巧，明月中间种桂花。"（《石屏诗集》卷六）

［3］云情雨态："朝云暮雨"意象的变异之一种。典出〔战国·楚〕宋玉《高唐赋·序》："昔者先王尝游高唐，怠而昼寝，梦见一妇人曰：'妾巫山之女也，为高唐之客。闻君游高唐，愿荐枕席。'王因幸之。去而辞曰：'妾在巫山之阳，高丘之阻，旦为朝云，暮为行雨。朝朝暮暮，阳台之下。'旦朝视之，如言。故为立庙，号曰

朝云。"(《文选》卷十九)〔宋〕江致和《五福降中天》:"云情雨态,愿暂入阳台梦中。"(《花草粹编》卷十六)

[4]霓裳舞:霓裳羽衣舞,舞曲为《霓裳羽衣曲》,故名。参见本卷《诗歌部》中册毛开《念奴娇》注[7]。困,疲惫。

宫锦:宫中特制或仿造宫样所制的锦缎。〔唐〕岑参《胡歌》:"黑姓蕃王貂鼠裘,葡萄宫锦醉缠头。"(《全唐诗》卷二百一)汗水沾湿貌。〔唐〕韩愈《醉后》:"淋漓身上衣,颠倒笔下字。"(《全唐诗》卷三百三十七)按:此是以拟人化手法描写紫薇。

[5]鲛绡(jiāoxiāo):传说中鲛人所织的绡。鲛人,神话传说中的人鱼。鲛绡,亦喻指巾帕之类。〔宋〕晏几道《探春令》:"为少年湿了,鲛绡帕上,都是相思泪。"(《花草粹编》卷九)

红泪:犹美人泪。参见本卷《诗歌部》上册柳永《集贤宾》注[10]。〔唐〕刘言史《长门怨》:"手持金箸垂红泪,乱拨寒灰不举头。"(《全唐诗》卷四百六十八)

胭脂:亦作"臙脂",一种用于化妆的红色颜料。〔唐〕白居易《后宫词》:"三千宫女胭脂面,几个春来无泪痕。"(《白氏长庆集》卷十九)

[6]阑干:犹栏杆。〔宋〕文彦博《寒食游压沙寺雨中席上偶作》:"魏公前岁朝真去,寂寞阑干尚有情。"(《潞公文集》卷六)

[7]五花骢(cōng):五花马。骢,青白色相杂的马。唐人喜将骏马鬃毛修剪成瓣以为饰,分成五瓣者,称"五花马"或"五花骢"。〔唐〕钱起《赋得丛兰曙后色送梁侍御入京》:"遥知大苑内,应待五花骢。"(《钱仲文集》卷六)

[8]卜佳期:卜,占卜。古代用龟甲、蓍草等,后世用铜钱,牙牌等推断吉凶祸福。佳期。指男女约会的日期。语本〔战国·楚〕屈原《九歌·湘夫人》:"登白薠兮骋望,与佳期兮夕张。"〔汉〕王逸注:"佳,谓湘夫人也,不敢指斥尊者,故言佳也。张,施也,言已愿以始秋苹草初生望平之时,修设祭具,夕早洒扫,张施帏帐,与夫人期歆飨之也。"(《楚辞章句》卷二)

[9]梦回巫峡:从巫峡梦中醒来。梦回,犹梦醒。巫峡梦,即高唐梦,宋玉在《高唐赋·序》里所描写的楚先王梦幸巫山神女的故事。〔宋〕晏几道《玉楼春》:"细思巫峡梦回时,不减秦源肠断处。"(《小山词》)

瑶池:古代传说中昆仑山上的池名,西王母所居。〔唐〕鲍溶《忆郊天》:"至今满耳箫韶曲,徒羡瑶池舞凤皇。"(《鲍溶诗集》卷六)

陈德武

577

仇远

【作者简介】

仇远(1247—?)(生年据本集卷六《纪事》诗注"淳祐丁未予始生"等推定),字仁近,号近村,又号山村民,学者称山村先生,钱塘(今浙江杭州)人。度宗咸淳间以诗著,与同邑白珽合称仇白。元成宗大德九年(1305)为溧阳学正,秩满归。享年七十余。有《金渊集》,已佚。清四库馆臣据《永乐大典》辑为六卷,均系官溧阳时所作。又有《兴观集》《山村遗稿》,为后人据手迹所裒集,清乾隆时歙人项梦昶合辑为《山村遗集》,事见清嘉庆《溧阳县志》卷九。

秋日曲

秋风悲,梧桐知不知。

渴虹挟雨吸河汉[1],嘹嘹数雁天四垂[2]。

雁急不成字[3],远向潇湘飞[4]。

铜盘露下夜如水[5],宋玉新自巫山归[6]。

(原载1987年上海古籍出版社影印文渊阁《四库全书》本《山村遗集》;录自北京大学古文献研究所编《全宋诗》,北京大学出版社1991年7月第1版,第70册,第44235页)

【注　释】

[1]渴虹:古人有虹饮河之说,故以"渴"形容之。《月令辑要·昼夜令上·物候夕虹饮涧》(卷二十二):"《增梦溪笔谈》:世传虹能入溪涧饮水,信然。熙宁中

予使契丹，至其极北黑永境水安山下卓帐。是时，新雨霁，见虹下帐前涧中，予与同职扣涧观之，虹两头皆垂涧中，使人过涧，隔虹对立，相去数丈，中间如隔绡縠，自西望东，则见，盖夕虹也。立涧之东，西望则为日所铄，都无所睹，久之，稍稍正东，踰山而去。"

挟雨：挟带着雨。〔宋〕晁公遡《麦》："层云挟雨来，四郊树木苍。"（《嵩山集》卷二）

河汉：指银河。〔南朝·梁〕沈约《夜夜曲》之一："河汉纵且横，北斗横复直。"（《汉魏六朝百三家集》卷八十八）

[2]嘹嘹：象声词，状雁叫声。〔唐〕顾况《湖南客中春望》："鸣雁嘹嘹北向频，绿波何处是通津。"（《华阳集》卷中）

四垂：四境，四边。〔唐〕白居易《和酬郑侍御东阳春闷放怀追越游见寄》："酒酣将归未能去，怅然回望天四垂。"（《白氏长庆集》卷二十二）

[3]雁急不成字：犹言大雁飞行太急，其队形不成字。按：群雁飞行时常排成"一"字或"人"字。〔唐〕白居易《江楼晚眺景物鲜奇吟玩成篇寄水部张员外》："风翻白浪花千片，雁点青天字一行。"（《白氏长庆集》卷二十）此言"不成字"，谓其队形凌乱。

[4]潇湘：潇水与湘江的并称。多借指今湖南洞庭湖地区。〔宋〕张方平《送珪师归衡岳》："潇湘曾晓梦，鸿雁伴南归。"（《乐全集》卷一）

[5]铜盘：承露盘，汉武帝时建于建章宫。参见本卷《诗歌部》中册李流谦《七夕》注[5]。

夜如水：犹言夜凉如水。〔宋〕冯时行《和郭信可苦寒曲一首》："铁衣照雪夜如水，哀雁一声心欲死。"（《缙云文集》卷一）

[6]宋玉：战国时期楚国辞赋家，《高唐赋》、《神女赋》为其代表作。参见本卷《诗歌部》上册吴简言《题巫山神女庙》注[3]。

巫山：山名，在今重庆市巫山县境内。旧传山形似巫字得名。或传巫咸死葬于此，称巫咸山，简称巫山。参见本卷《诗歌部》上册欧阳修《长相思》注[4]。

浪淘沙[1]

芍药小纱窗。唾碧茸长[2]。粉香犹浣旧时妆[3]。玉佩丁东仙步远[4]，好处难忘。　　草草赋高唐[5]。终是荒凉。凉蟾飞入合欢床[6]。争得花阴重邂逅[7]，才不思量。

（原载近人朱祖谋编 1922 年第三次校补本《彊村

丛书》本《无弦琴谱》卷二；录自唐圭璋编《全宋词》，中华书局 1965 年 6 月第 1 版，第 5 册，第 3397 页）

【注　释】

[1]浪淘沙：词牌名。原为唐教坊曲名，后用为词牌。创自唐刘禹锡、白居易。原为小曲，南唐李煜始作《浪淘沙令》，参见本卷《诗歌部》上册杜安世《浪淘沙》注[1]。仇远此词为《浪淘沙令》。双调，五十四字。前后段各五句，四平韵。

[2]碧茸：刺绣用的绿色丝线，茸，通"绒"。唾茸，古代妇女刺绣，每当停针换线、咬断绣线时，口中常沾留线绒，随口吐出，俗谓唾绒(茸)。〔南唐〕后主李煜《一斛珠》："绣床斜凭娇无那。烂嚼红茸，笑向檀郎唾。"(《全唐诗》卷八百八十九)

[3]涴(wò)：浸渍，染上。〔宋〕吴文英《恋绣衾》："少年娇马西风冷，旧春衫、犹涴酒痕。"(《梦窗丁稿》卷四)

[4]玉佩丁东：谓玉佩发出丁咚的响声。玉佩，古人佩挂的玉制装饰品。丁东，象声词，象玉佩声。〔宋〕秦观《水龙吟》："玉佩丁东别后，怅佳期、参差难又。"(《淮海长短句》卷上)

仙步：仙人轻盈的步履。〔晋〕何劭《杂诗》："心虚体自轻，飘飘若仙步。"(《古诗纪》卷三十三)

[5]草草：草率。〔宋〕赵蕃《呈李赣州四首》之四："学时元草草，赋就每匆匆。'(《淳熙稿》卷七)

赋高唐：犹言咏高唐，以喻男女情事。〔宋〕何梦桂《寄夹谷书隐》之二："当年曾忆赋高唐，回首邯郸事渺茫。"(《潜斋集》卷二)

[6]凉蟾：犹凉月。传说月中有蟾蜍，因借指月亮、月光。〔唐〕李商隐《燕台诗四首·秋》："月浪冲天天宇湿，凉蟾落尽疏星入。"(《李义山诗集》卷下)

合欢床：双人床，新婚之床。〔唐〕关盼盼《燕子楼三首》之一："楼上残灯伴晓霜，独眠人起合欢床。"(《全唐诗》卷八百二)

[7]争得：犹怎得。〔唐〕孟郊《春夜忆萧子真》："争得明镜中，久长无白发。"(《孟东野诗集》卷七)

邂逅(xièhòu)：不期而遇。《诗经·郑风·野有蔓草》："有美一人，清扬婉兮，邂逅相遇，适我愿兮。"〔汉〕毛亨传："邂逅，不期而会。"(《毛诗注疏》卷七)

爱月夜眠迟[1]

小市收镫，渐柝声隐隐，人语沉沉[2]。月华如水，香街尘冷，阑干琐碎花阴[3]。罗帏不隔婵娟[4],多情伴人,孤枕最分明。见屏山翠叠,遮断行云[5]。 因记款曲西厢,趁凌波步影,笑拾遗簪[6]。元宵相次近也,沙河箫鼓[7],恰是如今。行行舞袖歌裙[8]。归还不管更深[9]。黯无言,新愁旧月,空照黄昏。

（原载近人朱祖谋编 1922 年第三次校补本《彊村丛书》本《无弦琴谱》卷二;录自唐圭璋编《全宋词》,中华书局 1965 年 6 月第 1 版,第 5 册,第 3401 页）

【注　释】

[1]爱月夜眠迟:词牌名,亦作《爱月夜眠迟慢》。《词谱》(卷三十三):"《爱月夜眠迟慢》,调见《高丽史·乐志》。宋词也即赋本意。"《词谱》以无名氏《爱月夜眠迟慢》(禁鼓初敲)为此调正体,双调,一百零四字。前后段各十句,四平韵。仇远此词则为双调,一百零三字。前段后段各十一句,四平韵。《宋词大辞典》(凤凰出版社 2003 年 9 月版)"爱月夜眠迟慢"词条云:"《词律拾遗》卷五,列仇远《爱月夜眠迟》'小市收灯'一首,103 字,与此词(指无名氏词)句读稍异,为变体。"

[2]小市:小市镇,小城市。〔宋〕洪迈《容斋三笔·何公桥》(卷十一):"英州小市,江水贯其中。"

收镫,犹收灯。镫,膏镫,也称锭、钉、烛豆、烛盘,古代照明用具。青铜制,上有盘,中有柱,下有底。或有三足及柄。盘所以盛膏,或中有锥供插烛。亦泛指邓。

柝(tuò)声隐隐:犹言柝声隐约不分明。柝,古代巡夜人敲以报更的木梆。《周易·系辞下》:"重门击柝,以待暴客。"(《周易注疏》卷十二)。

沉沉:声音悠远隐约。〔宋〕叶适《端午思远楼小集》:"鼓声沉沉来,起走如狂酲。"(《水心集》卷七)

[3]阑干:犹栏杆。〔宋〕夏竦《黄鹤楼歌》:"一声玉笛起何处,燕扑阑干花影长。"(《文庄集》卷三十)

琐碎花阴:细碎的花影。

[4]罗帏:丝制帷幔。〔唐〕李白《春思》:"春风不相识,何事入罗帏。"(《李太白集注》卷六)

婵娟:指代明月或月光。〔宋〕苏轼《水调歌头》:"但愿人长久,千里共婵娟。"(《东坡词》)

[5]屏山:指屏风。〔宋〕欧阳修《蝶恋花》:"枕畔屏山围碧浪。翠被华灯,夜

仇
远

581

夜空相向。"(《六一词》)

翠叠:翠绿色层叠,指屏风上的图画。〔宋〕蔡伸《生查子》:"花影满方床,翠叠屏山杳。"(《友古词》)

行云:用巫山神女之典。语本〔战国·楚〕宋玉《高唐赋·序》:"旦为朝云,暮为行雨。"(《文选》卷十九)

[6]款曲:犹诚挚殷勤的心意。〔汉〕秦嘉《留郡赠妇三首》之二:"念当远别离,思念叙款曲。"(《玉台新咏》卷一)

西厢:正屋西边的房屋。〔宋〕周邦彦《风流子》:"遥知新妆了,开朱户、应自待月西厢。"(《片玉词》卷上)

凌波步影:犹言轻盈迈步的身影。凌波,在水上行走,比喻美人步履轻盈,如乘碧波而行。〔三国·魏〕曹植《洛神赋》:"凌波微步,罗袜生尘。"〔唐〕吕向注:"步于水波之上,如尘生也。"(《六臣注文选》卷十九)

遗簪:指失落的簪子。《史记·滑稽列传·淳于髡》(卷一百二十六):"前有堕珥,后有遗簪。"

[7]相次近也:犹依次相近。〔宋〕陈允平《闺情》:"细数归期相次近,倚楼日日望春江。"(《江湖小集》卷十七)

箫鼓:箫与鼓,泛指乐奏。〔南朝·梁〕江淹《别赋》:"琴羽张兮箫鼓陈,燕赵歌兮伤美人。"(《江文通集》卷一)

[8]行行(xíngxíng):不停地前行。〔宋〕张孝祥《鹧鸪天》:"行行又入笙歌里,人在珠帘第几重。"(《于湖词》卷一)

[9]更深:夜深。〔宋〕王庭珪《殢人娇》:"小院桃花,烟锁几重珠箔。更深后、海棠睡着。"(《花草粹编》卷十四)

薄　幸[1]

眼波横秀[2]。乍睡起、茸窗倦绣[3]。甚脉脉、阑干凭晓,一握乱丝如柳[4]。最恼人、微雨悭晴,飞红满地春风骤[5]。记帕折香绡,簪敲凉玉[6],小约清明前后。　　昨梦行云何处,应只在、春城迷酒[7]。对溪桃羞语,海棠贪困,莺声唤醒愁仍旧[8]。劝花休瘦。看钗盟再合,秋千小院同携手[9]。回文锦字[10],寄与知他信否。

（原载近人朱祖谋编1922年第三次校补本《彊村丛书》本《无弦琴谱》卷二;录自唐圭璋编《全宋词》,中

582

华书局 1965 年 6 月第 1 版,第 5 册,第 3401—3402 页)

【注　释】

[1]薄幸:词牌名。《词谱》(卷三十五):"《薄幸》,调见《东山乐府》。"仇远此词双调,一百零八字。前段九句,五仄韵;后段十句,五仄韵。

[2]眼波:形容流动如水波的目光,多用于女子。〔宋〕刘一止《浣溪沙》:"莫问新欢与旧愁。浅颦微笑总风流。眼波横注楚江秋。"(《苕溪集》卷五十三)

横秀:横呈秀色。秀,秀丽,秀美。

[3]乍睡起:刚刚睡后起来。〔宋〕袁去华《剑气近》:"重帘未卷,乍睡起、寂寞看风絮。"(《历代诗余》卷六十二)

茸窗倦绣:犹言唾茸窗前懒得刺绣。茸窗,"唾茸窗"之省。古代妇女刺绣,每当停针换线、咬断绣线时,口中常沾留线绒,随口吐出,俗谓唾绒。唾茸窗,谓常香窗外唾茸,故称。〔宋〕崇滋《悼步月》:"响屧廊深空认步,唾茸窗暖尚留痕。"(《宋诗纪事》卷八十五)〔宋〕蒋捷《高阳台》:"灯摇缥晕茸窗冷,语未阑、娥影分收。"(《竹山词》)

[4]脉脉:凝视貌。《汉书·东方朔传》(卷六十五):"跂跂脉脉善缘壁,是非守宫即蜥蜴。"颜师古注:"脉脉,视貌也。"《古诗十九首·迢迢牵牛星》:"盈盈一水间,脉脉不得语。"(《文选》卷二十九)

阑干凭晓:犹言在天亮时凭栏远望。阑干,即栏杆。凭,依着,靠着。

一握:犹言一把。〔唐〕白居易《叹老三首》之二:"我有一握发,梳理何稠直。昔似玄云光,今如素丝色。"(《白氏长庆集》卷十)

[5]微雨悭(qiān)晴:犹言微雨少晴。悭,稀少。〔宋〕陆游《怀昔》:"泽国气候晚,仲冬雪犹悭。"(《剑南诗稿》卷二十八)

飞红:犹落花。〔宋〕蔡襄《正月十八日甘棠院》之二:"狂花有意怜醉客,撩乱飞红满一身。"(《端明集》卷五)

春风骤:犹言春风疾速而猛烈。

[6]簪敲凉玉:古人有拔下玉簪用以敲打节拍之事。〔唐〕张立本女《诗》:"危冠广袖楚宫妆,独步闲庭逐夜凉。自把玉簪敲砌竹,清歌一曲月如霜。"(《全唐诗》卷七百九十九)按:此处"簪敲凉玉"似为敲簪沉吟意。凉玉,状玉簪。

[7]行云:用巫山神女之典。语本〔战国·楚〕宋玉《高唐赋·序》:"旦为朝云,暮为行雨。"(《文选》卷十九)喻男女情事。

迷酒:迷恋酒杯。〔唐〕许浑《寄湘中友人》:"莫恋醉乡迷酒杯,流年长怕老年催。"(《丁卯诗集补遗》)

[8]海棠贪困:用杨贵妃典。〔宋〕陈景沂《全芳备祖前集·花部·海棠》(卷

七）引《杨妃传》云："唐明皇曾召太真妃,妃被酒新起,帝曰:'此乃海棠花睡未足耳。'"〔明〕彭大翼《山堂肆考·太真被酒》（卷一百九十九）引《太真外传》云："明皇登沈香亭,召太真。太真时被酒未醒,命力士从侍儿扶掖而至。醉颜残妆,鬓乱钗横,不能再拜。明皇笑曰:'此真海棠花睡未足耳。'崔德符诗:'浑是华清出浴初,碧纱斜掩见红肤。便教桃李能言语,西子娇妍比得无。'又杨诚斋诗:'江水夜韶乐,海棠花贵妃。'"

莺声:黄鹂的叫声。〔宋〕高观国《风入松》:"绣被嫩寒清晓,莺声唤醒春酲。"（《花庵词选续集》卷六）

[9]钗盟:以钗为盟誓。钗由两股簪子交叉组合而成,古人用钗盟誓,将钗分一股给对方,自己留一股,称为钗盟。再合,犹言重相聚时两股合一,以为凭证。

秋千:我国民间传统体育运动器具。参见本卷《诗歌部》上册张先《木兰花》注[4]。〔宋〕苏轼《春夜》:"歌管楼台声细细,秋千院落夜沉沉。"（《东坡诗集注》卷二十二）

[10]回文锦字:指前秦苏蕙寄给丈夫的织锦回文诗。《晋书·列女传·窦滔妻苏氏》（卷九十六）:"窦滔妻苏氏,始平人也,名蕙,字若兰,善属文。滔,苻坚时为秦州刺史,被徙流沙,苏氏思之,织锦为回文旋图诗以赠滔。宛转循环以读之,词甚凄惋,凡八百四十字。"参见本卷《诗歌部》上册徐铉《梦游三首》其三注[9]。

琐窗寒[1]

小袖啼红,残茸唾碧,深愁如织[2]。闲愁不断,冉冉舞丝千尺[3]。倚修筠、袖笼浅寒[4],望人在水西云北。想绿杨影里,兰舟轻舣,赤阑桥侧[5]。

游剧归来,恨汗湿酥融,步悭袜窄[6]。兰情蕙盼,付与栖鸾消息[7]。奈无情、风雨做愁,帐镫闪闪春寂寂[8]。梦相思、一枕巫山[9],更画楼吹笛。

（原载近人朱祖谋编 1922 年第三次校补本《彊村丛书》本《无弦琴谱》卷二;录自唐圭璋编《全宋词》,中华书局 1965 年 6 月第 1 版,第 5 册,第 3405 页）

【注　释】

[1]琐窗寒:词牌名。参见本卷《诗歌部》下册刘辰翁《琐窗寒》注[1]。仇远此词据《全宋词》为双调,九十八字。前段十句,四仄韵;后段九句,四仄韵。与《词谱》所列谱式有别。

[2]小袖啼红:小袖,短小的衣袖。《魏书·咸阳王禧传》:"(高祖)责留京之官曰:'昨望见妇女之服,仍为夹领小袖。我徂东山,虽不三年,既离寒暑,卿等何为而违前诏?'"啼红,啼红泪,红泪,犹美人泪。参见本卷《诗歌部》上册柳永《集贤宾》注[10]。〔宋〕晏几道《满庭芳》:"佳期在,归时待把,香袖看啼红。"(《小山词》)

残茸唾碧:残茸,古代妇女刺绣时残留的绒线。唾碧,犹唾碧茸。碧茸,刺绣用的绿色丝线,茸,通"绒"。古代妇女刺绣,每当停针换线、咬断绣线时,口中常沾留线绒,随口吐出,俗谓唾绒(茸)。参见本卷《诗歌部》下册仇远《浪淘沙》注[2];仇远《薄幸》注[3]。

深愁如织:犹言深深的愁怨如同织成。如织,比喻客观事物纷繁交错。〔宋〕张元干《柳梢青》:"海山浮碧。细风丝雨,新愁如织。"(《芦川归来集》卷六)

[3]闲愁:无端无谓的忧愁。〔宋〕柳永《西江月》:"好梦枉随飞絮,闲愁浓胜香醪。"(《乐章集》)

冉冉:缠绵貌。〔宋〕张孝祥《鹊桥仙》:"重湖风月,九秋天气,冉冉清愁如织。"(《于湖词》卷二)

[4]倚修筠(yún):靠着高高的竹子。修,长,高。筠,竹子。〔宋〕苏辙《种兰》:"根便密石秋芳早,丛倚修筠午荫凉。"(《栾城集》卷十三)

[5]绿杨:犹绿柳。古代诗文中"杨"、"柳"常通用。〔唐〕李白《书情寄从弟邠州长史昭》:"绿杨已可折,攀取最长枝。"(《李太白文集》卷十一)

兰舟:木兰舟,亦用为小舟的美称。参见本卷《诗歌部》上册晏几道《清平乐》注[2]。〔唐〕权德舆《杂言同用离骚体送张评事襄阳觐省》:"君之去兮不可留,五采裳兮木兰舟。"(《权文公集》卷五)

轻舣(yǐ):轻轻地靠岸。舣,使船靠岸。〔宋〕刘学箕《渔家傲》:"醉倒自歌歌自唱。轻舣舫。碧芦红蓼清滩傍。"(《方是闲居士小稿》卷下)

赤阑桥侧:犹红栏杆桥之侧。阑,栏杆。〔唐〕温庭筠《春愁曲》:"蜂喧蝶驻俱悠扬,柳拂赤阑纤草长。"(《温飞卿诗集笺注》卷二)

[6]游剧归来:犹言出游急忙归来。剧,急促,疾速。

汗湿酥融:犹汗水湿透,浑身润滑柔软,谓疲倦无力。

步悭(qiān)袜窄:犹言步履阻滞,袜子窄小。悭,阻碍。〔唐〕杜甫《铜官渚守风》:"早泊云物晦,逆行波浪悭。"〔清〕仇兆鳌注:"悭,阻滞难行也。"(《杜诗详注》卷二十二)

[7]兰情蕙盼:像兰一样的幽情,像蕙一样的美目。兰、蕙皆香草,这里喻指女子。盼,眼睛黑白分明貌。《诗经·卫风·硕人》:"巧笑倩兮,美目盼兮。"〔汉〕毛亨传:"盼,白黑分。"(《毛诗注疏》卷五)〔宋〕吴文英《瑞鹤仙》:"正旗亭烟冷,

585

河桥风暖。兰情蕙盼。惹相思、春根酒畔。"吴蓓笺释："兰情蕙盼,指伊人巧笑倩兮、美目盼兮,仿佛多情的神情举止。"(《梦窗词汇校笺释集评》,浙江古籍出版社2007年9月第1版,第29页)

栖鸾消息:鸾凤栖息的消息。鸾,传说中的神鸟、瑞鸟。

[8]帐镫:帐中的灯。帐,帷幔。〔宋〕吕南公《八月十四夜小雨》："青楼月好人何在,锦帐灯寒扇自开。"(《灌园集》卷五)〔宋〕辛弃疾《祝英台近》："罗帐灯昏,呜咽梦中语。"(《稼轩词》卷三)

[9]一枕巫山:犹言一枕巫山梦。巫山梦,楚先王梦幸巫山神女之梦,典出〔战国·楚〕宋玉《高唐赋·序》(《文选》卷十九)

画楼:雕饰华丽的楼房。〔宋〕秦观《画堂春》："柳外画楼独上,凭阑手捻花枝。放花无语对斜晖。此恨谁知。"(《淮海词》)

木兰花慢[1]

泥凉闲倚竹,奈冉冉、碧云何[2]。爱水槛空明,风疏画扇,雪透香罗[3]。惺松未成楚梦,看玲珑、清影罩平坡[4]。便有一庭秋意,碎蛩声乱寒莎[5]。

银河。不起纤波。天似水,月明多。算江南再有,贺方回在[6],空费吟哦。年年自圆自缺,恨紫箫、声断玉人歌[7]。谩对双鸳素被,翠屏十二嵯峨[8]。

(原载近人朱祖谋编1922年第三次校补本《彊村丛书》本《无弦琴谱》卷二;录自唐圭璋编《全宋词》,中华书局1965年6月第1版,第5册,第3411页)

【注　释】

[1]木兰花慢:词牌名。《词谱》(卷二十九)："宋柳永《乐章集》注:'高平调'。"慢,词体名称。参见本卷《诗歌部》上册欧阳修《踏莎行慢》注[1]。仇远此词据《全宋词》句读为双调,一百零一字。前段十句,四平韵;后段十一句,六平韵。与《词谱》所载各体均有别。

[2]冉冉:渐进貌,形容事物慢慢变化或移动。〔宋〕谢逅《春寒》："冉冉云生岭,翻翻雨决渠。"(《竹友集》卷五)

碧云:青云;碧空中的云。〔宋〕赵师侠《满江红》："目断碧云无信息,试凭青翼飞南北。"(《历代诗余》卷五十五)

[3]水槛(jiàn):临水的栏杆。〔唐〕杜甫《江上值水如海势聊短述》:"新添水槛供垂钓,故著浮槎替入舟。"(《九家集注杜诗》卷二十六)

空明:指月光下的清波。〔宋〕苏轼《赤壁赋》:"桂棹兮兰桨,击空明兮泝流光。"(《东坡全集》卷三十三)

风疏画扇:犹言风书院画扇。疏,疏远,不亲近。画扇,有画饰的扇子。这里是描写秋景,故有此语。〔宋〕谢逸《秋暑》:"何时疏画扇,无处觅凉台。"(《竹友集》卷五)

雪透香罗:犹言如雪的肌肤透出绫罗。香罗,绫罗的美称。〔唐〕杜甫《端午日赐衣》:"细葛含风软,香罗迭雪轻。"(《九家集注杜诗》卷十九)

[4]惺松:即惺忪,醒来,醒悟。〔宋〕杨万里《垂丝海棠》之二:"不关残醉未惺忪,不为春愁懒散中。自是新晴生睡思,起来无力对东风。"(《诚斋集》卷八)

楚梦:犹楚王梦,指宋玉《高唐赋》所描写的楚先王与巫山神女在梦中交欢的故事,后演绎为艳梦、性梦。

玲珑:精巧貌。〔宋〕王千秋《生查子》:"玲珑影结阴,蕴藉香成阵。"(《审斋词》)

[5]秋意:秋季凄清萧瑟的景观和气象。〔宋〕晏殊《点绛唇》:"露下风高,井梧宫簟生秋意。"(《珠玉词》)

碎蛩声:细碎的蟋蟀鸣声。〔宋〕蒋捷《瑞鹤仙》:"小殿秋深,碎蛩诉月。"(《竹山词》)

寒莎(suō):带着寒意的莎草。莎,即莎草,多年生草本植物,多生于潮湿地区或河边沙地。茎直立,三棱形。叶细长,深绿色,质硬有光泽。夏季开穗状小花,赤褐色。地下有细长的匍匐茎,并有褐色膨大块茎。块茎称"香附子",可供药用。〔唐〕释齐己《访自牧上人不遇》:"高房度江雨,经月长寒莎。"(《白莲集》卷二)

[6]贺方回:即贺铸,字方回。参见本卷《诗歌部》上册贺铸作品【作者简介】。

[7]紫箫:用紫竹座的箫,紫竹,竹的一种。亦名黑竹。茎成长后为紫黑色,故称。可制笙、竽、箫、管等。《说郛》(卷六十七下)载录〔宋〕宋祁《益部方物赞》:"紫竹,蜀诸山中尤多,园池亦种为玩。然生二年色乃变,三年而紫。"〔宋〕宋庠《无题》:"西崿东流意欲分,紫箫呼凤隔烟闻。"(《元宪集》卷十)

玉人:容貌美丽的人,多用以称美丽的女子。〔宋〕韦骧《寄元真州》:"不省玉人歌阕处,红梅多少落樽前。"(《钱塘集》卷四)

[8]谩对:犹空对。谩,通"漫",徒然。

双鸳素被:绣有双鸳鸯的白色被子。素被,白色被子。〔宋〕周邦彦《花犯》:"更可惜,雪中高树,香篸熏素被。"(《片玉词》卷上)

翠屏十二嵯峨:犹言翠色屏风上所画的高峻的巫山十二峰。嵯峨,山高峻貌。〔宋〕俞德邻《次韵陈静佳咏梅》:"寂寞上林迷雾苑,嵯峨巫岫隔烟津。"(《佩韦斋集》卷六)

菩萨蛮[1]

翠鸾不隔巫山路[2]。无人肯指行云处[3]。徙倚最高楼[4]。秋波春望愁。　　先来愁似雾。更下丝丝雨。芳径溅香泥[5]。苔花滑马蹄[6]。

（原载近人朱祖谋编 1922 年第三次校补本《彊村丛书》本《无弦琴谱》卷二;录自唐圭璋编《全宋词》,中华书局 1965 年 6 月第 1 版,第 5 册,第 3411 页）

【注　释】

[1]菩萨蛮:词牌名。参见本卷《诗歌部》上册舒亶《菩萨蛮》注[1]。仇远此词双调,四十四字。前后段各四句,两仄韵,两平韵。

[2]翠鸾:翠色的鸾鸟。鸾,传说中凤凰一类的鸟。〔宋〕岳珂《小墅桂花盛开与客醉树下因赋二律》之二:"扶疏清影立黄鹄,匼匝满庭翔翠鸾。"(《玉楮集》卷四)

巫山路:通往巫山的路。巫山,这里系用巫山神女典故。〔南唐〕冯延巳《蝶恋花》:"心若垂杨千万缕。水阔花飞,梦断巫山路。"(《历代诗余》卷三十九)

[3]行云处:犹巫山神女与楚先王约会处。语本〔战国·楚〕宋玉《高唐赋·序》:"王因幸之。去而辞曰:'妾在巫山之阳,高丘之阻,旦为朝云,暮为行雨。朝朝暮暮,阳台之下。'旦朝视之,如言。故为立庙,号曰朝云。"(《文选》卷十九)

[4]徙倚:犹徘徊,逡巡。〔战国·楚〕屈原《远游》:"步徙倚而遥思兮,怊惝怳而乖怀。"〔汉〕王逸注:"彷徨东西,意愁愤也。"(《楚辞章句》卷五)

[5]芳径:花径。〔宋〕范成大《岩桂三首》之二:"越城芳径手亲栽,红浅黄深次第开。"(《石湖诗集》卷二十四)

香泥:芳香的泥土。〔唐〕胡宿《城南》:"昨夜轻阴结夕霏,城南十里有香泥。"(《文恭集》卷四)

[6]苔花:指苔,因苔呈现出花纹,故称。苔,植物名,属隐花植物类,根、茎、叶区别不明显,有青、绿、紫等色,多生于阴湿地方,延贴地面,故亦叫地衣。〔唐〕陆龟蒙《闲书》:"闲阶雨过苔花润,小簟风来蘸叶凉。"(《笠泽蕞书》卷一)

张　炎

【作者简介】
　　张炎(1248—?)，字叔夏，号玉田，又号乐笑翁，张俊诸孙。本西秦人，家临安。生于淳祐八年。宋亡，落魄纵游。有《山中白云词》《词源》。

塞翁吟

友云[1]

　　交到无心处，出岫细话幽期[2]。看流水、意俱迟。且淡薄相依。凌霄未肯从龙去，物外共鹤忘机[3]。迷古洞，掩晴晖[4]。翠影湿行衣[5]。飞飞[6]。垂天翼[7]，飘然万里，愁日暮、佳人未归。尚记得、巴山夜雨[8]，耿无语、共说生平，都付陶诗[9]。休题五朵，莫梦阳台，不赠相思[10]。

　　　　　　（原载近人朱祖谋编 1922 年第三次校补本《彊村丛书》本《山中白云》卷八；录自唐圭璋编《全宋词》，中华书局 1965 年 6 月第 1 版，第 5 册，第 3473 页）

【注　释】
　　[1]塞翁吟:词牌名。《词谱》(卷二十二):"《塞翁吟》，调见《清真乐府》，取《淮南子》塞上叟事为调名。"按:塞上叟事，见《淮南子·人间训》:"塞上之人有善术者，马无故亡而入胡，人皆吊之，其父曰:'此何遽不为福乎?'居数月，其马将胡骏马而归，人皆贺之，其父曰:'此何遽不能为祸乎?'家富良马，其子好骑，堕而折其髀，人皆吊之，其父曰:'此何不遽为福乎?'居一年，胡人大入塞，丁壮者引弦而战，近塞之人，死者十九，此独以跛之故，父子相保。故福之为祸，祸之为福，化不

可极,深不可测也。"(《淮南鸿烈解》卷十八)《词谱》(卷二十二)以周邦彦《塞翁吟》(暗叶啼风雨)为此调正体,并注云:"此调只有此体。方千里、杨泽民、陈允平和词,吴文英、张炎、赵文诸词,俱如此填。……按:张(张炎,下同)词前段起句'交到无心处','交'字平声,第二句'出岫细话幽期','出'字仄声。……张词'看流水','流'字平声;张词第七句'物外共鹤忘机','物'字仄声。……张词第六句'都付陶诗','都'字平声。"张炎此词据《全宋词》为双调,九十二字。前段九句,六平韵;后段九句,四平韵。与《词谱》所列谱式略微有别。

友云:与云交朋友。友,用作动词。

[2]无心:犹无意,没有打算。交到无心处,犹言交往到了无利害计较的程度。语本〔晋〕陶潜《归去来辞》:"云无心而出岫,鸟倦飞而知还。"(《陶渊明集》卷五)

出岫(xiù):出山,从山中出来。岫,山洞,有洞穴的山。《尔雅·释山》:"山有穴为岫。"〔晋〕郭璞注:"谓岩穴。"(《尔雅注疏》卷七)

幽期:隐秘或幽雅的约会。〔唐〕杜甫《大云寺赞公房二首》之一:"洞门尽徐步,深院果幽期。"(《九家集注杜诗》卷十九)

[3]凌霄:犹凌空。凌,升;霄,高空。〔宋〕张方平《青泥岭》:"斗峻凌霄出混茫,东西秦蜀此分疆。"(《乐全集》卷三)

从龙:云从龙是中国古代的传统观念。《周易·乾》:"同声相应,同气相求。水流湿,火就燥,云从龙,风从虎。"(《周易注疏》卷一)此则言"未肯从龙去"。

物外:谓超脱于尘世之外。〔汉〕张衡《归田赋》:"苟纵心于物外,安知荣辱之所如!"(《文选》卷十五)

共鹤忘机:犹言与鹤一起消除机巧之心。鹤,常被视为仙鸟。忘机,常用以指甘于淡泊,与世无争。〔唐〕王勃《江曲孤凫赋》:"尔乃忘机绝虑,怀声弄影。"(《王子安集》卷一)

[4]晴晖:晴天的日光。〔宋〕林逋《湖村晚兴》:"沧洲白鸟飞,山影落晴晖。"(《林和靖集》卷一)

[5]飞飞:飘扬貌。〔宋〕王令《朝云》:"朝云飞飞来无穷,暮云漠漠昏相蒙。"(《广陵集》卷十八)

[6]行衣:出行所穿的服装。〔唐〕韩琮《云》:"莫向隙窗笼夜月,好来仙洞湿行衣。"(《全唐诗》卷五百六十五)

[7]垂天翼:犹言垂下天的羽翼,形容乌云低垂。〔宋〕苏轼《次韵周开祖长官见寄》:"海南未起垂天翼,涧底仍依径寸麻。"(《东坡诗集注》卷十八)

[8]巴山夜雨:语出〔唐〕李商隐《夜雨寄北》:"君问归期未有期,巴山夜雨涨秋池。何当共剪西窗烛,却话巴山夜雨时。"(《李义山诗集注》卷一上)

[9]耿无语:犹言因悲伤,心情不安而无语。〔宋〕周密《国香慢》:"凄凉耿无语,梦入东风,雪尽江清。"(《绝妙好词笺》卷七)

陶诗:指陶渊明《归去来兮辞》,见本诗注[2]。

[10]五朵:"五朵云"之省。指唐韦陟用草书署名的字体。唐段成式《酉阳杂俎续集·支诺皋下》:"(韦陟)每令侍婢主尺牍,往来复章,未常自札,受意而已。词旨轻重,正合陟意。而书体遒利,皆有楷法,陟唯署名。尝自谓所书'陟'字,如五朵云,当时人多仿效,谓之郇公五云体。"

阳台:〔战国·楚〕宋玉《高唐赋·序》中神女与楚先王约定的幽会场所:"去而辞曰:'妾在巫山之阳,高丘之阻,旦为朝云,暮为行雨。朝朝暮暮,阳台之下。'"(《文选》卷十九)参见本卷《诗歌部》上册解昉《阳台梦》注[9]。

玲珑四犯[1]

杭友促归,调此寄意

流水人家,乍过了斜阳,一片苍树[2]。怕听秋声[3],却是旧愁来处。因甚尚客殊乡[4],自笑我、被谁留住。问种桃、莫是前度[5]。不拟桃花轻误[6]。　　少年未识相思苦。最难禁、此时情绪。行云暗与风流散[7],方信别泪如雨。何况夜鹤帐空,怎奈向、如今归去[8]。更可怜,闲里白了头,还知否。

（原载近人朱祖谋编 1922 年第三次校补本《彊村丛书》本《山中白云》卷八;录自唐圭璋编《全宋词》,中华书局 1965 年 6 月第 1 版,第 5 册,第 3478 页）

【注　释】

[1]玲珑四犯:词牌名。《词谱》(卷二十七):"《玲珑四犯》,此调创自周邦彦《清真集》,方千里、杨泽民、陈允平俱有和词。姜夔又有自度'黄钟商'曲,与周词句读迥别,因调名同,故亦类列。"四犯,古代乐曲转调的名称。曲调中宫调犯四调者谓之四犯。唐人以为犯有正、旁、偏、侧四种,即宫犯宫为正犯,宫犯商为旁犯,宫犯角为偏犯,宫犯羽为侧犯。其实宫调可犯商、角、羽诸调,而十二宫之间则不容相犯。〔宋〕姜夔《凄凉犯》词序:"凡曲言犯者,谓以宫犯商、商犯宫之类。如:道调宫'上'字住,双调亦'上'字住,所住字同,故道调曲中犯双调,或于双调曲中犯道调,其它准此。唐人《乐书》云:'犯有正、旁、偏、侧。宫犯宫为正,宫犯商为

旁,宫犯角为偏,宫犯羽为侧。'此说非也。十二宫所住字各不同、不容相犯;十二宫特可犯商、角、羽耳。"(《白石道人歌曲》卷四)〔宋〕张端义《贵耳集》(卷上):"自宣政间,周美成、柳耆卿辈出,自制乐章,有曰侧犯、尾犯、花犯、玲珑四犯。"〔宋〕张炎《词源》(卷下):"崇宁立大晟府,命周美成诸人讨论古音,审定古调……而美成诸人又复增慢曲、引、近,或移宫换羽,为三犯、四犯之曲。"《词谱》将张炎此词列为本调别体之一谱式:双调,一百字。前后段各九句,五仄韵。

[2]流水人家:犹言在流水边居住的人家。〔宋〕范浚《冬日行兰溪道中六言二首》之一:"荒草狭蹊山路,断桥流水人家。"(《香溪集》卷四)

乍过了斜阳:犹言刚过了斜阳。乍,刚刚。〔宋〕曹勋《二郎神》:"乍过了挑青,名园深院,把酒偏宜细步。"(《松隐集》卷四十)

苍树:犹苍老的树。〔宋〕柴望《戒珠寺右军宅》:"苍树寒烟两渺茫,后来谁此吊兴亡。"(《秋堂集》卷一)

[3]秋声:指秋天里自然界的声音,参见本卷《诗歌部》下册吴文英《庆春宫》注[2]。〔唐〕李白《沙丘城下寄杜甫》:"城边有古树,日夕连秋声。"(《李太白文集》卷十)

[4]因甚尚客殊乡:犹言为什么还客居在他乡。殊乡,异乡,他乡。〔宋〕徐集孙《中元》:"今朝逢令节,依旧客殊乡。"(《江湖小集》卷十六)

[5]问种桃、莫是前度:典出〔唐〕刘禹锡《再游玄都观绝句并引》,其引云:"余贞元二十一年为屯田员外郎时,此观未有花。是岁,出牧连州,寻贬朗州司马,居十年,召至京师。人人皆言有道士手植仙桃,满观如红霞,遂有前篇,以志一时之事。旋又出牧,今十有四年,复为主客郎中,重游玄都,荡然无复一树,唯兔葵、燕麦,动摇于春风耳。因再题二十八字,以俟后游时。大和二年三月。"其诗云:"百亩中庭半是苔,桃花净尽菜花开。种桃道士归何处?前度刘郎今又来。"(《刘宾客文集》卷二十四)

[6]不拟桃花轻误:犹言不料为桃花轻易耽误。

[7]行云:用巫山神女之典。语本〔战国·楚〕宋玉《高唐赋·序》:"旦为朝云,暮为行雨。"(《文选》卷十九)喻男女情事。

[8]鹤帐:隐逸者的床帐。〔宋〕葛立方《丐祠将离云间崔申之以诗为别次韵》:"夜鹤帐空周子去,秋鲈风动季鹰归。"(《宋百家诗存》卷十九)

怎奈向:犹奈何,无奈。〔宋〕周邦彦《拜星月慢》:"怎奈向、一缕相思,隔溪山不断。"(《片玉词》卷上)

虞美人

题陈公明所藏曲册[1]

黄金谁解教歌舞。留得当时谱。断情残意落人间。汉上行云迷却、旧巫山[2]。　　妆楼何处寻樊素[3]。空误周郎顾[4]。一帘秋雨剪灯看。无限羁愁分付、玉箫寒[5]。

（原载近人朱祖谋编 1922 年第三次校补本《彊村丛书》本《山中白云》卷八；录自唐圭璋编《全宋词》，中华书局 1965 年 6 月第 1 版，第 5 册，第 3503 页）

【注　释】

[1]虞美人：词牌名。参见本卷《诗歌部》中册王安中《虞美人》注[1]。张炎此词双调，五十六字。前后段各四句，两仄韵，两平韵。

曲册：记录曲谱的书册。

[2]汉上：犹汉水之上。〔唐〕张九龄《感遇》之十："汉上有游女，求思安可得。"（《曲江集》卷三）

行云：用巫山神女之典。语本〔战国·楚〕宋玉《高唐赋·序》："旦为朝云，暮为行雨。"（《文选》卷十九）

迷却：犹迷失了。却，助词，用于动词后，相当于"去"、"了"。〔宋〕陈藻《融州望乡》："故国来来八十程，登楼迷却桂州城。"（《乐轩集》卷二）旧巫山，旧日巫山。

[3]樊素：唐代诗人白居易妾名樊素，善唱《杨枝》，名闻洛下。白居易放之，虽不舍，终离去。参见本卷《诗歌部》上册苏轼《朝云诗并引》注[1]。

[4]周郎顾：典出《三国志·吴志·周瑜传》（卷九）："瑜少精意于音乐，虽三爵之后，其有阙误，瑜必知之，知之必顾，故时人谣曰：'曲有误，周郎顾。'"

[5]剪灯：犹言剪去灯花，使灯光明亮。灯花，灯心余烬结成的花状物。〔宋〕陆游《初春》："装罢桃符又剪灯，新年光景捷飞腾。"（《剑南诗稿》卷八十）

羁愁：旅人的愁思。〔唐〕李商隐《次陕州先寄源从事》："离思羁愁日欲晡，东周西雍此分途。"（《李义山诗集注》卷一下）

分付：付托，寄意。〔宋〕杨恢《祝英台近》："都将千里芳心，十年幽梦，分付与、一声啼鴂。"（《绝妙好词笺》卷五）

玉箫：玉制的箫或箫的美称。〔宋〕李曾伯《八声甘州》："廉纤梧桐细雨，吹彻玉箫寒。"（《可斋续藁前卷》七）

采桑子[1]

西园冷胃秋千索，雨透花鞰[2]。雨过花皴[3]。近觉江南无好春。
杜郎不恨寻芳晚，梦里行云[4]。陌上行尘[5]。最是多愁老得人[6]。

（原载近人朱祖谋编 1922 年第三次校补本《彊村丛书》本《山中白云》卷八;录自唐圭璋编《全宋词》,中华书局 1965 年 6 月第 1 版,第 5 册,第 3510 页)

【注　释】

[1]采桑子:词牌名。参见本卷《诗歌部》上册晏几道《采桑子》注[1]。张炎此词双调,四十四字,前后段各四句,三平韵。

[2]西园:园林名,汉上林苑的别名。〔汉〕张衡《东京赋》:"岁维仲冬,大阅西园,虞人掌焉,先期戒事。"〔三国·吴〕薛综注:"西园,上林苑也。"(《文选》卷三)亦泛指园林。

冷罥(juàn)秋千索:犹言清冷地缠挂着秋千绳索。罥,缠绕悬挂。〔宋〕周密《大酺》:"燕燕归迟,莺莺声懒。闲罥秋千红索。"(《历代诗余》卷九十八)

花颦(pín):颦,皱眉,引申为忧愁。花颦,犹言花忧愁,此为拟人化手法,亦为移情作用。

[3]花皴(cūn):犹言花朵打皱,皴缩。

[4]杜郎:指杜牧。唐代文学家,字牧之。参见本卷《诗歌部》上册高荷《国香》注[27]。不恨寻芳晚。反用〔唐〕杜牧《叹花》诗意:"自恨寻芳到已迟,往年曾见未开时。如今风摆花狼藉,绿叶成阴子满枝。"(《全唐诗》卷五百二十四)

行云:用巫山神女之典。语本〔战国·楚〕宋玉《高唐赋·序》:"旦为朝云,暮为行雨。"(《文选》卷十九)

[5]陌上行尘:犹言大路上飞扬的尘土。语本〔晋〕陶潜《杂诗》之一:"人生无根蒂,飘如陌上尘。"(《陶渊明集》卷四)

[6]老得人:犹言能使人老。得,助词,表示可能,能够。〔宋〕刘辰翁《花飞减却春》:"拾翠危无路,残红老得人。"(《须溪四景诗集》卷一)

陆文圭

【作者简介】

陆文圭(1250—1334),字子方,江阴(今属江苏)人。度宗咸淳三年(1267)膺乡荐,时年十八。宋亡隐居城东,学者称墙东先生。元仁宗延祐四年(1317)再中乡举,朝廷数度征召,以老不应。卒年八十五。有《墙东类稿》二十卷,已佚。清四库馆臣据《永乐大典》仍辑为二十卷。清光绪《江阴县志》卷十六有传。

腊月二十六日立春

陇梅示寄江南信[1],邹黍先回燕谷春[2]。
忽忆少陵巫峡句[3],菜盘思见玉纤人[4]。

（原载《墙东类稿》卷十九;录自北京大学古文献研究所编《全宋诗》,北京大学出版社1991年7月第1版,第71册,第44601页)

【注　释】

[1]陇梅:寄往陇头之梅。陇头,即陇山,六盘山南段的别称,借指边塞。〔南朝·宋〕陆凯《赠范晔诗》:"折花逢驿使,寄与陇头人。江南无所有,聊赠一枝春。"(《古诗纪》卷六十四)

江南信:犹江南春信。〔宋〕强至《立春》:"江南信息梅应蕊。京国风流柳未丝。"(《祠部集》卷六)

[2]邹黍先回:相传战国齐人邹衍精于音律,吹律能使地暖而禾黍滋生。《列

子·汤问》（卷五）："微矣子之弹也！虽师旷之清角，邹衍之吹律，亡以加之。"〔晋〕张湛注："北方有地，美而寒，不生五谷。邹子吹律暖之，而禾黍滋也。"邹黍先回，谓邹衍吹律而禾黍回春，喻带春天带来温暖与生机。

燕谷：寒谷，在古燕地，传说为邹衍吹律生黍之处。《太平御览》（卷五十四）引〔汉〕刘向《别录》："《方士传》言：邹衍在燕，有谷地美而寒，不生五谷。邹子居之，吹律而温气至，而生黍谷。今名黍谷。"

[3]少陵巫峡句：少陵，指杜甫。参见本卷《诗歌部》中册王十朋《游卧龙山呈行可元章》注[4]。巫峡句，指杜甫《立春》诗。其云："春日春盘细生菜，忽忆两京梅发时。盘出高门行白玉，菜传纤手送青丝。巫峡寒江那对眼，杜陵远客不胜悲。此身未知归定处，呼儿觅纸一题诗。"（《九家集注杜诗》卷二十七）

[4]菜盘：春盘。古代风俗，立春日以韭黄、果品、饼饵等簇盘为食，或馈赠亲友，称春盘。帝王亦于立春前一天，以春盘并酒赐近臣。

玉纤：纤细如玉的手指，多以指美人的手。〔宋〕周紫芝《白苎歌》："吴姬十指玉纤纤，白苎新裁舞衣小。"（《太仓稊米集》卷一）按：此句"菜盘"、"玉纤人"意象均出自杜甫《立春》一诗。

中秋见梅

雁叫霜寒木叶飞[1]，西风亭下立瑶姬[2]。

从来冷淡能禁雪[3]，不意孤高也竞时[4]。

松友旧盟寒岁晚[5]，桂华佳约赴秋期[6]。

倚窗索笑空姝媚[7]，汝解能宽宋玉悲[8]。

（原载《墙东类稿》卷十八；录自北京大学古文献研究所编《全宋诗》，北京大学出版社1991年7月第1版，第71册，第44580页）

【注　释】

[1]木叶：树叶。〔战国·楚〕屈原《九歌·湘夫人》："袅袅兮秋风，洞庭波兮木叶下。"（《楚辞章句》卷二）

[2]瑶姬：巫山神女之名。参见本卷《诗歌部》上册王周《大石岭驿梅花》注[2]。按：这里喻指梅花。

[3]禁（jīn）雪：犹言能够忍受雪。禁，忍受。〔宋〕姚勉《梅涧吟稿序》："杜子

美一生寒饿穷老,忠义由禁雪耐霜之操得之。"(《雪坡集》卷三十七)

[4]不意:不料,意想不到。〔唐〕郎士元《长安逢故人》:"数年音讯断,不意在长安。"(《全唐诗》卷二百四十八)

孤高:孤特高洁,孤傲自许。〔宋〕苏轼《赵既见和复次韵答之》:"先生未出禁酒国,诗话孤高常近谤。"(《东坡诗集注》卷八)

竞时:犹争时,即与时令竞争角逐。按:此诗题作《中秋见梅》,中秋时梅尚未开放,此梅独早,故云竞时。

[5]松友:以松树为友,谓隐居避世。〔南朝·梁〕陶弘景《解官表》:"今便灭影桂庭,神交松友。"(《汉魏六朝百三家集》卷八十九)

寒岁晚:语本《论语·子罕》:"子曰:岁寒,然后知松柏之后彫也。"(《论语注疏》卷九)

[6]桂华:犹桂花。作者自注:"坡诗:'奔月偶桂陈幽香。'"

[7]索笑:犹逗乐,取笑。语出〔宋〕陆游《梅花》:"我与梅花有旧盟,即今白发未忘情。不愁索笑无多子,惟恨相思太瘦生。"(《剑南诗稿》卷十一)

姝(shū)媚:犹言美好妩媚。姝,美好。《诗经·邶风·静女》:"静女其姝,俟我于城隅。"〔汉〕毛亨传:"姝,美色也。"(《毛诗注疏》卷三)空姝媚,犹言白白地美艳。

[8]汝解:犹言你的排解。能宽宋玉悲,能宽慰宋玉的悲凉。宋玉悲,典出〔战国·楚〕宋玉《九辩》:"悲哉!秋之为气也。萧瑟兮,草木摇落而变衰。"(《楚辞章句》卷八)

张玉娘

【作者简介】

张玉娘，字若琼，号一贞居士，松阳（今属浙江）人。适沈佺，未婚，夫早死（本集卷下《哭沈生》）。玉娘宋亡后尚存世（本集卷上《王将军墓》序），未几亦卒，年二十八。有《兰雪集》二卷。事见本集附〔明〕王诏《张玉娘传》。

哭沈生[1]

中路怜长别[2]，无因复见闻[3]。
愿将今日意，化作阳台云[4]。

（原载李氏宜秋馆据曲阜孔氏藏旧抄本校刊本《兰雪集》上；录自北京大学古文献研究所编《全宋诗》，北京大学出版社1991年7月第1版，第71册，第44628页）

【注　释】

[1]沈生：沈佺。张玉娘未婚夫，早死，玉娘作此诗悼之。《元诗选三集·张玉娘〈兰雪集〉》（卷十六）小传：“玉娘，字若琼，姓张氏，松阳女子也。父懋，字可翁，号龙岩野父，仕宋为提举官；媪刘氏。玉娘生有殊色，敏惠绝伦。及笄，字沈生佺，佺为宋宣和对策第一人晦之后，与玉娘为中表。未几，张父有违言，佺与玉娘益私，相结纳不忍背负。佺尝宦游京师，时年二十有一，两感寒疾，不治，疾革。张折简于沈，以死矢之，沈视之曰：‘若琼能卒我乎！’嘘唏长潸，遂瞑以死。张哀惋内重，常郁郁不乐。时值元夕，托疾隐几，忽烛影挥霍，下见沈郎，属曰：‘若琼宜自重，幸不寒凤盟，固所愿也。’张顾视烛影，以手拥髻，凄然泣下，曰：‘所不与沈郎

者,有如此烛。'语绝,觉不见张,悲绝久,乃苏曰:'郎舍我乎!'遂得阴疾以卒,时年二十有八。父媪哀其志,请于沈氏,得合窆于附郭之枫林。明邑人龙溪王诏为作传。若琼为文章酝藉,诗词尤得风人之体,时以班大家比之。尝自号一贞居士,侍儿紫娥、霜娥皆有才色,善笔札,所畜鹦鹉亦辩慧,能知人意事,因号曰'闺房三清'。卒之日,侍儿皆哭之,劬踰月,霜娥以忧死,紫娥遂自经而殒。诘旦,鹦鹉亦悲鸣而降。家人皆从殉于墓,时或称张墓为鹦鹉冢,所著诗若千首,王龙溪得于道藏之末,谓古人以节而自励者,多托于幽兰白雪以见志,因名之曰《兰雪集》云。"

[2]中路:半路。〔三国·魏〕阮籍《咏怀八十二首》之八:"黄鹄游四海,中路将安归。"(《汉魏六朝百三家集》卷三十四)

[3]无因:无所凭借,没有机缘。〔南朝·宋〕谢惠连《雪赋》:"怨年岁之易暮,伤后会之无因。"(《汉魏六朝百三家集》卷七十一)

复见闻:再见到听到。

[4]阳台云:典出〔战国·楚〕宋玉《高唐赋·序》:"王因幸之。去而辞曰:'妾在巫山之阳,高丘之阻,旦为朝云,暮为行雨。朝朝暮暮,阳台之下。'旦朝视之,如言。故为立庙,号曰朝云。"(《文选》卷十九)

山之高三章(之三)

汝心金石坚[1],我操冰雪洁[2]。
拟结百岁盟[3],忽成一朝别。
朝云暮雨心去来[4],千里相思共明月。

(原载李氏宜秋馆据曲阜孔氏藏旧抄本校刊本《兰雪集》上;录自北京大学古文献研究所编《全宋诗》,北京大学出版社 1991 年 7 月第 1 版,第 71 册,第 44626 页)

【注　释】
[1]汝:第二人称你,以"汝"相称。表示彼此亲昵。

金石坚:像金石一样坚定。金石,金和美石之属,常用以比喻事物的坚固、刚强,心志的坚定、忠贞。托名苎萝川女《答王轩》:"当时心比金石坚,今日为君坚不得。"(《万首唐人绝句》卷六十六)

[2]操:指操守,志节。《汉书·张汤传》(卷五十九):"汤客田甲虽贾人,有贤操。"〔唐〕颜师古注:"操谓所执持之志行也。"

　　[3]拟结,打算缔结。拟,打算,准备。〔宋〕程公许《和谢孟彝秘丞馆中书怀》:"拟结齐盟修故事,莫向深杯辞百罚。"(《沧洲尘缶编》卷七)

　　[4]朝云暮雨:用巫山神女典故。〔战国·楚〕宋玉《高唐赋·序》:"妾在巫山之阳,高丘之阻,旦为朝云,暮为行雨。朝朝暮暮,阳台之下。"(《文选》卷十九)

徐　瑞

【作者简介】

徐瑞(1255—1325)(生年为理宗宝祐三年十二月),字山玉,鄱阳(今江西波阳)人。度宗咸淳间应进士举,不第。元仁宗延祐四年(1317)以经明行修为本邑书院山长。未几归隐于家,巢居松下,自号松巢。卒年七十一。今《鄱阳五家集》中存有《松巢漫稿》三卷。事见本集卷首小传。

仲退示芳洲半居律诗三首并示和章次韵芳洲一笑并简仲退(己亥·之二)[1]

老子文章兴尚狂[2],看花可复梦名场[3]。
谁怜用意平生苦,欲俟知音来世长[4]。
郢俗但能听下里[5],骚人更待赋高唐[6]。
年来颇欲焚吾砚[7],蓑笠田间百念忘[8]。

(原载1987年上海古籍出版社影印文渊阁《四库全书》本《鄱阳五家集·松巢漫稿二》卷六;录自北京大学古文献研究所编《全宋诗》,北京大学出版社1991年7月第1版,第71册,第44683页)

【注　释】

[1]仲退:吴存,字仲退。据《鄱阳五家集·吴存〈乐庵遗稿〉》(卷四)作者小传,吴存"生于宋宝祐五年丁巳二月,讳存,仲退其字也。少力学,绝去沾滞,以童

子试有司，英声四驰，乡先生吴公中行、李公谨思、黎公廷瑞皆折节下交待以国士。元初，部使者姚公炖、卢公挚奥、屯公希鲁行郡至鄱阳，皆劝以仕，不答。延祐元年乙卯设科取士，邑大夫三造请试，固辞。已而县牒上府无先生名，太守史公烜怪之，曰：'无吴先生名，何耶？'使知事刘衍往见，谕意强起，得以尚书中选，试礼部，弗遇，诸公贵人交章荐之。先生以即日去国，乃遇恩授饶州路学正，任不及代归，更号月湾渔者，思啸歌溪上，将老焉。乙丑调宁国路儒学教授。先生以老不欲往，请者狎至，乃往。宪使李公元成公珪一见，喜得师尊，礼极至。未久，引年去任。去之明年，授将仕佐郎、饶州路鄱阳县主簿致仕。又七年，江西行省乡试，聘为主文。至元五年己卯九月，终于家，年八十有三。先生蚤孤，三弟四妹俱上鞠于祖母，世更力役繁重下吏掊克，家亦毁。先生委曲经营，授徒自给，毕弟妹昏嫁，不使一毫忧念及其祖母，祖母戒勿饮酒，遂终身不近杯勺。盖先生之学，得之齐梦龙氏，齐氏学于沈贵宝氏，沈氏学于董钵氏，董氏实师朱文公，尝语门人刘耳曰：'诚而乐，始足为学；学非乐，不足以为学；乐在心，心诚则乐，妄则不乐。一言一动，不可不诚，不诚不乐也。'所著有《程朱易传本义折衷》《鄱阳续志新志》《月湾诗藁》《巴歌杂咏》孙用臧、用晦，并有文名。"

己亥：元成宗大德三年（1299）。

[2]老子：老年人的自称或泛称。〔唐〕白居易《晚起闲行》："幡然一老子，拥裘仍隐几。"（《白氏长庆集》卷三十六）

兴尚狂：性情崇尚狷狂。狂，孔子视之为一种美德。《论语·子路》："子曰：'不得中行而与之，必也狂狷乎！狂者进取，狷者有所不为也。'"（《论语注疏》卷十三）

[3]可复：犹可再。〔唐〕李白《寻阳紫极宫感秋作》："四十九年非，一往不可复。"（《李太白文集》卷二十一）

名场：泛指追逐声名的场所。〔唐〕李咸用《临川逢陈百年》："教我无为礼乐拘，利路名场多忌讳。"（《全唐诗》卷六百四十四）

[4]俟（sì）：等待。〔唐〕韩愈《寄卢仝》："嗟我身为赤县令，操权不用欲何俟。"（《五百家注昌黎文集》卷五）

知音：通晓音律，比喻知己。典出《列子·汤问》（卷五），伯牙善鼓琴，钟子期善听琴。伯牙琴音志在高山，子期说"峨峨兮若泰山"；琴音意在流水，子期说"洋洋兮若江河"。伯牙所念，钟子期必得之。参见本卷《诗歌部》下册李从周《一丛花令》注[7]。

来世：佛教轮回的说法，人死后会重行投生，因称转生之世为"来世"。〔宋〕苏轼《龟山辩才师》："何当来世结香火，永与名山供井硙。"（《东坡诗集注》卷十九）

[5]郢(yǐng):古邑名,春秋战国时楚国都城,今湖北省江陵县纪南城。楚文王定都于此。公元前 278 年秦拔郢,地入秦。地在纪山之南,故称为纪郢。又因地居楚国南境,故又称为南郢。郢俗,郢地风俗。

但能听下里:仅能听得懂《下里》之曲。《下里》,民间歌谣。典出〔战国·楚〕宋玉《对楚王问》:“客有歌于郢中者,其始曰《下里》《巴人》,国中属而和者数千人;其为《阳阿》《薤露》,国中属而和者数百人;其为《阳春》《白雪》,国中属而和者不过数十人;引商刻羽,杂以流徵,国中属而和者不过数人而已。是其曲弥高,其和弥寡。”

[6]骚人:屈原作《离骚》,因称屈原或《楚辞》作者为骚人。亦泛指诗人,文人。〔南朝·梁〕萧统《〈文选〉序》:“骚人之文,自兹而作。”

赋高唐:谓创作以高唐为题材的作品,即吟咏爱情的诗文。〔唐〕李商隐《偶成转韵七十二句赠四同舍》:“忆昔公为会昌宰,我时入谒虚怀待。众中赏我赋高唐,回看屈宋由年辈。”(《李义山诗集注》卷三下)

[7]焚砚:谓自愧文不如人而欲自焚其砚,不复写作。《晋书·陆机传》(卷五十四):“机天才秀逸,辞藻宏丽,张华尝谓之曰:‘人之为文,常恨才少,而子更患其多。’弟云尝与书曰:‘君苗见兄文,辄欲烧其笔砚。’”

[8]蓑笠(suōlì):蓑衣与笠帽。《仪礼·既夕礼》:“道车载朝服,槁车载蓑笠。”〔汉〕郑玄注:“蓑笠,备雨服。”(《仪礼注疏》卷十三)蓑笠田间,谓耕田务农。

百念:百般思念,各种想法。〔宋〕廖刚《送黄秀实著作赴单父任》:“江湖洗耳听鸣榔,相逢一笑百念亡。”(《高峰文集》卷十)

宋无

【作者简介】

宋无（1260—?），原名尤，字晞颜，宋亡后易名，改字子虚，吴（今江苏苏州）人。少从欧阳守道学，致力于诗。入元，随欧阳至台州，识邓光荐，为邓器重。曾举茂才，以奉亲辞。以诗跋涉南北，世祖至元末至燕。识赵孟頫，赵为其诗作序。晚年隐居翠寒山，自删定其诗为《翠寒集》。卒年八十余。事见本集卷首赵孟頫序。顺至元二年（1336）自序，明正德《姑苏志》卷五十四、《宋季忠义录》卷十五有传。

云雨

云雨朝朝暮暮新[1]，襄王魂断楚江春[2]。
武丁曾有中宵梦，惟见岩前牍筑人[3]。

（原载1987年上海古籍出版社影印文渊阁《四库全书》本《翠寒集》；录自北京大学古文献研究所编《全宋诗》，北京大学出版社1991年7月第1版，第71册，第44748页）

【注释】

[1]云雨朝朝暮暮：犹言每一个早晨和每一个黄昏。语出〔战国·楚〕宋玉《高唐赋·序》："昔者先王尝游高唐，怠而昼寝，梦见一妇人曰：'妾巫山之女也，为高唐之客。闻君游高唐，愿荐枕席。'王因幸之。去而辞曰：'妾在巫山之阳，高丘之阻，旦为朝云，暮为行雨。朝朝暮暮，阳台之下。'"（《文选》卷十九）

[2]襄王：楚襄王，一作楚顷襄王，名芈（mǐ）横，战国时楚国君主，楚怀王芈槐

之子,前298—前262年在位。在宋玉《高唐赋》《神女赋》中楚襄王均扮演了重要角色,后人遂将楚襄王作为高唐故事的男主人公,这其实是一种误读。参见本卷《诗歌部》上册徐铉《离歌辞五首》(其五)注[4]。

魂断:犹断魂,形容极其悲伤或激动。〔唐〕黄滔《旅怀》:"雪貌潜凋雪发生,故园魂断弟兼兄。"(《黄御史集》卷三)

楚江:楚地之江,这里指长江三峡巫峡段,巫山地区古时曾属楚国,为巫郡。〔战国·楚〕宋玉《高唐赋》《神女赋》中所描写的楚先王梦幸神女、楚襄王梦遇神女的故事发生在这里。

[3]"武丁"二句:商王武丁夜梦得圣人,名曰说,武丁初从群臣百吏中遍寻,不得。后命百工按梦中所见,至野外访得,举以为相。典出《尚书·说命上》:"高宗梦得说(傅说),使百工营求诸野,得诸傅岩……命之曰:'朝夕纳诲,以辅台德。若金,用汝作砺;若济巨川,用汝作舟楫;若岁大旱,用汝作霖雨。'"(《尚书注疏》卷九)版筑,两种筑土墙的工具。《汉书·英布传》(卷三十四):"项王伐齐,身负版筑。"〔唐〕颜师古注引李奇曰:"版,墙版也;筑,杵也。"亦泛指筑土墙。武丁发现傅说时,说正在筑土墙。

汪炎昶

【作者简介】

汪炎昶(1261—1338),字懋远,婺源(今属江西)人。幼励志力学,受学于孙嵩,得程朱性理之要。宋亡,与同里江凯隐于婺源山中,名其所居为雪矼,自号古逸民,学者称古逸先生。元惠宗至元四年卒,年七十八。有《古逸民先生集》二卷。事见本集附录《汪古逸民先生行状》。

余于汪推官别墅睹壁间蜀道山水欲赋未能一夕忽梦如见而有作觉记门字韵一联就枕上续之[1]

满壁蚕丛墨未昏[2],牵情一夜役吟魂[3]。
舟掀波浪经巫峡[4],袖扑云烟度剑门[5]。
九折乍惊身出险[6],三声犹似耳闻猿。
无端一事留遗恨[7],欠觅浣花溪上村[8]。

（原载《宛委别藏》本《古逸民先生集》卷一;录自北京大学古文献研究所编《全宋诗》,北京大学出版社 1991 年 7 月第 1 版,第 71 册,第 44822 页）

【注　释】

[1]推官:唐节度使、观察使属僚,掌推勘刑狱诉讼。宋沿置,实为郡佐。汪推官,未详。

[2]蚕丛:相传为蜀王的先祖,教人蚕桑。《艺文类聚》(卷六)引〔汉〕扬雄《蜀本纪》:"蜀始王曰蚕丛,次曰伯雍,次曰鱼凫。"亦借指蜀地。〔唐〕李白《送友

人入蜀》:"见说蚕丛路,崎岖不易行。"(《李太白集注》卷十八)按:这里指图于汪推官别墅壁间的蜀道山水。

墨未昏:犹言画中的墨色未模糊不清。昏,漫漶,模糊。〔宋〕胡宿《送周学士归永嘉》:"关缲旧弃人多识,桥柱前题墨未昏。"(《文恭集》卷五)

[3]牵情:触动感情,动情。〔唐〕朱庆余《中秋月》:"孤高稀此遇,吟赏倍牵情。"(《全唐诗》卷五百十五)

吟魂:指诗人的梦魂,亦指诗情,诗思。〔宋〕苏舜钦《师黯以彭甘五子为寄因怀四明园中此果甚多偶成长句以为谢》:"枕畔冷香通醉梦,齿边余味涤吟魂。"(《苏学士集》卷六)役,牵缠。〔后蜀〕顾敻《浣溪沙》:"露白蟾明又到秋。佳期幽会两悠悠。梦牵情役几时休?"(《花间集》卷七)

[4]巫峡:长江三峡之一,西起重庆市巫山县大宁河口,东至湖北省巴东县官渡口,全长44.5公里。参见本卷《诗歌部》上册幸夤逊《云》注[7]。

[5]剑门:指剑门关。唐置,属剑门县。在今四川剑阁县北六十里剑门镇北大剑山口。大小剑山峰峦连绵,下有隘路如门,故名。地势极为险要,历来为蜀之天然门户。〔唐〕骆宾王《郑安阳入蜀》:"剑门千仞起,石路五丁开。"(《骆丞集》卷二)

[6]九折:指九折坂,在荣经县(即今四川荥经县)西八十里(《元和郡县志》卷三十三),地形极为险要。参见本卷《诗歌部》中册曹勋《行路难》注[2]。

乍惊:犹刚惊。乍,初,刚刚。〔唐〕张籍《答白杭州郡楼登望画图见寄》:"乍惊物色从诗出,更想工夫下手难。"(《张司业集》卷五)

[7]无端:无因由,无缘无故。〔唐〕释齐己《赠无本上人》:"未免无端事,何妨出世流。"(《白莲集》卷三)

遗恨:谓事情已过去但还留下的悔恨。〔唐〕杜甫《过南岳入洞庭湖》:"帝子留遗恨,曹公屈壮图。"(《九家集注杜诗》卷三十五)

[8]欠觅:欠,缺少;觅,寻找。〔宋〕谢枋得《回定启》:"弄璋载育,己呈系瓮之奇;拆线未能,欠觅穿针之巧。"(《叠山集》卷四)

浣花溪:一名濯锦江,又名百花潭。在四川省成都市西郊,为锦江支流。溪旁有唐代杜甫的故居浣花草堂。〔唐〕杜甫《将赴成都草堂途中有作先寄严郑公五首》之三:"竹寒沙碧浣花溪,橘刺藤梢咫尺迷。"〔清〕仇兆鳌注引《梁益记》:"溪水出湔江,居人多造彩笺,故号浣花溪。"(《杜诗详注》卷十三)

汪炎昶

秦惟肖

【作者简介】

生平失考。

句

枫落楚江寒雁静[1]，月高巫峡夜猿哀[2]。

（原载《舆地纪胜》卷七十三《荆湖北路·峡州》；录自北京大学古文献研究所编《全宋诗》，北京大学出版社1991年7月第1版，第72册，第45123页）

【注　释】

[1]楚江：楚地之江，这里指长江三峡巫峡段，巫山地区古时曾属楚国，为巫郡。〔唐〕杜甫《前苦寒行二首》之一："楚江巫峡冰入怀，虎豹哀号又堪记。"（《杜诗详注》卷二十一）

寒雁：寒天的雁。〔唐〕钱起《早下江宁》："霜苹留楚水，寒雁别吴城。"（《钱仲文集》卷四）

[2]巫峡：长江三峡之一，西起重庆市巫山县大宁河口，东至湖北省巴东县官渡口，全长44.5公里。参见本卷《诗歌部》上册幸寅逊《云》注[7]。

萧庭直

【作者简介】

生平失考。

句

山势低连巫峡远,水流初放蜀江平[1]。

> (原载《舆地纪胜》卷七十三《荆湖北路·峡州》;录
> 自北京大学古文献研究所编《全宋诗》,北京大学
> 出版社 1991 年 7 月第 1 版,第 72 册,第 45123 页)

【注　释】

[1]蜀江:蜀地的江河,这里亦指长江三峡巫峡段,唐宋时期巫山属夔州,故
称蜀。〔唐〕刘禹锡《竹枝词》:"山桃红花满上头,蜀江春水拍山流。"(《刘宾客文
集》卷二十七)

张 众

【作者简介】

生平失考。

句

伤心白雪阳春丽[1]，极目朝云暮雨非[2]。

（原载《舆地纪胜》卷八十四《京西南路·郢州》；录自北京大学古文献研究所编《全宋诗》，北京大学出版社1991年7月第1版，第72册，第45128页）

【注　释】

[1]白雪阳春：语本〔战国·楚〕宋玉《对楚王问》："客有歌于郢中者，其始曰《下里》《巴人》，国中属而和者数千人；其为《阳阿》《薤露》，国中属而和者数百人；其为《阳春》《白雪》，国中属而和者不过数十人；引商刻羽，杂以流徵，国中属而和者不过数人而已。是其曲弥高，其和弥寡。"〔唐〕李周翰注："《阳春》《白雪》，高曲名也。"（《六臣注文选》卷四十五）

[2]朝云暮雨：语出〔战国·楚〕宋玉《高唐赋·序》："妾在巫山之阳，高丘之阻，旦为朝云，暮为行雨。朝朝暮暮，阳台之下。"（《文选》卷十九）

杨 修

【作者简介】

杨修,《南宋名贤小集》卷三百六十一春《六朝遗事杂咏》一卷。

齐云观

上界笙歌下界闻[1],缕金罗袖郁金裙[2]。

倚阑红粉如花面[3],不见巫山空慕云[4]。

（原载〔宋〕陈思《两宋名贤小集》卷三十六;录自
北京大学古文献研究所编《全宋诗》,北京大学出
版社 1991 年 7 月第 1 版,第 72 册,第 45219 页）

【注　释】

[1]上界:天界,指仙佛所居之地。〔唐〕张九龄《祠紫盖山经玉泉山寺》:“上
界投佛影,中天扬梵音。”(《曲江集》卷五)

笙歌:合着笙演唱的歌,亦谓吹笙唱歌。〔唐〕李白《游太山六首》之六:“仙人
游碧峰,处处笙歌发。”(《李太白文集》卷十六)

下界:指人间,对天上而言。〔唐〕白居易《寄韬光禅师》:“前台花发后台见,
上界钟声下界闻。”(《白香山诗集》卷三十九)

[2]缕金罗袖:以金丝为饰的罗衣袖。罗衣,轻软丝织品制成的衣服。

郁金裙:古时用郁金染制的金黄色裙,亦泛指黄裙。郁金,多年生草本植物,
姜科。叶片长圆形,夏季开花,穗状花序圆柱形,白色。有块茎及纺锤状肉质块
根,黄色,有香气。古人用作香料,或浸水作染料。〔唐〕杜牧《送容州中丞赴镇》:
“烧香翠羽帐,看舞郁金裙。”(《全唐诗》卷五百二十一)

[3]倚阑:靠着栏杆。〔宋〕陆游《杂兴》:"古寺高楼暮倚阑,野云不散白漫漫。"(《剑南诗稿》卷十七)

红粉:妇女化妆用的胭脂和铅粉。借指美女。〔唐〕李白《送祝八之江东赋得浣纱石》:"昔时红粉照流水,今日青苔覆落花。"(《李太白文集》卷十四)

[4]巫山:山名,在今重庆市巫山县境内。旧传山形似巫字得名。或传巫咸死葬于此,称巫咸山,简称巫山。参见本卷《诗歌部》上册欧阳修《长相思》注[4]。

空慕云:犹言白白地爱慕那云。喻爱情失落。

罗烨

罗烨(yè),庐陵(今江西吉安)人(《醉翁谈录》卷首题),有《醉翁谈录》。

小说开辟

小说纷纷皆有之[1],须凭实学是根基。

开天辟地通经史[2],博古明今历传奇[3]。

藏蕴满怀风与月[4],吐谈万卷曲和诗[5]。

辨论妖怪精灵话,分别神仙达士机[6]。

涉案枪刀并铁骑,闺情云雨共偷期[7]。

世间多少无穷事,历历从头说细微。

(原载《醉翁谈录》甲集卷一;录自北京大学古文献研究所编《全宋诗》,北京大学出版社1991年7月第1版,第72册,第45231页)

【注　释】

[1]小说:一种文学体裁,曾经历了一个发展演变的过程。《汉书·艺文志》(卷三十)谓街谈巷语,道听途说者所造为小说,列于九流十家之末。其序称"小说家者流,盖出于稗官,街谈巷语,道听途说者之所造也"。后以称丛杂的著作。〔汉〕张衡《西京赋》:"小说九百,本自虞初。"〔三国·吴〕薛综注:"小说,医巫厌祝之术。"(《文选》卷二)《四库全书总目·小说家类》(卷一百四十):"迹其流别,

凡有三派：其一叙述杂事，其一记录异闻，其一缀辑琐语也。"演述故事的小说至唐之传奇出现而始盛。在此前的如先秦的神话、传说、寓言，魏晋的志怪等皆其先河。〔唐〕高彦休《〈唐阙史〉序》："故自武德、贞观而后，呒笔为小说、小录、稗史、杂录、杂记者多矣。"鲁迅《中国小说史略》第八篇："小说亦如诗，至唐代而一变，虽尚不离于搜奇记逸，然叙述宛转，文辞华艳，与六朝之粗陈梗概者较，演进之迹甚明，而尤显者乃在是时则始有意为小说。"（《鲁迅全集》第九卷，人民文学出版社 2005 年 11 月版，第 73 页）宋代，小说为说话家数之一。唐末已开其端。〔唐〕段成式《酉阳杂俎续集·贬误》（卷四）："予太和末因弟生日观杂戏，有市人小说。"〔宋〕灌圃耐得翁《都城纪胜·瓦舍众伎》："说话有四家：一者小说，谓之银字儿，如烟粉、灵怪、传奇；说公案，皆是搏刀赶棒及发迹变泰之事；说铁骑儿，谓士马金鼓之事。说经，谓演说佛书。说参请，谓宾主参禅悟道等事。讲史书，讲说前代书史文传兴废争战之事。"本诗作者作有《醉翁谈录》，属小说者流。

　　[2]经史：犹经典和历史。《宋史·苏轼传》（卷三百三十八）："比冠，博通经史，属文日数千言，好贾谊、陆贽书。"

　　[3]博古明今：通晓古代，明瞭当今。

　　传奇：一般指唐宋人用文言写作的短篇小说。《新唐书·艺文志》小说类有〔唐〕裴铏《传奇》三卷，《太平广记》选录甚多。其源出于六朝"志怪"，而内容已扩展到人情世态和社会生活的描写。如《南柯太守传》《李娃传》《东城父老传》等都属这类作品。唐传奇多为后代说唱和戏剧所取材，故宋元戏文、诸宫调、元人杂剧等也有称为传奇的。

　　[4]风与月：清风明月，泛指美好的景色和风雅的情怀。〔宋〕曾巩《离齐州后五首》之四："从此七桥风与月，梦魂常到木兰舟。"（《元丰类稿》卷七）

　　[5]曲和诗：曲，一种韵文形式。广义的曲包括秦汉以来各种可以入乐的乐曲，如汉及唐宋的大曲、民间小调等。一般多指宋、金以来的南曲和北曲。同词的体式相近，但句法较词更为灵活，多用口语，用韵也更接近口语。一支曲可以单唱，几支曲可以合成一套，也可以用几套曲子写成戏曲。诗，指诗话，说唱文学的一种，属于"词话"系统，其体制有诗也有散文。诗即通俗的诗赞。

　　[6]达士：见识高超、不同于流俗的人。《后汉书·仲长统传》（卷七十九）："至人能变，达士拔俗。"机，灵感，灵机。〔宋〕沈作喆《寓简》（卷十）："机到语不觉自至，不可遏也。"

　　[7]云雨：喻男女情爱，典出〔战国·楚〕宋玉《高唐赋·序》。参见本卷《诗歌部》上册张泌《经旧游》注[3]。

　　偷期：犹偷情。〔唐〕张九龄《红艳煞歌》："任是富豪官宦女，花前月下会偷期。"（《曲江集》卷十）

齐贤良

【作者简介】

生平失考。

句

依微谢女吟来雪[1],零落襄王梦后云[2]。

（原载《全芳备祖前集》卷十八;录自北京大学
古文献研究所编《全宋诗》,北京大学出版社
1991 年 7 月第 1 版,第 72 册,第 45264 页）

【注　释】

[1]依微:细微,轻微,形容雪花。〔宋〕苏籀《壬申春雪一绝》:"长天顿改楚云
容,初夕依微后搅空。"(《双溪集》卷五)

谢女:指晋代女诗人谢道韫。〔南朝·宋〕刘义庆《世说新语·言语》(卷上之
上):"谢太傅寒雪日内集,与儿女讲论文义。俄而雪骤,公欣然曰:'白雪纷纷何
所似?'兄子胡儿曰:'撒盐空中差可拟。'兄女曰:'未若柳絮因风起。'公大笑乐。
即公大兄无奕女,左将军王凝之妻也。"

[2]襄王:楚襄王,一作楚顷襄王,名芈(mǐ)横,战国时楚国君主,楚怀王芈槐
之子,前 298—前 262 年在位。在宋玉《高唐赋》《神女赋》中楚襄王均扮演了重要
角色,后人遂将楚襄王作为高唐故事的男主人公,这其实是一种误读。参见本卷
《诗歌部》上册徐铉《离歌辞五首》(其五)注[4]。

李龙高

【作者简介】

李龙高，有《梅百咏》，已佚。

苏　词

翩翩彩笔赋梅花，只忆朝云不忆家[1]。

为说坡仙休怅恨[2]，昭君犹自弄琵琶[3]。

（原载影印《诗渊》第六册第4089页；录自北京大学古文献研究所编《全宋诗》，北京大学出版社1991年7月第1版，第72册，第45387页）

【注　释】

[1]朝云：指苏轼爱妾朝云。参见本卷《诗歌部》上册苏轼《朝云诗并引》注[5]。

[2]坡仙：宋苏轼号东坡居士，文才盖世，仰慕者称之为"坡仙"。〔宋〕许纶《芍药》："扬州千叶旧生涯，诗到坡仙正复葩。"（《涉斋集》卷十二）

[3]昭君：西汉元帝宫人王嫱字昭君，一曰昭君字嫱，晋代避司马昭（文帝）讳，改称明君，后人又称之为明妃。参见本卷《诗歌部》上册司马光《和王介甫明妃曲》注[1]。

方千里

【作者简介】

方千里,三衢人。官舒州签判。有《和清真词》。

瑞龙吟[1]

　　楼前路。愁对万点风花,数行烟树[2]。依依斜日红收,暮山翠接,平芜尽处[3]。　　小留伫[4]。还是画栏凭暖,半扃朱户[5]。帘栊尽日无人,消凝怅望[6],时时自语。　　堪恨行云难系[7],赋情杨柳,徘徊犹舞。追想向来欢娱,怀抱非故。题红寄绿,魂断江南句[8]。何时见、轻衫雾唾,芳茵莲步[9]。燕子西飞去。为人试道,相思闷绪[10]。空有肠千缕。清泪满,斑斑多于春雨。忍看鬓发,密堆飞絮[11]。

　　　　（原载汲古阁本《和清真集》;录自唐圭璋编《全宋词》,中华书局1965年6月第1版,第4册,第2488页）

【注　释】

　　[1]瑞龙吟:词牌名。参见本卷《诗歌部》下册吴文英《瑞龙吟》注[1]。方千里此词三段,一百三十三字。前两段各六句,三仄韵;后一段十七句,九仄韵。

　　[2]风花:风中的花。〔唐〕卢照邻《折杨柳》:"露叶疑啼脸,风花乱舞衣。"（《全唐诗》卷四十二）

　　烟树:云烟缭绕的树木、丛林。〔唐〕李白《和卢侍御通塘曲》:"青萝袅袅拂烟树,白鹇处处聚沙堤。"（《李太白文集》卷六）

　　[3]依依:依恋不舍的样子。〔宋〕谢勉仲《忆少年》:"池塘绿遍,王孙芳草,依依斜日。"（《花庵词选续集》卷四）

平芜：草木丛生的平旷原野。〔宋〕欧阳修《踏莎行》："楼高莫近危阑倚。平芜尽处是春山，行人更在春山外。"（《文忠集》卷一百三十一）

[4]小留伫：犹短暂的停留。

[5]画栏凭暖：犹言倚着画栏，体温将其捂暖。〔宋〕魏了翁《贺新郎·别李参政》："几度南楼携手上，十二阑干凭暖。"（《鹤山集》卷九十五）画栏，有画饰的栏杆。〔唐〕徐寅《蝴蝶》之二："冉冉双双拂画栏，佳人偷眼再三看。"（《徐正字诗赋》卷二）

半扃(jiōng)朱户：犹言半关朱户。朱户，泛指朱红色大门。〔唐〕刘禹锡《历阳书事七十韵》："众散扃朱户，相携话素诚。"（《刘宾客外集》卷八）

[6]帘栊：窗帘和窗牖，也泛指门窗的帘子。〔前蜀〕韦庄《贵公子》："流水带花穿巷陌，夕阳和树入帘栊。"（《浣花集》卷一）

消凝：销魂，凝神，谓因伤感而出神。〔宋〕柳永《夜半乐》："对此嘉景，顿觉消凝，惹成愁绪。"（《乐章集》）

怅望：惆怅地看望或想望。〔唐〕杜甫《咏怀古迹》之二："怅望千秋一洒泪，萧条异代不同时。"（《九家集注杜诗》卷三十）

[7]行云：用巫山神女之典。语本〔战国·楚〕宋玉《高唐赋·序》："旦为朝云，暮为行雨。"（《文选》卷十九）喻男女情事。

[8]题红寄绿：在红笺上题诗，寄情于绿笺。泛指题诗寄意。红，指红色笺纸，多用以题写诗词。〔唐〕白居易《江楼夜吟元九律诗成三十韵》："斜行题粉壁，短卷写红笺。"（《白氏长庆集》卷十七）绿，指绿笺。〔宋〕晏几道《清平乐》："红烛泪前低语，绿笺花里新词。"（《小山词》）

魂断江南句：谓描述魂断江南的诗句。魂断，犹断魂，形容极其悲伤或激动。江南，泛指长江以南地区。参见本卷《诗歌部》中册李石《瞿唐峡》注[2]。

[9]雾唾：口中呼出之热气。〔唐〕李商隐《碧瓦》："雾唾香难尽，珠啼冷易销。"〔清〕冯浩笺注引《庄子·秋水篇》："子不见夫唾者乎？喷则大者如珠，小者如雾。"（《李商隐诗歌集解》，中华书局1988年12月第1版，第1719页）借指女子轻柔的体态。

芳茵莲步：茂美的草地上轻盈的步履。莲步，事本《南史·齐纪下·废帝东昏侯》（卷五）："凿金为莲华以帖地，令潘妃行其上，曰：'此步步生莲华也。'"后因以称美人步态之美。

[10]闷绪：愁闷的情绪。

[11]飞絮：纷飞飞柳絮。〔宋〕辛弃疾《摸鱼儿》："算只有殷勤，画檐蛛网，尽日惹飞絮。"（《稼轩词》卷二）

六么令[1]

照人明艳,肌雪消繁燠[2]。娇云慢垂柔领,绀佩浓于沐[3]。微晕红潮一线,拂拂桃腮熟[4]。群芳难逐。天香国艳,试比春兰共秋菊[5]。

当时相见恨晚,彼此萦心目[6]。别后空忆仙姿,路隔吹箫玉[7]。何处栏干十二,缥缈阳台曲[8]。佳期重卜[9]。都将离恨,拼与尊前细留嘱[10]。

(原载汲古阁本《和清真集》;录自唐圭璋编《全宋词》,
中华书局 1965 年 6 月第 1 版,第 4 册,第 2501 页)

【注　释】

[1]六么令:词牌名,即《六幺令》,么,同"幺"。参见本卷《诗歌部》上册晏几道《六幺令》注[1]。方千里此词双调,九十四字。前后段各九句,五仄韵。

[2]肌雪消繁燠(yù):犹言肌肤如雪消除繁热。繁,繁乱,旺盛。燠,暖,热。《尚书·洪范》:"八,庶征:曰雨,曰旸,曰燠,曰寒,曰风,曰时。"〔唐〕孔颖达疏:"《释言》云:'燠,暖也。'"(《尚书注疏》卷十一)

[3]娇云:犹秀丽的云。这里喻指头发。慢垂柔领,犹言缓慢地垂下柔嫩的颈子。领,脖子。《诗经·卫风·硕人》:"领如蝤蛴,齿如瓠犀。"〔汉〕毛亨传:"领,颈也。"(《毛诗注疏》卷五)

绀(gàn)佩浓于沐:犹言深青透红的玉佩颜色浓得像洗过的一样。

[4]红潮:指两颊泛起的红晕。

拂拂桃腮熟:犹言红潮红晕浸润脸颊如熟了的桃子。拂拂,散布貌。腮,两颊的下半部,亦泛指脸颊。〔宋〕许棐《对镜词》:"烟护杏腮寒,日衬桃腮暖。惟有镜中花,东风都不管。"(《梅屋集》卷四)

[5]天香国艳:犹天香国色,指牡丹。参见本卷《诗歌部》上册元绛《映山红慢》注[3]。试,副词,相当于"姑且"、"试着"。试比,犹言且将牡丹与兰与菊比比。

春兰共秋菊:春季开的兰花与秋天的菊花。〔战国·楚〕屈原《九歌·礼魂》:"春兰兮秋菊,长无绝兮终古。"(《楚辞章句》卷二)这里是以兰与菊比喻词中的女子,犹言不比牡丹逊色。

[6]萦心目:犹言萦绕在心中眼前。

[7]吹箫玉:犹吹箫的弄玉。弄玉,春秋时秦穆公之女,慕萧史善吹箫,穆公

遂以女妻之。史教玉学箫作凤鸣声，后凤凰飞止其家，穆公为作凤台。一日，夫妇俱乘凤凰升天而去。见〔汉〕刘向《列仙传》。参见本卷《诗歌部》上册柳永《满朝欢》注〔7〕。

[8]栏干十二：栏干，亦作阑干，谓曲曲折折的栏杆。十二，言其曲折之多。〔宋〕张元干《鱼游春水》："老去情怀易醉。十二栏干慵遍倚。"（《芦川词》）

缥缈：虚浮，渺茫。〔唐〕白居易《长恨歌》："忽闻海上有仙山，山在虚无缥缈间。"（《白氏长庆集》卷十二）

阳台曲：犹言阳台幽深之处。〔南朝·齐〕王融《巫山高》："想象巫山高，薄暮阳台曲。"（《乐府诗集》卷十七）阳台，巫山神女与楚先王幽会处。典出〔战国·楚〕宋玉《高唐赋·序》："去而辞曰：'妾在巫山之阳，高丘之阻，旦为朝云，暮为行雨。朝朝暮暮，阳台之下。'"（《文选》卷十九）

[9]佳期重卜：犹言约会的日期重新占卜。佳期，语出〔战国·楚〕屈原《九歌·湘夫人》："登白薠兮骋望，与佳期兮夕张。"〔汉〕王逸注："佳谓湘夫人也……与夫人期歓饷之也。"（《楚辞章句》卷二）后用以指男女约会的日期。卜，古人用火灼龟甲，根据裂纹来预测吉凶叫"卜"，后泛称用各种形式（如用铜钱、牙牌等）预测吉凶。

[10]离恨：因别离而产生的愁苦。〔唐〕李白《金陵江上遇蓬池隐者》："明晨挂帆席，离恨满沧波。"（《李太白文集》卷二十）

拼与：犹言豁出去，舍弃不顾地在……与，介词，于，在。

尊前：在酒樽之前，指酒筵上。参见本卷《诗歌部》上册柳永《迷仙引》注〔4〕。

虞美人[1]

高楼远阁花飞遍。急雨捎池面[2]。翛翛杨柳不知门[3]。多少乱莺啼处、暮烟昏[4]。　　银钩小字题芳絮[5]。宛转回文语[6]。可怜单枕梦行云[7]。肠断江南千里、未归人[8]。

（原载汲古阁本《和清真集》；录自唐圭璋编《全宋词》，中华书局1965年6月第1版，第4册，第2503页）

【注　释】

[1]虞美人：词牌名。参见本卷《诗歌部》中册王安中《虞美人》注[1]。方千里此词双调，五十六字。前后段各四句，两仄韵，两平韵。

〔2〕捎(shāo)池面:犹言掠过水池面。捎,拂,掠。〔唐〕柳宗元《笼鹰词》:"云披雾裂虹蜺断,霹雳掣电捎平冈。"(《柳河东集》卷四十三)

〔3〕翛翛(xiāo):错杂貌。〔宋〕王安石《又段氏园亭》:"漫漫芙蕖难觅路,翛翛杨柳独知门。"(《临川文集》卷十七)

〔4〕乱莺啼:犹言凌乱的黄鹂啼声。〔宋〕郑刚中《辛未中春旦极热流汗暮而风雨如深秋》:"信是岭南秋半景,不须榕叶乱莺啼。"(《北山集》卷十九)

暮烟:傍晚的烟霭。〔宋〕刘一止《少保左丞叶公二首》之一:"松杉倚幢节,愁绝暮烟昏。"(《苕溪集》卷八)

〔5〕银钩:比喻遒媚刚劲的书法。〔唐〕杜甫《陈拾遗故宅》:"到今素壁滑,洒翰银钩连。"(《九家集注杜诗》卷九)

芳絮:犹芬芳的柳絮。

〔6〕回文:修辞手法之一。某些诗词字句,回环往复读之均能成诵。如〔南朝·齐〕王融《春游》:"枝分柳塞北,叶暗榆关东。垂条逐絮转,落蕊散花丛。池莲照晓月,幔锦拂朝风。低吹杂纶羽,薄粉艳妆红。离情隔远道,难结深闺中。"回复读之则为:"中闺深结难,道远隔情离。红妆艳粉薄,羽纶杂吹低。风朝拂锦幔,月晓照莲池。丛花散蕊落,转絮逐条垂。东关榆暗叶,北塞柳分枝。"(《回文类聚》卷三)起源说法不一。〔南朝·梁〕刘勰《文心雕龙·明诗》(卷二):"回文所兴,则道原为始。联句共韵,则柏梁余制。"道原作品已佚。一说起源于前秦窦滔妻苏蕙的《璇玑图》诗。参见本卷《诗歌部》上册徐铉《梦游三首》其三注〔9〕。

〔7〕单枕梦行云:犹言独睡梦行云,谓一场空。行云,用巫山神女之典。语本〔战国·楚〕宋玉《高唐赋·序》:"旦为朝云,暮为行雨。"(《文选》卷十九)喻男女情事。

〔8〕未归人:犹言在远方未归来之人。〔唐〕孟郊《古意》:"将以表心素,欲寄未归人。"(《孟东野诗集》卷二)

方千里

【作者简介】

生平失考。

千顷云

且与祖龙相颉颃[1],大施霖雨谩悠扬[2]。
归来好护安禅石[3],莫作巫山一梦长[4]。

（原载〔清〕顾渊《虎丘山志》卷四;录自北京大
学古文献研究所编《全宋诗》,北京大学出版
社1991年7月第1版,第72册,第45533页）

【注　释】

[1]颉颃(xiéháng):本义为鸟飞上下貌,引申为相抗衡。〔宋〕程公许《送考
功刘大著出守嘉禾分韵得相字》:"安得飞霞佩,云霄相颉颃。"(《沧洲尘缶编》卷
五)

[2]霖雨:甘雨,时雨。《尚书书·说命上》:"若岁大旱,用汝作霖雨。"〔汉〕
孔安国传:"霖,三日雨。霖以救旱。"〔唐〕孔颖达疏:"隐九年《左传》云:凡雨自三
日已往为霖。"(《尚书注疏》卷九)

谩悠扬:通"漫",广远貌。悠扬,连绵不断。

[3]安禅:佛教语。指静坐入定,俗称打坐。安禅石,打坐的石头。

[4]巫山梦:犹楚先王梦幸巫山神女之梦,典出〔战国·楚〕宋玉《高唐赋·
序》(《文选》卷十九)

阎钦爱

【作者简介】

阎钦爱，曾官御史（《苕溪渔隐丛话前集》卷五）。

宿濠州高唐馆[1]

借问襄王安在哉[2]？山川此地胜阳台[3]。
今朝寓宿高唐馆，神女何曾入梦来。

（原载《宋诗纪事》卷三十一引《漫叟诗话》；录自
北京大学古文献研究所编《全宋诗》，北京大学出
版社1991年7月第1版，第72册，第45548页）

【注　释】

[1]濠州：隋开皇二年（582）改西楚州置，治所在钟离县（今安徽凤阳县东北
临淮关东）。大业初改为钟离郡。唐武德三年（629）复为濠州。天宝初改为钟离
郡。乾元初复为濠州。辖境相当今安徽蚌埠、定远、凤阳、明光等市县地。元至元
十五年（1278）改为临濠府。二十八年（1291）复为濠州。至正二十七年（1367）朱
元璋改为临濠府。元末郭子兴、朱元璋起义于此。

高唐馆：名为高唐的驿馆。〔宋〕胡仔《渔隐丛话前集》（卷五十）引《漫叟诗
话》云：“高唐事乃楚怀王非襄王也。若古人云：‘莫道无心便无事’也。‘应愁杀
楚襄王’，少游词云：‘不应容易下巫阳，只恐翰林前世、是襄王。’皆误用也。濠州
西有高唐馆，俗以为楚之高唐也。御史阎钦爱题诗云：‘借问襄王安在哉？山川此
地胜阳台。’有李和风者亦题诗云：‘若向此中求荐枕，参差笑杀楚襄王。’前人既
误指其人，后人又误指其地，可笑！苕溪渔隐曰：《文选·高唐赋》云：‘昔者楚襄

王与宋玉游云梦之台，望高唐之观，其上独有云气。王问玉曰："此何气也？"玉对曰："所谓朝云者也。昔者先王尝游高唐，怠而昼寝，梦见一妇人，曰：'妾巫山之女也。'"李善注云：'楚怀王游于高唐，梦与神遇。'则《漫叟诗话》之言是也。然《神女赋》复云：'楚襄王与宋玉游于云梦之浦。使玉赋高唐之事。其后王寝，梦与神女遇，其状甚丽。'以此考之，则楚襄王亦梦与神女遇，但楚怀王是游高唐，楚襄王是游云梦，以此不可雷同用事耳。"按：一首引文中所涉及几个问题应予以澄清：其一，"高唐事乃楚怀王非襄王也"，在宋玉《高唐赋·序》中梦幸神女的确实不是楚襄王，而是楚先王。而后人大多把《高唐赋》中的"楚先王"指认为"楚怀王"，《文选·高唐赋》李善注曰："《襄阳耆旧传》曰：'赤帝女曰瑶姬，未行而卒，葬于巫山之阳，故曰巫山之女。楚怀王游于高唐，昼寝，梦见与神遇，自称是巫山之女，王因幸之。'"孙作云《〈九歌〉山鬼考》指出："先王只是楚之先世某王，而不当专指怀王。赋言朝云之庙是先王所立，若先王果为怀王，则立庙的来由，襄王决不会不知道，反要宋玉当做掌故一五一十地来告诉他。只这一个理由就可以把李善驳倒了。"（《清华学报》1936 年第 11 卷 4 期）其后马积高在其所著《赋史》中也说："宋玉赋只说，'昔者先王曾游高唐，怠而昼寝，梦见一妇人，曰：妾巫山之女也……王因幸之。'并未说先王是谁。……襄王是怀王之子，父之所幸，儿子却去追求，……这对于襄王来说，却是企图乱伦的事。"（上海古籍出版社 1987 年 7 月第 1 版，第 44 页）；褚斌杰亦云："将作品中所说的'楚先王'，即坐实为楚怀王，亦可商。"（《宋玉〈高唐〉、〈神女〉二赋的主旨及艺术探微》，《北京大学学报》1995 年第 1 期）。但问题还在于究竟是《襄阳耆旧传》把先王坐实为"怀王"，还是李善作注时误引为"怀王"？孙作云在《〈九歌〉山鬼考》注［11］中说："按此李善檃括《耆旧传》之辞。《渚宫旧事》三载《耆旧传》全文仍作'昔者先王来游高唐'，未尝明言是怀王，用知以先王为怀王者乃李善，非习凿齿也。"即是说，李善是概括地引述《襄阳耆旧传》，而并非是引用其原文。故把《高唐赋》中的"先王"说成"怀王"者，当始于李善。其二，高唐，闻一多先生说："我以为楚人所祀为高禖的那位高唐神，必定也就是他们那'厥初生民'的始祖高阳。"（《高唐神女传说之分析》，《清华学报》第十卷，第四期）楚人进入三峡，占领巫山后，将"高唐"之名也带了进来。郭沫若认为"高唐"是"高禖"的音变，而闻一多则认为"与其说高唐即高禖，不如说即高阳"（同上）而陈梦家先生则进一步指出："古唐堂音同相假，故高唐即高堂，堂者谓之山之如堂，堂即丘，故高唐即高丘。又高唐即高密、高陵、高阪，凡此唐、丘、密、陵、阪皆谓土之高者，乃天然之山阜；而所谓台，乃人工封土为之。"而"高唐为一高禖处之普通名词，……故濠州西有高唐，霍邱县西北有高唐店高唐市，而江西吉安县西南有高唐墟，山西孝义县西有高唐山，唐置高唐县，而山东禹城县西南有高唐县，于春秋时齐之别庙在焉。高唐，通称也。"（《高禖郊社祖庙通考》，《清华学报》第十二卷第三期）"高唐"既为"通称"，那么以"高唐"为地名的地方就不止一处，并非凡是叫"高唐"的地方都是楚先王梦幸神女之处。这就是把濠州高唐指为宋赋高唐，而"今朝寓宿高唐馆，神女何曾入梦来"的令人啼笑皆非的一幕发生的根源。其三，《渔隐丛话》所引《漫叟诗话》的这段文字，〔宋〕钱易《南部新书》亦载之。钱易真宗朝时官至翰林学士，是书乃其大中祥符间知开封县时所作。《漫叟诗话》中记有苏轼轶事，其成书时代远在《南部新书》之后（本注引《漫叟诗话》诗因为本卷所录阎钦爱此诗所本之《全宋诗》系录自《宋诗纪事》引《漫叟诗话》）。闻一多先生在引证了《南部新书》中有关阎钦授（《漫叟诗话》作阎钦爱）、李和风诗的文字后说："近来钱宾四先生据《方舆纪要》'霍邱县西北六十里有高唐店，亦曰高唐市，宋绍兴初，金人繇颍寿渡淮，败宋军于高唐市，进攻固始'，说'依此言之，淮上固有高唐。襄王既东迁，都于陈城，岂遽游江南？则求神女之荐枕者，与其在江南不如在淮上。参差之笑，恐在彼不在此也。'钱先生驳李和风的话，可谓中肯极了。安徽有涂山又有高唐馆，这是很有趣的。但更加有趣的，是有涂山又有高唐的还不仅安徽一处。《华阳国志·巴志》曰'禹娶于涂山……今江州涂山即是也'。《水经注·江水注》曰'江之北岸有涂山，南有夏禹庙涂君祠。庙铭存焉'。这座涂山在今四川巴县东一里。离此不远，便是《高唐赋》中的巫山，而据赋说古高唐观便坐落在那附近。然则四川也是有涂山又有高唐的。"（《高唐神女传说之分析》）这里需要指出的是：闻先生所说的"钱先生驳李和风的话，可谓中肯极了"，是指李和风题诗"高唐不是这高唐，淮畔江南各异方，若向此中求荐枕，参差笑杀楚襄王"。（《漫叟诗话》只引了后两句），也就是说，李和风认为宋玉《高唐赋》所言之高唐在江南而不在淮上；故钱宾四（钱穆）反驳之。闻先生肯定钱宾四的也仅仅是他驳斥了宋赋高唐在江南的观点，并没有肯定钱宾四所主张的"宋赋的巫山乃是今湖北随县西南一百二十里之大洪山"的观点。钱宾四既然认为宋赋巫山即大洪山，则宋赋高唐亦当在此。对钱宾四的观点，闻一多的弟子孙作云在《〈九歌〉山鬼考》一文中作了系统而全面的批驳（参见本书《学术研究卷》上册孙氏文）。宋赋高唐当在长江三峡巫山中。参见本卷《诗歌部》上册张祕《经旧游》注［1］。

　　［2］襄王：楚襄王，一作楚顷襄王，名芈（mǐ）横，战国时楚国君主，楚怀王芈槐之子，前298—前262年在位。在宋玉《高唐赋》《神女赋》中楚襄王均扮演了重要角色，后人遂将楚襄王作为高唐故事的男主人公，这其实是一种误读。参见本卷《诗歌部》上册徐铉《离歌辞五首》（其五）注［4］。

　　［3］阳台：在长江三峡巫山中，今重庆市巫山县辖境内。〔清〕连山、白曾熙修，李友梁等纂；清光绪十九年刊本《巫山县志·古迹志》（卷三十）："《吴船录》：

'阳台高唐,今在巫山来鹤峰上。'"〔清〕周宪斌《阳台高唐解》:"夫高邱山上有阳台,山半又有高唐,由来旧矣。"(〔清〕连山、白曾熙修,李友梁等纂;清光绪十九年刊本《巫山县志·艺文志》卷三十二)

徐秋云

【作者简介】

生平失考。

题明皇[1]

太平风月属三郎[2]，羯鼓声高思转长[3]。

天子锦缠娱虢国[4]，贵妃音律教宁王[5]。

人归巫峡山容在[6]，花落温泉水更香[7]。

谁信蓬莱青鸟使[8]，回来无语怨渔阳[9]。

（原载〔清〕史传远乾隆《临潼县志》卷八；录自北
京大学古文献研究所编《全宋诗》，北京大学出
版社1991年7月第1版，第72册，第45603页）

【注　释】

[1]明皇：唐玄宗李隆基谥"至道大圣大明孝皇帝"，后世诗文多称为明皇。
谥（shì），古代帝王、贵族、大臣、士大夫或其他有地位的人死后，据其生前业绩评
定的带有褒贬意义的称号。亦指按上述情况评定这种称号。〔唐〕薛逢《金城
宫》："忆昔明皇初御天，玉舆频此驻神仙。"（《全唐诗》卷五百四十八）

[2]太平风月：太平年代的美景风情。风月，清风明月，泛指美好的景色，亦
喻风骚，风情。〔宋〕刘一止《望明河·赠路侍郎使高丽》："有飞棹，归侍宸游，宴
赏太平风月。"（《苕溪集》卷五十三）

三郎：唐玄宗小字。因其排行第三，故称。〔唐〕郑嵎《津阳门诗》："三郎紫笛

弄烟月，怨如别鹤呼羁雌。"原注："内中皆以上为三郎。"（《全唐诗》卷五百六十七）

[3]羯（jié）鼓：古代打击乐器的一种。起源于印度，从西域传入，盛行于唐开元、天宝年间。《通典·乐四》（卷一百四十四）："羯鼓，正如漆桶，两头俱击。以出羯中，故号羯鼓，亦谓之两杖鼓。"〔唐〕温庭筠《华清宫二首》之一："宫门深锁无人觉，半夜云中羯鼓声。"（《温飞卿诗集笺注》卷九）

[4]锦缠：古代歌舞艺人演毕，客以罗锦为赠，置之头上，谓之"锦缠头"，省称"锦缠"。〔唐〕杜甫《即事》："笑时花近眼，舞罢锦缠头。"（《九家集注杜诗》卷二十二）

虢（guó）国：指虢国夫人，杨贵妃姊，行三，嫁裴氏。天宝七载封为虢国夫人，得宠遇。〔唐〕杜甫《虢国夫人》："却嫌脂粉涴颜色，淡扫娥眉朝至尊。"（《杜诗详注》卷二）天宝十五载，安禄山陷长安，随玄宗、贵妃西行，途中为陈仓令薛景仙所杀。

[5]贵妃：指杨贵妃。唐蒲州永乐人。小名玉环。晓音律，善歌舞。初为寿王妃，后为女道士，号太真。入宫后，得玄宗宠，封为贵妃。安禄山乱起，玄宗出奔。至马嵬坡，军士哗变，杨贵妃被迫缢死。

宁王：指唐李宪，睿宗长子，封宁王。善音律。死后，玄宗封为让皇帝。〔唐〕温庭筠《弹筝人》："天宝年中事玉皇，曾将新曲教宁王。"（《温飞卿诗集笺注》卷五）

[6]巫峡：诗词中的"巫峡"常为楚先王梦幸巫山神女事之隐喻，指男女情爱。此处"人归巫峡"喻杨贵妃死后魂入巫峡。

[7]温泉：指华清池，唐华清宫的温泉浴池，为杨贵妃出浴之所，在陕西省临潼县城南骊山麓。〔唐〕白居易《长恨歌》："春寒赐浴华清池，温泉水滑洗凝脂。"（《白氏长庆集》卷十二）

[8]蓬莱：指蓬莱山。古代传说中的神山名，亦常泛指仙境。〔唐〕白居易《长恨歌》："昭阳殿里恩爱绝，蓬莱宫中日月长。"（《白氏长庆集》卷十二）

青鸟：神话传说中为西王母取食传信的神鸟，后以之为信使的代称。〔唐〕昭宗李晔《巫山一段云》："青鸟不来愁绝。忍看鸳鸯双结。"（《全唐诗》卷八百八十九）参见本卷《诗歌部》上册梅尧臣《花娘歌》注[18]。

[9]渔阳：地名，唐玄宗天宝元年改蓟州为渔阳郡，治所在渔阳（今天津市蓟县）。公元755年安禄山于渔阳举兵叛唐。〔唐〕白居易《长恨歌》："渔阳鼙鼓动地来，惊破《霓裳羽衣曲》。"（《白氏长庆集》卷十二）

陈允平

【作者简介】

陈允平，字君衡，一字衡仲，号西麓，自称莆鄞澹室后人，四明（今浙江宁波）人。德祐时，授沿海制置司参议官。宋亡后，曾征至大都。著有《西麓诗稿》一卷、《西麓继周集》一卷、《日湖渔唱》一卷。

意难忘[1]

额粉宫黄[2]。衬桃花扇底，歌送瑶觞[3]。裙拕金缕细，衫唾碧花香[4]。琼佩冷，玉肌凉[5]。罗袜步沧浪[6]。漫共伊，心盟意约，眼觑眉相[7]。　连环未结双双[8]。似桃源误入，初嫁刘郎[9]。珑璁仙子髻，绰约道家妆[10]。千种恨、九回肠[11]。云雨梦犹妨[12]。误少年，红销翠减，虚度风光[13]。

（原载近人朱祖谋编1922年第三次校补本《彊村丛书》本《西麓继周集》；录自唐圭璋编《全宋词》，中华书局1965年6月第1版，第5册，第3114页）

【注　释】

［1］意难忘：词牌名。参见本卷《诗歌部》下册程垓《意难忘》注［1］。陈允平此词据《全宋词》为双调，九十二字。前段十一句，六平韵；后段十句，六平韵。与《词谱》谱式有别。

［2］额粉宫黄：指古代宫中妇女以黄色涂额的妆饰。

［3］桃花扇：绘有桃花的扇子。旧时多为女子所持，相映成美。〔宋〕晏几道

《鹧鸪天》:"舞低杨柳楼心月,歌尽桃花扇底风。"(《花庵词选》卷三)

瑶觞:玉杯,多借指美酒。〔宋〕戴复古《静寄孟运管招客皆藏春侍郎故人因与花翁孙季蕃话旧有感》:"异香熏宝鼎,清乐送瑶觞。"(《石屏诗集》卷四)

[4]裙拕金缕细:犹言裙子拖着细细的金丝。拕,同"拖"。金缕,指金丝。〔唐〕白居易《秦中吟·议婚》:"红楼富家女,金缕绣罗襦。"(《白氏长庆集》卷二)

衫唾碧花香:犹言衣服散发出花香。衫,古代指无袖头的开衩上衣,多为单衣,亦有夹衣。其形制及称呼相传始于秦;亦为衣服的通称。唾,吐,这里指散发。碧花,青白色的花。〔宋〕苏轼《雷州八首》之一:"篱落秋暑中,碧花蔓牵牛。"(《东坡全集》卷二十六)

[5]琼佩:玉制的佩饰。〔宋〕苏轼《次韵韶倅李通直二首》之二:"待我丹成驭风去,借君琼佩与霞裾。"(《东坡全集》卷二十五)

玉肌:白润的肌肤。〔唐〕李贺《正月》:"锦床晓卧玉肌冷,露脸未开对朝暝。"(《昌谷集》卷一)

[6]罗袜步沧浪:形容步履轻盈,如在波浪上行走。语本〔三国·魏〕曹植《洛神赋》:"陵波微步,罗袜生尘。"(《六臣注文选》卷十九)罗袜,丝罗制的袜。沧浪,指青苍色的水波。

[7]漫共伊:漫,副词,空,徒然。共,在一起。伊,女性第三人称,她。

眼觑(qù)眉相:犹言眉来眼去。觑,看。相,交互,相互。

[8]连环:连结成串的玉环。〔宋〕欧阳修《别后》:"连环结连带,赠君情不忘。"(《文忠集》卷五十一)

[9]桃源:桃源洞,在今浙江省天台县北。相传东汉时,刘晨、阮肇到天台山采药迷路,误入桃源洞遇见两个仙女,被留住半年后回家,子孙已过七代。事见〔南朝·宋〕刘义庆《幽冥录》(《太平御览》卷四十一引)。参见本卷《诗歌部》上册杜安世《凤栖梧》注[5]。

[10]珑璁(lóngcōng):头发蓬松貌。〔宋〕晏殊《喜迁莺》:"分行珠翠簇繁红。云鬓袅珑璁。"(《珠玉词》)仙子髻,仙女的发髻。

绰约:柔婉美好貌。〔唐〕权德舆《杂诗》之一:"彩鸾驾非烟,绰约两仙子。"(《权文公集》卷九)道家妆,道家的妆扮。

[11]九回肠:愁肠反复翻转,比喻忧思郁结难解。语出〔汉〕司马迁《报任少卿书》:"是以肠一日而九回。"(《文选》卷四十一)

[12]云雨梦:犹性梦,出自〔战国·楚〕宋玉《高唐赋·序》。参见本卷《诗歌部》上册张耒《经旧游》注[3]。

[13]红销翠减:犹花谢叶落,雨春色减退。

虚度风光:白白地度过光景。风光,时光景物。〔宋〕吕本中《暮步至江上》:

"雪篱风榭年年事,辜负风光取次回。"(《东莱诗集》卷一)

荔枝香近[1]

　　脸霞香销粉薄,泪偷泫[2]。暖暖金兽,沉水微熏,入帘绿树春阴,糁径红英风卷[3]。芳草怨碧,王孙渐远[4]。　　锦屏梦回,恍觉云雨散[5]。玉瑟无心理,懒醉琼花宴[6]。宝钗翠滑,一缕青丝为君剪[7]。别情谁更排遣。

　　(原载近人朱祖谋编1922年第三次校补本《彊村丛书》本《西麓继周集》;录自唐圭璋编《全宋词》,中华书局1965年6月第1版,第5册,第3116—3117页)

【注　释】

　　[1]荔枝香近:词牌名。《荔枝香》七十三字者名《荔枝香近》。《词谱》(卷十八):"《唐史·乐志》:帝幸骊山,贵妃生日,命小部张乐长生殿,奏新曲,未有名。会南方进荔枝,因名《荔枝香》。《碧鸡漫志》:今'歇指调'、'大石调'皆有近拍,不知何者为本曲。按:《荔枝香》有两体:七十六字者,始自柳永《乐章集》,注:'歇指调'。有周邦彦、方千里、杨泽民、陈允平及吴文英词可校。七十三字者,始自周邦彦,有方千里、杨泽民、陈允平和词及袁去华词可校,一名《荔枝香近》。"〔清〕毛先舒《填词名解》(卷二):"《荔枝香》,《唐礼乐志》云:帝幸骊山(都玄敬诗话亦载此事,以证《荔枝香》之名,误云幸蜀。尔时佺偬,复及此耶?——括号中的文字原为双行夹注,下同。)杨贵妃生日,命小部(《甘泽谣》云:命许云封等小部谱声乐。)张乐长生殿,奏新曲,未有名,会南方进荔枝,因名《荔枝香》。《脞说》云:太真妃好荔枝,每岁忠州置急递上进,五日至都。天宝四年(应为天宝四载——本卷编注者按)夏,荔枝滋甚,开笼香满一室,供奉李龟年撰此曲进之。《外传》所载略同《唐志》,然皆谓帝在骊山。《遯斋闲览》及《墨客挥麈》俱驳之云:明皇每岁十月幸骊山,至春还,未尝用六月,事实相左,未能考悉。(案:宋程大昌《雍录》云:骊山与帝都密迩,玄宗即山建宫,自十月往,至岁尽乃还宫。大抵宫殿包裹一山,而缭墙周遍其外,观风楼下又有夹城可通禁中,则微行间出,不必正在十月,荔枝熟时,亦自可幸骊山也。)王灼云:今歇拍'大石调'皆有近拍,未知何者为本曲。"(载北京市中国书店据木石居校本影印〔清〕查培继《词学全书》,1984年1月第1版)按:近(近拍),词体名称。"近"字用于音乐曲调,本指"近拍",即节奏腔调相近之意;后来又演变为词体名称,指配合"近拍"曲填写的、篇章字数介于"令词"与"长

调"之间的一种词体形式。"近拍"曲可能是就本曲（杂曲或大曲）翻制，另成新腔。参见王兆鹏、刘尊明主编《宋词大辞典》（凤凰出版社2003年9月版）"近、近拍"词条。《词谱》以陈允平此词为此调七十三字体之别体谱式，双调，前段八句，三仄韵；后段七句，四仄韵。

[2]脸霞：指泛在脸上的红色。〔宋〕欧阳澈《秋日山居八事·夜饮》："景铺万籁绝纷华，独泛瑶觞衬脸霞。"（《欧阳修撰集》卷五）

泪偷泫（xuàn）：泪水偷偷滴落。泫，下滴，指泪水。〔唐〕罗隐《病中上钱尚父》："深恩重德无言处，回首浮生泪泫然。"（《罗昭谏集》卷三）

[3]叆叇（ài）金兽：谓浓浓的香烟飘出香炉。叆叇，烟雾浓密貌。金兽，指兽形的香炉。〔宋〕赵鼎《醉蓬莱》："喜气欢容，光生玉斝，香霏金兽。"（《忠正德文集》卷六）

沉水：香名，即沉香。产于亚热带，木质坚硬而重，黄色，有香味。心材为著名熏香料。参见本卷《诗歌部》上册晏几道《玉楼春》注[3]。

糁（sǎn）径红英风卷：犹言风卷其红色的花瓣洒满小径。糁，散落，洒上。〔唐〕杜甫《绝句漫兴》之七："糁径杨花铺白毡，点溪荷叶迭青钱。"（《九家集注杜诗》卷二十二）红英，红花，这里指落花。

[4]"芳草"等二句：语本〔汉〕淮南小山《招隐士》："王孙游兮不归，春草生兮萋萋。"（《楚辞章句》卷十二）怨碧，因见芳草的碧色而生幽怨。王孙，王的子孙，后泛指贵族子弟。参见本卷《诗歌部》上册柳永《迷仙引》注[4]。

[5]锦屏梦回：犹言锦绣的屏风下从梦中醒来。梦回，犹梦醒。〔宋〕毛滂《最高楼》："凤台凝望双双羽，高唐愁著梦回时。"（《东堂词》）

恍觉云雨散：猛然觉悟云雨消散。云雨，喻男女情爱，典出〔战国·楚〕宋玉《高唐赋·序》。参见本卷《诗歌部》上册张佖《经旧游》注[3]。

[6]玉瑟：对瑟的美称。瑟，拨弦乐器。春秋时已流行，常与古琴或笙合奏。形似古琴，但无徽位，有五十弦、二十五弦、十五弦等种，今瑟有二十五弦、十六弦二种。每弦有一柱。上下移动，以定声音。〔南朝·齐〕谢朓《奉和随王殿下》之十四："分悲玉瑟断，别渚金樽倾。"（《谢宣城集》卷五）

琼花宴：赏琼花的宴会。琼花，一种珍贵的花，叶柔而莹泽，花色微黄而有香。宋淳熙以后，多为聚八仙（八仙花）接木移植。亦为宴会之美称。〔宋〕刘克庄《挽崔丞相三首》之三："昔侍琼花宴，回头二纪余。"（《后村集》卷十二）

[7]宝钗：用金银珠宝制作的双股簪子。〔宋〕侯寘《杏花天》："宝钗整鬓双鸾斗。睡才醒，熏风襟袖。"（《孄窟词》）

翠滑：色黑而润泽，多用以形容女人头发。〔唐〕李贺《美人梳头歌》："纤手却盘老鸦色，翠滑宝钗簪不得。"（《昌谷集》卷四）

青丝:指头发。〔唐〕李白《将进酒》:"君不见高堂明镜悲白发,朝如青丝暮成雪。"(《李太白集注》卷三)按:古人有剪发赠情人,以表心迹的习俗。

玲珑四犯[1]

金屋春深,似灼灼娉婷[2],真真娇艳。洗净铅华,依旧曲眉丰脸[3]。犹记舞歇凉州,渐缥缈、碧云缭乱[4]。自玉环、宝镜偷换[5]。别后甚时重见。

鸾帏凤席鸳鸯荐[6]。但空馀、蕙芳兰蒨[7]。天涯柳色青青恨,不入东风眼[8]。惆怅二十四桥,任落絮、飞花乱点[9]。奈翠屏、一枕云雨梦[10],谁惊散。

(原载近人朱祖谋编 1922 年第三次校补本《彊村丛书》本《西麓继周集》;录自唐圭璋编《全宋词》,中华书局 1965 年 6 月第 1 版,第 5 册,第 3124 页)

【注　释】

[1]玲珑四犯:词牌名。参见本卷《诗歌部》下册张炎《玲珑四犯》注[1]。陈允平此词据《全宋词》句读为双调,九十九字。前段九句,五仄韵;后段八句,五仄韵。与《词谱》所列此调九十九字各体均有别。

[2]金屋:华美之屋。用金屋藏娇典。参见本卷《诗歌部》上册周邦彦《少年游》注[4]。

灼灼娉婷(pīngtíng):灼灼,鲜明貌。〔晋〕陆机《拟青青河畔草》:"粲粲妖容姿,灼灼美颜色。"(《文选》卷三十)娉婷,姿态美好貌,指代美女。〔唐〕白居易《夜游西武丘寺八韵》:"摇曳双红旆,娉婷十翠娥。"(《白氏长庆集》卷二十四)

[3]洗净铅华:犹言洗净脂粉,谓天然去雕饰。铅华,妇女化妆用的铅粉。〔宋〕苏轼《再和杨公济梅花十绝》之六:"洗尽铅华见雪肌,要将真色斗生枝。"(《东坡诗集注》卷二十五)

曲眉丰脸:弯弯的眉毛,丰盈的脸庞。

[4]凉州:曲调名。《新唐书·礼乐志十二》(卷二十二):"天宝乐曲,皆以边地名,若《凉州》《伊州》《甘州》之类。"

缥缈:高远隐约貌。〔宋〕徐铉《和尉迟赞善秋暮僻居》:"轻吹断时云缥缈,夕阳明处水澄鲜。"(《骑省集》卷四)

碧云:青云,碧空中的云。〔南朝·梁〕江淹《杂体诗·效惠休〈别怨〉》:"日暮

碧云合，佳人殊未来。"〔唐〕张铣注："碧云，青云也。"(《六臣注文选》卷三十一)

[5]玉环：喻圆月。〔唐〕白居易《和栉沐寄道友》："高星粲金粟，落月沉玉环。"(《白氏长庆集》卷二十二)

宝镜：喻圆月。〔宋〕郭印《和元守中秋月夜韵》："欢呼共吸杯中影，旋瞻宝镜天边飞。"(《云溪集》卷六)

[6]鸾帏凤席鸳鸯荐：鸾帏，绣有鸾鸟的帷帐。凤席，织有凤凰的席子。鸳鸯荐，绣有鸳鸯的垫褥。

[7]蕙芳兰蒨(qiàn)：蕙草芬芳兰草茂盛。蕙，香草名。所指有二：一指薰草，俗称佩兰；一指蕙兰。蒨，茂盛。〔唐〕元希声《赠皇甫侍御赴都八首》之六："如彼松竹，春荣冬蒨。"(《全唐诗》卷一百一)

[8]青青恨：犹言离别之恨。青青，指杨柳，古人有折柳赠别之俗，故云。

不入东风眼：谓东风见惯离别事，不以为然，故云不入其眼。

[9]二十四桥：故址在江苏省扬州市江都县西郊。参见本卷《诗歌部》下册姜夔《侧犯》注[4]。

[10]翠屏：翠色屏风。〔宋〕曹勋《胜胜令》："拥春寒，掩闲衾。念翠屏、应倚夜深。"(《松隐集》卷三十九)

云雨梦：犹性爱之梦。出自〔战国·楚〕宋玉《高唐赋·序》。参见本卷《诗歌部》上册张泌《经旧游》注[3]。

浪淘沙慢[1]

暮烟愁，鸦归古树，雁过空堞[2]。南浦牙樯渐发[3]。阳关歌尽半阕[4]。便恨入回肠千万结[5]。长亭柳、寸寸攀折[6]。望日下长安近，莫遣鳞鸿成闲绝[7]。　　凄切[8]。去帆浪远江阔。怅顿解连环，西窗下、对烛频哽咽[9]。叹百岁光阴，几度离别。翠销粉竭[10]。信乍圆易散，彩云明月[11]。浙水吴山重重叠[12]。流苏帐、阳台梦歇[13]。暗尘锁、孤鸾秦镜缺[14]。羞人问、怕说相思，正满院杨花，落尽东风雪。

（原载近人朱祖谋编 1922 年第三次校补本《彊村丛书》本《西麓继周集》；录自唐圭璋编《全宋词》，中华书局 1965 年 6 月第 1 版，第 5 册，第 3129 页）

【注　释】

[1]浪淘沙慢:词牌名。《词谱》(卷三十七):"《浪淘沙慢》,柳永《乐章集》注:'歇指调。'"慢,词体名称。参见本卷《诗歌部》上册欧阳修《踏莎行慢》注[1]。《词谱》以陈允平此词为此调别体谱式:双调,一百三十二字。前段九句,六仄韵;后段十六句,十仄韵。

[2]空堞(dié):城上呈齿形的矮墙,也称女墙。〔晋〕左思《魏都赋》:"于是崇墉浚洫,婴堞带湀。"李善注:"堞,城上女墙也。"(《文选》卷六)空堞,谓空巫人迹的城墙。〔宋〕方夔《杂兴三首》之二:"归来不知处,满目迷空堞。"(《富山遗稿》卷一)

[3]南浦:南面的水边。后常用称送别之地。〔南朝·梁〕江淹《别赋》:"春草碧色,春水渌波,送君南浦,伤如之何。"(《江文通集》卷一)

牙樯:象牙装饰的桅杆。一说桅杆顶端尖锐如牙,故名。后为桅杆的美称。〔北周〕庾信《哀江南赋》:"苍鹰赤雀,铁轴牙樯。"〔清〕倪璠注:"《埤苍》曰:'樯,帆柱也。'《古诗》曰:'象牙作帆樯。'"(《庾子山集》卷二)

[4]阳关:古曲《阳关三叠》的省称。亦泛指离别时唱的歌曲。半阕,犹半首。歌曲或词一首叫一阕。〔宋〕林逋《点绛唇》:"又是离歌,一阕长亭暮。"(《林和靖集》卷四)

[5]回肠:形容内心焦虑不安。〔唐〕李商隐《和张秀才落花有感》:"回肠九回后,犹自剩回肠。"(《李义山诗集》卷中)

[6]长亭柳:古时于道路每隔十里设长亭,故亦称"十里长亭"。供行旅停息。近城者常为送别之处。又,古人有折柳送别的习俗,故云"长亭柳、寸寸攀折"。〔宋〕陆游《生查子》:"那似宦游时,折尽长亭柳。"(《放翁词》)

[7]日下长安近:典出〔南朝·宋〕刘义庆《世说新语·夙惠》(卷中之下):"晋明帝(司马绍)数岁,坐元帝膝上。有人从长安来,元帝问洛下消息,潸然流涕。明帝问何以致泣?具以东渡意告之。因问明帝:'汝意谓长安何如日远?'答曰:'日远。不闻人从日边来,居然可知。'元帝异之,明日集群臣宴会,告以此意,更重问之。乃答曰:'日近。'元帝失色,曰:'尔何故异昨日之言邪?'答曰:'举目见日,不见长安。'"

鳞鸿:犹鱼雁,指书信。〔汉〕蔡邕《饮马长城窟行》:"客从远方来,遗我双鲤鱼,呼儿烹鲤鱼,中有尺素书。"(《蔡中郎集》卷四)《汉书·苏武传》(卷五十四):"教使者谓单于,言天子射上林中,得雁,足有系帛书。"后因以"鱼雁"代称书信。

[8]凄切:凄凉而悲哀。〔唐〕吴融《子规》:"湘江日暮声凄切,愁杀行人归去船。"(《唐英歌诗》卷下)

[9]解连环:解开套连在一起的玉环。《战国策·齐策六》(卷十三):"秦始皇

尝使使者遗君王后玉连环，曰：'齐多智，而解此环不？'君王后以示群臣，群臣不知解；君王后引椎椎破之，谢秦使曰：'谨以解矣！'"〔宋〕辛弃疾《汉宫春》："清愁不断，问何人、会解连环。"（《稼轩词》卷二）

[10]翠销粉竭：犹言翠发消去了光泽，脂粉也已枯竭。形容青春逝去。

[11]"信乍圆"等二句：犹言相信暂时团圆容易分散，如同彩云与明月。

[12]浙水吴山：浙水，犹浙江，即钱塘江；吴山，又名胥山，俗称城隍山，在今浙江杭州西湖东南。又泛指浙江一带的水，吴地（春秋时吴国所辖之地域，包括今之江苏、上海大部和安徽、浙江、江西的一部分）的山。

[13]流苏帐：带流苏的帷帐。流苏，用彩色羽毛或丝线等制成的穗状垂饰物。〔宋〕吴儆《虞美人》："羞红腻脸语声低。想见流苏帐掩、烛明时。"（《竹洲集》卷二十）

阳台梦：指楚先王梦幸巫山神女之事。典出〔战国·楚〕宋玉《高唐赋·序》。参见本卷《诗歌部》上册范仲淹《和人游嵩山十二题》之五《玉女窗》注[4]。

[14]暗尘锁：积累的尘埃封锁住。〔宋〕周邦彦《解连环》："燕子楼空，暗尘锁、一床弦索。"（《花草粹编》卷二十二）

孤鸾秦镜：昔罽宾王获一鸾鸟，欲其鸣而得。其夫人说："我曾听说物见其类而后鸣，何不悬镜以映之？"王从其意，鸾与镜中睹形，悲鸣哀响，中宵而绝。后以"孤鸾照镜"比喻无偶或失偶者对命运的伤悼。参见本卷《诗歌部》中册朱敦儒《蓦山溪》注[5]。秦镜，传说秦始皇有一方镜，能照见人心的善恶。《西京杂记》（卷三）："高祖初入咸阳宫，周行库府……有方镜，广四尺，高五尺九寸。表里有明，人直来照之，影则倒见；以手扪心而来，则见肠胃五脏，历然无碍；人有疾病在内，掩心而照之，则知病之所在。又女子有邪心，则胆张心动。秦始皇常以照宫人，胆张心动者则杀之。"按"孤鸾秦镜缺"实际上是两个典故的综合。

垂丝钓[1]

鬓蝉似羽[2]。轻纨低映娇妩[3]。凭阑看花，仰蜂黏絮[4]。春未许[5]。宝筝闲玉柱[6]。东风暮。　　武陵溪上路[7]。娉婷婀娜[8]，刘郎依约曾遇。鸳俦凤侣[9]。重记相逢处。云隔阳台雨[10]。花解语[11]。旧梦还记否。

（原载近人朱祖谋编1922年第三次校补本《彊村丛书》本《西麓继周集》；录自唐圭璋编《全宋词》，中华书局1965年6月第1版，第5册，第3134页）

【注　释】

[1]垂丝钓:词牌名。《词谱》(卷十五):"《垂丝钓》,《中原音韵》注:'商角调'。《太平乐府》注:'商调'。"陈允平此词据《全宋词》句读为双调,六十六字。前段七句,六仄韵;后段八句,七仄韵。与《词谱》所列各体有别。

[2]鬓蝉:犹蝉鬓,古代妇女的一种发式。两鬓薄如蝉翼,故称。〔晋〕崔豹《古今注·杂注》:"魏文帝宫人绝所宠者,有莫琼树、薛夜来、田尚衣、段巧笑,日夕在侧,琼树乃制蝉鬓。缥缈如蝉翼,故曰蝉鬓。"似羽,像翅膀。

[3]轻纨:轻薄洁白的绢衣。〔唐〕杜甫《韦讽录事宅观曹将军画马图歌》:"盘赐将军拜舞归,轻纨细绮相追飞。"(《九家集注杜诗》卷八)

娇妩:犹娇媚。谓姿貌、声音柔美动人。

[4]凭阑:靠着栏杆。〔宋〕陈与义《雨中观秉仲家月桂》:"月桂花上雨,春归一凭阑。"(《简斋集》卷三)

仰蜂黏絮:犹言仰观蜜蜂黏着柳絮。

[5]春未许:犹言春天未曾应允。〔宋〕王质《上虞相行春口号十首》之四:"正欲辞春春未许,且教留待相公归。"(《雪山集》卷十五)

[6]宝筝:筝的美称。筝,拨弦乐器,形似瑟。传为秦时蒙恬所作。其弦数历代由五弦增至十二弦、十三弦、十六弦,现经改革,增至十八弦、二十一弦、二十五弦等。〔汉〕应劭《风俗通·声音·筝》(卷六):"筝,谨按《礼·乐记》'筝,五弦筑身也。'今并、凉二州筝形如瑟,不知谁所改作也。或曰秦蒙恬所造。"

玉柱:玉制的弦柱。〔南朝·梁〕江淹《别赋》:"掩金觞而谁御,横玉柱而沾轼。"〔唐〕李善注:"琴有柱,以玉为之。"(《文选》卷十六)闲玉柱,谓闲置玉柱,犹不弹筝。

[7]武陵溪:东汉刘晨、阮肇入天台山迷不得返,饥食桃果,寻水得大溪,溪边遇仙女,并获款留。及出,已历七世,复往,不知何所。事见〔南朝·宋〕刘义庆《幽冥录》(《太平御览》卷四十一引)。参见本卷《诗歌部》上册杜安世《凤栖梧》注[5]。〔唐〕王之涣《惆怅词》之十:"晨肇重来路已迷,碧桃花谢武陵溪。"(《才调集》卷七)

[8]娉婷(pīngtíng):姿态美好貌,喻指美人,佳人。〔宋〕姜夔《眉妩》:"信马青楼去,重帘下,娉婷人妙飞燕。"(《白石道人歌曲》卷三)

婀娜(ēnuó):轻盈柔美貌。〔三国·魏〕曹植《洛神赋》:"含辞未吐,气若幽兰。华容婀娜,令我忘餐。"(《文选》卷十九)

[9]鸳俦(chóu)凤侣:犹如鸳鸯、凤凰的伴侣。俦,伴侣。〔宋〕杜安世《杜韦娘》:"想当初,凤侣鸳俦,唤作平生,更不轻离拆。"(《历代诗余》卷八十六)

[10]阳台雨:语本〔战国·楚〕宋玉《高唐赋·序》:"去而辞曰:'妾在巫山之

阳,高丘之阻,且为朝云,暮为行雨。朝朝暮暮,阳台之下。'"(《文选》卷十九)

[11]花解语:犹言花懂人语。典出〔五代〕王仁裕《开元天宝遗事·解语花》:"明皇秋八月,太液池有千叶白莲数枝盛开,帝与贵戚宴赏焉。左右皆叹羡,久之,帝指贵妃示于左右曰:'争如我解语花?'"花解语,比喻美女善解人意。

李坦之

【作者简介】

李坦之，字道坦，钱唐人。生宋季，早岁入洞霄宫学文于高士邓牧心。为所称许。

杜鹃行

吾闻昔有蜀天子，化作冤禽名杜宇[1]。

一身流落怀故乡，万里逢人诉离苦[2]。

西来纵呼巫峡间[3]，楚台花落青春阑[4]。

台中魂梦久寂寞，行云日暮愁空山。

明朝复向潇湘发[5]，北叫苍梧江竹裂[6]。

竹间之泪花上血，怨入东风俱不灭。

天涯无穷朝暮啼[7]，王孙草绿不思归[8]。

哀哉王孙终不归，江南江北杨花飞[9]。

（录自1987年上海古籍出版社影印文渊阁《四库全书》本《宋诗纪事》卷八十一）

【注　释】

[1]杜宇：传说中的古代蜀国国王。《太平御览》（卷八百八十八）引《蜀王本纪》曰："蜀王之先名蚕丛，后代名曰柏濩，后者名鱼凫，此三代各数百岁，皆神化不死。其民亦颇随王化去，王猎至湔便仙去，今庙祀之于湔。时蜀民稀少，后有一男子名曰杜宇，从天堕止，朱提有一女子，名利，从江源地井中出，为杜宇妻。宇自

立为王，号曰蜀王。……望帝积百余岁。荆有一人，名鳖灵，其尸亡去，荆人求之不得。鳖灵尸至蜀复生，蜀王以为相。时玉山出水，若尧之洪水，望帝不能治水，使鳖灵决玉山，民得陆处。鳖灵治水去后，望帝与其妻通。帝自以薄德，不如鳖灵，委国授鳖灵而去，如尧之禅舜。鳖灵即位，号曰开明。"《太平御览》（卷一百六十六）引《十州志》曰："当七国称王，独杜宇称帝于蜀，以褒斜为前门，熊耳灵关为后户，玉迭峨眉为池泽，汶山为畜牧，中南为园苑。时有荆地，有一死者名鳖灵，其尸亡，至汶山却是更生，见望帝，以为蜀相。时巫山蜀地雍江洪水，望帝使鳖灵凿巫山，治水有功。望帝自以德薄，乃委国于鳖灵，号曰开明。遂自亡去，化为子规。故蜀人闻鸣曰：'我望帝也！'又云：望帝使鳖灵治水而淫其妻，灵还，帝惭，遂化为子规杜宇。死时适二月而子规鸣，故蜀人闻之皆曰：'我望帝也！'"

[2]逢人诉离苦：指杜宇化作杜鹃鸟，鸣声为"我望帝也！"又传杜鹃鸣声为"不如归去"。〔宋〕梅尧臣《杜鹃》："蜀帝何年魄，千春化杜鹃。不如归去语，亦自古来传。月树啼方急，山房客未眠。还将口中血，滴向野花鲜。"（《宛陵集》卷四十四）

[3]巫峡：长江三峡之一，西起重庆市巫山县大宁河口，东至湖北省巴东县官渡口，全长44.5公里。参见本卷《诗歌部》上册幸夤逊《云》注[7]。

[4]楚台：阳台。〔宋〕梅尧臣《送阎仲孚郎中南游山水》："巫阳神女暮为雨，飞入楚台王梦旐。"（《宛陵集》卷五十六）

青春阑：谓春已暮。青春，指春天。春季草木茂盛，其色青绿，故称。〔战国·楚〕屈原《大招》："青春受谢，白日昭只。"〔汉〕王逸注："青，东方春位，其色青也。"（《楚辞章句》卷十）阑，衰落，败落。〔唐〕李颀《送司农崔丞》："邑里春方晚，昆明花欲阑。"（《全唐诗》卷一百三十二）

[5]潇湘：潇水与湘江的并称。多借指今湖南地区。〔三国·魏〕曹植《杂诗六首》之四："南国有佳人，容华若桃李。朝游北海岸，夕宿潇湘沚。"（《曹子建集》卷五）

[6]苍梧：地名，在九嶷山。九嶷山，在湖南宁远县南，传说舜死于九嶷山苍梧之野。《山海经·海内经》（卷十八）："南方苍梧之丘，苍梧之渊，其中有九嶷山，舜之所葬，在长沙零陵界中。"〔晋〕郭璞注："其山九溪皆相似，故云'九疑'。"《史记·五帝本纪》（卷一）："（舜）葬于江南九疑，是为零陵。"

[7]天涯：犹天边，指极远的地方。语出《古诗一十九首·行行重行行》："相去万余里，各在天一涯。"（《文选》卷二十九）

[8]"王孙"句：语本〔汉〕淮南小山《招隐士》："王孙游兮不归，春草生兮萋萋。"（《楚辞章句》卷十二）

[9]杨花：指柳絮。〔唐〕李白《宴郑参卿山池》："愁看杨花飞，置酒正相宜。"（《李太白文集》卷十七）

陆汉广

【作者简介】

生平失考。

江城子[1]

绿莺庭院燕莺啼[2]。绣帘垂。瑞烟霏[3]。一片笙箫,声过彩云低。疑是蕊宫仙子降,翻玉袖,舞瑶姬[4]。　　冰姿玉质自清奇[5]。看孙枝[6]。列班衣[7]。画鼓新歌,喜映两疏眉[8]。袖里蟠桃花露湿,应不惜,醉金卮[9]。

(原载《诗渊》第二十五册;录自孔凡礼《全宋词补辑》,中华书局 1981 年 8 月第 1 版,第 103 页)

【注　释】

[1]江城子:词牌名。参见本卷《诗歌部》上册苏轼《江城子》注[1]。陆汉广此词双调,七十字。前后段各八句,五平韵。

[2]燕莺:燕子和黄鹂。〔宋〕韩淲《醉桃源》:"柳娇花妒燕莺喧。断肠空眼穿。"(《涧泉集》卷二十)

[3]瑞烟:祥瑞的烟气,多为焚香所生烟气的美称。霏,犹霏微,飘洒,飘溢。

[4]蕊宫:蕊珠宫,道教经典中所说的仙宫。仙子,指仙女。〔宋〕王迈《惠安赖惟允汝恭乞崇清老椿芳桂四大字为赋二诗》之二:"蕊宫仙子携黄云,揉之成屑来缤纷。"(《臞轩集》卷十三)

瑶姬:巫山神女之名。参见本卷《诗歌部》上册王周《大石岭驿梅花》注[2]。

[5]冰姿玉质:形容女子洁美的姿质。〔宋〕林景熙《宾月堂赋》:"俄有客自天东驾五云而来,水佩金裳,冰姿玉质。初流光于檐楹,忽散彩于庭阈。"(《霁山文集》卷四)

[6]孙枝:从树干上长出的新枝,喻孙儿。〔宋〕陆游《三三孙十月九日生日翁翁为赋诗为寿》:"正过重阳一月时,龟堂骓喜抱孙枝。"(《剑南诗稿》八十五)

[7]班衣:《全宋词补辑》按:"'伴'疑为'斑'之误。"斑衣,彩衣。亦指服彩衣。〔宋〕张元干《满庭芳》:"满泛椒觞献寿,斑衣侍、云母分屏。"(《芦川词》)

[8]画鼓:有彩绘的鼓。〔唐〕白居易《柘枝妓》:"平铺一合锦筵开,连击三声画鼓催。"(《白氏长庆集》卷二十三)

疏眉:疏朗的眉毛。〔宋〕释觉范《送实上人还东林时余亦买舟东下四首》之二:"有客惠然过我,疎眉秀骨岩岩。"(《石门文字禅》卷十四)

[9]金卮(zhī):金制酒器,亦为酒器之美称。〔南朝·齐〕陆厥《京兆歌》:"寿陵之街走狐兔,金卮玉盌会销铄。"(《古诗纪》卷七十二)

无名氏

题刘武僖题名后[1]

一入侯门海样深[2]，漫留名字恨行人[3]。
夜来仿佛高唐梦[4]，独恐行云意未真[5]。

（原载《清波杂志》卷十；录自北京大学古文
献研究所编《全宋诗》，北京大学出版社
1991 年 7 月第 1 版，第 71 册，第 45084 页）

【注　释】

[1]《清波杂志》："刘武僖自柯山赴召，记岁月于仰高亭上，末云侍儿意真代
书。后有人题云云。"

刘武僖：刘光世，(1089—1142)，南宋大将军，字平叔，保安军（今陕西志丹）
人。曾参与镇压方腊起义。高宗时任行在都巡检使。高宗渡江，他屯镇江，为殿
前都指挥使。其后守太平、屯江州、指镇江府、镇扬州，屡有失职。绍兴三年
(1133)，任江东淮西宣抚使，驻池州。十年，为三京招抚处置使。谥武僖。乾道八
年，追封安城郡王。开禧元年，追封鄜王。《宋史·刘光世传》（卷三百六十九）评
曰："光世在诸将中最先进。律身不严，驭军无法，不肯为国任事，遇寇自资，见诋
公论。尝入对，言：'愿竭力报国，他日史官书臣功第一。'帝曰：'卿不可徒为空
言，当见之行事。'建炎初，结内侍康履以自固。又亟解兵柄，与时浮沉，不为秦桧
所忌，故能窃宠荣以终其身，方之韩、岳远矣。"

[2]"侯门"句：典出〔唐〕范摅《云溪友议·襄阳杰》（卷上）。相传唐崔郊之
姑有侍婢，与郊相恋。姑贫，将婢卖与连帅。郊思慕无已。其婢因寒食出，与郊相
遇，郊赠之以诗曰："公子王孙逐后尘，绿珠垂泪滴罗巾。侯门一入深如海。从此

萧郎是路人。"连帅见诗,令婢与崔郊同归。后以"侯门如海"谓显贵之家门禁森严,外人不能随便出入。参见本卷《诗歌部》中册曹勋《行路难》注[6]。

[3]"漫留"句:谓莫要留下名字遭行人恨。可见刘武僖名声不佳。《清波杂志》云:"刘武僖自柯山赴召,记岁月于仰高亭上,末云侍儿意真代书。"但无名氏此诗题作《题刘武僖题名后》,可见仍留下了名字,不如此诗作者,虽不留名而其诗传世。

[4]高唐梦:典出〔战国·楚〕宋玉《高唐赋·序》:"玉曰:'昔者先王尝游高唐,怠而昼寝,梦见一妇人曰:"妾巫山之女也,为高唐之客。闻君游高唐,愿荐枕席。"王因幸之。去而辞曰:"妾在巫山之阳,高丘之阻,旦为朝云,暮为行雨。朝朝暮暮,阳台之下。"旦朝视之,如言。故为立庙,号曰朝云。'"(《文选》卷十九)

[5]行云:用巫山神女之典。见上注。

无名氏

太常引[1]

行云踪迹杳无期[2]。梅梢上、又春归。不道久别离。这一度、清香为谁。　　多情嘱付，庾楼羌管[3]，凭仗且休吹。留取两三枝。待和泪、封将寄伊[4]。

（原载汲古阁影印宋抄本〔宋〕黄大舆辑《梅苑》卷六；录自唐圭璋编《全宋词》，中华书局 1965 年 6 月第 1 版，第 5 册，第 3627 页）

【注　释】

[1]太常引：词牌名。《词谱》（卷七）："《太常引》，《太和正音谱》注：'仙吕宫'，一名《太清引》。韩淲词有'小春时候腊前梅'句，名《腊前梅》。"〔清〕毛先舒《填词名解》（卷一）："《太常引》，汉周泽为太常，恒斋。其妻窥内问之，泽大怒，以为干斋，收送诏狱。故有'居世不谐，为太常妻'之谚。后人取其事以名词，或曰太常导引之曲也。"（载北京市中国书店据木石居校本影印〔清〕查培继《词学全书》，1984 年 1 月第 1 版）无名氏此词双调，五十字。前段四句，四平韵；后段五句，三平韵。

[2]行云：语本〔战国·楚〕宋玉《高唐赋·序》："旦为朝云，暮为行雨。"（《文选》卷十九）喻男女情事。

杳(yǎo)无期：渺茫没有时期。〔宋〕谢逸《燕归梁》："草青南浦，云横西塞，锦字杳无期。东风只送柳绵飞。全不管、寄相思。"（《溪堂集》卷六）

[3]庾楼：楼名，一名庾公楼，在江西九江。传说为晋庾亮镇江州时所建，不足信。〔宋〕陆游《入蜀记》（卷四）："楼正对庐山之双剑峰，北临大江，气象雄

丽……庾亮尝为江荆豫州刺史，其实则治武昌。若武昌南楼名庾楼，犹有理，今江州治所，在晋特柴桑县之溢口关耳，此楼附会甚明。"〔唐〕白居易《庾楼晓望》："三百年来庾楼上，曾经多少望乡人。"（《白氏长庆集》卷十六）亦泛指楼阁。

羌管：羌笛，古代的管乐器，长二尺四寸，三孔或四孔。因出于羌中，故名。〔宋〕范仲淹《渔家傲》："羌管悠悠霜满地。人不寐。将军白发征夫泪。"（《花庵词选》卷三）

[4]伊：专用以代称女性，她。〔宋〕周密《柳梢青》："江头怅望多时。欲待折、相思寄伊。"（《历代诗余》卷二十）

减字木兰花[1]

疏梅风韵[2]。不许游蜂飞蝶近。要识芳容。除向瑶台月下逢[3]。
尊前一见[4]。换尽平生桃李眼[5]。却笑襄王[6]。楚梦无踪空断肠[7]。

（原载汲古阁影印宋抄本〔宋〕黄大舆辑《梅苑》卷九；录自唐圭璋编《全宋词》，中华书局1965年6月第1版，第5册，第3639页）

【注　释】

[1]减字木兰花：词牌名。参见本卷《诗歌部》上册欧阳修《减字木兰花》注[1]。无名氏此词双调，四十四字。前后段各四句，两仄韵，两平韵。

[2]风韵：风度，韵致。〔宋〕赵长卿《探春令》："而今风韵，旧时标致，总皆奇绝。"（《惜香乐府》卷二）

[3]瑶台：指传说中的神仙居处。〔唐〕李白《清平调》："若非群玉山头见，会向瑶台月下逢。"（《全唐诗》卷二十七）

[4]尊前：在酒樽之前，指酒筵上。参见本卷《诗歌部》上册柳永《迷仙引》注[4]。

[5]桃李眼：谓崇尚浮华的轻佻眼光。〔宋〕刘应时《石菖蒲》："却笑轻狂桃李眼，臞仙风韵不能窥。"（《颐庵居士集》卷下）

[6]襄王：一作楚顷襄王，名芈(mǐ)横，战国时楚国君主，楚怀王芈槐之子，前298—前262年在位。在宋玉《高唐赋》《神女赋》中楚襄王均扮演了重要角色，后人遂将楚襄王作为高唐故事的男主人公，这其实是一种误读。参见本卷《诗歌部》上册徐铉《离歌辞五首》(其五)注[4]。

[7]楚梦:犹楚王梦,指宋玉《高唐赋》所描写的楚先王与巫山神女在梦中交欢的故事,后演绎为艳梦、性梦。

调笑集句[1]

盖闻[2]:行乐须及良辰[3],钟情正在吾辈[4]。飞觞举白[5],目断巫山之暮云[6];缀玉联珠[7],韵胜池塘之春草[8]。集古人之妙句,助今日之余欢。

珠流璧合暗连文[9]。月入千江体不分[10]。此曲只应天上有,歌声岂合世间闻[11]。

巫 山

巫山高高十二峰[12]。云想衣裳花想容[13]。欲往从之不惮远[14],丹峰碧障深重重[15]。楼阁玲珑五云起[16]。美人娟娟隔秋水[17]。江边一望楚天长[18],满怀明月人千里[19]。

千里。楚江水。明月楼高愁独倚[20]。井梧宫殿生秋意[21]。望断巫山十二[22]。雪肌花貌参差是[23]。朱阁五云仙子[24]。

(原载《四部丛刊》影印〔清〕鲍廷博校抄本〔宋〕曾慥辑《乐府雅词》卷上;录自唐圭璋编《全宋词》,中华书局1965年6月第1版,第5册,第3647页)

【注 释】

[1]调笑集句:调笑,即《调笑令》。集句,谓辑前人诗句以成篇什。〔清〕毛先舒《填词名解》(卷一):"《调笑令》,商调曲。一名《古调笑》,一名《转应曲》(《乐苑》云:戴人伦谓之《转应词》——括号中的文字原为双行夹注)。一名《三台令》,然与王建二十四字《三台令》不同。《调笑令》亦有二体,称'古'者三十二字,创自唐也;专名《调笑令》者三十八字,宋人之作也。"(载北京市中国书店据木石居校本影印〔清〕查培继《词学全书》,1984年1月第1版)按:宋人《调笑令》多联章以成"转踏",用以演唱故事。每首词前有七言八句古诗一首,诗之末二字即为词之起句。单调,三十八字,七句七仄韵,不用叠句,不用倒转句法,不转韵,体格与《古调笑》迥异。参见王兆鹏、刘尊明主编《宋词大辞典》(凤凰出版社2003年9月版)"调笑令"词条。

[2]盖闻:听说。盖,语气词。多用于句首。

[3]良辰:美好的时光。〔宋〕李洪《中春二十七日车驾躬请太上皇帝出郊获观盛事次大监叔韵》:"禁籞芳菲岁又新,两宫行乐及良辰。"(《芸庵类稿》卷四)

[4]钟情:此句出自〔南朝·宋〕刘义庆《世说新语·伤逝》(卷下之上):"王戎丧儿万子,山简往省之,王悲不自胜。简曰:'孩抱中物,何至于此?'王曰:'圣人忘情,最下不及情;情之所钟,正在我辈。'"钟情,谓感情专注。

[5]飞觞(shāng)举白:觞,盛满酒的杯。白,即"大白",大酒杯。飞觞举白,为高举酒杯。〔宋〕刘一止《梅子渐朝议一首》:"乐施轻财知气概,飞觞举白见风流。"(《苕溪集》卷八)

[6]"目断"句:语本〔五代〕和凝《何满子》:"目断巫山云雨,空教残梦依依。"(《历代诗余》卷三)目断,犹望断,一直望到看不见。

[7]缀玉联珠:谓将珠玉连缀起来。〔唐〕宣宗李忱《吊白乐天诗》:"缀玉联珠六十年,谁教冥路作诗仙。"(〔宋〕曾慥《类说·摭言》卷三十四引)

[8]韵胜:犹气韵胜过。

池塘之春草:语本〔南朝·宋〕谢灵运《登池上楼》:"池塘生春草,园柳变鸣禽。"(《文选》卷二十二)参见本卷《诗歌部》上册黄庭坚《次韵坦夫见惠长句》注[30]。

[9]"珠流"句:语本《晋书·陆机传》(卷五十四):"连文则珠流璧合,其词深而雅,其义博而显。"

[10]"月入"句:语出〔宋〕王安石《记梦》:"月入千江体不分,道人非复世间人。"(《临川文集》卷二十九)

[11]"此曲"等二句:语本〔唐〕杜甫《赠花卿》:"锦城丝管日纷纷,半入江风半入云。此曲只应天上有,人间能得几回闻。"(《九家集注杜诗》卷二十二)

[12]"巫山高高"句:语本〔宋〕王安石《葛蕴作巫山高爱其飘逸因亦作两篇》:"巫山高,十二峰。"(《临川文集》卷七)十二峰,即圣泉峰、登龙峰、朝云峰、神女峰(又称望霞峰)、松峦峰、集仙峰、翠屏峰、聚鹤峰、飞凤峰、净坛峰、起云峰、上升峰。参见本卷《诗歌部》上册张泌《经旧游》注[4]。

[13]"云想衣裳"句:语出〔唐〕李白《清平调词三首》之一:"云想衣裳花想容,春风拂槛露华浓。若非群玉山头见,会向瑶台月下逢。"(《李太白集注》卷五)此句谓看见了云就想起了她的衣裳;看见了花就想起了她的面容。

[14]"欲往从之"句:语本〔宋〕王安石《送吴显道南归》:"我欲寻之不惮远,君又暂来还径去。"(《临川文集》卷三十六)

[15]"丹峰碧障"句:语本〔宋〕王安石《葛蕴作巫山高爱其飘逸因亦作两篇》:"丹崖碧嶂深重重,白月如日明房栊。"(《临川文集》卷七)

[16]"楼阁玲珑"句:语出〔唐〕白居易《长恨歌》:"楼阁玲珑五云起,其中绰约多

仙子。"(《白氏长庆集》卷十二)五云,谓青、白、赤、黑、黄五种云色。五色瑞云为吉祥的征兆。

〔17〕"美人娟娟"句:语出〔唐〕杜甫《韩谏议注》:"美人娟娟隔秋水,濯足洞庭望八荒。"(《九家集注杜诗》卷十一)娟娟,姿态柔美貌。

〔18〕"江边一望"句:语出〔宋〕孙光宪《浣溪沙》:"蓼岸风多橘柚香。江边一望楚天长。"(《花间集》卷七)

〔19〕"满怀明月"句:语本〔宋〕孙觌《三衢闻都督兵溃常润间怀舍弟而下》:"同看明月人千里,相望孤云海一涯。"(《鸿庆居士集》卷一)

〔20〕"明月楼高"句:语本〔宋〕范仲淹《苏幕遮》:"明月楼高休独倚。酒入愁肠,化作相思泪。"(《花庵词选》卷三)

〔21〕"井梧宫殿"句:语本〔宋〕王之道《秋日野步和王觉民十六首》之八:"雨晴庭户生秋意,潮落溪桥见水痕。"(《相山集》卷十四)

〔22〕望断:向远处望直至看不见。巫山十二峰,见本词注〔12〕。此句出处不明。

〔23〕"雪肌花貌"句:语出〔唐〕白居易《长恨歌》:"中有一人字太真,雪肤花貌参差是。"(《白氏长庆集》卷十二)参差是,差不多是,几乎是。

〔24〕"朱阁五云"句:语出〔宋〕张先《百媚娘》:"珠阁五云仙子。未省有谁能似。"(《安陆集》)

洛　浦[1]

艳阳灼灼河洛神[2]。态浓意远淑且真[3]。入眼平生未曾有[4],缓步佯羞行玉尘[5]。凌波不过横塘路[6]。风吹仙袂飘飘举[7]。来如春梦不多时,天非花艳轻非雾[8]。

非雾。花无语。还似朝云何处去[9]。凌波不过横塘路。燕燕莺莺飞舞[10]。风吹仙袂飘飘举。拟倩游丝惹住[11]。

(原载《四部丛刊》影印〔清〕鲍廷博校抄本〔宋〕曾慥辑《乐府雅词》卷上;录自唐圭璋编《全宋词》,中华书局1965年6月第1版,第5册,第3648页)

无名氏

【注 释】

[1]洛浦:洛水之滨。洛水,即今河南省洛河。曹植《洛神赋》所描写的洛神,即洛水之女神。参见本卷《诗歌部》上册邵雍《落花长吟》注[16]。

[2]"艳阳灼灼"句:语出〔唐〕薛媛《赠郑女郎》:"艳阳灼灼河洛神,珠帘绣户青楼春。"(《全唐诗》卷七百九十九)灼灼,明亮貌。河洛神,指洛水之神。〔三国·魏〕曹植《洛神赋》:"臣闻河洛之神,名曰宓妃。"(《文选》卷十九)

[3]"态浓意远"句:语出〔唐〕杜甫《丽人行》:"三月三日天气新,长安水边多丽人。态浓意远淑且真,肌理细腻骨肉匀。"(《九家集注杜诗》卷二)态浓意远,谓妆扮浓艳,意趣超逸。淑且真,美善而又真实。

[4]"入眼平生"句:语出〔宋〕王安石《明妃曲二首》之一:"归来却怪丹青手,入眼平生未曾有。意态由来画不成,当时枉杀毛延寿。"(《王荆公诗注》卷六)

[5]佯羞:假装羞怯。〔唐〕李白《越女词五首》之三:"耶溪采莲女,见客棹歌回。笑入荷花去,佯羞不出来。"(《李太白集注》卷二十五)

玉尘:喻花瓣。〔唐〕张籍《唐昌观玉蕊花二首》之一:"千枝花里玉尘飞,阿母宫中亦见稀。"(《张司业集》卷七)

[6]"凌波不过"句:语出〔宋〕贺铸《青玉案》:"凌波不过横塘路。但目送、芳尘去。"(《乐府雅词》卷中)凌波,比喻美人步履轻盈,如乘碧波而行。〔三国·魏〕曹植《洛神赋》:"凌波微步,罗袜生尘。"〔唐〕吕向注:"步于水波之上,如尘生也。"(《文选》卷十九)横塘,泛指水塘。

[7]"风吹仙袂"句:语出〔唐〕白居易《长恨歌》:"风吹仙袂飘飘举,犹似霓裳羽衣舞。"(《白氏长庆集》卷十二)

[8]"来如春梦"等二句:语出〔宋〕欧阳修《御街行》:"夭非花艳轻非雾。来夜半、天明去。来如春梦不多时,去似朝云何处。"(《六一词》)

[9]"还似朝云"句:语本〔宋〕欧阳修《御街行》,见上注。

[10]"燕燕莺莺"句:语出〔宋〕秦观《金明池》:"更水绕人家,桥当门巷,燕燕莺莺飞舞。"(《历代诗余》卷九十七)

[11]"拟倩游丝"句:语本〔宋〕张先《减字木兰花》:"垂螺近额。走上红裀初趁拍。只恐轻飞。拟倩游丝惹住伊。"(《安陆集》)

卓牌儿[1]

当年早梅芳,曾邂逅、飞琼侣[2]。肌云莹玉,颜开嫩桃,腰支轻袅,未胜金缕[3]。佯羞整云鬟,频向人、娇波寄语[4]。湘佩笑解,韩香暗传,幽欢后期难诉[5]。　　梦魂顿阴[6]。似一枕、高唐云雨[7]。蕙心兰态[8],知何计重遇。试问春蚕丝多少,未抵离愁半缕。凝伫[9]。望凤楼何处[10]。

（原载《四部丛刊》影印〔清〕鲍廷博校抄本〔宋〕曾慥辑《乐府雅词拾遗》卷下；录自唐圭璋编《全宋词》，中华书局1965年6月第1版，第5册，第3657—3658页）

【注　释】

[1]卓牌儿：又名《卓牌子》，词牌名。《词谱》（卷十二）："《卓牌子》，此调有两体：五十六字者，始自杨无咎，一名《卓牌子令》；九十七字者，始自万俟咏，一名《卓牌子慢》。"《词谱》以无名氏此词为此调别体谱式：双调，九十三字，前段十一句，四仄韵；后段八句。六仄韵。

[2]早梅芳：犹早开飞梅花芬芳。〔宋〕晁补之《江城子》："去年初见早梅芳。一春忙。"（《晁无咎词》卷二）

邂逅（xièhòu）：不期而遇。《诗经·郑风·野有蔓草》："有美一人，清扬婉兮，邂逅相遇，适我愿兮。"〔汉〕毛亨传："邂逅，不期而会。"（《毛诗注疏》卷七）

飞琼：许飞琼，仙女名，亦泛指仙女。参见本卷《诗歌部》上册钱易《蝶恋花》注[4]。

[3]肌云：肌云，《词谱》作"肌雪"。按：当作"肌雪"，指如雪似玉的肌肤。莹玉，莹洁的美玉，亦形容肌肤。

颜开嫩桃：犹言容颜如绽开的娇嫩桃花。

腰支轻袅：犹言腰肢轻柔细长。〔宋〕蔡伸《感皇恩》："酒晕衬横波，玉肌香透。轻袅腰肢妒垂柳。"（《友古词》）

未胜金缕：犹言不能承受金缕衣。未胜，未能承受。〔南朝·齐〕谢朓《奉和随王殿下》之十五："新萍时合水，弱草未胜风。"（《谢宣城集》卷五）金缕，指金缕衣。以金丝编织的衣服。

[4]佯羞：假装害羞。〔唐〕李商隐《蝶三首》之三："见我佯羞频照影，不知身属冶游郎。"（《李义山诗集》卷上）

整云鬟：整理浓密的发鬟。〔宋〕刘仙伦《江神子》："东风吹梦落巫山。整云鬟。却霜纨。"（《绝妙好词笺》卷二）

娇波寄语：犹言用娇媚的眼波寄托话语。娇波，指目光。〔宋〕张元干《鹊桥仙》："靓妆艳态，娇波流盻，双靥横涡半笑。"（《芦川归来集》卷七）

[5]湘佩笑解：用郑交甫遇江妃二女解佩相赠之典。参见本卷《诗歌部》上册欧阳修《玉楼春》注[5]。

韩香：晋贾充女午与韩寿私通，并把皇帝赐其父之外域异香赠寿。见〔南朝·

宋］刘义庆《世说新语·惑溺》（卷下之下）又见于《晋书·贾充传》（卷四十）。后因以"韩寿香"指异香或男女定情之物，亦省作"韩香"。参见本卷《诗歌部》上册欧阳修《梁州令》注[6]。

幽欢：幽会的欢乐。〔宋〕柳永《燕归梁》："幽欢已散前期远，无聊赖、是而今。密凭归燕寄芳音，恐冷落、旧时心。"（《乐章集》）

[6]顿阴：顿时幽暗。

[7]高唐云雨：典出〔战国·楚〕宋玉《高唐赋·序》："昔者先王尝游高唐，怠而昼寝，梦见一妇人曰：'妾巫山之女也，为高唐之客。闻君游高唐，愿荐枕席。'王因幸之。去而辞曰：'妾在巫山之阳，高丘之阻，旦为朝云，暮为行雨。朝朝暮暮，阳台之下。'"（《文选》卷十九）

[8]蕙心兰态：如蕙一样的心意，如兰一样的情态。形容女子意态优雅。参见本卷《诗歌部》上册李甲《幔卷绸》注[4]。〔宋〕赵师使《鹧鸪天》："妙曲清声压楚城。蕙心兰态见柔情。"（《坦庵词》）

[9]凝伫：凝望伫立。〔宋〕赵彦端《蕊珠闲》："绿烟迷昼，浅寒欺暮。不胜小楼凝伫。"（《介庵词》）

[10]凤楼：秦穆公女弄玉善吹箫，穆公为筑重楼以居之，名曰凤楼，后世称秦楼。参见本卷《诗歌部》上册柳永《满朝欢》注[7]。

望远行[1]

当时云雨梦，不负楚王期[2]。翠峰中、高楼十二掩瑶扉[3]。尽人间欢会，只有两心自知。渐玉困花柔香汗挥[4]。　　歌声翻别怨，云驭欲回时[5]。这无情红日，何似且休西[6]。但涓涓珠泪，滴湿仙郎羽衣[7]。怎忍见、双鸳相背飞[8]。

（原载《四部丛刊》影印〔清〕鲍廷博校抄本〔宋〕曾慥
辑《乐府雅词拾遗》卷下；录自唐圭璋编《全宋词》，
中华书局1965年6月第1版，第5册，第3658页）

【注　释】

[1]望远行：词牌名。《词谱》（卷十一）："《望远行》，唐教坊曲名。令词始自韦庄，《中原音韵》注：'商调'；《太和正音谱》亦注：'商调'。慢词始自柳永'绣帏睡起'词，注：'中吕调'，'长空降瑞'词注：'仙吕调'。"《词谱》以无名氏此词为此调别体之

一谱式:双调,七十八字。前段六句,四平韵;后段七句,四平韵。

《全宋词》注:"此首原有缺字,据《花草粹编》卷八补。"

[2]云雨梦:男女情爱的隐喻,出自〔战国·楚〕宋玉《高唐赋·序》。参见本卷《诗歌部》上册张伌《经旧游》注[3]。

楚王期:与楚先王的约会。〔战国·楚〕宋玉《高唐赋·序》:"王因幸之。去而辞曰:'妾在巫山之阳,高丘之阻,旦为朝云,暮为行雨。朝朝暮暮,阳台之下。'"(《文选》卷十九)

[3]瑶扉:玉饰的门。〔宋〕黄庭坚《仙桥洞》:"横阁晴虹渡石溪,几年钥锁镇瑶扉。"(《山谷外集》卷十四)

[4]玉困:犹如玉之人已疲惫。〔宋〕张元干《彩鸾归令》:"粉融香润随人劝,玉困花娇越样宜。"(《芦川归来集》卷七)按:此句为性描写。

[5]翻别怨:唱出离别的幽怨。翻,演唱。云驭,犹驭云,即乘云。

[6]何似且休西:犹言何其像是就此停止西去。且,此;休,停止。

[7]仙郎:犹神仙郎,借称俊美的青年男子,多用于爱情关系。〔五代〕和凝《柳枝》:"醉来咬损新花子,拽住仙郎尽放娇。"(《花间集》卷六)羽衣,以羽毛织成的衣服,常称神仙所着衣为羽衣。〔三国·魏〕曹植《平陵东》:"阊阖开,天衢通,被我羽衣乘飞龙。"(《曹子建集》卷六)

[8]双鸳:一对鸳鸯。〔宋〕晏殊《踏莎行》:"绣枕双鸳,香苞翠凤。从来往事都如梦。"(《元献遗文》)

踏青游

游崔念四妓馆[1]

识个人人[2],恰正二年欢会。似赌赛、六只浑四[3]。向巫山、重重去,如鱼水[4]。两情美。同倚画楼十二[5]。倚了又还重倚。　　两日不来,时时在人心里。拟问卜、常占归计[6]。拼三八清斋,望永同鸳被[7]。到梦里。蓦然被人惊觉,梦也有头无尾。

(原载《能改斋漫录》卷十七;录自唐圭璋编《全宋词》,中华书局 1965 年 6 月第 1 版,第 5 册,第 3662 页)

【注　释】

[1]踏青游:词牌名。《词谱》(卷二十一):"《踏青游》,调见苏轼词踏青作

无名氏

也。因词有'踏青游'句，取以为名。"《词谱》以无名氏此词为此调别体之一谱式

谱式：双调，八十三字。前段八句，六仄韵；后段八句，五仄韵。

游崔念四妓馆：据〔宋〕吴曾《能改斋漫录·咏崔念四词》（卷十七）："政和间，一贵人未达时（原夹注：不欲书名）尝游妓崔念四之馆，因其行第，作《踏青游》词云……（即本词，从略）都下盛传。"按：所谓"行第"，即排行的次序。念，即"廿"（niàn），二十的俗称。"念四"即"廿四"（亦即二十四）。这是一首处处都隐藏着"廿四"（念四）的谜语词。现解谜如下："识个人人，恰正二年欢会（廿四月）。似赌赛、六只浑四（廿四点）。向巫山、重重（巫山十二峰，重重，即十二峰相重，为廿四峰）去，如鱼水。两情美。同倚画楼十二，倚了又还重倚（重倚十二为廿四倚）。两日（两日为廿四时辰）不来，时时在人心里。拟问卜、常占归计（归，意为"复"，《周易》中"复"为第廿四卦）。拼三八（三八，为廿四）清斋，望永同鸳被。到梦里，蓦然被人惊觉，梦也有头无尾（繁体"夢"字头为廿四）。"但此词虽为谜语之作，但其谜面亦自成文，故解谜之余，仍按常规词作予以注释。

《全宋词》按："此首别又误作苏轼词，见《草堂诗余别集》卷三。"

［2］人人：用以称亲昵者。〔宋〕欧阳修《蝶恋花》："翠被双盘金缕凤。忆得前春，有个人人共。"（《六一词》）

［3］六只浑四：犹言六只清一色的四点牌，其总数为廿四点。浑，副词，皆，都。

［4］"向巫山"二句：谓入情爱境地，而如鱼得水。

［5］画楼：雕饰华丽的楼房。十二，喻画楼之多。〔宋〕汪藻《点绛唇》："天如水。画楼十二。有个人同倚。"（《浮溪集》卷三十二）按：这是其字面义，其隐藏的数字义已详注［1］。

［6］拟问卜：打算占卜。问卜，占卦。迷信者用以推断吉凶，解决疑难。归计，回归谋划、办法。归，返回，义同"复"。

［7］三八清斋：三八，指每月初八、十八、二十八日。〔宋〕楼钥《北行日录》（卷下）："相国寺如故，每月亦以三八日开寺。"清斋，谓素食，长斋。〔晋〕支遁《五月长斋》："令月肇清斋，德泽润无疆。"（《古今禅藻集》卷一）按：这是其字面义，其隐藏的数字义已详注［1］。

鸳被：绣有鸳鸯的锦被，为男女共寝之用。〔后蜀〕顾夐《虞美人》："触帘风送景阳钟。鸳被绣花重。"（《花间集》卷六）

扑蝴蝶[1]

烟条雨叶[2]，绿遍江南岸。思归倦客，寻芳来较晚[3]。岫边红日初斜，

陌上飞花正满[4]。凄凉数声羌管[5]。　　怨春短。玉人应在[6]，明月楼中画眉懒。蛮笺锦字，多时鱼雁断[7]。恨随去水东流，事与行云共远[8]。罗衾旧香犹暖[9]。

（原载《苕溪渔隐丛话后集》卷三十九；录自唐圭璋编《全宋词》，中华书局1965年6月第1版，第5册，第3663页）

【注　释】

[1]扑蝴蝶：词牌名。参见本卷《诗歌部》上册晏几道《扑蝴蝶》注[1]。无名氏此词双调，七十七字。前段七句，四仄韵；后段八句，五仄韵。

《全宋词》按："此首别又作晏小山（晏几道）词，见《阳春白雪》卷二，未知孰是。明温博《花间集补》卷下又以此首为唐人词，未知何据。"

[2]烟条：烟柳枝条。〔唐〕张旭《柳》："濯濯烟条拂地垂，城边楼畔结春思。"（《全唐诗》卷一百十七）

[3]倦客：客游他乡而对旅居生活感到厌倦的人。〔宋〕陆游《双头莲》："悲欢梦里。奈倦客、又是关河千里。"（《放翁词》）

寻芳：游赏美景。〔宋〕沈与求《次韵院中四绝句》之四："今年拼却寻芳晚，准拟残枝占晚红。"（《龟溪集》卷二）

[4]岫（xiù）边：峰峦边。〔南朝·陈〕后主陈叔宝《三善殿夕望山灯》："重岫多风烟，华灯此岫边。"（《古诗纪》卷一百八）

陌上：路上。〔唐〕元稹《山枇杷》："园中杏树良人醉，陌上柳枝年少折。"（《元氏长庆集》卷二十六）

[5]羌管：羌笛，古代的管乐器，长二尺四寸，三孔或四孔。因出于羌中，故名。〔唐〕温庭筠《题柳》："羌管一声何处曲？流莺百啭最高枝。"（《温飞卿诗集笺注》卷四）

[6]玉人：容貌美丽的人，多用以称美丽的女子，或对所爱者的爱称。〔前蜀〕韦庄《秋霁晚景》："玉人襟袖薄，斜凭翠栏干。"（《浣花集补遗》）

[7]蛮笺：唐时高丽纸的别称。亦指蜀地所产名贵的彩色笺纸。〔宋〕晏殊《十拍子》："多少襟情言不尽，写向蛮笺曲调中。此情千万重。"（《历代诗余》卷四十一）

锦字：指锦字书，即前秦苏蕙寄给丈夫的织锦回文诗。参见本卷《诗歌部》上册徐铉《梦游三首》其三注[9]。

鱼雁：指书信。〔汉〕蔡邕《饮马长城窟行》："客从远方来，遗我双鲤鱼，呼儿烹鲤鱼，中有尺素书。"（《蔡中郎集》卷四）《汉书·苏武传》（卷五十四）："教使者谓单于,言天子射上林中,得雁,足有系帛书。"后因以"鱼雁"代称书信。

[8]行云:用巫山神女之典。语本〔战国·楚〕宋玉《高唐赋·序》:"旦为朝云,暮为行雨。"(《文选》卷十九)

[9]罗衾:丝质的被子。〔宋〕高翥《无题二首》之一:"独展罗衾无梦成,宝香熏彻转愁生。"(《菊磵集》)

西江月[1]

风雨朝来恶甚[2],池塘春去无多。绿杨阴里溜莺梭[3]。枝上老红犹堕[4]。　　酒满蚁浮金匜,烛残泪滴铜荷[5]。更阑孤枕奈情何[6]。只恐巫山梦破[7]。

（原载四印斋本《章华词》;录自唐圭璋编《全宋词》,中华书局 1965 年 6 月第 1 版,第 5 册,第 3687—3688 页）

【注　释】

[1]西江月:词牌名。参见本卷《诗歌部》上册柳永《西江月》注[1]。无名氏此词双调,五十字。前后段各四句,两平韵,两叶韵。

[2]恶甚:犹言猛烈得很。恶,威猛,猛烈。〔唐〕罗隐《庭花》:"今朝风雨恶,惆怅人生事。"(《罗昭谏集》卷一)

[3]绿杨:犹绿柳。古人常杨、柳通用。〔唐〕白居易《钱塘湖春行》:"最爱湖东行不足,绿杨阴里白沙堤。"(《白氏长庆集》卷二十)

溜莺梭:犹言成串的黄鹂飞翔如同穿梭。溜,用以表示成串、成条、成排的事物。莺,黄鹂。梭,犹穿梭,比喻往来频繁,运行快速。

[4]老红:行将萎谢的红花。〔唐〕李贺《昌谷》:"层围烂洞曲,芳径老红醉。"(《昌谷集》卷三)

[5]蚁浮金匜(yí):蚁,酒面泡沫。匜,古代盛酒之具。《礼记·内则》:"敦牟卮匜,非馂莫敢用。"〔唐〕孔颖达疏:"匜,盛酒浆之器。"(《礼记注疏》卷二十七)金匜,金质的酒器,或其美称。《旧唐书·李宝臣传》(卷一百四十二):"又于深室斋戒筑坛,上置金匜、玉斝,云'甘露神酒自出'。"

泪滴铜荷:犹言蜡泪滴在铜质的荷叶上。铜荷,铜制的呈荷叶状的烛台。〔北周〕庾信《对烛赋》:"铜荷承泪蜡,铁铗染浮烟。"(《庾开府集笺注》卷一)

[6]更阑:更深夜残。更,一夜分为五更,每更约两小时。阑,将尽,将完。

〔宋〕柳永《迎新春》:"更阑烛影花阴下,少年人、往往奇遇。"(《乐章集》)

〔7〕巫山梦:犹楚先王梦幸巫山神女之梦,典出〔战国·楚〕宋玉《高唐赋·序》(《文选》卷十九)

临江仙[1]

绿暗汀洲三月暮[2],落花风静帆收。垂杨低映木兰舟[3]。半篙春水滑[4],一段夕阳愁。　　灞水桥东回首处,美人亲上帘钩[5]。青鸾无计入红楼[6]。行云归楚峡,飞梦到扬州[7]。

(原载《草堂诗余前集》卷上;录自唐圭璋编《全宋词》,中华书局 1965 年 6 月第 1 版,第 5 册,第 3738 页)

【注　释】

[1]临江仙:参见本卷《诗歌部》上册晏几道《临江仙》注[1]。无名氏此词双调,六十字。前后段各五句,三平韵。

《全宋词》按:"此首别又误作晁补之词,见《类编草堂诗余》卷二。"

[2]汀(tīng)洲:水中小洲。〔唐〕李商隐《安定城楼》:"迢递高城百尺楼,绿杨枝外尽汀洲。"(《李义山诗集注》卷二上)

[3]垂杨:犹垂柳,古诗文中杨柳常通用。参见本卷《诗歌部》上册柳永《满朝欢》注[6]。

木兰舟:用木兰做的舟。木兰,香木名,又名杜兰、林兰。皮似桂而香,状如楠树。亦用为小舟的美称。参见本卷《诗歌部》上册晏几道《清平乐》注[2]。〔唐〕柳宗元《酬曹侍郎过象县见寄》:"破额山前碧玉流,骚人遥驻木兰舟。"(《柳河东集》卷四十二)

[4]半篙:撑船的竹竿或木杆的一半,指水深。〔宋〕苏辙《泛溟水》:"半篙春水花千片,八尺轻船酒一壶。"(《栾城第三集》卷三)

[5]灞水桥:桥名,即灞桥,本作霸桥。《三辅黄图·桥》(卷六):"霸桥在长安东,跨水作桥。汉人送客至此桥折柳赠别。"

帘钩:卷帘所用的钩子。〔宋〕吴潜《长相思》:"上帘钩,下帘钩。夜半天街灯火收。有人曾倚楼。"(《履斋遗稿》卷二)

[6]青鸾:古代传说中凤凰一类的神鸟。赤色多者为凤,青色多者为鸾。〔唐〕李白《凤凰曲》:"嬴女吹玉箫,吟弄天上春。青鸾不独去,更有携手人。"

〔清〕王琦注引《艺文类聚》:"《决疑注》曰:凡象凤者有五:多赤色者凤;多青色者鸾;多黄色者鹓雏;多紫色者鸳鸯;多白色者鹄。"(《李太白集注》卷六)

红楼:红色的楼,泛指华美的楼房。〔唐〕郑谷《燕》:"低飞绿岸和梅雨,乱入红楼拣杏梁。"(《云台编》卷中)

[7]行云:用巫山神女之典。语本〔战国·楚〕宋玉《高唐赋·序》:"旦为朝云,暮为行雨。"(《文选》卷十九)喻男女情事。

楚峡:指巫峡。〔宋〕黄庭坚《桃源忆故人》:"云归楚峡厌厌困。两点遥山新恨。和泪暗弹红粉。生怕人来问。"(《山谷词》)

扬州:隋开皇九年(589)改吴州置,治所在江都县(今江苏扬州市)。参见本卷《诗歌部》上册苏轼《江城子》注[7]。〔宋〕秦观《梦扬州》:"醉鞭拂面归来晚,望翠楼、帘卷金钩。佳会阻,离情正乱,频梦扬州。"(《淮海长短句》卷上)

柳梢青[1]

有个人人[2]。海棠标韵[3],飞燕轻盈。酒晕潮红,羞蛾凝绿[4],一笑生春。 　　为伊无限伤心[5]。更说甚、巫山楚云[6]。斗帐香消[7],纱窗月冷,著意温存。

（原载《草堂诗余后集》卷下;录自唐圭璋编《全宋词》,中华书局1965年6月第1版,第5册,第3742页）

【注　释】

[1]柳梢青:词牌名。参见本卷下册杨冠卿《柳梢青》注[1]。无名氏此词双调,四十九字。前段六句,三平韵;后段五句,三平韵。

《全宋词》按:"此首别误作周邦彦词,见《类编草堂诗余》卷一。"

[2]人人:用以称亲昵者。〔宋〕王之道《点绛唇》:"有个人人,袅娜灵和柳。君知否。目成心授。何日同携手。"(《相山集》卷十六)

[3]海棠标韵:海棠花一样的风韵。标韵,风韵,韵致。〔宋〕李之仪《早梅芳》:"天然标韵,不与群花斗深浅。"(《姑溪居士前集》卷四十五)

[4]酒晕:饮酒后脸上泛起的红晕。潮红,面部泛起的红色。〔宋〕于石《西湖荷花有感》:"酒晕潮红浅渥唇,肤如凝脂腰束素。"(《紫岩诗选》卷二)

羞蛾:形容女子美丽的眉毛。蛾,指蛾眉,蚕蛾触须细长而弯曲,因以比喻女子之眉。凝绿,凝聚青色。绿,指青色,古代女子用青黛画眉,故称。〔宋〕王禹偁

《寄献鄜州行军司马宋侍郎》:"锦水清见发,蛾眉绿于黛。"(《小畜集》卷三)

[5]无限伤:《全宋词》注:"此三字原误作'入限熏',据《类编草堂诗余》改。"

[6]巫山楚云:用巫山神女典故,出自〔战国·楚〕宋玉《高唐赋》(《文选》卷十九)参见本卷《诗歌部》上册张泌《经旧游》注[3]。

[7]斗帐:小帐,形如覆斗,故称。〔汉〕刘熙《释名·释床帐》(卷六):"小帐曰斗帐,形如覆斗也。"

苏幕遮[1]

陇云沈,新月小[2]。杨柳梢头,能有春多少。试著罗裳寒尚峭[3]。帘卷青楼[4],占得东风早。　　翠屏深,香篆袅[5]。流水落花,不管刘郎到[6]。三叠阳关声渐杳[7]。断雨残云,只怕巫山晓[8]。

(原载《草堂诗余后集》卷下;录自唐圭璋编《全宋词》,中华书局1965年6月第1版,第5册,第3742页)

【注　释】

[1]苏幕遮:词牌名。《词谱》(卷十四):"《苏幕遮》,唐教坊曲名。按:《唐书·宋务光传》:比见都邑坊市,相率为浑脱队,骏马戎服,名苏幕遮。又按:《张说集》有《苏幕遮》七言绝句,宋词盖因旧曲名另度新声也。周邦彦词有'鬓云松'句,更名《鬓云松令》。金词注:'般涉调'。"〔清〕毛先舒《填词名解》(卷二):"《苏幕遮》,西域妇人帽也。《唐书》:吕元济上书,比见坊邑相率为浑脱队,骏马胡服,名曰'苏幕遮'。盖本是胡乐之饰,唐教坊作此戏,即以名曲。张说诗作'苏摩遮',诗云:'摩遮本出海西,琉璃宝服紫髯须。闻道皇恩遍宇宙,来将歌舞助欢娱。'又云:'绣装拍额宝花冠,夷歌骑舞借人看。自能激水成阴气,不虑今年寒不寒。'按此,则此乐似亦角觝眩人,吞刀吐火之类也。一名《鬓云松》。"(载北京市中国书店据木石居校本影印〔清〕查培继《词学全书》,1984年1月第1版)无名氏此词双调,六十二字。前后段各七句,四仄韵。

《全宋词》按:"此首别又误作周邦彦词,见《类编草堂诗余》卷二。"

[2]陇云:犹陇山云。陇山,六盘山南段的别称,借指边塞。〔唐〕卢照邻《送郑司仓入蜀》:"陇云朝结阵,江月夜临空。"(《卢升之集》卷三)

新月:农历每月初出的弯形的月亮。〔宋〕吴文英《隔浦莲》:"新月湖光荡素练。人散。红衣香在两岸。"(《历代诗余》卷四十七)

［3］罗裳：犹罗裙。罗，稀疏而轻软的丝织品。裳，古代称下身穿的衣裙，男女皆服。〔唐〕孟浩然《鹦鹉洲送王九游江左》："舟人牵锦缆，浣女结罗裳。"（《孟浩然集》卷二）寒尚峭，寒气还尖利。〔宋〕吴泳《谒金门》："手按玉笙寒尚峭。陇梅春已透。"（《鹤林集》卷四十）

［4］青楼：指妓院。〔唐〕韦应物《拟古诗十二首》之八："慊慊情有待，赠芳为我容。可嗟青楼月，流影君帷中。"（《韦苏州集》卷一）

［5］翠屏：翠色的屏风。〔宋〕周密《天香》："素被琼簟夜悄。酒初醒、翠屏深窈。一缕旧情，空趁断烟飞绕。"（《历代诗余》卷六十一）

香篆：指焚香时所起的烟缕。因其曲折似篆文，故称。袅，缭绕，缠绕。〔唐〕薛氏《夏》："香篆袅风青缕缕，纸窗明月白团团。"（《石仓历代诗选》卷一百十三）

［6］刘郎：相传东汉时，刘晨、阮肇到天台山采药迷路，误入桃源洞遇见两个仙女。事见〔南朝·宋〕刘义庆《幽冥录》。参见本卷《诗歌部》上册杜安世《凤栖梧》注［5］。

［7］三叠阳关：古曲《阳关三叠》，亦泛指离别时唱的歌曲。声渐杳，声音渐渐消失。〔宋〕陈允平《早梅芳》："凤楼空，琼箫声渐杳。"（《历代诗余》卷五十）

［8］断雨残云："朝云暮雨"意象的变异之一种。语本〔战国·楚〕宋玉《高唐赋·序》："旦为朝云，暮为行雨。"（《文选》卷十九）

巫山：山名，在今重庆市巫山县境内。旧传山形似巫字得名。或传巫咸死葬于此，称巫咸山，简称巫山。参见本卷《诗歌部》上册欧阳修《长相思》注［4］。

贺新郎[1]
赵娶温氏

路入蓝桥境[2]。忆当年、云英来会，玄霜捣尽[3]。争似温公风流婿，一笑欢传玉镜[4]。便胜似、琼浆玉饮[5]。自是振振佳公子，冰肌玉骨相辉映[6]。一对儿，好厮称[7]。　　夜深银烛交红影[8]。雀屏开、凤帷拥绣，鸳衾铺锦[9]。雨意云情应多少，梦到巫山一枕[10]。好语向、耳边频听。但愿来春青云路，管一枝、青桂嫦娥近[11]。闻早寄，凤楼信[12]。

（原载《翰墨大全乙集》卷十七；录自唐圭璋编《全宋词》，中华书局1965年6月第1版，第5册，第3767页）

【注　释】

[1]贺新郎:词牌名。参见本卷《诗歌部》下册周端臣《贺新郎》注[1]。无名氏此词双调,一百一十五字。前后段各十句,六仄韵。

[2]蓝桥:桥名,在陕西省蓝田县东南蓝溪之上。相传其地有仙窟,为唐裴航遇仙女云英处。参见本卷《诗歌部》上册高荷《国香》注[13]。

[3]"云英"等二句:云英,裴航所遇仙女之名。玄霜捣尽,故事中樊夫人赠裴航诗云:"一饮琼浆百感生,玄霜捣尽见云英。蓝桥便是神仙窟,何必崎岖上玉清。"玄霜,神话中的一种仙药。参见本卷《诗歌部》上册高荷《国香》注[13]。

[4]争似:怎似。〔唐〕刘禹锡《杨柳枝词九首》之四:"城东桃李须臾尽,争似垂杨无限时。"(《刘宾客文集》卷二十七)

玉镜:指晋温峤之玉镜台。温峤北征刘聪,获玉镜台一枚。从姑有女,嘱代觅婿,温有自婚意,因下玉镜台为定。事见《世说新语·假谲》。后引申作婚娶聘礼的代称。参见本卷《诗歌部》中册虞俦《林正甫举似所和双丫岩诗且索同赋》注[11]。〔唐〕张纮《行路难》:"君不见温家玉镜台,提携抱握九重来。"(《全唐诗》卷一百)

[5]琼浆玉饮:仙人的饮料,喻美酒。〔宋〕赵必𤩰《朝中措》:"要觅琼浆玉饮,隔墙便是蓝桥。"(《覆瓿集》卷三)

[6]振振(zhēn)佳公子:信实仁厚的好子弟。语本《诗经·周南·麟之趾》:"麟之趾,振振公子。"〔汉〕毛亨传:"振振,信厚也。"〔唐〕陆德明释文:"振音真。"(《毛诗注疏》卷一)公子,称富贵人家的子弟。

冰肌玉骨:形容女子洁美的体肤。〔后蜀〕孟昶《避暑摩诃池上作》:"冰肌玉骨清无汗,水殿风来暗香暖。"(《全唐诗》卷八)

[7]厮称:犹言相称,相匹配。厮,犹相。相互。

[8]银烛:指银质烛台上的烛光。〔唐〕陈子昂《春夜别友人二首》之一:"银烛吐青烟,金樽对绮筵。"(《陈拾遗集》卷二)

[9]凤帏:闺中的帏帐,这里指洞房的陈设。拥绣:簇拥锦绣。

鸳衾:绣有鸳鸯的被子,亦指夫妻共寝的被子。铺锦,铺陈锦缎。

[10]雨意云情:"朝云暮雨"意象的变异之一种。语本〔战国·楚〕宋玉《高唐赋·序》"旦为朝云,暮为行雨。"(《文选》卷十九)

梦到巫山:用巫山神女之典,喻指男女情事。

[11]青云路:喻谋求高位的仕途。〔唐〕张乔《别李参军》:"静想青云路,还应寄此身。"(《全唐诗》卷六百三十八)

"管一枝"句:青桂嫦娥近:管,包管,准定。青桂,桂树,桂树常绿,故称。嫦娥近,传说月宫中有桂树,故与嫦娥相近。嫦娥,这里喻指温氏女。按:古时以"折桂"喻科举中第。典出《晋书·郤诜传》："武帝于东堂会送,问诜曰:'卿自以为何如?'诜对曰:'臣举贤良对策,为天下第一,犹桂林之一枝,昆山之片玉。'"此句是说,保管赵公子折一枝青桂与嫦娥相近。谓其科举中第。

〔12〕凤楼信:犹凤楼的音信。凤楼,秦穆公女弄玉善吹箫,穆公为筑重楼以居之,名曰凤楼,后世称秦楼。参见本卷《诗歌部》上册柳永《满朝欢》注〔7〕。

谒金门[1]

山无数。遮断故人何处。见说兰舟独系住[2]。溪边红叶树。　　忆著前时欢遇。惹起今番愁绪。怎得西风吹泪去。阳台为暮雨[3]。

（录自1987年上海古籍出版社影印文渊阁《四库全书》本《历代诗余》卷十一）

【注　释】

〔1〕谒金门:词牌名。参见本卷《诗歌部》下册刘过《谒金门》注〔1〕。无名氏此词双调,四十五字。前后段各四句,四仄韵。此词《历代诗余》（卷十一）署为"无名氏";《花草粹编》（卷六）署为"天机馀锦";《词综》（卷二十四）注:"见天机余锦"。

〔2〕兰舟:木兰舟,亦用为小舟的美称。参见本卷《诗歌部》上册晏几道《清平乐》注〔2〕。

〔3〕阳台暮雨:典出〔战国·楚〕宋玉《高唐赋·序》:"昔者先王尝游高唐,怠而昼寝,梦见一妇人曰:'妾巫山之女也,为高唐之客。闻君游高唐,愿荐枕席。'王因幸之。去而辞曰:'妾在巫山之阳,高丘之阻,旦为朝云,暮为行雨。朝朝暮暮,阳台之下。'"（《文选》卷十九）

宋人话本小说中人物词

崔木

【作者简介】

崔木,字子高,兖州(今山东滋阳)人。元符间,游太学。

虞美人[1]

春来秋往何时了。心事知多少。深深庭院悄无人。独自行来独坐、若为情[2]。　　双旌声势虽云贵[3]。终是谁存济[4]。今宵已幸得人言。拟待劳烦神女、下巫山[5]。

(原载罗烨《醉翁谈录壬集》卷二;录自唐圭璋编《全宋词》,中华书局1965年6月第1版,第5册,第3847页)

【注　释】

　[1]虞美人:词牌名。参见本卷《诗歌部》中册王安中《虞美人》注[1]。崔木此词双调,五十六字。前后段各四句,两仄韵,两平韵。

　[2]若为情:怎样的心情。若为,怎样,怎样的。〔唐〕刘禹锡《遥和韩睦州元相公二君子》:"其奈无成空老去,每临明镜若为情。"(《刘宾客外集》卷六)

　[3]双旌:唐代节度领刺史者出行时的仪仗。《新唐书·百官志四下》(四十九下):"节度使掌总军旅,颛诛杀。初授,具帑抹兵仗诣兵部辞见,观察使亦如之。辞日,赐双旌双节。"亦泛指高官之仪仗。〔唐〕李商隐《为怀州李中丞谢上

表》："赐以竹符之重,遂使霍氏固辞之第,早建双旌。"〔清〕徐炯注："双旌唯节度领刺史者有之,诸州不与焉。今则通用为太守之故事矣。"(《李义山文集笺注》卷一)

[4]存济:消受,安享。此句言最终是谁安享。

[5]拟待:犹打算。〔宋〕黄庭坚《好女儿》："拟待不思量,怎奈向、目下恓惶。"(《山谷词》)

神女下巫山:喻指与所爱之人相见。典出〔战国·楚〕宋玉《高唐赋·序》："王因幸之。去而辞曰:'妾在巫山之阳,高丘之阻,旦为朝云,暮为行雨。朝朝暮暮,阳台之下。'"(《文选》卷十九)

点绛唇[1]

美满生离,据鞍兀兀离肠痛[2]。旧欢新宠。变作高唐梦[3]。　　回首孤城,依约青山拥[4]。西风送。戍楼寒重[5]。初品梅花弄[6]。

（录自唐圭璋编《全宋词》中华书局 1965 年 6 月第 1 版,第 5 册,第 3876 页）

【注　释】

[1]点绛唇:词牌名。参见本卷《诗歌部》上册晏殊《点绛唇》注[1]。崔木此词双调,四十一字。前段四句,三仄韵;后段五句,四仄韵。

[2]据鞍:跨着马鞍。〔唐〕张说《巡边在河北作二首》之二:"老去事如何,据鞍长叹息。"(《张燕公集》卷八)

兀兀:孤独貌。〔唐〕卢延让《冬除夜书情》:"兀兀坐无味,思量谁与邻。"(《全唐诗》卷八百八十五)

离肠:充满离愁的心肠。〔宋〕魏夫人《好事近》:"不堪西望去程赊,离肠万回结。"(《花草粹编》卷六)

[3]高唐梦:典出〔战国·楚〕宋玉《高唐赋·序》:"玉曰:'昔者先王尝游高唐,怠而昼寝,梦见一妇人曰:"妾巫山之女也,为高唐之客。闻君游高唐,愿荐枕席。"王因幸之。去而辞曰:"妾在巫山之阳,高丘之阻,旦为朝云,暮为行雨。朝朝暮暮,阳台之下。"旦朝视之,如言。故为立庙,号曰朝云。'"(《文选》卷十九)

[4]依约:隐约。〔宋〕余靖《九日赏池会上酬王职方》:"雅集高谈思豁然,齐山依约对疏烟。"(《武溪集》卷二)

[5]戍楼:边防驻军的瞭望楼。〔宋〕陆游《关山月》:"戍楼刁斗催落月,三十从军今白发。"(《剑南诗稿》卷八)

[6]梅花弄:《梅花三弄》的省称。《梅花三弄》,古曲名。据传,此曲系由晋桓伊所作的笛曲改编而成。内容写傲霜斗雪的梅花,全曲主调出现三次,故称。〔宋〕秦观《桃源忆故人》:"无端画角严城动。惊破一番新梦。窗外月华霜重。听彻梅花弄。"(《淮海长短句》卷中)品,演奏乐器。

张枢密

【作者简介】

张枢密,不知其名,建康留守。

声声慢[1]

判道士还俗

星冠懒带,鹤氅慵披,色心顿起兰房[2]。离了三清归去[3],作个新郎。良宵自有佳景,更烧甚、清香德香[4]。瑶台上,便玉皇亲诏,也则寻常[5]。

常观里、孤孤令令[6],争如赴鸳闱[7],夜夜成双。救苦天尊[8],作且远离他方。更深酒阑歌罢,殢玉人、云雨交相[9]。问则甚,咱门这里拜章[10]。

（原载《事林广记癸集》卷十三;录自唐圭璋编《全宋词》中华书局 1965 年 6 月第 1 版,第 5 册,第 3850—3851 页）

【注　释】

[1]声声慢:词牌名。参见本卷《诗歌部》下册高观国《声声慢》注[1]。慢,词体名称。参见本卷《诗歌部》上册欧阳修《踏莎行慢》注[1]。张枢密此词双调,九十七字。前段十句,四平韵;后段九句,四平韵。

[2]星冠:道士的帽子。〔宋〕刘宰《赠凌山人二首》之一:"星冠鹤氅媵威仪,新纳官钱得度归。"（《漫塘集》卷一）

鹤氅(chǎng):指道袍。〔宋〕王禹偁《和陈州田舍人留别》之五:"道服日斜披鹤氅,药畦春暖步龙鳞。"（《小畜集》卷七）慵披,犹懒得披。〔唐〕释齐己《赴郑谷郎中招游龙兴观读题诗板谒七真仪像因有十八韵》:"朝服久慵披,到处琴碁傍。"（《白莲集》卷六）

色心:谓情欲。〔宋〕士珪《安上座所作墨梅》:"道人色心净,了见造物根。"(《宋诗纪事》卷九十二)

兰房:犹香闺,旧时妇女所居之室。〔宋〕晏几道《喜团圆》:"眠思梦想,不如双燕,得到兰房。"(《小山词》)

[3]三清:道教所指玉清、上清、太清三清境。〔唐〕吴筠《文始真人》:"高步三清境,超登九仙位。"(《宗玄集》卷下)

[4]清香德香:谓清净德行之香。此词言道士还俗,则无须再烧高香。

[5]瑶台:指传说中的神仙居处。〔宋〕朱敦儒《促拍采桑子》:"清露湿幽香。想瑶台、无语凄凉。飘然欲去,依然似梦,云渡银潢。"(《历代诗余》卷二十二)

玉皇亲诏:犹言玉皇亲自下诏。玉皇,道教称天帝曰玉皇大帝,简称玉帝、玉皇。诏,皇帝下达命令。

也则寻常:亦是寻常。〔宋〕李清照《凤凰台上忆吹箫》:"休休。这回去也,千万遍阳关,也则难留。"(《漱玉词》)

[6]常观(guàn)里:常常在观里。观,道教的庙宇。孤孤令令,同"孤孤零零"。

[7]争如:犹怎如。〔唐〕姚合《赠张质山人》:"懒听闲人语,争如谷鸟啼。"(《姚少监诗集》卷四)

赴鸳闱:犹言前往鸳鸯帐。鸳闱,犹鸳帐,绣有鸳纹的帐帏,指夫妻或情人的寝具。《全宋词》注:赴鸳闱,"原误作'走兜韦'"。

[8]天尊:道教对所奉天神中最高贵者的尊称。道教经典中有《太上救苦天尊说消愆灭罪经》,内言果报之由。(《道藏目录详注》卷二)

[9]更深酒阑歌罢:更深,犹夜深,一夜分为五更,每更约两小时。酒阑,言酒筵将尽。歌罢,谓歌已唱完。

殢(tì)玉人:犹言迷恋美人。玉人,对所爱者的爱称。

云雨交相:指性行为。

[10]则甚:做什么。〔宋〕辛弃疾《西江月》:"千年往事已沉沉闲管兴亡则甚。"(《稼轩词》)

拜章:对鬼神的祈祷文。犹言拜鬼神祈福。这是调侃语。

连静女

【作者简介】

连静女，延平（今福建省南平）人。嫁儒生陈彦臣。

失调名[1]

朦胧月影，黯淡花阴，独立等多时。只恐冤家误约，又怕他、侧近人知[2]。千回作念，万般思忆，心下暗猜疑。蓦地偷来厮见[3]，抱著郎、语颤声低。　　轻移莲步，暗褪罗裳[4]，携手过廊西。已是更阑人静，粉郎恣意怜伊[5]。霎时云雨，半晌欢娱[6]，依旧两分飞。去也回眸告道，待等奴、兜上鞋儿[7]。

（原载罗烨《醉翁谈录乙集》卷六；录自唐圭璋编《全宋词》，中华书局 1965 年 6 月第 1 版，第 5 册，第 3851 页）

【注　释】

[1]《全宋词》按："此首别又作《郑云娘兜上鞋儿曲》，见《古今词统》卷六。"

[2]冤家：对情人的昵称。〔唐〕无名氏《醉公子》："门外猧儿吠。知是萧郎至。划袜下香阶。冤家今夜醉。"（《全唐诗》卷八百九十九）

侧近人：谓左右附近的人。《太平广记·木师古》（卷四百七十四）引《博异志》："须臾天曙，寺僧及侧近人同来扣户。"

[3]蓦（mò）地：出乎意料地，突然。〔宋〕王镃《闺词》："蓦地人来无语答，含羞满面发潮红。"（《月洞吟》）

厮见：犹相见。厮，犹相，表示一方对另一方有所动作。〔宋〕周邦彦《风流

子》:"问甚时说与,佳音密耗,寄将秦镜,偷换韩香。天便教人,霎时厮见何妨。"(《片玉词》卷上)

[4]莲步:指美女的脚步。语本《南史·齐纪下·废帝东昏侯》(卷五):"又凿金为莲华以帖地,令潘妃行其上,曰:此步步生莲华也。"

罗裳:犹罗裙。罗,稀疏而轻软的丝织品。裳,古代称下身穿的衣裙,男女皆服。〔宋〕李清照《一剪梅》:"红藕香残玉簟秋。轻解罗裳,独上兰舟。"(《漱玉词》)

[5]更阑人静:犹夜深人静。更阑,更深夜残。更,一夜分为五更,每更约两小时。阑,将尽,将完。

粉郎:傅粉郎君。三国魏何晏美仪容,面如傅粉,尚魏公主,封列侯,人称粉侯,亦称粉郎。后用作心爱郎君的爱称。〔宋〕柳永《甘草子》:"却傍金笼教鹦鹉。念粉郎言语。"(《乐章集》)伊,专用以代称女性,她。

[6]云雨:喻指性爱,典出〔战国·楚〕宋玉《高唐赋·序》。参见本卷《诗歌部》上册张泌《经旧游》注[3]。

半晌(shǎng):许久,好久。〔宋〕赵长卿《蝶恋花》:"一曲新声,巧媚谁家唱。独倚危栏听半晌。"(《惜香乐府》卷七)

[7]待等奴、兜上鞋儿:犹言等待我,穿上鞋儿。奴,妇女自称。〔宋〕秦观《望海潮》:"奴如飞絮,郎如流水,相沾便肯相随。"(《淮海词》)兜,用作动词,口语入词,极为生动,妙趣横生。

宋人依托神仙鬼怪词

托名巫山神女

【作者简介】

　　此为宋人依托神仙之名撰写之词。出自《夷坚乙志》(卷十三)。《夷坚志》是宋代志怪小说集。作者洪迈(1123—1202)，字景卢，别号野处，鄱阳(今江西波阳县)人。绍兴十五年(1145)进士，官至端明殿学士。撰有《容斋随笔》等书。《夷坚志》书名出自《列子·汤问》(卷五)："有溟海者，天池也。有鱼焉，其广数千里，其长称焉，其名为鲲。有鸟焉，其名为鹏，翼若垂天之云，其体称焉。世岂知有此物哉？大禹行而见之，伯益知而名之，夷坚闻而志之。"其意是说溟海中的鲲鹏，是大禹看到的，伯益取的名，夷坚听说后记载下来的。可见洪迈是托名夷坚，记天下异闻。《夷坚志》原四百二十卷，甲至癸二百卷；支甲至支癸一百卷；三甲至三癸一百卷；四甲、四乙各十卷。(今仅存二百零六卷)《夷坚志》是洪迈所经历的宋代社会的历史文化镜像，反映了有宋一代五光十色的世俗生活及其精神状态。从文学史的视角观察，《夷坚志》又是宋代志怪小说发展的巅峰阶段的产物，是自《搜神记》以来中国小说发展史上的又一高峰，成就斐然，影响深远。洪迈《夷坚乙志序》云："《夷坚初志》成，士大夫或传之，今镂板于闽于蜀于婺于临安，盖家有其书。人以予好奇尚异也，每得一说，或千里寄声，于是五年间，又得卷帙多寡与前编等，乃以《乙志》名之。"托名巫山神女的九首词，出自《夷坚乙志·九华天仙》(卷十三)："绍兴九年，张渊道侍郎家居无锡县南禅寺，其女请大仙，忽书曰：'九华天仙降。'问：'为谁?'曰：'世人所谓巫山神女者是也。'赋《惜奴娇》大曲一篇。凡九阕(以下为九阕文字，已为本卷收录,均见下文,此处从略。)词成,文不加点,又大书曰:'吾且归。'遂去。明日,别有一人自称歌曲仙,曰:'昨夕巫山神女见招,云在君家作词,虑有不协律处,令吾润色之。'及阅视,但改数字而已。其第三篇所云'来岁扰扰兵戈起',时虏人方归河南,人以此说为不然。明年,渊道自祠官起提举秦司茶马,度淮而北,至鄩阳,虏兵大至,苍黄奔归,尽室几不免,河南复陷。考词中之句,神其知之矣。"

惜奴娇其一[1]

瑶阙琼宫,高枕巫山十二[2]。睹瞿塘、千载滟滟云涛沸[3]。异景无穷好,闲吟满酌金卮[4]。忆前时。楚襄王,曾来梦中相会[5]。吾正鬓乱钗横,敛霞衣云缕[6]。向前低揖[7]。问我仙职[8]。桃杏遍开,绿草萋萋铺地。燕子来时,向巫山、朝朝行雨暮行云,有闲时,只恁画堂高枕[9]。

（原载《夷坚乙志》卷十三;录自唐圭璋编《全宋词》,中华书局1965年6月第1版,第5册,第3862页）

【注 释】

[1]惜奴娇:词牌名。此词与《词谱》所载此调所有谱式均有别。且以下八首调名亦不见再于《词谱》。按:托名巫山神女的这一组词作,本为志怪小说话语,并不严格遵循文人词作规范,不必刻舟求剑。

[2]瑶阙:传说中的仙宫。〔五代〕释齐己《升天行》:"瑶阙参差阿母家,楼台戏闭凝彤霞。"(《白莲集》卷十)

琼宫:玉饰之宫,多指天宫或道院。〔汉〕张衡《思玄赋》:"叫帝阍使辟扉兮,觌天皇于琼宫。"(《文选》卷十五)

巫山十二:指巫山十二峰,即圣泉峰、登龙峰、朝云峰、神女峰(又称望霞峰)、松峦峰、集仙峰、翠屏峰、聚鹤峰、飞凤峰、净坛峰、起云峰、上升峰。参见本卷《诗歌部》上册张佖《经旧游》注[4]。

[3]瞿塘:亦作"瞿唐",即瞿塘峡,为长江三峡之首。西起重庆市奉节县白帝城,东至巫山县大溪,全长7.5公里。两岸悬崖壁立,江流湍急,山势险峻,为巴蜀门户。参见本卷《诗歌部》上册王周《志峡船具诗并序》注[24]。

滟滟:水浮动貌。〔唐〕张籍《朱鹭》:"避人引子入深潭,动处水纹开滟滟。"(《张司业集》卷二)

[4]金卮(zhī):金制酒器,亦为酒器之美称。〔南朝·宋〕鲍照《拟行路难十八首》之一:"奉君金卮之美酒,瑇瑁玉匣之雕琴。"(《鲍明远集》卷八)

[5]楚襄王:一作楚顷襄王,名芈(mǐ)横,战国时楚国君主,楚怀王芈槐之子,前298—前262年在位。在宋玉《高唐赋》《神女赋》中楚襄王均扮演了重要角色,后人遂将楚襄王作为高唐故事的男主人公,这其实是一种误读。参见本卷《诗歌部》上册徐铉《离歌辞五首》(其五)注[4]。

梦中相会:指〔战国·楚〕宋玉《神女赋》中所描写的楚襄王梦遇神女。《神女赋·序》:"楚襄王与宋玉游于云梦之浦,使玉赋高唐之事。其夜王寝,果梦与神女遇,其状甚丽。王异之,明日以白玉……"(《文选》卷十九)

[6]鬓乱钗横:鬓发凌乱,钗子横插。状神女慌乱急切貌。按:这种描写带有明显的对王权诿媚的意味。在《高唐赋》中,神女虽也表示"愿荐枕席"(其历史文化内涵为楚人对巫山地区的征服),但依然庄重而从容,没有这般狼狈。

敛霞衣云缕:犹收敛整理云霞的衣带。

[7]低揖:深深地躬身作揖。揖,拱手行礼。《尚书·康王之诰》:"太保暨芮伯咸进相揖,皆再拜稽首。"(《尚书注疏》卷十八)

[8]仙职:在仙界的职务。按:在神话里,巫山神女的神职为巫山的山神。但在仙话中,巫山神女则为"金母之女也。昔师三元道君,受《上清宝经》,受书于紫清阙下,为云华上宫夫人,主领教童真之士,理在玉英之台"。(《太平广记》卷五十六载《集仙录》)

[9]"朝朝"句:语出〔战国·楚〕宋玉《高唐赋·序》:"王因幸之。去而辞曰:'妾在巫山之阳,高丘之阻,旦为朝云,暮为行雨。朝朝暮暮,阳台之下。'旦朝视之,如言。故为立庙,号曰朝云。"(《文选》卷十九)

只恁(rèn):就这样。〔宋〕辛弃疾《卜算子·饮酒不写书》:"万札千书只恁休,且进杯中物。"(《稼轩词》卷四)

画堂:有彩绘的殿堂,泛指华丽的堂舍。〔宋〕苏轼《如梦令》:"为向东坡传语。人在画堂深处。"(《东坡词》)

高枕:枕着高枕头。谓无忧无虑。《战国策·齐策四》(卷十一):"三窟已就,君姑高枕为乐矣。"

瑶台景第二[1]

绕绕云梯,上彻青霄霞外[2]。与诸仙同饮,镇长春醉[3]。虎啸猿吟,碧桃香异风飘细[4]。希奇。想人间难识,这般滋味。姮娥奏乐箫韶,有仙音异品[5],自然清脆。遏住行云不敢飞[6]。空凝滞[7]。好是波澜澄湛[8],一溪香水。

（原载《夷坚乙志》卷十三；录自唐圭璋编《全宋词》，
中华书局 1965 年 6 月第 1 版，第 5 册，第 3862 页）

【注　释】

[1]瑶台：指传说中的神仙居处。〔晋〕王嘉《拾遗记·昆仑山》（卷十）："傍
有瑶台十二，各广千步，皆五色玉为台基。"

[2]绕绕：回环旋转貌。〔南朝·梁〕江淹《水上神女赋》："彩霞绕绕，卿云缦
缦。"（《江文通集》卷一）

云梯：传说中仙人登天之路。〔晋〕郭璞《游仙诗七首》之一："灵溪可潜盘，安
事登云梯。"〔唐〕李善注："云梯，言仙人升天，因云而上，故曰云梯。"（《文选》卷
二十一）

上彻：上达，上到。彻，达，到。《国语·鲁语上》（卷四）："既其葬也，焚，烟彻
于上。"〔三国·吴〕韦昭注："彻，达也。"〔唐〕李华《二孝赞》："下入九泉，上彻九
天。"（《李遐叔文集》卷一）

青霄：青天，高空。〔晋〕左思《蜀都赋》："干青霄而秀出，舒丹气而为霞。"
（《文选》卷四）

[3]镇长：经常。〔唐〕韩愈《杏花》："浮花浪蕊镇长有，才开还落瘴雾中。"
（《五百家注昌黎文集》卷三）〔宋〕蜀中妓《市桥柳》词："后会不知何日又？是男
儿休要镇长相守。"（《齐东野语》卷十一）

[4]碧桃：古诗文中多特指传说中西王母给汉武帝的仙桃。〔唐〕许浑《登故
洛城》："可怜猴岭登仙子，犹自吹笙醉碧桃。"（《丁卯诗集》卷上）〔唐〕韩偓《荔枝
三首》之一："汉武碧桃争比得，枉令方朔号偷儿。"（《韩内翰别集》）

[5]姮（héng）娥：嫦娥，神话中的月中女神。参见本卷《诗歌部》上册黄庭坚
《减字木兰花》（浓云骤雨）注[2]。〔宋〕晏几道《鹧鸪天》："姮娥已有殷懃约，留
著蟾宫第一枝。"（《小山词》）

箫韶：舜乐名。《尚书·益稷》："《箫韶》九成，凤皇来仪。"（《尚书注疏》卷
四）

仙音：仙人所奏美妙的音乐。〔宋〕欧阳修《减字木兰花》："樱唇玉齿。天上
仙音心下事。留往行云。"（《文忠集》卷一百三十一）

异品：珍奇的品种，指仙音。

[6]遏住行云：形容声音高昂激越。语出《列子·汤问》（卷五）："薛谭学讴于
秦青，未穷青之技，自谓尽之；遂辞归。秦青弗止；饯于郊衢，抚节悲歌，声振林木，

响遏行云。薛谭乃谢求反,终身不敢言归。"

[7]空凝滞:犹言白白地停留。凝滞,停止流动。

[8]澄湛:纯净,清澈。〔宋〕张舜民《郴行录》:"又行十里,过昭潭,其水澄湛如墨。俗云傍通江南。"(《画墁集》卷八)

蓬莱景第三[1]

山染青螺缥渺,人间难陟[2]。有珍珠光照,昼夜无休息。仙景无极。欲言时。汝等何知。且修心,要观游,亦非[3]。大段难易。下俯浮生[4],尚自争名逐利。岂不省,来岁扰扰兵戈起[5]。天惨云愁,念时衰如何是[6]。使我辈、终日蓬宫下泪[7]。

（原载《夷坚乙志》卷十三；录自唐圭璋编《全宋词》，中华书局 1965 年 6 月第 1 版，第 5 册,第 3862 页）

【注　释】

[1]蓬莱:指蓬莱山。古代传说中的神山名,亦常泛指仙境。《史记·封禅书》(卷二十八):"自威、宣、燕昭使人入海求蓬莱、方丈、瀛洲,此三神山者,其传在勃海中。"

[2]青螺:螺的一种,壳形椭圆,表面稍暗,杂有斑纹。可食。大者其壳可制酒器。〔宋〕范成大《桂海虞衡志·志虫鱼》:"青螺,状如田螺。其大两拳。揩磨去麄皮如翡翠色,雕琢为酒杯。"诗词中常用以喻青山。〔唐〕刘禹锡《望洞庭》:"遥望洞庭山水翠,白银盘里一青螺。"(《刘宾客外集》卷八)

缥渺:亦作"缥眇",高远隐约貌。〔晋〕木华《海赋》:"群仙缥眇,餐玉清涯。"〔唐〕李善注:"缥眇,远视之貌。"(《文选》卷十二)

难陟(zhì):难以攀登。陟,由低处向高处走,与"降"相对。〔宋〕李复《峡山遇雨》:"侵晓登楚山,山峻苦难陟。半山忽阴晦,举手不可识。"(《潏水集》卷九)

[3]修心:犹修养心性。《庄子·田子方》:"夫子德配天地,而犹假至言以修心,古之君子,孰能脱焉?"(《庄子注》卷七)

观游:观赏游览。〔唐〕柳宗元《天说》:"筑为墙垣城郭台榭观游,疏为川渎沟洫陂池。"(《柳河东集》卷十六)

亦非:也不是。这里是说修心而要游观非是,犹言观游不能达到修心之目的。

[4]大段:犹言十分。〔宋〕朱熹《朱子语类》(卷四十九):"如子贡在当时想

是大段明辨,果断通晓事务,歆动得人。"

难易:艰难与容易,偏指艰难。《左传》昭公五年:"敝邑虽羸,若早修完,其可以息师。难易有备,可谓吉矣。"(《春秋左传注疏》卷四十三)〔汉〕韩婴《韩诗外传》(卷二):"夫士欲立身行道,无顾难易,然后能行之。"此句意为十分不容易。

[5]扰扰:纷乱貌。《列子·周穆王》(卷三):"今顿识既往,数十年来存亡、得失、哀乐、好恶,扰扰万绪起矣。"来岁扰扰兵戈起,这是一种谶言。〔宋〕洪迈《夷坚乙志·九华天仙》(卷十三):"其第三篇所云'来岁扰扰兵戈起',时虏人方归河南,人以此说为不然。明年,渊道自祠官起提举秦司茶马,度淮而北,至鄜阳,虏兵大至,苍黄奔归,尽室几不免,河南复陷。考词中之句,神其知之矣。"

[6]时衰:犹时世之衰落。〔清〕郑方坤《五代诗话》(卷二)引《香祖笔记》:"恶诗相传,流为里谚,此真风雅之厄也。如'世乱奴欺主,时衰鬼弄人'。唐杜荀鹤诗也。"

[7]蓬宫:犹蓬莱宫,指仙界。〔唐〕白居易《酬微之开拆新楼初毕相报未联见戏之作》:"南临赡部三千界,东对蓬宫十二层。"(《白氏长庆集》卷二十四)

劝人第四

再启诸公[1],百岁还如电急。高名显位瞬息尔。泛水轻沤[2],霎那间、难久立。画烛当风里[3]。安能久之。速往茅峰割爱,休名避世[4]。等功成、须有上真相引指[5]。放死求生[6],施良药、功无比。千万记。此箇奇方第一[7]。

(原载《夷坚乙志》卷十三;录自唐圭璋编《全宋词》,中华书局1965年6月第1版,第5册,第3862页)

【注　释】

[1]再启诸公:犹再告诸公。启,禀告。《古诗无名人为焦仲卿妻作》:"府吏得闻之,堂上启阿母。"(《玉台新咏》卷一)诸公,泛称各位人士。〔唐〕杜甫《醉时歌》:"诸公衮衮登台省,广文先生官独冷。"(《九家集注杜诗》卷一)

[2]泛水轻沤(ōu):犹浮在水面的泡沫。〔宋〕苏辙《雨中游小云居》:"雨点落飞镞,江光溅轻沤。"(《栾城后集》卷一)

[3]画烛:有画饰的蜡烛。〔唐〕李峤《烛》:"兔月清光隐,龙盘画烛新。"(《全唐诗》卷六十)

[4]茅峰:犹茅山,在江苏省句容县东南。原名句曲山,相传有汉茅盈与弟茅衷、茅固采药修道于此,因改名茅山。《南史·隐逸传下·陶弘景》(卷七十六):"止于句容之句曲山,恒曰:'此山下是第八洞宫,名金陵华阳之天,周回一百五十里。昔汉有三茅君得道,来掌此山,故谓之茅山。'"

割爱:舍弃所爱。〔晋〕葛洪《抱朴子·用刑》:"必有罪而无赦,若石碏之割爱以灭亲。"(《抱朴子外篇》卷一)

休名:舍弃声名。按:"休名"又有"美名"之义,但此处与"避世"组成词组,同为动宾结构,当作如是解。

避世:逃避尘世;逃避乱世。《庄子·刻意》:"此江海之士,避世之人,闲暇者之所好也。"(《庄子注》卷六)

[5]上真:犹上仙,道家所传说的"九仙"中品级最高者。《云笈七籤》(卷三):"太清境有九仙……第一上仙,二高仙,三大仙,四玄仙,五天仙,六真仙,七神仙,八灵仙,九至仙。"

[6]放死:犹免死。放,免除。这里指"施良药"之功,即治病救人。

[7]箇:本义为竹一枝。〔汉〕许慎《说文·竹部》(卷五上):"箇,竹枚也,从竹,固声。"〔汉〕扬雄《方言》(第十二):"箇,枚也。"〔晋〕郭璞注:"谓枚数也。"引申为量词。此箇,犹"此个"。

王母宫食蟠桃第五[1]

方结实累累。翠枝交映,蟠桃颗颗,仙味真香美。遂命双成[2],持灵刀割来,耳服一粒[3],令我延年万岁。堪笑东方[4],便启私心盗饵。使宫中仙伴,递互相尤殢[5]。无奈双成[6],向王母高陈之。遂指方,偷了蟠桃是你。

(原载《夷坚乙志》卷十三;录自唐圭璋编《全宋词》,中华书局 1965 年 6 月第 1 版,第 5 册,第 3862—3863 页)

【注 释】

[1]蟠桃:神话中的仙桃。《论衡·订鬼》引《山海经》:"沧海之中,有度朔之山,上有大桃木,其蟠屈三千里。"又《太平广记》卷三载《汉武内传》:七月七日,西王母降,以仙桃四颗与帝。帝食辄收其核,王母问帝,帝曰:"欲种之。"王母曰:"此桃三千年一生实,中夏地薄,种之不生。"帝乃止。参见本卷《诗歌部》上册吴世延《集仙峰》注[4]。

［2］双成:董双成,神话中西王母侍女名。《太平广记》(卷三)载《汉武内传》:"王母乃命诸侍女、王子登弹八琅之璈。又命侍女董双成吹云和之笙,石公子击昆庭之金,许飞琼鼓震灵之簧,婉凌华拊五灵之石,范成君击湘阴之磬,段安香作九天之钧,于是众声澈朗,灵音骇空。"

［3］"灵刀"等句:指西王母命董双成奉蟠桃给汉武帝之事。此句本诗注［1］。灵刀,方士作法时所用之刀。

［4］"堪笑"等句:〔晋〕张华《博物志》(卷八):"汉武帝好仙道,祭祀名山大泽,以求神仙之道。时西王母遣使乘白鹿,告帝当来,乃供帐九华殿以待之。七月七日夜漏七刻,王母乘紫云车而至,于殿西南面,东向,头上太华髻青气郁郁如云,有三青鸟如乌大,立侍母旁。时设九微灯,帝东面西向。王母索七桃,大如弹丸,以五枚与帝,母食二枚。帝食桃,辄以核著膝前。母曰:'取此核将何为?'帝曰:'此桃甘美,欲种之。'母笑曰:'此桃三千年一生实。'唯帝与母对坐,其从者皆不得进。时东方朔窃从殿南厢朱鸟牖中窥母,母顾之谓帝曰:'此窥牖小儿尝三来盗吾此桃。'帝乃大怪之。由此世人谓方朔神仙也。"又,〔宋〕祝穆《古今事文类聚前集·仙佛部·王母蟠桃》(卷三十四)引《汉武内传》:"七月七日,上于承华殿斋,忽有一青鸟从西方来集殿前,上问东方朔,朔曰:'此西王母欲来也。'有顷,王母至。乘紫云之辇,驾五色斑龙上殿。自设精馔,以桦盛桃七枚,帝食之,甘美。母曰:'此桃三千年一结实。'又南窗下有人窥看,帝惊问:'何人?'王母曰:'是我邻家小儿东方朔,性多滑稽,曾三来偷桃子,此子昔为太上仙官,但务游戏,太上谪斥,使在人间。'"东方,指东方朔。盗饵,犹盗窃食物。饵,本指糕饼,亦泛指食物。

［5］尤殢(tì):"尤云殢雨"之省,喻缠绵于男女欢爱。

［6］"无奈双城"等句:犹言无可奈何之下,双成向西王母告发了东方朔,并指认"偷蟠桃的就是你!"此情节或当为此词作者的发挥。高陈,犹言高声陈述。

玉清宫第六[1]

紫云绛霭,高拥瑶砌[2]。晓光中、无限剖列[3]。肃整天仙队。又有殊音欲举[4],声还止。朝罢时。亦有清香飘世。玉驾才兴,高上真仙尽退[5]。有琼花如雪[6],散漫飞空里。玉女金童,捧丹文、传仙诲[7]。抚诸仙,早起劳卿过耳[8]。

(原载《夷坚乙志》卷十三;录自唐圭璋编《全宋词》,

677

中华书局 1965 年 6 月第 1 版,第 5 册,第 3863 页)

【注　释】

[1]玉清宫:道观之一。玉清,道教三清境之一,为元始天尊所居,亦以代称元始天尊。《云笈七签》(卷三):"三清境者,玉清、上清、太清是也。"玉清宫为供奉元始天尊的道观。

[2]紫云:紫色云,古以为祥瑞之兆。〔汉〕焦赣《焦氏易林·渐》(卷一):"黄帝紫云,圣且神明,光见福祥,告我无殃。"

绛霭:红色的烟雾。意同紫云。

瑶砌:用玉砌造或装饰的台阶。〔南唐〕冯延巳《醉花间》:"桐树倚雕檐,金井临瑶砌。"(《历代诗余》卷二十二)

[3]剖列:犹分列。〔宋〕范浚《封建》:"汉鉴秦孤,剖列疆土,而七国唱和,几危西都。"(《香溪集》卷十四)

[4]殊音:异音,特殊的乐音或声音。《后汉书·西南夷传论》(卷一百十六):"夷歌巴舞殊音异节之技,列倡于外门。"

欲举:将要演奏。举,演奏。《诗经·周颂·有瞽》:"既备乃奏,箫管备举。"(《毛诗注疏》卷二十七)《礼记·杂记下》:"母有服,声闻焉,不举乐。"(《礼记注疏》卷四十三)

[5]玉驾:指神仙出行的车乘仪仗。〔宋〕刘弇《游麻姑观用黄道士韵》:"玉驾班龙飞九色,古殿崔嵬遗石刻。"(《龙云集》卷五)

兴:出发。〔宋〕李纲《靖康传信录》(卷一):"(余)遍观城壕,回奏延和殿,车驾犹未兴也。"

高上真仙:道家"九仙"中品级最高和较高者。《云笈七签》(卷三):"太清境有九仙……第一上仙,二高仙,三大仙,四玄仙,五天仙,六真仙,七神仙,八灵仙,九至仙。"

[6]琼花:一种珍贵的花,叶柔而莹泽,花色微黄而有香。宋淳熙以后,多为聚八仙(八仙花)接木移植。参见本卷《诗歌部》下册李莱老《扬州慢》注[1]。

[7]玉女金童:道教谓供神仙役使的童男童女。〔宋〕郭若虚《图画见闻志·论妇人形相》(卷一):"历观古名士画金童玉女及神仙星官,中有妇人形相者,貌虽端严,神必清古。"

捧丹:犹言捧着丹书。丹书,即道教"丹书墨篆"。〔宋〕张君房《云笈七籖·三洞经教部·本文·丹书墨篆》(卷七):"太真科云:丹简者,乃朱漆之简,明火主阳也。墨篆者,以墨书文,明水主阴也。人学长生,遵之不死,故名'丹简墨篆',秘不妄传。"亦泛指道教经书。

仙诲：神仙的教诲。

[8]抚诸仙：抚慰各位神仙。

早起劳卿过耳：犹言劳烦你们早早起身前来拜访我。劳，有劳。卿，古代君对臣、长辈对晚辈的称谓。过，来访。前往拜访。《诗经·召南·江有汜》："子之归，不我过。"〔宋〕陆游《老学庵笔记》（卷七）："仲殊长老，东坡为作《安州老人食蜜歌》者，一日与数客过之。"耳，语气词，表示肯定语气或语句的停顿与结束。

扶桑宫第七[1]

光阴奇[2]。扶桑宫里。日月常昼，风物鲜明可爱[3]。无阴晦。大帝频鉴于瑶池[4]。朱阑外，乘凤飞。教主开颜命醉[5]。宝乐齐吹[6]。尽是琼姿天妓[7]。每三杯，须用圣母亲来揖[8]。异果名花几千般，香盈袂[9]。意欲归。却乘鸾车凤翼[10]。

（原载《夷坚乙志》卷十三；录自唐圭璋编《全宋词》，中华书局1965年6月第1版，第5册，第3863页）

【注　释】

[1]扶桑宫：道观之一。供奉扶桑大帝。《说郛》（卷七下）载录葛洪《枕中书》："扶桑大帝，住在碧海之中。宅地四面并方三万里，上有太真宫、碧玉城，万里多生林木，叶似桑又有椹树，长数丈，大二千余围，两两同根偶生，更相依倚，名为'扶桑宫第'，象玉京也。"

[2]光阴奇：犹言景象奇异。光阴，指景象。〔南朝·齐〕王融《和南海王殿下咏秋胡妻七首》之二："光阴非或异，山川屡难越。"（《汉魏六朝百三家集》卷七十六）〔宋〕苏轼《二月三日点灯会客》："蚕市光阴非故国，马行灯火记当年。"（《东坡诗集注》卷十七）

[3]风物：风光景物。〔晋〕陶潜《游斜川·序》："天气澄和，风物闲美。"（《陶渊明集》卷二）

[4]无阴晦：犹言没有阴暗的日子。

大帝：指扶桑大帝。参见本诗注[1]。

频鉴于瑶池：犹言经常到瑶池来照自己的影子。鉴，镜子。古代的镜子最初是盛水的鉴，形似大盆，有耳。青铜制，盛行于东周。或盛水，大的可作浴盆；或盛冰，用来冷藏食物。有时借为照影之用。《诗经·邶风·柏舟》："我心匪鉴。"

〔汉〕毛亨传："所以察形也。"(《毛诗注疏》卷三)，后乃有青铜镜。鉴于瑶池即以瑶池为镜子。瑶池，古代传说中昆仑山上的池名，西王母所居。

[5]教主：某一宗教或教派的创始人，或教中地位最高的人。〔唐〕秦韬玉《投知己》："炉中九转炼虽成，教主看时亦自惊。"(《全唐诗》卷六百七十)这里当指扶桑大帝。

[6]宝乐：犹仙乐。〔宋〕郭祥正《武夷行寄刘侍郎》："世人可见不可攀，静夜天风吹宝乐。"(《青山集》卷三)

[7]琼姿：美好的丰姿。《太平广记》(卷四)载〔晋〕葛洪《神仙传拾遗·萧史》："(萧史)善吹箫作鸾凤之响。而琼姿炜烁，风神超迈，真天人也。"

天妓：指诸天乐妓。《太平广记·安乐公主》(卷二百三十六)载《朝野佥载》："洛州昭成佛寺有安乐公主，造百宝香炉，高三尺，开四门，绛桥、勾栏、花草、飞禽、走兽、诸天妓乐、麒麟、鸾凤、白鹤、飞仙。"

[8]圣母：古代对女神之称。〔宋〕韩琦《扬州祭圣母祠祈雨文》："维庆历六年，岁次丙戌，某月某朔某日，具官某谨以清酌之奠，昭告于圣母之灵。"(《安阳集》卷四十二)

[9]袂(mèi)：衣袖。〔唐〕李白《采莲曲》："若耶溪旁采莲女，笑隔荷花共人语。日照新妆水底明，风飘香袂空中举。"(《李太白集注》卷四)

[10]鸾车：神仙所乘的车。〔唐〕李白《草创大还赠柳官迪》："鸾车速风电，龙骑无鞭策。"(《李太白集注》卷十)

凤翼：凤凰的羽翼。〔宋〕李廌《王子立寄三绝句云常诣夏颐吉卜云宜见君子子立作诗廌次韵》之一："久依凤翼与龙鳞，万里青云可致身。"(《济南集》卷四)这里描写神仙的出行。

太清宫第八[1]

显焕明霞[2]，万丈祥云高布，望仙官衣带，曳曳临香砌[3]。玉兽齐焚，满高穹、盘龙势[4]。大帝起[5]。玉女金童遍侍[6]。奉敕宣言，甚荷诸仙厚意[7]。复回奏，感恩顿首皆躬袂[8]。奏毕还宫，尚依然云霞密，奇更异。非我君，何闻耳。

（原载《夷坚乙志》卷十三；录自唐圭璋编《全宋词》，中华书局 1965 年 6 月第 1 版，第 5 册，第 3863 页）

【注　释】

[1]太清宫:道教观名。太清,三清(玉清、上清、太清)之一。道教谓元始天尊所化法身道德天尊所居之地,其境在玉清、上清之上,唯成仙方能入此。

[2]显焕:显露光明,焕发光彩。

明霞:灿烂的云霞。〔唐〕卢照邻《驸马都尉乔君集序》:"明霞晓挹,终登不死之庭;甘露秋团,倪践无生之岸。"(《卢升之集》卷六)

[3]曳曳(yè):飘动貌。〔宋〕梅尧臣《裴如晦自河阳至同韩玉汝谒之》诗:"逡巡冠带出,青绶何曳曳!"(《宛陵集》卷三十)

香砌:香阶。〔宋〕范仲淹《御街行·秋日怀旧》:"纷纷堕叶飘香砌。夜寂静、寒声碎。"(《范文正集补编》卷一)

[4]玉兽:玉琢成的兽形香炉。

高穹:苍天。〔宋〕杨亿《奉和圣制南郊礼毕五言六韵诗》:"燔柴就阳位,烟燎达高穹。"(《武夷新集》卷一)

盘龙势:形容香烟的形状态势如盘龙。

[5]大帝:元始天尊所化法身道德天尊。按:本托名巫山神女的组词中,各首词中的"大帝"当有所不同,常指该词所描写的宫观所居之主人。

[6]玉女金童:道教谓供神仙役使的童男童女。参见本卷《诗歌部》下册托名巫山神女《玉清宫第六》注[6]。

[7]奉敕:奉皇帝的命令。这里指奉元始天尊之命。

甚荷:犹甚蒙。其,荷,特指承受恩德。〔晋〕潘岳《河阳县作二首》之二:"岂敢鄙微官,但恐忝所荷。"(《文选》卷二十六)〔宋〕陆游《老学庵笔记》(卷八):"秦公嘻笑曰:'甚荷。'"

[8]顿首:磕头。旧时礼节之一,以头叩地即举而不停留。

躬袂:犹弯腰弓身而以袖着地。

归第九

吾归矣。仙宫久离。洞户无人管之。专俟吾归[1]。欲要开金燧[2]。千万频修己[3]。言讫无忘之。哩啰哩[4]。此去无由再至。事冗难言[5],尔辈须能自会[6]。汝之言,还便是如吾意。大抵方寸平平[7],无忧耳。虽改易之。愁何畏。

(原载《夷坚乙志》卷十三;录自唐圭璋编《全宋词》,

【注　释】

　　[1]专俟(sì)：犹专门等候。俟，等待。《尚书·金縢》："尔之许我，我其以璧与珪，归俟尔命。"〔汉〕孔安国传："待命当以事神。"(《尚书注疏》卷十二)

　　[2]金燧：古代向日取火的铜制工具。形状像镜。《礼记·内则》："左佩纷帨、刀、砺、小觿、金燧。"〔汉〕郑玄注："金燧，可取火于日。"(《礼记注疏》卷二十七)

　　[3]修己：自我修养。《论语·宪问》："修己以敬。"《论语·宪问》："修己以安人。"(《论语注疏》卷十四)

　　[4]哩啰哩：歌曲衬字，无义。

　　[5]事冗(rǒng)：事情繁杂。〔宋〕田锡《司法参军张玄珪》："比年仍值于凶荒，民贫盗生，自掇刑网，讼多事冗。"(《咸平集》卷三十)

　　[6]自会：犹自己理会、体会。

　　[7]方寸：指心，心处胸中方寸间，故称。〔晋〕葛洪《抱朴子·嘉遁》："方寸之心，制之在我，不可放之于流遁也。"(《抱朴子外篇》卷一)

宫人玉真鬼

【作者简介】

假托鬼名。

赠李生[1]

皓齿明眸掩路尘[2],落花流水几经春。
人间天上归无处,且作阳台梦里人[3]。

(录自1987年上海古籍出版社影印文渊
阁《四库全书》本《宋诗纪事》卷九十九)

【注 释】

[1]李生:《宋诗纪事》(卷九十九)引〔元〕元好问《续夷坚志》云:"大定中,广
宁士人李惟清元直者,与鬼妇故宋宫人玉真者遇,玉真为歌二词。"

[2]皓齿明眸:洁白的牙齿,明亮的眼睛。形容女子的美貌,亦指代美女。
〔唐〕杜甫《哀江头》:"明眸皓齿今何在?血污游魂归不得。"(《杜诗详注》卷四)

[3]阳台梦里人:指巫山神女。事见〔战国·楚〕宋玉《高唐赋·序》:"玉曰:
'昔者先王尝游高唐,怠而昼寝,梦见一妇人曰:"妾巫山之女也,为高唐之客。闻
君游高唐,愿荐枕席。"王因幸之。去而辞曰:"妾在巫山之阳,高丘之阻,旦为朝
云,暮为行雨。朝朝暮暮,阳台之下。"旦朝视之,如言。故为立庙,号曰朝云。'"
(《文选》卷十九)

乔氏望仙鬼

【作者简介】

假托鬼名。

题帕[1]

萧萧风起月痕斜[2]，露重云鬟压玉珈[3]。
望断行云凝立久[4]，手弹珠泪湿梅花[5]。

（录自1987年上海古籍出版社影印文渊
阁《四库全书》本《宋诗纪事》卷九十九）

【注　释】

[1]题帕(pà)：题在巾帕上的诗。帕，巾帕。《三国志·魏志·王粲传》(卷
二十一)："观人围棋，局坏，粲为覆之。棋者不信，以帕盖局，使更以他局为之。
用相比校，不误一道。"《宋诗纪事》(卷九十九)引《异闻总录》云："潭州有清净觉
地，宋咸淳间，游士胡天俊寓焉。月夜抚琴，梅树下遥见美女，迤逦近前。胡执其
手，敛衽而去。曰：'后夜月明，当赴子约。'翌日，友人拉入城游饮，忘归者两宿，
大悔失期，亟归于树下，得一白罗帕，上有诗云云。明日以帕示人，赵冰壶骇曰：
'吾亡妾，杭人乔氏，名望仙，贵妃侄女也，去年暴亡，殡梅树后，正其笔迹也。'"

[2]萧萧：象声词，形容风声。〔唐〕李绅《忆登栖霞寺峰》："漾漾棹翻月，萧萧
风袭裾。"(《追昔游集》卷中)

[3]玉珈(jiā)：古代妇女的一种首饰。《诗经·鄘风·君子偕老》："君子偕
老，副笄六珈。"〔汉〕毛亨传："珈，笄饰之最盛者，所以别尊卑。"〔汉〕郑玄笺："珈
之言加也，副既笄而加饰，如今步摇上饰。"(《毛诗注疏》卷四)〔宋〕朱熹集传：

"珈之言加也,以玉加于笄而为饰也。"(《诗经集传》卷二)

[4]行云:用巫山神女之典。语本〔战国·楚〕宋玉《高唐赋·序》:"旦为朝云,暮为行雨。"(《文选》卷十九)喻男女情事。

[5]手弹珠泪:用手挥洒如珠玉的泪水。弹,挥洒(泪水)。〔后蜀〕欧阳炯《菩萨蛮》:"特地气长吁。倚屏弹泪珠。"(《尊前集》卷下)

元明小说话本中依托宋人词

钱 易

【作者简介】

钱易(968—1026),字希门,钱塘(今浙江杭州)人。吴越王钱俶子,钱昆弟。太宗淳化三年(992)举进士,不第,时年二十五(《续资治通鉴长编》卷二十三、《宋史》本传误作年十七)。真宗咸平二年(999),登进士第,年三十二(《新编分门古今类事》卷七《钱公自述》)。补濠州团练推官。改通判蕲州。景德中举贤良方正科,通判信州。改直集贤院。迁判三司磨勘司,擢知制诰、判登闻鼓院,纠察在京刑狱。累迁翰林学士。仁宗天圣四年卒(《学士年表》),年五十九(《隆平集》卷十四)。有《金闺集》六十卷、《瀛洲集》五十卷、《西垣集》三十卷、《内制集》二十卷等(同上书),已佚。《宋史》卷三百一十七有传。

蝶恋花[1]

一枕闲敧春昼午[2]。梦入华胥[3],邂逅飞琼作[4]。娇态翠颦愁不语[5]。彩笺遗我新奇句[6]。　　几许芳心犹未诉[7]。风竹敲窗,惊散无寻处。惆怅楚云留不住[8]。断肠凝望高唐路[9]。

(原载《警世通言·钱舍人题诗燕子楼》;录自唐圭璋编《全宋词》,中华书局1965年6月第1版,第五册《元明小说话本中依托宋人词》,第3878页)

【注　释】

〔1〕蝶恋花:词牌名。参见本卷《诗歌部》上册欧阳修《蝶恋花》(宝琢珊瑚山样瘦)注〔1〕。钱易此词双调,六十字。前后段各五句,四仄韵。

〔2〕一枕:犹言一卧。卧必以枕,故称。〔唐〕丁仙芝《和荐福寺英公新构禅堂》:"一枕西山外,虚舟常浩然。"(《全唐诗》卷一百十四)

闲欹:闲来斜靠着。欹,通"倚"。斜倚,斜靠。〔唐〕罗隐《宿荆州江陵馆》:"闲欹别枕千般梦,醉送征帆万里心。"(《罗昭谏集》卷三)

春昼午:春日的正午。昼,白天;午,十二时辰之一,十一时至十三时为午时。午时日正中,因亦称日中为午。〔唐〕温庭筠《诉衷情》:"莺语。花舞。春昼午。雨霏微。金带枕。"(《历代诗余》卷二)

〔3〕华胥:华胥氏之国,黄帝梦中所到的理想王国。典出《列子·黄帝》(卷二):"(黄帝)昼寝,而梦游于华胥氏之国。华胥氏之国在弇州之西,台州之北,不知斯齐国几千万里。盖非舟车足力之所及,神游而已。其国无帅长,自然而已;其民无嗜欲,自然而已。不知乐生,不知恶死,故无夭殇;不知亲己,不知疏物,故无爱憎;不知背逆,不知向顺,故无利害,都无所爱惜,都无所畏忌……黄帝既寤,怡然自得……又二十有八年,天下大治,几若华胥氏之国。"

〔4〕邂逅(xièhòu):不期而遇。《诗经·郑风·野有蔓草》:"有美一人,清扬婉兮,邂逅相遇,适我愿兮。"〔汉〕毛亨传:"邂逅,不期而会。"(《毛诗注疏》卷七)

飞琼:许飞琼,仙女名,后泛指仙女。〔汉〕班固《汉武帝内传》:"王母乃命诸侍女、王子登弹八琅之璈,又命侍女董双成吹云和之笙,石公子击昆庭之金,许飞琼鼓震灵之簧,婉凌华拊五灵之石,范成君击湘阴之磬,段安香作九天之钧,于是众声澈朗,灵音骇空。"〔宋〕曾慥《类说·许飞琼》(卷五十一):"诗人许浑梦登山,有宫室,人云此昆仑也。入见数人方饮,招之,赋诗曰:'晓入瑶台露气清,坐中惟有许飞琼。尘心未断俗缘在,十里下山空月明。'他日,复梦至其处,飞琼曰:'子何故显予姓名于人间?'即改云:'天风吹下步虚声。'曰:'善。'"

作:起身。《论语·先进》:"舍瑟而作。"〔三国·魏〕何晏集解:"孔曰:'置瑟起对。'"(《论语注疏》卷十一)

〔5〕翠颦(pín):犹翠眉,古代女子用青黛画眉,故称。颦,皱眉,忧伤的样子。〔后蜀〕顾敻《临江仙》:"翠颦红敛。终日损芳菲。"(《历代诗余》卷三十四)

〔6〕彩笺:小幅彩色纸张。常供题咏或书信之用。〔唐〕白居易《酬思黯相公晚夏雨后感秋见赠》:"两幅彩笺挥逸翰,一声寒玉振清辞。"(《白氏长庆集》卷三十四)

〔7〕几许:多少。〔唐〕白居易《中秋月》:"照他几许人肠断,玉兔银蟾远不

知。”（《白氏长庆集》卷十六）

芳心：花蕊，俗称花心，亦借指女子的情怀。〔唐〕温庭筠《苏小小歌》：“酒里春容抱离恨，水中莲子怀芳心。”（《温飞卿诗集笺注》卷二）

[8]楚云：楚地之云。由〔战国·楚〕宋玉《高唐赋·序》衍生出的意象，喻指朝云。

[9]高唐路：通往巫山高唐的路。由〔战国·楚〕宋玉《高唐赋》《神女赋》衍生出的意象，喻指男女情事。〔宋〕向子諲《七娘子》：“山围水绕高唐路。恨密云、不下阳台雨。”（《历代诗余》卷三十七）

申 纯

【作者简介】

申纯,字厚卿,宣和间人。祖汴人,寓居成都。

按:申纯及王娇娘是元人小说《娇红记》中的男女主人公。小说取材自北宋宣和年间发生的一个真实故事。由于故事本身哀艳感人,元明清三代曾多次被改编成戏曲,而完整保存至今的则有刘东生的《金童玉女娇红记》,孟称舜的《节义鸳鸯冢娇红记》,以及许逸的《两钟情》。其中,又以明人孟称舜改编的《娇红记》最为出色,在当时即被誉为"情史中第一佳案"(王业浩《鸳鸯冢序》);1982 年,在上海文艺出版社出版的《中国十大古典悲剧集》中,王季思先生将其列为"十大古典悲剧"之一。戏曲《娇红记》改编自小说《娇红记》,这是不争的事实。但小说的作者是谁却其说不一,有说是虞伯生的(《百川书志》),也有说是卢伯生的(《曲品》),还有说是李诩的(《古今图书集成》)。明宣德年间,丘汝成在为刘东生《金童玉女娇红记》所作的《序》中说:"元清江宋梅洞,尝著《娇红记》一编,事俱而文深,非人莫能读,余每恨不得如《崔张传》,获王实甫易之以词,使途人皆能知也。"首开小说《娇红记》作者为元人宋梅洞之说,目前,学术界普遍认同此说。《全宋词》中申纯和王娇娘的词作,出自小说《娇红记》,在"元明小说话本中依托宋人词"的名目下收录入书,实际上应视作小说作者的创作,属广义的文学作品中的"人物语言"范畴。正因其为人物语言,词中内容均与小说的情节以及人物的身份、性格有关。为了使读者对词作有较为深入的了解,现将《娇红记》的内容简述如下:宋徽宗宣和年间,汴州人申纯到舅舅通判王文瑞家,对表妹娇娘一见倾心,日夜思慕。后来二人常以诗词往来,传情达意,最终剪发为誓。回家之后。申纯相思成病,借求医之由,又来到舅舅家,与娇娘相会于卧室,终成姻缘。如此月余,被舅舅侍女飞红窥见,娇娘略施小惠,让飞红严守秘密。申纯再次回家后,派人上门求亲,但舅舅却以朝廷规定内亲不得通婚为由予以拒绝,二人绝望。申纯原与妓女丁怜怜交好,此时婚姻失意,重至丁怜怜处,丁告知曾见到娇娘画像,并求申纯问娇娘讨一双花鞋。未几,申纯又来到王家,趁与娇娘幽会之机偷走娇娘花鞋,被飞红发现,交还娇娘。娇娘疑心申纯与飞红有染,遂辱骂她。飞红恼羞成恨,故意让娇娘母亲发现申、娇二人私会,申纯被迫回家。不久,申纯高中进士,重至舅舅处,欲图婚姻。但申纯母亲监视太严,无法相见,日夜思念,遂被鬼魅。此时,娇娘与飞红已和好,飞红主动为申、娇出谋划策,安排二人相会,又请巫婆驱赶鬼魂。而二人行动不秘,又为娇娘母发现,申纯再度离开娇娘家。娇娘父母遂将娇娘许配给府尹之子。娇娘郁郁而病,婚期渐近,病情日重,与申纯诀别,不久去世。申纯闻讯,一病而亡。两家合葬于濯锦江边。飞红梦见二人成仙。次年清明,申纯父母与其舅同去他们墓前浇奠,只见一对鸳鸯上下飞翔,捕之不得,逐之不去,相亲相依,不弃不离。后人慕名而来,凭吊感叹,名之为"鸳鸯冢"。

念奴娇[1]

春风情性,奈少年辜负,窃香名誉[2]。记得当初,绣窗私语,便倾心素[3]。雨湿花阴,月筛帘影,几许良宵遇[4]。乱红飞尽,桃源从此迷路[5]。

因念好景难留,光阴易失,算行云何处[6]。三峡词源,谁为我、写出断肠诗句[7]。目极归鸿,秋娘声价,应念司空否[8]。甚时觅箇彩鸾,同跨归去[9]。

（原载《古本戏曲丛刊初集》〔明〕刘兑撰影印明刊本《娇红记》;录自唐圭璋编《全宋词》,中华书局1965年6月第1版,第5册,第3885—3886页）

【注 释】

[1]念奴娇:词牌名。参见本卷《诗歌部》上册沈唐《念奴娇》注[1]。申纯此词,据《全宋词》句读为双调,九十九字。前段十一句,四仄韵;后段十句,四仄韵。与《词谱》所列此调各体有别。

按:此词之本事,《娇红记》云:"生（申纯）别舅妗辞回,凄然归于书室,闲消永日,无不泪零。晨窗夕灯,学业几废,间为词章,无非寄与娇娘之语,他不暇及。一日,赋一曲以示兄纶,皆存其意于言辞之外,未尝斥言也。"

[2]窃香:犹偷香,喻偷情。晋代贾充女盗西域奇香遗所私之韩寿,事发,贾充以女妻之。典出〔南朝·宋〕刘义庆《世说新语·惑溺》(卷下之下),又见于《晋书·贾充传》(卷四十)。参见本卷《诗歌部》上册欧阳修《梁州令》注[6]。

[3]绣窗:犹刺绣靠近的窗户,亦指代闺房之窗。〔宋〕王洋《赏瑞香催海棠》之四:"刺绣窗前午梦惊,骊驹堂上礼初成。"(《东牟集》卷六)〔宋〕无名氏《踏莎行》:"玉臂宽环,纱衫缓钮,绣膆针线无心久。"(《历代诗余》卷三十六)

心素:心意,心愿。〔唐〕李白《寄远十二首》之八:"空留锦字表心素,至今缄愁不忍窥。"(《李太白集注》卷二十五)

[4]花阴:为花丛遮蔽而不见日光之处。〔唐〕郑谷《寄赠孙路处士》:"酒醒薜砌花阴转,病起渔舟鹭迹多。"(《云台编》卷下)雨湿花阴,《娇红记》云:"……娇曰:'今日闲人众,无可容计。东轩抵妾寝室,轩西便门达熙春堂,堂透荼蘼架。君寝室外有小窗,今夕若晴霁,君自寝所逾外窗,度荼蘼架,至熙春堂下。此地人罕花密,当与君会也。'生闻之,欣然自得,唯俟日暮,得谐所愿。至晚,不觉暴雨大作,花阴浸润,不复可期。"

月筛帘影:犹言月亮透过帘子投下光影。〔宋〕张先《于飞乐》:"幽期消息,曲房西、碎月筛帘。"(《历代诗余》卷四十七)《娇红记》云:"是夜,生于夜半乃逾外窗,绕堂后数百步,至荼蘼架侧,久求门不得。生颇恐。久之,寻路得至熙春堂,堂广夜深,寂无人声。生大恐,因疾趋入,见娇方开窗倚几而坐,上衣红绡,下系白练,举首而瞻明月,若重有忧者,不知生之已至也。生因扶窗而入。娇忽见生,且惊且喜,曰:'君何不告? 骇我甚矣。'生乃与娇并坐窗下。时正夜分,月色如昼,生视娇体态艳媚,肌莹无瑕,飘飘然不啻垣娥之下临人间也。"

几许良宵:犹言多少美好的夜晚。〔宋〕方千里《齐天乐》:"客馆愁思,天涯倦迹,几许良宵展转。闲情意远。"(《和清真词》)

[5]乱红:犹落花。〔宋〕强至《仲春感怀》:"乱红杂下残花雨,暗绿兼飞弱柳风。"(《祠部集》卷十)《娇红记》:"盖生词微寓与娇相会之始末,至'乱红飞尽'之句,则直指飞红媒孽之事。"按:"飞红"为申纯舅氏之妾,曾多方破坏申纯与王娇娘的情事;媒孽之事则指申纯曾托媒人以其父名义向其舅说亲,舅氏以"但朝廷立法,内兄弟不许成婚"为由予以拒绝。

桃源:桃源洞,在今浙江省天台县北。相传东汉时,刘晨、阮肇到天台山采药迷路,误入桃源洞遇见两个仙女,被留住半年后回家,子孙已过七代。事见〔南朝·宋〕刘义庆《幽冥录》(《太平御览》卷四十一引)。参见本卷《诗歌部》上册杜安世《凤栖梧》注[5]。

［6］行云：用巫山神女之典。语本〔战国·楚〕宋玉《高唐赋·序》："旦为朝云，暮为行雨。"（《文选》卷十九）喻男女情事。

［7］三峡词源：语本〔唐〕杜甫《醉歌行》："词源倒流三峡水，笔阵独扫千人军。"（《九家集注杜诗》卷一）

断肠诗句：令人伤心的诗句。断肠：犹柔肠寸断，形容极度思念或悲痛。参见本卷《诗歌部》上册穆修《雨中牡丹》注［8］。

［8］秋娘：杜秋娘，文学故事人物。据唐杜牧《杜秋娘》诗序说，是唐时金陵女子，姓杜，名秋。原为节度使李锜妾，善唱《金缕衣》曲。后入宫，为宪宗所宠。穆宗命为皇子傅姆。后皇子被废，赐归故乡，穷老以终。王娇娘词《满庭芳》（见下）有"须想念，重寻旧约，休忘杜家秋"之句，可见此处秋娘指娇娘。

司空：犹司空见惯。典出〔唐〕孟棨《本事诗·情感第一》。参见本卷《诗歌部》上册苏轼《满庭芳》注［6］。按：《本事诗》引刘禹锡诗曰："鬌鬓梳头宫样妆，春风一曲杜韦娘。司空见惯浑闲事，断尽江南刺史肠。"是咏"杜韦娘"，此句则咏"杜秋娘"，似有所混淆。

［9］"甚时"二句：典出〔汉〕刘向《列仙传》：春秋时秦有萧史善吹箫，穆公女弄玉慕之，穆公遂以女妻之。史教玉学箫作凤鸣声，后凤凰飞止其家，穆公为作凤台。一日，夫妇俱乘凤凰升天而去。参见本卷《诗歌部》上册柳永《满朝欢》注［7］。鸾，传说中凤凰一类的鸟。

望江南[1]

从前事，今日始知空。冷落巫山十二峰，朝云暮雨竟无踪[2]。一觉大槐宫[3]。　　花月地，天意巧为容。不比寻常三五夜，清辉香影隔帘栊[4]。春在画堂中[5]。

（原载《古本戏曲丛刊初集》〔明〕刘兑撰影印明刊本《娇红记》；录自唐圭璋编《全宋词》，中华书局1965年6月第1版，第5册，第3886页）

【注　释】

［1］望江南：又名《忆江南》。参见本卷《诗歌部》下册何令修《望江南》注［1］。申纯此词双调，五十四字。前后段各五句，三平韵。

［2］巫山十二峰：圣泉峰、登龙峰、朝云峰、神女峰（又称望霞峰）、松峦峰、集

仙峰、翠屏峰、聚鹤峰、飞凤峰、净坛峰、起云峰、上升峰。参见本卷《诗歌部》上册张佖《经旧游》注[4]。

朝云暮雨:典出〔战国·楚〕宋玉《高唐赋·序》:"妾在巫山之阳,高丘之阻,旦为朝云,暮为行雨。朝朝暮暮,阳台之下。"(《文选》卷十九)

[3]大槐宫:典出〔唐〕李公佐《南柯太守传》,叙淳于棼饮酒古槐树下,醉后入梦,见一城楼题大槐安国。槐安国王招其为驸马,任南柯太守三十年,享尽富贵荣华。醒后见槐下有一大蚁穴,南枝又有一小穴,即梦中的槐安国和南柯郡(见《类说》卷二十八)。后因用以比喻人生如梦,富贵得失无常。

[4]三五夜:犹十五夜。〔唐〕钱起《寄郢州郎士元使君》:"望舒三五夜,思尽谢元晖。"(《钱仲文集》卷四)

帘栊:窗帘和窗牖,也泛指门窗的帘子。〔宋〕田锡《中夜闻泉》:"烛烬垂花飘砚席,月华凝雪映帘栊。"(《咸平集》卷十六)

[5]画堂:有彩绘的殿堂,泛指华丽的堂舍。〔南唐〕后主李煜《临江仙》:"庭空客散人归后,画堂半掩珠帘。"(《花草粹编》卷十三)

忆瑶姬[1]

蜀下相逢,千金丽质,怜才便肯分付[2]。自念潘安容貌[3],无此奇遇。梨花掷处还惊起,因共我、拥炉低语[4]。今生拼、两两同心,不怕旁人间阻[5]。　　此事凭谁处,对神明为誓,死也相许[6]。徒思行云信断[7],听箫归去。月明谁伴孤鸾舞。细思之、泪流如雨。便因丧命,甘从地下,和伊一处[8]。

(原载《古本戏曲丛刊初集》〔明〕刘兑撰影印明刊本《娇红记》;录自唐圭璋编《全宋词》,中华书局1965年6月第1版,第5册,第3887页)

【注　释】

[1]忆瑶姬:词牌名。参见本卷《诗歌部》中册蔡伸《忆瑶姬》注[1]。《词谱》(卷三十一)申纯此词据《全宋词》句读为双调,一百零一字。前段九句,四仄韵;后段十句,五仄韵。与《词谱》所列此调仄韵谱式有别。

按:此词为申纯悼王娇娘之作。《娇红记》云:"间隔数日,娇娘竟以忧卒。生接得寄来诗章,方晓而娇之讣音随至,茫然自失,对景伤怀,独坐则以手书空咄咄,若与人语。因赋一词以吊娇娘。"

［2］蜀下：犹蜀地。下，地。《尚书·尧典》："允恭克让，光被四表，格于上下。"〔汉〕孔安国传："既有四德，又信恭能让，故其名闻，充溢四外，至于天地。"（尚书注疏卷一）

分付：犹交给，托付。〔宋〕苏轼《绝句三首》之二："此身分付一蒲团，静对萧萧竹数竿。"（《东坡全集》卷三十）

［3］潘安：晋人潘岳，字安仁，故省称"潘安"。潘安貌美，故诗文中常用作美男子的代称。《晋书·潘岳传》（卷五十五）："少时常挟弹出洛阳道，妇人遇之者，皆连手萦绕，投之以果，遂满载以归。"

［4］梨花掷处还惊起：《娇红记》云："一日，暮春小寒，娇（王娇娘）方拥炉独坐。生自外折梨花一枝入来，娇不起，亦不顾生。生乃掷花于地。娇惊视，徐起，以手拾花，询生曰：'兄何弃掷此花也?'生曰：'花泪盈晕，知其意何在？故弃之。'娇曰：'东皇故自有主，夜屏一枝以供玩好足矣！兄何索之深也?'"

因共我、拥炉低语：《娇红记》云："（娇）因谓生曰：'风差劲，可坐此共火。'生欣然即席，与娇共坐，相去仅尺余。娇因抚生背曰：'兄衣厚否？恐寒威相凌逼也。'生恍然曰：'能念我寒而不念我断肠耶?'"

［5］间阻：阻隔。〔宋〕吴芾《二月晦日惜春有感》："还忆故园花，连年成间阻。"（《湖山集》卷三）

［6］对神明为誓：申纯与王娇娘曾于神前盟誓。《娇红记》云："生仰天太息曰：'有是哉！吾怪迩日见子，若有忧者，人之情态，岂难识哉！子若不信前誓，当剪发大誓于神明之前。'娇乃笑曰：'君果然否?'生曰：'何害?'娇曰：'若然，后园东池正望明灵大王之祠。此神聪明正直，叩之无不响应。君能同妾对祠大誓，则甚幸也。'生曰：'如命。想明灵大王亦知我心之无他也。'娇乃约以次早与生俱游后园，临东池畔，遥望大王之祠，两人异口同声，拜手设誓，其词累千百，不能备载。誓毕，携手而归，恩情有加焉。"

［7］行云信断：谓情人音信断绝。行云，语出〔战国·楚〕宋玉《高唐赋·序》："妾在巫山之阳，高丘之阻，旦为朝云，暮为行雨。朝朝暮暮，阳台之下。"（《文选》卷十九）

［8］和伊一处：和她在一处。伊，专用以代称女性第三人称她。

王娇娘

【作者简介】

王娇娘,小字莹卿,又号百一姐,眉州王通判女。与申纯相恋,后为情而死。

满庭芳[1]

帘影筛金,簟波浮水[2],绿阴庭院清幽。夜长人静,消得许多愁。常记当时月色,小窗外、情语绸缪[3]。因缘浅,行云去后[4],杳不见踪由。
殷勤,红一叶,传来密意,佳好新求[5]。奈百端间阻,恩爱成休。应是奴家薄命,难陪伴、俊雅风流。须想念,重寻旧约,休忘杜家秋[6]。

(原载《古本戏曲丛刊初集》〔明〕刘兑撰影印明刊本《娇红记》;录自唐圭璋编《全宋词》,中华书局 1965 年 6 月第 1 版,第 5 册,第 3888 页)

【注 释】

[1]满庭芳:词牌名。参见本卷《诗歌部》上册晏几道《满庭芳》注[1]。王娇娘此词双调,九十五字。前段十句四平韵,后段十一句四平韵。

按:此词是媒人去王家提亲遭拒后,娇娘托媒人捎来的回柬。

[2]帘影筛金:犹言竹帘的影子透出跃动的金色阳光。

簟(diàn)波浮水:犹言竹席上编织成的波浪花纹如同漂浮在水上。

[3]绸缪(móu):情意殷切。〔宋〕杜安世《渔家傲》:"谁道绸缪两意坚。水萍风絮不相缘。"(《花草粹编》卷十三)

[4]因缘:本为佛教语,谓使事物生起、变化和坏灭的主要条件为因,辅助条

件为缘。《四十二章经》(卷十三):"沙门问佛,以何因缘,得知宿命,会其至道?"旧时常以宿世的"因缘"来解释人们今生的关系。犹言缘分。

行云去后:指申纯去后。行云,语本〔战国·楚〕宋玉《高唐赋·序》:"且为朝云,暮为行雨。"(《文选》卷十九)

[5]红一叶:用红叶题诗之典。唐代红叶题诗、结成良缘的故事较多,情节略同而人事各异,流传较广的为:僖宗时,宫女韩氏以红叶题诗,自御沟流出,为于祐所得。祐亦题一叶,投沟上流,亦为韩氏所得。不久,宫中放宫女三千人,祐适娶韩氏。成礼日,各取红叶相示,方知红叶是良媒。参见本卷《诗歌部》上册周邦彦《六丑》注[13]。这里指申纯去函。

[6]杜家秋:杜秋娘。参见本卷《诗歌部》下册申纯《念奴娇》注[8]。

潘必正

潘必正,溧阳人,陈妙常之夫。《古今女史》:"宋女贞观陈妙常尼,年二十余,姿色出群,诗文俊雅,工音律。张于湖(即张孝祥,号于湖居士)授临江令,宿女贞观,见妙常,以词调之,妙常亦以词拒。词载《名媛玑囊》。后于湖故人潘法成(即潘必正)私通情洽,潘密告于湖,以计断为夫妇,即俗传《玉簪记》是也。"(据《南宋杂事诗》卷一"禅床夜午春生梦"注引)

鹧鸪天[1]

卸下星冠作玉容[2]。宛如仙女下巫峰[3]。霎时云雨欢娱罢[4],无限恩情两意浓。　　轻搂抱,款相从[5]。时间一度一春风。若还得遂平生愿,尽在今宵一梦中。

(原载北京图书馆藏清刻本《燕居笔记》卷九《张于湖宿女贞观平话》;录自唐圭璋编《全宋词》,中华书局1965年6月第1版,第5册,第3892页)

【注　释】

[1]鹧鸪天:词牌名。参见本卷《诗歌部》上册晏几道《鹧鸪天》注[1]。潘必正此词双调,五十五字。前段四句,三平韵;后段五句,三平韵。

[2]星冠:道教徒的帽子。陈妙常为道姑,故戴星冠。〔宋〕许尚《三洞庵》:"星冠顶霜月,夜半正朝真。"(《华亭百咏》)

玉容:美称女子的容貌。〔晋〕陆机《拟〈西北有高楼〉》:"玉容谁得顾,倾城在

潘
必
正

697

一弹。"(《文选》卷三十)

[3]仙女下巫峰:谓巫山神女下巫山十二峰。

[4]云雨:性隐语。语本〔战国·楚〕宋玉《高唐赋·序》:"昔者先王尝游高唐,怠而昼寝,梦见一妇人曰:'妾巫山之女也,为高唐之客。闻君游高唐,愿荐枕席。'王因幸之。去而辞曰:'妾在巫山之阳,高丘之阻,旦为朝云,暮为行雨。朝朝暮暮,阳台之下。'"(《文选》卷十九)

[5]款相从:款,投合,融洽。〔南朝·宋〕孝武帝刘骏《七夕二首》之一:"爱聚双情款,念离两心伤。"(《古诗纪》卷五十五)